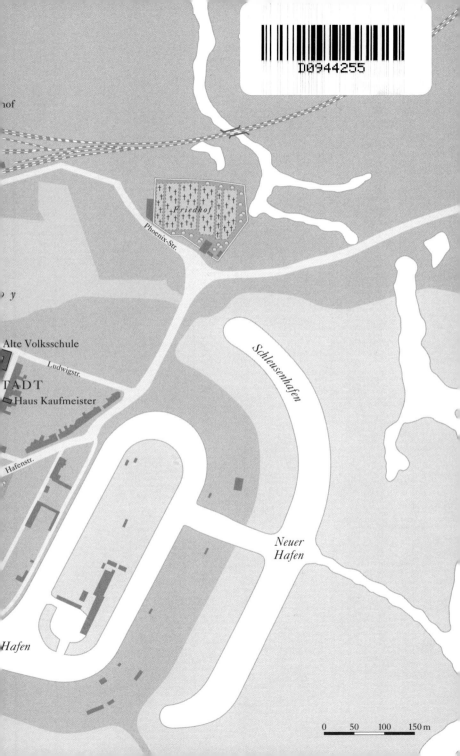

hof

D0944255

Friedhof

Phoenix-Str.

o y

Alte Volksschule

Ludwigstr.

TADT

Haus Kaufmeister

Hafenstr.

Schleusenhafen

Neuer
Hafen

Hafen

0   50   100   150 m

Silvia Kaffke
Das rote Licht des Mondes

Silvia Kaffke

Das rote Licht des Mondes

Historischer Kriminalroman

Wunderlich

1. Auflage September 2008
Copyright © 2008 by Rowohlt Verlag GmbH,
Reinbek bei Hamburg
Karte auf Vor- und Nachsatz Peter Palm, Berlin
Satz aus der Adobe Caslon PostScript, InDesign,
bei Pinkuin Satz und Datentechnik, Berlin
Druck und Bindung CPI – Clausen und Bosse, Leck
Printed in Germany
ISBN 978 3 8052 0863 5

In Erinnerung an
Katharina Maria Kaffke, geb. Römer –
meine Oma Käthe

Prolog

Der helle Tag war längst zu Ende gegangen, erwärmt von der Spätherbstsonne. Vom Rhein und von der Ruhr her zog feuchte Luft auf, und nun, einige Stunden nach Sonnenuntergang, wurde es so kühl, dass man den nahen Winter erahnen konnte. Die Arbeiter der Kohlenlager, Packhäuser und Speditionsbetriebe waren längst nach Hause gegangen oder vergnügten sich in den zahlreichen Kneipen der Altstadt, ihre Arbeitgeber trafen sich in der vornehmen *Gesellschaft Erholung* bei Zigarren und Wein. Nur nördlich der Stadt erhellte dann und wann ein roter Schimmer die Dunkelheit, und laute Schläge waren zu hören. Das Phoenix-Werk, obwohl noch nicht fertiggestellt, hielt seine Schmelzöfen auch in der Nacht unter Feuer.

Die Altstadtstraßen waren belebt, Gruppen von Männern waren auf dem Heimweg aus den Gasthäusern oder suchten sich einen neuen Platz zum Trinken. An vielen Ecken boten sich ihnen Frauen an, wer noch Lohn in der Tasche hatte, ging vielleicht auch in eines der Bordelle.

Niemand bemerkte die beiden kleinen Mädchen, die von Norden her in die Altstadt gekommen waren. Sie waren gerannt, den ganzen langen Weg vom Neuen Hafen um die obere Schleife des Inselhafens herum, aber nun, beim letzten Schlag der Kirchturmglocke, hielt die Ältere die Kleine zurück.

«Es ist zu spät», sagte sie, völlig außer Atem. «Acht Schläge. Die Türen sind zu.»

«Das kommt davon, weil du so langsam bist, Lene.» Auch die Kleine rang nach Atem. Die Türen des Armenhauses wurden pünktlich um acht Uhr geschlossen, dies sollte verhindern, dass die Insassen sich nachts draußen herumtrieben, tranken oder Schlimmeres taten. Der Vorsteher würde zwar öffnen, wenn sie anklopften, aber sie und ihre ganze Familie würden bestraft. Und da es nicht das erste Mal war, riskierten sie, auf die Straße gesetzt zu werden.

«Mir ist kalt», jammerte die Kleine.

Lene überlegte. Sie hatten einmal ein geschütztes Plätzchen bei den Kohlenlagern auf der Mühlenweide gefunden. Damals war es Sommer gewesen, da hatten sie die Nacht unter freiem Himmel gut überstanden. Jetzt würden sie wohl auch dort bitterlich frieren. Aber sie hatten keine Wahl. «Komm, Hanna», sagte sie und zog die Kleine hinter sich her.

Sie waren in die Kasteelstraße eingebogen, eine der wenigen breiteren Straßen, die durch die Altstadt führten. Trotzdem mussten sie sich eng an eine Hauswand drängen, um einer Kutsche Platz zu machen. Der Kutscher hielt. «So spät allein unterwegs?», fragte er.

Lene nickte. «Wir können nicht heim.»

«Heim?», fragte der Mann und sprang vom Kutschbock. «Das Armenhaus, was?»

«Ja.»

Er lächelte. «Wie wäre es mit einem warmen Plätzchen zum Schlafen?»

Hanna zupfte Lene zaghaft am Kleid. «Keine Kutschen», erinnerte sie ihre Schwester. «Denk dran, was Mutter gesagt hat.»

«Willst du weiter hier frieren?», sagte Lene nur.

«Ich bringe euch nicht von Ruhrort weg, versprochen.» Er zog etwas aus seiner Tasche und beugte sich lächelnd zu Hanna hinunter. «Schau, was ich hier habe! Ich schenke es dir, wenn du einsteigst.»

Er gab Hanna eine kleine Puppe, nicht größer als eine Kinderhand, nur ein Stückchen Holz mit einem Kopf, das mit weißem Stoff umwickelt war. Verzückt sah sie das Spielzeug an.

«Können wir jetzt einsteigen? Es ist kalt!» Lene wurde ungeduldig.

«Sicher.»

Er öffnete die Wagentür und hob erst Hanna, dann Lene in den Wagen.

«Guten Abend, meine Hübschen.»

Die Kinder zuckten zusammen. In der Dunkelheit hatten sie den Mann in der Kutsche gar nicht bemerkt. Doch die Stimme klang freundlich.

Langsam fuhr die Kutsche los. Hanna kuschelte sich an Lene und wiegte das Püppchen in ihrem Arm.

Schon kurze Zeit später hielten sie wieder an, und der Kutscher öffnete die Tür. «Sind die richtig?», fragte er.

«Die sind genau richtig», sagte der Mann, dessen Gesicht im Dunkeln blieb.

Erster Teil
3. November 1854

1. Kapitel

Der Tuchladen der Witwe Dahlmann in der Neustadt war ein beliebter Treffpunkt von Ruhrorts Damen, angefangen bei der feinen Gesellschaft bis hinunter zu den Frauen der Handwerker, Hafenarbeiter und Fuhrknechte. Für Letztere gab es eine kleine Kammer mit einfachen, groben Stoffen für Arbeits- und Alltagskleidung. Ein Regal bot billig genähten Konfektionen, Arbeitsjacken und Hosen Platz, sie waren bei den Fabrikarbeitern recht beliebt.

Der Rest des Ladens war den schlichten, aber ausgesucht guten Tuchen für die Familien der Händler und Reeder vorbehalten, die als strenge Protestanten zumindest im Alltag grau-schwarz-weiße Einfachheit bevorzugten. Aber es fehlten natürlich nicht die feinen Kattuns, Spitzen, Seide und Samt, denn Ruhrort war reich geworden, seit man Fettkohle für die Eisenschmelzen tief aus der Erde holte und Stahlwerke und Eisengießereien direkt neben den Zechen baute. Hier war der Ausgangspunkt für die Verschiffung von Eisen, Kohle und auch hochwertiger Eisenwaren nach Holland und von dort in alle Welt. Und wie konnten die Damen den Reichtum, den ihre Männer erarbeiteten, besser repräsentieren als mit der Mode? Längst galt es auch hier in der protestantischen Provinz nicht mehr als unschicklich, auf den Herbstbällen und den Sonntagsvisiten die neuesten Pariser Modelle zu tragen, auch wenn ein

Ruhrorter oder Duisburger Kleidermacher sie aus Dahlmanns Tuchen genäht hatte.

«Josef Dahlmann sel. Witwe» stand auf dem Schild am Ladeneingang. Das war schon seit mehr als zwanzig Jahren so, denn unter ihrem eigenen Namen durfte Clara Dahlmann nach dem frühen Tod ihres Mannes das Geschäft nicht führen. Sie hatte damals, im Jahr 1829, etliche Kaufangebote und Heiratsanträge abgewehrt, hatte den richtigen Instinkt gehabt und den Laden von der reinen Ausrichtung auf Arbeitskleidung zu einem feinen Tuchladen für Damen- und Herrenmode geführt.

Reichtümer hatte sie nicht ansammeln können, die wirklich wohlhabenden Familien kauften auch in Crefeld, Düsseldorf oder Cöln, manche gar in London und Paris. Aber den immer wieder drohenden Bankrott, der ihrem Mann den Magen ruiniert und ihn schließlich zu Tode gebracht hatte, hatte sie schon lange abgewendet und es zu bescheidenem Wohlstand gebracht. Da die kurze Ehe kinderlos geblieben und das Haus, das Josefs Eltern einige Jahre nach dem Siebenjährigen Krieg an der Harmoniestraße in der Neustadt gebaut hatten, groß genug war, konnte Clara noch dazu vermieten: im ersten Stock hatte der Lehrer Reichert zwei kleine Räume angemietet, in der Mansarde lebte seit kurzem der neue Polizeicommissar Borghoff. Beide Mieter brachten ihr noch ein paar zusätzliche Thaler im Jahr ein, die sie in schlechteren Zeiten besser schlafen ließen.

Bis zum frühen Nachmittag war es ungewöhnlich ruhig im Laden gewesen. Waren noch vor vier Wochen die Klagen über das ungewöhnliche Niedrigwasser groß gewesen, wodurch die Schifffahrt auf Ruhr und Rhein stark eingeschränkt war, so hatte in den letzten Tagen ein Dauerregen die Trockenheit abgelöst. Bei diesem Wetter ging nur der vor die Tür, der unbedingt musste.

Aber Clara Dahlmann machte sich keine Sorgen um ihr Geschäft. In wenigen Wochen war Hochsaison für Feines und

Teures, denn die Zeit vor und nach Weihnachten war die Zeit der Bälle und Gesellschaften, und die reichen Damen brauchten neue Kleider.

An diesem trüben Novembertag hatten sich nur ein paar Schifferfrauen eingefunden, die grobes Leinen und Baumwolle für Kinderkleidung gekauft hatten. Eine hatte sich ein kleines Stück weißen Kattun geleistet, um Kragen davon zu nähen. Clara stand aufrecht hinter der Theke mit den Taschentüchern und Spitzen und schaute den wenigen vorbeieilenden Gestalten nach, dem Boten des Handelshauses Haniel, dem Schreiber der Borgemeisters, der zur Mittagszeit nach Hause zum Essen ging, dem Hausmädchen der Liebrechts, das wohl eine Besorgung hatte machen müssen. Und es gab auch wieder größere Gruppen von wallonischen Arbeitern, die auf der Baustelle des Phoenix-Hüttenwerkes arbeiten wollten. In diesen Tagen schallte einem auf den Straßen Ruhrorts häufiger Französisch als Ruhrorter Platt entgegen.

Von weitem näherten sich zwei Frauen dem Laden. Die eine von ihnen erkannte Clara auch aus dieser Entfernung sofort, denn sie hinkte unübersehbar – das war Carolina Kaufmeister, die jüngste Tochter einer angesehenen Händlerfamilie. «Fräulein Lina», wie alle sie nannten, war aufgrund ihres Gebrechens, einer steifen Hüfte, unverheiratet geblieben und lebte bei ihrem Vater und der Familie ihres Bruders in einem großen neuen Haus an der Carlstraße. Seit dem Tod ihrer Mutter führte sie dort den Haushalt und pflegte den kranken Vater.

Clara Dahlmann freute sich immer, wenn Lina in den Laden kam, denn das bedeutete meist ein gutes Geschäft. Die Kaufmeisters engagierten nie eine Hausschneiderin oder einen der örtlichen Meister, alle Näharbeiten übernahm Lina, die ein untrügliches Auge für Mode hatte, selbst. Es genügte ihr, ein Kleid anzusehen, und sie konnte es nachschneidern mit allen Verzierungen und Raffinessen. Doch dann erkannte Clara enttäuscht, das Lina in Begleitung der Lehrerin Luise Brand war. Sie trug nur Kleider aus schlichten schwarzen oder grauen Stoffen und besaß höchstens zwei oder drei davon.

Clara ging zur Tür, um sie den Damen zu öffnen. Draußen fiel ein feiner Nieselregen, der sich trotz aufgespannter Regenschirme auf die Mäntel und Schutenhüte von Lina und Luise gelegt hatte. Luise eilte die drei Stufen hinauf, um ins Trockene zu kommen, Lina kam langsam, Stufe für Stufe hinterher. «Guten Tag, liebe Frau Dahlmann», begrüßte sie die Inhaberin. Diese nahm ihnen die Schirme ab und wie gewöhnlich auch Linas schlichten Krückstock mit dem Silbergriff, den sie nur außerhalb des Hauses benutzte.

«Guten Tag. Möchten die Damen ablegen?», Clara hoffte, dass sie sich länger hier aufzuhalten gedachten.

«Gern. Wir haben uns einiges anzusehen», antwortete Lina.

Clara rief ihren Gehilfen Wilhelm, der Mäntel und Hüte der Damen ins Hinterzimmer brachte. Die Lehrerin trug wie erwartet ein schlichtes schwarzes Kleid, dessen praktische, aber unmodisch schmale Ärmel schon etwas dünn schienen. Auch Lina war in Schwarz gekleidet, doch Clara entdeckte sofort die kleinen Paspelungen und Raffungen und die teure Spitze, aus der der Kragen und die durchbrochenen Pagodenärmel gearbeitet waren.

Jetzt, nachdem Lina ihre einfache altmodische Schute abgesetzt hatte, war ihr tiefrotes Haar zu sehen, das sie in mehreren dicken Zöpfen um den Kopf gewunden hatte. Keine neckischen Lockenbüschel lenkten von ihren klaren Gesichtszügen mit der feinen, schmalen Nase und den vollen Lippen ab. Sie war jetzt Mitte dreißig, eine alte Jungfer, was zu ihrer Schönheit gar nicht zu passen schien.

Zunächst inspizierte Lina die Auslagen. Sie kam oft her, neue

Ware fiel ihr sofort ins Auge, und Clara sorgte stets dafür, dass sich Woche für Woche etwas in ihren Auslagen änderte. Gerade hatte Wilhelm die auf der Leipziger Herbstmesse erworbenen Seidenstoffe für Ballkleider aus dem Lager geholt, und die weckten sofort Linas Interesse. Sie prüfte eine schwere, dunkelgrüne Atlasseide, die gut zu ihren roten Haaren passte. Aber was wollte Lina schon mit einem neuen Ballkleid? Tanzen?

Luise war an der Theke mit den Spitzen stehen gelieben und knetete verlegen ihre Hände. «Kann ich Ihnen helfen, Fräulein Brand?», fragte Clara.

«Nein, wir wissen schon, was wir brauchen», nahm Lina ihrer Freundin die Antwort ab. Zielsicher ging sie hinüber zu dem Tisch mit den dunklen Baumwollstoffen. «Haben Sie noch etwas von dem Dunkelgrauen aus der Duisburger Fabrik?», fragte sie.

Clara seufzte unhörbar. Genau diesen Stoff hatte die Lehrerin Luise vor zwei Jahren erstanden und auch in den Jahren davor. Clara ahnte, dass die geschickte Lina plante, die Garderobe ihrer Freundin billig aufzubessern: mal ein verschlissenes Oberteil hier zu ersetzen, mal dort einen Rock. Das tat sie auch häufig bei der Familie ihres geizigen Bruders Georg.

«Er wird nicht mehr hergestellt», sagte sie, in der Hoffnung, dass Lina sich damit zufriedengeben würde. «Ich habe einen ganz ähnlichen hier …» Sie kam zu dem Tisch herüber und deutete auf einen Ballen von einer guten, dickeren Qualität. «Wie wäre es denn damit?»

Lina befingerte den Stoff und nickte kurz. «Das ist sehr gute Ware. Aber der ist doch sicher viel teurer als der alte?»

Es schien sie nicht zu kümmern, dass Luise rot anlief, und sie fuhr fort: «Sagten Sie nicht letztes Jahr, Sie hätten sechs Ballen von dem Dunkelgrauen in Duisburg gekauft, weil er so gut sei?» Sie kam zu Clara um den Tisch herum und sah sie prüfend an.

«Da waren im Frühjahr doch noch drei Ballen ... Sie haben also alles verkauft?»

Clara wand sich ein wenig. «Er ging sehr gut.»

«Frau Dahlmann! Ganze drei Ballen über den Sommer, wo die meisten Damen helle Stoffe tragen?»

Clara gab auf. «Wir haben vielleicht noch einen halben Ballen im Lager. Ich schicke Wilhelm nachsehen.»

Kurze Zeit später schleppte Wilhelm einen Ballen dunkelgrauer Baumwolle herein und warf ihn auf den Tisch. Lina befingerte ihn. «Ja, das ist der richtige. Ein Groschen die Elle?»

«Zwölf Pfennige», verbesserte Clara. «Vieles ist teurer geworden ...»

«Aber Frau Dahlmann, das ist doch nur noch ein Rest.» Lina ging um den Tisch herum und strich prüfend über einen anderen dunkelgrauen Stoff. «Nun, dieser hier ist doch sehr ähnlich. Kostet er nicht acht Pfennige?»

Clara Dahlmann gab schnell auf. Mit Lina Kaufmeister konnte man nicht handeln. Scharfsinnig und scharfzüngig wie sie war, zog bei ihr jeder den Kürzeren. «Gut. Lassen wir es bei zehn Pfennigen.» Sie holte den Maßstab und ihre Schere. «Weil Sie es sind, Fräulein Lina.»

«Schön.» Lina lächelte Luise an. «Dann könnten wir noch etwas Blusenstoff nehmen.»

Clara sah, wie Luise kaum merklich zusammenzuckte. «Ach, Lina, ich denke, der graue Stoff wird für ein Kleid doch reichen ...»

«Wir nehmen noch vier Ellen von dem weißen dünnen Kattun für zwei Groschen.»

«Vier Ellen?», stieß Luise hervor. Dann errötete sie. «So viel Geld habe ich nicht bei mir ...»

Bevor Clara etwas von Anschreiben sagen konnte, fiel Lina ihr ins Wort: «Ich lege es für dich aus.» Sie runzelte einen Moment die Stirn und hinkte dann zu dem Wandregal mit den feinen dunklen Stoffen. Sie befühlte einen grauen Seidenstoff. «Dann können wir auch noch zwei Ellen hiervon nehmen.»

«Aber …»

«Der ist für mich, Liebes.»

Clara Dahlmann hatte begonnen, die ausgesuchten Stoffe abzumessen und zu schneiden. «Wie viel von dem Duisburger Grauen?», fragte sie.

«20 Ellen.» Lina sagte das so bestimmt, dass Luise nicht zu protestieren wagte. «Kann Wilhelm es morgen zur Höheren Töchterschule liefern?»

«Sicher. Brauchen Sie noch Garn?»

Lina schüttelte den Kopf. «Davon ist noch genug da.»

Wie auch nicht, dachte Clara, *wenn Luise immer nur Grau und Schwarz trug.*

Lina griff nach ihrer Geldbörse in ihrem Täschchen. Rasch zählte sie drei Thaler und acht Groschen ab, die Clara hinter der Theke verschwinden ließ. Ganz so schlecht war das Geschäft heute doch nicht gewesen.

Als Wilhelm die Schirme, Mäntel und Hüte brachte, griff Lina nach ihrem Stock. Kurz darauf waren sie und ihre Freundin auf dem Weg in die Altstadt, wo Luise bei ihrer Tante wohnte. Schicklich war das für eine ehrbare Lehrerin nicht, denn die verwinkelten und verbauten Gassen der Altstadt mit ihren vielen Schifferkneipen und Absteigen galten als Sündenpfuhl schlechthin, ganz abgesehen von den schlechten hygienischen Verhältnissen dort. «Tönnekesdrieter» schimpften die Meidericher Bauern, deren Dorf zur Bürgermeisterei Ruhrort gehörte, die Städter, weil dort die Fäkalien in kleinen Tonnen abtransportiert wurden – wenn sie nicht verbotenerweise im nahen Hafenbecken landeten. So hatten sich in den letzten fünfzig Jahren die meisten Bürger, die es sich leisten konnten oder kein Geschäft in der Altstadt betrieben, in der Neustadt mit ihrem schmucken kleinen Markt, den geraden Straßen und großzügigeren Häusern niedergelassen.

Fast hundert Jahre war es jetzt her, dass Jan Willem Noot, der Großvater von Franz Haniel, Ruhrorts angesehenstem Bürger, das erste Haus außerhalb der Ruhrorter Stadtmauern hatte bauen dürfen. Inzwischen waren viele Straßenzüge hinzugekommen, und seit einigen Jahren wurde die so entstandene Neustadt eifrig erweitert. Auch die Kaufmeisters waren aus dem fünfzig Jahre alten Wohn- und Packhaus an der Dammstraße in ein neues, dreistöckiges Haus gezogen und nutzten das alte Haus nur noch als Kontor und Lager.

Luise hatte zunächst geschwiegen, dann platzte sie heraus: «Lina, ich kann es kaum fassen, du hast mich mehr als zwei Thaler ausgeben lassen.»

Lina schmunzelte nur, während sie konzentriert auf das grobe Pflaster sah, um nicht ins Stolpern zu kommen. «Liebe Luise, davon wirst du ganze vier neue Kleider bekommen – ein neues Oberteil, und wir können die alten Röcke durch neue Volants und Raffungen wie neu erscheinen lassen, selbst den, in den du dir den Winkel gerissen hast. Die zerschlissenen Ärmel der anderen Blusen entfernen wir, und dann bekommst du endlich Ärmel, die der Mode entsprechen. Und mit der Seide …»

«Ich denke, die ist für dich.»

Lina blieb stehen. «Es wird ein wenig davon für dich abfallen, ein paar Verzierungen und Paspeln. Und wenn du dir ein wenig Mühe gibst mit deinen Stickereien …»

«Aber du hast doch selbst kein Geld …»

«Du vergisst, dass ich die Herrin über das Haushaltsgeld bin. Mein Bruder wird gar nicht merken, wenn ein halber Thaler fehlt.»

Zwei Stunden später saßen sie in Luises gemütlichem Zimmer in dem kleinen schmalen Altstadthaus, wo ihre Tante einen Putzmacherbetrieb unterhielt. Sie hatten sich von der Magd Tee bringen lassen und wärmten sich auf.

«Nächste Woche schneide ich dir die Teile auf dem großen Tisch in der Schule zu», sagte Lina. Sie hatte es sich auf dem Sofa bequem gemacht, das Luise von ihren verstorbenen Eltern geerbt hatte. Wenn sie mit ihrer Freundin allein war, konnte sie das tun: sich schräg in eine Sofaecke setzen und das Bein mit dem versteiften Hüftgelenk halb auf das Sofa legen. Auf Stühlen und in anderer Gesellschaft war das Sitzen eher unbequem für sie. Vor Luise musste sie auch den hässlichen Schnürstiefel, dessen Sohle der Schuster trotz eines hohen Absatzes für sie noch hatte erhöhen müssen, auch nicht verstecken.

Sie liebte diese Nachmittage bei ihrer Freundin. Einmal in der Woche – immer donnerstags – ihre täglichen Aufgaben im Kaufmeister'schen Haushalt hinter sich zu lassen, nicht ständig das Personal an seine Pflichten erinnern zu müssen, keine Ausgaben im Auge behalten, keine Mahlzeiten für sechs Personen und häufige Gäste planen zu müssen und vor allem den Nörgeleien und dem Jammern des quengelnden, kranken Vaters entkommen zu können – das war für sie ein Stückchen Glück, an dem sie eisern festhielt, trotz der vorwurfsvollen Blicke ihrer Schwägerin. Selbst für diesen einen Nachmittag der Woche war Aaltje die Pflege des Schwiegervaters lästig.

Luise, die jeden Pfennig umdrehen musste bei ihrem schmalen Lehrerinnengehalt und der bescheidenen Rente, die ihr das kleine Erbe ihrer Eltern eingebracht hatte, konnte sich nicht vorstellen, wie sehr Lina sie um ihr Leben beneidete.

Die beiden kannten sich aus dem dreijährigen Lehrerinnenseminar der Diakonie in Kaiserswerth, dessen Besuch Lina bei ihrer Familie hatte durchsetzen können. Sie hatte damals argumentiert, dass ohnehin kein Mann eine hinkende Frau heiraten würde und sie dort für alle Fälle ein paar nützliche Dinge lernen könnte. Damals schon hatte sie es im Schneidern zu ihrer jetzigen Meisterschaft gebracht.

Tatsächlich hatte sie sich nach Abschluss der Ausbildung ohne Wissen ihres Vaters und Bruders an mehreren Schulen, aber auch um Privatstellen beworben, war aber jedes Mal aufgrund ihres Gebrechens abgelehnt worden. Als dann noch ihre Mutter starb, war ihr zukünftiger Lebensweg besiegelt. Und auch die Frau ihres Bruders hatte ihre Rolle innerhalb der Familie nie in Frage gestellt.

So wie Luise leben, als Lehrerin an der kleinen privaten Höhere-Töchter-Schule, bescheiden zwar, aber von niemandem abhängig, das war ein Traum, der in den letzten Jahren in weite Ferne gerückt war. Die schwere Erkrankung ihres Vaters hatte es ihr endgültig unmöglich gemacht, das Elternhaus zu verlassen. Ganz abgesehen davon, dass sie als alleinstehende Frau unter der Vormundschaft ihrer Familie stand.

«Und wie geht es deinem Vater?», fragte Luise und riss Lina damit aus ihren Gedanken.

«Nicht gut. Das Zimmer hat er jetzt seit Wochen nicht mehr verlassen, nicht einmal an seinem Geburtstag. Mal zittern ihm alle Glieder, dann ist er für Stunden wie erstarrt. Aber geistig ist er ganz klar und bekommt sein Elend mit. Neulich hat er mich angefleht, ihm Gift zu besorgen.»

Lina sah Luises entsetzten Blick. «Natürlich habe ich das abgelehnt, was denkst du. Und vorsichtshalber habe ich auch Georg nichts von Vaters Wunsch gesagt ...» Um ihren Mund spielte ein süffisantes Lächeln.

«Lina! Was sagst du denn da über deinen Bruder!»

«Er kann es doch gar nicht mehr abwarten. Und ich verstehe ihn sogar. Die Zeiten ändern sich so rasch, und wenn ein Geschäftsmann zögert, kann das sein Untergang sein. Georg will weg vom reinen Handel und Transport. Aber Vater mischt sich immer noch in alles ein. Er verweigert Georg und Bertram die nötigen Gelder, die sie flüssigmachen müssten, um mit den anderen mithalten zu können. Denk an die Haniels und die Stinnes, die früh auf Kohle und Eisenproduktion gesetzt haben. Wenn Georg nicht bald in die Industrie investiert, wird das große Geschäft ohne ihn gemacht.»

Ihre direkte Art hatte Lina nicht immer Freunde eingebracht, und in ihrer eigenen Familie war ihre scharfe Zunge gefürchtet. Luise wusste, dass Lina gelernt hatte, Verstand und Witz einzusetzen, um Verletzlichkeit zu verbergen.

«Er wird das Geschäft schon früh genug bekommen.» Luise dankte Gott dafür, dass keiner ihrer Eltern hatte lange leiden müssen. «Was sagen die Ärzte?»

«Sie können nichts für Vater tun. Aber wie lange es sich noch hinziehen wird, kann keiner sagen.» Lina nahm noch einen Schluck Tee, und ihr Gesicht bekam plötzlich einen ungewohnt verträumten Zug. «Wenn er … wenn er mal nicht mehr ist, dann kann ich mir vielleicht eine kleine Wohnung mieten. Er hat mir 5000 Thaler und eine lebenslange Rente zugesagt, zusätzlich zu der, die ich aus Mutters Nachlass bekomme. Ich war dabei, als er das Testament änderte. Reich wäre ich dann nicht, aber für ein Leben ohne Georg und seine bigotte Frau wäre es genug.»

«Lina, dein Bruder würde dich nie in die Mündigkeit entlassen. Es schickt sich nicht, wenn eine Frau ohne Not allein lebt. Ich bin Waise und ohne Geschwister. Aber du würdest dich selbst und deinen Bruder vor der ganzen Gesellschaft Ruhrorts unmöglich machen.»

«Ja, für ihn ist das eine bequeme Lösung. Nach außen hin ist er der großzügige Bruder, der seiner verkrüppelten Schwester ein Heim bietet, sie kleidet und ernährt. In Wirklichkeit spart er sich das Geld für eine Haushälterin und noch dazu das, was seine Frau durch ihre Unfähigkeit, einen Haushalt zu führen, verschleudern würde.»

«Ach, Lina, jetzt übertreibst du aber!»

Lina stand umständlich auf. «Nein, keineswegs. Aaltje gibt mir oft zu verstehen, wie dankbar ich sein muss.»

Obwohl Luise merkte, dass es Lina sehr ernst war, musste sie unwillkürlich lächeln. Linas Schwägerin war eine große, dicke Holländerin mit einem unfein geröteten Gesicht und den Zügen einer wohlgenährten Bäuerin. Sie überragte Lina um mehr als einen Kopf, aber wenn sie und Lina sich in einem Raum befanden, schien Aaltje zu schrumpfen. Und da Aaltje auch nur unbeholfen Deutsch sprach, zog sie gegen Lina immer den Kürzeren. «Sie hat Angst vor dir, Lina. Das hat sie seit dem Tag, als sie in euer Haus kam und du das Regiment nicht aus der Hand gegeben hast.»

Lina lachte. «Ich konnte ihr doch den Haushalt nicht überlassen. Sie mag wie eine fette Köchin aussehen, aber von Hausfrauenpflichten hatte dieses verwöhnte Kind nie etwas gehört. Es gibt nur zwei Pflichten, denen sie nachkommt: Beten und schwanger werden.» Sie machte mit der Hand die Geste eines gewölbten Bauches.

«Sei nicht so niederträchtig», sagte Luise scharf.

«Warum? Weil ich denke, dass mein lieber Bruder sich nach einer Geburt oder Fehlgeburt einmal eine Weile aus dem Bett seiner Frau fernhalten sollte, damit sie sich vielleicht so weit erholen kann, um endlich wieder ein kräftiges, gesundes Kind zur Welt zu bringen?»

Von Aaltjes bisherigen zehn Schwangerschaften hatten nur zwei Kinder, der zehnjährige Karl und die siebenjährige Elisabeth, überlebt. Es hatte nicht nur den Eltern, sondern auch Lina jedes Mal das Herz gebrochen, wenn ein oft nur wenige Tage altes Würmchen starb. Am schlimmsten war es, als der jüngere Sohn Josef im Alter von vier Jahren an Typhus starb. Damals hatten sie geglaubt, er wäre aus dem Gröbsten heraus, doch es war nie vorauszusehen, ob ein Kind überlebte und heranwuchs. Georg stürzte sich danach in seine Arbeit, und Aaltje trauerte. Mit noch mehr Gebeten als gewöhnlich und dem guten Kuchen der Köchin Helene – und versuchte, möglichst schnell wieder schwanger zu werden.

«Uns beiden alten Jungfern ist es nicht erlaubt, darüber zu urteilen.» Luise war ebenfalls aufgestanden und ging zum Fenster. Lina wusste, dass es nicht der Lebenstraum ihrer Freundin gewesen war, als unverheiratete Lehrerin zu enden, doch als nur spärlich vermögende Waise hätte sie unter Stand heiraten müssen.

«O nein», rief Luise plötzlich.

«Was ist denn?», fragte Lina und trat ebenfalls zum Fenster. An diesem trüben Tag war es ohnehin so düster gewesen, dass sie eine Kerze angezündet hatten, und nun war es schneller dunkel geworden als erwartet. Lina hasste den Winter, der ihre freien Nachmittage noch kürzer werden ließ. Der Regen hatte aufgehört, doch draußen hatte sich dichter Nebel über die Altstadt gelegt. Noch vor neun Jahren hatte auf diesem Platz die Altstadtkirche gestanden, aber man hatte sie abgerissen, nachdem in der Neustadt die Jakobuskirche gebaut worden war. Nun gab es hier einen Marktplatz, der von wenigen Laternen und dem Licht aus zwei Schenken spärlich beleuchtet wurde. Der Nebel war so dicht, dass man die Häuser auf der anderen Seite des kleinen Platzes nicht sehen konnte.

«Ich muss sofort nach Hause», sagte Lina und nahm ihren Mantel.

«Lina, du kannst nicht allein im Dunkeln durch die Altstadt gehen. Was, wenn du überfallen wirst oder ...»

«Oder Schlimmeres?»

«Es schickt sich einfach nicht», entschied Luise. «Ich rufe den Hausdiener, er soll dich heimbringen.»

Angesichts des Nebels willigte Lina ein. Kurze Zeit später verabschiedete sie sich an der Haustür von Luise. Simon, der knapp sechzehnjährige Hausknecht, stand schon unten an der Treppe mit einer kleinen Handlaterne, die erschreckend wenig Licht gab. Er machte ein mürrisches Gesicht, denn sie hatten ihn aus einem Nickerchen geweckt, das er sich vor seinen zahlreichen abendlichen Pflichten gegönnt hatte.

Während Lina langsam die Treppe hinabstieg, fiel sein Blick auf ihren unförmigen Schuh. Er sah sofort in die andere Richtung.

«Gehen wir», sagte sie zu dem Jungen. «Du weißt, wo die Carlstraße ist?»

Er nickte, aber Lina war sich nicht sicher, ob er die Wahrheit sagte.

Sie gingen über den Platz, und Lina war erleichtert, als vor ihr plötzlich der Eingang einer Gasse auftauchte.

«Heho!», rief Simon und schwenkte die kleine Laterne. Die meisten von Ruhrorts Altstadtgassen waren so eng, dass keine zwei Personen aneinander vorbeikamen und einer umdrehen und dem anderen den Vortritt lassen musste. Lina hätte diese Gasse nie benutzt, aus Angst, sich das Kleid zu ruinieren, aber sie wollte Simon nicht noch mehr verärgern.

Simon ging vor, und Lina konnte ihm, behindert durch den weiten Rock, kaum folgen. «Warte doch, Simon», rief sie ihm hinterher. Dann sah sie das Licht und kurz darauf auch den Jungen, der sie ärgerlich ansah. «Ich kann nicht so schnell.»

Sein Blick fiel auf ihren Gehstock, und er nickte.

«Nicht deswegen, Simon», sagte Lina. «Sieh dir mein Kleid an! Die nächste Gasse sollte etwas breiter sein.»

Er brummte etwas, das sie nicht verstand, und sie folgte ihm. Er ließ tatsächlich eine der engen Gassen links liegen und brachte sie zu einer anderen. Lina selbst hatte die Orientierung für den Moment völlig verloren. Sie hoffte, dass sie Richtung Weidetor gingen, das kürzlich abgerissen worden war und der alten, längst lückenhaften Stadtmauer ein weiteres Loch beigebracht hatte.

Der Nebel wurde noch dichter und schien alles Leben in Ruhrort zu lähmen. Nur eine Kutsche war auf der sich nun verbreiternden Straße unterwegs. Sie beschleunigte und überholte Lina, die zur Seite treten musste. Die Geräusche entfernten sich rasch.

Lina musste sich sputen, um mit dem voranstürmenden Simon mitzuhalten, der schon nach wenigen Metern nicht mehr zu sehen war. Sie wusste, dass im Nebel Geräusche anders klangen, mal ferner, mal näher als vermutet. Doch sie war sich sicher, am Inselhafen angekommen zu sein. Leise klatschte das Wasser an die am Kai liegenden Schiffe. Lina blieb stehen und versuchte, etwas zu erkennen, aber sie sah nur ein paar Lichter von Schiffslaternen durch die Schwaden flackern. Da bei dem Nebel nicht gearbeitet werden konnte, war es ungewöhnlich still. Lina merkte, dass sie den Hafen nun hinter sich gelassen hatte, und das war der falsche Weg. Zu allem Unglück schien Simon unverdrossen weitergegangen zu sein, um sich der lästigen Pflicht schnell zu entledigen.

Lina hoffte, dass er seinen Irrtum irgendwann selbst bemerkte und umkehrte, denn die Ludwigstraße war die letzte Möglichkeit, ohne einen noch größeren Umweg zur Carlstraße zu gelangen. Aber war sie überhaupt noch auf der Hafenstraße, oder war dies schon die breite Meidericher Chaussee?

Auch wenn Lina trotz ihres Gebrechens recht schnell zu Fuß war, auf der unebenen, ungepflasterten Straße musste sie achtsam gehen, und einholen würde sie den Jungen nicht mehr. Die Ludwigstraße, in diesem Bereich wenig mehr als ein Feldweg, lag jetzt sicher schon hinter ihr, die andere Straßenseite war völlig vom Nebel verschluckt. Jetzt gab es nur noch Weiden und Ackerland und die große Chaussee. Sie hoffte, Simon war nicht in Richtung Meiderich abgebogen.

«Simon», rief sie, so laut sie konnte. «Simon. Warte!»

Endlich antwortete er, im Nebel hörte es sich so an, als hielte er sich einen Schal vor den Mund. «Fräulein Lina! Wo sind Sie denn?»

Das war ein ganzes Stück weiter vorn. Sie wollte weitergehen, als sie plötzlich Kutschgeräusche hörte. Die Kutsche raste mit großer Geschwindigkeit direkt auf sie zu und knapp an ihr vorbei. Lina hatte einen Satz zur Seite gemacht. Ihr Herz begann zu klopfen. Für einen Moment glaubte sie, auf der anderen Seite die Gärten oberhalb der Ludwigstraße zu sehen. Aber Simon konnte sie nicht entdecken.

«Fräulein Lina!» Das klang schon näher.

Langsam ging sie auf ihn zu, und schließlich sah sie das spärliche Licht seiner Laterne. «Hier bin ich, Simon.»

Sie trafen sich etwa fünfzig Meter weiter. Simon sah unglücklich auf den Boden, eine Standpauke erwartend, weil er das Fräulein in die Irre geführt hatte.

Aber Lina war nicht nach Schimpfen, sie war viel zu erleichtert, den Jungen wiedergefunden zu haben. «Gut, du hast dich vor der Kutsche in Sicherheit bringen können», sagte Lina, als sie ihm endlich gegenüberstand.

«Als ich umkehrte, hat die Kutsche etwa hier gehalten. Ich kam von dort hinten auf sie zu. Und dann ist sie losgerast, als wäre der Teufel hinter ihr her.»

Ein leichter Wind kam auf, der Nebel begann, sich ein wenig zu lichten. Ein paar Schritte hinter Simon konnte man eine

Mauer erkennen, das war der Friedhof. «Und wann hättest du gemerkt, dass du mich verloren hast? Wenn du in Meiderich oder beim Phoenix-Werk angekommen wärst? Das ist ein großer Umweg, Simon.»

Simon sah verlegen auf seine Fußspitzen. «Es tut mit leid, Fräulein Lina. Aber ich ... ich war so wütend.»

Lina keuchte immer noch ein bisschen von dem Schreck, den ihr die Kutsche eingejagt hatte. Simon leuchtete sie mit der Lampe an.

«Mir geht es gut, Simon ...», dann brach sie ab, denn die Augen des Jungen hatten sich vor Schreck geweitet. Er deutete auf den Boden direkt neben ihr. Sie blickte hinunter, und dann sah auch sie, was Simon so geängstigt hatte. Dort lag ein großes Bündel, ein merkwürdiges Knäuel. Auf den ersten Blick sah es wie ein Haufen Lumpen aus, den jemand hier verloren hatte, aber dann sah sie, was Simon erschreckt hatte: eine kleine, weiße Hand ragte daraus hervor.

Lina nahm dem Jungen die Laterne ab und leuchtete dorthin. Im schwachen Lichtschein konnte sie erkennen, was da lag: Es waren zwei Kinder, Mädchen in ärmlicher Kleidung. Das kleinere lag über dem größeren, beide hatten weizenblonde Locken, das Gesicht der Kleinen konnte Lina nicht erkennen, weil sie auf dem Bauch lag. «Hilf mir mal, Simon», sagte Lina entschlossen und stellte die Lampe vorsichtig auf den Boden.

Widerwillig half Simon, das kleinere Mädchen umzudrehen und von dem größeren wegzuziehen. Lina hatte insgeheim gehofft, sie würden noch leben, doch jetzt sah sie, dass hier niemand mehr helfen konnte. Die gesamte Vorderseite der Mädchen war in Blut getaucht, das bereits getrocknet war. Am Oberkörper war die Kleidung ganz aufgerissen, und in der nackten Brust der Mädchen klafften Löcher, mehr als zwei Fäuste groß.

Simon würgte, und auch Lina verspürte Brechreiz. Sie sah

29

nicht zum ersten Mal ein totes Kind, aber das hier war etwas anderes. Hinter sich hörte sie, wie Simon sich erbrach.

Lina trat ein paar Schritte zur Seite und suchte in ihrer Tasche nach einem Taschentuch und dem Riechsalz. Der Junge war zwar nicht ohnmächtig, aber Riechsalz schien ihr hier das richtige Mittel zu sein. Er stand keuchend auf dem Feld. Sie trat von hinten an ihn heran, um ihr Kleid nicht zu verschmutzen, und reichte ihm das Taschentuch.

«Damit kannst du dich säubern, Junge.» Dann hielt sie ihm das Fläschchen unter die Nase. Er hustete, es schien aber zu nützen.

«Simon, du musst zurück in die Altstadt. Der Sergeant macht dort irgendwo seine Runde. Du musst ihn finden und herbringen, hörst du?»

Er nickte, machte aber keine Anstalten, loszulaufen. «Was ist mit Ihnen, Fräulein Lina? Sie können doch nicht allein bleiben mit … mit …»

«Simon, die Mädchen sind tot. Sie werden mir nichts mehr tun.»

Erst als sie Simon im Nebel verschwinden sah und mit ihm die Laterne, kam ihr der Gedanke, dass zwar nicht die Mädchen, aber doch ihr Mörder ihr gefährlich werden könnte.

Sie umklammerte fest ihren Stock, entschlossen, ihn als Waffe zu gebrauchen, falls sich ihr jemand näherte. Sie schätzte, dass mehr als eine halbe Stunde vergangen war, bis sie das Licht von mehreren Laternen näher kommen sah. Immer noch konnte man nur wenige Meter weit sehen, aber bald schälten sich die Umrisse mehrerer Menschen aus dem Nebel.

Einer war Simon, der andere der lange, dürre Polizeisergeant Ebel. Sein Kollege Thade, der Meidericher Dorfpolizist, der wohl gerade zum wöchentlichen Rapport in Ruhrort war, begleitete ihn. Hinter ihnen folgte eine große Menschenmenge, die meisten in einfacher Kleidung. Lina vermutete, dass Simon den

Polizisten in einer Schenke gefunden hatte und dass die Gäste dort sich den grausigen Anblick nicht entgehen lassen wollten.

Die beiden Polizisten leuchteten mit ihren Laternen die toten Kinder aus, so gut es ging. Lina konnte sehen, wie sie erbleichten. Trotz des lebhaften Hafenbetriebs und der vielen Menschen, die in Ruhrort lebten oder durchreisten, waren Morde hier selten. Tote und Verletzte bei Wirtshausschlägereien, das waren die häufigsten Gewaltverbrechen.

Die Menge drängte heran. «Das sind die Töchter vom Michel», rief plötzlich einer.

«Du kennst die Kinder?», fragte Ebel.

Der Mann nickte und trat noch näher. «Die haben noch bis letztes Jahr in Essenbergs Weberei gearbeitet. Als die bankrott war, kam die Familie ins Arbeitshaus.»

«Michel Hensberg?» Ebel schien den Namen zu kennen.

Der Mann nickte. «Die Kleine heißt Hanna und die größere Lene. Sie müssten jetzt …» Er überlegte. «Zehn und dreizehn müssten sie sein.»

«Wir sollten den Commissar holen, er ist beim Bürgermeister», sagte Ebel, und Thade nickte.

«Na, dann gehen Sie schon!», herrschte Ebel ihn an und ließ keinen Zweifel daran, wie die Rangordnung zwischen Stadt und Land war.

Er wandte sich an Lina. «Fräulein Kaufmeister, vielleicht möchten Sie jetzt nach Hause gehen?»

Lina schüttelte energisch den Kopf. «Ich bleibe, bis der Commissar hier ist.» Sie stemmte energisch ihren Stock in die Wiese und stützte sich darauf, das lange Stehen strengte sie an. Dann spannte sie ihren Regenschirm auf, denn der Nieselregen hatte wieder eingesetzt.

Wenig später war Thade mit Ruhrorts oberstem Polizisten zurück. Lina kannte den Mann nicht, er hatte das Amt erst seit kurzem inne. Sie wusste aber, dass er bei der königlichen Polizei in Berlin gewesen war. «Jetzt wird hier endlich Ordnung herrschen», hatte ihr Bruder Georg gesagt, und er hatte nicht das Verbrechen damit gemeint, sondern die politischen Umtriebe der inzwischen versprengten Revolutionäre von 1848. «Seltsam, dass du dich so über die Revolution echauffierst, lieber Bruder, wo sie hier doch gar nicht stattgefunden hat», hatte Lina gespottet und den Vers rezitiert, der an die preußische Königin gerichtet war: «Lisbeth, Lisbeth, weine nich, du hast ja noch Duisburg, Ruhrort und Meiderich.» Alle drei Gemeinden hatten unverzüglich nach Ausbruch der Revolution ihre Steuern überwiesen, um den Kampf des Königs zu unterstützen.

Borghoff, der ebenfalls eine Laterne trug, trat heran. Er war nur mittelgroß, der lange Sergeant Ebel überragte ihn um mehr als einen halben Kopf, zumal der Commissar leicht vorgebeugt ging. Im Schein der Laterne konnte Lina einen ergrauten Schnurrbart erkennen. Er sah sich die Mädchen genau an. «Die Leute sollen nach Hause gehen», sagte er ruhig und stellte seine Laterne so ab, dass sie die Mädchen beleuchtete.

«Ihr habt es gehört, Männer. Das ist eine polizeiliche Anordnung.» Ebel tat wichtig und trat mit ausgestreckten Armen auf die Männer zu, als wolle er sie wegschieben. «Ich kann euch auch alle festnehmen. Denkt daran, ich kenne jeden von euch.»

«Und wo willst du uns unterbringen?», höhnte einer von hinten. Seit das Weidetor abgerissen war, von dessen Türmen einer als Polizeigefängnis gedient hatte, gab es in Ruhrort kein Gefängnis mehr, und das Gewahrsam im angemieteten Haus am Neumarkt reichte kaum für mehr als zwei oder drei Betrunkene.

Borghoff richtete sich wieder auf. «Da wird sich schon etwas finden lassen.» Seine ruhige Stimme strahlte weit mehr Autorität aus, als die sich vor Aufregung überschlagenden dünnen Töne Ebels.

Murrend zog die Gruppe ab, Simon wollte sich anschließen, aber Lina hielt ihn zurück.

Borghoff wandte sich ihr zu. «Und Sie, gnädige Frau?»

«Das ist Fräulein Kaufmeister. Sie hat die Leichen gefunden.» Ebel klang immer noch wichtig.

«Entschuldigung, *Fräulein* Kaufmeister.» Borghoff musste früher einmal gut ausgesehen haben, fand Lina. Jetzt verlief allerdings eine Narbe über sein rechtes Auge, dessen Lid herunterhing.

«Ich dachte, Sie wollten mich und Simon vielleicht gleich sprechen.»

«Nun, das hätte auch bis morgen Zeit gehabt. Aber wenn Sie nun schon einmal da sind ...»

Er wandte sich wieder den Leichen zu. «Lagen Sie so, als Sie sie gefunden haben?»

«Nein.» Lina war ein wenig verärgert, dass ihre Einlassung offensichtlich unwichtig für ihn war. «Die Kleinere lag über der Größeren, als wären sie ... als hätte man sie einfach weggeworfen. Ich dachte, vielleicht leben sie noch und man könnte helfen. Aber dann ...»

Borghoff nickte. Er zog seinen Säbel, und Lina konnte sehen, wie er vorsichtig das Kleid der Älteren auseinanderschob. Lina war gar nicht aufgefallen, dass nicht nur das Oberteil, sondern auch der Rock aufgeschlitzt war. Borghoff wich zurück, und Lina konnte sehen, was ihn so erschreckt hatte.

Waren schon die geöffneten Brustkörbe ein Schock gewesen, so war dieser Anblick noch schlimmer: ein tiefer Schnitt verlief mittig über den gesamten Unterleib des Kindes, als hätte man es regelrecht aufgeklappt. Simon hatte sich schon vorher abgewandt und hinter die Polizisten gestellt. Lina starrte genauso entsetzt wie Borghoff auf die Leiche mit der riesigen klaffenden Wunde. Sie schwankte.

Borghoff fing sie auf und führte sie ein Stück weg. «Zu viel Neugierde wird bestraft, mein Fräulein.» Bei einem anderen Mann hätte dieser Satz einen falschen Beigeschmack gehabt, aber Borghoff meinte es ernst.

Trotzdem fühlte Lina sich bemüßigt, in gewohnter Schärfe zu antworten. «Ich bemerke auch Ihr Entsetzen, Herr Commissar, und ein Mann wie Sie hat sicher schon ganz andere Dinge gesehen.»

Er hob die Braue des gesunden Auges. «Trotzdem sollten Sie jetzt nach Hause gehen. Der Junge war Ihre Begleitung?»

Sie nickte. «Er ist der Hausdiener meiner Freundin.»

«He, Junge, wie heißt du?», rief er zu Simon hinüber.

«Simon Weber.»

«Dann komm mal her, Simon Weber.»

Simon kam folgsam zu ihnen herüber.

«Ich möchte, dass du das Fräulein sicher nach Hause bringst. Und morgen früh meldest du dich auf der Dienststelle zu einer Vernehmung.» Er bemerkte, wie der Junge erbleichte, und lächelte. «Keine Angst, dir wird dabei nichts passieren. Wir schreiben nur auf, was du gesehen hast.»

Simon nickte, doch wirklich erleichtert wirkte er nicht.

Lina ging nochmal zu den Leichen hinüber, um ihren Stock aus der Wiese zu ziehen. Sie konnte nicht umhin, wieder einen Blick auf die schreckliche Wunde zu werfen, die noch immer von Borghoffs abgestellter Laterne erleuchtet wurde. Der Anblick brannte sich in ihr Gedächtnis.

«Gehen wir», sagte Lina und versuchte, ohne Zittern zu sprechen. «Ich werde morgen auch zu Ihnen kommen.» Sie sah Borghoff direkt ins Gesicht. Er nickte.

Borghoff blickte ihnen nach, bis Lina und Simon im Nebel verschwanden.

«Wichtige Familie, die Kaufmeisters?», fragte er Ebel.

34

Der nickte. «Sie sind ziemlich reich geworden in den letzten Jahren. Aber einen Mann haben sie der krummen Lina nicht kaufen können.»

«Krumme Lina?»

«Na ja, wir haben sie als Kinder so genannt, wenn sie über die Straße hinkte.»

Borghoff sah zu den Leichen hinüber. «Lassen Sie die Kinder in den Rathauskeller bringen. Und sorgen Sie dafür, dass Doktor Feldhaus gleich morgen die Leichenschau vornimmt.»

Er beugte sich hinunter, um das Kleid wieder zusammenzulegen. «Dreizehn war die Ältere?»

«Wenn der Johann Müller recht hat, dann ja.» Ebel wurde bleich. «Alt genug für eine Schwangerschaft, meinen Sie?»

Borghoff griff nach der Laterne und richtete sich auf. «Weisen Sie den Doktor auf diese Möglichkeit hin, Ebel.»

Er wandte sich an Thade. «Bleiben Sie hier, bis die Leichen weggebracht worden sind. Das ist doch die Straße nach Meiderich?»

Thade nickte.

«Danach können Sie nach Hause gehen. Aber ich brauche Sie morgen wieder hier. Es gibt viel Arbeit. Und Ihr Dorf kommt sicher ein paar Tage ohne Sie aus.»

Die Fenster des Kaufmeister'schen Hauses in der Carlstraße waren hell erleuchtet, als Simon und Lina dort ankamen. Für einen Moment dachte Lina, dies wäre ihretwegen geschehen, aber dann hörte sie erregte Stimmen aus den Fenstern des kleinen Salons dringen, der zur Straße lag.

Lina klingelte an dem großen Tor, durch das Kutschen und Fuhrwerke in den Hof fahren konnten. Um diese Zeit war es bereits verschlossen. Kurz darauf öffnete ihr der Hausdiener Heinrich.

«Ich geh dann jetzt», sagte Simon, der mit seiner Laterne auf der Straße stand. Gerade in diesem Moment erlosch sie.

«Nein, Simon, du wirst dich erst hier aufwärmen. Ich schreibe dir einen Zettel für deine Herrschaft, damit du keinen Ärger bekommst. Heinrich, nimm den Jungen mit in die Küche. Helene soll ihm etwas Suppe geben und seine Laterne auffüllen.»

Als sie die eigentliche Haustür öffnete, schallten ihr aus der halbgeöffneten Tür des Salons laute Stimmen entgegen, die zu debattieren schienen. Die eine, höhere Männerstimme gehörte ihrem Bruder Georg, die andere ihrem Schwager Bertram. Zunächst dachte Lina, die beiden hätten geschäftliche Zwistigkeiten. Linas Vater hatte damals ihre ältere Schwester Guste mit Bertram Messmer verheiratet, weil ihm die Verbindung seines damals noch recht kleinen Handelshauses mit der Messmer-Reederei günstig schien. Die Reederei hatte sich bei der Umstellung von Börtschiffen auf Dampfschiffe übernommen und konnte Gustes großzügige Mitgift gut gebrauchen, um sich wieder zu sanieren. Gemeinsam hatten Bertram, der Witwer und gut zwanzig Jahre älter war als Guste, und der alte Kaufmeister durch die Vereinigung ihrer Geschäfte ein großes Vermögen angehäuft, das Georg mit einigen Neuerungen nun auszuweiten gedachte. Aber der konservative Vater stand ihm dabei im Weg, und Bertram, obwohl eher Georgs Linie zugeneigt, war nicht gewillt, sich seinem alten Wohltäter offen entgegenzustellen. Darüber hatte es mehr als einmal Streit zwischen den Schwagern gegeben.

Aber diesmal schien sich alles um ein anderes Thema zu drehen. Doch bevor Lina näher kommen konnte, um zu hören, um was es ging, kam ihre Schwester Guste die Treppe aus dem oberen Stockwerk herunter, gefolgt von der massigen Gestalt ihrer Schwägerin Aaltje.

«Kommen Sie auch mal nach Hause», rief diese Lina zu. «Uw Vader voelt zich niet goed.»

Guste, die die hagere Figur des Vaters und zu ihrem Leidwesen auch dessen Gesichtszüge geerbt hatte, besah sich ihre Schwester. «Meine Güte, Lina, du bist ganz durchnässt!»

Das Hausmädchen steckte ihren Kopf aus der Küche, um zu hören, was im Flur vor sich ging, und noch bevor sie die Tür schnell wieder schließen konnte, ließ Lina ein scharfes «Finchen» hören.

Finchen, mit gerade vierzehn Jahren die jüngste Bedienstete im Kaufmeister'schen Haushalt, kam vorsichtig heraus. Lina hatte inzwischen Mantel und Hut ausgezogen und gab ihr beides. «Lauf nach oben und bring mir ein anderes Paar Schuhe.» Erschöpft setzte sie sich auf die große Truhe.

«Was ist denn passiert? Dein Kleidersaum und deine Schuhe sind ja voller Dreck!» Guste und Aaltje hatten sich vor ihr aufgebaut.

«Ich habe nahe am Friedhof zwei tote Kinder gefunden», sagte Lina knapp.

«Ja, das kommt davon, wenn Sie sich im Dunkeln draußen herumtreiben, Schwägerin», sagte Aaltje. «Een vrouw hoort thuis – eine Frau gehört ins Haus.»

Guste starrte sie entgeistert an. «Wurden sie denn ermordet?»

«Daran besteht wohl kein Zweifel.» Lina beschrieb den beiden den Zustand der Leichen.

Guste und Aaltje waren noch ganz benommen von der grausigen Erzählung, als es auf der Treppe polterte. Finchen fiel fast die Treppe herunter, so sehr hatte sie sich beeilt. Wie alle Bediensteten im Haus hatte sie großen Respekt vor Lina. Ungefragt kniete sie sich hin, um ihrer Herrschaft mit den Schuhen zu helfen, wie sie es meistens morgens tat. Lina hatte ihren Stolz, was ihr Gebrechen betraf, aber bei den Schuhen dauerte es ihr einfach zu lange, wenn sie sie selbst anzog.

Mit spitzen Fingern zog Finchen ihr die verdreckten Schnürstiefel aus, um ihr dann in die anderen, gleich aussehenden zu helfen.

«Was ist da drin los?», fragte währenddessen Lina ihre Schwester.

Die seufzte. «Ich habe heute einen Brief von Mina erhalten. Sie hatte wohl Angst, dass Georg ihn liest, wenn sie ihn an dich schickt.»

Wilhelmine, genannt Mina, war Linas Zwillingsschwester. Ihr Mann Justus war Abgeordneter der Nationalversammlung gewesen und hatte nach dem Scheitern der demokratischen Kräfte nicht wie andere sein Fähnchen nach dem preußischen Wind gehängt. Es hatte jedoch eines Pressvergehens in Form eines kritischen Zeitungsartikels bedurft, um ihn endgültig der Willkür der Geheimen Polizei auszusetzen. Er und seine Familie hatten manche Repressalien zu erleiden. Schließlich waren sie Mitte letzten Jahres nach Brüssel geflohen, um der drohenden Verhaftung zu entgehen.

«Was schreibt sie?»

«Sie bittet uns um Geld. Justus hat mit den letzten Ersparnissen eine Passage nach London bezahlt, weil er dort hofft, bessere Arbeit zu bekommen – du weißt, er spricht kaum Französisch. Und Mina sitzt mit den Jungen nun mittellos in einer fremden Stadt.»

«So weit ist es also gekommen.» Lina hielt ihre Röcke etwas höher, damit Finchen die Schuhe oben ordentlich schnüren konnte. «Nichts gegen Justus' Gesinnung, aber der Artikel im *Leipziger Grenzboten* war wirklich eine große Dummheit.»

«Weiß Georg, dass du das Blatt im Haus hast?»

«Nein, aber ich habe es von *deinem* Mann, Guste.»

Guste seufzte und sah sich nach Aaltje um, in der Hoffnung, dass die Schwägerin nicht alles verstanden hatte. «Mina hofft, etwas Klavierunterricht geben zu können. Aber sie muss ein paar Schulden bezahlen. Und die Trennung von Justus drückt sie sehr.»

«Georg hat immer gesagt, diese Heirat war een ongeluk», warf Aaltje ein.

«Ach, halten Sie doch den Mund.» Linas Umgangston der Schwägerin gegenüber war selten freundlich, aber doch höflicher als jetzt in der Sorge um ihren Zwilling.

Mina, die immer mit dem Kopf durch die Wand wollte, hatte die Trauer des Vaters um die Mutter ausgenutzt, um blutjung den Assessor Justus Bleibtreu zu heiraten, den Georg, dessen politische Gesinnung damals noch eine ganz andere gewesen war, mit ins Haus gebracht hatte. Während Georg sich zum königstreuen Preußen gewandelt hatte, waren Bleibtreus Ansichten immer radikaler geworden. Aber Lina wusste, dass Mina ihren Mann abgöttisch liebte.

«Und wieso seid ihr damit zu Georg gekommen, statt ihr einfach Geld zu schicken?»

«Weil wir der Meinung sind, dass sie in ihr Elternhaus zurückkehren sollte, wenn ihr Mann weg ist. Hier ist genug Platz, und sie braucht sich keine Sorgen um ihr Auskommen zu machen. Als Frau eines politischen Verbrechers ...»

«Guste! Justus ist doch kein ...»

Das strenge Gesicht der älteren Schwester wurde noch eine Spur härter. «Ich weiß, dass du mit Justus' Ansichten sympathisierst, Lina, aber nach dem Gesetz ist er ein Landesverräter. Jedenfalls werden sie es so hinstellen. Mina sollte dann in Sicherheit sein.»

Finchen hatte den zweiten Stiefel geschnürt. «Danke», sagte Lina. «Hat der Junge in der Küche Suppe bekommen?»

Finchen nickte und wurde ein wenig rot. Der kleine Simon hatte ihr wohl gefallen.

«Komm mit.» Lina erhob sich von der Truhe und ging hinüber in die Bibliothek, wo sie sich an einem kleinen Sekretär einen Platz für die im Haushalt nötigen Schreibarbeiten eingerichtet hatte.

«Der Vater hat nach Ihnen gefragt», ließ sich Aaltje noch einmal vernehmen.

«Ich gehe nachher zu ihm», sagte Lina und schrieb den versprochenen Zettel für Simon. Sie drückte ihn Finchen in die Hand.

«Der ist für den Jungen.»

Dann ging sie Richtung Salon, die Schwester und die Schwägerin hinter sich.

«Lina, ich denke, das sollten die Männer unter sich …», warf Guste zaghaft ein, doch Lina hatte die Salontür schon weit geöffnet.

Georg und Bertram saßen sich am Kamin gegenüber. «Ich weiß gar nicht, was du willst, lieber Georg, wie jede Tochter hat Mina doch eine kleine Rente aus dem Vermögen der Mutter, das wird für ihren Unterhalt hier im Haus doch reichen …»

«Und ich setze den guten Ruf der Kaufmeisters aufs Spiel, wenn die Frau des Justus Bleibtreu …»

«Den du in dieses Haus gebracht hast, Bruder», sagte Lina mit Nachdruck. «Bertram, schreibe ihr, sie ist willkommen. Ich werde das Gästezimmer für sie herrichten, und die Jungen können in der freien Dienstbotenkammer unter dem Dach schlafen.»

«Lina, in *meinem* Haus bestimme immer noch ich …»

Lina funkelte ihren Bruder an. «In *Vaters* Haus bestimmt er, wer hier willkommen ist. Ich werde nachher mit ihm reden, und ich bin sicher, er wird meiner Meinung sein.»

Georg war aufgesprungen. Sein rundliches Gesicht lief rot an. Seine Frau schien sich hinter ihre Schwägerin ducken zu wollen. Lina lehnte sich auf ihr gesundes Bein zurück und schien zu wachsen. «Sie ist unsere Schwester, Georg. Und wenn sie uns braucht, dann sind wir für sie da. Wie kannst du dich erdreisten, sie des Hauses zu verweisen?»

«Sie hat recht, Georg», sagte Bertram leise. «Der Ruf der Familie würde weit mehr leiden, wenn sich Mina in Brüssel allein durchschlagen müsste.»

«Ihr werdet anders reden, wenn die Geheime Polizei erst einmal hier im Haus ist», zischte Georg. «Unseren Geschäftsfreunden wird das gar nicht gefallen.» Er sah in die entschlossenen Gesichter seiner Schwestern und seines Schwagers. «Nun gut. Wenn ihr es so wollt, dann lasst sie herkommen. Aber sagt nicht, dass ich euch nicht gewarnt hätte!» Damit verließ er den Salon, und Aaltje folgte ihm.

Auch Bertram stand auf und begrüßte Lina. «Bis hier in Ruhrort mal ein Polizist aus Düsseldorf oder gar Berlin auftaucht ...», sagte er.

«Das weiß Georg auch. Aber er ist so geizig, dass ihm jeder Teller mehr in der Seele weh tut.» Nicht nur Georg, auch Lina konnte sehr zornig werden.

«Beruhige dich, Lina. Wenn es Probleme gibt mit dem Geld für Minas Einzug hier, dann sag Bescheid.»

Lina sah in Bertrams Gesicht mit dem grauen Bart und den freundlichen Augen. – Guste hätte es schlechter treffen können – dachte sie nicht zum ersten Mal. «Ich muss jetzt nach Vater sehen.»

«Der Vater hat nach Ihnen gefragt», ahmte Guste Aaltjes Stimme und ihren starken holländischen Akzent nach. Alle drei mussten lachen.

Ein starker Husten schüttelte den alten Kaufmeister. Er saß in seinen warmen Schlafrock gehüllt im Sessel am Fenster. Lina würde mit ihm schimpfen, weil er sich geweigert hatte, sich von

Guste und seiner Schwiegertochter ins Bett bringen zu lassen. Er blickte auf seine zitternden Hände und spürte, wie ihm wieder der Speichel aus dem Mund rann. Als er versuchte, ihn mit einer Hand wegzuwischen, wurde aus dem Zittern ein Schlagen gegen die Sessellehne. *Ein sabbernder Greis*, dachte er. *Ein sabbernder Greis mit zweiundsechzig Jahren. Wenn es nur bald vorbei wäre mit mir.*

Draußen auf dem Flur konnte er den unregelmäßigen Gang von Linas festen Schuhen hören. Endlich kümmerte sich jemand um ihn. Jede Predigt seiner scharfzüngigen Jüngsten war ihm lieber als das besorgte hilflose Gesäusel von Guste oder der angewiderte Blick von Aaltje, die ihm voller Ekel die Speichelfäden vom Kinn wischte. Lina war nicht sentimental. Sie wusste, was es hieß, krank zu sein. Er hustete wieder, aber diesmal war es der angesammelte Speichel, an dem er sich verschluckt hatte.

Lina hatte den Hustenanfall schon von draußen gehört und eilte ins Zimmer. Sie klopfte ihrem Vater auf den Rücken, und langsam beruhigte er sich und konnte wieder atmen. Sie wischte ihm das Gesicht ab.

«Du hättest mich ersticken lassen sollen», nuschelte er. Er sprach inzwischen immer leiser und undeutlicher, aber Lina verstand ihn.

«Den Gefallen tue ich Georg nicht», sagte sie mit spöttischem Lächeln. Sie wollte nicht, dass der Vater bemerkte, wie besorgt sie war. Diese Erstickungsanfälle, die von seinen Schluckbeschwerden ausgelöst wurden, häuften sich in der letzten Zeit. Er durfte eigentlich nicht mehr allein gelassen werden. Vielleicht würde sie ihre freien Donnerstagnachmittage nun streichen.

«Warum sind Sie nicht ins Bett gegangen?», fragte sie ihn.

«Konnte nicht. Nicht bewegen.» Er versuchte wieder eine Bewegung, aber die Schüttellähmung verursachte ein weiteres unkontrolliertes Schlagen. Lina wich etwas zurück, bis es sich ein wenig beruhigt hatte.

«Kommen Sie, versuchen Sie aufzustehen, Vater.»

Sie stützte ihn. Er hatte durchaus noch die Kraft, selbständig aufzustehen, war dann aber immer in Gefahr, hinzufallen. Mit Lina an seiner Seite schaffte er es. Er ließ es geschehen, dass Lina ihm seinen Schlafrock auszog. Das Nachthemd darunter hatte er befleckt, als Guste versucht hatte, ihn zu füttern. Lina legte eine seiner Hände auf die Sessellehne, damit er sich festhalten konnte.

Sie nahm ein frisches Nachthemd aus der Wäschekommode und zog ihm das schmutzige Hemd aus. Als sie ihm das andere über den Kopf gezogen hatte, sah sie, dass er begonnen hatte zu weinen. Immer noch schämte er sich vor seiner Tochter.

Für einen kurzen Moment versuchte sie, sich an früher zu erinnern, an sein Lachen, seinen Zorn, seine laute Stimme. Etwas drängte sie, ihn zu trösten, zu streicheln, aber dann wischte sie ihm entschlossen das Gesicht ab und verlor kein Wort über seine Tränen.

Es dauerte eine kleine Ewigkeit, bis es ihrem Vater endlich gelang, sich überhaupt in Bewegung zu setzen, um dann in kleinsten Trippelschritten, ängstlich auf sie gestützt, bis zur anderen Seite des Zimmers zu gehen und sich auf das Bett zu setzen. Wenigstens die Kissen hatten Schwester und Schwägerin aufgeschüttelt. Vorsichtig ließ er sich auf dem Bett nieder. Das Zittern war nach der Anstrengung zunächst stärker, Lina wartete ab, bis es wieder etwas ruhiger wurde.

«Ich muss etwas mit Ihnen besprechen, Vater.» Nur an seinen Augen konnte Lina erkennen, dass er aufmerksam zuhörte.

Sie erzählte ihm von Mina und ihren Problemen.

Seine Hände zitterten wieder stärker. Seinem kleinen Mädchen ging es schlecht, und er konnte ihm helfen. «Natürlich nehmen wir sie und die Jungen auf. Und wenn du es willst, werde ich es Georg persönlich sagen.»

Lina nickte zufrieden. Sie wusste, dass Georg Gespräche mit dem Vater hasste, weil er ihn kaum verstand. Der Verfall seines Vaters war für Georg eher peinlich, als dass er ihn bedrückte. Die beiden hatten zuwenig gemein, um einander zu lieben.

Der Vater hustete wieder. Lina beobachtete besorgt, ob er sich wieder verschluckt hatte, aber das war nicht der Fall.

«Halsschmerzen», murmelte er.

«Soll ich Ihnen Tee bringen und einen Umschlag machen?», fragte Lina.

«Nein. Wird schon wieder besser. Bisschen erkältet.»

Sie setzte sich neben ihn auf das Bett, fühlte seine Stirn, aber er schien kein Fieber zu haben. Der Speichel tropfte ihm wieder aus dem Mund, und sie wischte ihn ab.

Er ließ sich helfen, sich ganz ins Bett zu legen, obwohl von Liegen schon längere Zeit nicht mehr die Rede sein konnte. Lina hatte so viele Kissen in seinem Rücken aufgetürmt, dass er fast saß.

«Lina, ich will dir etwas schenken.» Er bemühte sich mehr denn je, deutlich zu sprechen. «Du magst doch den großen Atlanten?»

Sie nickte. «Ich bin immer mit dem Finger darin herumgereist. Und damals, bevor ich mit Mutter nach Italien fuhr, habe ich mir jeden Ort unserer Reise vorher eingeprägt.»

«Ich will, dass du ihn bekommst. Aber stell ihn nicht in die Bibliothek, nimm ihn mit in dein Zimmer. Versprich mir das.» Er schien aufgeregt, denn nun zitterten auch seine Beine. Es gelang ihm, ihre Hand zu nehmen. «Nimm ihn noch heute Abend mit.»

«Ja, das tue ich. Versprochen.» Sie griff nach seiner Hand, legte sie zwischen ihre, und er lehnte sich weiter in die Kissen zurück. Das war die einzige zärtliche Berührung, die er zulassen konnte, ohne das Gefühl zu haben, noch mehr Würde zu verlieren.

«Vater …» Lina nahm all ihren Mut zusammen. «Würden Sie etwas für mich tun?»

«Was kann ich denn noch tun?»

«Würden Sie ein Schreiben unterzeichnen, das mir die Mündigkeit gibt und erlaubt, mir eine Wohnung zu mieten?»

Sie konnte schwören, dass die Augen in seinem starren Gesicht ängstlich schauten. «Nein, keine Angst. Ich werde Sie nicht verlassen, niemals. Aber wenn Sie …» Sie stockte.

«Wenn ich tot bin», sagte er erschreckend deutlich.

«Ich kann nicht weiter in diesem Haus hier leben und für Georg und Aaltje die Hausmamsell sein. Wenn Sie es erlauben, dann kann ich gehen. Bitte, Vater.»

Es dauerte für Lina eine Ewigkeit, bis er antwortete. Mit geschlossenen Augen schien er lange darüber nachzudenken. Schließlich sagte er: «Es gehört sich nicht.»

«Aber wenn ich keinen Bruder hätte …» Lina kamen tatsächlich die Tränen.

Der Vater ließ einen Seufzer hören. «Du würdest von keinem Menschen hier mehr gegrüßt werden, Lina.»

«Das nehme ich in Kauf. Ich … ich …» Sie versuchte, die aufsteigenden Tränen zu unterdrücken. «Ich halte es einfach nicht mehr aus, Vater.»

«Ich ja auch nicht, Kind, ich auch nicht.»

«Ach, Vater, es geht nicht um Sie. Ich tue das gern für Sie, das wissen Sie. Aber ich will nicht die geduldete alte Tante hier im Haus werden.»

Sein Gesicht blieb wie üblich ausdruckslos, als er sagte: «Setz das Schreiben auf, Kind.» Er hustete wieder.

Lina legte seine Hand sanft zurück auf das Kissen. «Ich hole

Ihnen besser einen Tee.» Ihre Augen leuchteten, als sie das Zimmer verließ.

Er hustete wieder und sank im Bett noch ein bisschen mehr zusammen. Dieses Kind! Da hatte sie sich etwas in den Kopf gesetzt, was er ihr kaum ermöglichen konnte. Natürlich würde er das Papier unterzeichnen, um ihr eine Freude zu machen, doch was war es wert, wenn erst Georg das Familienoberhaupt war?

Er dachte an Mina, die immer sein Lieblingskind gewesen war. Georg war ein blasser und strebsamer Junge gewesen, ein seinem Vater ergebener Sohn, aber kaum ein wirklich liebenswertes Kind. Die stille Guste, deren Gesichtszüge seinen eigenen so ähnlich waren, dass er sie niemals hätte verleugnen können, war zu einer langen, dürren Frau mit blassroten Haaren, Sommersprossen und schiefen Zähnen herangewachsen und immer ein Rätsel für ihn geblieben. Aber in die Zwillinge, diese bildhübschen kleinen Mädchen, war er vom ersten Tag an vernarrt gewesen.

Sie waren beide wild und verwöhnt, wussten dem stolzen Vater zu schmeicheln und bekamen immer, was sie wollten. Gleich gekleidet waren sie kaum zu unterscheiden.

Dann plötzlich, einige Zeit nachdem sich beide Mädchen von einer lebensbedrohlichen Lungenentzündung erholt hatten, begann die kleine Lina von einem Tag auf den anderen zu hinken. Sie wurde immer stiller, das Hinken verstärkte sich, und irgendwann weigerte sie sich ganz zu laufen, da sie große Schmerzen hatte.

Die Ärzte schlugen schließlich eine Operation vor und fanden das Hüftgelenk fast zerstört. Heute nannte man die Krankheit Hüfttuberkulose. Wenn der Vater daran zurückdachte, was das knapp achtjährige Mädchen durchgemacht hatte, kamen ihm noch manchmal die Tränen. Ja, Lina wusste, was Leiden und Schmerzen waren. Die Operation hatte sie fast umgebracht.

Und es sollten weitere folgen. Um sie von den fortdauernden Schmerzen zu befreien, mit denen es ihr unmöglich war zu gehen, musste das Gelenk völlig versteift werden. Josef Heinrich Kaufmeister hatte die besten Ärzte dafür konsultiert. Es gelang. Danach reiste Lina mit ihrer Mutter für mehr als ein Jahr nach Italien, um sich zu erholen, und lernte dort mühsam wieder laufen.

Die Krankheit hatte das kleine Mädchen besiegt, als sie mit fast zehn Jahren zurückkehrte, aber das versteifte Gelenk verkürzte das Bein, und der schiefe Gang drohte das Rückgrat zu verkrümmen. In mehreren gymnastischen Anstalten wurde über Jahre mit Apparaten und Übungen versucht, Linas Körper trotz des Gebrechens zu begradigen. Und fast war das auch gelungen, als sie schließlich mit fünfzehn Jahren endgültig nach Hause zurückkehrte.

Doch sosehr sich Ärzte und Orthopäden auch bemüht hatten, nun konnte man die Zwillinge gut unterscheiden. Lina war kleiner geblieben, hinkte, und eine Schulter war fast unmerklich hochgezogen. Der einstige Stolz des Vaters war der Sorge gewichen, was aus seiner verkrüppelten Tochter werden sollte.

Mina hingegen war eine hinreißende Schönheit. Schlank und nicht zu klein hatte ihre Haltung etwas von der Anmut antiker Statuen. Und während sie voller Leidenschaft und ganz Gefühl war, sei es Liebe oder Zorn, konzentrierte sich Lina auf das, was sie an sich selbst als einzig unversehrt betrachtete: ihren Verstand und Wissensdurst, den sie mit Büchern und schließlich mit der Lehrerinnenausbildung befriedigte. Sie war dem Vater fremd geworden, dem jeder ihrer schwankenden Schritte weh tat und dem der Gehstock, der ihr außerhalb des Hauses auf dem buckligen Pflaster und den ausgefahrenen Wegen Halt gab, wie ein Zeichen seines Versagens vorkam.

Mina war nach wie vor seine kleine Prinzessin, die sich

manchmal noch auf seinen Schoß setzte und stets ihren Willen durchsetzte, selbst als sie mit neunzehn Jahren einen jungen Wirrkopf heiraten wollte.

Aber nicht sein Liebling Mina war nun hier, um den Vater zu pflegen. Lina war es, die nüchterne, kluge, tüchtige Lina, die nichts von seiner tiefen Dankbarkeit ahnte und seiner Beschämung, dass er sie nicht genug geliebt hatte.

Eine Stunde später saß Lina in ihrem gemütlichen Zimmer gleich neben dem des Vaters. Der große schwere Atlas lag auf ihrem Bett.

Der Hausdiener hatte schon vor Stunden den Ofen angezündet. Das Holz war jetzt heruntergebrannt, aber Lina legte keine neuen Scheite auf. Sie war sehr müde nach dem anstrengenden Tag. Als sie ihrem Vater den Tee bringen wollte, schlief er bereits, nun stand die Kanne auf dem nur langsam erkaltenden Ofen. Sie goss sich eine Tasse ein. Finchen hatte ihr noch ein Stück Brot, etwas Butter und Käse heraufgebracht, bevor sie selbst in ihrer Dachkammer verschwand.

Lina lächelte. Sie hatte Hunger, aber sie war gar nicht dazu gekommen, die Köchin um ein Abendessen zu bitten. Sie überlegte, ob Finchen es von sich aus gebracht hatte oder ob die Köchin es ihr aufgetragen hatte. Dann sah sie, wie krumm das Brot und der Käse geschnitten waren. – Gutes Kind, dachte sie.

Sie aß mit Genuss. Dann stand sie auf, holte einen Bogen Papier, Tinte und Feder von dem kleinen Wandbord und setzte sich an ihre Waschkommode, denn für einen Schreibtisch war hier kein Platz mehr gewesen. Sie überlegte genau, welche Formulierung sie wählte, und begann dann zu schreiben.

Ich, Josef Heinrich Kaufmeister, gestatte meiner Tochter, dem Fräulein Carolina Sophie Kaufmeister, nach meinem Tod eine Wohnung

zu Ruhrort zu mieten, in der sie allein, anständig und mündig leben
soll …

Nach dem zweiten Versuch war sie zufrieden. Sie stellte die
Lampe auf den Nachttisch und begann, sich auszukleiden. Sonst
pflegte sie ihre Kleider immer sehr ordentlich aufzuhängen,
aber heute sorgte sie nur dafür, dass der Rock und das Oberteil nicht zerdrückt wurden. Auf ihrem einzigen Stuhl türmten
sich alle sechs rosshaarversteiften Unterröcke, das Korsett und
die Unterwäsche. Sie warf ihr Nachthemd über. Heute würde
sie ihre Haare nicht bürsten. Lina ließ nur die Zöpfe herunter
und setzte die Nachthaube auf. Dann benutzte sie noch einmal
ihren Toilettenstuhl, löschte die Lampe und legte sich hin. Und
jetzt, allein im Dunkeln, stieg wieder das schreckliche Bild in ihr
auf: die beiden toten Mädchen, die Löcher in der Brust und die
klaffende Wunde im Unterleib der Älteren. – *Ein Kind,* schoss
es ihr durch den Kopf, *das Mädchen war schwanger gewesen.* Was
war mit dem Kind geschehen?
  Trotz ihrer Müdigkeit fiel es ihr schwer, einzuschlafen.

2. Kapitel

Lina erwachte, als mit beginnendem Morgengrauen die ersten Karren vom Hof rumpelten. Landhandel gehörte immer noch zum Geschäft der Kaufmeisters, auch wenn seit längerer Zeit schon Ruhrnachen und Rheinschiffe die wichtigeren Transportmittel waren. Im Kontor- und Packhaus an der Dammstraße wurden vor allem Kolonialwaren, die sie meist von Aaltjes Familie aus Holland bezogen, für den Weiterverkauf konfektioniert und der Kohlehandel und Eisenwarentransport abgewickelt. Hier an der Carlstraße trafen die Waren ein, die über den Landweg aus dem Märkischen und Bergischen nach Ruhrort kamen. Auch wenn die Eisenproduktion nun in Nähe des Kohleabbaus angesiedelt war, die Qualität der alteingesessenen Eisenverarbeitungsfirmen, gerade bei kleinen, speziellen Produkten wie Klingen und Maschinenteilen, wurde von den auf Großproduktion ausgerichteten neuen Betrieben oft noch nicht erreicht und lohnte den Handel.

Sie hatte unruhig geschlafen, selbst einer ihrer Zöpfe hatte sich gelöst. Auf bloßen Füßen, ohne den erhöhten Schuh schwankender den je, hinkte Lina zu ihrer Waschkommode und entflocht auch die übrigen. Das Haar fiel, durch das Flechten noch mehr gewellt als von Natur aus, bis zur Taille herunter und umrahmte weich ihr Gesicht. Sie begann es zu bürsten und prüfte dabei im Spiegel den Glanz des dunklen Rots. Welche Pracht und Fülle ihr Haar doch hatte, vor allem wenn sie es mit Gustes fahlem Kupfer oder gar Aaltjes dünnem Weizenblond verglich.

«Du hast keinen Grund, eitel zu sein!», schimpfte sie mit der Lina im Spiegel. Entschlossen zog sie einen geraden Scheitel und begann erneut, Zöpfe zu flechten. Was nützte die Pracht? Sie war und blieb die krumme Lina.

Es klopfte an der Tür.

«Herein», rief sie.

Es war Finchen, die einen Krug warmes Wasser brachte und ihn auf den Waschtisch stellte. Als sie sah, dass Linas Haare noch halb offen über den Schultern lagen, strich sie unvermittelt darüber und zog dann die Hand erschrocken zurück. Sie wurde rot und bat: «Oh, Fräulein Lina, darf ich Ihnen die Zöpfe flechten? Sie haben so wunderschönes Haar!»

Eine Spur zu streng antwortete Lina: «Ich denke, in der Küche wartet genug Arbeit auf dich. Du kennst doch deine morgendlichen Pflichten!»

Mit betretenem Gesicht verließ Finchen das Zimmer, und Lina bereute es augenblicklich. Das Mädchen konnte ja nicht wissen, dass es sie gerade in einem ihrer seltenen Momente von Selbstmitleid angetroffen hatte.

Lina wand zwei fertiggeflochtene Zöpfe vorn um den Kopf, die beiden anderen formte sie zu einem dicken Knoten, der auch die Enden der ersten bedeckte. Dann wusch sie sich und begann, sich anzuziehen.

Eine halbe Stunde später war Finchen wieder da. Sie brachte das Tablett mit dem Frühstück des Vaters. «Den Tee bringt Helene gleich selbst.»

Finchen hatte sich hingekniet und half Lina in ihren rechten Strumpf. Sie schob dabei das Bein der langen Unterhose hoch, und Lina zog ihn dann gänzlich nach oben.

Finchen half ihr mit den Schuhen. Und wie an jedem Morgen fühlte Lina sich gleich besser, als sich das feste Leder hoch um ihre Fesseln und den Wadenansatz schloss. Die geschnürten Stiefel waren zwar weit hässlicher als die der anderen Damen, aber sie bedeuteten für Lina einen sicheren Gang, so auffällig er auch sein mochte.

«Danke, Finchen», sagte sie, setzte sich ihre weiße Haushaube auf, die den Knoten frei ließ, und band die Schleife unter dem Kinn. «Ach … wenn ich mir das nächste Mal die Haare wasche, möchtest du mir dann helfen?» Das war normalerweise die Aufgabe von Aaltjes Mädchen, das auch Zofendienste verrichtete.

«Ja, das möchte ich sehr gern.» Finchen strahlte, und ihr klarer direkter Blick, den Lina schon bei der Einstellung gemocht hatte, sagte ihr, dass das Mädchen ihre Entschuldigung angenommen hatte.

Auf der Treppe hörte sie die Köchin Helene, die den Tee brachte. Finchen nahm das Tablett und folgte Lina zum Zimmer des Vaters. Helene stellte die kleine Teekanne dazu, und Lina öffnete die Tür. Der Vater schlief noch. Leise stellte Finchen das Tablett auf dem Nachttisch ab und verschwand.

Vorsichtig rüttelte Lina ihren Vater wach. Die nächsten zwei Stunden würde sie mit ihm beschäftigt sein.

Robert Borghoff hatte am Morgen Simon vernommen. Der Junge war aufgeregt und erzählte recht wirr. Auch schien es ihm sehr peinlich zu sein, Fräulein Lina im Nebel verloren und sich verlaufen zu haben. Aber schließlich konnte Borghoff sich ein Bild der Ereignisse machen, die zur Auffindung der Leichen geführt hatten.

Er beschloss, Lina den Gang zur Polizei abzunehmen. Auch dieser Morgen war wieder sehr nebelig gewesen, aber nun zwängten sich bereits erste Sonnenstrahlen durch die Wolken –

endlich war es hell genug, um den Fundort genau in Augenschein zu nehmen. Auf dem Weg dorthin würde er am Haus der Kaufmeisters haltmachen. Er nahm Polizeidiener Schröder mit und wies ihn an, Simons Einlassung, die dieser mit krakeligen Buchstaben bestätigt hatte, einzustecken.

Das Haus der Kaufmeisters war das höchste und größte an der Carlstraße, die meisten Bauten hier waren nur zweistöckig. Neugierig betrachtete er das geschäftige Treiben in dem großen Innenhof. Gerade wurde ein Karren mit Metallwaren ausgeladen. Er zog kräftig an der Hausglocke. Ein ganz junges Hausmädchen, deren natürliche braune Locken vorwitzig aus der Haube lugten, öffnete die Tür.

«Ich bin Polizeicommissar Borghoff. Ist Fräulein Kaufmeister zu sprechen?»

«Ich frag nach», sagte die Kleine und war schon fast wieder im Haus, als sie sich eines Besseren besann. «Kommen Sie doch herein, bitte», kam es wie auswendig gelernt. Sie knickste leicht. Borghoff und der Polizeidiener betraten den Flur und sahen ihr amüsiert nach, wie sie die Treppe hinaufstürmte. Der Commissar sah sich um und entdeckte im Schirmständer neben der Tür Linas Gehstock.

Lina kam die Treppe herunter, hinter ihr Finchen, der es viel zu langsam ging. «Entschuldigen Sie, Herr Commissar, aber es war mir noch nicht möglich, zu Ihnen zu kommen», begrüßte Lina ihn. «Mein ohnehin schon sehr kranker Vater scheint sich eine Erkältung zugezogen zu haben, und ich musste mich um ihn kümmern.»

«Mein Besuch sollte kein Vorwurf sein, Fräulein Kaufmeister. Ich wollte noch den Fundort bei Tageslicht inspizieren und dachte, da Ihr Haus fast auf dem Weg liegt, Ihnen den Gang ersparen zu können.»

«Das ist sehr freundlich von Ihnen. Kommen Sie doch bitte

hier herein.» Sie wies ihnen den Weg zum Salon. «Finchen, bringst du uns bitte einen Kaffee? Sie beide möchten doch einen, oder?»

Noch bevor Borghoff «sehr gern» sagen konnte, war Finchen bereits aus dem Raum geeilt und hatte fast die große chinesische Vase dabei umgerissen.

Lina seufzte, während sie Borghoff und dem Polizeidiener einen Stuhl anbot. «Ich habe ihr schon beigebracht, dass sie *mit* Kaffee besser nicht so losrennt», sagte sie, und Borghoff lächelte. Ihr Eindruck, dass Borghoff einmal ein sehr gutaussehender Mann gewesen war, bevor er sein Auge verloren hatte, fand Lina nun bei Tageslicht bestätigt.

Sie plauderten noch ein wenig, bis Finchen mit dem Kaffee kam. Lina nahm ihr ab, die Tassen auf den Tisch zu stellen und einzuschenken. Dem zufriedenen Gesicht des Polizeidieners sah man an, dass er selten guten Kaffee bekam.

Borghoff wurde dienstlich. «Wir haben heute Morgen schon mit Simon Weber gesprochen. Ich denke, wir lesen dessen Aussage vor, und Sie unterbrechen uns, wo Sie etwas richtigstellen oder ergänzen möchten.»

Es dauerte dann doch länger als eine Tasse Kaffee. Simon hatte vieles falsch dargestellt, was Linas scharfer Verstand ganz anders wahrgenommen hatte. «Hat er nichts von der Kutsche gesagt?», fragte sie plötzlich.

«Welche Kutsche?»

«Es kam eine Kutsche, vielleicht von der Phoenix-Straße her.» Lina goss zur Freude des Polizeidieners noch einmal nach. «Aber nein, dann hätte sie den Jungen ja überholt … Kurze Zeit war alles still, daher denke ich, die Kutsche hat angehalten. Und dann ist sie losgeprescht, als wären tausend Teufel hinter ihr her. Ich konnte gerade noch zur Seite springen.»

«Wie sah sie denn aus?», fragte Borghoff.

«Es war ein einfacher schwarzer zweispänniger Wagen, wie ihn viele hier haben.»

«Geschlossen?»

«Ja.»

«Haben Sie jemanden erkennen können?»

Sie schüttelte den Kopf. «Nein, das ging viel zu schnell … Aber es könnte sein …» Sie stockte, dann sah sie Borghoff direkt an. «Möglicherweise war es ja dieselbe Kutsche, die uns in der Stadt passiert hatte. Was sonst als das Herauswerfen der Leichen sollte die Kutsche zum Halten gebracht haben?»

Er runzelte die Stirn. «Eine Kutsche, die Ruhrort verließ?»

Lina versuchte, sich alles genau vorzustellen. «Den Kutscher konnte ich nicht erkennen, er hatte sich den Hut tief ins Gesicht gezogen. Allerdings …»

«Ja?»

«Seine Jacke war aus teurem Tuch. Ich habe es sofort gesehen, aus einem solchen Stoff habe ich meinem Neffen einen Anzug genäht. Ich habe einen Blick für solche Dinge. Ein Kutscher trägt so ein Tuch nicht, das wäre viel zu teuer.»

«Es sei denn, sein Herr wünscht ihn gut gekleidet», sagte Borghoff knapp.

«So oder so, bedeutet das …»

Lina stockte und sah, wie Borghoff seine Hand auf die des Polizeidieners legte, damit dieser nicht mitprotokollierte. «Was wollen Sie damit sagen, Fräulein Kaufmeister?»

«Es könnte bedeuten, dass jemand Wohlhabendes in die Sache verwickelt ist.»

«Nun, das könnte viele Gründe haben. Vielleicht haben sie auch das Bündel dort liegen sehen …»

«Im Nebel? Nein.» Lina schüttelte energisch den Kopf. «Was ist mit dem Kind der Kleinen? Sie hatte doch ein Kind erwartet, oder?»

Borghoff sah sie erstaunt an. Er hatte gesehen, wie entsetzt sie über den Anblick der Unterleibswunde gewesen war, aber dass sie als Dame der feinen Gesellschaft die richtigen Schlüsse daraus gezogen hatte, wunderte ihn schon. «Ja, sie erwartete ein Kind. Wir haben inzwischen von ihren Eltern erfahren, dass sie ...» Er räusperte sich verlegen. «Nun, sie ... sie verkaufte sich.»

Lina lächelte ihn spöttisch an. «Das ist in Ruhrort nichts Besonderes, Herr Commissar. Ich mag hinken, aber ich bin nicht blind und taub.»

Borghoff traf die Wucht dieses Satzes. «Nun, Sie sind eine wohlhabende Dame der guten Gesellschaft. Da wächst man doch etwas ... behüteter auf.»

Lina lachte. «Verzeihen Sie mir bitte, wenn ich Sie mit meiner Kenntnis schockiert habe. Das liegt daran, dass ich weniger behütet, dafür aber mit mehr Leselust und Neugier ausgestattet bin. Ich nehme an, auch die jüngere Schwester verdingte sich als Hure?»

«Ja, so erschreckend und widerwärtig das ist.»

«Erschreckend und widerwärtig sind die Freier, nicht die armen Kinder. Sie hätten Hilfe gebraucht.»

«Sind Sie eine Radikale, Fräulein Kaufmeister?», fragte Borghoff halb ernst, halb spöttisch.

«Wenn Sie meinen Bruder fragten, würde er das sicher bejahen», nahm sie seinen Ton auf. «Haben Sie denn überhaupt einen Verdacht?»

«Ihre Freier waren meist durchreisende Schiffer. Wir überprüfen das zurzeit.»

«Und die Kutsche? Ich meine, wenn es ein und dieselbe Kutsche war?»

«Soweit ich weiß, ist in der Nacht keine Kutsche kontrolliert worden.»

«Dann ist sie hier in Ruhrort geblieben», sagte Lina knapp.

Aber Borghoff wollte offensichtlich nicht weiter darüber diskutieren und stand auf. «Wir werden eine Abschrift von Ihrer Aussage machen und sie heute Nachmittag vorbeibringen, damit Sie sie unterschreiben können.»

Lina und der Polizeidiener erhoben sich ebenfalls.

«Ich danke Ihnen sehr, Fräulein Kaufmeister.»

Lina begleitete die beiden bis an die Tür. «Ich beneide Sie nicht um Ihre Aufgabe, Herr Commissar», sagte sie beim Abschied, und er wusste, sie meinte die geheimnisvolle Kutsche und die Möglichkeit, dass ein wohlhabender Bürger in das schreckliche Verbrechen verwickelt sein könnte. Schließlich suchten nicht nur Schiffer die Hafenhuren auf.

«Ein Rat noch», sagte er, als der Polizeidiener schon draußen auf der Straße stand. «Einem Polizisten gegenüber sollten Sie sich vielleicht etwas weniger radikal geben, mein Fräulein. Bei der Geheimen Polizei in Berlin würde nach diesen Äußerungen schon eine Akte über sie erstellt. Und ich weiß, wovon ich rede, ich habe dort gearbeitet.»

«Aber warum sollten Sie sich um das Geschwätz einer einfältigen, unmündigen Frau kümmern?», antwortete Lina ihm, und ihr Augenaufschlag war koketter, als sie es beabsichtigt hatte.

«Das kann Sie nicht immer retten», erwiderte er mit plötzlichem Ernst.

Auf dem Weg zum Fundort der Leichen war der Polizeidiener zunächst recht still. Borghoff fragte: «Worüber denken Sie nach, Schröder?»

Schröder zögerte einen Moment. «Ich habe nicht oft mit feinen Damen zu tun, Herr Commissar.» Borghoff hatte in der kurzen Zeit, die er in Ruhrort war, schon gelernt, dass Schröder jemand war, der seine Zeit brauchte, um etwas geradeheraus zu sagen, und wartete.

«Aber Fräulein Kaufmeister passt wirklich gar nicht zu der Vorstellung, die man so von einer feinen Dame hat.»

«Sie denken also, sie ist keine Dame und vor allem keine feine Dame?», fragte Borghoff amüsiert.

«Was?» Schröder schien erschrocken. «O nein, um Himmels willen, so habe ich das nicht gemeint. Aber die Offenheit, mit der sie Wörter wie ‹Hure› in den Mund nimmt …»

Borghoff nickte zustimmend.

«Für eine Frau ist sie sehr scharfsinnig», setzte Schröder hinzu.

«Da haben Sie recht, Schröder. Eine feine Dame würde sich ihre Scharfsinnigkeit nicht anmerken lassen.»

Borghoff war sich nicht sicher, ob die Ironie bei dem Polizeidiener angekommen war, denn der antwortete mit großer Selbstverständlichkeit: «Das Fräulein Kaufmeister muss das nicht verstecken, die alte Jungfer bekommt ohnehin keinen Mann mehr ab.»

Sie waren an der Stelle angekommen, wo Lina die Mädchen gefunden hatte. Ein Teil der Wiese war zertrampelt, vor allem da, wo die Schaulustigen gestanden hatten.

Der Polizeidiener stand unschlüssig auf der Straße. Was wollte Borghoff hier noch in Augenschein nehmen?

Borghoff ging von der Straße zu der Fundstelle und betrachtete sorgfältig den Boden. Hier waren tiefe Radspuren von einer Kutsche zu sehen, und es war deutlich, dass sie gewendet hatte. Lina könnte also recht haben mit der Annahme, dass die Mädchen aus der Kutsche mit dem feingekleideten Kutscher geworfen worden waren.

An der Stelle, wo die Leichen gelegen hatten, fand er bestätigt, was er gestern Abend im Schein der Laternen nur hatte vermuten können: Es gab keinerlei Blut. Die Kinder waren an anderer Stelle getötet und hier nur abgelegt worden.

Er ging wieder bis zu der Radspur und versuchte, sich vorzustellen, wie die Kutsche plötzlich hielt und halb in die Wiese hineinfuhr, gerade so weit, dass sie in dem durchgeweichten Boden nicht steckenblieb. An dieser Stelle hatte die Kutsche dann gewendet. Man hatte die Leichen wohl nacheinander aus dem Wagen geworfen. Aber dazu hatte die Kutsche zu weit weg von der Fundstelle gehalten. Nicht einmal der stärkste Mann konnte ein dreizehnjähriges Mädchen drei bis vier Meter weit werfen. Sie mussten also zu zweit gewesen sein, vermutlich ein Mann in der Kutsche und der Kutscher.

Er untersuchte den vorderen Teil der Radspuren genauer, und wirklich, dort, wo der Kutschbock gewesen sein musste, fanden sich tiefe Fußspuren. Der Kutscher war heruntergesprungen. Vermutlich er hatte die herausgeworfenen Leichen geschnappt und dann dorthin geschleppt, wo sie gefunden wurden. In diesem Fall wäre keine zweite Person vonnöten gewesen.

Er ging zurück an die Stelle, wo die Leichen nach dieser Theorie herausgeworfen worden wären. Dort war leider alles zertrampelt, unter den vielen Fußspuren waren auch die unverkennbaren Abdrücke von Linas Schuhen. Plötzlich entdeckte er, niedergetrampelt in den Schlamm, ein kleines Holzpüppchen, vielleicht fünf Zentimeter groß. Er bückte sich und zog es heraus. Es war ein Wickelkind, ein grobgeschnitzter Kopf, der Rumpf, wohl nur ein rohes Stückchen Holz, war ganz mit einem ehemals weißen Stoff umwickelt.

Er stocherte noch etwas mit der Fußspitze herum, aber mehr als das Spielzeug schien es hier nicht zu geben. Dann stutzte er. Was er zunächst für einen Stein gehalten hatte, war ein Knopf, ein schöner, dunkler Perlmuttknopf von einer Herrenjacke. Er hob ihn auf und brachte Schröder das Püppchen und den Knopf.

«Passen Sie gut darauf auf!»

59

Schröder betrachtete den Knopf. «Das Fräulein scheint recht zu haben mit den wohlhabenden Leuten ...», sagte er leise.

«Hören Sie, Schröder!» Borghoff baute sich vor dem Polizeidiener auf. «Ich habe nicht umsonst verhindert, dass Sie die ... die Phantasien des Fräuleins aufzeichnen. Wir haben einen Knopf und die Aussage einer Frau. Solange wir nicht jemandem etwas Handfestes nachweisen können, dürfen wir nicht einmal andeutungsweise etwas darüber verlauten lassen.»

Schröder nickte. «Ich bin nicht dumm, Herr Commissar. Ich halte es da wie die feinen Damen.»

«Kann ich mich auf Sie verlassen?»

Schröder nickte. «Heißt das, Sie werden der Sache nicht nachgehen?»

«Nicht offiziell. Offiziell suchen wir nach einem durchreisenden Schiffer, aber es könnte nicht schaden, wenn wir zum Beispiel an den Fähren fragen, ob gestern Abend noch ein Wagen übergesetzt werden wollte.» Insgeheim hoffte er immer noch, dass die Kutsche nur durchgereist war, immerhin hätte sie auch über die Chaussee von Meiderich herüberkommen können.

«Lassen Sie uns zurückgehen. Vielleicht hat der Doktor seine Obduktion schon beendet.»

Linas Vater hatte schon den ganzen Morgen stark gehustet. Lina hatte ihm Tee eingeflößt und die Köchin angewiesen, eine Hühnersuppe zu kochen. Als sie nach dem Gespräch mit Borghoff wieder in sein Zimmer kam, merkte sie an seinem geröteten Gesicht, dass er Fieber bekommen hatte. Sie hatte den Hausknecht zum Doktor geschickt, der kam aber unverrichteter Dinge zurück, der Doktor sei außer Haus und kehre erst nachmittags zurück, richtete er aus.

Die Leichenschau, dachte Lina. So sah sie noch häufiger als sonst nach dem Vater und achtete auf jedes Anzeichen für ein

Steigen des Fiebers. Bis jetzt hielt er sich aber ganz gut, lag nur matt in den Kissen und schlief immer wieder ein.

Lina nutzte diese Zeit, um mit der Schwägerin die weitere Woche im Hause Kaufmeister zu besprechen. Aaltje erwartete am Nachmittag den Pfarrer zu Besuch, am nächsten Tag mehrere Damen. Für den Pfarrer sollte Finchen in der Bäckerei etwas feines Gebäck kaufen, für die Damen würde Helene einen ihrer vorzüglichen Birnenkuchen backen. Der Boden des Salons und der des Entrees wurden bereits von den Mädchen auf Knien geschrubbt.

«Das Tischtuch müssen wir wechseln, aber erst nach dem Mittagessen», sagte Lina. Die zusätzliche Putzarbeit der Mädchen brachte ihre wohldurchdachten Haushaltspläne durcheinander.

«Der Pfarrer hätte Sie auch *graag* dabei, Schwägerin», sagte Aaltje. Für ihre Begriffe reichte Linas sonntäglicher Kirchgang nicht aus, um ihre Seele zu retten. Aaltje missbilligte auch ihre Lektüre. Für sie gab es nur ihre holländische Bibel und die Anleitungen für ihre Stickereien.

«Der Vater ist krank, und ich muss häufiger nach ihm sehen. Und einen weiteren Vortrag über Gottes Prüfungen kann ich ehrlich gesagt nicht mehr ertragen.» Gottes Prüfungen – das waren Aaltjes tote Kinder und Linas steife Hüfte. Auch wenn sie ihre Schwägerin nicht übermäßig mochte – weder Aaltje noch sie hatten solche Prüfungen verdient.

«Aber auch Sie bedürfen Gottes Trostes!» Diese deutsche Formulierung hatte sich Aaltje gut eingeprägt.

«Wenn Ihnen die Nachmittage mit dem Pfarrer Trost bringen, liebe Schwägerin, dann freue ich mich für Sie. Mich halten sie von meiner Arbeit ab. Also bitte entschuldigen Sie mich bei ihm. Wenn ich die Zeit finde, werde ich ihn kurz begrüßen.»

Sie stand auf, um mit der Köchin den Speiseplan zu besprechen. «Im Übrigen ist es Gott wohlgefällig, fleißig und hart zu arbeiten, Aaltje.»

Aaltje wurde rot und griff nach ihrem Stickrahmen. Wenn sie erst wieder schwanger war, konnte sie guten Gewissens der tüchtigen Lina zusehen, wie sie den Haushalt regierte.

Am Nachmittag kam dann Dr. Feldhaus zu den Kaufmeisters. Das Fieber des Vaters war nicht gestiegen, aber jedes Husten brachte seinen ganzen Körper in ungewollte Bewegung. Feldhaus verordnete ein Husten- und ein Beruhigungsmittel für die Nacht. Lina sollte weiter darauf achten, dass das Fieber nicht stieg.

Der Doktor war ein alter Freund des Vaters.

«Die Schüttellähmung hat sich weiter verschlimmert, nicht wahr?», fragte Lina. «Ich merke das meist nicht gleich, weil ich so viel mit ihm zusammen bin.»

Der Doktor nickte. «Aber er hält sich trotzdem noch sehr gut. Es ist jetzt acht Jahre her, seit sich das erste Zittern zeigte. Die meisten anderen meiner Patienten, die an dieser Krankheit litten, sind schneller gestorben.»

«Er hatte immer eine gute Konstitution», sagte Lina. «Und er hat lange dagegen angekämpft.» Bis Anfang des vergangenen Jahres hatte sich der Vater fast täglich ins Kontor geschleppt. Erst mit dem Umzug in das neue Haus, das zehn Minuten vom Kontor entfernt lag, hatte er das Tagesgeschäft Georg und Bertram allein überlassen, aber immer noch alle wichtigen Vertragsabschlüsse selbst geprüft. Erst seit wenigen Wochen schien ihm das Geschäft immer gleichgültiger zu werden.

«Fräulein Lina, ich weiß, dass ich Ihnen das schon seit fast drei Jahren sage, aber es kann jederzeit mit ihm zu Ende gehen.»

Der ehemals verwitwete Dr. Feldhaus hatte einmal um Linas Hand angehalten, aber sie hatte damals den Vater davon überzeugt, dass sie sich besser um ihn kümmern konnte, wenn sie im Hause bliebe. Nicht dass sie den Doktor nicht gemocht hätte, aber er war zu streng und zu traditionell in seinen Ansichten über das, was sich für eine Frau geziemte und was nicht. Inzwischen hatte er über eine Cölner Heiratsvermittlung eine leidlich hübsche Pfarrerstochter geehelicht.

Warum sich Feldhaus damals ausgerechnet in sie verliebt hatte, die nie ihren Mund hielt und manchmal auch recht herrschsüchtig war, konnte Lina sich nicht erklären. Aber wenn der Doktor ins Haus kam – und das tat er häufig –, konnte sie immer noch diese merkwürdige Zuneigung spüren. Das gedachte sie jetzt auszunutzen.

«Sie haben die Mädchen heute obduziert, nicht wahr?»

Feldhaus nickte. «Ich hörte schon, dass Sie sie gefunden haben, Fräulein Lina. Eine Frau sollte nicht im Dunkeln allein …»

«Ich war nicht allein. Der junge Simon Weber hat mich begleitet.» Lina beschloss, schnell zur Sache zu kommen, bevor sie sich weitere Vorwürfe anhören musste. «Das war ein schlimmer Anblick.»

«Man hat beiden Mädchen das Herz entfernt. Und die ältere …»

«Erwartete ein Kind, das ist mir schon klar. Was denken Sie, war das Kind tot, oder könnte es noch gelebt haben?»

Feldhaus wich ihrem Blick aus. «Fräulein Lina, das ist eine polizeiliche Untersuchung, ich weiß nicht, ob ich mit Ihnen darüber reden sollte.»

«Ich habe die Kinder gesehen, Doktor. Sie gehen mir nicht mehr aus dem Kopf. Verstehen Sie nicht, dass ich wissen muss, was mit ihnen geschehen ist?»

«Sie wollen alles wissen?»

Lina nickte. «Bitte. Ich bin keines von den zarten Dämchen, die gleich in Ohnmacht fallen, wenn sie so etwas hören.»

Feldhaus lächelte ein wenig gequält. «Nein, das sind Sie wirklich nicht.»

Im oberen Stockwerk befand sich Aaltjes kleiner Salon, in den sie sich oft zurückzog, wenn sie ungestört sein wollte. Eifersüchtig wachte sie darüber, dass Lina ihn nicht auch unter ihre Herrschaft bekam. Nun aber saß sie unten mit dem Pfarrer zusammen. Lina öffnete die Tür und schob den Doktor hinein.

Aaltjes Stickarbeiten waren über das ganze Zimmer verteilt, Lina nahm ein paar vom Sofa herunter und bot Dr. Feldhaus einen Platz an. Sie selbst setzte sich in Aaltjes breiten Sessel – wahrscheinlich der einzige im Haus, in dem Aaltjes ausladende Statur wirklich bequem Platz hatte. Die zierliche Lina verschwand fast darin.

Feldhaus begann zu berichten. Die Mädchen waren unterernährt, was kein Wunder war. Beide waren vermutlich häufig mit Männern zusammen gewesen.

«Sie waren schon länger tot, mindestens drei Tage, vermute ich. Und das viele Blut auf der Kleidung und den Körpern lässt nur den Schluss zu, dass sie noch lebten, als man ihnen das angetan hat.»

«Die Herzen zu entfernen, meinen Sie?»

Feldhaus nickte. «Das ist … das ist wirklich kaum vorstellbar. Den Brustkorb zu öffnen, ja geradezu aufzubrechen … Lassen Sie uns denken, dass eine Ohnmacht und ein schneller Tod sie nicht zu sehr leiden ließen.»

«Ein Kind kann viel aushalten, Doktor», sagte Lina leise, und die Erinnerung an ihre Operationen stieg in ihr auf. Bis die Schmerzen sie bewusstlos hatten werden lassen, war eine Ewigkeit vergangen. «Aber spätestens, als man das Herz herausriss, war es ja vorbei.»

«Ja. Und auch, als das Kind herausgeschnitten wurde, war die Ältere schon tot, so viel ist sicher.»

«Und – ist es möglich, dass das Kind überlebt hat?»

«Das weiß keiner, Fräulein Lina. Die Kleine stand jedenfalls kurz vor der Niederkunft, das wissen wir von ihrer Mutter. Es besteht also die Möglichkeit, dass es lebend zur Welt kam und auch jetzt noch lebt. Aber wenn – in wessen Händen ist es dann?»

«In denen des Mörders.»

Feldhaus stand auf. «Wissen Sie jetzt genug, Fräulein Lina? Glauben Sie, dass Sie nun besser schlafen können?»

Lina reagierte nicht auf den Vorwurf. «Danke. Ich weiß jetzt, was ich wissen wollte.»

Sie brachte ihn noch nach unten und entschied dann, dass es die Höflichkeit verlangte, den Pfarrer wenigstens zu begrüßen. Seufzend ging sie in den Salon.

Commissar Robert Borghoff war ein besonnener Mann, und dass man ihm jetzt, bei der Besprechung mit dem Bürgermeister Ungeduld und Unzufriedenheit ansehen konnte, zeigte, wie weit seine Meinung und die seines Vorgesetzten auseinanderliefen.

William Weinhagen war äußerst beliebt in Ruhrort, er hatte viel für seine Stadt getan. Mit großem Geschick nutzte er die Veränderungen der neuen Zeit, um Ruhrort gegenüber seinen Nachbarn Duisburg und Mülheim Vorteile zu verschaffen und die günstige Lage an der Mündung der Ruhr in klingende Münze und Wohlstand zu verwandeln. Ruhrort wuchs, und Weinhagen war sehr bedacht darauf, dass es nicht nur Arbeiter und Handwerker waren, die sich hier niederließen. Die Erfolge der Familien Haniel und Stinnes, die von Händlern und Spediteuren zu Industriellen geworden waren, zogen weitere wohlhabende Familien an. Auch wenn Franz Haniels größte Unternehmung, die Hüttenwerke Jacobi, Haniel und Huyssen, weiter rheinaufwärts in Oberhausen lagen, so gab es doch ein paar kleinere Betriebe wie die einträgliche Ölmühle direkt auf Ruhrorter Gebiet.

Die Erfolge hatten andere Investoren angelockt. Unternehmer aus dem Belgisch-Aachener Raum bauten zurzeit mit viel französischem Geld das große Hüttenwerk an der Straße nach Laar. Und alles – Kohle, Eisenerze und das daraus gewonnene Eisen und die Eisenwaren – wurde über den Ruhrorter Hafen umgeschlagen. Nachrichten über einen grausamen Doppelmord konnte sich Weinhagen nicht leisten.

Die Leichenschau und die Obduktion am Morgen hatten wenig Neues ergeben. Borghoff und Doktor Feldhaus hatten zwar darauf aufmerksam gemacht, dass unter dem vielen Blut, das auf den geöffneten Brustkörben eingetrocknet war, Reste von merkwürdigen Zeichen aus Strichen und Punkten zu erkennen waren, aber die Kommission, bestehend aus dem Bürgermeister, ein paar angesehenen Bürgern, dem Sergeanten Ebel, einem Schreiber und dem Staatsanwalt Rocholl aus Duisburg, war sich einig, dass das nichts zu bedeuten hatte. Der Doktor hatte dann für die Obduktion alles abgewaschen.

Nach seinem Besuch bei Lina sprach Borghoff beim Bürgermeister vor und berichtete ihm von Linas Aussage, ohne deren Schlussfolgerungen zu erwähnen. Der Bürgermeister war intelligent genug, seine eigenen Schlüsse zu ziehen. «Was müsste getan werden, um dem nachzugehen?», fragte er.

«Wir müssten Kutschen untersuchen. Bürger und ihr Personal verhören.»

«Sie verdächtigen also einen Ruhrorter Bürger des Mordes an zwei Mädchen, die sich erwiesenermaßen verkauft haben?»

Borghoff zögerte, bevor er antwortete. «Nun, die Hafenhuren werden nicht nur von Schiffern und Arbeitern aufgesucht.»

«Die wohlhabenden Herren geben sich nicht mit solch

kleinen dreckigen Mädchen ab. Die haben das Haus voll mit Personal. Nein, Borghoff, diesen Mord hat keiner meiner anständigen Ruhrorter begangen. Es muss ein Fremder gewesen sein, ein Schiffer, ein durchreisender Handwerker, Bettler oder Arbeiter. Ich hoffe, Sie haben es aufgrund der Aussage von Lina Kaufmeister nicht versäumt, die Fremden zu überprüfen.»

«Natürlich nicht, obwohl wir gestern Abend nicht mehr viel tun konnten. Die Polizeidiener überprüfen die Fremdenregister, Thade und Ebel gehen auf alle im Hafen liegenden Schiffe und werden danach die Fremden überprüfen, die in den nächsten Tagen abreisen wollen. Es sind hunderte Wallonen in der Stadt wegen der Phoenix-Hütte, dazu kommen noch die Arbeiter an der Baustelle des Trajekts. Sie finden kaum Schlafplätze. Dann die Kappusschaber ...»

«Sehen Sie, Borghoff, da sind genug mögliche Mörder, auch ohne dass Sie unsere Bürger belästigen müssen.»

Borghoff nickte und schwieg. Die Anweisung war klar, und eigentlich hatte er sie erwartet, deshalb hatte er Schröder auch davon abgehalten, Linas Vermutungen aufzuschreiben. Doch er wusste, dass es ein schwerer Fehler war, den Kreis der Verdächtigen einzugrenzen, und er fürchtete, dass man ihm seine Meinung ansehen konnte. So war er fast froh, dass seine beiden Sergeanten anklopften.

Ebel und Thade hatten die im Hafen liegenden Schiffe überprüft. Die Obduktion hatte ergeben, dass die Mädchen schon vor mindestens drei Tagen getötet worden waren, so hatten sie die Suche mit Unterstützung des Hafenmeisters Heinecken ausgeweitet. «Ich tippe auf die *Helena*», sagte Ebel mit stolzgeschwellter Brust und häufigen Seitenblicken auf den Bürgermeister. «Der Sohn des Schiffseigners ist ein Idiot, aber sehr groß und stark. Sein Name ist Gerd Drömmer. Er arbeitet auf dem Schiff seines Vaters. Wann immer der ihn von Bord lässt, macht der Junge Ärger. Sie hänseln ihn in den Schenken, und dann schlägt er um sich.»

Borghoff sah ihn zweifelnd an. «Ist er denn schon einmal aufgefallen, weil er Frauen Gewalt angetan hat?»

«Wenn wir uns hier um jede verprügelte Hure kümmern würden ...», sagte Ebel leichthin. In seinen Augen wusste Borghoff immer noch nicht, worauf es bei der Polizeiarbeit in Ruhrort ankam.

«Trotzdem spricht sich so etwas herum, gerade auch unter den Huren. Haben Sie das überprüft?» Borghoff hatte seine ruhige Überlegtheit wiedergefunden.

Ebel schüttelte den Kopf. Die Aussicht, die vielen Hafenhuren verhören zu müssen, schmeckte ihm gar nicht.

«Das sollten wir aber tun.» Der Commissar sah Weinhagen an. «Und wir sollten sie nicht direkt nach Drömmer fragen. Falls er es nicht gewesen ist, haben wir vielleicht Glück und finden einen anderen.»

«Sie glauben also nicht, dass es Drömmer gewesen ist?», fragte Weinhagen.

«Es ist durchaus möglich. Doch ich habe Zweifel. Ein solcher Mann würde die Kinder vielleicht totschlagen. Aber ihnen die Herzen zu entnehmen ...»

«Drömmer ist verrückt. Und die Tat kann doch nur ein Verrückter begangen haben, oder?», sagte der Bürgermeister.

«Und er kannte die Mädchen», warf der Meidericher Sergeant Thade ein. «Die Mutter sagte, dass er beide Mädchen besucht hat, wenn die *Helena* in Ruhrort lag.»

«Das genügt», entschied der Bürgermeister. «Verhaften wir ihn.»

Ebel knetete seine Hände und sah auf den Boden. «Die *Helena* hat Ruhrort heute früh rheinaufwärts verlassen. Sie dürfte bereits Düsseldorf passiert haben.»

«Mit welchem Ziel?», fragte Borghoff.

«Coblenz. Sie wird in einer Woche wieder hier sein.»

«Aber ob der Junge dann an Bord ist ...» Borghoff runzelte die Stirn. «Ich lasse eine Nachricht über den Eisenbahntelegraphen nach Cöln und Coblenz schicken, die Bahndirection leistet uns sicher Amtshilfe. Vielleicht kann die Polizei ihn dort festnehmen. Allerdings gibt es genügend Möglichkeiten, das Schiff vorher zu verlassen.»

Weinhagen nickte. «So sollten wir vorgehen, Borghoff. Die Huren überprüfen, aber auch weiterhin die Fremden, die hier sind. Und meinetwegen auch Kutschen, wenn sie nicht hierhergehören.»

Borghoff räusperte sich. «Herr Bürgermeister, diese Untersuchung muss sehr schnell durchgeführt werden, jeden Tag verlassen Fremde die Stadt. Und wir haben einfach nicht genug Leute. Vielleicht könnten wir in Duisburg ...»

«Ruhrort kann seine Angelegenheiten selber klären», antwortete Weinhagen knapp. «Aber ich stelle Ihnen noch den Stadtdiener und einen Schreiber zur Verfügung.»

«Danke.»

Gemeinsam mit seinen beiden Sergeanten verließ er die Amtsstube des Bürgermeisters. «Sie beide sollten sich aufteilen. Thade, ich möchte, dass Sie die Huren verhören ...»

«Aber er kennt sich hier in Ruhrort doch gar nicht so gut aus ...», warf Ebel ein, der nicht gerne sah, wenn Thade sich in seinem Revier hervortat.

«Sie, Ebel, werden sich um die Fremden kümmern.»

Verärgert ging Ebel zu den Polizeidienern, um sich den Stapel Registrierungen abzuholen.

«Er hat recht, Herr Commissar», sagte Thade vorsichtig. «Er kennt die Weiber in der Altstadt besser ...»

«Ich schätze Sie aber als urteilssicherer ein, Thade. Und Sie werden sich an meine Anweisung halten und den Frauen nicht in den Mund legen, was Sie hören wollen.»

Thade quittierte das Lob mit einem Lächeln. «Ich fange sofort an, ich kenne da eine Kneipe, und dann frage ich mich einfach durch.»

«Sehr gut. Sie werden das schon machen. Wenn Ihnen eine Aussage interessant erscheint, dann will ich mit der Frau sprechen. Falls mich jemand sucht, ich werde mir ein paar Kutschen ansehen.»

Es gab nicht viele Häuser in Ruhrort, die Fremden mit Kutschen Platz boten. Durch die Altstadt führten nur zwei Straßen, die eine Kutsche passieren konnte, aber in der Neustadt gab es einige wenige Wirtshäuser und Herbergen mit Stallungen und Plätzen für die Wagen. Zum hundertsten Male verfluchte Borghoff, dass er in Düsseldorf um seine Versetzung gebeten hatte. Er hatte es einfach sattgehabt, den politisch Verdächtigen hinterherzujagen, die – nachdem die Unruhestifter des 48er Aufstandes bereits aus dem Verkehr gezogen waren – oft nichts weiter als redliche Bürger waren, die ein paar Rechte für sich einforderten. Dass er mit ihnen sympathisierte, hätte er irgendwann nicht mehr verbergen können, vor allem, da die Anklagen oft unberechtigt waren. Der preußische Staat räumte sechs Jahre danach mit allem auf, was ihm in irgendeiner Weise in die Quere kam. Und jetzt musste er sich von einem Bürgermeister, der um den Ruf seiner Stadt fürchtete, sagen lassen, wie er die Polizeiarbeit zu machen hatte.

Doch die Möglichkeiten für einen invaliden Offizier, seinen Lebensunterhalt zu verdienen, waren gezählt. Er war erst zweiundvierzig Jahre alt, die Invalidenpension war spärlich, trotz mancher Auszeichnungen. Sein Auge hatte er mit 25 Jahren bei einem Manöver verloren, doch erst die schwere Rückenverletzung zu Beginn des Schleswig'schen Krieges hatte ihn gezwungen, den Dienst zu quittieren.

Das Militär war sein Leben gewesen. Dort hatte er es aus einfachen Verhältnissen zum Leutnant gebracht. Doch seine Hoffnung, bei der Polizei ein wenig von der Sicherheit, die das Militär ihm geboten hatte, wiederzufinden, war enttäuscht worden.

Die Aufstände von 1848 waren bei seiner Genesung längst vorbei, und für die militärisch organisierte Schutztruppe war er nicht mehr tauglich. So landete er bei der Geheimen Polizei, erst in Berlin, dann in Düsseldorf. An die Gesinnungsschnüffelei konnte er sich nur schwer gewöhnen. Trotzdem hatte Borghoff sich bald einen ausgezeichneten Ruf erworben. Als er seinen Abschied nahm, um im kleinen Ruhrort die Leitung der Polizei zu übernehmen, wurde das in Berlin und Düsseldorf mit Bedauern aufgenommen.

Als Borghoff beim Wirt Heckmann ankam, hatte er seine übliche Ruhe schon fast wiedergefunden. Heckmann hatte eine große Gaststätte mit einem Ballsaal gebaut und vermietete auch Zimmer. Borghoff fand die Bezeichnung «Hotel» zwar übertrieben, aber es war sicher eines der besseren Häuser am Ort. Im Hof standen einige Fuhrwerke, aber keine Kutschen. Auch bei Lohbeck wurde er nicht fündig. Schließlich ging er zur *Gesellschaft Erholung* an der Dammstraße, die 1823 von den wohlhabenden Ruhrorter Bürgern gegründet worden war. Der Pächter führte ein feines Lokal, in dem sich alles, was Rang und Namen hatte, traf und feierte. Dort standen auch drei schwarze Zweispänner. Während zwei der Wagen mit eingespannten Pferden warteten und ihre Kutscher sich miteinander unterhielten, waren am anderen Wagen die Pferde ausgespannt und fraßen aus den umgehängten Hafersäcken.

Borghoff zögerte. Dies waren die Kutschen Ruhrorter Bürger,

er würde direkt gegen die Anweisung des Bürgermeisters verstoßen.

Trotzdem ging er hinüber zu den beiden Kutschern und stellte sich vor.

«Wessen Wagen sind das?», fragte er.

«Stehen wir etwa im Weg?», fragte der Jüngere der beiden.

«Wenn ja, fahren wir die Kutschen beiseite ...»

«Wir dachten, unsere Herrschaften steigen nur kurz hier ab, deshalb ...», ergänzte der andere.

«Nein, es ist alles in Ordnung. Wem gehören denn nun die Kutschen?» Borghoff setzte ein beruhigendes Lächeln auf.

«Mein Herr Carl Liebrecht und seiner, der Herr Borgemeister, haben sich heute in Mülheim zufällig getroffen und beschlossen, den Tag hier ausklingen zu lassen.»

«Liebrecht und Borgemeister wohnen doch hier ganz in der Nähe?»

Der Kutscher seufzte. «Ja. Wir wünschten auch, wir hätten sie nach Hause fahren und die Pferde ausspannen und versorgen können, aber die Herrschaften ...» Er zuckte bedauernd die Schultern.

«Verstehe. Danke für die Auskunft. Ach ... kennen Sie den anderen Kutscher dort drüben?»

«Das ist der Wagen von Herrn von Sannberg, der hat ein Gut drüben in der Grafschaft Moers.»

«Danke.» Borghoff schlenderte hinüber zu der anderen Kutsche. Der Kutscher schleppte gerade einen Eimer Wasser vom Brunnen des Gasthauses her. Zu Borghoffs Erstaunen war das Wasser nicht zum Tränken der Pferde gedacht. Der Kutscher stellte den Eimer vor die offene Kutschentür und begann, den Wagenboden mit einer Bürste und einem großen Lappen zu säubern.

Er zuckte zusammen, als er Borghoff dicht neben sich be-

72

merkte. Ein Ärmel seiner dunkelblauen Tuchjacke war ganz feucht, der helle Lappen, mit dem er das Wasser vom Boden aufnahm, war rosa verfärbt.

«Ist das Blut?», fragte Borghoff.

Der Mann nickte. «Jemand hat heute früh auf Herrn von Sannbergs Hund Brutus geschossen. Er hat das Tier in den Wagen geschafft und ist hierher nach Ruhrort gefahren. Er kennt einen Chirurgen, der keinen Unterschied zwischen Mensch und Tier macht. Der hat die Schrotkugeln herausgeholt. Und ich muss jetzt den Wagen säubern.»

«Dann sind Sie seit heute Morgen hier in Ruhrort?»

Der Kutscher schüttelte den Kopf. «Nein, seit gestern bereits. Das Jagdrevier liegt zwischen Ruhrort und Mülheim, und Herr von Sannberg hat ein Haus hier.»

Also doch kein Fremder. Borghoff wollte sich gerade zurückziehen, als ein mittelgroßer Mann an der Tür erschien. Borghoff schätzte ihn jenseits der fünfzig, doch er war schlank, und trotz der Jagdkluft wirkte er elegant. «Bist du so weit, Hans?», rief er dem Kutscher zu.

«Ja, gleich, Herr Baron. Ich musste nur dem Commissar ein paar Fragen beantworten.»

«Commissar?», fragte von Sannberg.

Borghoff ging zu ihm hinüber und stellte sich vor. «Ich bin dabei, ein paar Fremde zu überprüfen. Aber da ich noch nicht lange hier bin …»

«Ich bin ja auch ein Grenzfall», sagte von Sannberg mit einem gewinnenden Lächeln. «Cornelius von Sannberg. Kommen Sie doch herein und seien Sie mein Gast, Herr Commissar. Ich will meinen Brutus nicht so lange allein lassen.»

Borghoff folgte von Sannberg ins Innere der *Gesellschaft Erholung*. Er war erst einmal hier gewesen, als der Bürgermeister, der hier oft sein Mittagessen einnahm, ihn herzitiert hatte. An

73

einem Tisch in dem gediegenen Schankraum saßen Carl Liebrecht und Gustav Borgemeister bei einem sehr vertraulich wirkenden Gespräch. Von Sannberg dirigierte ihn in die Ecke zum warmen Ofen. Dort lag auf einer Decke ein großer Jagdhund, dessen Flanke verbunden war.

«Der beste Hund, den ich je hatte», sagte von Sannberg und tätschelte das Tier vorsichtig. «Möchten Sie etwas Wein?», fragte er. «Hier in Ruhrort gibt es die besten Weine.»

«Ja, gern, einen Riesling bitte.»

Von Sannberg orderte einen Riesling. «Sie überprüfen Fremde wegen der Morde, nicht wahr?»

Borghoff war klar gewesen, dass sich in einer kleinen Stadt wie Ruhrort so etwas schnell herumsprechen würde, daher wunderte er sich nicht.

«Suchen Sie denn nach einer Kutsche?»

Von Sannbergs Frage schreckte ihn auf. «Nein, wir überprüfen nur Schiffer und Fremde. Aber ich muss gestehen, als ich sah, wie Ihr Kutscher Blut aufwischte …»

«Sie hätten Brutus' Wunden sehen sollen. Das arme Tier. Ich hätte ihn auch schon in mein Haus gebracht, aber Hans hätte dort keinen Platz gehabt, die Kutsche zu säubern. Wir stellen sie immer hier oder an einem der Gasthäuser ab.»

Die Schankmagd kam mit dem Wein und stellte ihn vor Borghoff hin. Von Sannberg lächelte sie freundlich an. «Was halten Sie von Eisenveredlung?», fragte er Borghoff unvermittelt.

«Nun, es verspricht gute Geschäfte, wenn die Phoenix-Hütte erst einmal fertiggebaut ist.»

Von Sannberg nickte. «Ich denke, ich werde eine Fabrik hier bauen. Wissen Sie, ich habe das ruhige Leben auf dem Land satt. Ruhrort ist zwar eine kleine Stadt, aber ich kann förmlich spüren, wie sie wächst. Da gibt es ein interessantes Verfahren …»

Während Borghoff bedächtig seinen Wein trank, dozierte von

Sannberg über die neuesten Verfahren zur Eisenveredelung, Kokereien, Arbeiter und Arbeiterquartiere. «Ich will nicht einfach eine Fabrik hierhinsetzen. Ich will ein ganzes Quartier schaffen, eines, in dem die Arbeiter in anständigen Verhältnissen leben können. Haben Sie mal über die Zusammenhänge zwischen Armut und Unruhen nachgedacht?»

Das hatte Borghoff durchaus, doch die sprunghafte Art des Herrn von Sannberg und seine fast fiebrige Begeisterung machten ihm wenig Lust auf ein solches Gespräch.

«Wissen Sie, jemand wie Sie, der Erfahrung in der Polizeiarbeit hat und Menschenkenntnis, der wäre vielleicht der richtige Mann, um sich um die Arbeiter und ihre Familien zu kümmern. Nicht nur Streit schlichten, sondern auch sehen, wo es Unruhe zu verhindern gilt. Und dann hätten Sie die richtigen Mittel, um dagegen vorzugehen. Keine Gefängnisse, Prügel oder andere Strafen, sondern die Wurzeln des Übels ausmachen und direkt dort ansetzen. Wäre das nichts?»

Borghoff konnte sich nicht anders helfen als zu lachen. «Vielleicht reden wir mal darüber, wenn Sie Ihre Fabrik und Ihre Häuser gebaut haben, Herr von Sannberg.»

«Aber das wird schon bald sein. Ich habe bereits Partner gefunden. Stinnes, Haniel und die Liebrechts …», er deutete mit dem Kopf zu dem Tisch, an dem immer noch die beiden Kaufleute tuschelten, «die wachen eifersüchtig über ihre Grundstücke und haben sich alles in Hafennähe aufgeteilt. Aber Kaufmeister und Messmer sind an neuen Ideen interessiert.»

«Sie kennen also die Kaufmeisters?»

Von Sannberg nickte. «Der alte Kaufmeister und ich waren in einer Verbindung an der Universität. Das waren Zeiten, wir haben viel miteinander erlebt …»

Borghoff wollte nicht noch ein weiteres Thema debattieren, deshalb unterbrach er sein Gegenüber. «Entschuldigen Sie, Herr von Sannberg, es ist nicht sehr höflich, sich zu einem Glas Wein einladen zu lassen und dann zu verschwinden, aber die Pflicht ruft.»

«Ach ja, die Morde. Ich hoffe aber, das Blut in meiner Kutsche ist hinreichend erklärt.» Er deutete auf den Hund.

«Sicher. Vielen Dank noch einmal für die Einladung.» Borghoff stand auf und schüttelte ihm die Hand.

«Überlegen Sie sich mein Angebot», rief von Sannberg hinter ihm her. Liebrecht und Borgemeister sahen erstaunt auf.

Commissar Borghoff kehrte zurück ins Rathaus an der Ecke Friedrich-Wilhelms-Straße und Neuer Markt. Es war nur angemietet, seit die Räume über dem Weidetor unzumutbar geworden waren. Inzwischen hatte man das Tor und seine baufälligen Türme abgerissen. Auch das Gefängnis, von den Ruhrortern der «Halbe Mond» genannt, war dem Abbruch zum Opfer gefallen. Die jetzigen Räume waren nicht mehr ausreichend, seit sich die Arbeit der Fremdenpolizei durch die Zuwanderer immer mehr ausweitete.

Bürgermeister Weinhagen kam ihm auf der Treppe entgegen. «Irgendetwas Neues?», fragte er.

Borghoff schüttelte den Kopf. Er hatte auch bei den anderen Wirtshäusern und Herbergen keine weiteren Zweispänner mehr gefunden. Dann sagte er: «Ich habe Herrn von Sannberg kennengelernt.»

«Er ist ein wenig merkwürdig, nicht wahr?»

«Er sprach mit mir über Eisenveredelung und Arbeitersiedlungen …»

Weinhagen lachte laut. «Das sieht ihm ähnlich. Das Verrückte ist, er könnte all das verwirklichen, er ist unglaublich reich. Den Gutshof in der Grafschaft hat er aus einer Laune heraus gekauft, als er auf dem Weg nach Kleve war. Ich war für ihn auf der Suche nach einem größeren Haus hier, aber dann hat er das kleine in der Friedrich-Wilhelms-Straße gekauft und sich auf dem Gut häuslich niedergelassen. Wenn ich ihn nur dazu bringen könnte, sein Geld hier zu investieren ...»

«Er sprach davon, sich mit Kaufmeister und Messmer zusammenzutun.»

Borghoff sah ein kurzes hoffnungsvolles Leuchten über das Gesicht des Bürgermeisters gehen. «Im Gegensatz zu von Sannberg sind diese beiden Herren doch etwas beständiger.» Borghoff konnte sehen, wie es hinter Weinhagens Stirn arbeitete.

Dann verabschiedete der Bürgermeister sich, und Borghoff ging zu den Polizeidienern. Er fand dort Thade vor, der gerade von seinen Verhören zurück war. «Wie sieht es aus?», fragte er.

Thade seufzte: «Ich habe eine Menge schlimmer Geschichten gehört. Prügel ist noch das Geringste. Darum müssten wir uns eigentlich mal kümmern. Aber Ebel sagt immer, wir sind da, um die anständigen Bürger zu schützen ...»

Borghoff hob nur die Braue über seinem gesunden Auge. «Irgendeine Spur zu Drömmer oder zu einem anderen, der unser Täter sein könnte?»

«Über Drömmer haben sie viel erzählt, aber nichts, was auf Gewalt schließen lässt.» Er zuckte zusammen, denn Borghoff sah ihn misstrauisch an. «Ich habe nicht direkt nach ihm gefragt, wie Sie es mir aufgetragen haben, Herr Commissar. Aber er ist ... er ist wohl sehr ungeschickt und kindlich, und da ist eben schon öfter etwas passiert, ungewollt. Wenn Sie mich fragen, das ist keiner, der einem Kind das Herz herausschneidet.»

«Sage ich doch», brummte Borghoff. «Aber Sie sehen aus, als hätten Sie doch etwas Wichtiges erfahren.»

«Ja und nein. Es hat wohl einen Freier gegeben, der ein Mädchen ganz übel zugerichtet hatte vor einiger Zeit.»

«Vor einiger Zeit?»

«Das ist drei, vier Monate her. Die dicke Martha war sich da nicht so sicher. Martha hat offiziell einen Wäscherinnenbetrieb, aber in Wirklichkeit …»

«Also eine zuverlässige Zeugin.»

Thade wand sich ein wenig. «Ja, schon. Aber den Freier hatten weder sie noch die anderen Mädchen zu Gesicht bekommen. Und Grete, die, die er so zugerichtet hat, konnte nur sagen, dass er einen eher feinen Eindruck gemacht hatte. Was das genau bedeutet, weiß ich nicht, aber in Marthas Haus verkehren durchaus auch reichere Bürger.»

«Man kann sich auf das Urteil des Mädchens dabei also nicht verlassen. Hat sie ihn beschrieben?»

«Nein.» Thade schüttelte den Kopf. «Sie ist nicht mehr da, ich musste mich auf Marthas Erzählung verlassen. Als Grete sich erholt hatte, ist sie zu ihrer Familie nach Essenberg zurück, das liegt auf der anderen Rheinseite.»

«Was hat Martha zu den Verletzungen gesagt?»

«Sie sagte, sie glaubt nicht, dass Grete jemals wieder einen Mann …», er brach ab. «Er hätte sie fast zerrissen, die Brustwarzen waren blutig, ihr Gesicht ganz zerschlagen. Und einen Arm hatte er ihr gebrochen.»

Borghoff runzelte die Stirn. «Wenn sie so schwer verletzt war, dann haben sie doch sicher einen Arzt gerufen …»

«Den Chirurgen Bleiweiß, den alten Säufer aus der Kurzen Straße. Der macht das für eine Flasche Schnaps.»

«War das der einzige derartige Fall?», fragte Borghoff.

«Bisher ja. Aber ich habe nicht einmal die Hälfte der Huren befragt. Ich dachte, morgen spreche ich sie direkt am Hafen an.»

«Gut. Wann ist die beste Zeit, um mit dem Chirurgen zu sprechen?»

«Ich denke, kurz vor Mittag. Dann hat er schon genug getrunken, um denken zu können, aber zu wenig, um wieder alles zu vergessen.»

«Danke, Thade. Haben Sie eine Unterkunft hier?»

Thade sah ihn erstaunt an. «Ich wollte mich auf den Weg nach Meiderich machen ...»

Commissar Borghoff griff sich einen Zettel. «Damit gehen sie zu Heckmann. Er hat auch ein paar einfache Zimmer, wenn eines frei ist, wird er es sicher gern zur Verfügung stellen.» *Sollen die braven Ruhrorter Bürger doch auch etwas dafür tun, dass wir sie aus allem heraushalten*, dachte er sich, als Thade mit einem erfreuten Grinsen abzog.

Auf seinem Schreibtisch fand sich die Abschrift von Lina Kaufmeisters Aussage. Es war noch nicht zu spät, um sie wie angekündigt zur Unterschrift vorbeizubringen, deshalb faltete er sie zusammen und steckte sie in seinen Uniformrock.

Finchen kam raschen Schritts durch das Tor in der Carlstraße. «Ich glaube, die Kappusschaber kommen», rief sie laut, als Heinrich sie eingelassen hatte. Lina, die gerade mit der Köchin die letzten Einkäufe abrechnete, wartete, bis Finchen kurz darauf in der Küche auftauchte, die Haube schief auf ihrem Kopf.

«Finchen, deine Haube», sagte sie ruhig und sah einen Moment zu, wie Finchen an der Haube herumrückte. Schließlich stand sie auf und setzte der Kleinen die Haube ordentlich auf.

«Die Kappusschaber kommen. Ich bin an ihnen vorbei, sie kamen aus Müllers Haus.»

«Du bist an ihnen vorbei*gerannt*.»

Finchen wurde rot. «Ich wollte nicht trödeln.»

Draußen klopfte es an die Tür. «Das sind sie bestimmt», sagte Finchen.

«Dann geh und öffne ihnen.» Lina zupfte sich Schürze und Haube zurecht. Sie waren spät dran mit dem Kappus in diesem

Jahr, weil ihre üblichen Kappusschaber nicht gekommen waren. Sie hatte daraufhin auf eine Zeitungsanzeige geantwortet, aber die vier Männer hatten schon viele Aufträge bei Stammkunden angenommen.

In der Diele warteten zwei Männer, ein älterer und ein jüngerer, die zweifellos Vater und Sohn waren, auf sie. Sie trugen grüne Jacken und kleine Hütchen mit einer Feder. Den großen Krauthobel hatten sie wohl in ihrer Unterkunft gelassen.

«I bin dr Moser Xaver, un des is mein Sohn, dr Loiserl», stellte sich der Ältere vor. «Mir wolltn auf Martini daham san, aber wenn noch so viel Arbeit do is …»

«Ich bin Fräulein Kaufmeister. Wir legen gewöhnlich zwanzig Fässer Sauerkraut ein, für die Familie und die Schiffe.»

«Zwanz'g.» Moser war überrascht. «Und do hams ka feste Verabredung mit an Krautschneidr?»

Lina lächelte. «Doch, schon. Die Brüder Häusler sind unsere Kappusschaber, aber dieses Jahr sind sie leider nicht gekommen.»

«I kenn die Häuslers. Des is a traurig G'schicht. Dr Veit is im Frühjahr gstorbe un dr Martin vor Kummer krank gworden.»

«Das tut mir sehr leid», sagte Lina ernst, «wann können Sie anfangen?»

«Morgen in dr Früh, wans recht is.»

Lina schüttelte den Kopf. «Wir müssen den Kappus erst von Haus Knip holen, der Gutsherr Bernsau hat ihn für uns gelagert. Aber Sie können unserem Hausknecht dabei helfen, gegen Bezahlung versteht sich.»

Sie verhandelte noch mit Moser über die Entlohnung und stellte erstaunt fest, dass er und sein Sohn einen Groschen billiger waren als die Häuslers.

Gerade, als sie sich verabschiedete, stand Commissar Borghoff in der Tür. Er entschuldigte sich, dass er so spät kam.

«Kann ich Ihnen etwas anbieten, Herr Commissar? Tee oder vielleicht einen Weinbrand?»

Borghoff schüttelte den Kopf. «Etwas Wasser wäre aber angenehm.»

Lina ging zur Küche und schickte Finchen in den Keller, um dem Commissar Mineralwasser zu holen.

«Mein Vater schwört auf Selterswasser», sagte sie, als sie Borghoff aus der Steinflasche eingoss.

Borghoff lächelte fast verlegen. «Ich hatte eigentlich Brunnenwasser gemeint.» Er nahm einen Schluck von dem prickelnden Mineralwasser.

«Ich weiß.» Lina setzte sich auf einen Stuhl und nahm Borghoff die Abschrift aus der Hand. Sie begann sorgfältig Zeile für Zeile zu lesen. Borghoff, der stehen geblieben war, trank langsam das Wasser, während er auf ihren gebeugten Nacken mit dem dicken roten Knoten blickte. Lina saß immer ganz kerzengerade, weil ihre steife Hüfte keine andere Haltung zuließ.

«Da steht nichts von der Kutsche», sagte sie. «Nicht nur nichts von meinen Vermutungen, gar nichts mehr von der Kutsche.»

«Zeigen Sie mal her.» Borghoff überflog die Abschrift. «Ich muss gestehen, dass ich sie nicht mehr durchgelesen habe.» Tatsächlich. Die Passage mit der Kutsche fehlte.

«Ich fürchte, da hat sich Bürgermeister Weinhagen eingemischt. Er möchte seine Bürger nicht aufschrecken.»

Lina sah zu ihm auf, er merkte, dass sie wütend war. «Er will also verhindern, dass der Mörder der armen Kinder gefunden wird.»

Borghoff schüttelte den Kopf. «Nein, keineswegs. Er glaubt nur, dass es kein angesehener Ruhrorter Bürger gewesen ist. Er ist mein Vorgesetzter. Ich kann nichts dagegen tun.»

Lina stand auf und ging zum Schrank, in dem ein Tintenfass stand. Sie tauchte die Feder ein und unterschrieb, gab ein wenig

Löschsand darauf und reichte es dem Commissar. Es schien fast, als sei sie von ihm enttäuscht.

«Es gibt eine Spur.» Er wusste nicht, warum er sich gezwungen fühlte, ihr das zu sagen. «Jemand hat eine Hafenhure schlimm zugerichtet. So jemandem wäre auch der Kindermord zuzutrauen.»

«Und wenn das ein angesehener Bürger ist?» Linas zornige Augen passten ganz und gar nicht zu dem Bild einer züchtigen Hausfrau.

«Er ist mein Vorgesetzter.»

Lina tat es plötzlich leid, dass sie Borghoff so bedrängt hatte. «Ich verstehe das. Es gefällt mir nicht, aber ich verstehe es.»

«Ich habe auch nicht gesagt, dass es mir gefällt, Fräulein Kaufmeister.»

Er verabschiedete sich. Lina brachte ihn hinaus und sah ihm hinterher. Dann schloss sie die Tür und ging in die Küche. «Der Brief geht heute noch ab?», fragte sie Finchen.

Die nickte. «Ich habe gerade noch den letzten Postwagen erwischt.» Ihr Gesichtsausdruck schien zu sagen: Siehst du, manchmal ist es doch gut, wenn man rennt. Lina musste schmunzeln.

Der Brief an ihre Schwester Mina war also auf dem Weg und in spätestens drei Tagen in Brüssel.

3. Kapitel

Schon 1847 hatte es einen Beschluss gegeben, die rechtsrheinische Cöln-Mindener Eisenbahn, mit der Ruhrort über eine Zweigbahn ab Oberhausen verbunden war, und die Ruhrort-Crefeld-Kreis-Gladbacher-Eisenbahn, deren Endbahnhof sich im linksrheinischen, Ruhrort gegenüberliegenden Homberg befand, durch einen Trajektbetrieb miteinander zu verbinden. Zum einen, da der Bau einer Rheinbrücke an dieser Stelle technisch sehr aufwendig war, und zum anderen, weil die Preußische Regierung aus strategischen Gründen keine Genehmigung für eine Brücke erteilte.

Der alte Kaufmeister hatte mit anderen Ruhrorter Bürgern für eine Lösung gekämpft, bei der Dampfschiffe die beladenen Eisenbahnwaggons über den Rhein transportierten und das lästige und zeitraubende Umladen auf Schiffe entfiel. Seit 1852 schleppte ein Dampfschiff bis zu sechs Waggons zur anderen Rheinseite. Die Wagen liefen über eine schiefe Ebene auf große Pontons, was häufig zu schweren Unfällen führte, zudem war dieser Transport wegen des Gefälles auf kurze Wagen beschränkt. Nicht wenige Waggons samt Ladung waren im Rhein gelandet, häufig schon Menschen zu Schaden gekommen. Inzwischen war die Anlage für das große Verkehrsaufkommen zu klein geworden, im letzten Jahr war die Zahl der übergesetzten Waggons auf 700 pro Monat angestiegen.

Auch für die Kaufmeisters war trotz ihrer Schiffe die Bedeutung des Eisenbahntransports gewachsen. Konnte man die Kapazität des Trajektbetriebes nicht erhöhen, bestand die berechtigte Sorge, von Auswärtigen verdrängt zu werden. So gehörten Georg Kaufmeister und sein Schwager Bertram Messmer zu den entschiedenen Befürwortern des kühnen Projekts, die Waggons mit Hilfe eines hydraulischen Hebeturms direkt auf die Schiffe zu setzen, was den Transport einer weit größeren Anzahl von Wagen ermöglichte.

Das Projekt hatte bisher unter keinem sehr günstigen Stern gestanden. Bereits seit Mai wurde am Hebeturm und dem dazugehörigen Maschinenhaus gearbeitet, sie sollten bis Jahresende über dem Mittelwasser stehen. Armstrong, der englische Patentinhaber der Hydraulikvorrichtungen, lieferte die Pläne jedoch nicht rechtzeitig ab, und der Baubeginn verzögerte sich. Schließlich war der Sommer vorbei, und mehr als die Vorbereitungen zum Ausschachten waren nicht getan. Allen Beteiligten war schmerzlich bewusst: Jede weitere Woche, die der Hebeturm später fertiggestellt wurde, war bares Geld, das die Unternehmer verloren.

Nun, am neunten November, wurde endlich das Fundament des Turms gegossen, und Georg war mit den anderen Herren zur Baustelle geeilt, um sich das Spektakel anzusehen.

Lina hatte sich auf einen ruhigen Nachmittag eingestellt. Die neue Ausgabe der *Gartenlaube* wartete schon seit einer Woche mit Temmes neuester Kriminalgeschichte auf sie. Der aufregende Leichenfund lag nun schon eine gute Woche hinter ihr, und es schien, als habe er Ruhrort wenig berührt. Alles ging seinen Gang, auch im Hause Kaufmeister. Neben Linas üblichen Aufgaben widmete sie sich den Vorbereitungen für die Heimkehr der Schwester. Es galt, neues Bettzeug für das Dienstbotenzimmer zu besorgen und was sonst noch nötig war, um die beiden Neffen dort unterzubringen. Den Maler hatte sie bereits bestellt.

Sie hatte es sich gerade in ihrem Sessel bequem gemacht, als Finchen an die Tür klopfte. Sie wartete Linas «Herein» nicht ab, öffnete sofort und sprudelte gleich hervor: «Herr Kaufmeister hat einen Jungen geschickt, der Ihnen sagen soll, dass er gleich mit ein paar Herren herkommt.»

«Was heißt gleich, und was meint er mit ‹ein paar›?»

Finchen zuckte die Schultern. «Das hat er nicht gesagt.»

Lina seufzte, doch bevor sie etwas sagen konnte, sagte Finchen: «Der Junge wartet noch unten. Ich glaube, er möchte eine Entlohnung.»

«Sag der Köchin und Lotte Bescheid, es gibt viel Arbeit. Und wecke meine Schwägerin auf.» Lina legte die *Gartenlaube* beiseite und stand auf. Der Bruder hatte nicht einmal seinen Boten aus eigener Tasche entlohnt. In ihrer Schürzentasche klimperten ein paar Münzen.

Finchen war bereits die Treppe hinuntergestürmt.

Im Flur wartete ein ärmlich gekleideter Junge, den Lina auf etwa zwölf Jahre schätzte.

«Guten Tag, mein Junge», begrüßte sie ihn.

«Guten Tag, Fräulein Lina.»

Lina unterdrückte ein Schmunzeln. Sie so und nicht beim Nachnamen zu nennen, hatte etwas von einem Spitznamen. «Du bist der Jörg Seiters, der Sohn unserer Wäscherin, nicht wahr?»

Er nickte, ein bisschen stolz, dass sie ihn erkannt hatte.

Lina hatte schnell heraus, dass etwa zwölf bis fünfzehn Ruhrorter Honoratioren mit Georg an der Baustelle gestanden hatten, darunter der Bürgermeister und Franz Haniel. Georg hatte sie alle eingeladen. «Er lässt ausrichten, etwa zwei Stunden würden die Arbeiten noch dauern, dann kommen sie hierher.»

Zwei Stunden. Lina atmete ein wenig auf. Etwas Zeit hatten

sie also noch. «Gut. Jörg, weißt du, wo das Haus der Messmers ist?»

Er nickte. «Meine Mutter wäscht auch für sie. Das ist in der Dammstraße.»

Lina griff in ihre Tasche und holte zwei Silbergroschen heraus. Jörgs Augen begannen zu leuchten. «Lauf dorthin und sage meiner Schwester Bescheid, wir bräuchten noch etwas für die Tafel und Hilfe. Und die sind für dich.»

Er nahm die Münzen, steckte sie aber nicht in seine Hosentasche. Lina vermutete, dass sie ein Loch hatte. Sie nahm sich vor, seiner Mutter beim nächsten Mal eine alte Hose von Karl mitzugeben, die sie für den Kleinen umändern konnte.

Der Junge rannte los. Hinter Lina hatten sich inzwischen die Köchin Helene, die Hausmädchen Lotte und Finchen, der Hausdiener Heinrich und die Schwägerin Aaltje versammelt.

«Wir bekommen gleich viel Besuch, und alle müssen mithelfen. Helene, was gibt die Speisekammer her? Können wir in zwei Stunden ein richtiges Dinner für 20 Personen auftischen?»

Die Köchin schüttelte den Kopf. «Für einen kleinen Besuch würde es reichen, aber zwanzig Personen …»

«Gut, dann gibt es kalte Speisen.»

«Allerdings …» Die Köchin zögerte, bis Lina sie aufmunternd ansah. «Wir haben eine gute Rindfleischsuppe, daraus könnte ich eine Zwiebelsuppe machen, um sie zu verlängern. Dann den kalten Braten, den ich zum Abendessen vorgesehen hatte. Ich könnte auch einen Kartoffelsalat machen und natürlich Schinkenschnittchen.»

Lina hatte zunächst genickt, dann schüttelte sie den Kopf. «Die Kartoffeln dauern zu lange. Wir machen einen Kappussalat und einen Gurkensalat aus eingelegten Gurken. Finchen, du läufst zum Bäcker und kaufst Kuchen für zwanzig Personen, alles, was er hat. Und bringe auch zwei dunkle und zwei weiße

Brote mit. Nimm den Peter mit, der kann dir tragen helfen, und lass anschreiben, wir bezahlen gleich morgen.»

Die Köchin war bereits in der Küche verschwunden. «Lotte», wandte sich Lina an das ältere Hausmädchen, «du kümmerst dich um die Wein- und Champagnergläser, poliere sie blitzblank. Schwägerin, würden Sie sich mit mir um den Tisch kümmern? Heinrich kann den zweiten Tisch aus dem Keller holen lassen, wir brauchen eine lange Tafel.»

Während Heinrich draußen nach Helfern suchte, wählten Aaltje und Lina die Tischtücher aus. Heinrich hatte sich mit einem Lappen bewaffnet und wischte den staubigen Tisch ab, als die beiden Arbeiter ihn im Salon abstellten. Dann begann er, störende Sessel und Stühle beiseitezuräumen. Lina und Aaltje warfen die weißen Decken über die Tische. Lina legte einfach auf, nur einen Teller, Messer und Gabel und ein Weinglas. Nach diesem Muster deckte Aaltje den Tisch weiter ein.

Während Lotte die weißen Servietten faltete, schaute Lina in die Küche. Dort brieten gerade die Zwiebeln für die Süddeutsche Zwiebelsuppe. Das schon arg ramponierte Kochbuch der Henriette Davidis lag aufgeschlagen auf dem Küchentisch. Lina half der Köchin, den schweren Suppentopf anzuheben, um die Zwiebeln mit der Suppe aufzugießen.

«Sind genügend Eier für die Brotschnitten da?»

Helene nickte. «Wenn wir nur einen Eidotter für jede Schnitte nehmen.»

Draußen klopfte es. Es waren Guste, ihre Köchin Doris und ihr Hausmädchen Therese. Sie trugen schwere Körbe.

«Wissen die Männer eigentlich, was sie anrichten, wenn sie mal eben eine Gesellschaft einladen? Hätten sie nicht in die *Erholung* gehen können?», fragte Guste, noch etwas außer Atem.

Lina fand es müßig, die Frage zu beantworten. «Was hattest du noch da?», fragte sie.

«Suppenfleisch, ganz frisch gekocht. Und Reste vom Truthahn. Und dann noch ein paar Dosen eingemachte Salatbohnen, du weißt, Doris' Bohnensalat ist ganz ausgezeichnet.»

«Dann an die Arbeit. Finchen, bringe die Mäntel nach oben in mein Zimmer, hier unten brauchen wir Platz für die Mäntel der Männer.»

Helene schaute etwas säuerlich drein, als Doris ihr Reich betrat. Doch unter Linas strengen Augen machte die sich gleich an ihren Bohnensalat, während Helene den Braten akkurat in dünne Scheiben schnitt.

Heinrich steckte seine Nase in die Küche. «Ich wollte den Wein holen, Fräulein Lina.»

Lina nickte. «Wir nehmen den einfachen Rheinwein aus dem mittleren Regal. Ich vermute, an der Baustelle sind schon einige Schnapsflaschen gekreist.»

«Und Champagner?»

«Ja. Stell ihn in den Flur, da bleibt er schön kühl.»

Finchen kam mit dem Stallknecht Peter in die Küche. Peter schleppte die Körbe mit dem Brot, Finchen balancierte ein großes Blech mit dem Kuchen. «Das Blech braucht der Bäcker zurück.»

Lina sah Peter an, und der nickte.

Sie rief Guste herein. «Kannst du den Kuchen bitte auf einer großen Platte anrichten?» Danach wandte sie sich an Finchen. «Du wäschst dir die Hände, und dann können Therese und du die Schinkenschnittchen vorbereiten.»

Im Salon hatte Heinrich die Weinflaschen auf das Buffet gestellt und schon geöffnet. Nun trug er Stühle aus allen Räumen zusammen.

«Kan ik nog ergens bij helpen? Gibt es noch etwas zu tun?», fragte Aaltje, die den Tisch wirklich sehr ordentlich gedeckt hatte.

«Wir brauchen noch Kerzen und andere Verzierungen für den Tisch ...» Aaltje nickte und verschwand. Lina hoffte, dass sie etwas Schönes herrichtete, aber sie musste zugeben, dass ihr das Essen wichtiger war.

Sie übergab Guste das Regiment. «Ich gehe hinauf und versuche, Vater zu überreden, herunterzukommen. Wenn Onkel Franz kommt, wird er sicher nach ihm fragen. Es würde ihm guttun, wieder einmal unter Menschen zu sein.»

Knapp ein Stunde später saß der alte Kaufmeister fertig angezogen im Sessel am Fenster seines Zimmers. Linas Gesicht war rot vor Anstrengung. «Ich werde Georg bitten, Ihnen herunterzuhelfen, wenn die Herren gegessen haben.»

«Gut.» Sie hatten sich darauf geeinigt, dass er erst später dazustoßen sollte, da er nicht vor den anderen essen wollte. Seine Augen blickten verzweifelt, weil wieder ein Speichelfaden aus seinem Mundwinkel sickerte. Lina wischte ihn ab. «Vielleicht bleibe ich doch besser oben ...»

«Ach was! Ich werde nicht von Ihrer Seite weichen, Vater. Sie wissen doch alle von Ihrer Krankheit.»

Sie ging noch kurz in ihr Zimmer, band ihre Schürze ab und überprüfte ihre Haube und ihre Frisur.

Unten waren die Vorbereitungen fast abgeschlossen. Auf dem Tisch standen schöne Kerzenleuchter, in der Mitte prunkte eine herrliche silberne Obstschale, die Aaltje mit Apfelsinen, Äpfeln, Birnen, Feigen und Nüssen gefüllt hatte. Kleine silberne Schalen mit Knabbereien, wie kandiertem Kalmus, farbigem Zuckerschaum und gebrannten Mandeln, verzierten die Tafel zusätzlich. Lina musste zugeben, dass diese winterliche Dekoration sehr gelungen war.

Zu jeder Seite der Obstschale standen die gleichen Speisen, Schüsseln mit den Salaten und Platten mit den Schinkenschnittchen und den verschiedenen Braten. Der Kuchen hatte auf dem Buffet Platz gefunden. Auf einem Seitentischchen waren bereits die Suppenteller aufgebaut. In der Küche röstete die Köchin gerade Weißbrotscheiben, auf die dann die Eidotter gegeben wurden. Helene wollte die Suppe höchstpersönlich am Seitentisch anrichten und jedes Ei frisch aufschlagen.

Therese und Lotte hatten sich frische Schürzen umgebunden, um nun bei Tisch zu servieren. Heinrich trug eine andere Weste, er sollte sich um den Wein und den Champagner kümmern.

«Ich glaube, sie kommen», sagte Lina, die ein gutes Gehör hatte. «Heinrich, rasch, der Champagner.»

Nach dem Essen hatte Georg tatsächlich seinen Vater zu der munteren Gesellschaft heruntergebracht. Lina platzierte ihn in einem Sessel und ließ sich auf eine der Armlehnen nieder. Die Damen des Hauses hatten mit den Gästen am Tisch gesessen. Nun verteilten sich die Herren in dem großen Salon, ein paar blieben am Tisch sitzen, ein Grüppchen stand am anderen Ende und unterhielt sich. Die älteren Herren hatten es sich auf dem Sofa bequem gemacht. Franz Haniel war sichtlich gerührt, seinen alten Freund und Nachbarn Josef Kaufmeister wiederzusehen. Auch Baron von Sannberg saß bei Linas Vater.

«Nun ist es also so weit, der Turm wird endlich gebaut.» Alle nickten dem alten Kaufmeister zu, obwohl Lina sicher war, dass nur sie wirklich verstanden hatte, was er gesagt hatte. Ab und an wischte sie ihm die Mundwinkel.

«Das Frachtaufkommen wird sich mindestens verdoppeln, meine Herren, darauf wette ich.» Bürgermeister Weinhagen gesellte sich auch dazu. Lina hatte den Eindruck, als suche er die Nähe von Herren von Sannberg. «Es wird sich lohnen, neue Betriebe hier anzusiedeln.»

Franz Haniel lehnte sich zurück. «Im Moment brauchen wir

einfach mehr Kohle, und direkt in Ruhrort werden wir sie nicht finden.»

«Wo werden Sie bohren, Onkel Franz?» Lina und ihre Geschwister hatten ihn schon als Kinder Onkel genannt und das bis heute beibehalten.

«Ich denke, wir versuchen es auf der anderen Rheinseite. Aber wenn wir da fündig werden, wird das Trajekt noch wichtiger werden als jetzt schon. Die großen Betriebe liegen auf unserer Seite des Flusses.»

«Und Sie, Herr von Sannberg? Reizt Sie das alles nicht zu neuen Projekten?», fragte der Bürgermeister unvermittelt.

Lina wunderte sich über Weinhagen. Glaubte er im Ernst, der Baron würde hier offen über seine Pläne plaudern?

Von Sannberg lächelte charmant. «Ich habe viele gute Ideen, mein lieber Weinhagen. Und Ruhrort steht noch immer auf meiner Liste.»

Lina wusste, dass sich von Sannberg in den vergangenen Wochen öfter mit Georg und Bertram getroffen hatte. Sie hatte Georg nicht entlocken können, was sie gemeinsam planten. Aber dem Baron standen zumindest gerüchteweise fast unbegrenzte Mittel zur Verfügung. Wer ihn zur Zusammenarbeit gewann, konnte sich des Erfolges sicher sein.

«Ich hörte, Sie planen ein Gussstahlwerk.» Franz Haniel lächelte milde, als er das sagte. Allen musste klar sein, dass man solche Pläne vor ihm nicht geheim halten konnte.

«Gussstahl … nun, vielleicht. Mit dem Eisen aus Ihrer Gute-Hoffnungs-Hütte in Sterkrade und dem neuen Phoenix-Werk hier … warum nicht?»

Lina sah von Sannberg aufmerksam an, und ihre Blicke trafen sich kurz. *Er hat noch einen Trumpf im Ärmel*, dachte sie. Georg, der in der Nähe saß und mit Bertram und Gerhard von Eicken in eine angeregte Unterhaltung vertieft war, schien plötzlich nervös zu werden. Er drehte sich zu der Gruppe auf dem Sofa um.

«Gibt es eigentlich etwas Neues von diesen schrecklichen Morden?», fragte von Sannberg Weinhagen. Dieser zuckte zusammen. An einem solchen Tag daran erinnert zu werden, war ihm sehr unangenehm.

«Ich wurde ja verdächtigt», sagte von Sannberg mit einem süffisanten Lächeln. «Ihr wackerer Commissar hat meine Kutsche inspiziert, weil er Blut darin gefunden hatte.»

Weinhagen wurde bleich. «Wir vermuten den Mörder auf einem Rheinschiff auf dem Weg nach Coblenz. Das mit der Kutsche war sicherlich nur ein Versehen …»

«Wieso war denn Blut in Ihrer Kutsche?», fragte Lina, die beschlossen hatte, zu vergessen, dass dies eigentlich eine Männerrunde und keine gemischte Abendgesellschaft war.

«Aber da war doch nicht wirklich Blut in Ihrer Kutsche, Herr von Sannberg …», begann Weinhagen, aber von Sannberg fiel ihm ins Wort.

«Natürlich war da Blut. Mein armer Brutus ist auf der Jagd angeschossen worden. Es wäre ja traurig, wenn der oberste Polizist von Ruhrort einen solchen Fehler begehen und den Fall nicht überprüfen würde. Ich hatte den Eindruck, er weiß recht gut, was er tut, Ihr Commissar Borghoff.» Er wandte sich an Lina. «So wie ich hörte, haben Sie die Leichen gefunden, Fräulein Kaufmeister?»

«Ja. Das war kein schöner Anblick.»

Georg unterbrach sie grob. «Meine Schwester vergisst schon einmal, dass es sich nicht für eine Frau gehört, nachts allein …»

«Ich war in Begleitung eines jungen Hausknechts, und es war auch nicht Nacht, sondern früher Abend. Und du sagst mir schon oft genug, was sich gehört und was nicht, lieber Bruder.»

Irrte sich Lina, oder blitzte da etwas in von Sannbergs Augen?

Er schien jedenfalls amüsiert von Linas harscher Entgegnung, im Gegensatz zu Georg, der ein wenig rot anlief, sich in der Gesellschaft aber zurückhielt.

«Zwei so junge Mädchen einfach umzubringen ...» Franz Haniel schüttelte langsam den Kopf.

«Sie sind nicht einfach umgebracht worden, Onkel Franz. Man hat ihnen die Herzen aus den Leibern geschnitten ...»

Weinhagen unterbrach Lina, wohl um zu verhindern, dass sie von dem fehlenden ungeborenen Kind sprach. «Eine wirklich unschöne Geschichte. Das kann nur ein Wahnsinniger getan haben. Einer wie dieser Schiffersohn, der schon öfter durch Gewalttätigkeit aufgefallen ist. Aber wir sind ja ganz vom Thema unserer Unterhaltung abgekommen. Wann planen Sie denn Ihre Investition hier in Ruhrort, lieber Herr von Sannberg?»

Lina und ihr Vater hörten sich noch eine Weile an, wie der Bürgermeister versuchte, irgendetwas aus von Sannberg und erstaunlicherweise auch aus Georg herauszubekommen, die natürlich im Beisein Franz Haniels und den von Eickens nicht darüber reden wollten. Die ersten Gäste verabschiedeten sich bereits, da bat der alte Kaufmeister seinen Sohn, ihn wieder nach oben zu bringen. Die ungewohnte lebhafte Gesellschaft hatte ihn ermüdet.

Lina begleitete die beiden. Als sie später wieder nach unten kam, nachdem sie dem Vater aus den Kleidern geholfen hatte, brach gerade Franz Haniel auf.

«Lieber Onkel Franz, es war schön, dass Sie wieder einmal Gast bei uns waren», sagte sie, als er ihr die Hand schüttelte.

«Nun, früher, als wir Nachbarn waren, da war es leichter, mal eben vorbeizuschauen. Begleite du mich doch noch an die Tür, Kind.»

«Gern.»

Lina ging mit ihm hinaus. Im Flur blieb er stehen. «Lina,

ich habe mich sehr erschreckt, deinen lieben Vater so krank zu sehen.»

Lina konnte es ihm nachempfinden. Das letzte Mal, dass sie sich gesehen hatten, musste noch in der Zeit gewesen sein, als sie gerade aus der Dammstraße hierhergezogen waren. «Es hat ihm gutgetan, ein wenig unter Menschen zu sein, Onkel. Er schämt sich seiner Gebrechlichkeit sehr.»

Haniel nickte. «Ich erfreue mich immer noch so guter Gesundheit, dass ich arbeite wie eh und je. Aber wenn ich sehe, dass es einem alten Freund so schlechtgeht, denke ich, dass ich mir vielleicht die Zeit nehmen sollte, ihn ab und an zu besuchen.»

«Sie sind hier immer willkommen, Onkel, das wissen Sie.» Lina lächelte. «Und das gilt natürlich auch für Tante Friederike.»

«Denkt dein Bruder genauso darüber?», fragte er ernst. «Ich fürchte, er sieht uns Haniels als zu große Konkurrenz hier in Ruhrort.»

Lina verzog den Mund. «Wir Kaufmeisters sind weit gekommen, seit Vater hierherkam. Aber Haniel werden wir nie das Wasser reichen können. Vater hat es richtig gemacht, indem er Freundschaft hielt, als Mensch und als Geschäftsmann. Georg hat das noch nicht verstanden.»

«An dir ist ein Kaufmann verlorengegangen, liebe Lina.»

«Das nützt mir höchstens etwas, wenn ich in den Läden und mit den Bauern feilsche.»

«Ich werde mit Fritze reden, damit wir in den nächsten Wochen deinen Vater einmal besuchen.»

Lina musste lächeln. Franz und «Fritze» waren nun schon fast fünfzig Jahre miteinander verheiratet, und wenn Franz seine Friederike bei ihrem Kosenamen nannte, spürte man seine gesamte Liebe und Hochachtung darin.

Sie schloss die Tür hinter ihm und ging zurück in den Salon.

Die Köchin hatte inzwischen Kaffee gebracht und auf das Buffet gestellt. Lina beschloss, ihn selbst einzugießen. Guste und Aaltje saßen jetzt auf dem Sofa, ein kleines Grüppchen Gäste hockte noch am Tisch und debattierte mit Georg über die Vorteile des neuen Hebeturms.

Während Lina die Tassen füllte, stand plötzlich Herr von Sannberg hinter ihr. «Es muss schwer sein, als Frau mit so viel Geist ausgestattet zu sein, Fräulein Kaufmeister.»

«Schließen Sie das aus den Widerworten, die ich meinem Bruder gab?», fragte sie spöttisch.

Er lachte. «Nein, aber man hört so einiges über Sie. Dass Sie Leihbücher verschlingen, zum Beispiel.»

«Ja, ich lese sehr gern.» Lina sah nicht auf von den Tassen.

«Ich habe den größten Teil meiner Bibliothek hier in Ruhrort. Das Gut ist ein zu altes Gemäuer, da hatte ich Angst, dass sie mir verschimmeln.»

Jetzt sah Lina ihn an. «Ich mag zwar allein mit einem Hausknecht abends unterwegs sein, aber einen alleinstehenden Herrn zu besuchen – gleich, zu welcher Tageszeit –, werde ich mich hüten. Da mögen die Bücher noch so verlockend sein.»

«Nun, Sie könnten meine Töchter besuchen, die bald für ein paar Wochen herkommen.»

«Sie sind Vater?», fragte Lina verblüfft.

«Ich bin fast sechzig. Ist das so ungewöhnlich?»

«Nun, ich dachte …»

«Sie dachten, der verrückte Kerl muss ein Junggeselle sein.»

«Ich dachte, Herr von Sannberg muss ein Junggeselle sein, weil ich nie von einer Frau von Sannberg gehört habe.» Lina sah zu Guste hinüber, die sie beide beobachtet hatte. Jetzt stand ihre Schwester auf und nahm die gefüllten Kaffeetassen von der Anrichte, die Lina nie ohne etwas zu verschütten an den Tisch gebracht hätte.

«Meine Frau und ich haben uns schon vor über zwölf Jahren scheiden lassen. Wir konnten nicht zusammenleben. Ich bin nie sehr lange an einem Ort, und mit zwei kleinen Kindern ist das Reisen sehr beschwerlich. Meine Töchter sind jetzt vierzehn und fünfzehn, junge Damen. Ich fürchte, sie werden sich hier in Ruhrort sehr langweilen, denn ihre Mutter lebt in Berlin. Deshalb wäre es gut, wenn sie hier ein paar Leute in ihrem Alter kennenlernten.»

Lina lachte laut heraus. «Ich bin mit fünfunddreißig Jahren keineswegs im Alter Ihrer Töchter. Glauben Sie, eine alte Jungfer sei der richtige Umgang für Ihre Mädchen?»

«Ich glaube, dass eine kluge Frau wie Sie genau der richtige Umgang für die beiden ist. Ihre Mutter legt darauf nämlich gar keinen Wert, und das finde ich sehr bedauerlich, zumal die Mädchen alles andere als dumm sind.»

Es schien ihn aufrichtig zu bekümmern, aber Lina war in der Stimmung, ihrem Sarkasmus freien Lauf zu lassen. «Ihre Frau macht das schon ganz richtig, Herr von Sannberg. Wissen Sie, wenn ich nur eine steife Hüfte hätte, hätte man mich noch gut unter die Haube bringen können. Aber Klugheit treibt jeden Heiratskandidaten aus dem Haus.»

Sie sah in von Sannbergs erstauntes Gesicht und fügte dann versöhnlich hinzu: «Ich werde Sie und Ihre Töchter besuchen, Herr von Sannberg, wenn es die Pflege meines Vaters zulässt. Vielleicht kann ich ja als abschreckendes Beispiel dienen.»

Damit ging sie zu den anderen an den Tisch. Von Sannberg blieb merkwürdig still, bis er sich verabschiedete. Die ganze Zeit fühlte Lina sich von ihm beobachtet.

Etwa eine Stunde später brachen von Sannberg und die von Eickens auf, auch Bertram und Guste verabschiedeten sich. Während Lotte und Finchen, die kaum noch die Augen offen halten konnte, Tisch und Anrichte abräumten, um dann in der Küche gemeinsam mit Helene das letzte Geschirr und die Gläser abzuwaschen, baute sich Georg vor Lina auf.

«Man sollte nicht glauben, dass du eine Höhere-Töchter-Schule und das Lehrerinnenseminar besucht hast. Du solltest eigentlich wissen, dass du deinem Bruder Respekt schuldest, wenn er dich zu Recht tadelt.»

«Und du, lieber Bruder, solltest wissen, dass, gleichgültig, wie sehr du glaubst, im Recht zu sein, es sich keinesfalls gehört, mich vor anderen zurechtzuweisen.»

«Du hättest dich sittsam zu den Frauen setzen müssen.»

«Vater brauchte mich …»

Georg wurde laut: «Eine Frau hat zu schweigen, wenn Männer sich unterhalten. Sie versteht ohnehin nichts von dem, worüber wir reden.»

«Hast du die Leichen gefunden oder ich?»

«Du hast doch gemerkt, dass es dem Bürgermeister peinlich war, darüber zu reden. Weil seine Polizei den Schiffer nicht festnehmen konnte …»

«Nein, nicht deswegen», sagte Lina ruhig. «Ihm ist klar, dass ich von der Kutsche weiß. Die Mädchen wurden aus einem schwarzen, geschlossenen Zweispänner geworfen, und es hat in der Nacht kein solcher Ruhrort verlassen. Überleg dir, was das bedeutet. Und warum Commissar Borghoff das Blut in Herrn von Sannbergs Kutsche interessiert hat.»

Georg beugte sich zu Lina hinunter: «Lina, ich verbiete dir, weiter darüber zu reden. Von Sannberg jetzt zu vertreiben, könnte fatale Folgen haben. Für Ruhrort und auch für uns.»

«Ich habe ja nicht gesagt, dass es von Sannberg war. Wenn der Commissar seine Erklärung zufriedenstellend fand, wird es gut sein. Aber es bedeutet immer noch, dass jemand, der einen solchen Zweispänner fährt …»

«Lina, jeder unserer Gäste hat eine solche Kutsche.»

«Eben, Georg, eben.»

«Du wirst keinen Ton mehr darüber sagen. Haben wir uns verstanden?»

Lina ging wortlos zur Tür.

«Lina!», brüllte er, und Aaltje zuckte zusammen, aber Lina drehte sich betont langsam um.

«Ich bin müde, Georg. Und jede Frau hier einschließlich des Dienstpersonals ist müde. Wir haben in weniger als zwei Stunden einen gutgedeckten Tisch hergerichtet, um deine Laune, auf die Ruhrorter Honoratioren Eindruck zu machen, zu befriedigen. Und es hat nicht ein Wort des Dankes von dir gegeben.»

«Du bist die Hausfrau hier, Lina.» Lina sah, dass Aaltje die Augen niederschlug. «Das kann ich doch wohl von dir erwarten. Zu irgendetwas müssen die teuren Schulen ja getaugt haben.»

Lina gelang es, ruhig zu antworten. «Ich gehe zu Bett, Georg. Und morgen erwarte ich eine Entschuldigung von dir, sonst kann sich deine Frau eine Weile um den Haushalt kümmern.»

Aaltjes Kopf ging ruckartig hoch, ihre Augen waren angstgeweitet. Lina glaubte zunächst, dass es wegen ihrer Drohung war, aber dann wurde ihr klar, dass Aaltje Angst vor Georg hatte. Sie hatte ihn bis aufs Blut gereizt, und nun fürchtete seine Frau, dass er es an ihr auslassen würde. Sie wunderte sich selbst über sich, aber Aaltje tat ihr tatsächlich leid.

Noch schien Georg nicht in der Lage zu antworten, und sie nutzte das, um das Zimmer zu verlassen. Hinter ihr knallte etwas an die Tür und zerbarst klirrend. «Wage bloß nicht, mir heute noch unter die Augen zu kommen, Lina!», schrie Georg.

Finchen, die gerade das letzte Geschirr holen wollte, stand wie erstarrt im Flur.

«Den Rest kannst du morgen früh holen und abwaschen», sagte Lina zu ihr. *Falls etwas übrig ist*, dachte sie sich.

Drinnen tobte Georg weiter, es klirrte und polterte. Sie bedauerte, dass sie Aaltje nicht aus dem Salon holen konnte. Dann besann sie sich. Jeden Moment konnte ihr Bruder zumindest so weit zu Verstand kommen, dass er hinter ihr herkam, statt hinter der geschlossenen Tür das Zimmer zu demolieren. Ihre Beine waren müde, ihre Hüfte schmerzte, trotzdem ging Lina so schnell sie konnte die Treppe hinauf. Oben horchte sie kurz an der Tür ihres Vaters, dort war aber alles ruhig. Georgs Gebrüll wurde lauter, die Salontür hatte sich geöffnet.

Blitzschnell verschwand Lina hinter ihrer Zimmertür, die Hand am Schlüssel, um schnell absperren zu können.

«Was stehst du hier herum, du dumme Gans!», hörte sie ihn schreien. Lina schloss die Augen. Finchen war nicht rechtzeitig verschwunden. Doch was immer jetzt dort unten passiert war, es schien ihn etwas abgekühlt zu haben. Sie hörte seine raschen und Aaltjes schwerfällige Schritte auf der Treppe in den zweiten Stock, bevor sie in ihrem Schlafzimmer verschwanden.

Sie traute sich nicht, noch einmal hinunterzugehen, da er ihre Schritte in jedem Fall erkannt hätte. Kurz darauf klopfte es leise an ihre Tür. Es war Finchen.

«Ich wollte Ihnen noch mit den Schuhen helfen.»

Sie hatte geweint, ihre Wange war geschwollen, und ihre Lippe blutete.

«Mein Gott, Finchen, das tut mir so leid ...»

Lina nahm ein Taschentuch aus der Kommode und tauchte es in das Waschwasser, das Finchen bereits am Nachmittag aufgefüllt hatte.

«Setz dich, Finchen. Da, aufs Bett.»

Lina wischte vorsichtig das Blut ab und besah sich die Wunde. Finchen zuckte nicht einmal. «Das sieht schlimmer aus, als es ist», sagte sie. «In ein paar Tagen sieht man das gar nicht mehr. Du bist nicht zum ersten Mal geschlagen worden, oder?»

«Zum ersten Mal, seit ich hier bin.» Das klang bitter, so als habe der Dienst im Hause Kaufmeister, den sie trotz der schweren Arbeit mit viel Freude tat, seinen Zauber verloren. Lina verstand: der sichere Ort war unsicher geworden.

«Ich werde alles tun, damit das nicht wieder passiert», sagte Lina, obwohl ihr klar war, dass das nur leere Worte waren und dass Finchen das wusste.

«Ich bin müde.» Finchen starrte auf den Boden. «Darf ich Ihnen jetzt die Schuhe ausziehen?»

«Sicher.»

Die Kleine kniete sich hin, schnürte die Schuhe auf und zog sie von Linas Füßen.

«Danke», sagte Lina. Sie stand vom Bett auf und hinkte zur Waschkommode, tauchte das Taschentuch noch einmal ins Wasser, um das Blut herauszuwaschen. Dann gab sie es Finchen. «Du darfst das Taschentuch behalten.»

«Danke, Fräulein Lina.» Finchen hielt sich das feuchte Tuch an die brennende Wange und ging hinaus.

Lina begann, sich langsam auszukleiden. *Kluge Lina*, dachte sie. *So klug, zu vergessen, wie jähzornig der Bruder werden konnte.* Es war schon lange her, dass er seine Schwestern geschlagen hatte, und damals war es auch eher Mina gewesen. Auf Lina, die Verkrüppelte, hatte er mehr Rücksicht genommen. Lina fragte sich, wie oft Aaltjes Kleider blaue Flecken auf dem mächtigen Körper verdeckten. Aber Aaltje würde niemals wagen, ihrem Mann zu widersprechen.

Lina kam wieder das Papier in den Sinn, das der Vater für sie unterzeichnen sollte. Wenn der Vater tot war, würde niemand Georg daran hindern, auch sie zu schlagen, wann immer ihm danach war. Sie musste fort aus diesem Haus, koste es, was es wolle.

Vom Nebenzimmer her klopfte jemand an die Wand. Der

Vater war wach. Lina seufzte und warf sich ihren Morgenmantel über. Sie war schon an der Tür, da fiel ihr das Papier wieder ein. Sie nahm es aus der Mappe, die auf ihrem Nachttisch lag, und ging hinüber.

4. Kapitel

Jeder in Ruhrort kannte die verrückte Kätt. Sie war einmal eine Hure von fast legendärer Schönheit gewesen, aber die Zeiten, dass ein Mann für sie bezahlt hätte, waren lange vorbei. Schon damals hatte sie das meiste, was sie verdiente, zu den Dönbänken getragen, wo Kleinhändler Branntwein ausschenkten. Als der billige Branntwein aus der Schönheit mit der weißen Haut und dem blonden Haar eine rotgesichtige Vettel gemacht hatte, waren ihre Freier nicht mehr so spendabel. Aber endgültig bergab gegangen war es mit ihr, als ihr Kind im Säuglingsalter ertrank. Manche sagten, sie habe es in den Hafen fallen lassen, aber es gab auch etliche andere Geschichten. Kätt wurde buchstäblich über Nacht verrückt und verbrachte seitdem die meiste Zeit damit, im Hafen oder am Rhein auf das Wasser zu starren, immer in der Hoffnung, ihr Kind würde wieder auftauchen.

Seit damals, und das war mehr als zehn Jahre her, stromerte sie durch die Gassen und bettelte, manchmal wischte sie auch für ein paar Gläser Branntwein das Erbrochene der Besoffenen auf. Sie ekelte sich nicht. Sie fühlte nichts mehr. Den Mund voller brauner Stummel, in dreckigen, zerlumpten Kleidern, die Augen wässrig hinter geröteten Lidern und die Nase rot geschwollen und zerfurcht, streckte sie jedem bittend ihre Hand entgegen, unverständliches Zeug brabbelnd. Und sie wurde geduldet. Zwar versuchte Sergeant Ebel hin und wieder, sie wegen Bettelns hinter Gitter zu bringen, aber dann gab es immer jemanden, angefangen bei der dicken Martha, der bezeugte, dass sie ihren Lebensunterhalt verdienen könne, und sie entging Gefängnis und Arbeitshaus. Es war, als hielte ganz Ruhrort die Hand über sie, obwohl keiner näher mit der stinkenden, betrunkenen Bettlerin zu tun haben wollte.

Wenn das Hochwasser kam, wenn es endgültig in die Altstadt hineinschwappte, war es meist Kätt, die es als Erste entdeckte. Sie stand am Ufer und beobachtete ihren Feind, den Rhein. Auch diesmal, im ersten Morgengrauen des 28. Novembers, als Ruhrort gerade erwachte, war es ihre heisere Stimme, die durch die Gassen hallte und auch den Letzten aufweckte: «Das Wasser kommt, das Wasser kommt!»

Noch waren es nur Rinnsale an ausgesuchten Stellen, kleine Bäche in den zum Wasser hin gelegenen Straßen, doch bald würde es sich überall ausbreiten, steigen, in die Häuser laufen.

Wenn die Altstadtstraßen von ihrem persönlichen Feind eingenommen waren, begab sich Kätt in ungewohnte Gefilde. Für die Tage des Hochwassers wurde die Neustadt ihr Revier, und sie ließ sich sogar bei den Pfarrern sehen, war jeweils katholisch oder evangelisch, um etwas zu essen zu bekommen.

In dieser Zeit musste sie sich aber besonders vor der Polizei in Acht nehmen. In der unübersichtlichen Altstadt, in der es ohnehin mehr Sünde als Tugenden gab, konnte man sie vielleicht dulden, in der Neustadt wurde sie zum Ärgernis, vor allem wenn sie auch dort, wohin ein gewöhnliches Hochwasser nicht kam, die Leute mit ihrem Geschrei weckte.

An diesem Vormittag war sie Ebel über den Weg gelaufen, der sie gleich des Quartiers verwiesen hatte und ihr einen Tag im Rathausgewahrsam angedroht hatte.

Missmutig brabbelnd war sie Richtung Mühlenweide gezogen, verkündete, dass sie nach dem Rhein sehen wolle, und musste feststellen, dass er schon auf der Weide, auf der man längst Kohlenlager errichtet hatte, stand. Sie schimpfte über das Eisenbahnbassin, dessen Ausbaggerung aus der Mühlenweide eine schmale Landzunge gemacht hatte. Für sie war dies der Grund für die Überschwemmung. Kätt kletterte den Damm hoch, um vor dem Wasser sicher zu sein.

Als sie dort oben bei der verlassenen Baustelle des Hebeturms angelangt war, betrachtete sie die Veränderungen, die das neue Bauwerk mit sich gebracht hatte. Ganz in sich versunken stand sie da – sie konnte stundenlang auf das Wasser starren, ohne sich zu rühren. Doch jetzt schreckte sie zusammen. Ihr Herz begann wild zu schlagen, ihre Augen füllten sich mit Tränen. Aber das waren keine Tränen der Trauer. Sie weinte vor Freude und Aufregung. Langsam kletterte sie ein Stück den Damm hinunter zur Baustelle.

Zwischen dem Ufer und der hölzernen Spundwand des Turms schwamm etwas Kleines, Winziges. Ein Kopf, Arme, Beine, alles war bläulich-grau angelaufen. Kätt hatte große Mühe, danach zu greifen, und verlor fast das Gleichgewicht. Nur mit einer Hand gestützt, in der anderen ihren glitschigen Fund, stieg sie vorsichtig wieder hinauf. Oben ließ sie sich erschöpft fallen, das kleine Etwas legte sie vorsichtig in ihren Schoß.

«Mein kleines Mädchen, mein kleines Mädchen …», flüsterte sie. Der Rhein hatte ihr das Kind genommen, und nun gab er es ihr wieder zurück, nach so vielen Jahren. Sie wiegte es hin und her und hielt dann inne, um den kleinen Körper genau zu betrachten. Ihre Augen weiteten sich entsetzt. «Was haben sie nur mit dir gemacht? Was haben diese Teufel mit dir gemacht?»

Am Morgen des 28. Novembers war Lina wie alle Bewohner der Carlstraße durch das Geschrei der verrückten Kätt wach geworden. Heute war der große Tag, und Lina beschloss, zeitig aufzustehen. Heute würden, wenn alles gutging, Mina und die Jungen eintreffen. Mina hatte in ihrem letzten Brief noch nicht sagen können, mit welchem Zug sie Ruhrort erreichen würde, und so hatte Lina beschlossen, wenn nötig mehrmals zum Bahnhof zu fahren. Sie wollte es sich nicht nehmen lassen, ihre Schwester persönlich zu begrüßen.

Es wäre einfacher gewesen, Mina hätte die linksrheinische Eisenbahn von Aachen nehmen können, doch seit Tagen drohte Hochwasser, und es bestand die Gefahr, dass die Roskath'sche Fähre zwischen Homberg und Ruhrort und auch der Trajektbetrieb über die schiefe Ebene eingestellt würden. Deshalb würde Mina das beschwerliche Umsteigen von Cöln nach Deutz auf sich nehmen und dann in Oberhausen nochmals in den Zug nach Ruhrort wechseln müssen.

Lina hatte sich sehr beeilt, den Vater zu versorgen, und dann noch einmal das Gästezimmer, in dem Mina nun wohnen sollte, und die Dachkammer der Jungen überprüft. Die neuen Betten, die sie beim Tischler bestellt hatte, waren noch nicht fertig. Sie hoffte, die Jungen konnten eine Weile gemeinsam in dem breiten alten Bett schlafen.

Um zwölf kam Georg zum Mittagessen nach Hause. Er wirkte sehr missmutig. «Das Wasser steht in der Altstadt.»

Hochwasser war immer eine Bedrohung für Ruhrort. Zwar waren die Häuser der Neustadt sicherer als die der Altstadt, da diese jedes Mal überschwemmt wurde, doch die Störungen des Schiffsverkehrs und des Hafenbetriebs reichten schon, um wirtschaftlichen Schaden anzurichten. Und jetzt war auch noch die Baustelle des Hebeturms betroffen, wo sich die Arbeiten ja ohnehin schon so sehr verzögert hatten.

«Die Maurer haben vorgestern erst mit dem Ausmauern der Wände des Turms begonnen, und jetzt müssen sie die Arbeiten wieder einstellen.»

Lina hütete sich, ihren Bruder daran zu erinnern, dass sie schon vor drei Wochen gesagt hatte, es wäre besser gewesen, mit dem Baubeginn bis zum Frühjahr zu warten. Den Fundamentsockel hatte man zwar fertig gegossen, aber wegen des einsetzenden Frostes musste die Betonierung der Wände im Turmsockel noch warten.

Seit Georgs Ausbruch an dem Abend der Gesellschaft hatten er und Lina kaum ein Wort miteinander gewechselt, und es herrschte eine gedrückte Stimmung im ganzen Haus.

«Ich werde nachher zum Bahnhof fahren. Möglicherweise kommt Mina mit dem Mittagszug», sagte Lina in die Stille hinein.

«Reicht es nicht, wenn Peter hinfährt? Erkennen wird er sie ja wohl …» Georg sah von seiner Suppe auf und seufzte. «Egal, was ich sage, du wirst ja ohnehin nicht auf mich hören.»

«Freust du dich denn gar nicht, Mina wiederzusehen?»

«Mir wäre es lieber, sie hätte einen anständigen Mann geheiratet und keinen Landesverräter, dann müssten wir sie jetzt nicht hier aufnehmen.»

Lina verkniff sich eine Antwort und stand auf. «Ich bringe dem Vater sein Essen.»

Helene hatte den Teller schon in der Küche fertiggemacht. Da es in seinem Zustand mit der Suppe etwas schwierig war, bekam der alte Kaufmeister sie mit zerdrückten Kartoffeln.

«Den Teller kann ich schon allein hinauftragen», sagte Lina, als die Köchin ihre Hilfe anbot. Hoffentlich wurde sie rechtzeitig fertig.

Der Vater hatte nur wenig Appetit gehabt, und heute hatte Lina auch nicht darauf bestanden, dass er ein paar Bissen mehr aß. Sie schaffte es, noch vor der Ankunft des Zuges am Bahnhof zu sein, der nördlich der Stadt gebaut worden war. Gemeinsam mit dem

Stallknecht Peter stand sie an den Gleisen und wartete. – *Vielleicht ist sie gar nicht in diesem Zug*, sagte sie sich immer wieder. *Vielleicht kommt sie erst am Nachmittag oder am Abend.* Sie hatte ihre Schwester so lange nicht mehr gesehen, und jetzt konnte sie es kaum noch erwarten.

Der Zug fuhr ein, nur wenige Passagiere stiegen aus. Lina glaubte schon, dass Mina tatsächlich nicht in dem Zug war, als zwei Jungen in der Tür des Waggons erschienen, heraussprangen und ihr entgegenstürmten. «Tante Lina, Tante Lina!»

Der inzwischen zwölfjährige Emil und sein zwei Jahre jüngerer Bruder Josef hatten ihre Tante zuletzt vor sieben Jahren gesehen, aber sie offensichtlich in sehr guter Erinnerung behalten. Lina hatte ihnen vorgelesen, mit ihnen gespielt, und sie hatten immer viel Spaß gehabt mit der Frau, die merkwürdigerweise genauso aussah wie ihre Mutter.

«Vorsicht, ihr werft mich ja um, Jungs.»

Nun erschien auch Mina in der Waggontür. Für einen Moment war Lina erschrocken. Sie hatte erwartet, wie gewohnt ihr Spiegelbild zu sehen, doch das Gesicht der Schwester war hager, fast hart, das Kleid, das schon bessere Zeiten gesehen hatte, war ihr zu weit, der wollene Mantel hatte blanke Stellen. – Das wird nur die anstrengende Reise sein – machte Lina sich Mut. Aber keine noch so weite Reise hatte je das Leuchten in Minas Augen zum Verlöschen gebracht.

Peter kam auf sie zu und nahm ihr die große Reisetasche ab. Mina bemerkte seinen fragenden Blick. «Nein, das ist alles an Gepäck.»

Mina schien wie betäubt, als sie vor Lina stand. Immer schon hatte Lina jede Stimmung der Schwester gefühlt wie die eigene. Sie begriff, wenn sie Mina jetzt umarmte, würde sie weinen.

«Lass uns schnell nach Hause fahren, Schwesterchen», sagte sie daher nur.

Mina nickte.

Peter verstaute die Tasche im Wagen. Die Jungen und die Frauen kletterten in den Wagen, und nun fuhren sie Richtung Neustadt. Gerade als Peter die Pferde antreiben wollte, stolperte eine merkwürdige Gestalt vor ihnen auf die Straße. Lina erkannte die verrückte Kätt und wühlte sofort in ihrem Beutel nach ein paar Pfennigen. «Peter, halte bitte kurz an», rief sie dem Kutscher zu.

Kätt sah den Wagen und drängte sich zu ihnen an die Seite, wo die Brüder saßen. Ein unangenehmer Geruch ging von ihr aus, aber Lina kannte es nicht anders.

Kätt hielt die Hand auf. «Einen Pfennig für Kätt. Hunger. Und mein' Kleine auch.»

Die Jungen wichen erschrocken vor der Bettlerin zurück, doch Lina, die ihre Geschichte kannte, drückte dem kleinen Josef zwei Pfennige in die Hand. «Na los, Josef. Gib sie der armen Frau.»

Das Kind schüttelte den Kopf und sah Lina ängstlich an.

«In den letzten Tagen in Brüssel wärst du froh gewesen, wenn dir jemand zwei Pfennige geschenkt hätte. Gib der Frau die Münzen», forderte seine Mutter ihn auf.

Josef beugte sich über den Rand der Kutsche und legte Kätt die Pfennige in die schmutzige Hand. Als er sich wieder setzte, waren seine Augen ganz starr, aber er sagte nichts.

Kätt krächzte ein «Danke» und hielt das schmutzige Bündel hoch.

«Das ist mein Kind!», schrie sie, und die beiden Jungen zuckten vor Angst zusammen. «Teufel. Es sind Teufel hier in Ruhrort. Sie essen Kinder. Sie haben mein Kind gegessen.»

Lina erhob sich halb. «Schäm dich, Kätt. Wir geben dir etwas, und du machst den Kindern solche Angst.»

Entschlossen ließ sie Peter wieder anfahren, und Kätt wich

vom Wagen zurück. «Teufel. Menschenfresser», rief sie noch einmal.

«War es denn so schlimm?», fragte Lina Josef.

«Das Kind …», sagte er leise.

«Aber Josef, Kätt hat kein Kind. Ihres ertrank vor vielen Jahren. Seitdem ist sie verrückt.»

«Aber das Bündel! Da war ein Gesicht!»

Mina lächelte müde. «Mein Kleiner ist sehr empfindsam, und er hat eine große Einbildungskraft.»

«Aber …», begann Josef. Lina bemerkte den Blick seines älteren Bruders, woraufhin er verstummte.

«Die Jungen mussten in Brüssel zu viel Schlimmes sehen», sagte Mina. «Da spielt einem die Phantasie schon einmal einen Streich.»

Und was hast du gesehen, Schwester?, dachte Lina, während der Wagen die Stadt erreichte.

Wenig später waren sie in der Carlstraße angekommen, und Peter fuhr die Kutsche in den Hof. Mina war ausgestiegen und machte einen verwirrten Eindruck. «Es ist merkwürdig», sagte sie zu Lina, «ich habe ja gewusst, dass ihr umgezogen seid, aber im Grunde habe ich die ganze Zeit erwartet, in die Dammstraße zurückzukehren und alles so vorzufinden, wie es war.»

Emil und Josef bestaunten noch das große, dreistöckige Haus, als sich plötzlich die Eingangstür öffnete und Aaltje herauskam. Lina erwartete eine eher frostige Begrüßung, da Aaltje, wie immer ganz auf der Seite ihres Mannes, nur wenig Begeisterung über die Aufnahme der Schwägerin in ihrem Hause gezeigt hatte. Doch sie hatte die holländische Gastfreundschaft unterschätzt. Aaltje breitete ihre Arme aus, lief auf Mina und die Jungen zu und rief laut: «Hartelijk welkom!»

«Bedankt, liefste Tante», rief Emil.

«Bedankt, Schoonzus», sagte nun auch Mina.

Auf Aaltjes Gesicht erschien ein Lächeln, sie freute sich über die Antworten in ihrer Muttersprache. Wer in Ruhrort aufgewachsen war, konnte zumindest ein paar Brocken Holländisch.

Während Heinrich die zerschlissene Tasche ins Haus trug, kamen Karl und Elisabeth dazu, ihre Cousins zu begrüßen. Artig und ein wenig misstrauisch gaben sie den beiden die Hand. Aaltje redete ununterbrochen auf Holländisch auf alle ein, bis Lina sie unterbrach. «Ihr müsst müde und hungrig sein. Es ist noch genug von der Suppe da und auch Kartoffeln.»

«Und heute Abend gibt es een feestmaal», ergänzte Aaltje. «Guste, Bertram und de Kinderen werden ook komen.»

Lina sah ihre erschöpfte Schwester an. Sie erwartete eigentlich Protest, aber es kam keiner. Mina war fast apathisch. Lina wusste, sie wünschte sich nur noch ein Bett nach der langen Reise. «Wisst ihr was? Ihr esst jetzt erst einmal, und dann richtet ihr euch ein. Ein Familienessen können wir in den nächsten Tagen immer noch veranstalten.»

Mina nickte. «Ich wäre sehr froh, wenn ich schnell zu Bett gehen könnte.»

Aaltje schien enttäuscht, sagte aber nichts. Lina führte Mina und die Jungen in den Salon und ging dann, um der Köchin Anweisung zu erteilen. Finchen brachte Mineralwasser, das die Reisenden dankbar tranken.

Elisabeth zupfte Lina am Ärmel und flüsterte: «Du, Tante, der Emil hat ja viel zu kurze Jackenärmel.»

«Das habe ich auch gesehen. Sie haben alle eine schwere Zeit durchgemacht», erklärte Lina ihr leise. «Und wir müssen alles tun, damit sie sich hier bei uns schnell wohl fühlen.»

Finchen und Helene brachten die Teller mit Suppe und zerdrückten Kartoffeln in den Salon. Aaltje beobachtete stumm, wie

Mina und die Jungen aßen. Mina gab sich alle Mühe, so damenhaft zu essen, wie sie es gelernt hatte, aber so ganz wollte ihr das nicht gelingen. Die Jungen hingegen schlangen das Essen gierig hinunter, als wäre es die letzte Mahlzeit, die sie in den nächsten Wochen bekommen würden. Jeder der drei bekam noch einen zweiten Teller. Als Emil noch einen dritten verlangen wollte, wies Mina ihn scharf zurecht.

Lina sah ihrer Schwester direkt ins Gesicht. «Dürfen die Jungen mich kurz begleiten?», fragte sie.

Mina nickte.

Lina stand auf. «Dann kommt mal mit.»

Sie ging mit den beiden in die Küche. «Das ist unsere Köchin Helene», stellte sie die rundliche Frau vor. «Und das sind die Hausmädchen Lotte und Finchen. Und der Hausdiener Heinrich. Peter, den Kutscher und Stallknecht, kennt ihr ja bereits.»

Die Jungen gaben dem Personal artig die Hand. Dann öffnete Lina die Tür zur Speisekammer. «Das hier wollte ich euch zeigen. Damit ihr euch keine Sorgen machen müsst.»

Staunend standen die Jungen vor zwei großen Brotlaiben, einem riesigen westfälischen Schinken, vielen Eiern, Mehl und anderen Vorräten. «Und jetzt gehen wir in den Keller.»

Obwohl die steile Treppe für Lina sehr beschwerlich war, brachte sie die Jungen hinunter in den Keller, um ihnen die Sauerkrautfässer, die die Kappusschaber befüllt hatten, die eingelegten Bohnen, die Äpfel, Birnen, Zwiebeln und Kartoffeln, Karotten und den Sellerie zu zeigen und was immer die Köchin sonst noch eingekocht, eingelegt, gedörrt und in Dosen eingemacht hatte.

«Hier gibt es immer genug zu essen. Und wenn ihr etwas möchtet, braucht ihr nur die Köchin oder eines der Mädchen zu fragen. Habt ihr das verstanden?»

Emil nickte. Josef sah sie ungläubig an. «Immer, wenn wir etwas möchten?»

«Ja. Bei uns leidet niemand Hunger.»

«Darf ich dann einen Apfel haben?», fragte Emil.

«Hier.» Lina griff zwei Äpfel und gab jedem einen. Dann stiegen sie wieder hinauf.

Mina hatte dem Vater einen kurzen Besuch abgestattet und war entsetzt über seinen Gesundheitszustand. Die Jungen sollten erst in den nächsten Tagen zu ihm, wenn man sie schonend vorbereitet hatte.

Schließlich hatte Mina gegen fünf Uhr darum gebeten, bald schlafen gehen zu können, weil sie in der Nacht im Zug und am Bahnhof in Aachen kein Auge zugetan hatte. Die Jungen spielten oben im Kinderzimmer mit Karls Soldaten.

Lina begleitete ihre Schwester in das Gästezimmer im ersten Stock. «Es ist klein, aber du hast alles, was du brauchst.»

Sie öffnete geschäftig die Reisetasche und erschrak. Es waren nur ein weiteres Kleid, zwei Anzüge für die Jungen und etwas Unterwäsche darin.

Mina setzte sich auf das Bett. «Ich habe nicht einmal ein Nachthemd, geschweige denn welche für die Jungen ...», sagte sie leise, und ihre Augen füllten sich mit Tränen. «Zuletzt habe ich alles verkauft. Jedes gute Kleidungsstück, jedes Paar Schuhe, all meinen Schmuck bis auf Mutters Medaillon, die paar Möbel, die wir hatten ...»

Lina setzte sich neben sie und nahm sie in den Arm. Erschrocken stellte sie fest, wie knochig Mina war. «Jetzt wird alles gut, Mina. Jetzt bist du wieder zu Hause.»

Eine Weile wiegte sie die schluchzende Schwester, bis diese sich langsam wieder beruhigte. «Ich gebe dir eines von meinen Nachthemden. Es ist zu kurz, aber das wird ja gehen.»

Mina nickte und lächelte mit verheulten Augen.

«Für die Jungen organisiere ich auch etwas. Josef ist ja recht klein für sein Alter, da wird ihm sicher etwas von Karl passen, und für Emil werde ich Aaltje um einen Anzug von Georg bitten, den wir ändern. Kleider für dich könnten schwieriger werden. Guste ist zu groß, ich bin zu klein, und Aaltje ist zu dick. Aber ich richte das schon. Du brauchst an gar nichts zu denken, du musst dich nur ausruhen und wieder zu Kräften kommen.»

Lina ging hinüber in ihr Zimmer, um ein Nachthemd zu holen, und warf einen Blick in Aaltjes kleinen Salon. Dort saß die Schwägerin an ihrer Stickarbeit. Sie erklärte ihr, was sie brauchte. Aaltje nickte und stieg rasch nach oben. Kurz darauf kam sie mit einem ganzen Bündel von Kleidern über dem Arm wieder herunter: zwei fast neue Anzüge ihres Sohnes, einer ihres Mannes, Nachthemden und einer ihrer Röcke. «Das ist ein ganz einfacher Rock, den werden Sie schnell ändern können, Schwägerin», sagte sie, als sie ihn Lina in die Hand drückte.

«Wissen Sie, ich war dagegen, dass Mina herkam, weil mein Ehemann dagegen war. Aber jetzt, wo ich sie gesehen hab, weiß ich, dass es richtig war, sie herzuholen. Sie ist so mager, sie ist zo mager und zo bleek als een teringleider. Ich dachte, dünner als Sie könnte man nicht sein …»

Dass Aaltje Mina mit einer Schwindsüchtigen verglich, tat weh, aber sie hatte durchaus recht damit. Lina nahm auch die Sachen. «Danke, liebe Schwägerin.»

«Wir müssen sie alle schnell wieder zu Kräften bringen», rief Aaltje ihr nach.

Lina brachte der Schwester das Nachthemd, legte die Sachen über den Stuhl.

«Vielen Dank», sagte Mina.

Lina sah sie an. «Mina, hast du noch Schulden in Brüssel?»

Die Schwester nickte bedrückt. «Bei sehr lieben Menschen. Und auch bei ein paar unangenehmen.»

«Morgen musst du alles aufschreiben, ich regele das dann mit

Georg.» Sie küsste Mina auf die Wange und nahm die Nachthemden für die Jungen mit in den dritten Stock in die Dachkammer.

Am frühen Abend waren auch Emil und Josef so müde, dass sie die Augen kaum noch offen halten konnten. Sie begrüßten kurz ihren Onkel Georg, der aus dem Kontor gekommen war, und dann brachte Lina sie in ihre Dachkammer.

«Es ist ein Dienstbotenzimmer, und leider gibt es nur ein Bett für euch beide. Aber der Tischler bringt in den nächsten Tagen zwei neue.»

Lina hatte nicht den Eindruck, dass die Jungen unzufrieden mit der frischgekalkten Kammer waren. «Weil eure Mutter so müde ist, bringe ich euch heute zu Bett.» Sie deutete auf die Nachthemden, und die beiden zogen sich rasch aus, wuschen sich auf Linas Geheiß Gesicht und Hände und legten sich dann in die frischbezogenen Kissen.

«Sprecht ihr ein Nachtgebet?», fragte Lina.

Emil schüttelte den Kopf. «Wir glauben nicht daran. Vater wollte das nicht.»

«Nun, das finde ich nicht gut. Aber ich nehme es hin», sagte Lina. Sie beugte sich über die Jungen und gab jedem einen Kuss auf die Wange. «Schlaft gut, ihr beiden.»

Sie war schon mit der Kerze an der Tür, als Josef zaghaft fragte: «Können wir vielleicht doch ein Gebet sprechen?»

Lina runzelte die Stirn. «Warum möchtest du das denn, Josef?»

«Weil … weil ich dann vielleicht nicht schlecht träume.»

Lina kam zurück und stellte die Kerze auf das kleine Nachtbänkchen. «Wovor hast du Angst, was fürchtest du zu träumen?», fragte sie und strich dem Kleinen die Haare aus der Stirn.

«Die Frau. Die Frau heute Mittag. Die mit dem toten Kind.»

«Aber das war kein Kind, sie trug nur ein Bündel …»

«Da war ein Kind», sagte Emil mit fester Stimme. «Ich habe es auch gesehen. Ein Gesicht in dem Bündel. Es war tot.»

Lina sah ihn erstaunt an. «Warum hast du denn nichts gesagt?»

Er seufzte und setzte sich nochmal auf. «Weil Mutter es doch wieder als Josefs Einbildung hingestellt hätte. In dem Viertel, wo wir zuletzt gewohnt haben, gab es viele sehr arme Leute. Da haben wir oft Schlimmes gesehen. Tote auf der Straße, auch Kinder. Aber Mutter sagte immer, die schlafen nur, macht euch keine Gedanken. Sie waren tot, Tante Lina, doch Mutter hat das nicht gesehen.»

Lina fuhr sich mit der Hand über die Augen und schüttelte den Kopf. «Sie wollte euch beschützen, Emil. Kein Kind sollte so etwas sehen.» Sie sah in Josefs immer noch verängstigte Augen. «Setz dich auch noch einmal auf, Josef. Ich werde jetzt ein Gebet sprechen.»

Lina brauchte sich nicht lange zu besinnen, auch wenn Aaltje sie nicht für fromm genug hielt, ihren Katechismus kannte sie: «Ich danke dir, mein himmlischer Vater, durch Jesus Christus, deinen lieben Sohn, dass du mich diesen Tag gnädig behütet hast; und bitte dich, du wollest mir vergeben alle meine Sünden, wo ich unrecht getan habe, und mich diese Nacht gnädig behüten. Denn ich befehle mich, meinen Leib und Seele und alles in deine Hände; dein heiliger Engel sei mit mir, dass der böse Feind keine Macht an mir finde. Amen.»

Die Jungen legten sich wieder hin. Lina stopfte die Bettdecke fest. «Hier in diesem Haus seid ihr ganz sicher. Hier gibt es keine Armut und keinen Hunger. Und auch wenn ihr heute Mittag ein totes Kind bei Kätt gesehen habt, es ist nicht üblich, dass Kinder hier in Ruhrort auf den Straßen sterben.»

Sie ging hinaus und schloss leise die Tür. Ein Kind war hier gestorben, das glaubte sie ihren Neffen. Es war erst kurz vor sieben, vielleicht konnte sie noch etwas unternehmen. Auf dem Weg nach unten lief ihr Finchen über den Weg. «Finchen, hol deinen Mantel. Du wirst mich begleiten.»

Das Rathaus war schon geschlossen, aber ein hilfreicher Nachbar verriet ihnen, dass der Commissar meistens bei Heckmann sein Abendessen einnahm. Jetzt, wo die Bürger Ruhrorts zum Feierabend ein Bier tranken, war viel los im Schankraum und mehr noch als sonst, denn viele Altstadtkneipen hatten wegen des Hochwassers geschlossen. Dazu kamen die Wallonen. Lina wollte Finchen nicht hineinschicken, und für sie selber gehörte es sich nicht. So wartete sie unschlüssig. Schließlich kam ein Gast heraus, es war der Schuster aus der Fabrikstraße, den Lina gut kannte, denn er war es, der seit Jahren ihre Schuhe fertigte.

«Herr Schremper», sprach sie ihn an.

«Guten Abend, Fräulein Kaufmeister», sagte er erstaunt und lüftete seinen Hut.

«Können Sie mir bitte einen Gefallen tun? Da drin soll der Commissar Borghoff sitzen ...»

Schremper nickte.

«Könnten Sie hineingehen und ihn bitten, kurz zu mir herauszukommen? Es ist wichtig.»

Schremper schien sich zwar zu wundern, aber er ging prompt wieder zurück in den Schankraum und kam kurz darauf mit Borghoff wieder. Man sah, dass er gern gehört hätte, worum es ging, aber nachdem Lina sich höflich bedankt hatte, blieb ihm nichts anderes übrig, als sich zu verabschieden.

«Fräulein Kaufmeister, wie kann ich Ihnen helfen?», fragte Borghoff. Er sah Finchen und lächelte. «Sie haben also wieder Begleitung ...»

«Ja. Aber wenn es Ihnen nichts ausmacht, uns nach Hause zu bringen, könnte ich Ihnen unterwegs etwas erzählen.»

Borghoff willigte ein und passte sich Linas Tempo an.

«Es ist etwas heikel», begann Lina. Dann erzählte sie, was am Mittag passiert war und was ihr die Jungen am Abend versichert hatten.

«Und Sie glauben den beiden?»

Lina nickte. «Die Angst stand Josef ins Gesicht geschrieben. Und beide haben zu viel erlebt, sie sind vernünftiger als andere Kinder in ihrem Alter. Und dann muss ich immer an das tote Mädchen denken und ihr verschwundenes Kind.»

Sie sah Borghoff an, dass ihm der Gedanke auch schon gekommen war. «Nun, es kann ja nicht schaden, nach der Frau zu suchen und sich das Bündel, falls sie es noch hat, näher anzusehen.»

«Ja», sagte Lina erleichtert, «und wenn es doch nur kindliche Einbildung aufgrund des schlimmen Anblicks der Bettlerin war, dann können wir wenigstens sicher sein.»

Borghoff entlockte das «wir» ein kleines Lächeln. «Ich werde mich darum kümmern. Ich schicke Ebel noch heute Abend los, die Verrückte zu suchen.» Er wechselte das Thema. «Ihr Bruder muss Ihre Schwester morgen noch anmelden», sagte er.

«Aber sie ist doch keine Fremde», sagte Lina entrüstet. «Sie ist in Ruhrort geboren.»

«So sind die Vorschriften.» Er blieb stehen und sah Lina direkt an. «Ihre Abreise aus Brüssel ist nicht unbemerkt geblieben. Ich habe den Auftrag bekommen, sie streng zu überwachen, für den Fall, dass ihr Mann hier auftaucht.»

«Justus ist in London.»

«Ich weiß.» Er sah sich kurz um, ob jemand in der Nähe war, und zog Lina ein Stück von Finchen weg. «Bitte nehmen Sie einen Rat von mir an, Fräulein Kaufmeister.» Er flüsterte fast.

«Sagen Sie Ihrer Schwester, sie soll keine Briefe mit der Königlichen Post senden. Sie haben durch Ihre Schiffe doch andere Möglichkeiten, Briefe zu befördern.»

Lina blickte entrüstet zu ihm hoch. «Heißt das, ihre Briefe werden geöffnet?»

«Sie haben mich ganz gut verstanden.» Er war nicht bereit, mehr dazu zu sagen, und ging wieder weiter. Finchen lief dicht hinter ihnen.

Sie bogen in die Carlstraße ein, und plötzlich stolperte Lina über einen losen Pflasterstein. Borghoff konnte sie gerade noch auffangen.

«Danke», sagte sie. «Auch für den Rat. Ich denke, die paar Schritte bis zu unserem Haus können wir jetzt auch allein gehen.»

«Ich danke Ihnen, Fräulein Kaufmeister. Obwohl ich hoffe, dass sich die Jungen geirrt haben.»

Als er sich verabschiedet hatte, sah Lina Finchen ernst an. «Du erzählst niemandem, worüber heute Abend geredet wurde.»

«Nein, Fräulein Lina. Aber …»

«Ja?»

«Ich finde das mit dem Kind sehr gruselig.»

«Ja, das ist es, Finchen, es ist sehr gruselig.»

Borghoff fand Ebel bei Lohbeck. Auch dieses Wirtshaus war voller als sonst. «Kommen Sie, Sergeant. Wir haben noch etwas zu tun.»

«Wohin gehen wir? Etwa in die Altstadt? Wir ruinieren uns unsere Stiefel!»

«Wie hoch steht das Wasser?»

«Noch nicht ganz eine Elle. Es ist seit fünf Uhr nicht mehr gestiegen.»

«Dann ist es ja halb so schlimm.» Borghoff erklärte Ebel, dass sie nach der verrückten Kätt suchten.

«Sie glauben zwei Kindern, die Sie nicht einmal selbst verhört haben?», fragte Ebel.

«Ich habe keinen Grund, an Fräulein Kaufmeisters Aussage zu zweifeln. Möglicherweise ist das Kind das der getöteten Hure. Und Fräulein Kaufmeister erzählte, dass Kätt etwas von Teufeln und Menschenfressern gesagt hat.»

Sie waren am Rathaus angelangt, und Borghoff schloss auf, um Laternen zu besorgen und die hohen Gummiüberschuhe anzuziehen. Die Altstadt würde heute dunkler sein als sonst – und nasser.

«Kätt ist verrückt. Verrückt! Die erzählt doch immer wirres Zeug.»

Borghoff drückte Ebel eine Laterne in die Hand und zündete sie an. «Was ist eigentlich mit ihr passiert? Fräulein Kaufmeister deutete irgendeine tragische Geschichte von einem ertrunkenen Kind an.»

«Tragische Geschichte», schnaubte Ebel. «Alle reden von Tragik und der armen Kätt, und alle haben Mitleid mit ihr. Aber Kätt hat schon immer mehr Zeit auf den Dönbänken als auf ihrem Rücken oder sonst wo verbracht. Sie war mal 'ne richtige Schönheit, ist mit fünfzehn mit einem Schiffer aus Coblenz hergekommen, aber der Schnaps hat sie schnell zerstört. Ich meine, sie war 'ne Hure von dem Tag an, als sie 'ne Frau wurde. Bildschön. Und dann hat sie alles versoffen. Bei dem Kind hatte sie wohl kein Geld für die Engelmacherin mehr. Das hätte ohnehin nicht lange gelebt. Es war winzig mit einem riesigen Kopf, und da war nicht alles da, wo es sein sollte.»

Sie gingen die Straße hinunter zur Altstadt. Ebel erzählte weiter. «Sie liebte das Kind abgöttisch, ließ es nie allein. Sogar zu den Freiern nahm sie die Missgeburt mit. Zu einem ist sie aufs

Boot gegangen, das Kind auf dem Arm. Das Schiff lag unten an der Mühlenweide bei den Kohlemagazinen. Sie war betrunken, als sie an Bord ging, und sie war völlig besoffen, als sie es wieder verließ. Auf der Planke verlor sie das Gleichgewicht und stürzte ins Wasser. Der Freier sprang sogar hinterher und zog sie raus, aber das Kind ertrank und wurde nie gefunden.»

«Und seitdem hat sie den Verstand verloren.»

Ebel nickte. «Sie wartet immer darauf, dass der Rhein das Kind wieder freigibt. Seit zwölf Jahren.»

Die Straße war leicht abschüssig, und plötzlich sahen sie das Hochwasser. Die ersten kleinen uralten Häuser reckten sich über die Straße, es gab keine gerade Straßenflucht mehr.

«Und Ebel? Sie kennen sich doch aus. Wohin würde Kätt gehen, wenn sie etwas Wertvolles verstecken müsste?»

«Ihr Schlafplatz ist auf dem Hof vom Haus der dicken Martha. Aber der dürfte jetzt überschwemmt sein.»

Borghoff sah ihn prüfend an. «Würde Martha sie aufnehmen?»

«In den ersten Stock?» Ebel lachte. «O nein, der ist feiner eingerichtet als die Wohnung des Bürgermeisters. Glauben Sie mir, die stinkende Kätt holt sich niemand ins Haus.» Er überlegte. «Aber hinter Marthas Haus steigt das Gelände etwas an. Dort könnte noch das eine oder andere trockene Plätzchen sein.»

Wenig später kamen sie an Marthas Bordell vorbei. Im Gegensatz zu den anderen Häusern, in die das Hochwasser zu laufen drohte, stand die Tür, mit Sandsäcken geschützt, offen. Oben im ersten Stock hörte man eine lebhafte Gesellschaft, alles war hell erleuchtet.

Schon ein paar Gassen weiter wurden sie fündig. In einem Winkel hockte eine Gestalt, die leise vor sich hin sang. Es war ein Wiegenlied, wie Borghoff schaudernd erkannte.

Er leuchtete in die Gasse, fürchtete, Kätt würde fliehen, aber sie blieb, wo sie war, unterbrach nicht einmal ihr Lied.

Borghoff näherte sich Kätt vorsichtig, Ebel dicht hinter sich. Sie wippte vor und zurück, hielt dabei die kleine Leiche fest, aber sie lag offen auf ihrem Schoß. Borghoff hielt die Laterne darüber und erschauerte. Das Kind hatte ein großes Loch in der Brust, ganz so wie die beiden toten Mädchen. Aber es fehlte weit mehr. Ganze Fleischstücke vom Bauch, den Schenkeln und den Ärmchen, einer war nur noch blanker Knochen.

Vorsichtig bückte er sich zu Kätt hinunter. «Mein Kind, mein Kind», wimmerte sie.

«Kätt, ich bin Commissar Borghoff.»

Sie sah ihn an, und ihr schmutziges, zerstörtes Gesicht wirkte in diesem Moment überhaupt nicht verrückt. «Schau, was die Teufel mit meiner Kleinen gemacht haben ...», flüsterte sie.

Borghoff nickte verständnisvoll. «Sie ist tot und verstümmelt.»

Kätt wimmerte leise auf. «Jetzt habe ich sie gefunden, und sie ist tot.»

«Ja.» Vorsichtig nahm er ihr das Tuch mit der Leiche ab. Ihre Augen weiteten sich, aber er nahm die Überreste behutsam in den Arm, so als trüge er ein lebendes Kind. «Ihr wird nichts geschehen. Aber wir müssen herausfinden, wer das getan hat.»

«Aber ich lasse sie nicht allein. Nie mehr.»

Seufzend stand Borghoff auf. Schon jetzt war der Geruch unerträglich, und er konnte nicht sagen, ob es die kleine Leiche war oder die alte Hure. Ebel stapfte mit angeekeltem Blick hinter den beiden her.

Lina hatte beschlossen, dass nicht Georg, sondern sie selbst ihre Schwester Mina zur Polizei begleitete, wo sich jeder Fremde anmelden musste. Da der Vater das Familienoberhaupt und Besitzer des Hauses war, musste er eine Erklärung unterzeichnen, in der er bestätigte, dass er für den Unterhalt der Tochter sorgen und sie der Gemeinde keine Kosten verursachen würde.

Natürlich hatte Lina einen Hintergedanken: Sie wollte wissen, ob Borghoff bei der verrückten Kätt tatsächlich ein totes Kind gefunden hatte. Aber sie musste sich bis zum Nachmittag gedulden, denn Mina konnte unmöglich in ihrem von der Reise verschmutzten Kleid zum Rathaus gehen, und ihr anderes war zu leicht für diese Jahreszeit.

So musste am Morgen bei Guste eine schwarze Bluse besorgt werden, und Lina war den ganzen Vormittag damit beschäftigt, diese und den riesigen Rock, den Aaltje beigesteuert hatte, auf Minas spärliche Maße zu ändern. Den verschlissenen Mantel, mit dem die Schwester aus Brüssel gekommen war, hatte Lina kurzerhand weggeworfen und Mina eines ihrer warmen Capes abgetreten.

Guste versuchte sich derweil im Ändern der Anzüge für die Jungen, denn diese sollten so bald wie möglich zur Schule gehen.

Jetzt, nach dem Mittagessen und nachdem Lina den Vater versorgt hatte, probierte Mina die geänderten Kleider an. Sie passten perfekt, und Lina hatte, da Aaltjes Rock nicht nur zu weit, sondern auch zu lang gewesen war, mit ein paar schnell genähten Raffungen in verschiedenen Abstufungen aus dem schlichten Teil ein richtiges Schmuckstück gemacht. Mina hatte Tränen in den Augen, als sie sich in dem hohen Spiegel im oberen Stockwerk betrachtete.

«So etwas Schönes habe ich lange nicht mehr getragen.»

«Warte erst einmal ab, wenn wir dir neue Kleider machen», sagte Lina, durchaus ein bisschen stolz.

Mina sah auf den Boden. «Aber ich kann dem Bruder doch nicht so auf der Tasche liegen. Das wäre nicht recht.»

«Er wird dir einen Vorschuss auf deine Jahresrente geben müssen. Das Jahr ist bald zu Ende, und du wirst das Geld ja nicht für den Lebensunterhalt brauchen.»

«Aber … er wird sicher etwas dafür wollen, dass wir hier mit euch leben.»

«Die Herrin über das Haushaltsgeld bin ich, und ich versichere dir, dass es weit weniger als die Rente sein wird, wenn wir euch durchfüttern. Mach dir keine Gedanken, Mina. Ich werde ihm schnell klarmachen, dass eine Kaufmeister nicht in Lumpen herumlaufen darf, auch wenn sie jetzt Bleibtreu heißt.» Lina griff nach einem ihrer Hüte. «Das ist nicht die neueste Mode, passt aber perfekt zu Kleid und Mantille.»

Die Schwestern gingen Richtung Markt, Lina verwahrte den Brief des Vaters sicher in einem kleinen Beutel. Während die Bauern gerade ihre Waren auf die Karren luden, machten einige noch letzte Geschäfte, oft mit Händen und Füßen. Diese wurden vor allem in der Verständigung mit den wallonischen Frauen eingesetzt, die versuchten, etwas billiger zu bekommen.

«Sie haben gehört, dass der Markt in der Altstadt morgen wegen des Hochwassers ausfällt», erklärte Lina. «Was der Bauer heute hier in der Neustadt nicht verkauft, könnte bis zum nächsten Samstag verdorben sein.»

Im Rathaus herrschte ein ähnliches Gedränge wie draußen auf dem Markt. Gerade war wieder eine größere Gruppe wallonischer Arbeiter angekommen, um sich anzumelden. Bei ihnen war ein Dolmetscher der Phoenix-Werksleitung, der aufgeregt auf den Polizeidiener einredete. Augenscheinlich ging es darum, dass er noch nicht angeben konnte, wo die Männer unterkommen würden.

«Ein Bauer in Meiderich wird sie eine Weile in seiner Scheune beherbergen», sagte der Mann gerade.

«Zwanzig Männer in einer Scheune?», fragte der Polizeidiener.

«Hören Sie, diesen Monat werden noch zwei neue Häuser auf dem Mühlenfeld fertig. Und der Bauer auf Stockum baut auch Wohnungen. Wir brauchen diese Männer für die Maurerarbeiten auf der Hüttenbaustelle. Und wir brauchen noch fünfzig weitere in den nächsten Tagen für Hüttenarbeiten. Es gibt einfach nicht genügend erfahrene Arbeitskräfte in Ruhrort und Umgebung.»

Der Polizeidiener seufzte. Die Männer waren keine Bettler. Auch wenn es keine vernünftigen Wohnungen für sie gab, war doch gut für sie gesorgt. Die Direction hatte sogar einen Arzt eingestellt, plante eine Kirche und eine Schule, ein Krankenhaus, damit sie Verletzte und Kranke nicht immer ins Diakonie-Krankenhaus nach Duisburg transportieren musste. Außerdem gab es die Anweisung vom Bürgermeister, dem Phoenix keine Steine in den Weg zu legen.

Er ließ sich die fremden Namen buchstabieren, trug sie in die Listen ein und füllte die Papiere für die Fremden aus.

Lina und Mina, denen es in der engen Amtsstube zu stickig wurde, warteten vor der Tür im Flur, als Borghoff mit dem Bürgermeister und einigen anderen Ruhrortern aus dem Keller stieg. Die meisten der gestandenen Herren waren ein wenig grün um die Nase. Lina verstand augenblicklich: Dies war eine offizielle Leichenschau gewesen. Hatte man also wirklich ein totes Kind gefunden?

Borghoff grüßte sie höflich und wirkte für einen Moment verwirrt. Lina verstand und lächelte. «Darf ich vorstellen, Herr Commissar? Das ist meine Schwester Wilhelmine Bleibtreu.»

«Sie sind Zwillinge!», rief er erstaunt aus.

Selbst auf Minas verhärmtem Gesicht erschien ein Lächeln. Es war lange her, dass sie solches Erstaunen erlebt hatten.

«Wir sind hier, um meine Schwester anzumelden», erklärte Lina. «Aber da drin ist ein ganzer Trupp Wallonen …»

«Dann kümmere ich mich selbst darum», sagte Borghoff. «Meine Herren, entschuldigen Sie mich für einen Moment?» Der Bürgermeister nickte. Als er an Lina und Mina vorbeiging, nickte er ausschließlich Lina einen kurzen Gruß zu und würdigte Mina keines Blickes. Lina erinnerte sich, dass auch er für eine kurze Zeit zu Minas zahlreichen Verehrern gezählt hatte. Nun, da sie die Frau eines Landesverräters war, wollte er nichts mit ihr zu tun haben.

Borghoff brachte die Damen in die eigentliche Polizeiamtsstube, in der nur Schröder gerade beschäftigt war.

«Schröder, würden Sie für Frau Bleibtreu die Fremdenpapiere ausfüllen?»

Er stellte Mina einen Stuhl vor Schröders Stehpult.

Schröder stellte Mina die üblichen Fragen: «Name?»

«Wilhelmine Elisabeth Bleibtreu, geborene Kaufmeister.»

«Geburtsdatum?»

«12. Juni 1819.»

«Wo?»

«In Ruhrort.»

Borghoff bot unterdessen Lina einen Stuhl vor seinem Schreibtisch an.

«War das eine Leichenschau eben?», fragte Lina unverblümt.

Borghoff nickte. «Ihre Neffen hatten recht. Kätt hatte ein totes Kind bei sich. Sie hat es gestern Morgen an der überschwemmten Baustelle des Hebeturms im Wasser gefunden. Ich habe mir die Stelle angesehen. Zwischen Spundwand und der ausgehobenen Grube klafft ein breiter Spalt. Wenn jemand ein totes Kind loswerden wollte, war das eine sehr gute Stelle dafür – nur hatte er nicht bedacht, dass das Hochwasser kommen und die Leiche hochspülen könnte.»

Lina schluckte. Insgeheim hatte sie gehofft, doch unrecht zu haben mit ihrer schrecklichen Vermutung. «Nun, ich fürchte, es wird häufiger vorkommen, dass sich hier jemand eines Kindes entledigen will», sagte sie leise. «Vielleicht ist es eines natürlichen Todes ...»

Borghoff schüttelte heftig den Kopf. «Nein, dieses Kind ist keinesfalls eines natürlichen Todes gestorben. Dafür gibt es zu deutliche Spuren an dem kleinen Körper.»

Lina erinnerte sich an Kätts Schreie. «Kätt sagte etwas von ‹Menschenfressern›.»

«Nun, das ist ...» Er zögerte. «Das ist nicht ausgeschlossen. Jedenfalls stammen diese Spuren nicht von Fischfraß oder Ähnlichem.» Er lächelte kurz. «Ich glaube, Sie sind nicht hier, weil Ihre Schwester sich anmelden muss, Fräulein Kaufmeister. Sie wollen doch alles ganz genau wissen, oder?»

Sie nickte, spürte aber, dass sie rot wurde. Das schien ihm zu gefallen.

«Dem kleinen Mädchen wurde die Kehle durchgeschnitten, es hat den Anschein, dass es ausgeblutet wurde, aber der Doktor hat Schwierigkeiten, das genau festzustellen, weil die Leiche schon einige Tage im Wasser lag. Dann hat es ein großes Loch in der Brust, ganz so wie bei den Leichen der beiden Mädchen. Und ...» Er stockte. «Soll ich wirklich weitermachen?»

«Ja», sagte Lina fest.

«Am Körper fehlen ganze Fleischstücke. Sie sind entweder sauber abgetrennt worden, wohl mit einem Messer, oder tragen größere Bissspuren.»

«O mein Gott», sagte Lina leise. «Dann ... dann ist es nicht ausgeschlossen, dass es sich um das Kind des toten Mädchens handelt?»

«Ich denke auch, dass es dieses Kind ist.»

«Und keine Spur von dem Mörder?»

Borghoff fuhr sich über das gesunde Auge. «Drömmer war nicht auf dem Schiff seines Vaters in Coblenz, als die dortige Polizei es untersuchte. Der alte Drömmer versicherte glaubhaft, dass sein Sohn seit dem 29. Oktober das Schiff nicht mehr betreten habe. Er habe noch bis zum Morgen des dritten Novembers auf ihn gewartet, dann aber fahren müssen, um seine Ladung rechtzeitig nach Coblenz zu bringen.»

«Drömmer könnte also immer noch hier in der Gegend sein.»

«Ja. Aber niemand hat ihn gesehen, obwohl man eine Belohnung ausgesetzt hat.»

Lina sah Borghoff eindringlich an. «Und die andere Möglichkeit? Die Kutsche? Die misshandelte Hure?»

«Die Spur der Kutsche ist kalt.» Borghoff seufzte. «Und was die Hure betrifft, hatte ich Ebel zu ihrer Familie nach Essenberg geschickt, aber man hat sie nach ihrer Genesung zu Verwandten in die Eifel gebracht. So entstellt, wie sie ist, kann sie nur noch bei einem Bauern Dienst tun.»

Beide schwiegen. Schröder befragte derweil Mina nach ihrem Mann. Lina hatte Mina eingeschärft, zu behaupten, keinen Kontakt zu ihm zu haben, was sie tapfer tat. Bereits heute Morgen war ein Brief an Aaltjes Bruder in Rotterdam auf ein Schiff gebracht worden, worin man ihn bat, in Zukunft Minas Briefe von Rotterdam aus nach London zu schicken.

«Teufel. Menschenfresser», flüsterte Lina plötzlich. Sie sah Borghoff wieder an. «Das hat Kätt geschrien und die Jungen damit fast zu Tode erschreckt. Aber mir scheint fast, sie hatte recht damit.»

Borghoff machte einen bekümmerten Eindruck. «Das fürchte ich beinah auch. Und das würde bedeuten, dass dies nicht der letzte Mord in Ruhrort war.»

Er deutete mit der Hand auf den Boden. «Da unten während

der Leichenschau haben die braven Protestanten schon darüber spekuliert, ob die katholischen Wallonen ewas damit zu tun haben. Wenn dieses Misstrauen wächst, könnte es zu bedrohlichen Situationen kommen. Es sind mehr als tausend wallonische Männer hier und in der Umgebung, und die Werksdirection hat den Bürgermeister bereits unterrichtet, dass noch mehr kommen werden. Allein in der Kesselschmiede, der Werkstatt und der Schlosserei für die Maschinenteile sollen mehr als zweihundert Mann Arbeit finden, und wenn erst einmal alle Hochöfen und Koksöfen stehen, brauchen sie auch noch mehr Hüttenarbeiter. Und schon jetzt beklagen manche hier, die Fremden würden die Sitten verrohen lassen.»

«Dann wird der Bürgermeister wahrscheinlich nichts über diesen neuen Fund verlauten lassen», sagte Lina trocken. «Es wird einfach sein, das zu vertuschen, wenn alle den Mund halten.»

«Ich denke, das wird er seinen Ratskollegen und braven Bürgern gerade erklären. Und diesmal bin ich seiner Meinung. Es bringt nichts, die Ruhrorter in Panik zu versetzen.»

Lina nickte nur. Das ungute Gefühl, das sie seit dem Fund der Mädchenleichen verspürt hatte, hatte sich verstärkt. War das beschauliche kleine Ruhrort ein gefährlicher Ort geworden?

«Was ist mit Kätt?», fragte sie plötzlich.

«Ihr wird niemand glauben, das ist unser Glück.»

«Ist sie da unten?»

Borghoff nickte gequält. «Sie weicht dem Kind nicht von der Seite. Ihr eigener Gestank hat fast den der Leiche überdeckt.»

«Geben sie der Magd der dicken Martha ein paar Pfennige. Sie ist es gewohnt, die dreckstarrenden Freier in die Wanne zu stecken. Und ein paar alte Kleider lassen sich doch auch noch auftreiben. Ganz Ruhrort wäre Ihnen dankbar dafür, wenn Kätt wenigstens eine kurze Zeit sauber wäre.»

Borghoff fragte sich, woher Lina das mit den badenden Freiern wusste.

Lina lachte kurz auf, als könne sie Gedanken lesen. «Solange wir noch an der Dammstraße in unserem Kontorhaus wohnten, gingen dort unsere Schiffer ein und aus. Da hörte man so einiges.»

Dann wurde ihr Gespräch unterbrochen, denn Mina trat zu ihnen, das Fremdenpapier in der Hand. Lina stand auf, faltete es und steckte es in ihren Beutel. Borghoff kam hinter seinem Schreibtisch vor und verabschiedete die Schwestern.

Draußen kam gerade die Wallonengruppe mit ihrem Dolmetscher aus der Amtsstube. Einer der Männer machte eine anzügliche Bemerkung, die sowohl Lina als auch Mina recht gut verstanden. Der Dolmetscher wies den Mann scharf zurecht. «Entschuldigen Sie. Die Männer sind den Anblick feiner Damen nicht gewöhnt.»

Auf der Straße fiel Lina auf, wie gelassen Mina geblieben war. «In dem Viertel, in dem wir wohnten, war das nicht unüblich», sagte Mina und fügte leise hinzu: «Wenn ich nicht hätte anständig bleiben wollen, wäre es leichter gewesen, uns durchzubringen.»

Lina bog kurzentschlossen in die Harmoniestraße ein.

«Ist das nicht ein Umweg?», fragte Mina.

Lina schüttelte den Kopf und klingelte mit ihrer Geldbörse. «Jetzt kaufen wir bei der Witwe Dahlmann Stoff, damit ihr alle schnell eingekleidet seid.»

5. Kapitel

Das Weihnachtsfest stand vor der Tür. Es war der 23. Dezember, und Lina konnte sich nicht erinnern, jemals so viel zu tun gehabt zu haben vor dem Christfest.

Zu Beginn der Adventszeit hatte es die üblichen Auseinandersetzungen mit Schwägerin Aaltje über den Nikolaustag gegeben. Sie bestand wie in jedem Jahr darauf, den 5. Dezember zu feiern, wie es in ihrer Heimat üblich war. Lina lehnte das ab und hielt ihr vor, dass man als gute Protestantin keine Heiligen feiern dürfe. Aber in Bezug auf Sinter Klaas hatten die holländischen Protestanten ihre eigene Meinung. Schließlich hatten Aaltje und Lina sich darauf geeinigt, dass die Familie zusammenkam und den Kindern jeweils ein kleines Geschenk gemacht wurde. Für Emil und Josef war das überwältigend gewesen, Mina gestand Lina später, dass Justus schon lange kein Weihnachtsfest mit ihnen gefeiert hatte, weil er sich vom Christentum losgesagt hatte, aber auch, weil das Geld für die Geschenke und das Festessen fehlte.

Es hatte allen Frauen der Familie Kaufmeister große Freude gemacht, gemeinsam nach Duisburg zu fahren, um dort Spielzeug für die Kinder einzukaufen. Nach einem sanften Hinweis von Lina, dass die Kinder in der Schule sehr wohl über ihre Geschenke sprachen, hatte sich Georg davon abhalten lassen, das übliche Budget einfach auf vier Kinder aufzuteilen, und so kamen die Damen schwer bepackt wieder in Ruhrort an.

Den ganzen Dezember hindurch hatte Lina genäht, damit Mina und die Jungen wieder über vernünftige Garderobe verfügten. Wintermäntel hatten sie bei einem hiesigen Kleidermacher anfertigen lassen.

Dann war Mitte des Monats eine Einladung für die ganze Familie ins Haus geflattert:

Baron Cornelius von Sannberg beehrt sich,
Herrn Georg Kaufmeister nebst Gattin und Schwestern
zu einer privaten Gesellschaft am Silvesterabend in sein Haus
in Ruhrort einzuladen.

Beginn acht Uhr abends, u. A. w. g.

Auch Bertram und Guste waren eingeladen. Also hieß es jetzt noch, Ballkleider zu nähen oder wenigstens zu ändern. Lina hatte sich doch noch die dunkelgrüne Atlasseide bei Clara Dahlmann gekauft, in die sie sich gleich verliebt hatte, und daraus ein Abendkleid genäht. Für Mina änderte sie heimlich ein weißes Kleid aus dem Vorjahr, verzierte und verlängerte es mit Volants aus den Resten der Atlasseide. Am Ende sah es prächtiger aus als ihr eigenes, sehr schlicht gehaltenes.

Glücklicherweise nahm Mina ihr einige ihrer sonstigen Pflichten ab. Unter ihrer Aufsicht hatten Helene, Finchen und Lotte große Mengen Weihnachtsgebäck hergestellt, von dem ein großer Teil an den Weihnachtsbaum gehängt werden sollte. Ständig duftete es aus der Küche nach Danziger Kaffeebrod, Anis- und Zuckerplätzchen, wunderbaren Speculaci, Zimmetsternen und Mandel- und Nussspänen auf Oblaten.

Der alte Josef Kaufmeister war einer der ersten in Ruhrort gewesen, der eine Tanne in die gute Stube geholt hatte, und allen seinen Kindern waren die Weihnachtsbräuche schon im

Andenken an die verstorbene Mutter heilig. Wenn es um den Baum ging, schwand auch Georgs Geiz. Nachdem er von dem Glasschmuck gehört hatte, der seit einigen Jahren im Thüringischen hergestellt wurde, hatte er in diesem Jahr die glänzenden Kugeln bestellt. Vor wenigen Tagen waren mehrere große Pakete bei Brendow angekommen.

Aber natürlich waren die Frauen auch abends, wenn die Kinder zu Bett gegangen waren, damit beschäftigt, Walnüsse zu vergolden und Ketten aus buntem Papier zu basteln. Die Spitze würde ein Rauschgoldengel zieren, den Lina im letzten Jahr in Cöln erstanden hatte.

Der Heilige Abend fiel in diesem Jahr auf einen Sonntag, und am Samstag war die letzte Möglichkeit, für das Fest einzukaufen. Lina und die Köchin waren alle ihre Listen zigmal durchgegangen, damit nur nichts fehlte. Die Gans für den Weihnachtstag hing im kühlen Keller, sie war heute Morgen bereits geschlachtet und gerupft worden. Am morgigen Heiligen Abend sollte ein Hecht auf den Tisch kommen, der in einem Becken, ebenfalls im Keller, schwamm. Auch alle Leckereien und Früchte wie Ananas, Orangen und Zitronen waren bereits eingekauft. Lediglich Milch und Sahne musste Helene noch besorgen.

Am späteren Vormittag ging Lina noch einmal allein aus dem Haus. Sie wollte ein paar Kleinigkeiten für die Kinder erstehen, Bücher meist, und außerdem musste sie noch etwas vom Goldschmied abholen.

Auf dem Markt war viel los an diesem Tag vor dem Fest. Lina bahnte sich einen Weg durch das Gedränge. Der Laden des Goldschmieds war auf der anderen Seite. Sie brauchte nicht lange. Der Ladengehilfe zeigte ihr die Arbeit seines Meisters: Lina hatte zwei Ohrgehänge aus dem Nachlass ihrer Mutter, wunderschöne goldene Blüten mit Smaragden, in Anhänger umändern lassen, einen für sich, einen für Mina. Das war ihr Weihnachtsgeschenk für die Schwester, und Guste beteiligte sich mit einer passenden Kette.

Sie ließ das Päckchen in ihrer Tasche verschwinden und machte sich auf den Weg zu Brendow. Dort konnte man alles außer Kleidung und Lebensmitteln erstehen – Arzneien, Malerfarbe, Seifen und Pomade, Putzmittel, aber auch Bücher. Der Laden lag auf der Fabrikstraße, sodass Lina es mit den Paketen nicht weit hatte. Sie hoffte, dass sich ihre Neffen und Nichten über die Geschenke freuen würden.

Der 24. Dezember war der einzige Tag im Jahr, an dem die ganze Familie und die Bediensteten mittags gemeinsam in der Küche ein einfaches Mittagessen einnahmen. Grund war der Weihnachtsbaum, den Heinrich schon am Morgen an der Decke befestigt hatte und den Georg, Aaltje und Lina am Nachmittag schmücken wollten. Mina war die Aufgabe zugefallen, alle Kinder zu hüten und zu verhindern, dass auch nur eines die Nase in den Salon hineinsteckte. Außerdem sollte sie darauf achten, dass ihre Söhne ihrem Cousin und ihrer Cousine nicht etwa den Glauben an das Christkind verdarben.

Doch da hatte niemand etwas zu befürchten. Lina vermutete schon lange, dass Karl sich seine Gedanken gemacht hatte, warum die Eltern und die Tante am Nachmittag des Heiligen Abends immer so beschäftigt waren. Emil und Josef mochten zwar nicht ans Christkind glauben, doch sie waren genauso aufgeregt wie die beiden anderen, als sie mit ihrer Mutter in Aaltjes kleinem Salon hockten und sich die Zeit mit Vorlesen und gemeinsamen Spielen vertrieben.

Am frühen Abend war es Zeit für die Christvesper. Alle Bewohner des Hauses, einschließlich des Personals, besuchten den Gottesdienst. Nur die Köchin Helene und der alte Kaufmeister blieben zurück, denn obwohl Georg ihm angeboten hatte, den kurzen Weg in die Nebenstraße mit der Kutsche zurückzulegen, hatte er sich geweigert, das Haus zu verlassen. Helene, die ohnehin das Abendessen vorbereiten musste, sollte nach Linas Anweisung regelmäßig nach dem Kranken sehen.

Emil und Josef, die noch nie einen Weihnachtsgottesdienst miterlebt hatten, gingen still und andächtig durch die frostkalte Nacht die wenigen Schritte mit den anderen nach Hause. Guste und Bertram hatten sich mit ihren Töchtern Friederike und Emma angeschlossen, auch einer von Bertrams Söhnen aus erster Ehe, der inzwischen fünfundzwanzigjährige Eberhard, war dabei.

«Hat es euch gefallen?», fragte Lina und war zufrieden, dass vor allem der kleine Josef heftig nickte.

Das Gesinde war bereits vorausgelaufen, und nun wurden sie an der Tür von Heinrich empfangen, und Finchen und Lotte trugen bereits das Essen auf. Bertram und sein Sohn Eberhard stiegen hinauf, um den alten Kaufmeister zu holen, während Georg im Salon hinter der immer noch verschlossenen Tür die letzten Vorbereitungen traf.

Am Weihnachtsbaum der Kaufmeisters gab es Kerzen, die Georg mittags mühsam mit tropfendem Wachs an den Zweigen befestigt hatte und die er nun eine nach der anderen anzündete. Sie tauchten den Raum in warmes Licht.

Nun klingelte Georg und öffnete die Tür zum Salon weit, damit die Kinder den prächtigen Baum bestaunen konnten. Der Glanz der Kerzen wurde von den roten und goldenen Kugeln aus Thüringen vielfach widergespiegelt, das bunte Zuckerwerk, die Ketten und vergoldeten Nüsse wirkten fröhlich und einladend. Über allem thronte der wunderschöne Nürnberger Engel mit goldenen Flügeln.

Natürlich blickten die Kinder nicht nur auf den Baum, sondern auch auf die Dinge darunter: die Schachteln und Kistchen, in denen, wie sie wussten, die Geschenke waren. Doch noch war die Zeit nicht gekommen, sie auszupacken.

Die Familie setzte sich an den Tisch und genoss den ausgezeichneten Hecht. An diesem Abend wie auch an den anderen Weihnachtstagen bekamen die Bediensteten das gleiche Essen. Finchen und Lotte trugen die einzelnen Gänge auf und setzten sich dann wieder zu den anderen in die Küche.

Die Kinder konnten das Ende des Essens gar nicht abwarten, doch dann, als sie schon glaubten, endlich am Ziel ihrer Wünsche zu sein, bat Georg Mina, sich ans Klavier zu setzen und ein paar Weihnachtslieder zu spielen. Dazu holte man auch das Gesinde aus der Küche herüber.

Schon bald klangen *Vom Himmel hoch, O du fröhliche* und *Stille Nacht* durch den Raum. Mina und Lina sangen wie früher die Harmonien, und Aaltjes kräftiger samtener Alt wurde nur von Finchens klarem Sopran übertroffen. Alle blickten sich fröhlich an und freuten sich an dem Wohlklang.

Nun bekamen die Bediensteten ihre Geschenke und ihr Weihnachtsgeld, bevor sie für den Rest des Abends entlassen waren. Helene, deren Familie in der Altstadt lebte, wollte diese noch besuchen, und die Übrigen würden ein paar Stunden in der Küche beieinandersitzen.

Dann war endlich der Moment gekommen, auf den sich die Kinder die ganze Zeit über gefreut hatten. Und allen Erwachsenen, auch dem alten Kaufmeister trotz seines starren Gesichtes, war die heimliche Freude und Spannung anzumerken.

Einem nach dem anderen übergaben Georg, Aaltje und Lina ihre Geschenke. Vieles war eher Notwendiges, neue Anzüge oder Kleider, warme Schals und Handschuhe. Aber dann kamen die wirklichen Schätze zum Vorschein: ein Regiment Franzosen für Karl, damit er endlich die Schlacht bei Waterloo nachspielen konnte, eine französische Porzellanpuppe für Elisabeth und mehrere neue, von Lina persönlich geschneiderte Kleider für die alten Puppenkinder, ein kostbar mit Intarsien geschmücktes Schachbrett mit schön geschnitzten Figuren und auch Damesteinen für Emil, dessen altes Schachspiel Mina in Brüssel hatte verkaufen müssen, und ein erstes preußisches Regiment Zinnsoldaten für Josef, der sich allerdings mehr für das Ausschnitttheater interessierte, das Lina ihm geschenkt hatte. Emil, Karl und Josef freuten sich zudem über Linas Buchgeschenke, lehrreiche Bücher mit vielen Bildern und Erklärungen darin. Friederike und Emma, mit dreizehn und vierzehn Jahren schon eher junge Damen, wurden überrascht mit ihren ersten Ballkleidern und der Aussicht, ihre Eltern Silvester zu der Gesellschaft bei Baron von Sannberg begleiten zu dürfen.

Aber alle Freude der Kinder wurde noch übertroffen von der Minas, als sie das Schmuckstück von ihren Schwestern bekam. Völlig überwältigt war sie schließlich, als sie die große Schachtel öffnete, von der jeder gedacht hatte, sie sei für eines der Kinder gedacht. Es war das Ballkleid, das Lina für Mina geschneidert hatte.

Mina ließ es sich nicht nehmen, es gleich anzuprobieren. Als sie, das Kettchen mit dem Anhänger um den Hals, in dem weitausgeschnittenen Kleid wieder den Raum betrat, konnte Lina die Tränen kaum zurückhalten. Die alte, unbeschwerte Mina schien zurückgekehrt zu sein, eine strahlende Schönheit, die Königin jedes Festes.

Guste versuchte, Lina zu überreden, ihr eigenes neues Kleid auch anzuziehen und den anderen zu zeigen, aber sie weigerte sich standhaft. «Das ist sowieso reine Verschwendung an mir», sagte sie.

Georg und Bertram öffneten gerade den Wein. Die Familie saß fröhlich beieinander, die Kinder hockten auf dem Boden und spielten, Emil hatte in Eberhard einen Schachpartner gefunden. Selbst der alte Kaufmeister hatte Freude an diesem harmonischen Abend. Nur Lina saß abseits und war in sich gekehrt. Wochenlang hatte sie diesen Abend vorbereitet, und nun spürte sie nichts als Müdigkeit und das Verlangen, allein zu sein.

Irgendwann hatte sie das Gefühl, in dem warmen Raum zu ersticken. Sie ging hinaus und hinauf in den ersten Stock in ihr Zimmer. Dort lag das gerade fertig gewordene grüne Ballkleid über ihrem Sessel.

Lina öffnete das Fenster und atmete tief durch. Es war eine kalte, sternenklare Nacht. Zunächst verwunderte sie es, dass draußen noch Menschen unterwegs waren, doch dann fiel es ihr ein: die Katholiken gingen nun zur Christmette. Es waren ein paar reichere Bürger darunter, die Lina auch kannte, aber die meisten waren ärmlich gekleidete, zugewanderte Arbeiter und natürlich die Phoenix-Wallonen.

Sie hatte gar nicht gemerkt, dass Mina ins Zimmer gekommen war. «Was ist los, Schwester? Warum bist du weggelaufen?»

Lina drehte sich zu ihr um.

«Du hast nicht einmal deine Geschenke geöffnet», fuhr Mina fort. «Im Trubel mit den Kindern haben wir dich einfach vergessen.» Sie trat zu Lina. «Guste hat mich geschickt, dich mitzubringen, damit wir das nachholen können.»

«Ach, Mina …» Lina fuhr sich über das Gesicht. «Ich bin nicht traurig, weil ihr mich vergessen habt. Ich hatte nur so viel zu tun in den letzten Wochen und nun …»

Minas Blick fiel auf das Kleid. «Ist dies das Kleid, das Guste meinte?»

Lina nickte. «Ich weiß nicht, warum, aber ich wollte unbedingt diese grüne Seide haben.»

«Du weißt nicht, warum? Weil diese Farbe dir besser steht als jede andere.»

Lina lächelte schwach. «Sie ist eher etwas für dich.»

«Zieh es an, Lina.»

«Aber …»

«Los, zieh es an.»

Widerstrebend zog Lina ihr schlichtes schwarzes Kleid aus und warf das Ballkleid über. Zunächst einen weiteren Unterrock aus weißem, duftigem Tüll, denn sie hatte den ansonsten schlichten Rock unten in regelmäßigen Abständen hochgerafft und diese Raffungen mit grünen Schleifen besetzt. Der weiße Tüll war auch wie ein dünner Schal über den Rand des Ausschnittes gelegt. Den Ausschnitt hatte sie nicht so weit über die Schultern heruntergezogen wie bei Minas Kleid, und ein geschickt eingearbeitetes Polster kaschierte die ungleiche Höhe der Schultern. Ton in Ton gehaltene Paspeln schmückten das Oberteil, an den kurzen Ärmeln war die Seide durchbrochen und ließ den Blick auf den Tüll frei.

Mina half Lina, die Haken zu schließen. «Was für ein Kleid!», sagte sie bewundernd.

«Ich werde es für dich umarbeiten», schlug Lina sofort vor.

«Untersteh dich, Schwester. Was soll denn das ganze Gerede, dass das Kleid zu schade für dich ist?»

Lina ging ein paar Schritte. «Deswegen.»

Mina runzelte zornig die Stirn. «Lina, was glaubst du, sehen die Leute, wenn sie dich anschauen? Findest du mich schön, Schwester?»

Lina nickte. «Natürlich bist du schön.»

Mina griff sich Lina, nahm ihr die Haube ab und zwang sie, in den Spiegel der Waschkommode zu sehen. «Wir sind Zwillinge, Lina. Wir gleichen uns aufs Haar. Und *das* sehen die Leute, wenn sie dich anschauen.»

Lina zitterte fast ein bisschen, als sie sich und Mina im Spiegel erblickte.

«Und jetzt komm mit mir, Lina, pack endlich deine Geschenke aus, sei fröhlich und feiere noch ein wenig mit uns.»

Lina gab ihren Widerstand auf und folgte der Schwester nach unten, wo bereits alle auf sie warteten. Auf dem Tisch stand eine Holzkiste.

«Das, liebe Schwägerin, ist unser Geschenk für dich», sagte Bertram, und seine Augen leuchteten, als würde er selbst beschenkt. «Du weißt, Eberhard war für ein Jahr in der Lehre bei seinem Onkel in Neu-York. Er hat dort viele neue Dinge gesehen. Und als er mir davon schrieb, wusste ich gleich, das ist das richtige Geschenk für dich.»

Eberhard lüftete den Deckel der Kiste, damit Lina hineinsehen konnte. Drin stand eine kleine metallene Maschine mit einem Antriebsrad an der Seite. Der junge Mann hob sie aus der Kiste und stellte sie auf den Tisch. «Das ist eine Nähmaschine», kündigte er begeistert an.

«Du meinst, damit kann man nähen?»

Er nickte. «Ich weiß, dass du dir bereits Nähmaschinen angesehen hast, die in der Uniformnäherei benutzt wurden, liebe Tante.»

Lina hasste es, wenn Eberhard sie «Tante» nannte, aber sie konnte es ihm nicht abgewöhnen.

«Diese hier ist mit der allerneuesten Technik ausgestattet. Sie näht nicht nur schwache Kettenstiche. Schau hier!» Er deutete auf den Unterbau der Maschine. «Mit dieser Spule und dem umlaufenden Greifer nähst du eine festere Naht, als du es mit der Hand je könntest. Und du bist dreimal schneller.» Und dann begann er, die einzelnen Teile zu beschreiben. Schließlich holte Lina auf seinen Wunsch hin Nähseide und ein Stück Stoff und konnte sich kurz darauf von den Nähten, die die Maschine produzierte, überzeugen.

Als sie schließlich weit nach Mitternacht im Bett lag, konnte

Lina an nichts anderes mehr denken als an die Nähmaschine. Wie viel Freude würde sie am Nähen haben, wenn sie die endlosen Saumnähte der weiten Röcke in weniger als der Hälfte der Zeit fertigstellen konnte!

Eine Woche später trug Lina wieder ihr neues Ballkleid. Mina und sie hatten sich gegenseitig die Haare frisiert und sich einen Spaß daraus gemacht, exakt die gleiche Frisur zu tragen. Besonders für Lina waren die Locken, die seitlich das Gesicht umspielten, ungewohnt, aber Mina hatte darauf bestanden. «Keine von uns muss sich verstecken», hatte sie gesagt.

Doch die Freude war nicht ungetrübt, denn seit Weihnachten ging es dem alten Kaufmeister nicht gut. Hatte er am Heiligen Abend noch lange mit der ganzen Familie zusammengesessen, wollte er schon am ersten Weihnachtstag sein Zimmer nicht mehr verlassen. Lina stand im Feiertagstrubel wenig der Sinn danach, ihn sanft zu zwingen. In den nächsten Tagen war er nicht einmal dazu zu bewegen, das Bett zu verlassen.

Josef und Emil hatten sich seit ihrer Ankunft sehr um den Großvater bemüht. Oft hockten die Jungen bei ihm, lasen ihm vor oder ließen sich etwas von ihm aus alten Zeiten erzählen, als die Kosaken in Ruhrort saßen und die Schubladen der Kommoden in den Bürgerhäusern als Futterkrippen für ihre Pferde missbrauchten. Pferde in den Häusern! Die beiden Jungen fanden seine Geschichten spannend und hatten weit mehr Geduld, sich in seine undeutliche Sprechweise einzuhören als sein eigener Sohn.

Lina machte sich Sorgen und war drauf und dran, nicht zu von Sannbergs Silvestergesellschaft zu gehen. Doch der Vater selbst bestand darauf. So verpflichtete sie den Hausdiener Heinrich dazu, regelmäßig nach ihm zu sehen, wenn die ganze Familie aus dem Haus war.

Trotzdem war sie etwas unruhig, als sie sich vom Vater verabschiedete. Bis zu von Sannbergs Haus in der Friedrich-Wilhelm-Straße war es nur ein Fußweg von etwa zehn Minuten.

Es war immer noch sehr kalt, und so begrüßten es die Damen sehr, als sie von einem Diener in das im Vergleich zu Kaufmeisters Salon recht kleine Zimmer gebracht wurden, das ein offener Kamin gut heizte. Der gedeckte Tisch nahm fast den ganzen Raum ein, und auf dem einzigen freien Stück vor dem Fenster standen Cornelius von Sannberg und seine beiden Töchter Diotima und Beatrice schon mit einigen Gästen. Auch Guste und Bertram waren bereits mit ihren Töchtern eingetroffen. Ihre Nichten kannten die Töchter des Barons bereits. Sie hatten Lina bei einem ihrer Besuche begleitet und verstanden sich recht gut mit den jungen Baronessen, die sie sehr herzlich begrüßten, augenscheinlich froh, ein paar Gäste in ihrem Alter zu haben.

Von den anderen Gästen kannte Lina nur Dr. Heinrich Erbling und seine Frau. Sie hatte den jungen Arzt einmal zu ihrem Vater gerufen, als Dr. Feldhaus nicht verfügbar war.

Und dann stellte sie erstaunt fest, dass auch Commissar Robert Borghoff zu den Gästen gehörte. Er schien sich sichtlich unwohl zu fühlen in der feinen Gesellschaft, trotzdem machte er in seiner alten Ausgeh-Uniform eine gute Figur. Sein versehrtes Auge verbarg er entgegen seiner sonstigen Gewohnheit unter einer Augenklappe, was ihn verwegener aussehen ließ als gewöhnlich. Lina begrüßte ihn freundlich, und er schien froh, ein bekanntes Gesicht zu sehen.

Cornelius von Sannberg stellte ihr einen weiteren Gast vor, einen Mann in der Soutane eines katholischen Geistlichen, dessen Alter nur schwer zu schätzen war. Sein Gesicht war blass und machte einen düsteren Eindruck. Sein Lächeln wirkte etwas gequält, als er Lina begrüßte.

«Ich habe Pater Johannes in Rom kennengelernt», erzählte der Baron. «Auch wenn ich ein nicht sehr frommer Protestant bin, so war ich damals froh, einen solch gebildeten und unterhaltsamen Gesprächspartner in der Ewigen Stadt zu finden, mit dem ich in meiner Muttersprache reden konnte.»

Lina konnte sich kaum vorstellen, dass aus dem schmalen Mund des Mannes irgendetwas auch nur annähernd Unterhaltsames kommen konnte.

«Er stammt aus Ruhrort, und als ich erfuhr, dass er schwer erkrankt war und sich etwas Ruhe gönnen sollte, habe ich ihn hierher eingeladen.»

Lina lächelte. «Seltsam. Als Kind bin ich nach Italien gefahren, um mich von einer schweren Krankheit zu erholen. Der Gedanke, dass Ruhrort ebenso wohltuend sein könnte, ist mir nie gekommen.»

«Vielleicht ist es das Ungewohnte, das Erholung bringt», sagte Pater Johannes leise. «Jedenfalls war meine Erkrankung nicht von der Art, dass milde Mittelmeerluft sie kurieren könnte.»

Die anderen, Lina unbekannten Gäste waren eine Familie mit zwei halbwüchsigen Söhnen namens von Müller und ein Ehepaar namens Wienhold. Sie waren alle erst vor etwa einem halben Jahr nach Ruhrort gezogen, und Lina vermutete, dass auch sie Geschäfte mit von Sannberg machten, denn Georg sah beide Herren reichlich misstrauisch an.

Werner Wienhold war nur wenig jünger als von Sannberg und gut fünfzehn bis zwanzig Jahre älter als seine Frau Jutta, eine ausgesprochen schöne blonde Frau. Lina hatte gleich bemerkt, dass sie die Kleidung der Damen Kaufmeister taxierte.

Später beim Essen waren sie Tischnachbarinnen und kamen ins Gespräch. «Wo haben Sie nur diese wundervollen Kleider machen lassen, meine Liebe? Ich habe nicht einmal in Cöln etwas ähnlich Raffiniertes gesehen.»

Lina fühlte sich in der Zwickmühle. Einerseits war sie stolz auf ihr Werk, andererseits nähten sich wirklich feine Damen ihre Kleider nicht selbst, auch wenn sie es fast alle einmal gelernt hatten. Es war Mina, die ihr die Entscheidung abnahm.

«Das ist der liebste Zeitvertreib meiner Schwester, seit ich denken kann. Wir trugen immer die neueste Mode, weil Lina ein Kleid nur anzusehen braucht, und schon kann sie es nachschneidern. Sie braucht nicht einmal Maß zu nehmen.»

«Das ist wirklich eine bewundernswerte Gabe, liebes Fräulein Kaufmeister.»

Jutta Wienhold war freundlich, geistreich, eine gute Gesellschaft. Überhaupt fühlte sich Lina bei Cornelius von Sannberg wohl. Von Zeit zu Zeit riss der Gastgeber, der schräg von ihr vor Kopf des Tisches saß, das Gespräch an sich und gab eine Geschichte zum Besten. Er hatte viel erlebt, dieser ungewöhnliche Mann. Als die Rede auf Italien kam, wohin er häufig gereist war, konnte auch Lina etwas zum Gespräch beisteuern.

«Wann waren Sie in Italien, Fräulein Lina?»

Es überraschte Lina nicht, dass er sie einfach bei ihrem Vornamen nannte.

«Als Kind. Zur Genesung nach meiner Krankheit.»

Von Sannberg erzählte von Pompeji und den schlüpfrigen Wandmalereien dort. Einige Damen wurden rot, aber Lina lachte. «Ich habe sie gesehen. Man hatte mich hinuntergetragen in einen dieser ausgegrabenen Räume. Dort befanden sich die am besten erhaltenen Malereien, alle waren begeistert, und niemand dachte daran, dass es sich vielleicht für ein Kind nicht gehört, sie zu betrachten. Danach musste meine Mutter mir viele Fragen beantworten.»

Lina senkte den Kopf, und als sie aufsah, bemerkte sie, dass Robert Borghoff, der ihr gegenübersaß, sie direkt anblickte. Sie wusste seinen Blick nicht zu deuten. War sie zu weit gegangen mit dieser Erzählung, oder hatte es ihn amüsiert? Cornelius von Sannberg jedenfalls lachte laut auf und sah in die Runde.

«Es ist noch Zeit bis Mitternacht, meine lieben Gäste, und da dieser Salon viel zu klein fürs Tanzen ist, habe ich eine andere Überraschung für Sie.»

Die Diener kamen, räumten in Windeseile die Tafel ab und trugen auch den Tisch hinaus. Die Stühle stellten sie in Reihen auf, und kurze Zeit später baute einer einen hohen Tisch mit einem Gestell auf, hinter dem eine Öllampe mit einem Spiegel brannte. Eine Laterna magica – welch ein Spaß!

«Kann jemand von Ihnen Klavierspielen?», fragte von Sannberg.

Mina meldete sich und setzte sich an das Instrument. Die Laterna magica war schon etwas älter, sie stammte offensichtlich aus Zeiten, in denen man eher schaurige Bilder vorführte statt wie heutzutage Märchen zu erzählen. Mina stellte sich rasch darauf ein und improvisierte. Sie verstand es, die richtige Musik zu der Geistergeschichte zu spielen, die Cornelius von Sannberg mit gewollt übertriebenem Pathos vortrug und damit ins Komische zog.

Lina, die durch Zufall neben Pater Johannes einen Platz gefunden hatte, flüsterte ihm zu: «Ist Ihnen dieses abergläubische Geisterunwesen nicht zuwider?»

Zu ihrem Erstaunen lachte er. «Nein, Fräulein Kaufmeister. Diese Geister sind ja nur Trugbilder aus Glas und Licht.»

«So wie schließlich alle Geister», sagte Lina.

«Ja.» Sein Blick wurde wieder düster. «Die meisten zumindest.»

Lina runzelte die Stirn. «Dann glauben Sie nicht, dass Geister entweder Erfindung sind oder aus Wahnsinn entspringen?»

Er schien betroffen. «Es ist sicher richtig, wenn man es so betrachtet.»

Bild um Bild schob Cornelius von Sannberg in den Apparat, und bald war es kurz vor Mitternacht.

Die Diener brachten die Laterna magica fort und Champagner herein. Als die Glocken zu läuten begannen, nötigte von Sannberg seine Gäste, auf die Straße hinauszugehen. «Ich habe nicht um polizeiliche Erlaubnis gebeten, werter Herr Commissar. Ich hoffe, dass Sie mir das nachsehen.» Und damit gab er das Zeichen für ein herrliches kleines Feuerwerk. Auch aus der Altstadt hörte man Böllerschüsse.

«Ich hoffe, Sie haben mich nicht nur deshalb eingeladen, weil Sie ungenehmigt ein Feuerwerk veranstalten wollten», scherzte Borghoff. Er hatte schon angekündigt, dass er sich bald verabschieden würde, denn diese Nacht war eine der unruhigsten in der Altstadt, in der viele Betrunkene Schlägereien anfingen oder Schlimmeres. Die kleine Polizeitruppe ließ sich bei dieser Gelegenheit immer von der auch nicht viel größeren Bürgerwehr unterstützen.

Die anderen Damen in ihren weitausgeschnittenen dünnen Festkleidern waren wieder hineingelaufen und standen in Schals gehüllt an den Fenstern, doch Lina zitterte in der kalten Abendluft und konnte ihre Augen nicht von den Sternen lassen, die die Diener in die Luft jagten. Plötzlich legte ihr jemand eine Jacke um die Schultern. Sie sah sich um. Es war Robert Borghoff.

«Danke», sagte sie leise. «Wie schön das ist! Ich wollte nicht eine Sekunde verpassen.»

«Ein frohes neues Jahr, Fräulein Kaufmeister.»

«Ein frohes neues Jahr, Herr Commissar.»

Plötzlich stand Cornelius von Sannberg bei ihnen. «Das ist zwar sehr ritterlich von Ihnen, Herr Commissar, dem Fräulein Ihre Jacke zu überlassen, aber bevor sie krank wird, denke ich, es ist besser, wenn wir hineingehen. Dort gibt es einen schönen heißen Punsch.»

Lina und Borghoff folgten von Sannberg ins Haus. Sie gab Borghoff die Jacke zurück.

«Ich mache mich jetzt auf den Weg in die Altstadt», sagte er. «Den Rest der Nacht werden wir wohl Betrunkene einsammeln.»

«Vielen Dank noch einmal, Herr Commissar», sagte Lina.

«Ich wünsche Ihnen allen noch eine schöne Feier», rief Borghoff in den Salon und verschwand.

Aus der Altstadt klangen noch einige Schüsse herüber. Der Commissar hoffte, dass sie nur in die Luft abgegeben wurden. Als er die Kasteelstraße erreichte, hörte er schon vertrauten Lärm: Eine Schlägerei war im Gange. Er bog um die Ecke und sah, wie Ebel und ein paar Leute der Bürgerwehr auf ihre Kontrahenten eindroschen. Borghoff bemerkte einen Mann, der eine Pistole trug, mit der er wohl gerade noch das neue Jahr begrüßt hatte. Der Mann zuckte zusammen, als er den Polizisten sah, und versuchte zu fliehen, aber Borghoff hatte ihn schnell beim Schlafittchen. Ohne viel zu sagen, hielt er die Hand auf, und der Mann legte die Pistole hinein. Auf einen weiteren Blick hin folgte die Munition.

«Verschwinde», sagte Borghoff ruhig. Dann lud er die Pistole, trat nah an die prügelnde Meute heran und schoss in die Luft.

«Der nächste Schuss trifft einen von euch», rief Borghoff in die eingetretene Stille.

Ebel hielt seinen Schlagstock, den Borghoff noch nie an ihm gesehen hatte, hoch in der Luft.

«Was ist hier los, Ebel? Gibt es einen Grund für die Prügelei?»

«Soweit ich es verstanden habe, kamen diese drei Wallonen in die Schenke, und die Ruhrorter wollten sie dort nicht haben.»

«Franzosenpack!», schrie ein älterer Mann, der wohl die napoleonische Besetzung noch miterlebt hatte.

«Non. Wir sind nischt français. Wir belge!», schrie ein junger Wallone, dem Blut aus einer Platzwunde an der Braue ins Gesicht lief.

Das wiederum brachte drei holländische Fischer auf, die den Verlust ihrer Provinz Belgien noch nicht verwunden hatten.

«Ruhe!» Borghoff verschaffte sich erneut Gehör. «Alle Wallonen dort hinüber!» Er deutete nach rechts.

«Holländer und andere Schiffer dorthin! Und alle Ruhrorter gehen zurück in das Gasthaus.»

Er wandte sich an die Holländer und die zwei deutschen Schiffer. «Für euch ist die Feier vorbei, Leute. Macht, dass ihr auf eure Schiffe kommt!» Die Männer murrten zwar, wollten aber keine Bekanntschaft mit der Pistole machen. Langsam zogen sie ab.

Die Wallonen warteten, was nun mit ihnen passieren würde. Aber Borghoff fragte nur: «Gibt es hier keine Kneipe, in der ihr willkommen seid?»

«Doch …»

«Und warum musste es diese sein?»

Der Mann, der eben ein paar Brocken Deutsch gesprochen hatte, grinste.

«Wo wohnt ihr?»

«Milchstraße.»

«Dann habt ihr es ja nicht weit. Vous compris?»

«Ah oui!»

«Wenn mir nur einer von euch heute Nacht wieder über den Weg läuft, verbringt er sie im Gefängnis, en prison!»

Der Mann nickte und sagte etwas auf Französisch zu seinen drei Freunden. Dann gingen sie in Richtung ihres Quartiers.

«Das war ja recht harmlos, Ebel», meinte Borghoff.

Dieser nickte. «Früher hatten wir in der Silvesternacht den ganzen ‹Halben Mond› voll.»

Borghoff hatte schon gelernt, dass damit das frühere Gefängnis gemeint war. «Das jetzige Gewahrsam ist so klein, dass wir auswählen müssen, wen wir hineinstecken und wen nicht.»

«Aber die Wallonen waren eindeutig auf Krawall aus.» Ebel schien unzufrieden mit Borghoffs Entscheidung, alle an der Schlägerei Beteiligten nach Hause zu schicken.

Borghoff nickte. «Überlegen Sie, Ebel. Wenn zu viel über diese kleinen, unwichtigen Rangeleien bekannt wird, dann haben wir hier ganz schnell Probleme. Es sind inzwischen sehr viele Wallonen in der Stadt. Eine Schlacht zwischen ihnen und den Ruhrortern könnten wir mit unseren wenigen Leuten hier nicht in den Griff bekommen. Es ist ja nicht viel passiert.»

Ebel schwieg, er wusste, dass sein Vorgesetzter recht hatte.

Sie patrouillierten in Richtung Markt, sahen in jede Kneipe, damit die Gäste dort merkten, dass die Polizei nicht schlief.

Vor dem Etablissement der dicken Martha lag ein Betrunkener in der Gasse. Über ihn beugte sich eine Frau.

«Können wir helfen?», fragte Borghoff.

«Ich kann ihn nicht aufheben.» Die Aussprache der Frau war merkwürdig, und als sie aufsah, konnte Borghoff erkennen, warum: Eine Gesichtshälfte war durch Schnitte zerstört, der Mundwinkel hing schief herunter. Rasch zog sie sich das Tuch, das sie um die Schultern trug, über den Kopf und den zerstörten Teil ihres Gesichts.

«Er ist mein Bruder. Martha hat ihn hinausgeworfen, und ihr Hausdiener war nicht zimperlich dabei.» Sie drehte den Kopf zur Seite, und Borghoff und Ebel konnten sehen, dass der Mann blutete. «Er hätte nicht herkommen sollen.»

Der Mann stöhnte leise. Ebel und Borghoff griffen zu und

zogen ihn ein Stück hoch, um ihn an die Hauswand zu lehnen.

«Das sieht böse aus. Das sollte sich ein Chirurg anschauen», sagte Borghoff.

«Ich habe den alten Bleiweiß bei Meier am Markt gesehen», antwortete Ebel. «Ich gehe ihn holen – falls er noch laufen kann.»

Als Ebel fort war, fragte Borghoff die Frau: «Dein Name ist Grete, nicht wahr?»

Sie nickte und sah ihn erstaunt an. «Woher wissen Sie das?»

«Ich habe nach dir gesucht. Ich muss mit dir reden über den, der dir das angetan hat.»

«Ich kann dazu nichts sagen …» Ihre Stimme wurde leise, als fürchtete sie, dass jemand zuhören könnte. Einen Moment war da eine Bewegung an einem der oberen Fenster, und wirklich, kurz darauf steckte ein großer, glatzköpfiger Kerl seinen mit vielen Narben bedeckten Kopf heraus. «Mach, dass du reinkommst, Grete. Um deinen Bruder kümmert sich ja die Polizei. Wenn du nicht bald weitermachst, kannst du sehen, wo du Arbeit findest.»

«Ich muss gehen», sagte sie.

«Was arbeitest du denn bei Martha?»

«Ich bin keine Hure mehr, wenn Sie das meinen. Mit dem Gesicht will einen nur noch der Abschaum, der nichts zahlen kann. Aber ich wollte nicht auf dem stinkenden Bauernhof arbeiten. Martha hatte Mitleid. Jetzt wische ich die Böden auf, helfe in der Küche, was so anfällt. Aber mein Bruder dachte, ich sei wieder eine Hure …»

«Komm morgen zum Rathaus.»

«Morgen? Am Neujahrstag?»

Borghoff lächelte. «Den haben wir längst. Natürlich am Dienstag. Das ist ein polizeilicher Befehl. Und es macht sicher keinen guten Eindruck auf Martha und ihren Wachhund, wenn die Polizei dich hier abholt.»

«Ich werde kommen. Und Sie kümmern sich um meinen Bruder?»

«Versprochen. Wir nehmen ihn mit ins Gewahrsam, da kann er seinen Rausch ausschlafen.»

Grete verschwand im Haus, und kurz danach traf Ebel mit dem beachtlich schwankenden Chirurgen ein. «Keine Angst», sagte er. «Wenn der alte Säufer jemanden näht, ist er sofort stocknüchtern.»

Baron von Sannberg reichte Lina gerade das zweite Glas Punsch. Es war ein starkes Gebräu aus Rotwein, Arrak und gutem Rum. Lina fühlte sich nach dem ersten Glas, dem Champagner und dem Wein, den sie zum Essen und während der Vorführung der Laterna magica getrunken hatte, schon leicht beschwipst. Trotzdem nahm sie es und nippte kurz daran. Guste und Bertram hatten sich mit ihren Kindern bereits verabschiedet, und auch die von Müllers und der düstere Priester waren kurz nach dem Feuerwerk gegangen. Die jungen Töchter des Barons waren bereits im Bett, und nun vergnügte sich der Rest der Gesellschaft mit lustigen Liedern, die mal Mina, mal der Hausherr am Klavier begleiteten. Lina konnte sich nicht erinnern, wann sie zuletzt einen solch schönen, fröhlichen Abend erlebt hatte. Ihre Wangen waren gerötet vom Alkohol und vom Lachen, ihre Augen blitzten, und sie nahm sich nicht zurück, als sie bemerkte, dass Cornelius von Sannberg sie mit Interesse betrachtete. Gerade setzte sie das Glas wieder an die Lippen, da hörten alle ein heftiges Klopfen am Fenster.

«Herr Kaufmeister, Herr Kaufmeister, Fräulein Lina!»

«Das ist unser Heinrich», sagte Georg und eilte zur Tür, um seinem Hausdiener zu öffnen. Das Personal des Barons hatte in der nach hinten hinausgehenden Küche bei den fröhlichen Gesängen nichts gehört.

Lina hatte das Gefühl, schlagartig nüchtern zu werden. «Vater ...», flüsterte sie und ging hinter ihrem Bruder her.

«Ihr Herr Vater ...» Heinrich musste nach Luft schnappen, so sehr hatte er sich beeilt. Dann sah er Lina und hinter ihr Aaltje und Mina, die ihr gefolgt waren.

«Ich habe noch vor einer halben Stunde nach ihm gesehen, da atmete er ganz ruhig. Und dann eben ... er ist tot. Friedlich im Schlaf gestorben.» Heinrich standen die Tränen in den Augen. Er arbeitete schon mehr als dreißig Jahre bei den Kaufmeisters.

Cornelius von Sannberg war ebenfalls in den kleinen Flur getreten. «Mein Beileid», sagte er leise und drückte einem nach dem anderen die Hand. Dann rief er seinen Diener, um die Mäntel holen zu lassen.

Lina war wie betäubt, als sie mit den anderen durch die Nacht lief. Gerade noch hatte sie den schönen Abend genossen, und nun hatte sich ihre Freude in Trauer verwandelt. «Ich hätte ihn nicht allein lassen dürfen», murmelte sie bedrückt.

«Hör auf, Schwester», sagte Mina leise. «Er war so krank, und wer weiß besser als du, dass der Tod eine Erlösung für ihn ist. Ich glaube nicht, dass er noch leben würde, wenn du da gewesen wärest heute Nacht.»

Am Mittwoch, dem 3. Januar, zog der Trauerzug für den alten Kaufmeister aus dem Haus in der Carlstraße zur Kirche und danach zum neuen Friedhof.

Lina stand wie versteinert zwischen ihrer Familie und den Trauergästen. Als sie zum Grab trat, war sie sehr froh, sich auf ihren Stock stützen zu können. Die drei Schwestern und ihr Bruder hielten sich tapfer, nur Aaltje weinte hemmungslos. Sie hatte dem alten Mann nie vergessen, dass er ihr einen sehr freundlichen Empfang bereitet hatte, als sie als Fremde nach Ruhrort und in sein Haus gekommen war.

Viele seiner alten Freunde waren da, um sich von ihm zu verabschieden, darunter auch alle wichtigen Ruhrorter Honoratioren, Bürgermeister Weinhagen, Julius Stinnes, Carl Liebrecht, Caspar von Eicken und natürlich Franz Haniel, seine Söhne und seine Frau Friederike. Alle Kapitäne und Schiffsbesatzungen, die Ruhrort in der kurzen Zeit noch hatten anlaufen können, waren da und auch viele Arbeiter aus den Lagern. Es war ein langer, beeindruckender Zug von Menschen, der am Sarg vorbeidefilierte und der Familie sein Beileid aussprach.

Langsam löste sich die Trauergemeinde auf, um Richtung Dammstraße zur *Gesellschaft Erholung* zu wandern, wo der Leichenschmaus stattfinden sollte. Lina blieb noch einen Moment am offenen Grab stehen und folgte dann langsam.

Der Pfarrer hatte sich längst entschuldigt, weil er noch eine weitere Beerdigung vornehmen musste. Lina war erstaunt, als sie ihn mit Commissar Borghoff auf dem Friedhof entdeckte. Sie kamen herüber von jenem kleinen Feld, wo die Armenbegräbnisse stattfanden. Der Pfarrer ging gleich zum Tor, um den Angehörigen der Kaufmeisters zum Leichenschmaus zu folgen, Borghoff hingegen wartete auf Lina.

«Mein herzliches Beileid, Fräulein Kaufmeister.»

«Ich danke Ihnen. Wen haben Sie denn zu Grabe getragen?»

«Eine junge Frau, die am Neujahrstag ermordet wurde. Ich habe Ihnen neulich von ihr erzählt – die Hure, die von einem Freier entstellt wurde.»

Lina nickte. «Ich erinnere mich. Heißt das, dass Sie diese Spur nun verloren haben?»

«Leider ja.» Er sah bekümmert aus.

«Und ihr Mörder?»

Borghoff zuckte die Schultern. «Dr. Feldkamp war sich nicht

einmal sicher, ob sie wirklich ermordet worden ist. Die Verletzungen, die sie damals davongetragen hatte, konnten auch ihre Atmung beeinträchtigen.»

«Aber Sie glauben nicht daran?»

«Nein. Ich hatte sie für den 2. Januar auf die Dienststelle beordert, weil ich sie verhören wollte. Und vermutlich wollte das jemand verhindern.»

Lina blickte hinüber zu den Trauergästen, die gerade aus ihrem Blickwinkel verschwanden. «Ich muss zum Leichenschmaus.»

«Darf ich Sie ein Stück begleiten, Fräulein Kaufmeister?»

«Sicher.»

Auf dem Weg schilderte er die Begegnung in der Silvesternacht.

Eine Weile schwiegen sie, doch dann sagte Lina: «Das kann nur jemand wissen, der Sie mit ihr zusammen gesehen hat. Marthas Diener vielleicht?»

«Mit dem habe ich schon gesprochen, er ist zwar ein unangenehmer Kerl, aber an Neujahr besuchte er einen Freund in der Neustadt, da haben ihn viele Leute gesehen. Er kann es nicht gewesen sein.» Er seufzte. «Sie muss mit irgendjemandem, der bei Martha war, darüber gesprochen haben. Und das war ihr Verhängnis.»

«Vier Morde in nur zwei Monaten», sagte Lina leise. «Ruhrort scheint ein gefährlicher Ort geworden zu sein.»

«Und das Schlimmste ist, dass ich als Polizist völlig machtlos bin.» Borghoffs Stimme klang bitter.

«Nun, es sind auch andere Zeiten. Die vielen Fremden, die hierherziehen, es sind so viele Menschen wie noch nie hier, wie sollen zwei Polizisten, die paar Polizeidiener und die kleine Bürgerwehr das auch bewältigen ...» Lina wusste, das war kein Trost.

Borghoff blieb stehen und sah sie an. «Diese Morde haben

nichts mit den fremden Arbeitern zu tun, Fräulein Kaufmeister. Und auch, wenn ich jetzt wieder ganz am Anfang stehe, ich werde nicht ruhen, bis sie aufgeklärt sind.»

Den Rest des Weges, bis sich Borghoff von ihr trennte, um zum Rathaus zu gehen, schwiegen sie.

Zweiter Teil

4. April 1855

1. Kapitel

Es war ein recht ruhiger Morgen im Hause Kaufmeister gewesen. Seit dem Tod des Vaters hatten Linas tägliche Pflichten abgenommen. Manches übernahm auch Mina, die immer noch sehnsüchtig auf Nachricht aus London wartete, endlich ihrem geliebten Justus folgen zu können. Die ganze Familie Bleibtreu lernte eifrig Englisch, womit sich Linas Freundin Luise ein paar Thaler dazuverdiente.

Doch Minas Eifer, sich an den Hausfrauenpflichten zu beteiligen, hatte zumindest an den Nachmittagen deutlich nachgelassen. Mina war wieder heimisch im alten Kreis ihrer Freundinnen, machte häufig Besuche, auch Abendeinladungen waren nicht selten. Einerseits freute sich Lina für ihre Schwester, denn all dies bedeutete, dass die Wunden, die das menschenunwürdige Leben in Brüssel ihr geschlagen hatten, nun zu verheilen begannen. Andererseits spürte sie manchen Stich, wenn Mina, nun wieder lachend und strahlend, ihr, der nüchternen, praktischen und scharfzüngigen alten Jungfer, vorgezogen wurde.

Linas Hoffnung, das Haus verlassen und eine eigene kleine Wohnung beziehen zu können, hatte sich indes nicht erfüllt. Sie hatte Georg das vom Vater unterzeichnete Papier gezeigt und ihr Erbe gefordert, doch der Bruder hatte nur gelacht. Solange Lina eine Familie hatte, die für sie sorgen konnte, war sie unmündig, ganz gleich, was das Schriftstück des Vaters sagte.

Aber da er seine dickköpfige Schwester kannte, sorgte er vor und hielt das Erbe nun unter Verschluss. Es sei in der Firma festgelegt, behauptete er, und sie könne dann in ein paar Jahren von den Gewinnen profitieren, die er in ihrem Namen wieder anzulegen gedenke. Und dann hatte Georg vorsichtshalber auch den größten Teil von Linas Jahresrente aus dem Vermögen der Mutter einbehalten – nur um sicherzugehen, dass Lina nicht auf «dumme Gedanken» kam. Auf Linas Protest hatte er so jähzornig reagiert, es hätte nicht viel gefehlt, und er hätte sie geschlagen, wenn Mina ihn nicht davon abgehalten hätte. Lina brütete oft darüber, wie sie bekommen konnte, was ihr zustand, aber es schien keinen Weg zu geben, ihren Bruder dazu zu bringen.

Jetzt am frühen Nachmittag, als Aaltje ihren Mittagsschlaf hielt, Mina die Kinder bei den Hausaufgaben beaufsichtigte und Georg nach dem Essen ins Kontor zurückgekehrt war, hatte Lina es sich auf dem Sofa im Salon gemütlich gemacht und blätterte in Heines *Romanzero*, den sie sich aus der reichhaltigen Bibliothek Baron von Sannbergs ausgeliehen hatte. Georg sah es nicht gern, wenn sie die Bücher des vaterlandslosen Gesellen las, aber von Sannberg besaß alle seine Werke.

Die Bande zwischen den Familien waren fester geworden in den letzten Monaten, Gustes Töchter und die jungen Baronessen waren Freundinnen geworden, und oft wurde Lina als Anstandsdame bemüht, wenn die Mädchen Einkäufe machten oder Theaterveranstaltungen besuchten.

Sogar nach Cöln waren sie vor einigen Wochen gefahren. Lina hatte diesen Ausflug genutzt, um sich in den Modesalons die neuesten Schnitte und Stoffe anzusehen. Während Diotima und Beatrice viel Geld für neue Kleider ausgaben, hielten sich Friederike und Emma zurück und erstanden nach Linas guten Ratschlägen nur ein paar Stoffe, die in Ruhrort oder Duisburg nicht zu kaufen waren. Sie wussten, dass die Tante ihnen daraus

Kleider schneidern würde, die denen der Baronessen in nichts nachstanden.

Lina gönnte sich einen Hut in neuer Form, die die Schute allmählich abgelöst hatte. Getragen hatte sie ihn in Ruhrort noch nicht, er erschien ihr zu verwegen für eine züchtige Protestantin, doch im kommenden Sommer würde er zu einem hellen Kleid vorzüglich aussehen.

Wenn sie den Baron zusammen mit ihren Nichten besuchte, führten sie oft lange Gespräche, während die Mädchen im oberen Stockwerk des kleinen Hauses Kleider probierten, sich gegenseitig Poesie vorlasen oder über die jungen Herren klatschten, in die sie sich während der winterlichen Ballsaison verliebt hatten. Der Gesprächsstoff ging Cornelius von Sannberg und Lina nie aus. Literatur, Wissenschaft, Geschichte und Politik – immer wieder erstaunte Lina den gebildeten Mann mit ihrem Wissen und ihrem Verstand. Leider würde er bald wieder auf sein Grafschafter Gut ziehen, das ihm im Winter zu kalt und zu abgelegen war.

Diotima und Beatrice waren nicht angetan davon, ihre Zeit auf dem Land zu verbringen, und sprachen bereits davon, wieder zu ihrer Mutter nach Berlin zu ziehen. Nicht nur ihre Freundinnen Emma und Friederike bedauerten das, auch Lina war untröstlich. Ohne die Mädchen konnte sie den Baron unmöglich besuchen, und auf die Gespräche mit ihm zukünftig zu verzichten, würde ihr sehr schwerfallen.

Aus diesen eher trüben Gedanken rissen sie schnelle Schritte im Flur. Es war Finchen, die von einem Besorgungsgang in der Stadt zurückkam. Lina legte das Buch beiseite und ging aus dem Salon in den Flur. Durch die halb geöffnete Küchentür hörte sie Finchen mit der Köchin reden.

«Heute Morgen ist er gestorben. Er war ja nun schon zwei Wochen krank, aber damit hatte wohl niemand gerechnet.»

«Es gibt sicher viele Kinder, die seinen Tod nicht bedauern», bemerkte Helene, und Lina wusste plötzlich, von wem sie sprachen. Der Lehrer Reichert, der vor zwei Wochen schwer erkrankt war, schien tot zu sein. Sie erinnerte sich, wie die kleinen Jungen nach Hause geschickt worden waren, weil er in der Schule zusammengebrochen war.

«Der Lehrer ist gestorben?», fragte sie, als sie die Küche betrat.

Finchen nickte heftig. «Es wird überall davon gesprochen. Heute Nacht muss es passiert sein.»

Reichert war nicht sonderlich beliebt gewesen, aber jeder hatte ihn gekannt. Die meisten jüngeren Ruhrorter waren von ihm unterrichtet worden, nicht wenige hatten regelmäßig Prügel bezogen oder die Ohren langgezogen bekommen.

«Sie sagen, der Arzt hätte nicht feststellen können, was er hatte, aber er wollte nicht ins Diakoniekrankenhaus nach Duisburg, er hätte das Geld dafür nicht gehabt.» Finchen kam in Fahrt. «Und er hätte schreckliche Schmerzen gehabt, bis er gestorben sei. ‹Der Tod war eine Erlösung› hat die Pfarrersfrau gesagt.»

«Wenn sie das sagt.» Lina versuchte, ein Schmunzeln über Finchen zu unterdrücken.

«Sie haben auch alle über die Witwe Dahlmann getuschelt.»

«Warum denn das?», fragte Helene interessiert.

«Na, sie hat darauf bestanden, dass der Leichnam gleich weggebracht wird. Man hat ihn jetzt in einem Nebenraum der Schule aufgebahrt. Das fanden viele pi… pita…ets…»

«Pietätlos?», half Lina.

Finchen nickte. «Schließlich hat sie lange Jahre Miete von ihm kassiert – sagt die Frau Grundert.»

«Er ist kein Familienmitglied und hatte keine Angehörigen – da ist es sicher besser, wenn er an einem öffentlichen Ort aufgebahrt wird», sagte Lina. «Hast du das Bleichmittel bekommen?»

Finchen nickte und deutete auf den Küchentisch.

«Räume es in die Kammer. Dann können du und Lotte die Betten neu beziehen.»

Lina wollte zurück zu ihrem Buch, aber gerade, als sie es zur Hand genommen hatte, kam ihr plötzlich ein Gedanke. Der tote Lehrer. Die Witwe Dahlmann. Zwei Zimmer, für die der Lehrer kaum mehr als hundert Thaler Jahresmiete gezahlt haben dürfte, denn die Lehrergehälter waren auch für Männer nicht üppig.

Früher war sie oft jeden Posten durchgegangen, den sie eine Wohnung und das selbständige Leben kosten würden, aber da waren das versprochene Erbe von fünftausend Thalern und die beiden kleinen Renten feste Größen in der Rechnung gewesen. Jetzt hatte sie lediglich die Ersparnisse der letzten Jahre und eine gewisse Summe, die sie an ihrem Bruder vorbei vom Haushaltsgeld abgezweigt hatte. Aber wenn für Kost und Logis gesorgt war, dann hätte sie ein ganzes Jahr Zeit, Georg zur Herausgabe ihres Geldes zu bringen. Es war riskant, aber ihre Freiheit war ihr das Wagnis wert.

Kurz entschlossen zog sie ihren Hut an, warf ein dünnes Cape über, denn draußen war es bereits frühlingshaft warm, und eilte zu Clara Dahlmann. Der Laden war über Mittag geschlossen, aber Lina sah Clara und ihren Ladendiener Wilhelm neue Ware einräumen. Sie klopfte mit dem Stock an die Tür.

Natürlich ließ Clara Dahlmann ihre Stammkundin nicht draußen stehen. Sie öffnete, und Lina kam langsam die drei Stufen herauf.

«Entschuldigen Sie, Frau Dahlmann, dass ich Ihre Mittagspause störe, aber …»

«Das macht doch nichts, Fräulein Kaufmeister.»

Lina holte tief Luft. «Ich weiß, es ist nicht anständig von

mir, der Lehrer Reichert ist noch nicht einmal unter der Erde, aber ...» Sie holte nochmals Luft. «Frau Dahlmann, würden Sie mir die Zimmer vermieten?»

Clara sah sie erstaunt an. «Sie wohnen doch in diesem wunderschönen, großen Haus.»

«In einem einzigen kleinen Zimmer, das ich mein Eigen nennen kann. Mir ist es sehr ernst damit.»

«Nun ...»

«Bitte nennen Sie mir den Preis, Frau Dahlmann.»

«Der Lehrer zahlte fünfundneunzig Thaler Jahresmiete. Aber ich dachte jetzt daran, zu erhöhen, die Zeiten sind teurer geworden. Wenn Sie eine Jahresmiete von hundertzehn Thalern zahlen können ...»

«Das könnte ich.» Lina hoffte, dass sie nicht rot wurde. Immerhin könnte sie mindestens die Miete für das erste Jahr aufbringen. «Was ist darin inbegriffen?»

«Oh», sagte Clara und zögerte einen Moment. «Der Lehrer hatte Kost und Logis bei mir. Und die Dienste des Hausmädchens, allerdings nahm er die nicht oft in Anspruch. Für zehn Thaler mehr ...»

«Hundertzwanzig Thaler volle Kost und Logis und das Hausmädchen?» Das war viel Geld.

Clara nickte. «Die Zimmer sind klein und gehen ineinander über. Wollen Sie sie sehen?»

Lina nickte.

Die Treppe war um einiges steiler als im Kaufmeister'schen Haus. Im kleinen Wohnzimmer gab es ein ordentliches Sofa, einen Tisch und zwei Stühle. Einen richtigen Schreibtisch hatte Reichert nicht gehabt, nicht einmal einen Bücherschrank. Stattdessen stand ein ausgemustertes Ladenregal von Clara in einer Ecke.

«Die Möbel könnten Sie übernehmen», sagte Clara. Sie öffnete die Tür vom Schlafzimmer, aus dem ein unangenehmer Geruch drang. «Wir haben hier noch nicht saubergemacht. Nach der ganzen Aufregung mit seiner Krankheit … es war ja niemand da, der sich um ihn hätte kümmern können, das mussten wir ja tun.»

«Ich hätte noch Möbel aus meinem Zimmer und von meinem Vater», sagte Lina. «Aber das Sofa, den Tisch und die Stühle würde ich gern behalten.»

«Der Ofen funktioniert ausgezeichnet», pries Clara die Vorzüge. «Es ist hell hier mit den beiden Fenstern, und das Schlafzimmer liegt nach hinten hinaus, es ist schön ruhig.»

«Hundertzwanzig Thaler?», fragte Lina noch einmal.

«Ja. Und wenn ich auch sonst gern mit Ihnen handele, Fräulein Kaufmeister, das ist das mindeste, was ich haben muss. Und es kommt ja noch darauf an, ob Sie mit unserem einfachen Essen zufrieden wären …»

«Das werde ich schon sein. Aber hundertzwanzig Thaler … Können wir nicht so verbleiben, dass wir hundertzehn festlegen und dann, wenn ich das Mädchen wirklich über Gebühr in Anspruch nehme, noch nachgebessert wird?»

Clara seufzte. «Nun gut. Aber ich denke, Sie möchten es etwas sauberer haben als der alte Lehrer.»

Lina wollte, ihr Ziel so nah vor Augen, keine weiteren Einwände mehr gelten lassen. «Dann also hundertzehn Thaler?» Sie wartete Claras Zustimmung gar nicht erst ab. «Da ist nur noch eine Sache, Frau Dahlmann.»

«Ja?»

«Mein Bruder Georg als mein Vormund ist dagegen, dass ich sein Haus verlasse.»

«Dann haben Sie also gar kein Geld?» Die geschäftstüchtige Clara erfasste die Situation sehr schnell.

«Ich kann Ihnen die gesamte Jahresmiete morgen auf den

Tisch legen. Aber Sie müssen wissen, dass es Ärger geben könnte, mich zu beherbergen. Allerdings ...» Lina zog das Papier
ihres Vaters aus der Tasche. «Dies ist eine von meinem Vater
unterzeichnete Note, in der er mich für mündig erklärt. Mein
Bruder hält sie aber für nichtig.»

Clara nahm das Papier und studierte es. «Nun», sagte sie ge-
dehnt und gab es Lina zurück. «Ich werde einen Mietvertrag
mit Ihnen abschließen, Fräulein Kaufmeister. Als dumme, un-
wissende Frau lasse ich mich von so einem offiziell aussehenden
Papier natürlich leicht beeindrucken.» Sie zwinkerte Lina zu,
und die lachte erleichtert.

«Der Lehrer war kein angenehmer Mieter», sagte Clara. «Er
war laut, trank zu viel und war auch sonst keine angenehme
Gesellschaft. Sie wären mir als Mieterin mehr als recht. Geben
Sie mir Zeit bis morgen. Wegen Ihres Bruders möchte ich doch
einen offiziellen Vertrag mit Ihnen abschließen, wenn es Ihnen
recht ist.»

«Gern.» Lina überlegte kurz. «Mein Bruder und seine Frau
reisen in der nächsten Woche nach Holland, ich würde dann
gern hier einziehen – oder ist Ihnen das zu früh?»

«Nein. Bis dahin haben wir auch das Schlafzimmer gesäubert
und neu gekälkt. Das ist leider nötig ...» Clara brach ab, Lina
musste ja nichts über den schrecklichen Todeskampf des kranken
Lehrers erfahren. «Ende nächster Woche?»

«Ja. Ich freue mich.»

«Morgen Abend nach Ladenschluss können wir den Vertrag
unterzeichnen.» Sie hielt inne, weil sie jemanden auf der Treppe
hörte.

Beide traten aus dem Wohnzimmer auf den Flur und stießen
fast mit Commissar Borghoff zusammen. «Ach, Herr Commissar», sprach Clara ihn an. «Sie kennen doch Fräulein Kaufmeister?»

«Sicher.» Er lächelte und gab Lina die Hand.

«Fräulein Kaufmeister wird die Zimmer des Lehrers mieten», sagte Clara. «Der Commissar bewohnt die beiden Mansarden-zimmer.»

«Dann verlassen Sie also den Schoß Ihrer Familie?», fragte er.

Lina nickte nur. Ihr Herz raste. Wenn ihr Bruder es ernst nahm mit seiner Vormundschaft, wäre die Polizei gleich im Hause, um sie zurück zur Carlstraße zu schleifen.

«Dann werden wir uns in Zukunft ja öfter sehen, Fräulein Kaufmeister.» Damit war er auf der schmalen Treppe zur Mansarde verschwunden.

Vorsichtig stieg Lina mit Clara wieder hinunter ins Erd-geschoss. «Dann sehen wir uns morgen?», fragte Clara zum Abschied.

«Morgen Abend nach Ladenschluss», bestätigte Lina, atmete tief durch und machte sich auf den Weg zurück nach Hause.

Clara hatte Wort gehalten, und Lina konnte am nächsten Tag den Mietvertrag unterzeichnen. Den Rest der Woche ver-brachte sie mit Vorbereitungen für ihren Umzug. Sie weihte niemanden, nicht einmal Mina, ein. Lina engagierte Träger, die ihr Bett, die Waschkommode, den Toilettenstuhl und den Schrank aus ihrem Schlafzimmer hinüber zur Harmoniestraße bringen würden, und gab Heinrich gegenüber vor, das bisher unberührte Zimmer ihres Vaters endlich ausräumen zu wollen, als sie ihn bat, einige Körbe nach oben zu bringen. Im Keller hatte sie noch ein zierliches, aber stabiles Tischchen gefunden, das sich vorzüglich als Schreibtisch ebenso wie als Unterbau für ihre Nähmaschine eignete. Außerdem wollte sie einen Sessel und den Bücherschrank aus dem Zimmer ihres Vaters mitneh-men. Eine kleine Eckkommode würde Platz bieten für ein paar

Haushaltsgegenstände, die sie mitzunehmen gedachte, ein englisches Teeservice, einen kleinen Suppentopf, ein paar Essteller, Gläser und Besteck.

Sie fieberte dem Tag entgegen, da Georg und Aaltje auf ihre Reise nach Rotterdam gingen. In jedem Frühjahr traf sich Georg mit Aaltjes Familie, um die Geschäfte des laufenden Jahres zu besprechen. Oft nahmen sie auch die Kinder mit, aber diesmal wollten sie länger als gewöhnlich bleiben, und Karl und Elisabeth sollten nicht so lange in der Schule fehlen. Mit Lina und Mina im Haus waren die beiden ja bestens versorgt.

Am Tag der Abreise, gerade als die Kutsche mit Georg und Aaltje den Hof verlassen hatte, weihte Lina ihre Zwillingsschwester in ihr Vorhaben ein.

Mina schnappte nach Luft. «Bist du völlig von Sinnen, Lina? Gegen Georgs Willen ausziehen! Er wird dich an den Haaren wieder herschleifen lassen …»

«Genau das denke ich nicht», sagte Lina fest. «Er ist der Letzte, der einen Skandal will.»

«Du bist der Skandal, Lina. Ich glaube nicht, dass auch nur eine meiner Freundinnen dich noch grüßen wird, wenn …»

«Deine Freundinnen sind deine Sache, Schwester. Ich hatte nie viel mit ihnen zu schaffen.» Lina hatte damit gerechnet, dass Mina ihr das Vorhaben ausreden würde, trotzdem war sie enttäuscht.

«Ruhrort ist eine kleine Stadt. Alle werden wissen, dass du etwas tust, was sich nicht gehört. Und alle werden es dich spüren lassen.» Ihre Schwester blickte zu Boden. «Glaub mir, ich weiß, wie das ist. Bevor Justus und ich Frankfurt verlassen mussten, haben wir wie Ausgestoßene gelebt. Das war keine Freude.»

Lina griff ihr ans Kinn und zwang sie sanft, sie anzusehen. «Wirst *du* mich schneiden?»

Heftig schüttelte Mina den Kopf. «Niemals, und das weißt

du. Aber du wirst kein Geld haben, Lina. Georg sitzt auf deinem Erbe ...»

«Und er hat mir meine Rente vorenthalten.»

Mina sah sie erstaunt an. «Selbst die von Mutter?»

«Selbst die. Aber die Jahresmiete ist bereits bezahlt, und ein paar Thaler habe ich auch gespart.»

«Stell dir das nur nicht so einfach vor, Lina», sagte Mina ernst. «Es ist sehr hart, arm zu sein. Und du hast das bisher nie erfahren müssen.»

«Bis zum nächsten Jahr hat sich Georg an den Gedanken gewöhnt und wird mir das geben, was mir zusteht.» Aber sicher war Lina sich da nicht.

Zwei Tage später stand Lina in ihrem kleinen, bescheidenen Reich. Das Schlafzimmer war mit Waschkommode, Schrank und Bett sowie dem Toilettenstuhl, auf den Lina nicht hatte verzichten wollen, so eng, dass sie sich kaum darin ankleiden konnte. Es roch nach frischer Farbe, und morgen würde sie Wilhelm bitten, noch zwei Haken in die Tür zu drehen, um Kleider schnell und ordentlich aufhängen zu können. Die Hüte hatte sie in ihren Schachteln gelassen und oben auf den Schrank gestellt. Mit der kleinen Holzfußbank konnte sie sie gerade erreichen.

Das Wohnzimmer war zwar vollgestopft mit Möbeln, wirkte aber sehr gemütlich. Direkt neben den zierlichen eisernen Ofen hatte sie den Sessel ihres Vaters gestellt, aus dem einen der beiden Fenster fiel das Licht darauf, sodass sie hier lange lesen konnte. Unter dem zweiten Fenster stand das Tischchen mit ihrer Nähmaschine.

Es war ein angenehm warmer Tag gewesen, doch nun, nachdem sie alles eingeräumt und mit Claras Erlaubnis zwei der sechs Körbe in den Keller geräumt hatte, wurde es kühl.

Bei Kaufmeisters wurde abends an solchen Tagen der Kamin im Salon angezündet, wo man saß, bis es Zeit wurde, zu Bett zu gehen. Neben dem Ofen waren zwar Holzscheite aufgeschichtet, aber Clara hatte unmissverständlich erklärt, dass dies das restliche Holz des Lehrers war und Lina ihr Brennholz ebenso wie Lampenöl oder Kerzen selber kaufen müsse. So holte sich Lina einen Schal und eine Decke und machte es sich auf dem Sofa bequem. Auf dem Tisch lag die neueste *Gartenlaube*. Lina seufzte. Dies würde sicher für lange Zeit die letzte sein, die sie lesen könnte.

Als es dunkel wurde, ging sie zu Bett. Es war ein anstrengender Tag gewesen, viele Male war sie die Treppe im Hause Kaufmeister und die ungleich steilere hier hinauf- und hinabgestiegen, mehrmals war sie zwischen der Carlstraße und der Harmoniestraße hin- und hergelaufen.

Aber fast noch anstrengender war der Abschied von Schwester und Hauspersonal gewesen. Sie hinterließ Wochenpläne und Anweisungen für vier Wochen.

Finchen, gerade genesen von einer Krankheit, die ihr über Wochen Übelkeit und Erbrechen beschert hatte und die sie nun recht hohlwangig erscheinen ließ, hatte wie alle anderen nichts geahnt und brach in Tränen aus. Helene hatte mit versteinertem Gesicht zugesehen, wie die Möbel und Körbe auf einen Wagen geladen wurden. Heinrich hatte ihre Hand ganz fest gedrückt, und auch Lotte schien den Tränen nah.

Die Kinder konnten sich gar nicht erklären, was da passierte, Josef fiel der Tante weinend um den Hals, spätestens da musste auch Lina schlucken. «Ihr könnt mich ja besuchen», tröstete sie ihn und musste sich räuspern.

«Das werden wir, wenn Georg es erlaubt», sagte Mina.

Lina hatte nie so weit gedacht, dass Georg Mina oder den anderen Mitgliedern seines Haushaltes den Umgang mit ihr verbieten könnte. Aber unwahrscheinlich war das nicht. Als sie Mina umarmte, flüsterte sie: «Komm mich bald besuchen, bitte.»

Mina nickte und versprach zu kommen, solange Georg und Aaltje noch in Rotterdam waren.

Lina selbst wollte am nächsten Tag noch mit Guste und Bertram sprechen. Jetzt, da sie in ihrem Bett lag und ihre Füße unter den Kissen langsam wieder warm wurden, dachte sie zum ersten Mal daran, was sie wohl mit sich anfangen würde, allein in ihren zwei Zimmern. Hier war kein Haushalt zu führen, keine Kinder zu beaufsichtigen, ja selbst das Nähen würde weniger werden, wenn sie nicht mehr die Familie einkleidete. Bücher kaufen konnte sie nicht, auch die Leihmiete war zu hoch, das bedeutete: keine *Gartenlaube*, vielleicht mal ein heimlicher *Kladderadatsch* aus dem Hause ihres Schwagers. Und der Baron war bald für längere Zeit auf seinem Gut.

Für einen Moment überkam sie heftige Sehnsucht nach ihrem Zuhause, ihren täglichen Pflichten. Sie hatte ein neues Leben gewollt, aber wenn sie ehrlich zu sich war, dann hatte sie nie eine klare Vorstellung davon gehabt, wie es aussehen könnte. Wenn sie als Lehrerin hätte arbeiten dürfen, ja, dann wären ihre Tage ausgefüllt gewesen. Aber nun? Sie hatte noch knappe siebzig Thaler übrig, für Brennholz, etwas Tee und was immer anfiel, und sie musste in einem Jahr wieder hundertzehn Thaler Miete zahlen.

Schluss damit, sagte die vernünftige Lina in ihr. *Heute Abend wirst du keine Lösung finden. Du hast ein Jahr Zeit, bis es ernst wird, also schlaf jetzt.* Aber das war leichter gesagt als getan.

Linas Stimmung änderte sich auch am nächsten Morgen nicht. Sie war mit der Sonne wach geworden, hatte sich gewaschen und angekleidet. Es hatte ihr einige Mühe bereitet, in ihre Schuhe zu kommen, doch schließlich hatte sie es geschafft. Sie hoffte, dass es etwas leichter würde, wenn sie sich erst einmal wieder daran gewöhnt hatte. Zeit hatte sie ja mehr als genug.

Die nächste böse Überraschung lauerte in der Küche. Lina war Claras Mädchen, das auch für das Kochen zuständig war, noch nicht begegnet. Clara war nirgendwo zu sehen, deshalb stellte sie sich selbst vor.

Das Mädchen schien wenig begeistert davon, eine neue Mieterin im Haus zu haben. «Ich bin Antonie. Es ist noch etwas Grütze da.»

Clara hatte Lina gesagt, dass nur die Mittagsmahlzeit in ihrer guten Stube eingenommen würde, Frühstück und Abendessen würden entweder in der Küche serviert oder sie könne es sich mit aufs Zimmer nehmen.

Lina setzte sich an den Tisch, und Antonie klatschte einen Löffel Hafergrütze in den Teller. Lina mochte ohnehin nicht gern Grütze, aber diese hier war sehr dick, grau und roch etwas verbrannt. «Möchten Sie mehr, Fräulein?»

«Nein, danke.»

Antonie stellte ihr den Teller hin und holte einen Löffel. Lina nahm etwas von der Grütze und zwang sich, sie hinunterzuschlucken. Sie war lauwarm, ungesalzen, und auch mit dem Zucker hatte Antonie gegeizt. Dafür war der Brandgeschmack recht kräftig.

Am liebsten hätte Lina den Teller stehen lassen, aber dann sagte sie sich, dass sie bis mittags nichts mehr zu essen bekommen würde, und zwang sich den furchtbaren Brei hinein. «Ich hätte gern ein Glas Wasser dazu.»

Während sie langsam aß, begann Antonie, ununterbrochen zu reden. «Frau Dahlmann hat mir gesagt, dass ich jetzt, wo eine Dame hier wohnt, die Räume öfter saubermachen müsste. Und jeden Tag den Nachttopf leeren. Ich weiß zwar nicht, wann ich das alles machen soll, wo ich doch auch den Laden aufwischen muss, aber wenn Frau Dahlmann es so wünscht ...»

Was erwartet diese Person von mir?, fragte sich Lina. Sie hoffte wohl, bei Lina könnte alles so laufen wie beim Lehrer Reichert, aber da war sie an die Falsche geraten. Lina hatte schon beim Betreten der Küche gewusst, dass sie Antonie niemals angestellt hätte. Das Geschirr vom Abendessen stand noch herum, und vieles andere war entweder nicht an seinem Platz, oder der Platz war ungünstig gewählt. Der Herd wurde auch nicht regelmäßig gescheuert.

«Warten wir doch einmal ab, wie es so läuft», sagte Lina ruhig. «Hast du das Salz an der Grütze nur heute Morgen vergessen, oder salzt du sie grundsätzlich nicht?»

«Salz? An eine süße Grütze?»

«Das verbessert den Geschmack sehr. Natürlich nur eine kleine Prise. Denn es ist ja eine süße Speise. Kann ich noch etwas Zucker haben, bitte?»

Antonie knallte den Zuckertopf unsanft auf den Tisch. «Frau Dahlmann mag es nicht, wenn ich Zucker verschwende.»

«Du kannst ihr ja sagen, dass ich mir noch ein Löffelchen genommen habe.» Lina streute den Zucker über den Rest der Grütze, verrührte ihn vorsichtig, darauf achtend, dass sie das Verbrannte nicht unterrührte, und aß dann schweigend auf.

Sie schob den Teller weg, den Antonie in den Spülzuber steckte. «Vielleicht sollte ich dir erst einmal zeigen, wie ich mir deine Arbeit für mich vorstelle», sagte Lina. «Ich erwarte, dass du das Waschwasser vormittags wechselst und den Eimer des Toilettenstuhls auskippst und reinigst. Und bitte sieh am Nachmittag nach, ob noch frisches Wasser im Waschkrug ist, und fülle es nach, wenn es nötig ist. Waschkrug und Waschschale sollten ebenfalls täglich gereinigt werden. Das sind erst einmal die wichtigsten Arbeiten, alles Weitere wird sich ergeben.»

«Da muss ich erst mit Frau Dahlmann sprechen. Dann muss was anderes liegenbleiben.» Auf den Mund gefallen war Antonie offensichtlich nicht.

«Ich zahle für deine Dienste, Antonie. Aber sprich ruhig mit Frau Dahlmann, wir werden dann sehen.»

Lina hatte Cape und Hut unten im Flur an einen Haken hängen dürfen, ihr Stock lehnte in der Ecke an der Wand. Widerstand von Hausangestellten war sie nicht gewöhnt, sie hatte das Bedürfnis, schnell an die Luft zu gehen, so sehr ärgerte sie sich über Antonie. Dann würde sie eben sehr früh bei Guste ankommen.

Der Weg zur Dammstraße war nur kurz, und bald darauf blickte sie in Thereses erstauntes Gesicht. «Die gnädige Frau sitzt beim Frühstück.»

Lina ging in den Salon. An Gustes Miene konnte sie sehen, dass ihre Schwester bereits Bescheid wusste.

«Wann hat Mina es dir erzählt?», fragte sie.

Guste seufzte, stand auf, holte eine Tasse aus dem Schrank. «Gleich, als du es ihr gesagt hattest. Sie kam zu mir, damit ich ihr helfe, es dir auszureden.»

Lina konnte es kaum abwarten, dass Guste ihr den Kaffee eingoss. «Und warum habt ihr es dann nicht versucht?»

Guste lächelte. «Hätte es etwas genützt?» Sie schaute zu, wie Lina ihren Kaffee trank, und nahm sich noch eine dicke Scheibe Weißbrot. «Bist du wenigstens zufrieden?»

«Ich weiß es nicht. Ich … ich hatte es mir anders vorgestellt. Aber wenn ich mein Geld hätte …»

«Dieses Geld wirst du niemals bekommen, jedenfalls nicht, solange unser Bruder lebt.» Guste deutete auf das Weißbrot. «Möchtest du?»

Lina nickte. Sie strich sich Butter auf das Brot und biss hinein. Dann erzählte sie Guste von dem verunglückten Frühstück und der unverschämten Antonie.

«Kein Wunder», sagte Guste. «Clara Dahlmann ist den ganzen Tag im Laden, und niemand schaut dem Mädchen auf die Finger. Aber das wird sich ja bald ändern. Schließlich hast du nichts anderes zu tun.»

«Ich bin doch gerade erst eingezogen.»

Guste wechselte das Thema. «Hast du überhaupt genug Geld?»

«Im Augenblick noch. Aber ob ich jemals eine zweite Jahresmiete zahlen kann …»

«Dann genieße dieses Jahr. Zu Kreuze kriechen kannst du immer noch.»

«Du wirst also zu mir halten?»

«Ich werde dir kein Geld geben können, wenn du das meinst. Bertram möchte Georg nicht vor den Kopf stoßen. Aber du bist in unserem Haus immer willkommen.» Guste goss noch einmal Kaffee nach. «Ich muss sagen, als Mina mir davon erzählte, war ich hin- und hergerissen. Es gehört sich nicht, so viel ist klar. Aber Vater wollte dir deinen Wunsch erfüllen, und ich kann verstehen, dass du nicht als alte Tante in Georgs Haus enden willst. Doch …» Sie zögerte. «Es gibt gute Ehevermittler. Du hättest dir einen Ehemann suchen können. Viele wollen eine tüchtige Hausfrau wie dich, egal, ob sie hinkt oder nicht.»

Lina schüttelte heftig den Kopf. «Ich sehe keinen großen Unterschied darin, ob ich als unbezahlte Hausmamsell meinem Bruder oder einem Ehemann untertan bin. Ich will selbst entscheiden, wie ich leben will.»

«Das kannst du ja nun, zumindest für ein Jahr. Aber was willst du entscheiden? Du kannst dich lediglich in deinen Zimmern aufhalten, essen und schlafen. Für die Damen der Gesellschaft wirst du wohl nicht mehr existieren, also wird es kaum Besuche

oder Einladungen geben. Da bin ich lieber meinem Mann untertan und habe eine Aufgabe.»

Lina schwieg. Guste hatte ihr Dilemma genau erfasst. Aber es
sah nicht so aus, als könnte sie daran etwas ändern.

«Vielleicht macht dir das ein wenig Freude», sagte Guste
und stand auf, um einen kleinen Stapel Zeitschriften zu holen.
«Bertram hat alles zusammengesucht, was er finden konnte, weil
er meinte, dass du dich langweilen könntest.»

«Was sagt er denn dazu?»

«Er hat dich gern, Lina, das weißt du. Aber er ist sich sicher,
dass Georg sich das nicht gefallen lassen wird. Er hat mir versprochen, das Schlimmste zu verhindern, wenn es dazu kommt.»

«Das Schlimmste?»

«Dich von der Polizei zurückbringen zu lassen oder einen
Prozess anzustrengen. Du würdest trotz Vaters Papier den Kürzeren ziehen.»

Lina seufzte. Sie wusste, dass dies nur allzu schnell Wirklichkeit werden konnte. Als sie ihren Kaffee getrunken hatte,
stand sie auf. Die Schwester hatte sicher viel zu tun an diesem
Morgen.

Guste umarmte sie und brachte sie in den Flur. «Warte einen
Moment!», rief sie plötzlich, dann verschwand sie in der Küche.
Lina zog sich Cape und Hut an und griff nach ihrem Stock.

Bald darauf kam Guste mit einem kleinen Korb zurück. Darin
waren etwas Weißbrot, Kaffee, Tee, ein Stückchen Butter, eine
hübsche große Zuckerdose und ein paar schon etwas schrumpe-
lige Äpfel.

«Die Zuckerdose kannst du behalten – aber bring sie beim
nächsten Mal wieder mit, damit wir sie auffüllen können.»

«Danke!»

«Und wenn das Frühstück wieder so schlimm ist, komm vorbei.»

«Ganz sicher.» Lina versuchte, die Zeitschriften noch in dem Korb zu verstauen. Er war jetzt ziemlich schwer.

«Schaffst du das? Soll unser Diener dich begleiten?», fragte Guste besorgt.

«Nein, nein, das geht schon. Der Weg ist ja nur kurz.»

Sie küssten sich auf die Wange, und Lina machte sich auf den Weg.

Als Clara Dahlmann Lina kommen sah, kam sie aus dem Laden und erwartete sie am Nebeneingang. «Fräulein Kaufmeister, ich muss mit Ihnen reden.»

«Geht es um Antonie?», fragte Lina und stellte ächzend den schweren Korb ab.

Clara nickte und holte tief Luft, aber Lina schnitt ihr das Wort ab. «Vielleicht sollten wir das nicht hier besprechen, und schon gar nicht bei offener Küchentür. Gehen wir doch zu mir», meinte Lina und nahm die Zeitschriften aus dem Korb. «Wenn Sie mir nachher ein Eckchen im Küchenschrank oder in der Speisekammer zur Verfügung stellen können, räume ich die Lebensmittel dorthin.»

«Sicher.» Clara ging voraus und wartete, bis Lina hinter ihr die Treppe hinaufgestiegen war. Lina schloss die Zimmertür auf.

«Es ist sehr hübsch geworden», sagte Clara anerkennend.

«Setzen Sie sich doch bitte, Frau Dahlmann.»

Clara setzte sich auf einen der Stühle, Lina auf den anderen.

«Es fällt mir schwer, Fräulein Kaufmeister, weil Sie erst einen Tag hier sind, aber Antonie ...» Sie seufzte. «Antonie hat mir erzählt, was Sie von ihr verlangen. Sie sagt, sie könne dann ihre anderen Pflichten nicht mehr erledigen ...»

«Finden Sie, dass das zu viel verlangt ist? Ihr Waschwasser wechselt sie doch sicher auch regelmäßig ... Wissen Sie, was Antonie den ganzen Tag so tut?»

«Nun, sie kocht, putzt und wischt Laden und Lager auf. Ich war sehr froh, ein Mädchen zu finden, das gleichzeitig auch kocht und das zu einem angemessenen Preis.»

«Sie ist also billig?», fragte Lina.

«Jedenfalls billiger als ein Dienstmädchen *und* eine Köchin. Ich bin nicht reich, Fräulein Kaufmeister.»

Lina seufzte. «Die zehn Thaler mehr, würden die sie überzeugen?»

Clara blickte auf den Boden. «Es tut mir leid, aber Antonie wird nicht mehr arbeiten, wenn sie nicht mehr Geld bekommt. Und ein anderes Mädchen zu finden …»

«Ich verstehe.» Lina stand auf und zog die Schublade der Eckkommode auf. Langsam zählte sie Clara zehn Thaler vor. «Aber wenn ich das hier zahle, dann verlange ich auch, dass die Arbeit pünktlich und ordentlich erledigt wird.»

Clara nickte. «Dafür werde ich sorgen.»

Als sie das Zimmer verlassen hatte, zählte Lina ihre Barschaft noch einmal durch. Achtundfünfzig Thaler und 5 Silbergroschen. Hoffentlich würde es bald warm, damit sie nicht noch in diesem Frühjahr oder Sommer gezwungen war, Brennholz zu kaufen. Das Geld musste ein ganzes Jahr reichen.

Inzwischen rückte der Tag von Georgs und Aaltjes Rückkehr immer näher. Mina hatte sie besucht, und da sie mit Guste gesprochen hatte, brachte auch sie etwas Kaffee und Tee mit. Luise Brand war am Donnerstagnachmittag zu Lina gekommen und hatte ihre neue Wohnung bewundert.

Noch wurde Lina die Zeit nicht lang, denn sie hatte noch einen Stapel Bücher beim Baron geliehen, bevor er sich für Wochen verabschiedete, und auch einiges damit zu tun, ihre Sommergarderobe herzurichten. Noch einmal war sie ins Kaufmeister'sche Haus zurückgekehrt und hatte vom Dachboden alle ihre alten Kleider geholt und von Heinrich herbringen lassen. Die brauchbaren ließ sie von der Wäscherin Seiters waschen und plätten, und ihre Ersparnisse schrumpften wieder ein wenig. Aber sie würde gut gekleidet sein und nicht einmal neuen Stoff kaufen müssen. Nun lagen die aufgetrennten Einzelteile überall im Zimmer herum.

Lina hatte gerade angefangen, den Rock eines Kleides ein-zukürzen, das sie vor fünfzehn Jahren getragen hatte. Damals saßen die Taillen weit oben, und die riesigen Ärmel waren durch Draht verstärkt. Sie erinnerte sich, dass Mina die Drähte her-ausnehmen musste, wenn sie mit der Mutter vierhändig Kla-vier spielte, weil sonst kein Platz gewesen wäre. Lina hatte diese Mode gemocht, weil die Silhouette ihr Gebrechen gut kaschier-te. Dafür waren die Röcke etwas kürzer, sodass man die Schuhe der Damen sehen konnte.

Der Stoff war hell mit zarten Streublumen und passte farblich sehr gut zu einem anderen Kleid mit himmelblauen Streifen. Sie hatte beschlossen, aus beiden Kleidern eines zu machen, durch Streifeneinsätze den geblümten Rock zu verzieren und das ge-streifte Oberteil mit neuen Ärmeln aus dem Blümchenstoff zu versehen.

Es war Sonntagabend, ihre zweite Woche bei Clara Dahlmann war fast zu Ende. Den anderen Mieter, Commissar Borghoff, hatte sie in dieser Zeit fast gar nicht gesehen, nur zweimal beim Frühstück. Inzwischen war die Grütze zwar gesalzen und eine Spur mehr gesüßt, aber immer noch verbrannt. Und nachdem Lina nun Antonies Kochkünste zwei Wochen ertragen hatte, war ihr klar, warum der Commissar lieber das Angebot der Ruhrorter Wirte in Anspruch nahm, bei ihnen umsonst zu essen.

Lina hatte ihre Näharbeit wegen des schwindenden Lichts beendet und wollte gerade eine billige Kerze anzünden, als unten jemand laut gegen die Tür pochte. Sie hörte Wilhelm öffnen, und kurz darauf sprang jemand die Treppe herauf, vorbei an ihren Räumen zur Mansarde.

«Herr Commissar, Herr Commissar!»

Von oben klang Borghoffs ruhige Stimme: «Was gibt es, Schröder?»

«In der Altstadt wurde eine Hure ermordet.»

«Ich komme. Warten Sie einen Moment», rief Borghoff.

Kurze Zeit später dröhnten seine schweren Stiefel die Treppe hinunter.

Lina stand mit der Kerze in der Hand in dem immer dunkler werdenden Zimmer. Die Erlebnisse des Herbstes und die damit verknüpften Bilder stiegen wieder in ihr hoch. Die beiden toten Mädchen, der Säugling. Immer noch wurde der Schifferssohn Drömmer gesucht, doch es schien, als habe er die Stadt längst für immer verlassen. Lina glaubte jedenfalls nicht, dass Drömmer etwas mit dem Mord an der entstellten Grete am Neujahrstag zu tun hatte. Anfang Februar war gemunkelt worden, dass man eine weitere Leiche nahe den Gärten an der Woy gefunden hatte, aber es wurde nichts weiter darüber bekannt, und die Hauptarbeit der Polizei schien darin zu bestehen, möglichst alles zu vertuschen, so wie Bürgermeister Weinhagen es angeordnet hatte.

Nun gab es also wieder einen Mord. *Vielleicht hat er nichts mit den anderen zu tun*, dachte Lina. Sie hatte seit der Beerdigung ihres Vaters keinen Grund mehr gehabt, mit Borghoff zu reden. Vielleicht waren die Tote an der Woy und die Tote in der Altstadt keine Opfer jenes Mörders, der den Mädchen die Herzen herausgerissen hatte.

Der Tatort war ein Mansardenzimmer in einem sehr alten, schiefen Haus in der übelsten Ecke der Altstadt. Der Besitzer war längst in die Neustadt umgezogen und vermietete einzelne Zimmer. An wen, schien ihm gleich zu sein – Arbeiterfamilien oder auch Huren. Als er merkte, dass damit gutes Geld zu machen war, hatte er Wände unter dem Dach eingezogen und gleich vier winzige Zimmer geschaffen, in die kaum mehr als ein Bett und ein Stuhl passten.

Die Tote lag nackt auf ihrem Bett, alles war rot von Blut – Wände, Boden, Decken und Kissen waren von einer braunroten Kruste überzogen. Es stank nach Verwesung. Der Vermieter wollte die Wochenmiete kassieren und hatte die Leiche entdeckt.

Borghoff sah sich die Frau näher an. Wie er vermutet hatte, klaffte in der Brust ein Loch. Er war sicher, dass Dr. Feldhoff kein Herz finden würde. Er seufzte. Die Tote an der Woy hatte man noch vertuschen können, aber hier in der Altstadt würde sich die Nachricht in Windeseile verbreiten. Spätestens morgen früh wusste ganz Ruhrort von dem Fund.

«Das passt», sagte Ebel, der bereits vor ihm eingetroffen war.

Borghoff sah ihn fragend an.

«Na, Drömmer. Erinnern Sie sich? Er wurde letzte Woche hier gesehen.»

Ja, der Commissar erinnerte sich. Sie hatten mehrere Stunden lang die Altstadt nach dem Flüchtigen durchkämmt.

«Im Februar hatte ihn niemand gesehen», brummte Borghoff nur. Er sah sich in dem Raum um, in dem man sich kaum um die eigene Achse drehen konnte. Persönliche Gegenstände hatte die Tote nur wenige gehabt. Er ging zu der kleinen Truhe, die vor dem Bett unter der Schräge stand, und öffnete sie. Es gab nur ein paar Kleidungsstücke, einen kleinen Beutel mit Münzen, hauptsächlich Kupferpfennige und Silbergroschen.

Er zählte. «Fast vier Thaler.»

«Sie war hübsch, hat sicher ganz gut verdient», sagte Ebel.

Schröder und ein anderer Polizeidiener brachten die Trage. «In den Rathauskeller?», fragte er.

Borghoff nickte und trat aus dem engen Raum. Als sie die

Leiche an ihm vorbeitrugen, wurde er stutzig. «Halt», sagte er und deutete auf die linke Hand, die er vorher nicht hatte sehen können. Sie umklammerte ein Stück blauen Stoff.

«Eine Schifferjacke?», fragte Ebel.

«Möglich.» Borghoff ließ den Fetzen in seiner Jacke verschwinden. «Es reicht, wenn Sie Dr. Feldhoff morgen früh Bescheid geben, er kann heute ohnehin nichts mehr tun. Der Raum wird abgeschlossen und versiegelt, wir inspizieren ihn bei Tageslicht.»

«Ich glaube kaum, dass es viel Licht darin gibt bei der kleinen Dachluke», merkte Schröder an.

Sie trugen die Leiche mit Mühe die steile Treppe hinunter. Ein Mann drängte sich hinauf zu Borghoff. «Wann kann ich das Zimmer wieder vermieten, Herr Commissar?»

Borghoff musterte ihn und überlegte, ob er ihn kannte. Ein Kleinbürger, vielleicht ein Handwerker, schätzte er.

«Wir müssen den Raum noch genau untersuchen, Herr …»

«Weiss, Johann Weiss. Tischlermeister von der Schulstraße. Ich hätte bereits Interessenten, und jeder Tag, an dem das Zimmer leer steht, kostet mich Geld.»

«Kommen Sie morgen Nachmittag zum Rathaus, dann kann ich Ihnen genau sagen, wann wir es freigeben, Herr Weiss. Sie werden es ja auch noch säubern müssen.»

«Ja», nickte Weiss. «Schöne Schweinerei das. In meinem Haus ist noch nie jemand abgestochen worden.»

Borghoff zeigte wortlos nach unten, der Mann drehte sich um und stieg vor ihm die Stufen hinunter.

«Wussten Sie, dass sie eine Hure war?»

«Mir ist egal, wie sie ihr Geld verdienen. Wenn die Miete pünktlich gezahlt wird, frage ich nicht.»

«Herr Weiss, wir brauchen eine Liste Ihrer Mieter, wir müssen sie befragen.»

«Hab ich nicht.» Weiss schüttelte heftig den Kopf. «Ich kassiere die Miete direkt ab, immer sonntags, wer zweimal nicht da ist, den setze ich auf die Straße. Namen habe ich nicht.»

«Ebel», rief Borghoff nach oben. «Gehen Sie jetzt zu den Mietern und notieren Sie die Namen. Sie sollen morgen auf die Dienststelle kommen.»

«Jawoll, Herr Commissar.»

«Kann ich jetzt gehen?», fragte Weiss.

«Sicher. Wir finden Sie schon, wenn wir noch Fragen haben.»

Mehrmals wollte Lina schon ihre Schuhe ausziehen und zu Bett gehen, aber sie war viel zu neugierig und überlegte sich, den Commissar vielleicht auf der Treppe abzufangen und zu hören, was es mit dem Mord in der Altstadt auf sich hatte. Sie wusste, das gehörte sich für eine Dame nicht, fragte sich dann aber, wer schon erfahren sollte, was hinter den Mauern des Hauses vor sich ging. So saß sie im Dunkeln, weil sie Kerzen und Öl sparen wollte, und wartete.

Endlich hörte sie den festen Schritt des Commissars. Sie stand auf und ging zur Tür. Aber dann verließ sie der Mut. Nein, es war einfach unmöglich, mit dem Commissar hier zu sprechen. Was sollte er von ihr denken?

Er hatte die Treppe erklommen, und die Schritte verstummten plötzlich. Stattdessen hörte sie ein zaghaftes Klopfen. «Fräulein Kaufmeister, kann ich Sie sprechen?»

Lina ging ein paar Schritte im Kreis, damit er nicht denken sollte, dass sie an der Tür gelauert hätte, und öffnete dann, die Kerze in der Hand. Er selbst trug noch seine Laterne.

«Ich … ich wollte gerade zu Bett gehen.» Lina gefiel es gar nicht, was sie da stammelte.

«Ich brauche Ihre Hilfe, Fräulein Kaufmeister. Das heißt,

wenn das Licht hell genug ist …» Er hatte seine Laterne in der Hand und einen Krug mit frischem Bier auf das Tischchen im Flur gestellt. Mit der anderen Hand suchte er in seiner Jacke nach etwas. Als er es gefunden hatte, hielt er es ihr hin. Es war ein Stofffetzen, aus einer Jacke gerissen.

Lina nahm ihn und hielt ihn nah an die Laterne.

«Stammt das von einer Schifferjacke?», fragte er.

Sie schüttelte den Kopf. «Das müsste schon ein Kapitän gewesen sein.» Sie befühlte den Fetzen, der aber zum Teil von etwas verkrustet war. «Ist das Blut?», fragte sie.

Borghoff nickte. «Die Tote muss es ihrem Mörder abgerissen haben. Sie hielt es noch in der Hand.» Er sah ihr direkt in die Augen. «Verzeihen Sie, wenn ich Sie damit um Ihren Schlaf bringe.»

Lina lächelte. «Nein, ich bin Ihnen sehr dankbar. Ich habe gehört, wie man Sie holte, und hätte die ganze Nacht vor Neugierde kein Auge zugetan.»

Seine Mundwinkel verschwanden kurz unter seinem Bart. «Meinen Sie, es ist unschicklich, wenn wir in Ihre Wohnung gehen, Fräulein Kaufmeister? Ich möchte Frau Dahlmann nicht wecken.»

Lina zog die Augenbrauen hoch. «Es ist ganz sicher unschicklich, aber wenn die Polizei mich mitten in der Nacht befragen muss …»

«Das muss ich in der Tat.»

Sie trat einen Schritt zur Seite. «Leider kann ich Ihnen gar nichts anbieten.»

Er griff nach dem Krug. «Dann erlauben Sie mir, Sie einzuladen», sagte er, doch dann setzte er nach: «Falls eine Dame wie Sie Bier trinkt …»

«Ich trinke sehr gern mal ein Bier.» Lina ließ ihn eintreten und begann dann hastig, die vielen Stoffteile und halb fertiggenähten Kleidungsstücke von den Stühlen zu räumen. «Entschuldigen Sie die Unordnung», sagte sie verlegen. «Aber hier ist so wenig Platz für Näharbeiten.»

Er setzte sich an den Tisch und stellte die Laterne ab. «Es ist sehr viel behaglicher hier als zu Zeiten des Lehrers», sagte er.

Lina holte zwei Gläser und stellte sie auf den Tisch. Borghoff goss vorsichtig ein. Das Bier schäumte. «Prost, Fräulein Kaufmeister!»

Sie war nervös stehen geblieben und griff nach ihrem Glas. «Prost, Herr Commissar.»

Das Bier war kühl und prickelte. Als sie das Glas absetzte, blieb etwas Schaum auf ihrer Oberlippe. Hastig wischte sie ihn ab. «Das ist gut», sagte sie leise.

«Ich bringe es mir immer von Lohbeck mit, dort gibt es das beste Bier.» Er sah sie an. «Möchten Sie sich nicht setzen?»

«Ja ... ja, sicher.» Lina setzte sich ihm gegenüber hin. In ihrem Kopf stritten zwei Gedanken miteinander. Allein mit einem fremden Mann hier in ihrem Wohnzimmer zu sitzen, war völlig unmöglich. Aber dann wiederholte die leise Stimme: «Wer soll schon davon erfahren?»

Borghoff nahm den Gesprächsfaden wieder auf. «Ich muss wissen, was für ein Stoff das ist.»

«Das ist ein guter Wollstoff – dunkelblau, nehme ich an –, aber das kann man bei Tageslicht besser sehen. Mittlere Preislage, würde ich sagen. Ein einfacher Schiffer kann sich das kaum leisten. Es würde ...» Sie brach ab. «Nein, das ist zu weit hergeholt.»

«Nein, bitte, sagen Sie mir, was Sie denken.»

«Hat der neue Mord etwas mit dem an den Kindern zu tun?», fragte Lina.

Borghoff nickte. «Der Frau wurde das Herz herausgeschnitten, genau wie den Kindern und ...»

«Der Toten an der Woy?»

«Ja. Woher wissen Sie davon?»

«Marktgerede. Aber es war sehr schnell verstummt. Und ein herausgeschnittenes Herz hat keiner erwähnt, das habe ich nur vermutet.»

Borghoff fuhr sich mit der Hand über die versehrte Gesichtshälfte. «Der Bürgermeister hatte striktes Stillschweigen befohlen und demjenigen, der die Tote entdeckt hatte, sogar Geld aus der Stadtkasse für sein Schweigen gezahlt.»

«Und Sie fragten mich nach einer Schifferjacke, weil Sie immer noch hinter diesem Schifferssohn her sind.»

«Nun, er wurde vor ein paar Tagen gesehen – und die Frau ist wahrscheinlich seit dieser Zeit tot.»

«Dieses Stück Stoff hier könnte zu einer Jacke gehören, zu der der Knopf passt, den Sie bei den Mädchen gefunden haben. Also zu einem Bürger oder einem sehr gutgekleideten Kutscher oder Diener.»

Borghoff sah sie scharf an. «Sie beharren immer noch darauf, dass es jemand aus der Stadt gewesen ist?»

«Ja. Auch wenn mir der Gedanke nicht gerade behagt.»

«Dem Bürgermeister auch nicht.» Borghoff seufzte. «Aber solange ich nicht mit Bestimmtheit sagen kann, wer es gewesen ist …»

«Was passiert mit den Herzen?», fragte Lina plötzlich.

«Was?»

«Die Herzen. Es muss einen Grund geben, warum er sie herausschneidet.» Lina schien erstaunt, dass er darüber wohl noch nicht nachgedacht hatte.

«Herzen sind verderblich. Wir können kaum darauf hoffen, sie zu finden.»

Lina schüttelte ungeduldig den Kopf. «Ich sagte nicht, dass Sie die Herzen finden werden. Aber wenn Sie wissen, warum er sie herausschneidet, haben Sie vielleicht einen Anhaltspunkt, wo Sie suchen müssen.»

Ihre klare Logik überraschte ihn ein weiteres Mal. Er selbst behielt allzu oft solche Ideen abseits der vertrauten Wege der polizeilichen Ermittlung für sich, sie aus Linas Mund zu hören, war höchst erstaunlich. Aber was er für den Staatsanwalt und den Bürgermeister brauchte, waren Zeugen und Verdächtige, die er verhören konnte, Beweise, die eine klare, schlüssige Kette ergaben. Das «Warum», das hinter einem Verbrechen stand, kam für sie immer erst an zweiter Stelle. Doch Lina hatte recht: Wo die üblichen Wege nichts fruchteten, könnte es sinnvoll sein, den zweiten Schritt vor dem ersten zu tun. Nur hatte er nicht die geringste Ahnung, wo er so etwas in Erfahrung bringen konnte.

Lina auch nicht. Nach einem längeren Schweigen sagte sie: «Ich habe weder von jemandem gehört, der Herzen geraubt hat, noch darüber gelesen.»

«Trotzdem ist es ein richtiger Gedanke», meinte Borghoff. «Ich werde versuchen, etwas darüber in Erfahrung zu bringen. Morgen kommt der Staatsanwalt aus Duisburg herüber. Er ist ein erfahrener Mann, vielleicht kann er helfen.» Er deutete auf den Krug. «Möchten Sie noch etwas Bier?»

«Oh, ich möchte Ihnen nicht Ihren ganzen Abendtrunk …»

Er lachte. «Ich schütte ohnehin immer den halben Krug weg. Und ich muss ja nicht dafür bezahlen. Daran, dass die Wirte hier die Polizei freihalten, musste ich mich zwar erst gewöhnen, aber es ist doch eigentlich ganz angenehm.»

«Dann gerne.» Lina spürte zwar schon die Wirkung, aber nachdem sie seit ihrem Umzug meist nur Wasser getrunken hatte, um den kostbaren Tee für kühlere Tage aufzusparen, war sie sehr dankbar für die Abwechslung.

«Haben Sie sich hier schon eingelebt?», fragte er unvermittelt, während er ihnen einschenkte.

«Ja … schon.»

Ihre zögerliche Antwort ließ ihn aufmerken.

Sie seufzte. «Ich habe immer sehr viel zu tun gehabt im Hause meines Bruders. Der Tag war ausgefüllt, und die wenigen Mußestunden waren kostbar, und ich habe sie sehr genossen. Aber jetzt ist fast der ganze Tag Muße, und es fällt mir schwer, Freude am Lesen und Nähen zu haben.»

Er nickte. «Ich hörte, dass Ihr Bruder in der nächsten Woche zurückkommt.»

«Man erwartet ihn schon morgen.»

«Frau Dahlmann erwähnte, dass er darauf bestehen könnte, dass Sie zurückkehren.»

«Ja, das wird er wohl. Mein Vater hat mir eine Note unterzeichnet, in der er mir die Mündigkeit gibt.»

«Darf ich sie sehen?»

«Sicher.» Lina stand auf und ging in ihr Schlafzimmer, um das Papier zu holen.

Borghoff studierte es sorgfältig. «Vor Gericht hätte das kaum Bestand.»

«Ich weiß.» Lina lächelte unglücklich. «Sie sollten sich vielleicht darauf einstellen, mich zur Carlstraße zurückbringen zu müssen.»

«Möglicherweise. Aber doch erst, nachdem alles juristisch geprüft ist. Ich bin Polizist, kein Advokat.»

Lina sah ihn verblüfft an. War er wirklich auf ihrer Seite? «Sie würden meinem Bruder meine Überstellung verweigern?»

«Ja. Aber wenn er prozessiert, wird er gewinnen, und dann kann ich mich nicht mehr dagegen sperren.»

«Trotzdem würde mir das sehr helfen, vielen Dank.»

Er stand auf. «Wer weiß, vielleicht wollen Sie bald freiwillig zurück.»

Ahnte er etwas von ihren Geldproblemen? *Nein*, dachte Lina, *ich habe ihm gerade gesagt, dass ich mich langweile.* «Ich werde schon lernen, etwas mit meinem Tag anzufangen», sagte sie und gab ihm die Hand. «Werden Sie mir erzählen, wenn es etwas Neues bei den Morden gibt?»

Er nickte. «Möglicherweise fällt Ihnen dann ja wieder etwas Kluges ein, das mir weiterhilft.» Wenn er lächelte, veränderte sich sein Gesicht völlig, selbst die entstellte Gesichtshälfte verlor ihre Düsternis. «Gute Nacht, Fräulein Kaufmeister.»

«Gute Nacht, Herr Commissar. Ach …» Lina griff nach der Kerze auf ihrem Tisch. «Darf ich mir noch meine Kerze an Ihrer Laterne anzünden?»

«Sicher.» Er öffnete die Laterne und hielt sie ihr hin, sie zündete die Kerze in dem kostbaren silbernen Halter ihrer Mutter an und folgte ihm zur Tür. Ganz vorsichtig öffnete er sie und schlich, so leise er es in den Militärstiefeln vermochte, nach oben in seine Mansarde.

2. Kapitel

Als Lina am nächsten Morgen erwachte, war es heller Tag, und sie hörte die Ladenglocke, es musste also nach neun Uhr sein. Das gute Bier von Lohbeck hatte ihr einen langen, wohligen Schlaf gebracht.

Sie stand auf und hinkte ohne Schuhe hinüber ins Wohnzimmer, wo die kleine Kaminuhr ihres Vaters stand. Halb zehn – in Lina meldete sich das protestantische schlechte Gewissen, so viel vom Tag verschlafen zu haben. Das Nächste, was ihr einfiel, waren Antonie und das Frühstück.

Sie wusch sich und zog sich an. Gerade als sie fertig war, klopfte es, und Antonie stand mit missmutigem Gesicht und dem Eimer für das gebrauchte Waschwasser und den Inhalt des Nachttopfes vor der Tür.

«Ich habe die Grütze zwei Stunden warm gehalten, Fräulein. Ich brauch den Topf fürs Mittagessen.»

«Sicher.» Lina nahm ihre Wasserkaraffe und entdeckte dann die beiden Gläser, die sie auf dem Tisch stehen gelassen hatte, als sie gestern leicht beschwipst zu Bett gegangen war. Sie nahm eines weg und stülpte es über die Karaffe. «Würdest du bitte gleich das Glas mit nach unten zum Abwaschen nehmen?»

Antonie brummte etwas, aber Lina achtete nicht darauf und stieg vorsichtig die Treppe hinunter.

Die kalte Hafergrütze stand in einem kleinen Schälchen neben dem Herd, sie sah noch ekelhafter aus als sonst. Lina dachte an ihre Vorräte, die sie inzwischen von Guste bei mehreren Besuchen bekommen hatte, ein paar Äpfel, eingemachte Wurst, aber dann dachte sie an ihren schmalen Geldbeutel und begann todesmutig, das zähe kalte Zeug zu essen. Doch nach ein paar Bissen schob sie die Schüssel beiseite. Das war absolut nicht genießbar.

Auf dem Küchentisch lagen die Zutaten für eine kräftige Suppe, etwas Fleisch, Möhren und Lauch. Das könnte eine leckere Mahlzeit werden, wenn nicht Antonie sie zubereiten würde. Sie beschloss, doch lieber noch einen Apfel zu essen.

Der Gedanke an Georg und das, was er tun würde, wenn er erfuhr, dass sie das Haus verlassen hatte, ließ sie den ganzen Morgen nicht los. Wahrscheinlich würde das Schiff erst am Nachmittag eintreffen, das hatte sie von einem ihrer Schreiber erfahren, den sie vor ein paar Tagen auf dem Markt getroffen hatte. Trotzdem traute sie sich nicht, aus dem Haus zu gehen.

Den ganzen Tag nähte sie an ihrem neuen Sommerkleid in den frischen zarten Farben. Sie beherrschte inzwischen die Nähmaschine sehr gut, besonders die geraden langen Nähte der Röcke fertigte sie ungleich schneller als früher. Am Nachmittag bat sie Clara, deren Schneiderpuppe benutzen zu dürfen, um die Verzierungen des Rockes besser anheften zu können. Sie war gerade im Lagerraum damit beschäftigt, als sie aus dem Laden eine laute Stimme hörte, die jedes Gespräch der anderen Kunden, die Clara gerade bediente, verstummen ließ.

«Wo ist meine Schwester?»

Und dann stand Georg in der Tür zwischen Lager und Laden. Er hatte noch nicht einmal seine Reisekleidung gewechselt. «Auf der Stelle kommst du nach Hause, Lina», brüllte er.

«Das werde ich nicht.» Lina blieb ruhig, obwohl sie im Innern bebte. «Ich wohne jetzt hier.» Sie steckte noch eine Nadel an das Band, das sie im unteren Bereich an den Rock heftete, und legte das Nadelkissen hin. «Wir sollten das nicht hier besprechen, wo der ganze Laden zuhören kann.» Sie ging an ihm vorbei, obwohl ihr die Knie dabei zitterten, und öffnete die Tür des hinteren Ladenzimmers zum Flur. «Bitte», sagte sie leise und machte eine einladende Geste.

Sie gingen die Treppe hinauf. Lina spürte deutlich, dass es Georg schwerfiel, dabei zu schweigen, aber auch im Treppenhaus hätten die Kunden jedes Wort verstehen können.

Als sich oben aber die Tür hinter ihnen schloss, hielt er sich nicht mehr zurück. «Ich komme heute von einer langen Reise zurück, erwarte, meinen geordneten Haushalt vorzufinden, und was erfahre ich? Meine Schwester hat sich ohne Erlaubnis auf und davon gemacht.»

«Was wiegt schwerer? Dass du deiner Schwester oder deiner Haushälterin verlustig gegangen bist?» Lina hatte hier oben, in ihrem eigenen Heim, ein wenig ihrer Schlagfertigkeit wiedergewonnen.

«Wage nicht, frech zu werden, Lina. Ich bin dein Vormund, und ich bestimme, wo du wohnst und was du tust. Nur ich.» Er kam ihr bedrohlich nahe, und Lina wich einen Schritt zurück.

«Und komm mir nicht wieder mit diesem lächerlichen Papier, das du unserem todkranken Vater abgeschwatzt hast. Das Gesetz ist auf meiner Seite. Du bist eine unverheiratete Frau und hast dich zu fügen.» Er stampfte mit dem Fuß auf wie ein trotziges kleines Kind. «Ich erwarte, dass du auf der Stelle mitkommst. Die Sachen können wir morgen abholen. Die Kosten dafür werde ich dir selbstverständlich von deinem Geld abziehen.»

«Von welchem Geld? Du verweigerst mir mein Erbe und die Renten, die mir zustehen.»

«Zustehen?» Georgs ohnehin schon zornrotes Gesicht wurde noch eine Spur dunkler. «Du tust geradezu, als würde ich dich betrügen. Ich verwalte das Geld einer unmündigen, unverständigen Frau, wie es mein Recht ist. Woher hattest du überhaupt das Geld für die Miete hier?»

«Aus den Ersparnissen einer unverständigen Frau», fauchte Lina, trat aber noch einen Schritt zurück.

«Nun, ich sehe, bei den Möbeln hast du dich reichlich in unserem Haushalt bedient.» Er ging an ihr vorbei, öffnete die Schlafzimmertür und sah kurz hinein. «Das habe ich nicht erlaubt.»

«Es sind alte Möbel aus meinem und Vaters Zimmer und aus dem Keller.»

Georg schien sich etwas beruhigt zu haben, aber das war Lina noch unheimlicher. «Zieh dir deinen Mantel an, wir gehen.» Er ging zur Tür und öffnete sie.

«Ich habe diese Zimmer gemietet, und ich bleibe hier.»

Er drehte sich um. «Du weigerst dich also?»

«Ja, ich weigere mich. Ich weigere mich, weiterhin dein Dienstmädchen und das deiner dicken, faulen Frau zu sein. Ich weigere mich, mit dem Menschen unter einem Dach zu leben, der mich um mein Erbe betrügt.»

«So ist das also», sagte Georg fast tonlos. «Du willst dich um deine Pflichten drücken.»

«Ich drücke mich lediglich darum, deiner Frau ihre Pflichten abzunehmen.»

Georg machte wieder einen Schritt auf sie zu und stand jetzt ganz nah vor ihr. «Was bildest du dir ein? Dass du in meinem Haushalt schmarotzen darfst? Jeder im Hause Kaufmeister hat seine Pflichten zu erfüllen, meine Liebe. Wer nicht arbeitet, hat auch kein Recht zu essen. Aaltje erfüllt ihre Pflichten, indem sie mir Kinder schenkt. Und du? Dich kann man ja nicht einmal gewinnbringend verheiraten, denn wer will schon eine verkrüppelte Frau, die nicht weiß, wann sie den Mund zu halten hat.» Er hob die Hand, und fast fürchtete Lina, er würde sie schlagen, aber er hielt mitten in der Bewegung inne.

«Schön. Ich werde mir nicht die Blöße geben, dich eigenhändig nach Hause zu schleifen. Da gibt es andere Mittel und Wege.» Und damit ging er aus dem Zimmer und schlug die Tür so heftig zu, dass Lina fürchtete, sie würde bersten.

Lina stand in der Mitte des Raumes und bemerkte erst gar nicht, dass sie am ganzen Leib zitterte. Mit unsicheren Schritten ging sie zum Sofa und setzte sich. Es dauerte eine ganze Weile, bis sie sich so weit beruhigt hatte, dass sie sich in der Lage fühlte, wieder hinunter zu ihrem unfertigen Kleid zu gehen.

Sie hatte immer noch Schwierigkeiten, die Borte weiter anzuheften, und stach sich in den Finger. Als sie aufsah, stand Clara Dahlmann in der Tür. «War es schlimm?»

«Nun, für seine Verhältnisse ging es.» Sie steckte die Nadel, mit der sie sich gestochen hatte, wieder ins Nadelkissen. «Aber ich fürchte, das war erst der Anfang.»

Clara lächelte aufmunternd. «Kommen Sie mit, meine Liebe. In diesem Zustand bringen Sie an dem Kleid ohnehin nichts Gescheites zustande.»

Sie führte Lina in ihren Salon und stellte zwei kleine Gläser auf den Tisch. Dann nahm sie eine Flasche aus dem Schrank. «Das ist Quittenlikör nach dem Rezept meiner Mutter. Leider habe ich nur wenig Zeit, ihn herzustellen, der ist noch aus dem vorletzten Jahr.»

Sie goss Lina und sich ein. Er rann bittersüß durch die Kehle, und Lina spürte die Wärme in ihrem Magen. «Der ist wirklich gut.» Langsam hörte das Zittern auf.

Die Ladenglocke ertönte, und Clara trank schnell den Rest aus ihrem Glas leer. «Kundschaft. Bleiben Sie ruhig noch sitzen und trinken Sie in Ruhe aus. Ich hoffe, dann geht es Ihnen besser», sagte sie und ging hinüber in den Laden.

Lina nahm den Liqueur langsam Schluck für Schluck und spürte, wie sie sich zunehmend beruhigte. Schließlich stand sie auf und ging wieder zurück in den Lagerraum. Wenn irgend möglich, wollte sie das Kleid heute noch vollenden.

Am Abend hatte Lina sich in der Küche Tee gekocht und ein Brot mit Butter bestrichen. Um Antonie nicht bitten zu müssen, ihr den Tee hinaufzutragen, hatte sie das Kännchen nur halbvoll gemacht, damit sie beim Hinaufsteigen nichts vergoss. In diesem Augenblick kam Commissar Borghoff vom Dienst nach Hause. Er machte einen müden Eindruck auf Lina.

«Guten Abend, Fräulein Kaufmeister», grüßte er sie und fragte dann: «Darf ich Ihnen mit der Kanne helfen?»

Sie nickte, und er nahm sie ihr ab. «Gibt es etwas Neues?», fragte sie.

«Nicht bei den Morden, wenn Sie das meinen. Wir haben den ganzen Tag die verschiedenen Freier des Mädchens befragt, soweit wir sie ermitteln konnten. Sie hatte keinen Zuhälter, deshalb war das nicht einfach.» Sie waren vor Linas Tür angelangt, und Lina öffnete sie, um Borghoff dann die Teekanne abzunehmen.

«Fräulein Kaufmeister, Ihr Bruder war heute Abend auf der Dienststelle und hat sehr viel Lärm gemacht. Er wollte, dass wir Sie nach Hause bringen.»

Lina stellte die Teekanne auf den Tisch.

«Und?» Mit einem Mal war das Zittern wieder da. Sie griff nach einem Stuhl, weil sie Angst hatte, dass ihr die Knie versagten.

«Ich tat, was ich Ihnen gestern angekündigt hatte. Ich sprach von dem Papier und sagte, dass er vor Gericht gehen müsse, um die Lage zu klären.» Borghoff lächelte. «Er war nicht angetan von der Idee.»

«Hat er herumgetobt? Das hat er heute nämlich hier getan.»

«Nein, das hat er nicht gewagt, mit dem Bürgermeister oben im Haus.» Borghoff stand im Türrahmen, so wie Georg vor ein paar Stunden. «Ich sagte ihm auch, dass ich nicht glaube, dass Sie sich freiwillig fügen, sodass es einen ziemlichen Skandal geben könnte, wenn man Sie gewaltsam wegbringen wollte. Aber das schien ihn nicht sehr zu beeindrucken.»

«Ich hoffe, er hat nicht allzu viel Ärger gemacht.»

«Nein, das nicht, das sind wir gewöhnt. Aber …» Borghoff sah besorgt aus. «Er sagte, er wüsste Mittel und Wege, wie er Sie zur Vernunft bringt. Ich fürchte, er wird Ihnen noch viel Ärger machen, Fräulein Kaufmeister.»

«Ja, damit ist wohl zu rechnen.» Lina kam zur Tür und reichte ihm die Hand. «Vielen Dank erst einmal. Für die Kanne und für Ihre Hilfe.»

«Gern geschehen.» Borghoff verbeugte sich leicht und ging dann ins obere Stockwerk.

Georg hatte also etwas vor. Und sie hatte keine Ahnung, was das sein könnte. Sie plante, am nächsten Tag Guste zu besuchen, die möglicherweise mehr wusste. In dieser Nacht würde sie nicht gut schlafen, fürchtete sie.

Lina war früh aufgewacht, hatte sich gewaschen und angekleidet, Antonies ungenießbare Hafergrütze hinuntergewürgt und war wieder hinaufgestiegen, um die Teile eines anderen Kleides auszulegen, das sie in den nächsten Tagen fertignähen wollte. Dieses hatte zum leichten Oberteil mit nur schmalen Ärmeln noch ein passendes Jäckchen für kühlere Tage. Es war noch zu früh, um Guste zu stören, deshalb beschäftigte sie sich noch eine Weile.

Sie hörte, wie Clara den Laden öffnete und erste Kundschaft

bediente. Kurz darauf hielt ein Fuhrwerk, was morgens nichts Ungewöhnliches in der Harmoniestraße war, wo einige Läden beliefert werden mussten.

Plötzlich hörte sie Clara unten rufen: «Was wollen Sie hier?» Und es antwortete Georgs Stimme: «Ich bin hier, um mein Eigentum abzuholen.»

Linas Herz klopfte bis zum Hals. Was hatte er vor? Ein Blick aus dem Fenster zeigte ihr, dass draußen ein Wagen stand, ganz ähnlich dem, mit dem sie ihre Möbel hergebracht hatte.

Gefolgt von der laut rufenden Clara kam Georg die Treppe herauf, hinter ihnen die beiden Männer, die von dem Karren gesprungen waren.

In Linas Kopf arbeitete es. Er würde die Möbel ihres Vaters mitnehmen, so viel stand fest. Und wenn er noch mehr ...?

Sie rannte ins Schlafzimmer, holte das Papier ihres Vaters und steckte es unter ihre Bluse. Wenn sie das einbüßte, wäre die kurze Galgenfrist, die Borghoff ihr verschafft hatte, dahin.

Die Tür wurde aufgerissen, und Georg stand da. «Du hast ohne meine Erlaubnis Möbel aus meinem Haus mitgenommen. Das ist Diebstahl. Ich war bei der Polizei, ich hätte dich anzeigen können, aber weil du meine Schwester bist, werde ich die Möbel lediglich zurückholen.» Er drehte sich zu den beiden Männern um, die hinter Clara Dahlmann warteten. «Los. Alles mitnehmen!»

«Nicht alles.» Clara Dahlmann baute sich vor den beiden starken Kerlen auf. «Das Sofa, der Tisch und die Stühle gehören mir!»

«Ihr habt es gehört.» Georg machte eine unmissverständliche Geste. Die beiden warfen als Erstes die Bücher aus dem Schrank.

«Holt eine Kiste für die Bücher und das, was in den anderen Schränken ist», wies Georg sie an.

«Die Bücher gehören zum Teil Baron von Sannberg.» Das waren die ersten Worte, die Lina herausbrachte.

«Der große Atlas gehörte Vater. Der geht mit.»

«Aber Vater hat ihn mir Monate vor seinem Tod geschenkt.»

«Kannst du das nachweisen?», fragte Georg. «Und selbst wenn. Du bist unmündig, dir gehört gar nichts.»

Die beiden Packer hatten den Schrank hinuntergetragen und auf den Karren gehievt, jetzt kamen sie mit zwei großen Körben zurück.

Georg selbst begann, die Eckkommode zu leeren. «Sieh an», rief er, als er den Geldbeutel entdeckte. «Hier ist also das Geld, das du mir gestohlen hast.»

«Das ist mein Geld. Mein Erspartes!», schrie Lina.

«Erspart? Wohl von meinem Haushaltsgeld, oder?» Lina konnte ihm die große Genugtuung ansehen, mit der er sich für ihren Affront, sein Haus zu verlassen, rächte.

Als Nächstes kamen Gläser, Geschirr und Besteck an die Reihe. Georg warf es einfach in den Korb, das meiste ging dabei zu Bruch.

«Das ist meine Aussteuer.» Lina schrie nicht mehr. Sie war wie betäubt.

«Aussteuer? Ich wüsste nicht, wann du dich verheiratet hättest.» Georg warf die Teekanne, die auf dem kalten Ofen stand, in den Korb. Linas Kleidertruhe mit allen Kleidern, den Sessel ihres Vaters, die Eckkommode, alles trugen die beiden Helfer hinunter.

Clara hatte die ganze Zeit fassungslos danebengestanden und sah nun, wie Georg die Leute ins Schlafzimmer schickte, wo sie begannen, Linas Wäsche aus der Kommode zu zerren.

Jetzt mischte sie sich ein. «Herr Kaufmeister, Sie werden sich doch wohl nicht erdreisten, Ihrer Schwester die Unterwäsche zu rauben.»

«Nicht ich, sondern sie hat mich beraubt», sagte Georg kalt.

Als das Bett und die Waschkommode hinausgetragen wurden, wagte Lina noch einmal, sich zu wehren. «Das sind meine Möbel. Sie stammen aus meinem Zimmer.»

«Und du kannst froh sein, dass du darin wohnen durftest. Wenn du zurückkommst, wirst du es nicht mehr so behaglich haben. Damit du lernst, von wessen Gnade du abhängst.»

«Ich werde nicht zurückkommen.»

«Was? Was sagst du?» Georg lachte. «Du hast keine Möbel, keine Kleider, kein Geld. Dir wird nichts anderes übrigbleiben.»

«Ich habe für ein Jahr Kost und Logis bezahlt. Und alles Weitere wird sich finden», sagte Lina.

«Ja, alles Weitere wird sich finden.» Clara fühlte sich genötigt, das Georg gegenüber noch einmal zu wiederholen.

Die Packer standen wieder in der Tür, der einzige Gegenstand, der sich nun noch in Linas Schlafzimmer befand, war der Toilettenstuhl. «Der auch?», fragte der eine.

«Natürlich. Den Nachttopf könnt ihr ja hierlassen.»

«Nein!» Lina drängte sich an Georg vorbei und setzte sich auf den geschlossenen Stuhl. «Den nimmst du mir nicht. Da musst du mich schon umbringen.»

«Glaubst du, das wäre so schwer für mich?», schrie Georg. Seine scheinbar heitere Gelassenheit, die er anfangs an den Tag gelegt hatte, war verschwunden. «Du widersetzt dich mir nicht!» Seine Stimme überschlug sich fast, und dann schlug er zu und hieb mehrfach mit der Hand auf sie ein.

«Herr Kaufmeister, Sie vergessen sich», rief Clara voller Angst.

Dann stand einer der Männer neben ihm und hielt seine Hand fest. «Das is doch nur ein oller Kackstuhl. Wollen Sie sich deswegen unglücklich machen?»

Georg sah aus, als wolle er den Möbelpacker schlagen, aber der Mann war einen guten Kopf größer als er und sehr kräftig. «Nun», sagte er schwer atmend zu Lina, die mit blutigem Gesicht in dem Stuhl hing. «Dann hast du jetzt also eine Wohnung und einen Kackstuhl. Wir sehen uns, wenn du zu Kreuze gekrochen kommst.»

Mit diesen Worten verließ er, zusammen mit den beiden Männern, das Haus. Von unten durchs Treppenhaus hörte Lina den Wagen wegfahren, der all ihre Besitztümer, ihre Bücher, ja sogar ihre Nähmaschine mitnahm.

Clara war zur Treppe geeilt und rief hinunter: «Antonie. Wir brauchen hier oben Wasser und saubere Tücher. Und sag Wilhelm, er soll sich um den Laden kümmern. Schnell!»

Kurz darauf kam Antonie hinauf. Clara hatte Lina inzwischen auf das Sofa gelegt, nachdem sie aus ihren Räumen nebenan eine Decke geholt hatte, damit Linas Blut es nicht verschmutzte.

«O mein Gott!», sagte Antonie nur.

Linas linkes Auge war inzwischen fast völlig zugeschwollen, aber sie konnte erkennen, dass Antonie sie noch nie so freundlich angesehen hatte. Gemeinsam mit Clara säuberte sie Linas Wunden, eine Platzwunde am Kopf, eine an der Wange und die an der Lippe. «Ganz ruhig, Fräulein, das tut jetzt weh, aber bald ist es wieder gut», sagte Antonie fast zärtlich. Dann betteten sie Lina auf das Sofa und holten sogar noch eines von Claras weichen Kissen.

«Antonie, weißt du, wo die Schwester des Fräuleins wohnt? Frau Messmer?»

«Die Reederei in der Dammstraße?»

Clara nickte. «Lauf schnell hin und sage der gnädigen Frau, was hier passiert ist.»

Antonie nickte.

«Das ist doch nicht nötig», sagte Lina, die alles stumm über sich hatte ergehen lassen.

«Doch, das ist es. Wenn man auf den Kopf geschlagen wird, sollte man nicht allein bleiben. Und Antonie und ich haben Arbeit.»

«Danke», sagte Lina matt.

«Schon gut.» Clara machte ein grimmiges Gesicht.

«Georg war das? Georg hat dich so zugerichtet?» Guste konnte es nicht fassen, als sie nach Antonies wirren Erklärungen nun Lina vor sich sah.

«Er hat alles mitgenommen, Guste.» Lina stöhnte, denn das Reden tat ihr weh. «Auch die Sachen, die mir gehören. Meine Bücher. Den großen Atlanten, von dem Vater ausdrücklich wollte, dass er mir gehört. Die Möbel aus meinem Zimmer, meine Nähmaschine und all mein Geld.»

«Dieser ...» Guste war rot vor Zorn. «Ich werde sehen, was ich tun kann, Liebes. Aber als Erstes sollten wir einen Arzt rufen.»

«Ich kann keinen Arzt bezahlen.»

«Aber ich. Keine Widerrede.»

Dr. Feldhoff schien auch ziemlich entsetzt über Linas Zustand und vor allem darüber, dass keine der Frauen behauptete, sie sei gestürzt, wie das sonst üblich war, wenn einem Mann die Hand ausrutschte. Beide, Guste und Lina, machten ihm unmissverständlich klar, dass Georg Lina verprügelt hatte.

Der Riss an der Wange war nicht so schlimm, und auch die Lippe würde von allein heilen. Aber die Wunde an der Stirn über der Braue musste Dr. Feldhoff nähen. Lina, die in ihrem Leben viele schlimme Schmerzen ertragen hatte, ertrug auch diese tapfer.

Etwas später musste sie sich dann übergeben. Dr. Feldhoff

hatte sie gewarnt, dass das passieren könne und dass sie ruhig liegen bleiben solle.

«Der hat gut reden», sagte Lina, als er fort war. «Ich habe schließlich kein Bett mehr.»

«Willst du nicht zu uns kommen? Wenigstens, bis du wieder gesund bist.»

Lina schüttelte heftig den Kopf und bereute es gleich wieder, weil es sehr weh tat. «Ich werde diese Wohnung nicht verlassen, Guste.»

«Ist ja gut.» Ihre Schwester überlegte. «Kann ich dich jetzt allein lassen? Ich muss mit Bertram reden.»

«Bring Georg nicht auch noch gegen dich auf, Schwester.»

«Du siehst das falsch, Lina. *Ich* bin aufgebracht gegen Georg. Sehr aufgebracht sogar.» Guste war eine sanfte Person, aber wenn sie einmal wütend war, dann kam man ihr besser nicht in die Quere. Dann hatte sie viel gemeinsam mit ihrem jähzornigen Bruder.

«Ich werde die Witwe Dahlmann bitten, später noch einmal nach dir zu sehen, Liebes.» Sie küsste Lina auf die weniger verletzte Seite ihres Gesichtes und ging dann.

Am frühen Nachmittag kam Antonie zu Lina mit einem trockenen Stück Brot und einer klaren Suppe.

«Die hat ihre Schwester geschickt», sagte Antonie, als hätte sie Linas Befürchtungen wegen ihrer Kochkünste erraten.

Lina setzte sich auf und begann, die Suppe zu löffeln. Sie hoffte, sie würde sie bei sich behalten können. Ihr Schädel brummte, die Schmerzen waren kaum zu ertragen.

Antonie wartete bei ihr und setzte sich auf ihre Einladung hin auf einen Stuhl. Das Mädchen sah das aufgeschnittene Kleid und die zugeschnittenen neuen Teile, die wild im Zimmer herumlagen. «Sie können richtig gut nähen, nicht wahr?»

«Ja. Aber mein Bruder und die Packer haben auf allem herumgetrampelt, und eine Wäscherin kann ich mir nicht mehr leisten.»

«Das tut mir leid.» Lina konnte spüren, dass Antonie es aufrichtig meinte. Als Lina aufgegessen hatte, brachte sie den leeren Teller wieder hinunter.

Kurze Zeit später kam Clara zu ihr. «Wie geht es Ihnen?»

«Besser. Ich habe die Suppe bei mir behalten.»

«Wir haben oben noch eine Dachkammer mit einem Bett, sie war eigentlich für ein zweites Mädchen gedacht ... Aber für heute können Sie gerne dort schlafen. Ich habe Antonie schon gesagt, dass sie frische Laken hinaufbringen soll, und Sie können das Kissen mitnehmen. Ein Nachthemd bekommen Sie von mir.»

«Vielen Dank.» Lina konnte ihr nicht in die Augen sehen. «Frau Dahlmann ... ich bin jetzt völlig mittellos. Ich kann keine Wäscherin und kein Brennholz bezahlen, geschweige denn meine nächste Jahresmiete. Ich hätte Verständnis, wenn Sie sich lieber einen anderen Mieter ...»

«Die Miete ist bis März nächsten Jahres bezahlt.» Clara setzte sich zu ihr. «Machen Sie sich keine Sorgen. Brennholz brauchen Sie erst einmal nicht, und alles Weitere wird sich finden – Sie haben es Ihrem Bruder selbst gesagt.»

«Ja. Aber ich habe es nur dahingesagt.»

Clara sah sie nicht an. «Ich habe diese Kerle so satt, die sich anmaßen, einer Frau vorzuschreiben, was sie zu tun und zu lassen hat.»

Sie nahm Linas Hand. «Sehen Sie, was unterscheidet uns beide denn? Bin ich besser, klüger, geschäftstüchtiger, nur weil ich einmal verheiratet war? Seit ich Witwe bin und das Geschäft selber führe, ist es so viel erfolgreicher als zu den Zeiten meines Mannes. Er sagte immer ‹Davon verstehst du nichts› und hat nie auf mich gehört. Und Sie hätten sehen sollen, wie viele Männer mich – oder besser das Geschäft – heiraten wollten, und sie hätten es genauso schlecht gemacht wie er.»

«Aber genau diese Heirat ist es, die uns unterscheidet. Sie durften erben, und Sie sind geschäftsfähig. Selbst wenn man mich trotz der verkrüppelten Hüfte als Lehrerin anstellen würde, müsste ich noch die Erlaubnis meines Bruders haben, um die Stelle antreten zu können.»

«Ja», sagte Clara leise. «Ich weiß. Aber gerecht muss ich das nicht finden. Kommen Sie, wir gehen hinauf. Es ist etwas muffig da oben, aber für heute Nacht wird es schon gehen.»

Lina hatte eine Weile geschlafen. Das Bett war eng, ein typisches Dienstbotenlager, und der Raum noch um einiges kleiner als ihr Schlafzimmer unten. Sie lag in einem fensterlosen Raum, der nur abgeteilt und ohne Decke zum Dachstuhl war. Clara hatte recht, hier roch es muffig, aber nicht feucht, sondern nach trockenem Staub.

Als sie wieder aufwachte, dämmerte es schon. Ihr Kopf schmerzte immer noch. Clara hatte ihr eine Kerze und Zündhölzer dagelassen, die auf einem Stuhl, dem einzigen anderen Möbelstück, lagen. Sie zündete die Kerze an und starrte auf die Balken des Dachstuhls.

Immer wieder durchdachte sie ihre Situation. Und immer wieder kam sie zu dem gleichen Schluss: Ohne Geld und ohne ihre Kleider und Möbel musste sie zu Georg zurückkehren. Sie dachte an das, was er ihr angedroht hatte. Wahrscheinlich würde er sie in ein Dienstbotenzimmer stecken, das zwar immerhin besser war als dieses hier, aber es bedeutete, dass sie endgültig ein unwürdiges Leben würde führen müssen, vermutlich bis an ihr Lebensende.

Den ganzen Tag hatte Lina entweder starr vor Schreck oder

völlig teilnahmslos über sich ergehen lassen, doch nun endlich kamen ihr die Tränen. Sie schluchzte, weinte und jammerte über ihr Elend und auch ein wenig vor Wut.

Zunächst merkte sie nicht, dass es an die Tür klopfte. Doch dann hörte sie die Stimme des Commissars: «Fräulein Kaufmeister, geht es Ihnen gut?»

«Ja», antwortete sie zwischen zwei Schluchzern. «Es geht mir gut.»

Trotzdem öffnete sich die Tür, und Borghoff kam herein.

«Sie sollten nicht unaufgefordert in das Schlafzimmer einer Dame kommen», sagte sie leise.

«Es ist mein Recht als Polizist, mir Zugang zu verschaffen, wenn ich die Vermutung habe, dass es der Dame nicht gutgeht.» Erst jetzt sah er ihr zerschlagenes Gesicht.

«Was ist passiert?», fragte er erschrocken. «Frau Dahlmann hat mir nur gesagt, dass Sie heute hier oben übernachten.»

«Mein Bruder hat alle meine Möbel abholen lassen.»

«Und Sie geschlagen?»

Sie nickte nur. Sie hatte sich aufgesetzt und die Decke um sich geschlungen.

«Ebel erzählte, dass er heute Morgen im Rathaus nachgefragt hat, ob er Möbel, die ein Familienmitglied gegen seinen Willen entwendet hat, wieder zurückholen kann. Ich habe ja nicht ahnen können, dass er es sofort tut.»

«Hätten Sie es verhindern können?»

Er schüttelte den Kopf. «Sicher nicht. Aber vielleicht hätte ich dabei sein können und verhindern, dass er Sie schlägt.»

«Ich bin sein Eigentum. Er darf mich züchtigen, wann immer ihm danach ist.» Und dann kamen ihr plötzlich wieder die Tränen. Sie schluchzte und bebte. «Er hat mein ganzes Geld. Meine Kleider, selbst die Unterwäsche. Meine Nähmaschine ...»

Wie selbstverständlich legte Borghoff den Arm um sie.

«Und wenn ich zurückgehe, wird er mich wie eine Dienstbotin halten, das hat er schon angekündigt.» Sie schluchzte noch mehr.

Geduldig hörte er ihr zu, als sie erzählte, was alles passiert war, was Georg gesagt und ihr angedroht hatte.

«Dabei hatte ich ihn doch vor einem Skandal gewarnt», sagte Borghoff kopfschüttelnd.

«Skandal? Welcher Skandal?» Lina hatte aufgehört zu weinen. «Es war doch sein gutes Recht, Ihr Sergeant hat es ihm doch bestätigt.»

«Recht haben und in den Augen der Bürger recht gehandelt zu haben, sind zwei ganz verschiedene Dinge, Fräulein Kaufmeister. Sehen Sie, Antonie weiß davon. Und das Dienstmädchen Ihrer Schwester auch. Wie schnell, glauben Sie, weiß ganz Ruhrort davon?»

Lina sah ihn an. «Ja. Wie schnell weiß ganz Ruhrort von meinem Elend.» Sie fing wieder an zu weinen, doch es waren nicht mehr viele Tränen da.

«Wie viel gekränkter Stolz ist in Ihnen?», fragte Borghoff plötzlich. «Es geht doch nicht allein darum, dass Sie jetzt mittellos sind. Es geht doch vor allem darum, jetzt nachgeben zu müssen, oder?»

Es war für Lina nicht leicht, aber sie musste zugeben, dass er recht hatte. Ihrem Bruder gegenüber klein beigeben zu müssen, war schlimmer, als alles zu verlieren, und selbst schlimmer, als geschlagen zu werden.

«Ich kann Ihnen etwas Geld für das Nötigste leihen», bot er ihr an. «Nur, damit Sie ihn eine Weile zappeln lassen können.»

Sie musste lächeln, so gut das mit ihrem zerschlagenen Gesicht ging. «Ich würde es Ihnen doch nie zurückzahlen können. Glauben Sie mir, ich werde nie wieder einen eigenen Silbergroschen in Händen halten – geschweige denn einen Thaler. Und

das Haushaltsgeld wird er sich bis auf den Pfennig genau vor-
rechnen lassen.»

«Das wäre es mir wert», sagte Borghoff und zog ein Taschentuch aus seiner Jacke. «Hier.»

Lina wischte sich das Gesicht ab und schnäuzte sich.

«Ich kann Ihren Herrn Bruder nicht ausstehen. Er ist arro-
gant und selbstgefällig.»

«Ja, das ist er.» Sie steckte das Tuch unter ihr Kissen. «Vielleicht komme ich doch noch auf Ihr Angebot zurück, Herr
Commissar.»

«Kann ich jetzt davon ausgehen, dass Sie schlafen werden?»
Sie nickte. «Danke.»

Er stand auf.

«Herr Commissar, wenn Sie jetzt schon in meinem Schlafzimmer waren …»

«Ja?»

«Nennen Sie mich doch bitte Lina – oder wenigstens ‹Fräulein Lina›, wie es alle tun.»

Er nahm ihre Hand. «Ich gehe davon aus, dass das nur für
diese Mauern hier gilt. Dann müssen Sie mich aber Robert nennen – und bitte ohne ‹Herr›.»

Sie nickte. «Gute Nacht, Robert!»

«Gute Nacht, Lina.»

Lina hatte eine unruhige Nacht verbracht. In dem fensterlosen
Raum konnte sie zwar die Morgendämmerung nicht sehen,
aber es hielt sie nichts mehr in dem engen Bett. Ihre Wunden
schmerzten, und auch ihr Kopf fühlte sich nicht viel besser an.

Vorsichtig setzte sie sich auf und spürte erleichtert, dass der
Kopfschmerz nicht heftiger wurde. Nebenan hörte sie, wie
Antonie gerade aufstand. Lina beschloss, sich anzuziehen. Sie
zündete die Kerze an und begann langsam, sich anzukleiden.

Das ist dein einziges Kleid, schoss es ihr durch den Kopf. Und die schlichte goldene Nadel, die den Kragen zusammenhielt, war nun ihr einziges Schmuckstück. Lina war kurz davor, wieder zu weinen, doch sie unterdrückte es. Stattdessen bückte sie sich nach ihren Schuhen und stöhnte auf vor Kopfschmerz.

Leise klopfte es an die Tür. Es war Antonie, die gerade hinuntergehen wollte. «Fräulein, geht es Ihnen gut?»

«Ja. Komm doch bitte herein.»

Antonie öffnete die Tür und stellte ihre Kerze neben Linas auf den Stuhl.

«Sehe ich sehr schlimm aus?»

Antonie nickte. «Wollen Sie nicht im Bett bleiben?»

«Nein.» Lina vermied es, den Kopf zu schütteln. «Ich habe eine Bitte. Würdest du mir ausnahmsweise meine Schuhe anziehen? Ich kann den Kopf nicht nach unten halten.»

«Sicher, Fräulein.» Sie bückte sich und half Lina.

«Vielen Dank. Ich komme mit dir hinunter, wenn es dich nicht stört. Hier ist es so …» Sie brach ab, weil ihr einfiel, dass Antonies Zimmer sicher auch nicht besser war als dieses.

Unten in der Küche zündete Antonie das Feuer im Herd an. Das Wasser, das sie am Abend vom Bürgerbrunnen in der Straße geholt hatte, stand in mehreren Krügen und zwei Eimern mitten im Raum, Lina stolperte fast darüber.

Ohne ein Wort räumte Antonie alles beiseite. Sie schüttete Wasser und Hafer zusammen und setzte den Topf auf den Herd. Es war ihr spürbar unangenehm, dass Lina ihr dabei zusah.

Der einzige Luxus im Hause Dahlmann war, dass morgens Kaffee getrunken wurde. Clara schätzte seine belebende Wirkung für den harten Arbeitstag. Lina bekam meist nichts mehr davon, weil sie später aufstand als die anderen und dann allein frühstückte.

An diesem Morgen waren die Bohnen in der blechernen Kaffeetrommel erschöpft, und Antonie machte sich daran, die gestern erstandenen rohen Bohnen zu rösten. Sie schimpfte leise vor sich hin, weil sie am Tag zuvor nicht nachgesehen hatte, wie viel Vorrat gerösteter Bohnen noch da war, und schüttete die Kaffeebohnen in einen Durchschlag, um sie zu waschen. Die Rösttrommel kam auf den offenen Herd, dazu hatte sie alle Ringe aus der Herdplatte genommen.

«Soll ich die Trommel drehen?», fragte Lina. «Dann kannst du in der Zeit etwas anderes tun.»

«Wenn Sie das tun würden, Fräulein …»

Lina stand auf und stellte sich an die Trommel, in der der Kaffee langsam gebrannt wurde. Ab und an kontrollierte Lina die Bräunung. Ihr war aufgefallen, dass Claras Kaffeebohnen eigentlich immer zu dunkel waren.

Während Antonie die Hafergrütze rührte, zwischendurch den Tisch deckte und schon Wasser für den Kaffee aufsetzte, griff sich Lina ein Küchentuch und nahm die Trommel vom Herd, um sie kräftig zu schütteln und den Kaffee in den letzten Minuten ohne weitere Hitzezufuhr zu vollenden und auch schon etwas abzukühlen, bevor er gemahlen wurde.

Antonie hatte eine Schüssel bereitgestellt, in die Lina nun die fertiggebrannten Kaffeebohnen schüttete. Sie dampften noch ein wenig und dufteten köstlich.

Kurz darauf kamen Clara und Wilhelm in die Küche. Wilhelm, der Lina nach Georgs Attacke noch nicht gesehen hatte, erschrak sichtlich.

«Geht es Ihnen besser?», fragte Clara.

Lina nickte. «Es tut noch weh, aber ich bin hungrig, und das ist ein gutes Zeichen.»

«Wilhelm und Antonie können nachher das alte Lagerregal wieder in das Zimmer tragen.»

Lina zuckte die Schultern. «Wozu? Es ist mir ja nichts geblieben, was ich hineinstellen könnte.»

«Das muss ja nicht so bleiben.» Clara setzte sich an den Tisch, und Wilhelm und Lina folgten. «Das Waschlavoir des Lehrers habe ich auch nicht weggeworfen. Sie können es ja vorerst oben in der Dachkammer auf den Stuhl stellen.»

Lina nickte. Der Gedanke, weiter in der Dachkammer schlafen zu müssen, war ihr mehr als unangenehm. Aber Hauptsache war, dieses Haus vorerst nicht verlassen zu müssen.

«Der Kaffee ist noch nicht fertig, er musste noch gebrannt werden», sagte Antonie in ihrem üblichen, mürrischen Ton in die Stille. Aber aus dem Topf mit der Grütze stieg bereits der vertraute Geruch des Angebrannten auf. Antonie gab die Grütze auf die Teller und begann dann, den Kaffee zu mahlen.

Immerhin war die Grütze heiß und so besser zu genießen. Wenn Lina Wilhelm und Clara betrachtete, schien es ihnen nicht besser zu schmecken als ihr.

Plötzlich stand Clara auf und holte den Honigtopf aus der Speisekammer. «Heute sollten wir uns etwas gönnen», sagte sie leise. Und dann gaben alle einen Löffel Honig in die Grütze.

Inzwischen hatte Antonie das Kaffeepulver in die Kanne mit etwas kochendem Wasser auf dem Herd gegeben und goss nach und nach weiteres kochendes Wasser hinzu. Das alles ließ sie aufkochen und nahm die Kanne vom Herd. Nachdem der Kaffee sich unten abgesetzt hatte, wurde alles vorsichtig in eine andere vorgewärmte Kanne umgefüllt und serviert.

Schon beim ersten Schluck rief Clara: «Der Kaffee schmeckt heute aber ganz anders als sonst!»

Antonie schien das als Tadel aufzufassen. «Das Fräulein hat ihn geröstet.»

«Sehr gut», sagte Clara. «Ich hätte nicht gedacht, dass unser billiger Portoriko so köstlich sein könnte.»

«Ich habe die Bohnen nur nicht so schwarz werden lassen. Zu Hause … In meinem Elternhaus habe ich der Köchin auch erst beibringen müssen, wie man sie am besten röstet.» Lina zuckte fast zusammen unter Antonies Blick. «Aber das ist ja Geschmackssache», fügte sie hinzu.

Im Lager stand noch Claras Puppe mit dem Sommerkleid, das Lina tatsächlich vorgestern fertiggenäht hatte. Sie beschloss, es mit nach oben zu nehmen. Immerhin hatte sie jetzt zwei Kleider. Sie nahm es von der Puppe herunter und betrachtete die zarten, fröhlichen Farben. Danach war ihr jetzt gar nicht zumute.

In diesem Moment klopfte es an die Haustür. Wilhelm öffnete, und gleich darauf rief er nach ihr. Lina stockte das Herz. War Georg zurückgekommen?

«Fräulein Kaufmeister, bitte kommen Sie doch», rief Wilhelm noch einmal. Dann hörte sie die Stimme ihrer Schwester Guste: «Lina, Liebes, ich bin es.»

Lina trat in den Flur und betrachtete fassungslos die merkwürdige Karawane, die das Haus betrat. Allen voran Guste mit einem großen Korb, in dem Lina eine Teekanne und etwas Geschirr entdeckte. Dahinter kam Gustes Hausmädchen Therese, das ein großes Bündel trug, ebenso wie Doris, die Köchin. Den Schluss bildeten ihr Stiefsohn Eberhard und der Hausdiener Martin. Martin schleppte sich mit Linas Aussteuertruhe ab, und Eberhard … Lina wollte ihren Augen nicht trauen – Eberhard trug ihre geliebte Nähmaschine.

«Das sind deine Kleider, Schwester, wenigstens ein Teil davon.» Guste war ein wenig außer Atem. «Ein bisschen Geschirr, Gläser und Besteck von mir. Deine Bücher und deine Wäsche. Deinen Schmuck hat unser Herr Bruder leider nicht herausgerückt. Aber wenigstens die anderen persönlichen Sachen.» Sie wies auf die Treppe: «Los, alles nach oben in Linas Zimmer.»

«Wie hast du ihn dazu gebracht?», fragte Lina.

«Ich habe ihm gesagt, dass ich ihn nicht mehr als Familienmitglied betrachte, wenn er dich so schändlich behandelt.»

«Das hat gewirkt?», fragte Lina ungläubig.

«Nein, hat es nicht. Aber die Drohung, mein Geld sofort aus der Firma zu ziehen, hat gewirkt. Bertram hat mir erlaubt, Georg vor diese Wahl zu stellen.»

Lina schluckte. Bertram hätte sich selber geschadet, wenn Guste ihre Drohung wahrgemacht hätte.

«Bertram war sehr wütend, als er hörte, dass Georg dich geschlagen hat. Abgesehen davon, dass er Schläge verabscheut, meinte er, nach nur einem Markttag wäre das in der ganzen Stadt herum und Baron von Sannberg, der dich schließlich sehr schätzt, würde sicher schnell davon erfahren. Georg hat genau den Skandal heraufbeschworen, den er eigentlich verhindern wollte.» Guste ging hinter den anderen nach oben, und Lina folgte ihr.

«Genau das hat der Commissar auch gesagt», sagte sie.

Oben in Linas Wohnzimmer hatten sich Gustes Bedienstete ihrer Lasten entledigt. Eberhard hatte die Nähmaschine auf den Tisch gestellt. «Das war unser Weihnachtsgeschenk für dich, liebe Tante. Wie konnte er sie dir nur wegnehmen», sagte er leise.

«Er fühlt sich im Recht, Eberhard», antwortete Lina müde. «Und leider ist er das auch.»

Er schüttelte den Kopf. «So behandelt man keine Familienangehörigen. Recht hin, Recht her.» Er umarmte Lina. «Ich muss mich leider verabschieden, es ist viel zu tun. Aber es war mir eine große Ehre, Mutter bei ihrem Feldzug zu begleiten.» Damit verließ es das Zimmer.

Guste wandte sich an ihre Bediensteten. «Therese, Doris, ihr könnt jetzt nach Hause gehen. Martin, lauf hinunter zur Werft und hol dir zwei starke Männer. Wir müssen noch ein Bett herschaffen und die anderen Möbel.»

«Was für Möbel?», fragte Lina.

«Leider nicht deine. Georg fürchtet, du könntest sie verkaufen und zu Geld machen. Aber Bertram und ich wollten schon lange das Gästezimmer neu einrichten. Die Möbel sind alt und nicht besonders schön ...»

Lina schossen die Tränen in die Augen. «Danke, Guste. Und bitte richte Bertram meinen Dank aus. Ich werde euch so bald wie möglich besuchen und es ihm selber sagen.»

Guste war auch etwas gerührt, versteckte das aber unter Geschäftigkeit. «In der Aussteuertruhe sind deine Bücher. Wir sollten sie herausräumen und die Kleider in die Truhe legen, damit sie nicht ganz zerknittern.»

Gemeinsam räumten sie die Truhe aus, und ganz unten kam der Atlas des Vaters zum Vorschein. Jetzt weinte Lina wirklich. Sie hielt das schwere Buch im Arm und sah Guste fragend an.

«Ich habe Georg gesagt, dass ich Zeuge war, wie Vater äußerte, dass du den Atlas bekommen sollst.» Guste schaute grimmig.

«Aber das stimmt doch gar nicht ...»

Plötzlich mussten sie lachen. Sie merkten gar nicht, dass Clara in der Tür stand. «Schön, solche Töne aus diesen Zimmern zu hören.»

Lina, mit verheulten Augen, aber lachendem Gesicht, soweit es die geschwollene Gesichtshälfte zuließ, erzählte Clara von den Möbeln, die unterwegs waren.

«Ihr Hausknecht könnte doch Wilhelm helfen, das Ladenregal aus dem Keller zu holen, das der Lehrer hier stehen hatte. Dann sind alle Bücher und Gegenstände schnell verstaut», schlug Clara vor.

«Vielen Dank, Frau Dahlmann.»

«Es hat ja immer hier gestanden», wehrte Clara ab.

Am späten Nachmittag sah es wieder wohnlich aus in Linas Zimmern. Das alte Bett aus Gustes Gästezimmer war schmaler als Linas altes, dafür konnte man sich aber in dem Zimmer besser bewegen. Der Waschtisch war nur ein Tisch mit zwei kleinen Schubladen, daher hatte Lina einen Korb für ihre Wäsche behalten. Was Guste ihr an Geschirr und Gläsern mitgebracht hatte, stand ebenso wie die Bücher in dem alten Ladenregal. Wilhelm hatte versprochen, es bei der nächsten Gelegenheit neu anzustreichen.

Die Anstrengungen des Tages hatten Lina ermüdet. Ihr Kopf und die Wunden schmerzten wieder stärker, und sie beschloss, sich früh hinzulegen, doch der Schlaf wollte nicht kommen. Wieder und wieder zermarterte sie sich den Kopf, wie sie an Geld kommen könnte. Plötzlich ertastete sie unter ihrem Kissen das Taschentuch, das der Commissar ihr gegeben hatte, sie hatte es aus der Dachkammer mit heruntergebracht.

Sie zündete ihre Kerze wieder an und betrachtete es – ein einfaches, festumsäumtes Stück Baumwolle. Lina ging zu ihrer Truhe und holte die Stoffreste heraus, die sich im Laufe der Zeit angesammelt hatten und die sie bei ihren Kleidern aufbewahrt hatte. Darunter waren recht große Stücke weißen Batists. Sie dachte an die teuren Taschentücher, die Clara unten verkaufte. Dann nahm sie entschlossen den Stoff, fädelte das weiße Garn in die Nähmaschine ein und säumte das Tuch, so fein sie konnte. Das Ergebnis gefiel ihr. Damit könnte sie Clara vielleicht überzeugen, ihr Geld für das Nähen von Taschentüchern und Kragen zu bezahlen.

3. Kapitel

Der Mai stand vor der Tür. Inzwischen waren Linas Verletzungen gut geheilt, nur eine letzte kleine Verfärbung an ihrem Auge erinnerte noch an Georgs Schläge. Sie hatte sich daran gewöhnt, in dem schmaleren Bett zu schlafen und keinen schönen Lesesessel mehr unter dem Fenster stehen zu haben.

Aber zum Lesen war auch nicht mehr so viel Zeit. Denn Lina nähte Tag für Tag viele Taschentücher. Nicht nur die groben Herrentücher für die Hafenarbeiter und Schiffer, sondern auch feine weiße Tücher. Clara Dahlmann hatte rasch erfasst, dass es ein kleines, aber gutes Geschäft war, wenn sie die Tücher nicht mehr fertig kaufte, sondern sie von Lina aus Stoffresten nähen ließ.

Die anderthalb Thaler, die Lina nun wieder besaß, waren jedoch sauer verdientes Geld, da Clara nur wenige Pfennige zahlte. Aber Lina klagte nicht, sondern dachte an das Brennholz, das sie im Winter davon kaufen konnte.

Früher hatte sie im Mai damit begonnen, die Kleider ihrer Familie für die Frühlingsbälle zu schneidern. Georg würde sich gewaltig ärgern, wenn er dafür nun einen Kleidermacher bezahlen musste. Die Kleider für Friederike und Emma, die sie aus den Stoffen, die sie in Cöln erstanden hatten, angefertigt hatte, waren noch vor ihrem Umzug fertig geworden. Die Mädchen würden einen sehr hübschen Anblick darin bieten.

Lina war auf dem Weg zu Guste, um ihre wöchentliche Lektüre abzuholen, die Bertram ihr nach wie vor zukommen ließ: Die *Rhein- und Ruhrzeitung* der vergangenen Tage und manchmal den ihrem Bruder verhassten *Kladderadatsch*. Auf die *Gartenlaube* hoffte Lina aber vergebens, die gaben Guste und ihre Töchter nicht gerne weg.

Was sie schmerzte, war, dass sie Mina seit Georgs Ausbruch nicht mehr hatte sprechen können. Als sie etwa eine Woche danach zum ersten Mal wieder das Haus verlassen hatte, mit gesenktem Kopf und ihrem größten Schutenhut, in der Hoffnung, dass man ihre buntschillernde Gesichtshälfte so nicht bemerken würde, hatte sie plötzlich ihrer Schwägerin Aaltje und Mina gegenübergestanden, die gerade Levys Tuchladen, Claras schärfsten Konkurrenten, verließen. Auf Linas freudige Begrüßung hin waren beide ohne ein Wort an ihr vorbeigegangen, wenn auch die Schwester ihr einen recht verzweifelten Blick zugeworfen hatte. Von Guste hatte Lina erfahren, dass Georg jeder Person aus seinem Hause den Umgang mit Lina verboten und schlimmste Strafen angedroht hatte. Wohl wissend um das innige Verhältnis der Zwillinge, hatte er Mina unmissverständlich klargemacht, dass ein Verstoß gegen dieses Verbot für sie bedeutete, sein Haus verlassen zu müssen.

Guste war darüber sehr erbost, aber was konnte sie schon tun? Sie versprach, wenn einige Zeit verstrichen war, ein «zufälliges» Treffen mit Mina in ihrem Hause zu arrangieren, doch im Moment war es nicht ratsam, den Bruder noch mehr zu verärgern, und schon gar nicht, Minas Existenz aufs Spiel zu setzen. Aber Linas Sehnsucht nach der Schwester war groß, und sie machte sich außerdem Sorgen um alle, die ihr früher anvertraut gewesen waren, besonders um Finchen, die ja im Frühjahr ein paar Wochen krank gewesen war. Guste versicherte ihr jedoch, dass das Hausmädchen wieder aussah wie das blühende Leben.

So in Gedanken versunken, machte sie sich auf den Weg in die Dammstraße, als plötzlich eine Kutsche neben ihr hielt, ein schwarzer, geschlossener Zweispänner.

Lina wollte vorbeigehen, doch die Tür öffnete sich, und zu ihrem freudigen Erstaunen erkannte sie Baron von Sannberg, der sie herzlich begrüßte. «Wie schön, Sie zu sehen, meine Liebe», rief er und sprang aus dem Wagen. «Geht es Ihnen wieder besser?»

Lina wusste nicht recht, was sie antworten sollte. Wusste er, was ihr widerfahren war? «Ja, es geht mir gut.»

«Ich habe mir große Sorgen gemacht. Ich hatte Ihren Bruder und die Familie eingeladen auf das Gut, und man sagte mir, dass Sie krank seien und deshalb nicht mitkommen können.»

«Krank war ich in der Tat.»

Von Sannberg sah sie fragend an und begriff sofort, dass sie hier auf der Straße nicht darüber reden wollte.

«Meine Töchter sind übrigens mit mir hier. Sie wollten ein wenig Stadtluft schnuppern, und sei es auch nur in Ruhrort. Sie sind äußerst unzufrieden mit ihren teuren Kleidern aus Cöln und jammern, dass die Ballkleider Ihrer Nichten viel hübscher sind als ihre.»

«Ich hatte ihnen angeboten, ihre Kleider zu nähen. Aber der großstädtische Kleidermacher hat viel von Paris und Wien erzählt, das trauten sie mir wohl nicht zu», antwortete Lina.

«Kommen Sie uns doch besuchen, solange wir hier sind. Die Mädchen sind wirklich ganz unglücklich, schließlich müssen sie auch auf ein paar Berliner Sommerbällen bei ihrer Mutter einen guten Eindruck machen und wollen nicht wie die Provinzlerinnen dastehen. Ihre Nichten erwarten wir morgen, dann könnten Sie dazukommen.»

«Das würde ich sehr gerne, Herr von Sannberg.»

Hinter ihnen bog ein offener Einspänner in die Straße und

hielt sofort, als er von Sannbergs Kutsche sah. Solange sie dort stand, konnte er nicht weiterfahren. Von Sannberg winkte, und Lina erkannte, dass Robert Borghoff den Einspänner lenkte.

«Wollen wir die Polizei nicht aufhalten.» Er küsste ihre Hand und stieg rasch wieder in den Wagen. «Dann bis morgen Nachmittag», rief er, als sich die Kutsche schon in Bewegung setzte.

Commissar Borghoff war im Einspänner des Bürgermeisters auf dem Weg nach Duisburg. Er hatte einen Brief des Königlichen Staatsanwaltes Rocholl erhalten, der ihn zu sprechen wünschte. Borghoff fürchtete, dass das nichts Gutes bedeutete. Sechs unaufgeklärte Morde in nur sechs Monaten, und da war nichts, was die Ruhrorter Polizei vorweisen konnte – nicht einmal der als dumm und langsam geltende Schiffersohn Gerd Drömmer war gefasst worden, obwohl man ihn mehrfach wieder in Ruhrort gesehen hatte.

Aber wie sollte man ihn auch ausfindig machen, wenn sich die Streifengänge auf kurze Stippvisiten in den einschlägigen Lokalen und einen Rundgang über den jeweiligen Markt in der Alt- oder Neustadt beschränkten? Immer noch wanderten Arbeiter für den Phoenix zu, Wallonen, die kaum ein Wort Deutsch sprachen und deren Registrierung fast die ganze Arbeitskraft der Polizeidiener band. Und nach wie vor wollte Bürgermeister Weinhagen kein Gesuch an die Bezirksregierung für mehr Beamte stellen. «Damit werden wir allein fertig», pflegte er zu sagen. Inzwischen beschränkte man sich auf die Registrierung, weitere Überprüfungen der Fremden führte man nicht durch, nicht einmal eine Kontrolle der Bettler war mehr möglich.

All dies legte sich Borghoff im Kopf zurecht, um sich dem Staatsanwalt gegenüber verteidigen zu können. Als er die Fähre zwischen Ruhrort und Duisburg erreichte, warteten hier bereits an die hundert Menschen auf ihre Überfahrt: Arbeiter, die sicherlich schon zu spät dran waren, Bauern und Bauersfrauen auf dem Weg zum Markt oder zu den Geschäften, viele reisende Handwerker, von denen Borghoff den einen oder anderen wiedererkannte, weil er registriert worden war, und ein paar kleinere Geschäftsleute und Boten, die zu Fuß unterwegs waren.

Größere Fuhrwerke nutzten diese Fähre nicht, sie setzten mit der größeren Aakerfähre zum Dorf Duissern über, doch Borghoff wollte keine Zeit verlieren und machte sich sehr unbeliebt, als er jetzt sein Amt dazu benutzte, bevorzugt behandelt zu werden und als Erster auf die Fähre fahren zu dürfen.

Es war ihm unangenehm, den Staatsanwalt warten lassen zu müssen, doch im geschäftigen Duisburg, das immerhin viermal so groß war wie Ruhrort, war das Fortkommen nicht so einfach. Im Schatten der Salvatorkirche wurde Markt gehalten, zu dem an diesem frühen Vormittag Hausfrauen und Bedienstete strömten.

Als er vor dem Gericht, in dem auch der Staatsanwalt seine Diensträume hatte, hielt, sah Borghoff ihn schon am Fenster stehen, und kurz darauf stand Rocholl in der Tür, um ihn zu begrüßen.

Mit Mitte dreißig war er noch recht jung für das Amt. Borghoff war überzeugt, der Mann würde eine große Karriere machen, wenn er die Provinz erst einmal hinter sich gelassen hatte.

«Es tut mir leid, dass ich zu spät bin, aber die Fähre …»

«Lassen Sie mal», winkte der Staatsanwalt ab. «Ich stehe nur schon hier, weil ich Ihnen etwas zeigen möchte. Bleiben Sie auf dem Wagen, ich steige zu!»

Er schwang sich neben Borghoff auf den Sitz und nahm dem verblüfften Commissar die Zügel ab. «Wir können auf dem Weg reden.»

«Nun …», sagte Borghoff bedächtig. «Über die Morde weiß ich nichts Neues zu berichten.»

«Deshalb habe ich Sie nicht hergebeten», sagte Rocholl knapp. «Es geht vielmehr darum, dass ich Neuigkeiten für Sie habe – etwas spät zwar, aber vielleicht hilft es Ihnen weiter.»

Sie fuhren bis an den Rand der Stadt, hinaus aus dem Schwanentor und dann an der Stadtmauer entlang nach Norden, bis sie zu einem großen, schlichten Gebäude kamen, das einen recht trostlosen Eindruck machte.

«In den letzten Jahren sind schwangere ledige Frauenzimmer ohne Arbeit und Auskommen zu einem Problem für die Stadt geworden», erzählte Rocholl. «Der wohltätige Frauenverein hat sich der Sache angenommen und dieses Haus hier erstanden. Hier können die Mädchen ihre Kinder bekommen und für ihren Unterhalt arbeiten. Die Kinder kommen ins Waisenhaus, sobald sie entwöhnt sind. Dort werden sie zu tüchtigen Arbeitern erzogen.»

Er hielt den Wagen an und stieg ab. Borghoff folgte ihm ins Gebäude. Innen war es so hässlich wie außen, graue, lange nicht gekälkte Wände, ein düsterer Flur.

Ein älterer Mann hockte direkt bei der Tür und erhob sich. «Ach, Sie sind es, Herr Staatsanwalt», sagte er nur und setzte sich wieder. Offensichtlich war Rocholl hier gut bekannt.

«Das war mal eine Tuchfabrik, sie wurde zu klein. Jetzt leben und arbeiten hier die gefallenen Frauenzimmer. Meine Frau gehört dem Verein an und setzt sich sehr für diese Sache ein.» *Und ist sicher der Garant dafür, dass der Verein nicht als politisch verdächtig gilt*, dachte Borghoff. Es war schwierig geworden für Frauen in Preußen, Vereine zu gründen.

Hinter einer Tür konnte man den Lärm von dampfgetriebenen Webstühlen hören. Am Ende des Ganges fiel durch eine geöffnete Tür Licht in den Flur. Dort saßen mehrere junge Frauen, einige von ihnen hochschwanger, und säumten Laken.

«Eine Weberei, eine Näherei und eine Wäscherei werden vom

Verein unterhalten. So sind sie nicht allein auf Spenden angewiesen.» Rocholl stieg die Treppe in den ersten Stock hinauf. Gleich darauf klopfte er an eine Tür.

«Herr Caspar Heinen, dies ist Commissar Robert Borghoff aus Ruhrort», stellte Rocholl seinen Begleiter vor.

Borghoff und Heinen gaben sich die Hand. Heinen war untersetzt und rundlich, hatte ein gerötetes Gesicht mit flinken Augen. Die bunte Weste spannte sich über seinem Bauch, das Jackett hatte er abgelegt.

«Nun», sagte Borghoff erwartungsvoll. «Ich weiß bis jetzt noch nicht, warum mich der Staatsanwalt hierhergebracht hat …»

«Es ist mir ein wenig peinlich», sagte Heinen, deutete auf die Stühle vor seinem Schreibtisch, auf denen sicher sonst die gefallenen Mädchen reumütig Platz nahmen, und setzte sich wieder. «Aber Ende Januar ist ein Mädchen von hier verschwunden. Sie war eine von denen, bei der zu erwarten war, dass sie unser Haus schnell wieder verlässt, und die keineswegs vorhatte, ihre Schuld bei uns zu begleichen. Deshalb haben wir es als Verlust gebucht und nicht weiter nach ihr gesucht.»

Borghoff dämmerte es. «Sie vermuten, dass es die Tote sein könnte, die wir Anfang Februar in Ruhrort an der Woy gefunden haben?»

Rocholl nickte. «Ich habe erst jetzt davon erfahren, weil gerade wieder ein Mädchen verschwunden ist und es diesmal nicht danach aussieht, als wäre es freiwillig gegangen.»

«Sie ist hochschwanger, es ist unwahrscheinlich, dass sie vor der Niederkunft geht», ergänzte Heinen. «Als ich mit der Polizei und danach mit dem Staatsanwalt sprach, fiel mir Hermine Johnen wieder ein, die im Januar verschwand.»

«Der Beschreibung nach könnte es Ihre Tote gewesen sein, selbst das Muttermal am Hals stimmt überein.» Rocholl sah

Borghoff an. «Sie sagten doch, bei der Obduktion hätte der Arzt festgestellt, dass sie gerade entbunden hatte.»

«Ja, das stimmt.» Borghoff runzelte die Stirn. «Möglicherweise hat das jetzt verschwundene Mädchen auch etwas mit dem Fall zu tun. Fühlte sie sich denn wohl hier?»

Offensichtlich grenzte diese Frage für Heinen fast an eine Beleidigung, denn er sprang mit einer Behändigkeit, die man ihm nicht zugetraut hätte, von seinem Stuhl auf. «Kommen Sie mal mit», sagte er.

Rocholl zuckte die Schultern, folgte ihm mit Borghoff aber hinauf ins Dachgeschoss. Dort gab es einen großen Schlafraum mit vielen Betten.

«Die Mädchen, die hierherkommen, stammen oft aus Arbeiterfamilien und leben mit zehn, zwölf oder vierzehn Leuten in einem Raum. Hier mag es nicht hübsch aussehen, aber jede hat ihr eigenes Bett.»

Er drehte sich um und blitzte Borghoff an. «Sie bekommen Essen und Kleidung, dürfen ihre Kinder während der Arbeitszeit stillen und wissen sie immer in guten Händen. Ja, es gibt viele, die sich hier wohl fühlen, weil sie es hier sehr viel besser haben als jemals zuvor in ihrem Leben.»

«Könnten der Staatsanwalt und ich mit den Mädchen sprechen, die Hermine Johnen gekannt haben?» Borghoffs Sachlichkeit ließ Heinens Vortrag ins Leere laufen.

«Natürlich. Deshalb hat der Staatsanwalt Sie ja herkommen lassen.»

Wenig später saßen Rocholl und Borghoff in Heinens Büro, das er ihnen überlassen hatte, und sprachen mit den wenigen Mädchen, die das Haus seit Februar noch nicht verlassen hatten. Viel wussten sie nicht über Hermine Johnen, die meistens für sich gewesen war.

«Sie war eine Hure», sagte ein Mädchen. Verachtung lag in der Stimme. «Sie war immer darauf aus, leichtes Geld zu verdienen. Die Arbeit hier schmeckte ihr gar nicht, aber sie wusste auch nicht, wohin sie sonst gehen sollte. Sie war wohl auch schon wegen Hurerei im Arbeitshaus gewesen.»

Erst die letzte der jungen Frauen, Maria Anna Haltern, eine große, kräftige Person, deren hellrote Locken überall unter der weißen Haube hervorlugten, schien sich mit der Verschwundenen angefreundet zu haben. «Sie war dumm. Sie glaubte immer noch, dass sie auf der Straße genug Geld machen konnte, um irgendwann als feine Dame leben zu können. Dass ich nicht lache!» Ihr grimmiges Gesicht war fast ein wenig furchteinflößend.

«Hat sie dir gesagt, wo sie hinwill?», fragte Borghoff.

Maria schüttelte den Kopf. «Nein. Aber sie sagte, es käme jemand, der sie hier wegholt. Und sie wusste ganz genau das Datum. 29. Januar, dann bin ich weg, sagte sie. Und so war das dann auch.»

«Dürft ihr euch hier denn mit Leuten von außerhalb treffen?» Rocholl blickte Borghoff an.

«Nein, das ist streng untersagt, vor allem den ehemaligen Huren. Aber einige von uns, die, die in der Küche und der Wäscherei arbeiten, kommen ja hier raus, auf den Markt oder zu den Kunden.»

«Und wo arbeitete sie?»

«In der Küche.» Maria beugte sich verschwörerisch vor. «Sie kam zweimal die Woche zum Markt, und ich denke, da wird sie jemand angesprochen haben.»

«Aber sie war dort doch nicht allein?» Borghoff tat ebenso verschwörerisch.

«Ich weiß das von einem Mädchen, das nicht mehr hier ist. Hermine war immer kurz verschwunden. Da konnte nur ein

Mann dahinterstecken – und das mit ihrem dicken Bauch.» Sie lehnte sich wieder zurück. «Ich weiß nur, dass sie sehr unglücklich war, weil ihr Kind früher als vermutet auf die Welt kam und sie dadurch zwei Wochen nicht auf den Markt gehen konnte. Aber sie ist am 29. verschwunden, genau wie sie gesagt hat.»

«Woher weißt du das Datum eigentlich so genau?», wollte Rocholl wissen.

«Na, weil mein kleines Mädchen am 1. Februar geboren wurde, drei Tage später.»

«Danke», murmelte Borghoff, und Maria ging hinaus. «Herzen und Kinder ...»

«Was meinen Sie?», fragte Rocholl.

«Von den beiden ersten Opfern war eines hochschwanger. Das Mädchen, das jetzt verschwunden ist, ist hochschwanger. Hermine Johnen hätte noch schwanger sein sollen, als sie verschwand.»

«Aber die Tote an Neujahr und die, die Sie neulich gefunden haben ...»

«Grete Hermeling wusste etwas über den Freier, der sie entstellt hatte. Deshalb musste sie sterben. Und die Hure letzte Woche ... Nun, womöglich ist sie genau diesem Freier zum Opfer gefallen. Obwohl ...»

«Ihr hat man das Herz herausgeschnitten, Grete nicht.» Der Staatsanwalt brachte es auf den Punkt.

«Meine Möglichkeiten, in Ruhrort etwas ausholender nachzuforschen, sind leider gering, Herr Staatsanwalt. Aber ich komme immer mehr zu dem Schluss, dass es wichtig sein könnte, herauszufinden, was es mit den herausgeschnittenen Herzen auf sich hat. Ich meine, den Grund, warum jemand sie herausschneidet. Vielleicht entdecken wir dann etwas, das uns zu dem oder den Mördern führt.»

Rocholl seufzte. «Duisburg ist auch nicht weniger provinziell als Ruhrort. Aber ich werde sehen, was ich tun kann. Im Moment bleibt nur, die Markthändler zu befragen, ob sie vielleicht einen Mann mit einer schwangeren Frau haben heimlich reden sehen.»

«Das ist mehr als drei Monate her ...», warf Borghoff ein.

«Einen anderen Ansatzpunkt haben wir nicht.»

«Sie haben recht. Ich danke Ihnen für Ihre Hilfe.» Borghoff zog seine Taschenuhr heraus. «Es ist fast zwölf, es wird Zeit, dass ich zurück nach Ruhrort komme und ein paar Wallonen registriere.»

Rocholl grinste. «Ist es so schlimm?»

«Schlimmer.»

Was für ein Nachmittag! Die Stunden, die Lina zusammen mit ihren Nichten im Hause des Barons verbrachte, waren die schönsten seit langem. Zunächst hatten die Baronessen ihr die in Cöln erstandenen Ballkleider vorgeführt, und sie konnte die Enttäuschung der Mädchen verstehen. Trotz zweier Anproben saßen die Oberteile nicht richtig, und außerdem gab es Abweichungen zu den Abbildungen in den Modezeitschriften. Die wirklich komplizierten Details hatte der Meister einfach weggelassen und dafür höchst geschmacklosen Schnickschnack angebracht.

«In Berlin werden sie uns als Landpomeranzen verlachen», klagte Beatrice.

«So schlimm wird das schon nicht werden», beruhigte sie der Baron, dem die Modenschau höchst langweilig war.

«Doch, wird es», bestätigte Lina. «Aber ich werde nicht sechs Kleider an einem Nachmittag ändern können, drei davon sind noch dazu höchst aufwendig.» Sie sah die enttäuschten Blicke der Mädchen. «Keine Angst. Für den hiesigen Maiball werde ich euch die Kleider schon herrichten.»

Sie hatte inzwischen erfahren, dass dies der Grund war, weshalb der Baron mit seinen Töchtern vom Gut nach Ruhrort gekommen war. Natürlich hatte er auch einiges mit Bertram und Georg zu besprechen, denn der Beginn ihrer gemeinsamen Unternehmung verzögerte sich immer wieder, da sie bisher kein geeignetes Grundstück gefunden hatten. Zwischenzeitlich schien es sogar, als hätte von Sannberg ganz das Interesse verloren, doch inzwischen beteiligte er sich wieder an den Vorbereitungen.

Fasziniert sah der Baron zu, wie Lina ihre Nähmaschine aufbaute und auch ein großes Stück weißer Seide hervorholte, das sie vorsorglich aus Claras Laden mitgebracht hatte. Sie hatte noch gut im Gedächtnis, welche Farben die Mädchen ausgesucht hatten, und wirklich, die Seide war von der im Kleid verwendeten kaum zu unterscheiden.

Die beiden Kleider, die sie zur heutigen Änderung aussuchte, waren ohne allzu großen Aufwand zu verschönern. Sie zeigte den vier Mädchen, wie man zarte Röschen aus der Seide drehen konnte, und bald waren alle mit Eifer bei der Sache, während Lina die Kleider von voluminösen Rüschen befreite, die der Pariser Meister aus der Zeitschrift nie verwendet hatte.

Als die Mädchen schon ein ganzes Rosenbeet zusammenhatten, wurde es ihnen langsam langweilig, und sie zogen sich mit Limonade, einem Gedichtband und den Briefen, die Diotima von einem Berliner Verehrer erhalten hatte, in den kleinen Hof des Hauses zurück, wo ein paar Orangenbäumchen und Oleander einen fast schon glauben ließen, man sei in Italien.

Lina hatte inzwischen beide pastellfarbenen Röcke aufgetrennt, die weiße Seide dazwischengesetzt, immer darauf bedacht, dass sich die Kleider noch unterschieden, und saß nun an der Nähmaschine, um die grob geriehenen Nähte zusammenzufügen.

«Ich weiß jetzt, warum Sie nicht auf das Gut kommen konnten», sagte von Sannberg plötzlich.

Lina hielt das Rad an. «Ich dachte mir schon, dass Sie das früher oder später hören würden. Vielleicht sollte ich Ihre Töchter nicht mehr besuchen.»

«Meine Töchter?» Erst jetzt schien ihm aufzugehen, was sie meinte. «Weil Sie das Haus Ihres Bruders verlassen haben? Wenn ich bedenke, was er Ihnen angetan hat, war das doch nur vernünftig.»

«Er wird sagen, dass er mich nicht geschlagen hätte, wenn ich mich nicht widersetzt hätte.» Lina begann, das Rad wieder zu drehen, und die Maschine ratterte los.

«Ich halte Sie nach wie vor für ein gutes Vorbild für meine Töchter», sagte von Sannberg leise. «Ich weiß nicht, warum man einer klugen Frau nicht erlauben sollte, selbst zu bestimmen, wie ihr Leben auszusehen hat. Aber vielleicht gibt es zu viele dumme Frauen …»

«Sie werden nicht so geboren, jedenfalls die meisten nicht», entgegnete Lina schärfer als beabsichtigt.

Von Sannberg schien das zu gefallen. «Das mag ich an Ihnen, Fräulein Kaufmeister. Dass sich bei Ihnen die Vernunft mit der Leidenschaft paart.»

Lina hatte die Naht fertig und sah ihn spöttisch an. «Eine unverheiratete Frau sollte mit einem ungebundenen Mann allein in seinem Wohnzimmer weder über Leidenschaft noch über das Paaren reden, wenn sie vernünftig und anständig ist.»

Cornelius von Sannberg lachte laut auf. «Ihre scharfe Zunge hat jedenfalls keinen Schaden genommen.» Er wurde wieder ernst. «Jedenfalls ist Ihre derzeitige Lage alles andere als erfreulich, hörte ich.»

«Mein lieber Bruder hat all meine Einkünfte sperren lassen und mir noch dazu die Ersparnisse genommen. Er betrachtet sie als sein Eigentum – ganz so wie mich.» Sie seufzte. «Und das wird mich spätestens im Winter dazu zwingen, wieder in den Schoß meiner lieben Familie zurückzukehren. Aber ich werde so lange durchhalten, wie ich eben kann, das bin ich mir schuldig.»

Sie schwiegen eine Weile, während Lina den Rock wieder an das Oberteil heftete, das sie mit einigen wenigen Stichen so geändert hatte, dass es Diotima wirklich passte. Als Nächstes setzte sie die kleinen Seidenröschen auf die Raffungen des Rocks, genau die richtige Art von Verspieltheit für ein siebzehnjähriges Mädchen.

«Ich bekomme übrigens noch zwei Thaler von Ihnen für die Seide, ich habe sie aus Frau Dahlmanns Laden mitgebracht.»

Von Sannberg nickte. «Selbstverständlich.»

Er stand auf und ging zu seinem Sekretär, wo er sein Geld aufbewahrte. Er holte den Beutel heraus und zögerte einen Moment. «Das, was Sie hier heute Nachmittag umgearbeitet haben, was hätte das wohl bei einem Kleidermacher gekostet?»

«Bei dem Cölner oder einem hiesigen?», fragte Lina zurück.

«Sagen wir, bei einem hiesigen.»

Lina überlegte kurz. «Ein Kleidermacher mit Laden und Gesellen … zwei bis drei Thaler ohne das Material, schätze ich. Der Cölner hätte sicher das Doppelte genommen.»

«Und die anderen Kleider sind aufwendiger?»

Lina fragte sich, worauf er hinauswollte. «Für die beiden blauen brauche ich mindestens doppelt so lang, und die zartgelben muss ich ganz auseinandernehmen und neu machen, so wenig haben sie mit dem zu tun, was Ihre Töchter sich ausgesucht haben.»

«Aber Sie könnten es bis Ende nächster Woche schaffen, wenn die Mädchen zu ihrer Mutter reisen?»

«Sicher.»

Er zählte ein paar Münzen ab, und als Lina sie in Empfang nahm, sah sie ihn erstaunt an. «Das sind sechzehn Thaler!»

«Ja, ich weiß. Ich habe Sie ein wenig betrogen, aber Sie müssen ja auch keinen Laden und keine Gesellen bezahlen.»

«Das kann ich nicht annehmen!»

«Wieso nicht?», fragte von Sannberg. «Sie haben den ganzen Nachmittag hart gearbeitet.»

«Aber eine Hausschneiderin verdient höchstens einen Thaler pro Tag.»

«Ich verstehe nicht viel von diesen Frauenzimmerangelegenheiten», sagte von Sannberg. «Aber soweit ich weiß, näht eine Hausschneiderin in erster Linie Tisch- und Bettwäsche und einfache Bekleidung. Das hat nur wenig mit dem zu tun, was Sie heute hier getan haben. Das ist Kunst!» Er setzte sich direkt vor Lina in einen Sessel. «Ich denke, Sie brauchen Geld, um Ihrem Bruder eine lange Nase zu drehen? Ich würde es Ihnen jederzeit geben, aber ich kenne Sie – ein Almosen würden Sie nicht annehmen. Doch Sie sollten sich wenigstens für ehrliche Arbeit bezahlen lassen.»

«Also, ich weiß nicht ... es ist ... es gehört sich einfach nicht.»

Der Baron ließ das nicht gelten. «Es gehört sich nicht für eine Frau, die sich brav ihrem Bruder fügt. Aber eine Frau, die weiterhin allein leben möchte, muss für ihren Lebensunterhalt arbeiten.»

Das leuchtete Lina ein, obwohl sie sich bei dem Gedanken immer noch unwohl fühlte. Nun, das hier war immerhin besser als Taschentücher nähen ... Lina zögerte noch einen Moment, dann nahm sie das Geld. «Das Material geht extra», sagte sie.

«So ist es richtig», nickte der Baron. «Und glauben Sie mir, ich kenne die Rechnungen meiner Töchter, ich bin sehr billig weggekommen.»

Kurz vor Einbruch der Dämmerung probierten Diotima und Beatrice ihre geänderten Kleider an, und alle waren begeistert. Die zarten Pastellfarben leuchteten fast ein wenig durch den weißen Kontrast, und die Röschen an Rock und Ausschnitt gaben den Kleidern etwas Leichtes, fast als würden sie schon von allein tanzen. Emma und Friederike waren beinahe ein wenig neidisch, obwohl ihre Kleider ebenso schön waren.

«Ich wünschte, ich könnte euch vier auf dem Ball sehen», sagte Lina leise. Obwohl sie nicht tanzen konnte, liebte sie es, die Bälle zu besuchen, den Anblick der festlichen Kleider und die Musik.

«Sie könnten mich begleiten», bot von Sannberg an.

«O nein, lieber Freund. Ich werde das Schicksal nicht herausfordern. Zwar werde ich noch freundlich gegrüßt – von allen, außer meiner Familie –, aber das kann sich rasch ändern, wenn das Mitleid wegen der Schläge meines Bruders nachgelassen hat.»

«Nun gut, vielleicht haben Sie recht. Aber wenn Sie es sich noch anders überlegen sollten …»

Lina schüttelte den Kopf. «Ich habe kein Kleid, und bis Ende nächster Woche so viel zu tun, dass ich mir keines mehr nähen kann.»

Sie aßen noch gemeinsam zu Abend, und dann gingen Lina und ihre Nichten in Begleitung des Kutschers nach Hause.

Lina ging schweigend neben ihm her und konnte ihr Glück immer noch nicht fassen. Sechzehn Thaler! Ein kleines Vermögen. Sie würde sich ein paar neue Teetassen davon kaufen, die sie schmerzlich vermisste. Und den Rest zurücklegen für den Winter. Wieder einige Wochen mehr, die sie ihrem Bruder abtrotzen konnte.

Am nächsten Morgen erwachte Lina früh. Sie konnte es gar nicht abwarten, mit der Arbeit an den Kleidern zu beginnen. So saß sie, was selten passierte, bereits mit Clara und Wilhelm am Tisch. Strahlend berichtete sie vom Besuch bei Cornelius von Sannberg und von der bezahlten Arbeit, die vor ihr lag. «Ich werde noch einiges an Stoffen brauchen, liebe Frau Dahlmann.»

In diesem Moment kam auch Robert Borghoff herunter. Meist drückte er sich vor Antonies verbrannter Hafergrütze, doch es lag ein arbeitsreicher Tag vor ihm, da würde er kaum zu einem Mittagessen kommen.

Wilhelm und Clara verschwanden im Lager, nicht ohne zu sagen, wie sie sich für Lina freuten. Antonie hatte dagegen oben zu tun. So ergriff Robert die Gelegenheit, Lina von seinem gestrigen Besuch in Duisburg zu erzählen.

«Das Mädchen ist also mit jemandem mitgegangen, den es in Duisburg auf dem Markt kennengelernt hatte.»

Borghoff nickte. «Sie war eine Hure, es fiel ihr sicher leicht, dort einen Mann anzusprechen.»

Lina schüttelte den Kopf. «Ich glaube eher, dass er es angesprochen hat. Er hat sie ausgesucht.»

«Aber sie war hochschwanger.»

Lina sah ihn an. «Und wenn genau das der Grund war?»

«Aber als sie verschwand, hatte sie das Kind bereits geboren.»

«Und war vielleicht nicht mehr von Nutzen für ihn.» Lina runzelte die Stirn. «Angenommen, es geht ihm um ein Kind …»

«Um was damit zu tun?», fragte Robert. «Es so zuzurichten wie das Kleine, das an der Hebeturmbaustelle angespült wurde?»

«Für mich ergibt das einen Sinn, auch wenn es mir ganz und gar nicht gefällt und ich nicht weiß, warum Menschen so etwas Schreckliches tun.» Lina schmeckte plötzlich Antonies Hafergrütze noch schlechter als sonst, und sie schob sie weg.

«Ich habe den Staatsanwalt gebeten, für mich Nachforschungen anzustellen. Er hat versprochen, das zu tun.»

«Er scheint ein tüchtiger Mann zu sein.» Lina stand auf und kippte den Rest ihrer Grütze in den Abfall. «Einfach ungenießbar», murmelte sie.

Sie sah, dass auch Robert die Hälfte stehen gelassen hatte, nahm seine Schüssel und vernichtete den Rest.

«Fräulein Lina, da ist noch eine unangenehme Sache.»

Sie stellte die Schüssel zum übrigen Abwasch. «Ja?»

«Es geht um Ihre Schwester Wilhelmine. Ich habe den Auftrag aus Düsseldorf, sie einmal wöchentlich persönlich zu kontrollieren und zu befragen.» Es schien ihm peinlich zu sein. «Ein Brief wurde abgefangen.»

«Aber sie schicken die Briefe doch mit den Schiffen …» Lina biss sich auf die Lippen.

«Es war kein Brief Ihrer Schwester an ihren Mann und keiner von ihm an sie, er war so unvorsichtig, einen Brief an einen politischen Weggefährten mit der normalen Post zu schicken. Und daraus ging hervor, dass er in Kontakt mit seiner Frau steht.»

Lina seufzte. «Dieser Dummkopf.»

«Ich kann Ihnen da nur zustimmen.» Borghoff nickte heftig. «Sie müssen Ihre Schwester warnen.»

«Das wird kaum möglich sein, wenigstens nicht auf direktem Wege.» Lina setzte sich wieder und erzählte dem Commissar vom Verbot ihres Bruders, mit ihr zu sprechen.

«Das tut mir sehr leid», sagte der Commissar. «Aber mit den Briefen sollte sie sehr vorsichtig sein. Die Geheime Polizei vermutet schon, dass die Korrespondenz der beiden über die Schiffe läuft, und Justus Bleibtreu steht inzwischen weit oben auf der Liste der Landesverräter. Es würde Ihrem Bruder nicht gefallen, wenn alle ankommenden und auslaufenden Schiffe regelmäßig durchsucht würden.»

«So schlimm ist es?», fragte Lina erschreckt.

«Ja, Lina. Wenn Bleibtreu sich in London ruhig verhalten

würde, aber er publiziert dort munter antipreußische Schriften, und die werden hier natürlich gelesen.» Er sah sie eindringlich an. «Es sind einfach keine Zeiten für Demokraten. Und statt den Kopf einzuziehen, macht er alles nur noch schlimmer.»

Er zog seine Taschenuhr hervor. «Ich muss los. Wir müssen heute die Fremdenlisten für die Bezirksregierung fertigstellen. Ein ganzer Tag am Schreibtisch.»

«Ich werde niemandem verraten, dass heute keine Polizei auf den Straßen unterwegs ist», sagte Lina spöttisch.

«Ich danke Ihnen ergebenst.» Er trank den Rest des erkalteten Kaffees aus und erhob sich. «Leider sind wir viel zu selten draußen, und Ebels ausgetretene Pfade kennt hier auch jeder.»

Er war schon fast in der Tür, als Lina plötzlich fragte: «Herr Commissar? Finden Sie es anstößig, wenn ich Geld für die Änderungen von Kleidern annehme?»

Er sah sie erstaunt an. «Nein. Viele Frauen arbeiten für ihren Lebensunterhalt. Und wenn Sie ganz alleinstehend wären …»

«Aber das bin ich nicht.»

«Immerhin tun Sie doch so, seit Sie ausgezogen sind. Also warum machen Sie sich darüber Gedanken?» Damit war er aus der Tür.

Ohne lange zu überlegen, warf sich Lina ihr Cape über und griff nach ihrem Stock. Wenn sie Mina nicht warnen konnte, dann musste Guste das tun.

Kurze Zeit später war sie wieder zurück. Guste war entsetzt darüber, wie wenig Justus dazu tat, die Familie wieder zu vereinen, und welcher Gefahr er seine Frau durch seine Unvorsichtigkeit aussetzte. Sie versprach, noch am selben Morgen Mina aufzusuchen, zumal an diesem Tag noch ein Schiff nach Rotterdam ging. Mina verpasste gewöhnlich keine Gelegenheit, ihrem Mann zu schreiben.

Der Laden war noch geschlossen, deshalb steckte Clara den Kopf in den Flur und bat Lina, ihr die feinen Cölner Kleider zu zeigen. Bewundernd stand sie in Linas Wohnzimmer und betrachtete sie.

«Ja, auf den ersten Blick sind sie wunderschön», erklärte Lina. «Aber sie sind nicht das, was die Mädchen bestellt hatten, und außerdem passen sie trotz Anprobe nicht richtig. Wenn der Cölner Kleidermacher nicht solch einen Ruf hätte, könnte er sich das nicht leisten. Hier in Ruhrort wäre er nicht bezahlt worden.»

«Ich habe ein paar Stoffe, die genau zu diesen hier passen, obwohl sie sicher weniger gekostet haben», meinte Clara.

In diesem Moment kam Antonie herein, um den Nachttopf zu leeren. Mit dem üblichen mürrischen Blick durchquerte sie das Zimmer und kam mit dem Topf aus dem Toilettenstuhl wieder zurück. «Wenn die Kleider hier herumliegen, kann ich nicht saubermachen», sagte sie beim Hinausgehen.

«Sie nutzt jede Ausrede, um ihre Arbeit nicht zu tun», schnaubte Lina, die sich langsam ernsthaft über Antonie ärgerte.

Clara wich Linas Blick aus, aber die war nicht bereit, klein beizugeben. «Frau Dahlmann, ich bezahle viel Geld für Antonies Dienste, und ich bin nicht mehr bereit, ihre Faulheit zu akzeptieren.»

«Aber sie ist doch nicht faul, Fräulein Kaufmeister.»

Lina seufzte. «Nein, vermutlich ist sie das nicht. Aber widerwillig, völlig konfus und zu unerfahren, um einen Haushalt ohne eine Hausfrau an ihrer Seite zu führen.»

Clara sah sie empört an. «Geben Sie mir jetzt die Schuld? Ich stehe Tag für Tag im Laden …»

«Nein. Ich weiß, dass Sie sich nicht um alles kümmern können. Ich habe viele Jahre einen großen Haushalt geführt … Und wir hatten kein Personal im Überfluss, mein Bruder ist äußerst geizig.» In Linas Kopf arbeitete es. Guste hatte ja schon angedeutet, dass sie etwas an den Zuständen im Hause Dahlmann ändern könnte. «Sind Sie denn zufrieden mit Antonies Arbeit? Mit ihren Kochkünsten?»

«Nun, ich sagte Ihnen bereits, dass unsere Speisen bescheiden sind …»

«Verstehen Sie unter ‹bescheiden› verbrannte, ungesalzene Hafergrütze?»

Clara schloss kurz die Augen. Lina wusste, bald hatte sie sie so weit.

«Sie kocht wirklich nicht gut», sagte Clara leise. «Aber …»

«Ich könnte das alles ändern, wenn Sie mir freie Hand lassen, Frau Dahlmann.» Lina blieb leise und freundlich. «Vieles ist eine Sache der Planung, und vermutlich würde es Antonie guttun, wenn man ihr zeigt, wie sie sich die Arbeit erleichtern kann.»

«Und wenn sie kündigt? Unsere alte Magd ging zu ihrer Familie aufs Altenteil, es hat so lange gedauert, bis wir jemanden fanden, der all die Arbeit hier allein macht. Bitte, vergraulen Sie sie nicht.»

Clara schien wirklich besorgt. Hauspersonal zu finden, war nicht so schwierig in diesen Zeiten, aber wirklich gute Leute, die fleißig waren und etwas von der Arbeit verstanden, waren selten. Es würde eine Herausforderung für Lina sein, aus Antonie eine Perle zu machen.

«Ich werde sie nicht vergraulen, das verspreche ich Ihnen.» Sie überlegte. «Ich zahle Ihnen zehn Thaler mehr für das Mädchen. Wie viel davon bekommt sie?»

Clara druckste herum. Offensichtlich war es ihr peinlich, dem Fräulein eine stattliche Summe abgenommen zu haben und davon nur einen Bruchteil an Antonie weiterzugeben. ‹Drei Thaler im Jahr.»

«Wären Sie bereit, sechs Thaler davon an sie zu zahlen, einen halben jeden Monat, wenn sie ihre Arbeit in Zukunft besser macht?»

«Das wäre zu überlegen ...» Clara sah Lina an. «Werde ich noch Herrin in meinem eigenen Haus sein?», fragte sie dann.

Lina lachte. «Ich weiß, ich habe einen gewissen Ruf. Aber ich werde alles zuerst mit Ihnen besprechen. Es wird Ihnen auch guttun, wenn Sie sich weniger um diese Angelegenheiten kümmern müssen, Sie arbeiten doch hart genug.»

«Gut. Ich bin einverstanden. Ich werde mit Antonie reden, damit sie ein wenig ... zugänglicher ist.»

«Sagen Sie ihr, dass auch sie daraus Vorteile zieht, nicht nur finanzielle.»

Obwohl sie genug mit den Änderungen der Kleider zu tun hatte, begleitete Lina Antonie in den nächsten Tagen häufig, was diese nicht sehr wohlwollend aufnahm. Aber Lina hatte ihr in einem langen Gespräch erklärt, was sie vorhatte, und da ihre Dienstherrin den Wunsch geäußert hatte, dass sie den Anweisungen des Fräuleins folgte, akzeptierte sie die Kontrolle zähneknirschend.

Als Erstes stellte Lina einen Plan auf, der Vorgaben für die täglichen und wöchentlichen Pflichten enthielt. Manche Arbeiten sollten weniger häufig, andere häufiger als früher erledigt werden. Lina erklärte Antonie auch, dass dieser Plan nicht aus Stein gemeißelt war, weil es im Winter und bei Regenwetter möglicherweise nötig wurde, den Laden öfter zu wischen.

«Du musst mitdenken, immer selbst sehen, was wann nötig ist. Ich habe nicht vor, dir immer zu zeigen, was du zu tun hast», erklärte Lina Antonie. Clara hatte sich bald daran gewöhnt, dass Antonie mit ihren Fragen wie selbstverständlich zu Lina ging. Lina hatte einen freien Sonntagnachmittag für das Hausmädchen durchgesetzt, und es stellte sich heraus, dass Antonie gar nicht so mürrisch und schnippisch war, wie Clara und Lina gedacht hatten.

Abends fiel Lina erschöpft ins Bett, fast so wie im Hause ihrer Familie. Die Änderungen an den veilchenblauen Kleidern hatte sie an den Tagen, an denen sie Antonies Arbeit beobachtete, geschafft, zu den gelben hatte sie mit Clara einen sehr teuren Seidendruckstoff mit zarten gelben Rosen ausgesucht und noch einmal die schlichte weiße Seide dazugenommen. Jetzt nähte sie praktisch zwei neue Kleider aus diesen Zutaten, denn ihrer Meinung nach waren nur die Unterkleider des Cölner Meisters wirklich zu gebrauchen.

Sie ersetzte die Volants durch schlichten Tüll und entwarf aus den Resten wunderbare Umschlagtücher für kühle Abende. Am Ende hatte sie die prächtigsten Ballkleider geschaffen, die Ruhrort je gesehen hatte.

Aber schon die ersten, nur wenig geänderten Kleider für die Töchter des Barons hatten beim Maiball in der *Gesellschaft Erholung* Aufsehen erregt. Und offensichtlich hatte der Baron keine Bedenken gehabt, preiszugeben, wer für den glanzvollen Auftritt seiner schönen Töchter wie auch für den von Friederike und Emma, die ebenfalls sehr bewundert wurden, verantwortlich war.

Schon zwei Tage nach dem Ball erhielt Lina einen Auftrag: Frau von Müller, die sie Silvester beim Baron kennengelernt hatte, wollte ein Ballkleid geschneidert bekommen. Und wie durch Zufall war am Tag der ersten Anprobe Jutta Wienhold bei den von Müllers zu Besuch.

«Ich muss praktisch meine gesamte Sommergarderobe erneuern», klagte sie Frau von Müller ihr Leid. «Ich hatte gehofft, dass wir in diesem Frühjahr noch nach Paris fahren oder wenigstens nach Berlin, aber mein Mann war nicht abkömmlich, und jetzt habe ich nur ein neues Kleid hier fertigen lassen, und das ist enttäuschend provinziell. Auch meine Tochter Annette bräuchte einiges.»

Sie wandte sich an Lina. «Liebes Fräulein Kaufmeister, wären Sie bereit, ein paar Tage zu uns ins Haus zu kommen? Ich hörte auch, Sie seien eine Änderungskünstlerin, und mein Mann wäre sicher erfreut, wenn unsere Kleiderrechnungen ein wenig kleiner ausfallen würden als sonst.»

Lina konnte es kaum fassen. Sie bekam zehn Thaler für das Kleid von Frau von Müller, und nun sollte sie für Jutta Wienhold und ihre Tochter die ganze Sommergarderobe nähen?

«Aber auf keinen Fall besuchen Sie meine liebe Freundin Jutta, bevor Sie mein Kleid fertighaben», warf Frau von Müller ein.

«Sie muss es nach der Anprobe doch kaum ändern», sagte diese, und es stimmte: Linas gutes Augenmaß hatte wieder einmal dazu geführt, dass das Kleid fast auf Anhieb saß.

«Sie bekommen Ihr Kleid schon morgen Nachmittag», erklärte Lina. «Dann kann ich übermorgen zu Ihnen kommen, Frau Wienhold. Wäre Ihnen das recht?»

«Aber natürlich!»

«Wir besprechen dann alles Nötige, und wenn Sie möchten, dass ich bei Ihnen im Hause arbeite, kann ich mich in den Tagen darauf bei Ihnen einquartieren.»

Damit waren sie sich einig. Das Ballkleid von Frau von Müller, ein Traum aus dunkelroter Seide und schwarzen Applikationen, wie er auch Lina selbst gefallen hätte – schlicht und raffiniert zugleich –, machte schon jetzt etwas her und würde prachtvoll werden.

Sie verbrachten noch einen sehr netten Nachmittag miteinander. Lina fühlte sich zu keiner Zeit von den Damen als Dienstbotin behandelt, im Gegenteil, ihr Umgang war genauso freundlich, wie Lina es von den alteingesessenen Familien der Stadt gewohnt war. Aber Lina fragte sich, was geschehen würde, wenn diese mit den Kaufmeisters befreundeten Familien erfuhren, dass sie nun für ihr Geld arbeitete. Und schlimmer: Was würde geschehen, wenn ihr Bruder davon erfuhr? Würde er sie dann doch vor Gericht zerren?

4. *Kapitel*

Um zehn Thaler und eine zufriedene Kundin reicher, machte sich Lina einen Tag später auf zu den Wienholds. Werner Wienhold, der Hausherr, begrüßte sie nur kurz, verschwand dann in seinem Arbeitszimmer und ließ seine Frau mit Lina allein. Kurz darauf kam die Tochter herunter, ein ganz entzückendes zwölfjähriges Mädchen mit den gleichen blonden Haaren wie ihre Mutter und klaren, fast strengen Zügen, die ihr eine ungewöhnliche und gar nicht kindliche Schönheit verliehen. Annette trug die Art von Mädchenkleidern, die Lina selbst in ihrer Kindheit verabscheut hatte: zartrosa Pastell mit Rüschen und Schleifchen, ein merkwürdiger Kontrast zu der klaren Schönheit ihrer Züge.

Annette war lebhaft und wissbegierig und beugte sich mit ihrer Mutter und Lina mehr als eine Stunde über die neuesten Modezeitschriften aus Paris, London, Wien und Berlin. Für Lina waren diese Modezeichnungen eine Offenbarung. Unaufhörlich arbeitete es in ihrem Kopf, um all die Eindrücke in sich aufzunehmen und irgendwann verwenden zu können.

So vorbereitet, gingen sie dann hinauf ins Ankleidezimmer, das die Familie gemeinsam nutzte, um die letztjährige Sommergarderobe zu begutachten. Annette war offensichtlich im letzten Jahr um einiges gewachsen, ohne jedoch auch in der Breite entsprechend zugelegt zu haben. Daher passten die meisten Kleider noch, waren jedoch zu kurz.

Die Aussicht, keine komplett neue Garderobe zu bekommen, schien Annette zunächst nicht zu gefallen, sie schmollte ein wenig, bis ihre Mutter ihr klarmachte, dass dies immerhin bedeutete, ihre Lieblingsstücke länger tragen zu dürfen.

Lina beriet sie, welche neuen Kleider aus den Zeitschriften ihr gut stehen würden, hatte aber nicht mit dem Willen der Kleinen gerechnet. Nicht die schlichten Kleider, sondern die mit den Volants, Rüschen, Schleifchen und Röschen sollten es sein und die meisten natürlich wieder im zarten Rosé.

Als Annette zufrieden war und einwilligte, zu ihrer Kinderfrau zu gehen, die sie auch unterrichtete, sah sich Lina in dem großen Ankleidezimmer um. Jutta Wienhold hatte wirklich viele Kleider, sie nahmen fast eine ganze Wand ein und waren auf Bügel gezogen statt in Kisten aufbewahrt, sodass sie jederzeit in gutem Zustand waren. Lina entdeckte auch pelzbesetzte Wintermäntel und Ballkleider aus den teuersten Brokatstoffen.

Die andere Wand war den Anzügen, Hemden und Westen des Hausherrn vorbehalten, aber zu ihrem Erstaunen entdeckte Lina auch Jungenkleidung. Die Wienholds hatten Silvester bei Baron von Sannberg nur von ihrer Tochter gesprochen, gab es noch ein weiteres Kind?

Aber bevor sie fragen konnte, sagte Jutta Wienhold: «Ich habe festgestellt, dass die meisten Frauen hier in Ruhrort alltags eher Grau und Schwarz tragen. Ich finde das zwar langweilig, aber ich möchte unter den Damen nicht wie ein bunter Vogel herumlaufen.»

«Das muss gar nicht langweilig sein.» Lina deutete auf die seidenen Streifen, mit denen sie ihren dunklen Rock verziert hatte. «Aber Sie sollten nicht zu dunkle Kleider tragen, das passt gar nicht zu Ihnen.»

Am Ende des Nachmittags stand fest, was Lina in den nächsten Tagen zu tun hatte: neben den Änderungen und neuen Kleidern für Annette sollten es vier neue Alltagskleider in Hellgrau und Graublau, zwei Nachmittagskleider und drei Ballkleider für Jutta werden, hinzu kamen noch drei schlichte Röcke und umfangreiche Änderungen an dreien der letztjährigen Kleider.

Später begleitete Jutta Lina zu Clara Dahlmann, wo sie einen großen Teil der Stoffe erstanden. Ein paar weitere kauften sie auch bei Levy, Claras Konkurrenz, weil Clara die sehr teuren Tuche stets nur in kleinen Mengen orderte und nicht mit allem dienen konnte.

Trotzdem war Clara hocherfreut, als sie Lina am Abend in der Küche traf, wo sie ihren Tee aufbrühte.

«Ein solches Geschäft habe ich in diesem Jahr noch nicht gemacht», sagte sie. «Erst die dunkelrote Seide für Frau von Müller und dann das! Gut, dass der Diener Sie abholt und die Stoffe gleich mitnimmt. Wilhelm kann das gar nicht alles tragen und hätte den Handwagen nehmen müssen. – Jetzt sind Sie also unter die Kleidermacher gegangen, Fräulein Kaufmeister.»

«Nun ja.» Lina wurde rot. «Es hat sich herumgesprochen – allerdings erst unter den kürzlich zugezogenen Bekannten des Barons.»

«Das ist doch wunderbar! Und wenn Sie mir weiterhin so gute Kundschaft bringen, wäre ich auch bereit, Ihnen eine kleine Provision zu zahlen.»

«Ach, ich weiß nicht», sagte Lina. «Für die Zugezogenen bin ich nichts anderes als eine begabte Hausschneiderin. Aber die Alteingesessenen … Ich glaube nicht, dass sie es mögen, wenn eine der Ihren plötzlich für Geld Kleider näht.»

«Warten wir's ab.» Clara stellte ihre Teetasse in den Spülstein. «Die Ruhrorter sind geizig. Wenn sie merken, dass sie das, was sie sonst teuer in Duisburg, Düsseldorf oder gar Cöln erstehen müssen, bei Ihnen in gleicher Güte billiger haben können, werden sie sicher zu Ihnen kommen.»

«Aber den hiesigen Kleidermachern wird das sicher nicht gefallen.»

«Die hiesigen Kleidermacher müssen erst einmal so gut werden wie Sie, meine Liebe.»

Am nächsten Tag zog Lina für mindestens eine Woche bei den Wienholds ein. Das große Haus übertraf selbst das der Kaufmeisters, auf das Georg so stolz war, denn sogar Franz Haniel wohnte noch in dem beengten Packhaus, das sein Großvater vor fast hundert Jahren errichtet hatte.

Für den Prachtbau der Wienholds hatten drei der ältesten Häuser an der Schulstraße in der Neustadt weichen müssen, die in den achtziger Jahren des vorigen Jahrhunderts erbaut worden waren. Wie das Kaufmeist'ersche Haus war es dreistöckig. Statt eines Flures gab es eine kleine Eingangshalle mit einer gewundenen Treppe, wie sie Lina nur in Abbildungen von Schlössern gesehen hatte. Obwohl sie ja bereits am Vortag im Haus gewesen war, hatte sie erst jetzt die Muße, all die kostbaren Möbel, chinesischen Vasen und antiken Skulpturen zu betrachten, die den meisten Ruhrorter Protestanten die Schamesröte ins Gesicht getrieben hätte. Im Salon lagen persische und chinesische Teppiche, es gab mehrere Ecken mit gemütlichen Sofas und Sesseln, Spieltische mit zierlichen Stühlen und einen mächtigen Kamin. Eine große Flügeltür führte hinaus auf eine Terrasse und in einen kleinen Garten, eine Rarität in der engen Stadt, in der die Hinterhöfe meist gewerblich genutzt wurden.

Das Zimmer, in dem Lina während ihres Aufenthaltes wohnen sollte, hatte mehr als die doppelte Größe ihres früheren Zimmers. Die Wände waren mit feinen Tapeten verkleidet und die Möbel, Bett, Kommode und Schreibtisch, aus edlen Hölzern kunstvoll gearbeitet. Lina schätzte, dass man das halbe Kaufmeister'sche Haus mit dem Geld, das diese Möbel gekostet hatten, hätte einrichten können, dabei hatte Georg nicht einmal sehr gespart, denn die Einrichtung sollte auf Gäste Eindruck machen.

Eines der Hausmädchen hatte man extra für Lina abgestellt, sie sollte ihr zur Hand gehen, die Stoffe und Kleider tragen und ihr alles so bequem wie möglich machen.

Natürlich war Lina von einem Diener zu Hause abgeholt worden, der ihre Nähmaschine und persönlichen Dinge trug und die gewaltigen Mengen Stoff, die sie und Jutta erstanden hatten.

Ihr Arbeitsraum war der sogenannte Damensalon im ersten Stock, auch er, wie der große Salon, nach hinten hinaus gelegen. Hier pflegte Jutta Wienhold mit ihrer Tochter die Nachmittage zu verbringen, beschäftigt mit Lesen, Stickarbeiten oder dem Legen von Patiencen. Während die Kinderfrau mit Annette den Lernstoff des Tages repetierte oder französische Konversation pflegte, war die Hausdame an einem kleinen Sekretär mit den Planungen für den Haushalt beschäftigt oder bereitete Rechnungen für den Hausherrn zur Zahlung vor.

Morgens hingegen hatte Lina den Salon für sich allein, was ihr gefiel, denn so konnte sie ganz in ihrer Arbeit versinken. Immer wieder erfreute sie sich an den Ergebnissen.

Als sie am dritten Morgen den Damensalon betrat, zuckte sie überrascht zusammen. Denn direkt hinter der Tür sah sie in ein erschrecktes Jungengesicht. Der Kleine hatte blonde, lange Haare, die er nach alter Sitte hinten zusammengebunden trug, und eine unverkennbare Ähnlichkeit mit Annette. Er hatte einen einfachen Anzug an, dessen Hosenbeine und Ärmel ein wenig zu kurz geworden waren.

«Wer bist du denn?», fragte Lina, als sie sich von dem Schreck erholt hatte.

«Anno.» Auch er schien den Schrecken überwunden zu haben.

«Bist du Annettes Bruder?»

Er schien einen Moment zu überlegen, dann nickte er. «Du gehörst nicht hierher», stellte er dann fest.

«Ich bin Fräulein Lina Kaufmeister. Ich mache Kleider für deine Mutter und deine Schwester.» Lina deutete auf seine Jackenärmel. «Wenn ich das so sehe, sollte ich auch neue Anzüge für dich nähen. Du bist aus diesem herausgewachsen.»

Er sah sich die kurzen Ärmel an und nickte wieder. «Neulich haben sie noch gepasst.»

Lina wusste nicht so recht, was sie tun sollte mit dem Bürschchen, das man ihr bisher nicht vorgestellt hatte, und beschloss, möglichst unbefangen zu bleiben. Kinder schätzten es, wenn man sie ernst nahm, und so hatte Lina es immer gehalten.

Interessiert beobachtete Anno, wie Lina den großen Tisch abräumte und Stoff darauf ausbreitete. Er schien entschlossen, mit ihr zu reden. «Ich gehe nicht oft aus dem Haus, weißt du. Nur manchmal. Dann schaue ich mir den Dom an.»

«Den Dom?», fragte Lina verwirrt.

«Du musst doch den Dom kennen! Er ist doch so groß!»

Lina erinnerte sich, dass die Familie Wienhold zuletzt in Cöln gewohnt hatte. Meinte er etwa den Cölner Dom?

«Natürlich kenne ich den Dom. Aber hier in Ruhrort haben wir keinen Dom. Nur zwei kleine Kirchen.»

Anno schwieg, schien eine Weile ganz in sich versunken. «Ruhrort», wiederholte er dann ganz langsam. «Wo liegt das?»

«Auch am Rhein wie Cöln, aber weiter nördlich und auf der anderen Seite. Dort, wo die Ruhr in den Rhein mündet. Hast du es denn nicht gesehen, als ihr hier ankamt?»

«Nein. Ich … ich schlafe sehr viel.»

«Dann bist du wohl krank, Anno?»

Wieder nickte er. «Ja, ich denke schon.»

«Ich war als Kind auch sehr lange krank.» Lina machte ein paar Schritte um den Tisch. «Deshalb hinke ich, siehst du?»

Er lächelte. «Ich hinke nicht. Aber ich weiß oft nicht, wo ich bin und was ich gerade getan habe.»

Großer Gott, dachte Lina. Womit ist der Kleine nur geschlagen?

In diesem Moment ging die Tür auf, und die Kinderfrau stand mit hochrotem Kopf vor ihnen. Eine Haarsträhne hatte sich gelöst, und die sonst so steife, überkorrekte Person war offensichtlich in heller Aufregung. «Anno», rief sie. «Hier hast du dich also versteckt! Du solltest doch dein Zimmer nicht verlassen.» Sie nahm ihn bei den Schultern und schob ihn aus dem Zimmer. «Entschuldigen Sie bitte, Fräulein, dass er Sie gestört hat.»

«Aber das hat er gar nicht», sagte Lina. «Wir haben uns nur ein wenig unterhalten.»

Täuschte sie sich, oder schien die Gouvernante erschrocken über diesen harmlosen Satz? Ohne ein weiteres Wort brachte sie den Jungen hinaus.

Lina fuhr fort, das Kleid zuzuschneiden. Entlang des großen Schneiderwinkels zeichnete sie mit einem Stück Kreide die Umrisse der einzelnen Teile auf.

Kurze Zeit später kam Jutta Wienhold herein. Auch sie sah abgehetzt und derangiert aus. «Ich hörte, Anno war bei Ihnen, liebes Fräulein Kaufmeister.»

«Ja, das war er.» Lina schnitt konzentriert eine lange gerade Strecke entlang. «Und jeder scheint deswegen besorgt zu sein. Dabei haben wir uns nur ein wenig unterhalten.»

«Das wird sicher seltsam für Sie gewesen sein.» Jutta sah in einen der Wandspiegel und fingerte an ihrer verrutschten Haube herum.

«Nun, ein wenig seltsam war schon, dass er offenbar nicht wusste, dass er in Ruhrort ist. Er glaubte, er sei noch in Cöln.»

Jutta setzte sich auf einen Sessel und barg den Kopf in den Händen. Als sie aufsah, schimmerten Tränen in ihren Augen.

Lina hielt mit dem Zuschneiden inne und ging zu ihr. «Ist es so schlimm mit dem Kleinen?», fragte sie.

Jutta nickte.

«Sie brauchen es mir natürlich nicht zu erzählen …»

Jutta wischte sich die Augen. Es dauerte einen Moment, bis sie sprach. «Er ist Annettes Zwillingsbruder, und vor einiger Zeit stellten wir fest, dass er sich seltsam verhielt. Er … er berichtete von Stimmen, die er hört. Und manchmal war er ganz rasend. Dann wieder wusste er nicht, wo er war, aber immer wieder lief er fort und fand nicht mehr nach Hause. Deshalb sperren wir ihn die meiste Zeit im Haus ein. Niemand kann ihm helfen, niemand.»

Sie blickte zu Lina auf. «Deshalb sind wir auch von Cöln weggegangen, damit niemand fragt, wo Anno geblieben ist.» Ihr Gesichtsausdruck wurde fast ängstlich. «Liebes Fräulein Kaufmeister – liebe Lina, wenn Sie mir erlauben, Sie so zu nennen –, ich bitte Sie von Herzen, niemandem von unserem großen Unglück zu erzählen. Wir versuchen, dem Jungen ein angenehmes Leben zu bieten, bei dem es ihm an nichts fehlt außer seiner Freiheit. Wir wollen ihn vor dem Irrenhaus bewahren, in das wir ihn unweigerlich geben müssten, denn manchmal ist er recht gefährlich, so jung er noch ist. Sie müssen mir versprechen, das für sich zu behalten, Lina, bitte.»

«Aber natürlich, liebe Jutta. Von mir wird niemand etwas erfahren, das verspreche ich. Allerdings …» Sie lächelte. «Sie müssen mir erlauben, dem Jungen einen anständigen Anzug zu nähen, aus seinem ist er ganz herausgewachsen.»

Jutta lächelte erleichtert. «Wenn es ihm das nächste Mal ein paar Stunden gutgeht, schicke ich ihn zum Maßnehmen. Und wenn Sie ihm wieder unerwartet begegnen, sagen Sie bitte sofort Bescheid. Er weiß inzwischen zu gut, wie er seiner Aufsicht entfliehen kann.»

Trotz der merkwürdigen Begegnung mit dem kranken Anno war der Aufenthalt im Hause Wienhold für Lina wie ein Ausflug in eine andere, schönere Welt. Auch wenn sie hart arbeitete, um die vielen Kleider fertigzustellen – inzwischen half auch das für sie abgestellte Hausmädchen Jette bei den einfachen Näharbeiten –, fand sie Zeit genug für lange, immer vertrauter werdende Gespräche mit ihrer Gastgeberin. Mehr und mehr hatte sie das Gefühl, eine neue Freundin gefunden zu haben, und schließlich waren sie zum «Du» übergegangen. Auch wenn Jutta als Gattin des reichen Werner Wienhold durchaus zufrieden mit ihrem Leben war, machte sie aus ihrer Bewunderung für Linas Courage keinen Hehl.

«Ich finde es wichtig, was du da tust», erklärte sie. «Es gibt so viele unverheiratete Frauen auch aus gutem Hause, die in die größte Not geraten, weil sie sich nicht ernähren können oder es einfach unschicklich finden zu arbeiten. Dabei ist Arbeit doch etwas sehr Ehrenhaftes, wenn einem die eigentliche Bestimmung der Frau versagt bleibt – und es können nicht alle Lehrerinnen werden.»

«Ich wäre sehr gern Lehrerin geworden», erwiderte Lina. «Aber auch hier war mir mein Gebrechen im Weg.»

«Ich sehe es gar nicht mehr», sagte Jutta leichthin. «Ich sehe nur eine schöne Frau, die mit ihren Händen und ein wenig Stoff Wunder wirken kann.»

Jutta Wienhold war mehr als zufrieden mit ihren neuen Kleidern. Dann und wann hatte Lina sich entschlossen, von den Vorlagen abzuweichen, und Jutta war von den Ergebnissen begeistert. «Ich denke fast, du solltest die Kleider auch entwerfen, Lina.»

Aber Lina schüttelte den Kopf. «Dazu ist Ruhrort viel zu provinziell.»

Über Juttas Vorschlag, nach Paris zu reisen, um Anregungen zu bekommen, konnte Lina nur herzhaft lachen.

Auch Annette gefiel sich in ihren Jungmädchenkleidern. Und ihr Bruder hatte zwei neue Anzüge bekommen.

Als man ihn zum Maßnehmen zu ihr brachte, begleitete ihn ein großer Hausdiener, der Lina bisher noch nicht begegnet war. Zuerst dachte sie, der Junge sei wegen dieses kräftigen Mannes an seiner Seite eingeschüchtert, aber dann hatte sie den Eindruck, als erkenne er sie nicht einmal. Es krampfte ihr das Herz zusammen, dass dieser so hübsche Bursche irrsinnig sein sollte. Danach hatte sie Anno nicht mehr gesehen.

Schließlich brach ihr letzter Tag im Hause Wienhold an. Lina hatte bereits ihre Sachen gepackt, als sie den Jungen bemerkte. Er stand auf der Treppe vom zweiten in den ersten Stock. Da sein Zimmer im obersten Stockwerk unter dem Dach lag, vermutete sie, dass er wieder einmal seinen Bewachern entkommen war. «Guten Tag, Fräulein Lina Kaufmeister», sagte er höflich.

Diesmal erkannte er sie also und war ganz so, wie an dem Tag, an dem sie ihn zum ersten Mal getroffen hatte. «Guten Tag, Anno. Bist du ausgerissen?»

«Ich muss doch das Haus einmal kennenlernen», sagte er leichthin. «Danke übrigens für die neuen Anzüge. Das sind die besten, die ich je hatte.»

Die neuen Anzüge hatte er also bemerkt. Lina war ein wenig unwohl, hier mit dem Jungen, den seine Mutter als gefährlich bezeichnete, allein im Treppenhaus zu stehen. Aber er war höflich und freundlich und kam ihr weder gefährlich noch irgendwie irre vor.

«Verrate mich bitte nicht. Ich will nicht weglaufen, ich will mir wirklich nur alles genau ansehen.»

«Gut. Das bleibt unser Geheimnis.»

«Du gehst heute fort?», fragte er. «Das habe ich von der Gouvernante gehört.»

«Ja, ich bin fertig mit allem. Heute Abend gehe ich wieder nach Hause.» Lina zwang sich, dem Jungen in die Augen zu sehen. Sie waren so blau wie die von Annette, und obwohl sich die beiden wirklich ähnlich sahen, waren sie leicht zu unterscheiden. Anno wirkte ein wenig hagerer, eine Spur härter, jungenhafter eben.

«Wie schade. Ich glaube, mit dir kann man gut plaudern. Aber wie ich meine Mutter kenne, hat sie noch nicht genug Kleider, und wir sehen uns bald wieder.»

Oben, im obersten Stockwerk, hörte man schwere Schritte. «Anno?», rief eine Männerstimme. Lina vermutete, das war der Hausdiener.

«Ich muss fort.» Der Junge sprang schnell, aber sehr leise die Treppe hinunter.

Lina folgte ihm langsam, Stufe für Stufe. Kurz darauf war der Hausdiener hinter ihr. «Haben Sie Anno gesehen, Fräulein?»

Lina beeilte sich, den Kopf zu schütteln. «Heute noch nicht.»

Der Mann seufzte und ging an ihr vorbei die Stufen hinunter. Als Lina auf dem Treppenabsatz im ersten Stock ankam, bemerkte sie, wie sich neben ihr eine Tapetentür öffnete. Dahinter erschien Annos Gesicht. Er legte seinen Finger auf die Lippen und grinste.

Lina zwinkerte ihm zu und sah dann, wie er herauskam und vorsichtig wieder nach oben schlich. In diesem Haus konnte er seine Verfolger noch lange zum Narren halten.

Am ersten Abend ihrer Rückkehr musste Lina feststellen, dass es gar nicht so schlimm war, das luxuriöse Haus der Wienholds wieder gegen ihre bescheidenen Zimmer einzutauschen. Zum ersten Mal, seit sie hier wohnte, hatte sie das Gefühl, zu Hause zu sein. In ihrem Geldbeutel klimperte das geradezu unglaubliche Vermögen von fast fünfundsechzig Thalern, und nun tat sie noch das Geld des Barons und der Frau von Müller hinein. Der Gedanke, dass sie die nächste Jahresmiete fast zusammen hatte, ließ ihr Herz klopfen.

Sie wusste, sie hatte den Wienholds einen viel zu günstigen Preis gemacht, aber vielleicht würde ihr das wirklich die Kundschaft einbringen, die sie brauchte, um auf Dauer allein zu überleben.

Sie brühte sich gerade das Wasser für einen Tee auf. Beim Bäcker hatte sie ein Viertel Weißbrot erstanden, denn sie war entschlossen, zur Feier des Tages das kostbare Apfelkraut, das Guste ihr geschenkt hatte, zu öffnen. Sie hoffte, Clara würde es ihr nicht übelnehmen, wenn sie sich etwas Butter nahm.

Draußen hörte sie die Stiefel des Commissars. Kurz darauf kam er in die Küche – unter dem Arm hatte er den üblichen Krug Bier und wollte sich noch ein Glas mitnehmen in seine Wohnung.

«Fräulein Kaufmeister», rief er überrascht. «Sie sind wieder zurück?»

«Ja. Fünfundsechzig Thaler habe ich verdient, ist das nicht schön?» Ihre Augen strahlten.

Er setzte den Krug ab. «Das freut mich. Nun sieht es gar nicht mehr so düster aus, oder?»

«Nein. Möchten Sie ein Brot mit Apfelkraut?»

Er zögerte. «Ich habe schon bei Lohbeck zu Abend gegessen.»

«Kommen Sie. Das ist doch eher ein Nachtisch.»

«Ja, gut.» Er setzte sich und biss kurze Zeit später in das weiche Brot mit der klebrigen Köstlichkeit. Er sah auf ihre zerstochenen Finger. «Sie haben sicher hart dafür gearbeitet», meinte er.

«Ich mache es gern, da merkt man gar nicht, wie oft man sich in die Finger sticht.»

«Ihre Schwester dankt Ihnen», sagte er unvermittelt. «Für was, hat sie mir nicht gesagt.» Sein Blick ließ deutlich erkennen, dass er sehr wohl wusste, worum es ging.

«Geht es ihr gut?», fragte Lina und biss in ihr Brot.

Er nickte. «Ich denke schon. Sie fehlen ihr. Und dann soll ich Ihnen noch Grüße ausrichten von dem hübschen kleinen Hausmädchen, das es immer so eilig hat.»

«Finchen?»

«Ja, so heißt sie wohl. Sie kam extra zur Tür gelaufen, als ich das Haus verließ. Sie scheinen ihr wohl sehr zu fehlen.»

Lina lächelte. «Ja, die Kleine fehlt mir auch. Sie ist wie ein frischer Wind.»

Borghoff zog ein recht sauberes Taschentuch aus seiner Uniformjacke und wischte sich über den Bart, in dem er zu Recht Apfelkraut vermutete. Lina hingegen hatte nichts, womit sie die Spuren in ihrem Gesicht beseitigen konnte – sie hatte ja auch gar nicht vorgehabt, das Brot hier unten zu essen. Verstohlen leckte sie sich die Mundwinkel und bemerkte erst dann das Schmunzeln des Commissars.

«Bier und Apfelkraut passt nicht so gut, oder?», fragte er und deutete auf seinen Krug.

«Ich bleibe heute lieber bei meinem Tee, herzlichen Dank!»

Sie plauderten noch eine Weile, und schließlich kam die Rede auf Antonies Kochkünste.

«Ich habe schon bemerkt, dass sich manches verändert hat», sagte Borghoff. «Mein Zimmer wird jetzt wöchentlich statt einmal im Monat gesäubert, das ist sehr angenehm. Aber wenn man bedenkt, dass ich eigentlich für *Kost* und Logis zahle.»

Lina nickte. «Wenn ich nicht so lange weg gewesen wäre, hätte ich mich längst daran gemacht, Antonie das Kochen beizubringen. Im Gegensatz zu Ihnen bin ich ja leider auf ihre Küche angewiesen.»

«Wer weiß? Vielleicht können Sie in einem halben Jahr immer auswärts essen.»

Die Heftigkeit, mit der Lina den Kopf schüttelte, hatte er nicht erwartet. «Ich muss so viel Geld zurücklegen, wie ich nur kann, damit ich die nächste Jahresmiete zahlen kann und auch die der nächsten Jahre.»

«Ich bin sicher, dass Sie das schaffen werden, Lina.»

Doch zunächst ließen neue Aufträge auf sich warten. Die zweite Maiwoche war angebrochen, und Lina nutzte ihre Zeit, um wie versprochen die Verpflegung im Hause Dahlmann zu verbessern.

Antonie, obwohl durch Linas Planung bereits entlastet, fühlte sich durch das Vorhaben ernsthaft in ihrer Ehre gekränkt.

«Hier im Hause hat sich nie jemand über das Essen beklagt.» Antonies Gesicht war rot angelaufen.

«Das liegt daran, dass Frau Dahlmann nicht wollte, dass du kündigst. Schmeckt dir denn das Essen, das du kochst?» Lina sah sie aufmerksam an.

«So kenne ich es aus meinem Elternhaus.»

Lina ließ nicht locker. «Hat deine Mutter auch jeden Morgen die Hafergrütze anbrennen lassen?»

Betreten schüttelte Antonie den Kopf.

«Und außer bei deiner Mutter hast du nie kochen gelernt? Du hattest doch so etwas angegeben, als du dich hier vorgestellt hast.»

«Ich war ein halbes Jahr Küchenmagd bei den Nonnen in Duissern. Aber das dürfen Sie Frau Dahlmann nicht sagen.»

Lina schmunzelte. «Du bist also katholisch, Antonie?»

Die nickte. «Aber ich gehe immer in die evangelische Kirche, seit ich hier arbeite.»

«Mir wäre auch die katholische recht», sagte Lina. «Du hast

den Nonnen also beim Kochen zugesehen, oder wie ist das zu verstehen?»

«Nun … ja. Aber ich habe Gemüse geschnitten und Kartoffeln geschält.»

Lina seufzte. «Antonie, es war nicht recht zu behaupten, du könntest kochen. Aber dafür, dass du es nicht wirklich gelernt hast, hast du es nicht einmal schlecht gemacht.»

Antonie sah sie verblüfft an. «Nein?»

«Nein. Ich denke, wenn wir ein Kochbuch anschaffen, könnte es sehr viel besser werden. Und du musst natürlich auch lernen, wie die Gerichte schmecken müssen. Arme Leute wie deine Familie können sich nicht viel leisten, woher sollst du schon wissen, was gut ist und was nicht?»

«Sie meinen, dass ich es lernen könnte?» Antonie schien der Gedanke zu gefallen. «Und Sie sagen Frau Dahlmann nicht, dass ich katholisch bin? Sie wollte ausdrücklich ein evangelisches Mädchen.»

«Ich werde ihr nichts davon sagen, Antonie.» Lina lächelte. «Bitte besorge morgen auf dem Rückweg vom Markt einen Packen billiges Papier, damit du dir ein paar Rezepte aufschreiben kannst.»

Doch bevor sie sich Antonies Kochkünsten widmen konnte, war die Küche selbst an der Reihe. Herd und Töpfe wurden blitzblank gescheuert, und alles bekam einen neuen Platz, dort, wo es auch gebraucht wurde. Selbst Antonie musste zugeben, dass diese neue Anordnung ihr in Zukunft viel Zeit sparen würde.

Lina selbst brachte ihr die Grundlagen bei und überredete Clara, ein paar Thaler zu investieren und ein Davidis-Kochbuch anzuschaffen. Ein paar Tage lang kochten Lina und Antonie gemeinsam Rezepte aus dem Buch, damit Antonie die Küchensprache verstehen lernte. Das Mädchen selbst war am meisten überrascht von den Ergebnissen, vieles hatte sie noch nie gegessen, geschweige denn zubereitet. Den Speiseplan stellte sie danach gemeinsam mit Lina und Clara auf.

Lina begann nun auch, die Haushaltsausgaben zu kontrollieren und Antonies Blick für Preise, Vorratshaltung und Resteverwertung zu schärfen. Und auch wenn anfangs noch viel schiefging, wurde das Essen doch deutlich besser, ohne dass es Clara Dahlmann auch nur einen Pfennig mehr kostete. Antonie konnte am Nachmittag ein halbes Stündchen Pause machen und schaffte trotzdem wesentlich mehr als früher. Immer seltener beklagte sie sich, und manchmal musste Clara erstaunt feststellen, dass ihre mürrische Hausmagd bei der Arbeit sang und dies natürlich sofort einstellte, wenn sie ihre Herrin oder Lina in der Nähe wähnte. Lina fürchtete, dass Clara irgendwann stutzig wurde, wenn Antonie katholische Kirchenlieder zum Besten gab.

Nicht nur ihre Nichten Friederike und Emma, auch Guste hatte sich bisher ihre Garderobe meist von Lina nähen lassen. Natürlich sagte Lina nicht nein, als ihre Schwester sie fragte, zumal neue Aufträge weiterhin auf sich warten ließen. Guste wusste von Linas Erfolg bei den Wienholds, und als Lina ihre Arbeit bei den Messmers beendet hatte, bestand auch Guste darauf, sie zu bezahlen. Es war zwar nur eine bescheidene Summe, und Lina war drauf und dran, die Bezahlung abzulehnen, weil sie es unanständig fand, der Familie etwas zu berechnen. Aber Guste und Bertram machten ihr klar, dass sie ein «Nein» nicht akzeptierten.

«Wir haben uns so daran gewöhnt, seit Jahren nur die Materialkosten zu bezahlen, Lina, doch jetzt, wo du darauf angewiesen bist, dein Geld selbst zu verdienen, wäre es einfach nicht recht», wehrte Bertram ab.

«Aber wenn Georg davon erfährt …»

«Von uns erfährt er es nicht», sagte Bertram.

«Ich frage mich ohnehin, was passiert, wenn er weiß, dass ich wieder Geld habe. Womöglich nimmt er es mir erneut weg.» Lina hatte bisher noch mit niemandem über ihre Befürchtungen gesprochen.

«Dann bringe das Geld zu einer Bank.»

Lina sah ihren Schwager verblüfft an. «Um ein Konto zu eröffnen, brauche ich doch Georgs Erlaubnis – und keine Ruhrorter Bank würde ihn übergehen.»

«Es gibt eine neue Bank hier. Der Bankier ist Jude, aber das stört dich doch wohl nicht, wenn es ihn nicht stört, dass du deinem Vormund entwischt bist.» Bertram lächelte. «Ich kenne Samuel Goldstein schon sehr lange, er ist ein sehr ehrenwerter Mann. Und wenn ich für dich bürge und ein gutes Wort einlege, dann kannst du das Geld dort vor Georg in Sicherheit bringen.»

«Aber Bertram, wenn Georg das erfährt ...»

«Ich mag dich, Schwägerin. Und Georg tut dir großes Unrecht, egal, wie man über deine Entscheidung denkt.» Er stand auf und begleitete sie zu Tür. «Wir sollten aber nicht zu Goldstein gehen, wenn Georg in Ruhrort ist. In zwei Tagen fährt er nach Duisburg, ich hole dich dann ab.»

«Danke», sagte Lina und drückte ihm die Hand.

Mit den fünfzehn Thalern von Bertram hatte sie die Miete nun zusammen. Alles Weitere könnte sie für Brennholz und ein paar Annehmlichkeiten ausgeben. Aber sie würde ruhiger schlafen, wenn sie das Geld auf der Bank wüsste.

Zwei Tage später eröffnete Lina mit Hilfe von Bertram ein Konto bei der Bank von Samuel Goldstein. Der Bankier versicherte ihr, dass Georg erst gar nichts von dem Konto erfahren würde. «Für mich erstreckt sich das Bankgeheimnis auch darauf, wer meine Kunden sind», erklärte ihr Goldstein.

«Nun, viel verdienen werden Sie an mir nicht», meinte Lina. «Ich bin froh, dass ich jetzt meine nächste Jahresmiete zusammen habe, wenn keine unvorhergesehenen Ausgaben auf mich zukommen.»

«Ich gebe auch Kredit.» Er sagte das mit einem Lächeln, das die Ironie seines Tonfalls konterkarierte.

Als Lina in die Harmoniestraße zurückkehrte, fühlte sie sich friedlich und sicher. Achtzig Thaler hatte sie auf ihr neues Konto gezahlt, achtzig Thaler, die ihr Georg nicht so ohne weiteres nehmen konnte. Und am Vormittag erreichte sie eine Notiz der Frau von Dr. Erbling. Sie lud Lina zu sich ein, aber diese ahnte bereits, dass es um mehr ging und sich ein neuer Auftrag abzeichnete. Mit Frau Erbling war die Silvestergesellschaft des Barons komplett.

So ging Lina in das kleine Haus der Erblings in der Kleinen Straße am anderen Ende der Altstadt. Es war vor etwa zwanzig Jahren neu erbaut worden, nachdem das alte Gebäude abgebrannt war. Erbling hatte es von der Witwe seines Vorgängers erworben. Sie waren vor etwa anderthalb Jahren zugezogen, was allgemein begrüßt wurde, denn Dr. Feldkamp und der alte Dr. Zinnowitz wurden der steigenden Einwohnerzahl nicht mehr Herr, auch wenn viele der ärmeren Ruhrorter meist nur die Hilfe des versoffenen Chirurgen Bleiweiß in Anspruch nahmen.

Der junge Doktor war längst nicht so reich wie die von Müllers oder gar die Wienholds. Es war seiner Frau ein wenig peinlich, Lina vor allem um Änderungen zu bitten. Aber gerade hier war Lina in ihrem Element und gab der jungen Frau zu verstehen, dass nichts Anstößiges daran war, sparsam zu sein. Ein neues Nachmittagskleid hatte der Doktor seiner Frau zugestanden. «Und ich soll wieder das Ballkleid aus den letzten zwei Jahren tragen.»

Am Ende hatten sie sich darauf geeinigt, dass Lina das Ballkleid änderte, ein neues Nachmittagskleid schneiderte und einige Alltagskleider ausbesserte. Die junge Frau zögerte zunächst, da Linas Vorschläge doch etwas teurer werden würden als geplant. Aber der Doktor war von Linas sparsamen Vorschlägen sehr angetan, er sah es selbst nicht gern, wenn er seine Frau knapphalten musste, und zeigte sich großzügig. Als Lohn hatte Lina vierzehn Thaler vereinbart.

Modezeitschriften konnten sich die Erblings nicht leisten, und Lina erinnerte sich daran, dass Jutta Wienhold ihr zutraute, die Kleider auch selbst zu entwerfen. Auch wenn es Lina im Moment um das Geld leidtat, sie beschloss, auf dem Rückweg bei Brendow ein paar große Papierbögen zu erstehen, auf denen sie Entwürfe skizzieren könnte. Für eine Sekunde liebäugelte sie mit dem Aquarellkasten, der dort angeboten wurde, aber der war ihr dann doch zu teuer. Bis es zu dunkel dafür wurde, saß sie an ihrem Tisch und skizzierte Ideen.

Ende der zweiten Maiwoche hatte seit langer Zeit die *Helena* wieder in Ruhrorts Hafen angelegt. Wie angeordnet meldete der Hafenmeister dies der Polizei. Borghoff ließ Fremde Fremde sein und durchsuchte gemeinsam mit Ebel und einem Polizeidiener das Schiff.

«Eck wied, dat ihr min Jung söcht», sagte der Drömmer in breitestem Ruhrorter Platt. Hilflos sah Borghoff Ebel an, der übersetzte.

«Er sagt, er weiß, dass wir seinen Jungen suchen. Aber der sei seit November nicht mehr auf dem Schiff gewesen. Aber wir wissen ja, dass er lügt.» Ebel spielte auf die Aussage eines entlassenen Bootsjungen an, der im Februar ausgesagt hatte, dass Gerd Drömmer die ganzen Monate bis Ende Januar mitgefahren und dann gegen den Willen seines Vaters ausgerechnet in Ruhrort an Land gegangen war. Das Schiff lag dort ein paar

Tage wegen des Eises fest und den Jungen hatte es nicht mehr an Bord gehalten.

«Na ja», räumte Drömmer ein, der Ebels Hochdeutsch sehr wohl verstanden hatte. «Dat stimmt, aber seit Februar hab ich ihn nich mehr gesehen. Dat tu ich schwörn.»

«Besser nicht», sagte Borghoff und beendete die Durchsuchung. Er stellte aber einen Polizeidiener ab, die *Helena* im Auge zu behalten. Leicht schwachsinnig, wie der junge Drömmer war, konnte es sein, dass er seinen Vater aufsuchte. Und ein glücklicher Umstand hatte es gefügt, dass das Schiff eine Weile in Ruhrort festlag, weil es dringende Reparaturen gab.

Am 20. Mai wurde ein Stück den Rhein hinunter nahe des Dorfes Beeck, das zu Holten gehörte, eine Frauenleiche angespült. Es war Staatsanwalt Rocholl zu verdanken, dass Commissar Borghoff überhaupt davon erfuhr. Der Staatsanwalt holte ihn persönlich in Ruhrort ab, um mit ihm nach Beeck zu fahren.

Mangels anderer kühler Örtlichkeiten hatte man die Leiche in den Keller der Kirche gebracht. Der Holtener Arzt, der zur Leichenschau angereist war, wirkte ziemlich erschüttert, was mehr mit dem Anblick als mit dem Geruch der schon länger im Wasser treibenden Leiche zu tun hatte. Er sollte sie anschließend obduzieren, aber man hatte noch auf die Besucher aus Duisburg und Ruhrort gewartet.

Borghoff presste sein Taschentuch auf Mund und Nase, als er mit dem Staatsanwalt in den Kirchenkeller stieg. Er hatte schon geahnt, was ihn erwartete, und sah, als er das Tuch über der aufgedunsenen Leiche wegzog, seine Vermutungen bestätigt: der jungen blonden Frau war der Brustkorb aufgebrochen und ein tiefer Schnitt in den Bauch beigebracht worden. Entlang des Schnittes trug sie viele Spuren von Fischfraß.

«Ich habe zwei Aale herausgezogen», bemerkte der Doktor.

Staatsanwalt Rocholl schien es schwerzufallen, ein Würgen zu unterdrücken. Borghoff schlug das Tuch wieder über die Leiche. «Ich habe genug gesehen», sagte er.

Der junge Staatsanwalt sah ihn dankbar an und folgte ihm nach oben zurück in die Kirche. «War das die Kleine, die in Duisburg verschwunden ist?», fragte Borghoff ihn.

Der Staatsanwalt, der erst einmal tief durchgeatmet hatte, nickte. «Heinens Beschreibung nach ist sie es. Soweit man das erkennen konnte.»

«Kein schöner Anblick, so eine Wasserleiche», sagte Borghoff. Auch wenn er erst kurze Zeit in Ruhrort Dienst tat, hatte er schon viele gesehen, meist irgendwelche unglücklichen Schiffer, die betrunken in den Rhein oder den Hafen gestürzt waren.

«Wie lange lag sie Ihrer Erfahrung nach im Wasser?», fragte Rocholl.

«Zwei bis drei Wochen wahrscheinlich. Mein Sergeant meinte, das sei nicht unüblich, dass die Leichen hier angespült würden. Und es wäre gut möglich, dass man sie in Ruhrort in den Rhein geworfen hat. Aber selbst wenn es in Duisburg geschehen ist, es handelt sich ohne Frage um denselben Mörder.»

Auf der Rückfahrt war Rocholl sehr schweigsam. Als die Baustelle des Hebeturms in Sicht kam, drosselte er das Tempo. «Borghoff, das kann nicht mehr so weitergehen, alle paar Monate eine derart zugerichtete Leiche. Mag sein, dass das alles Mädchen waren, die keiner wirklich vermisst hat, aber wer weiß, ob es dabei bleibt?»

«Solange wir nicht wissen, was dahintersteckt, werden wir kaum verhindern können, dass ein weiterer Mord geschieht.» Borghoffs Stimme klang bitter.

Rocholl seufzte. «Die Stellen in Berlin, bei denen ich wegen der Herzen und der Kinder nachgefragt habe, konnten mir bisher nicht helfen. Aber sie forschen weiter nach. Was ist denn mit diesem Schiffer?»

«Die *Helena* liegt im Hafen auf Reede», antwortete Borghoff. «Wenn Gerd Drömmer in Ruhrort ist – und ich fürchte fast, das ist er –, dann müssen wir ihn diesmal festnehmen. Es ist ohnehin peinlich, dass wir ihn noch nicht gefasst haben, obwohl er so häufig in der Stadt gesehen wurde. Aber ich habe nicht genügend Leute, die Altstadt vollständig abzuriegeln.»

Rocholl runzelte die Stirn. «Aber sagten Sie mir nicht, dass Sie nicht glauben, dass er der Mörder ist?»

«Leider haben wir keinen anderen Verdächtigen. Und wir können die Morde nicht ewig vertuschen. Wenn die Ruhrorter unruhig werden, möchte ich ihnen wenigstens einen Täter präsentieren können. Auch wenn sich letztlich herausstellt, dass er unschuldig ist, und wir ihn laufenlassen müssen.»

Rocholl schwieg einen Moment, dann sagte er: «Gut. Sprechen wir mit Ihrem Bürgermeister.» Er ließ das Pferd wieder schneller laufen, und bald darauf bogen sie in die Dammstraße und von dort in die Friedrich-Wilhelms-Straße ein.

Wenig später stand der Commissar mit dem Staatsanwalt im kleinen Büro des Bürgermeisters. Borghoff hatte eigentlich von Weinhagen mehr Widerstand erwartet. Doch der Bürgermeister war anscheinend bester Laune und wollte sie sich durch nichts verderben lassen.

«Wissen Sie, was das ist?» Er hielt Rocholl und dem Commissar ein Papier unter die Nase. «Das ist der Mietvertrag für das Westphal'sche Haus. Ein neues Rathaus, endlich angemessene Diensträume! Und natürlich auch mehr Platz für unsere Polizei.»

Borghoff hatte sich zwar erzählen lassen, dass das Hanes'sche

Haus, in dem sie jetzt saßen, eine große Verbesserung gegenüber den verrotteten Räumen über dem abgerissenen Weidetor war, aber die Verhältnisse waren doch arg beengt. Alle Bestrebungen, ein neues Rathaus an der Stirnseite des Neumarktes zu bauen, waren an Geldmangel und anderen Schwierigkeiten gescheitert. Das Westphal'sche Haus an der Dammstraße würde endlich ein repräsentativeres Rathaus sein, obwohl damit die Debatte um einen möglichen Neubau sicher nicht beendet war.

«Wir können schon nächsten Monat einziehen», erklärte der Bürgermeister.

«Dann wäre es gut, wenn Drömmer bis dahin gefasst wäre», sagte Rocholl.

Weinhagen wandte sich an Borghoff: «Sie haben zwei Tage, Herr Commissar, um mit allen Ihren Leuten nach dem Schiffer zu suchen. Danach muss alles wieder seinen Gang gehen, sonst gehen uns zu viel Registriergebühren verloren.»

«Wenn wir es gut vorbereiten, müsste es zu schaffen sein», sagte Borghoff, obwohl er Zweifel hatte. Sie jagten Drömmer schon mehr als sechs Monate hinterher. So klein die Altstadt war, in ihrem Labyrinth aus Gassen und überfüllten Häusern konnte sich der Schiffer mühelos verstecken, und eine Stadt ohne Mauern und ständige Straßenkontrollen konnte man leicht betreten und verlassen.

Für den Nachmittag des nächsten Tages hatte der Commissar eine Besprechung einberufen. Sergeant Thade aus Meiderich war dabei, natürlich Ebel und die drei Polizeidiener, der Nachtwächter, der Hafenmeister und zwei seiner Gehilfen sowie die Hauptleute der Bürgerwehr.

Drömmer war vor wenigen Tagen gesehen worden, Borghoff hoffte, dass er sich noch in der Stadt aufhielt, zumal das Schiff seines Vaters ja auf Reede lag.

«Ich denke, wir können ausschließen, dass er in der Neustadt ist. Deshalb werden wir uns auf die Altstadt und den Hafen konzentrieren.» Borghoff hatte zwar nicht viel Zeit für einen Schlachtplan gehabt, aber er war ein gewiefter Stratege.

Er wandte sich an den Hauptmann der Bürgerwehr: «Die Bürgerwehr ist für die Straßen und Gassen stadtauswärts verantwortlich. Sollten wir Drömmer aufschrecken, darf er nirgendwo entwischen können. Deshalb ist es wichtig, dass alle in Uniform erscheinen.»

«Mit den Gewehren?», fragte Richard Lammers, der in diesem Jahr Schützenkönig werden wollte.

Borghoff schüttelte den Kopf. «Wir jagen zwar einen großen, starken Kerl, aber Schlagstöcke sollten genügen. Wenn es nach mir geht, werden Sie gar nicht eingreifen müssen. Eine Schusswaffe könnte Zivilisten verletzen.»

Lammers machte ein enttäuschtes Gesicht. Borghoff fuhr fort: «Der Hafenmeister und seine Leute sind für die Abriegelung des Hafens zuständig. Jeder, der sein Schiff verlässt oder es betreten will, wird kontrolliert. Nachtwächter Evens wird an diesem Tag Drömmers Schiff im Auge behalten, seinen Dienst am Tag davor und danach soll jemand von der Bürgerwehr übernehmen. Er wird dafür bezahlt werden.»

«Und was macht dann die Polizei?», fragte Lammers.

«Die regulären Polizeikräfte werden in drei Gruppen – je ein Sergeant beziehungsweise ich mit je einem Polizeidiener – die gesamte Altstadt durchkämmen. Wir beginnen mit den Gasthäusern und Bordellen und nehmen uns danach die Wohnhäuser vor. Wenn wir ihn so zu fassen bekommen, gut. Wenn nicht, gehen Sie davon aus, dass dies eine Jagd ist und wir Polizisten die Treiber sind.»

«Aber schießen dürfen wir nicht …»

«Ich habe Ihnen doch schon erklärt, warum, Herr Lammers.»

Borghoff sah in die Runde. «Wir müssen ihn diesmal kriegen, koste es, was es wolle. Und zwar lebend.»

«Und wann soll das Ganze stattfinden?», fragte Nachtwächter Evens.

«Übermorgen. Die Bürgerwehr muss sich erst besprechen, und auch wir müssen genau festlegen, wie wir vorgehen.» Borghoff entließ die Hilfspolizei und bat seine Leute, noch einen Moment zu bleiben.

«In etwa einem Monat werden wir in ein neues Rathaus ziehen, das Westphal'sche Haus an der Dammstraße, das Sie sicher alle kennen. Ich möchte Sie bitten, diesen Umzug jetzt schon vorzubereiten. Dazu gehört auch, dass alles Überflüssige entrümpelt wird. Den genauen Termin gibt der Bürgermeister noch bekannt. Ich werde mir in den nächsten Tagen die neuen Räumlichkeiten ansehen.»

Polizeidiener Schröder hob die Hand und fragte: «Wenn dort mehr Platz ist, werden wir dann noch jemanden einstellen? Wir kommen ja jetzt schon mit der Kontrolle der Fremden nicht mehr nach.»

«Ich werde mit dem Bürgermeister darüber sprechen. Möglicherweise ergibt sich etwas.»

Am Nachmittag des 24. Mai machte sich Lina mit ihren Zeichnungen und Stoffmustern auf den Weg zum Haus von Dr. Erbling. Irgendetwas war anders in der Altstadt heute. Sie war immer laut und geschäftig, aber das erinnerte an das Summen eines Bienenschwarms. Doch heute hatte sich eine merkwürdige Unruhe über alles gelegt.

Auf Höhe des alten Weidetores standen drei Leute der Bürgerwehr, die Lina nicht kannte, in ihrer Schützenuniform. Sie schienen alle, die die Altstadt verließen, zu kontrollieren. In einer Gasse erkannte sie den Sergeanten Ebel mit einem Polizeidiener, in einer anderen herrschte helle Aufregung, mehrere aufreizend gekleidete und grellgeschminkte Frauen standen auf der Straße, dazwischen ein paar Männer, von denen einer noch in seine Hosen stieg.

Die ganze Kleine Straße entlang, wo es viele Wohnhäuser gab, in denen ganze Familien in einem Zimmer hausten, standen Menschen auf der Straße und sprachen aufgeregt miteinander.

«Was ist denn heute los?», fragte Lina Frau Erbling, als sie das Haus betrat.

«Die Polizei sucht jemanden. Sie gehen in jedes Haus, sogar hier sind sie gewesen, aber gleich wieder gegangen.» Frau Erbling wirkte noch ein wenig erschüttert, die Polizei im Hause gehabt zu haben, so kurz es auch gewesen sein mochte.

Ihr Mädchen nahm Lina ihren Schal, den Hut und den Stock ab, dann stiegen sie und die Hausherrin hinauf in die erste Etage, denn unten befand sich neben der Praxis des Doktors nur die Küche.

Der Salon der Erblings war klein, aber gemütlich eingerichtet. Lina war erstaunt, dass sie nicht die einzige Besucherin war. Auf dem Sofa saß eine kleine hagere Frau mit einer auffallend spitzen Nase. Vor ihr auf dem Tisch lagen ausgebreitet Spielkarten, Lina dachte zunächst, sie hätte eine besonders komplizierte Patience gelegt, aber dann sah sie, dass dies keine üblichen Spielkarten waren: sie trugen bunte Bilder, die eigentliche Karte war verkleinert darauf abgebildet, und es gab auch einen französischen Spruch.

Lina hatte zwar bisher noch nie Wahrsagekarten gesehen, doch ihr war sofort klar, dass hier eine Kartenlegerin am Werk war.

«Fräulein Kaufmeister, das ist Madame Allenberg, die berühmte Kartenlegerin.» Frau Erbling sprach den Namen französisch aus, und die Dame nickte Lina zu. «Sehr erfreut», sagte sie mit französischem Akzent.

«Sagen Sie bloß meinem Mann nichts davon, dass die Madame hier Karten legt.» Frau Erbling zwinkerte ihr verschwörerisch zu. «Er hält gar nichts davon.»

Lina hätte ihr gern gesagt, dass sie da ganz seiner Meinung war, wollte aber weder ihre Auftraggeberin noch die Französin beleidigen.

«Wäre es schlimm, wenn sie die Legung für mich erst beendet, bevor wir uns den Entwürfen zuwenden?», fragte Frau Erbling. «Ich bin froh, dass ich diesen Termin bekommen konnte.»

«Sicher nicht», sagte Lina. «Ich höre gern zu, wenn es nicht zu privat ist.»

«Wo denken Sie hin.» Frau Erbling lachte. «Früher war das unser liebstes Vergnügen, wenn wir uns im Salon trafen. Aber mein Mann ist da sehr streng, deshalb habe ich nur noch selten Gelegenheit, mir mein Schicksal deuten zu lassen.»

So hörte sich Lina eine Weile die Erklärungen der Kartenlegerin an. Sie sprach von Nachrichten, von einem Kind, das möglicherweise schon bald unterwegs sein würde, und kleinen Querelen mit dem Ehemann, einer wichtigen Einladung und vielem mehr.

Lina war nicht sehr beeindruckt. Frau Erblings Familie wohnte in Kassel, wahrscheinlich schrieben sie sich oft. Sie war noch eine junge Frau und hatte bereits ein Kind, es war also nicht unwahrscheinlich, dass sie ein weiteres bekam. Querelen mit dem Mann – Lina musste ein wenig schmunzeln –, die standen leicht ins Haus, wenn er merkte, wofür seine Frau Geld ausgegeben hatte.

Endlich hatte Madame Allenberg ihre Deutung beendet, und Lina hoffte, sie könnte nun ihre Zeichnungen präsentieren, doch Frau Erbling wurde vom Hausmädchen zu ihrer kleinen Tochter gerufen, die hingefallen war und nun bitterlich weinte.

Zunächst schwiegen Lina und Madame Allenberg sich an.

Dann meinte die Französin plötzlich: «Soll ich Ihnen auch die Karten legen?»

Lina lächelte. «Nein, danke.»

«Meine Zeit ist bereits bezahlt.»

«Das ist sehr freundlich, aber ...»

Die Madame lächelte nachsichtig. «Sie halten das alles für Scharlatanerie, n'est pas?»

Lina seufzte. Madame Allenberg war ihr nicht unsympathisch, aber sie war ein zu ehrlicher Mensch, um Höflichkeitsfloskeln zu äußern. Ruhig und freundlich schilderte sie ihre Überlegungen während der Wahrsagerei für Frau Erbling.

Die Französin lachte nur. «Natürlich haben Sie recht. Sehr viel meiner Kunst hat mit gesundem Menschenverstand und dem rechten Gefühl für mein Gegenüber zu tun. Aber ich sehe auch oft Dinge, die nicht so offensichtlich sind. Kommen Sie, stellen Sie mich doch auf die Probe.»

Immer noch skeptisch, willigte Lina ein.

Die Kartenlegerin mischte, legte drei Stapel vor sie hin und ließ sie einen auswählen. Dann begann sie, alle sechsunddreißig Karten auszulegen. Lina betrachtete die Karten jetzt genauer: Die meisten hatten sehr klare Symbole, ein Brief etwa, ein Haus, ein Herz, Hund und Fuchs, Störche ...

«Ist ein älteres Familienmitglied kürzlich verstorben?», fragte Madame Allenberg.

Lina nickte. «Mein Vater starb an Silvester.»

«Das hat Ihr Leben von Grund auf verändert.» Madame Allenberg änderte ihren Ton. Nun klang sie nicht mehr fragend, sondern stellte nüchtern fest, was sie aus den Karten sah.

«Sie sind umgezogen vor gar nicht allzu langer Zeit. Das Haus ist sehr gut für Sie, dort liegt das Glück. Sie haben viel Geld verloren.» Ihr Finger kreiste über das Kartenbild. «Ist jemand in Ihrer Nähe, der gewalttätig ist?»

Lina war überrascht, dann dachte sie daran, dass Frau Erbling der Madame vielleicht etwas über die Schläge erzählt hatte, die ihr Bruder ausgeteilt hatte.

Als hätte die Kartenlegerin ihre Gedanken gelesen, sagte sie: «Ich weiß wirklich gar nichts über Sie, Fräulein. Aber dort liegt der Bär, bei ihm der Mond und die Sense und alles sehr nah bei Ihnen. Das bedeutet nichts Gutes. Er ist ein Feind, vor dem Sie sich in Acht nehmen sollten, und ich vermute, er kommt aus Ihrer Familie.» Sie lächelte. «Und nun die Zukunft?»

Lina nickte stumm, und wieder kreiste der Finger über den Karten, blieb mal hier und mal da hängen. Doch dann nahm Madame Allenberg plötzlich die Hand zurück, als hätte sie sich verbrannt. Bildete sich Lina das nur ein, oder wurde die Französin blass?

Doch bevor sie nachfragen konnte, kam Frau Erbling wieder zurück. «Entschuldigen Sie, meine Lieben, aber meine kleine Hedwig musste getröstet werden.»

«Hat sie sich schlimm verletzt?», fragte Lina.

«Nein, nein, als erst das Blut weggewischt war, war alles halb so schlimm. Jetzt hat der Papa ihr die Wunde gesäubert und einen Verband gemacht, und alles ist wieder gut.» Sie sah auf den Tisch. «Oh, Sie haben Fräulein Kaufmeister die Karten gelegt!»

«Nur so zum Zeitvertreib», sagte Madame Allenberg und raffte schnell die Karten zusammen. «Nun bin ich gespannt auf die Entwürfe.»

Lina schalt sich, dass sie die merkwürdige Beunruhigung der Kartenlegerin ernst nahm. Schließlich glaubte sie nicht an ihre Deutungen. Und die Aussagen über ihre Vergangenheit konnten reiner Zufall sein – oder wie die Dame selbst zugegeben hatte, Menschenkenntnis und Einfühlungsvermögen.

Das Mädchen brachte Tee, und Lina rollte ihre Zeichnungen auseinander.

Frau Erbling war sprachlos. Nicht dass sich Linas Entwurf sehr von der gängigen Mode unterschieden hätte, aber sie hatte in ihm viel von dem verwirklicht, was sie in all den Jahren des Nähens für ihre Familie praktiziert hatte. Das Ergebnis war ein Kleidungsstück für alle Gelegenheiten in Rot und Creme, Farben, die gut mit dem sattbraunen Haar der jungen Frau Erbling harmonierten. Oberteil und Rock waren nicht miteinander verbunden, der ein klein wenig höher angelegte Rockbund kaschierte das jedoch perfekt.

«Das Oberteil hat nur leicht über die Schulter gezogene Ärmel und ein tieferes Dekolleté – ideal für einen warmen Sommertag», erklärte Lina. «Dazu gibt es ein passendes Umschlagtuch, das die Oberarme verdeckt, wenn es nötig ist.»

«Das gefällt mir wirklich gut, aber ein Kleid nur für warme Tage?»

Lina lächelte stolz. «Natürlich nicht. Denn hier …» Sie zog das nächste Blatt hervor, das ein anderes Kleid zu zeigen schien. «Hier sind die langen Ärmel, die über ein ganz kurzes Leibchen, das auch das Dekolleté etwas verdeckt, miteinander verbunden sind. Das können Sie unter dem Oberteil an kühleren Tagen tragen. Und dann gibt es noch ein kurzes Jäckchen.» Lina zeigte ihr die nächste Zeichnung, die ein strenges, hochgeschlossenes Kleid zeigte.

Frau Erbling war verblüfft. «Das sind ja drei ganz verschiedene Kleider!»

«Besser», sagte Lina und präsentierte das letzte Blatt. «Eigentlich sind es sechs Kleider, denn der Rock besteht aus zwei Lagen, einem cremefarbenen Unterrock und zwei verschieden gearbeiteten Überröcken, der eine schlicht einfarbig Rot, der andere von Längsstreifen durchbrochen.»

Ihre Kundin schluckte. «Und das machen Sie alles für das verabredete Geld?»

«Die Materialkosten wären ein wenig höher, wegen der zusätzlichen Teile und vor allem wegen des aufwendigeren Rockes. Und ja, auch der Macherlohn ist ein wenig höher.»

«Ich werde mit meinem Mann sprechen.» Sie stand auf und schickte sich an, den Raum zu verlassen.

«Das ist sehr beeindruckend», sagte Madame Allenberg, die interessiert zugesehen hatte.

«Was hat Sie eben so beunruhigt?», fragte Lina sie direkt, sobald Frau Erbling gegangen war. «Was sagen die Karten über meine Zukunft?»

Madame Allenberg lächelte ein wenig schief. «Da war sehr viel Gutes für Sie.» Sie deutete auf die Zeichnungen. «Das ist Ihre Zukunft. Sie werden sehr erfolgreich sein damit. Und viel Geld verdienen.»

Sie bemerkte, dass Lina mit der Antwort nicht sehr zufrieden war. «Es wird auch einen Mann geben für Sie. Sie kennen ihn bereits. Er ist von vornehmer Gesinnung und Herzensbildung. Einer, der mehr will als eine Haushälterin. Er ist älter als Sie.»

«Aber das hat Ihnen nicht die Farbe aus dem Gesicht schwinden lassen», sagte Lina ruhig. Spätestens jetzt wusste sie, dass die Aussagen der Kartenlegerin nur der übliche Unsinn waren.

«Es ist sehr viel Tod in Ihrer Nähe. Nicht der Tod Ihnen nahestehender Menschen, einfach nur der Tod.»

«Es hat Morde hier in Ruhrort gegeben. Ich habe zwei der Opfer gefunden und ein drittes indirekt auch. Man hat ihnen die Herzen herausgeschnitten und einer Mutter ihr ungeborenes Kind.» Lina wusste nicht, was sie dazu brachte, Madame Allenberg diese grausigen Einzelheiten zu erzählen.

Jetzt war diese wirklich sehr blass. «Seit wann geht das?», fragte sie leise.

«Seit November letzten Jahres.»

Die Kartenlegerin wollte etwas sagen, aber da kam Frau Erbling glücklich lächelnd zurück. Auch diesmal war der Doktor einverstanden, er wollte seine Frau glücklich sehen und ihr den Wunsch erfüllen, dieses einzigartige Kleid zu tragen. Lina würde nicht im kleinen Haus der Kundin arbeiten, sondern bei sich zu Hause, und Frau Erbling sollte in ein paar Tagen zur Anprobe erscheinen. Ihr Mädchen würde am Abend noch das Ballkleid und die drei zu ändernden Alltagskleider in die Harmoniestraße bringen.

Der Abschied fiel sehr herzlich aus, fast hätte die junge Frau Lina umarmt, so glücklich war sie über die Aussicht, in diesem Sommer wirklich gut gekleidet zu sein. Madame Allenberg hatte sich mit ihr zusammen verabschiedet. Sie hatte sich in einer der wenigen ehrbaren Pensionen in der Altstadt einquartiert. Bevor sie sich von Lina trennte, sagte sie: «Ich will Sie nicht unnötig beunruhigen, meine Liebe. In Ihren Karten habe ich Tod und Gefahr gesehen, aber auch viel Gutes. Die Karten sagen kein unabänderliches Schicksal voraus, Sie können alles jederzeit ändern, es liegt in Ihrer Hand. Aber dieser Ort hier …» Sie schien zu schaudern. «Was ich sah, geht über Ihre Karten hinaus. Etwas hier ist grundsätzlich falsch und böse. Es ist noch nicht lange hier, aber es ist mächtig und gewinnt täglich an Macht. Es ist teuflisch. Hüten Sie sich vor schlechter Gesellschaft.» Damit drehte sie sich um und war verschwunden.

Lina schüttelte den Kopf. Vielleicht war die Madame ja so sensibel, die Auswirkungen der Morde zu erspüren. Sie hatte ihr von den Grausamkeiten des Mörders erzählt, ein Mensch wie sie konnte schnell denken, hier seien mysteriöse Machenschaften am Werk. Der Mörder war ohne Zweifel ein böser Mensch. Aber immer noch ein Mensch. Plötzlich kamen ihr die Schreie der verrückten Kätt wieder in den Sinn. «Teufel, es sind Teufel in Ruhrort, sie haben mein Kind gegessen.»

Lina schauderte, schüttelte es aber wieder ab. Kätt war verrückt, und die Madame war es wahrscheinlich auch.

In die Kleine Straße war wieder Ruhe eingekehrt, doch im Zentrum der Altstadt war immer noch die Polizeiaktion im Gange. Am Marktplatz herrschte so viel Aufregung, dass Lina beschloss, durch eine andere Gasse Richtung Weidetor zu gehen. Sie ahnte inzwischen, dass die Aufregung dem Schifferssohn Drömmer galt.

Ruhrorts Gassen waren nicht nur eng, sie hatten auch selten eine einheitliche Häuserflucht. Gerade hatte Lina sich einige Meter weit durch eine Gasse gezwängt, in der sie sich fast den ausladenden Rock zerriss, da öffnete sich der Weg bei zwei oder drei Häusern, deren Front ein Stück hinter den anderen zurücklag. Zwischen ihnen gab es noch einen weiteren Durchgang, durch den der Rock einer Dame jedoch niemals gepasst hätte.

Lina blieb einen Moment stehen, um zu prüfen, ob ihr Kleid auf dem weiteren Weg voraus Schaden nehmen könnte, als sie plötzlich ein Schluchzen hörte. Es kam direkt neben ihr aus dem Spalt zwischen den Häusern.

Sie trat näher. Dort in dem Spalt hockte ein Kind, ein Junge, wie sie vermutete, richtig erkennen konnte sie das in dem Schummerlicht, das zwischen den Häusern herrschte, nicht. «Kleiner», rief sie. «Willst du nicht da herauskommen und mir erzählen, warum du weinst?»

«Ich habe Angst.» Die Stimme war die eines kleinen Kindes, vielleicht vier, fünf Jahre alt.

«Vor mir brauchst du keine Angst zu haben. Ich werde dir nichts tun.»

Sie wartete einen Moment und fügte dann hinzu: «Ich werde dir helfen, das verspreche ich dir.»

Zögernd regte sich etwas in der Gasse. «Kannst du mich zu Mama bringen?»

Das Kind kam heraus, und Lina erschrak, denn es war nicht klein, sondern schon fast so groß wie sie selbst. Und dann erkannte sie es: Es war Anno Wienhold, mit offenem, wirrem Haar und völlig verweintem Gesicht. Er schien sie nicht zu erkennen, und die Stimme des kleinen Kindes, die Lina vorher gehört hatte, kam aus seinem Mund: «Bitte bring mich zu meiner Mama.»

«Weißt du, wie du hierhergekommen bist?», fragte Lina.

Anno sah sie mit großen Augen an und schüttelte den Kopf. Er wischte mit der schmutzigen Hand durch sein Gesicht und zog den Rotz hoch. Lina schauderte. Jede seiner Gesten war die eines kleinen vier- oder fünfjährigen Jungen.

Lina zog ein Taschentuch hervor und wischte ihm damit durchs Gesicht, aber sie verschmierte es noch mehr. «Komm mit», sagte sie und griff nach ihrem Stock, den sie sich an den Arm gehängt hatte. Anno zuckte zusammen und wäre fast wieder in dem Spalt verschwunden, aber Lina erwischte ihn noch am Arm.

«Der Stock ist nicht zum Schlagen», erklärte sie dem zitternden Kind. «Ich brauche ihn zum Gehen, siehst du?» Sie machte einen schwankenden Schritt vorwärts.

«Ja, ich weiß.»

Lina zuckte zusammen. Das war Annos Stimme, und als sie ihn jetzt ansah, war auch sein Gesichtsausdruck wieder der, den sie bereits kannte.

«Anno, du erkennst mich?», fragte Lina verblüfft.

«Ja. Fräulein Lina Kaufmeister.» Er sah sich um. «Wo sind wir hier?»

«In der Altstadt.»

«Von Ruhrort?»

Lina nickte. «Du bist anscheinend wieder ausgerissen!»

Er runzelte die Stirn, dann hellte sich sein Gesicht auf. «Ja, ich erinnere mich. Ich habe mich heute Morgen hinausgeschlichen …» Er brach ab. Offensichtlich wusste er nicht, wie er von dort hierhergekommen war.

«Du musst zurück. Deine Eltern werden krank vor Sorge sein», sagte Lina streng.

«Und ich könnte dich nicht überreden, mich einfach hierzulassen?» Annos Stimme klang fast ein wenig lauernd, aber auch flehend. Warum wollte das Kind nicht zu seinen Eltern, die es doch umhegten, so gut sie konnten?

«Anno, die ganze Altstadt wird von der Polizei durchkämmt.»

Er sah sie erschrocken an: «Meinetwegen?»

Lina lächelte. «Nein, sie suchen jemand anderen. Aber du kommst nicht aus der Altstadt heraus, sie kontrollieren an jeder Straße.»

Er seufzte. «Dann ist es sicher besser, nach Hause zu gehen.»

«Weiter die Gasse hinauf ist irgendwo ein Brunnen, da werden wir dich erst einmal säubern, mein Junge.»

Lina hatte Annos Gesicht und die Hände gewaschen und aus einem dünnen Stoffstreifen ein Band für seine Haare gerissen. «Deine Eltern wollen nicht, dass jemand hier von dir weiß», sagte Lina. «Also werde ich dich als meinen Neffen ausgeben. Und ich will, dass du dich benimmst.»

Brav trottete er neben ihr her. Lina hatte den Eindruck, dass er den Weg zurück nach Hause nicht allein gefunden hätte. Sie kamen tatsächlich ohne Probleme durch die Kontrolle der Bürgerwehr. Gerade als sie den Posten hinter sich gelassen hatten, hörte Lina laute Rufe: «Sie haben ihn! Sie haben Drömmer geschnappt.»

Unwillkürlich verlangsamte Lina ihre Schritte und drehte sich kurz um. Ein anderer Bürgerwehrmann kam aus der Gasse gelaufen. «Wir können nach Hause gehen, er wurde auf dem Dachboden eines Hauses in der Kurzen Gasse entdeckt.»

Lina und Anno gingen langsam weiter, Lina hatte den Eindruck, je näher sie dem Hause der Wienholds kamen, desto langsamer wurden Annos Schritte. Schließlich blieb er stehen.

«Sie sperren mich ein», sagte er leise. «Ich will da nicht hin.»

«Anno ...» Lina seufzte. «Schau, als ich dich fand, hast du mich nicht erkannt. Du wusstest nicht, wie du dorthin gekommen bist. Du weißt nicht einmal den Weg nach Hause ...»

«Doch, da hinten geht es rechts!»

«Und aus der Altstadt bis hierher?» Lina legte ihre Hand auf seine Schulter. «Anno, es stimmt, dass deine Eltern dich einsperren, aber das tun sie nur, weil sie dich lieben. Du bist sehr krank, und sie haben Angst, dass dir etwas zustößt, wenn du nicht mehr weißt, wer du bist.»

«Ja, ich bin verrückt», sagte er und ging weiter. «Ich weiß das sehr gut. Aber ich will nicht eingesperrt sein.»

Lina hatte nun Mühe, ihm zu folgen, und fürchtete fast, dass er ihr wegrennen würde, aber im nächsten Moment drehte er sich zu ihr um, schien zunächst verwirrt, sah zu ihr, sah an sich hinunter, griff in den Nacken, um den Zopf zu fühlen. Die Bitterkeit war aus seinem Gesicht verschwunden.

«Komm, Anno, lass uns nach Hause gehen», sagte sie nur. Der Junge nickte, und kurze Zeit später fiel er seiner Mutter Jutta in die Arme.

«Lina, welch ein Glück, dass du ihn gefunden hast!» Jutta Wienhold kam gerade aus dem oberen Stockwerk herunter, wo man Anno hingebracht hatte. Lina stand immer noch in der Eingangshalle, das Mädchen hatte ihr zwar Schal, Hut und Stock abgenommen, sie aber nicht in einen der Salons gebeten. Lina war lieber stehen geblieben, denn die zierlichen Stühle in der

Halle waren höchst unbequem für sie. Jutta wurde rot. «Wie unhöflich, dich hier warten zu lassen, bitte entschuldige.»

«Aber ich verstehe doch, wenn ihr euch zuerst um den Jungen kümmern wollt», sagte Lina. «Soweit ich es feststellen konnte, hat er körperlich keinen Schaden genommen. Er war allerdings sehr verwirrt, als ich ihn fand.»

«Ja, es ist schlimm mit ihm in letzter Zeit», sagte Jutta knapp.

Lina spürte, das war kein guter Augenblick, um mit ihr darüber zu sprechen, ihren Sohn vielleicht nicht so rigoros wegzusperren.

Jutta führte sie in den Salon. Zu Linas Erstaunen saß dort ein Gast, aber man hätte eher vermuten können, dass der Mann ein Familienmitglied war, hätte er nicht so abenteuerlich ausgesehen.

Er hatte einen recht dunklen Teint und fast schwarze Augen. Das glattrasierte Gesicht trug einige tiefe Narben, nicht ganz so viele, als hätte er die Pocken gehabt. Das dunkle Haar war für einen erwachsenen Mann ganz ungewöhnlich lang, es fiel ihm über die Schultern. Er trug einen reichverzierten Hausmantel. Als er Jutta und Lina erblickte, stand er auf, und Lina konnte sehen, dass er mittelgroß war.

«Liebe Lina, darf ich dir unseren Hausgast Donatus Reppenhagen vorstellen? Er ist Maler und wird eine Weile hier bei uns leben.»

Reppenhagen stand auf und schüttelte Lina die Hand. «Donatus, das ist Fräulein Lina Kaufmeister, die begnadete Schneiderin, von der ich dir erzählt habe.»

«Also auch eine Künstlerin», sagte er, doch sein spöttisches Lächeln verriet, dass er anders darüber dachte.

Lina fühlte sich merkwürdig unbehaglich in seiner Gegenwart. Obwohl er – was sie als sehr unhöflich empfand – zu seiner

Lektüre auf dem Sofa zurückkehrte und sie sich mit Jutta an den kleinen Spieltisch setzte, hatte sie das Gefühl, unter Beobachtung zu stehen. Doch wann immer sie zu ihm hinübersah, schien er in sein Buch vertieft.

Jutta nutzte die Gunst der Stunde, um mit Lina noch ein paar weitere Schneiderarbeiten zu verabreden. «Nachdem du mir die schönen neuen Kleider gemacht hast, gefallen mir die alten gar nicht mehr. Deshalb habe ich beschlossen, meine Garderobe komplett zu erneuern. Nicht auf einmal, aber nach und nach. Wann kannst du zu uns kommen?»

Jetzt sah Reppenhagen wirklich von seinem Buch auf. «Wir haben viel vor in der nächsten Zeit, liebe Jutta, denkst du daran?»

«Aber natürlich. Lina ist eine liebe Freundin, doch wenn sie hier ist, ist sie ganz in ihre Arbeit vertieft, oben im Damensalon.» Sie wandte sich an Lina: «Donatus porträtiert die ganze Familie. Wir müssen alle Modell sitzen, einzeln und für ein Familienporträt.»

«Alle? Auch Anno?»

Reppenhagen war aufgestanden und kam zum Tisch herüber. «Sie wissen von Anno?»

Jutta sah verlegen zu ihm auf. «Wir können den Jungen nicht immer einsperren. Und es ist gut, dass sie ihn kennt, so konnte sie ihn heute nach Hause bringen.»

«Der Junge ist gefährlich», sagte Reppenhagen und sah Lina kalt an. «Sie sollten sich von ihm fernhalten.» Dann klappte er das Buch zu und verließ den Salon. Lina runzelte die Stirn. Es war seltsam – er hatte sich nicht wie ein Gast verhalten, sondern wie der Hausherr, und Jutta schien nichts dabei zu finden.

«Er ist ein Künstler, Lina, die haben oft Launen. Aber seine Bilder sind so gut, so lebendig und wirklichkeitsgetreu, ich möchte mich von niemand anderem malen lassen.»

«Vielleicht ist es wirklich besser, ich komme erst, wenn er euch wieder verlassen hat», sagte Lina unbehaglich.

«Aber Lina, er lebt jetzt hier. Er wird mindestens bis zum Jahresende bleiben. So lange kann ich nicht auf die neuen Kleider warten.»

Also willigte Lina ein, in der nächsten Woche wieder bei Wienholds einzuziehen.

5. Kapitel

Drömmer war tatsächlich gefasst worden. Eine Magd der Roten Katharina, deren Etablissement die größte Konkurrenz zu dem der dicken Martha war, hatte ihn unter ihrem Bett versteckt, doch eines der Schankmädchen hatte ihn verraten.

Nun saß er zusammengesunken im Gewahrsam. Er war immer noch sehr betrunken, und Borghoff hatte nicht den Eindruck, dass er wirklich mitbekommen hatte, was geschehen war. Kurz nach seiner Einlieferung hatte er die kleine Zelle vollgekotzt und sich eine Weile zusammengerollt, war dann aber aufgewacht und hatte lautstark nach Branntwein verlangt.

Borghoff hatte Schröder nach Duisburg zum Staatsanwalt geschickt, glaubte aber nicht, dass Rocholl noch kommen würde, denn es war bereits sieben Uhr. Trotzdem wartete er mit Ebel im Rathaus. Der Bürgermeister hatte sich kurz blicken lassen, um sich das «Monstrum», wie er Drömmer nannte, anzusehen, war aber dann zu seinem Stammtisch verschwunden. Bis morgen früh würde ganz Ruhrort von «seinem» Erfolg wissen, da war sich Borghoff sicher.

Er selbst ging hinunter ins Gewahrsam und hoffte, Drömmer wäre inzwischen etwas nüchterner.

Der Schiffer saß auf der Pritsche und hatte den Kopf in seine Hände gestützt. Borghoff setzte sich auf einen Hocker in die Zelle und wartete, bis er aufsah. Drömmer war riesig, aber im

Gegensatz zu den meisten anderen Schiffern, die Borghoff kannte, schien er eher fett als muskulös. Das Gesicht war das eines Kindes, glatt und rosig, trotz des heftigen Katers, den er hatte. Es gab nur wenige Bartstoppeln, und seine großen Augen, die dem Gesicht einen permanent staunenden Ausdruck verliehen, erinnerten noch mehr an ein übergroßes Kind.

Doch Borghoff wusste, dass der Eindruck täuschte. Drömmer, der sich bei seiner Festnahme heftig gewehrt hatte, war weder weichlich noch friedlich. Borghoff hatte einige wie ihn unter seinen Soldaten gehabt, er wusste, wenn sie in Rage kamen, waren sie brandgefährlich.

«Wie geht es Ihnen?», fragte Borghoff. Er wusste, er war hier der Einzige, der Drömmer siezte.

«Eck häv Koppin.» Er sah Borghoffs ratloses Gesicht, deutete auf seinen Kopf und kniff die Augen zusammen. Borghoff verstand. Das waren sowohl die Nachwirkungen des Alkohols als auch die des Schlages, den er über den Kopf bekommen hatte, um ihn endlich zu überwältigen.

«Sie wissen, warum Sie hier sind?»

Drömmer nickte. «Ihr seid achte me her seid de laste Winter. Wegen de Deerns.» Er sah Borghoff an. «Eck häv de Deerns nix gedohn, dat kanze mey göve.»

Borghoff fiel es immer noch schwer, das Ruhrorter Platt zu verstehen. «Aber Sie waren öfter bei ihnen, um Unzucht mit ihnen zu treiben.»

«Eck häv good davör betalt.»

«Bezahlt. Die beiden waren doch noch Kinder ...» Borghoff beobachtete ihn genau.

«Wenn die de Beene uteinander doon, sind die all egal.»

Er sah, dass Borghoff ihn nicht verstanden hatte, und wiederholte es stockend auf Hochdeutsch. «Wenn sie die Beine breit machen, sind sie alle gleich.»

«Und die Grete?»

«Wat förn Gret?»

«Die bei Martha gearbeitet hat. Haben Sie die auch besucht?»

Drömmer nickte. «En lang Tied her. Äwer dann hät die nur noch feine Herrn bedient, on da wollt se mey nid mehr. Un als dä Freier ör die Visage ingeschnede hat, da wollt eck se nie mehr.» Er richtete sich auf und lehnte sich an die Wand. «Ich weiß, dat se alle öber mich lache, aber mein Geld nehmen se gerne. Und do brauch ich keine nehmen, die hässlich is.» Er grinste. «Awer an sich is dat egal, wenn se de Bene uteinander doon, sind die alle gleich.»

«Erinnern Sie sich, wo Sie am Neujahrstag waren?»

Drömmer dachte nach. «Weiß ich nich. En de Oldstadt. Oder op dä Kahn?»

Nichts schien ihn aus seiner stoischen Ruhe zu bringen. «Dat Gret hab ich ock nich getötet. Ich hab keine umgebracht. Verklopt ja! Ich hab se verklopt, wenn se mich ausgelacht haben.»

«Welche Frauen haben Sie denn verprügelt?»

«Och, en paar – Ich weiß die Namen nid mehr. Ich … ich hab mich zusammengerissen, weil Martha mich nid mehr int Huss gelassen hat, äwer dann durfte ich doch wieder hingehen. Wann kann ich hier raus? Ich bin wieder nüchtern.»

«Glauben Sie, man hat Sie wegen Trunkenheit eingesperrt, Herr Drömmer?»

«Watt denn sonst?»

«Wegen der Morde. An den beiden Mädchen und dem Kind der einen, der Grete, der Toten von der Woy und der Hure in der Altstadt neulich.»

Drömmer sah ihn groß an.

«Sie sagten doch, dass wir Sie gejagt haben deswegen», setzte Borghoff nach. «Darum haben Sie sich doch versteckt.»

«Min Vadder sät, ich soll mich verstecken. Äwer ich hab nix gedonn. Kann ich nau gehen? Bitte!»

Die Kinderaugen blickten Borghoff flehend an.

«Das muss der Staatsanwalt entscheiden», sagte der knapp, stand auf und schob den Hocker wieder durch die Tür.

Als er den Raum verließ, heulte Drömmer wie ein trotziger kleiner Junge auf. Und dann begann er zu toben.

«Hat er gestanden?», fragte Ebel.

Borghoff schüttelte den Kopf. «Er versteht nicht mal, warum er hier ist. Und jetzt nimmt er die Zelle auseinander.»

Der Staatsanwalt hatte Drömmer nach Duisburg bringen lassen, und langsam ging alles bei der Ruhrorter Polizei wieder seinen Gang. Auch wenn Bürgermeister Weinhagen sich zunächst gewehrt hatte, der Staatsanwalt hatte bei der Bezirksregierung die Anstellung zweier weiterer Polizeidiener durchgesetzt, sodass die Fremdenverwaltung jetzt besser arbeiten konnte. Borghoff war ihm von Herzen dankbar, denn er verabscheute nichts mehr, als bei dieser Aufgabe selbst mit Hand anlegen zu müssen.

Er nahm sich lieber die Zeit, um unauffällig eigenen Spuren nachgehen zu können. Denn nach wie vor war er überzeugt, dass Drömmer nicht der Mörder war. Erst recht, seitdem er mit ihm gesprochen hatte.

Aber selbst der Staatsanwalt wollte nichts davon wissen. «Wir sorgen dafür, dass Drömmer gesteht, und dann können wir die Sache zu den Akten legen.»

Körperliche Folter war zwar nicht mehr erlaubt, doch gerade bei Einfaltspinseln wie Drömmer gab es zahlreiche Methoden, ihn unter Druck zu setzen. Es würde nicht lange dauern, davon war Borghoff überzeugt, dann hätte Rocholl sein Geständnis. Trotzdem fragte er den Staatsanwalt, ob er etwas herausgefunden hatte über die fehlenden Herzen.

«Ich habe bis Berlin gehen müssen mit meiner Anfrage», sagte Rocholl. «Eine Erklärung hatte man dort auch nicht. Aber mein Freund am Königlichen Gericht schrieb mir, dass es vor einigen Jahren etwas Ähnliches in Mecklenburg gegeben habe. Vier oder fünf Morde an Frauen und Kindern, und allen hatte man die Herzen entfernt. Er konnte sich nicht erinnern, etwas von einem aus dem Bauch einer Schwangeren geraubten Kind gehört zu haben, allerdings hatte wohl eines der Opfer gerade entbunden. Er wollte mir die Akten zukommen lassen, aber das ist ja jetzt wohl überflüssig. Ich werde sie gleich wieder zurückschicken.»

Borghoff wagte nicht zu bitten, ihn doch wenigstens einen Blick darauf werfen zu lassen.

Am Morgen, als Lina zu Wienholds aufbrechen wollte, kam Guste zu ihr ins Dahlmann'sche Haus. Sie tat das nur selten, und Lina ahnte, dass etwas vorgefallen war. «Georg tobt, und Bertram verharrt in stiller Wut», erzählte sie. «Der Baron ist zur Unterzeichnung des Kaufvertrages für das Grundstück, auf dem die Eisengießerei entstehen soll, nicht erschienen. Als sie ihn aufsuchten, um zu erfahren, warum er nicht gekommen sei, hat er erklärt, dass er keine Lust mehr hätte und in dem Projekt keinen Sinn mehr sehen würde. Stell dir das vor, Lina!» Guste, die sonst so Ruhige, gestikulierte wild. «Seit Monaten wird alles vorbereitet. Georg und Bertram machen Gelder frei, ein optimales Grundstück wird gesucht und nach langer Zeit gefunden, und dann hat der Baron keine Lust mehr!»

«Können sie es nicht ohne ihn kaufen?»

Guste schüttelte den Kopf. «Das Grundstück können sie bezahlen, aber der Bau und die Einrichtung der Fabrik übersteigen ihre Möglichkeiten.»

«Dann sollten sie es kaufen. Ihre Idee ist gut, sie werden schon einen neuen Partner finden.» Lina fragte sich, warum von

Sannberg so plötzlich seine Meinung geändert hatte, und Guste verriet mit ihrer nächsten Frage, dass sie denselben Gedanken gehabt hatte. «Lina, es hat doch nichts damit zu tun, dass Georg dich so schäbig behandelt hat? Ich meine, die halbe Stadt redet über die Kleider der Baronessen beim Maiball und auch darüber, wer sie genäht hat. Es ist ganz offensichtlich, dass der Baron dich sehr schätzt.»

Lina schüttelte den Kopf. «Guste, der Baron ist ein Geschäftsmann. Er lässt sich doch nicht von solch albernen Gründen von einem Geschäft abhalten.»

«Aber er scheint dich sehr zu mögen.»

«Guste», seufzte Lina. «Er redet gern mit mir über Bücher und Bilder und manchmal auch über Politik. Ein Mann wie er hat gewiss kein romantisches Interesse an mir.»

«Und wenn doch?»

«Niemals.»

Aber Guste ließ nicht locker. «Kannst du nicht mit ihm reden, Lina? Damit er seine Entscheidung rückgängig macht …»

«Ich kann doch nicht in sein Haus gehen, wenn seine Töchter nicht da sind, was denkst du, Guste!»

«Ich könnte mitgehen.»

«Ich muss jetzt erst einmal zu den Wienholds und dort noch ein paar neue Kleider nähen. Mit etwas Glück habe ich dann die Miete für das nächste Jahr zusammen.»

«Und danach?»

«Vielleicht.» Es klopfte an der Tür. Es war der Diener der Wienholds, der Lina abholen wollte. «Einen Augenblick noch.» Sie schloss die Tür wieder.

«Ich muss jetzt los, Guste. Aber sag mir noch, wie geht es in der Carlstraße?» Sie hatte Mina jetzt etwa drei Wochen nicht gesehen.

«Was?» Guste war in Gedanken immer noch beim drohenden

Scheitern der familiären Bestrebungen, die Firmentätigkeiten auf die Industrie auszuweiten. «Ach, dort geht alles seinen Gang. Es hat Ärger gegeben wegen Aaltjes Schneiderrechnung, dabei hat sie nur Änderungen machen lassen.»

«Ist sie schon wieder dicker geworden?»

Guste nickte. «Georg schlug ihr vor, ihre Schwangerschaftskleider anzuziehen, aber das hielt sie wohl für ein böses Omen.»

«Was meinst du, ist sie wieder schwanger?», fragte Lina.

«Ich denke schon.»

«Und Mina? Wie geht es Mina?» Lina war begierig, von der Schwester zu hören.

Guste sah zu Boden. «Sie leidet, weil sie und Justus sich nicht schreiben können. Georg hat es strikt untersagt, und diesmal muss ich ihm recht geben. Sie bringt sich damit nur in Gefahr.»

«Die Ärmste.» Lina griff nach ihrem Beutel. «Wenn ich zurück bin, musst du ein Treffen bei euch arrangieren.»

Sie öffnete die Tür wieder und zeigte dem Diener, was er mitnehmen musste.

«Ach, da ist noch etwas», sagte Guste plötzlich. «Euer kleines Hausmädchen ...»

«Finchen?»

«Ja. Aaltje hat die Kleine hinausgeworfen.»

Lina wurde blass. Finchens merkwürdige Übelkeit im März ergab plötzlich Sinn. «Sie ist doch nicht etwa schwanger?»

«Doch. Daran besteht kein Zweifel. Und ich fürchte, Aaltje glaubt, Georg sei der Vater. Deshalb hat sie sie fortgejagt.»

«Weißt du, wo sie ist?»

Guste schüttelte betrübt den Kopf. «Als ich davon erfuhr, wollte ich ihr wenigstens etwas Geld geben. Eure Lotte sagte mir, wo ihre Familie wohnt, aber sie ist nie dort angekommen. Vielleicht ist sie noch hier in Ruhrort.»

«Das hättest du mir gleich sagen müssen, Guste.» Lina war sehr besorgt. Ein knapp fünfzehnjähriges schwangeres Mädchen allein hier in Ruhrort, das war ohnehin gefährlich genug. Aber jetzt, wo der unheimliche Mörder sein Unwesen trieb, war sie in höchster Gefahr.

Doch unten wartete der Diener der Wienholds auf sie und sie musste sich beeilen. «Ich werde versuchen, sie zu finden», sagte sie zu Guste und umarmte sie zum Abschied.

Diesmal war Lina nicht in dem schönen großen Zimmer untergebracht. Sie vermutete, dass der Maler sich dort einquartiert hatte. Das neue Zimmer war jedoch nicht weniger behaglich, kleiner, aber noch näher am Damensalon gelegen. Lina hoffte, dass sie bald Anno begegnen würde, um sich zu überzeugen, dass es dem Jungen gutging.

Das Hausmädchen Jette, das ihr schon beim letzten Mal zur Hand gegangen war, sollte ihr auch diesmal wieder helfen. Sie hatte bereits die Nähmaschine in den Salon gebracht, dort lagen auch die neuesten Modezeitschriften. Lina wollte eine Vorauswahl treffen und nahm auch ihr Skizzenpapier mit.

Sie war völlig überrascht, als sie Donatus Reppenhagen dort vorfand. Er hatte seine Staffelei aufgebaut und malte an einem mittelgroßen Bild, das ein nacktes, engumschlungenes Liebespaar zeigte. Es war noch unfertig, es fehlten die Gesichter, aber an den Flügeln der männlichen Figur erkannte Lina das immer noch sehr beliebte Motiv von *Amor und Psyche*.

«Entschuldigen Sie bitte», sagte sie rasch und wollte die Tür wieder schließen.

«Aber nein, ich weiß doch, dass dies hier Ihr Reich ist.» Reppenhagen drehte sich um. «Das Licht ist morgens hier sehr schön. Aber ich werde den Diener rufen, damit er das Bild in einen anderen Raum bringt.»

Er hatte ein gewinnendes Lächeln, an das sich Lina bei ihrer ersten Begegnung gar nicht hatte erinnern können.

«Nicht doch. Wir können uns das Licht gern teilen.»

«Vielen Dank.»

Lina deutete auf die Staffelei. «Das wird ein schönes Bild.»

«Ich hoffe, es wird im Herbst in Wien ausgestellt.» Er begann, wieder zu arbeiten, und Lina nahm sich die Zeitschriften vor. Sie suchte ein paar Modelle heraus und begann dann, sie in ihren Skizzen zu verändern. Plötzlich merkte sie, dass Reppenhagen ihr zusah.

«Ihre Technik ist sehr gut», sagte er. «Wo haben Sie das gelernt?»

«Als ich jung war, hat eine Weile ein junger Maler bei uns gewohnt. Er … nun, eigentlich sollte er das Geschäft bei uns lernen, aber er liebte die Malerei und ist seiner Händlerfamilie später entflohen. Er hat mich unterrichtet.» Lina spürte, wie sie errötete. Sie hatte so lange nicht mehr an den jungen Martin Tilmann gedacht, der so viel mehr gewesen war als ein Zeichenlehrer.

«Sie haben Talent.»

Ihr Blick fiel auf Reppenhagens Skizzenbogen, den er in der Hand hielt. Das waren nicht die Skizzen für *Amor und Psyche*. Er hatte sie gezeichnet, während sie arbeitete. Und nun fuhr er damit fort, diesmal nahm er sich ihre Vorderansicht vor. «Ich glaube, ich habe endlich meine Psyche gefunden.» Er wies auf das Bild.

«Sie wollen ihr mein Gesicht geben?», fragte Lina. «Aber das geht doch nicht …»

Reppenhagen hielt inne. «Sie finden es unschicklich.»

«Jeder wird denken, ich habe Ihnen nackt Modell gesessen. Obwohl wahrscheinlich keiner glaubt, dass mein Körper so makellos ist.»

«Es ist Juttas Körper. Aber ihr Gesicht taugt nicht für die Psyche. Zu kühl. Ihres dagegen hat genau die verhaltene Leidenschaft, die das Bild braucht.» Er zog einen Stuhl heran, setzte sich und sah ihr direkt in die Augen. «Sie sind sehr schön, Fräulein Kaufmeister. Bitte erlauben Sie mir, ihr Gesicht meiner Psyche zu geben. Bitte.»

Lina wusste nicht, wie ihr geschah. Da saß dieser Mann, den sie gestern noch abscheulich fand, vor ihr und sagte ihr, dass sie schön sei. *Du hast eben eine Schwäche für Maler,* sagte ihre innere Stimme mit dem gewohnten Sarkasmus. «Und das Bild wird nicht hier in der Gegend ausgestellt werden?», fragte sie leise.

«Nein, ganz bestimmt nicht. Es ist für Wien, und dort wird es hoffentlich verkauft.»

«Nun … gut. Sie dürfen mich malen.»

Wenig später kamen Jutta und Annette in den Salon. Als Jutta Reppenhagen und sein Bild sah, schickte sie Annette weg. «Du kannst dir die Entwürfe heute Nachmittag ansehen, Liebes.»

Reppenhagen, gerade noch in seine Psyche versunken, legte den Pinsel beiseite. «Genug für heute mit diesem Schund», sagte er knapp. Seine eben noch freundliche Stimme schien Lina plötzlich rau und hart. «Der Diener wird die Staffelei wegbringen. Ich überlasse euch eurem Weiberkram.» Damit verließ es das Zimmer.

Erst jetzt sah Jutta, welche Züge die Psyche auf dem Bild hatte. «Oh, welche Ehre!», lächelte sie.

«Es ist ja nur Schund», sagte Lina leise. Sie ärgerte sich darüber, dass sie sich die Worte des launischen Malers so zu Herzen nahm.

«Ja, manchmal ist er ein richtiges Ekel.»

«Und es macht dir nichts aus, dass nun mein Kopf auf deinem Körper sitzt?», fragte Lina.

«Aber nein. Er hat mich schon so oft gemalt, dass das Publikum denken muss, ich sei seine Liebste.» Sie setzte sich zu Lina. «Lass sehen, was du für mich hast.»

Anders als bei ihrem ersten Aufenthalt gab es noch mehr Gäste neben dem Maler. Ein Paar und eine kleine Familie, die Lina aber nur kurz zu Gesicht bekommen hatte. Auch einige Dienstboten waren mit ihren Herrschaften gereist und oben unter dem Dach einquartiert worden. Jutta hatte ihr gegenüber nichts von einer Feier oder einem geschäftlichen Treffen erwähnt, und Lina war zu diskret, um zu fragen.

Obwohl sie die vielen Personen abgesehen von Reppenhagen fast nie zu Gesicht bekam, herrschte im Hause Wienhold eine fast fiebrige Anspannung. Lina fragte sich, ob das mit Reppenhagen zusammenhing, der ihr völlig unberechenbar schien. Mal ignorierte er sie fast, als würde er sie gar nicht kennen, ein anderes Mal war er höflich und zuvorkommend, aber distanziert, dann wieder so einschmeichelnd und freundlich wie an jenem Morgen, als er sie gemalt hatte. Er hatte sie sogar überredet, ihr Haar für ihn zu lösen, und er hatte Skizze um Skizze von ihr gemacht, einige sogar koloriert. Dann wieder war er grob und unfreundlich, richtig abweisend zu ihr. Inzwischen war sie über jeden Moment froh, in dem er nicht in ihrer Nähe war.

Trotz der Unruhe im Haus, die sich jedoch weniger in Lärm und Geschäftigkeit als vielmehr in einer merkwürdigen Stimmung äußerte, schlief Lina viel tiefer und länger als gewöhnlich. Es war ihr schon fast peinlich, dass sie keinen Morgen vor neun Uhr zum Frühstück herunterkam. Aber dies schien der natürliche Rhythmus der Wienholds zu sein, und niemand nahm es ihr übel.

Anno hatte sie seit dem Nachmittag, als sie ihn nach Hause gebracht hatte, nicht mehr gesehen. Eines Nachmittags, als Jutta mit ihrer Tochter ausgegangen, der Hausherr mit Reppenhagen unterwegs war und das Hausmädchen Jette beim Putzen der Küche helfen musste, beschloss Lina, nach dem Jungen zu sehen. Sie kannte inzwischen das Zimmer im obersten Stock, in dem man ihn einsperrte.

Es gelang ihr, unbemerkt die Treppe hinaufzusteigen. Sie klopfte leise an die Tür. Nichts rührte sich. Vorsichtig drückte sie die Klinke herunter, in der Erwartung, die Tür verschlossen vorzufinden, aber zu ihrem Erstaunen war sie offen.

Das Zimmer war leer und erschreckend karg. Es gab ein Bett, aber keinen Stuhl oder Tisch, nicht einmal eine Waschkommode. War der Junge wirklich so gefährlich für sich und andere, wie alle im Haus behaupteten, und durfte deshalb nichts im Zimmer sein, mit dem er hätte um sich werfen können? Lediglich zwei Bücher, dünne Heftchen ohne festen Umschlag, fand Lina auf dem Boden neben dem Bett.

Wo war Anno? Vielleicht war ja doch ein Bewacher mit ihm an die frische Luft gegangen, hoffte Lina und schlich sich wieder hinaus. Sie würde es zu einem anderen Zeitpunkt noch einmal versuchen.

Lina war schon fast eine Woche bei den Wienholds und hatte bereits drei Kleider fertig, die weit anspruchsvoller waren als ihre bisherigen Arbeiten. Ein weiteres, ein aufwendiges, sehr elegantes Nachmittagskleid bereitete ihr Kopfzerbrechen. Sie hatte den Entwurf aus der Zeitschrift überarbeitet, aber nun erschien es ihr nicht mehr harmonisch. Sie hockte an dem kleinen Schreibtisch in ihrem Zimmer unter einer hellen Studierlampe und versuchte, ihre Skizzen zu verbessern. Das lose zusammengeheftete Kleid lag über dem Stuhl, und immer wieder betrachtete sie es skeptisch.

Die große Uhr im Salon nebenan schlug bereits halb zwölf, das Öl in der Lampe musste bald zur Neige gehen. Der Schlummertrunk, warme Milch, den man ihr jeden Abend servierte, war inzwischen kalt und hatte eine hässliche Haut.

Plötzlich hörte Lina im oberen Stockwerk ein Poltern. Das musste Anno sein, dachte sie sich. Sein Zimmer lag beinah über ihrem. Vielleicht konnte sie den Jungen jetzt sprechen. Sie war froh, dass sie Kleid und Schuhe noch nicht ausgezogen hatte.

Die Lampe nahm sie nicht mit, sie wollte kein Aufsehen erregen. Die Flure des Wienhold'schen Hauses waren ohnehin die ganze Nacht über schwach beleuchtet.

Vorsichtig sah sie sich um, ob sie wirklich allein war. Dann stieg sie die Treppe hinauf, ganz langsam, damit sie niemand hören konnte. Aber auch diesmal war der Raum leer. Hatten sie den Jungen doch endgültig weggebracht?

Plötzlich erwachte das Haus, das gerade noch in tiefem Schlaf gelegen zu haben schien. Ohne nachzudenken schlüpfte Lina in Annos Zimmer und zog die Tür bis auf einen Spalt zu. Von ganz oben hörte Lina die Dienstboten ihre Treppe herunterkommen, die gleich neben Annos Zimmer auf den Flur mündete. Und auch die Gäste sammelten sich an der Treppe nach unten und stiegen hinab.

Lina kam es vor wie eine Prozession. Es überlief sie kalt. Und dann sah sie Anno in einem langen weißen Nachthemd. Er wartete, bis alle hinuntergegangen waren, und schlich dann hinterher.

Linas Herz klopfte. Man hatte sie nicht entdeckt. Doch was sollte sie jetzt tun? Zurück in ihr Zimmer gehen und versuchen zu schlafen?

Nein, sie musste wissen, was da los war. Langsam ging sie hinter Anno die Treppe hinunter. Der Junge bemerkte sie nicht, die anderen waren längst irgendwo im Haus verschwunden.

Unten in der Halle war Anno plötzlich wie vom Erdboden verschluckt. Von den Wienholds und ihren Gästen entdeckte sie auch keine Spur. Aber dann zuckte Lina zurück und schlüpfte schnell hinter die nächste Ecke: An der Tür stand der Hausdiener der Familie und ließ noch weitere Gäste ein. Sie schienen sich auszukennen im Haus, bogen gleich links ab, wo es zur Küche ging. Schließlich machte sich auch der Hausdiener auf den Weg, und Lina folgte ihm in einigem Abstand. Es fiel ihr schwer, beim Gehen möglichst wenig Geräusche zu machen, doch als sie zur Küche kam, wurde ihr klar, dass niemand sie hören konnte. Die Küche war leer.

Sie hörte Schritte und verbarg sich in einer Nische. Es war Anno, der zielsicher auf die Speisekammer zusteuerte. Die Tür ließ er offen. Lina wartete einen Moment, dann folgte sie ihm.

Von der Speisekammer aus führte eine recht steile Treppe hinunter in den Keller. Lina zögerte einen Moment. Der Keller unter dem Haus mochte groß sein, doch wenn so viele Menschen da unten waren, würde sie in jedem Fall entdeckt. Sie stellte sich an die Treppe und lauschte. Absolute Stille. Wenn dort unten Menschen waren, dann waren sie sehr leise.

Lina kämpfte mit sich, doch ihre Neugier siegte. Sie nahm ihren ganzen Mut zusammen und stieg hinunter. Es war ein ganz gewöhnlicher Keller, groß zwar, aber hier unten befand sich alles, was in einen Keller gehörte: Vorräte, Wein, Werkzeuge und abgestellte Möbel. Auch hier gab es eine notdürftige Beleuchtung, und im Schein der Lampe entdeckte sie ein paar Kerzen und Zündhölzer. Sie nahm eine an sich, zündete sie an, steckte auch die Zündhölzer ein und lief den Keller Raum für Raum ab.

Schließlich kam sie in einen Teil, der offensichtlich älter war als das Haus der Wienholds. Einen Teil des Kellers, der unter den drei ursprünglichen Häusern gelegen hatte, hatten sie offenbar erhalten.

In einem kleinen Raum entdeckte Lina eine Falltür. Sie stand weit offen, und eine Holzleiter führte nach unten. Hinunter in einen Raum unterhalb des Hauskellers. Unten war es ruhig, aber von ganz weit entfernt hörte Lina Gemurmel. Dorthin waren die vielen Menschen also verschwunden.

Die Schmugglergänge!, fuhr es ihr durch den Kopf. Ihr Vater hatte ihr davon erzählt. Zur Franzosenzeit hatte man Gänge unterhalb der Alt- und der Neustadt gegraben und befestigt, um an den Besatzern vorbei Waren hinein- und herauszubringen. Sie reichten bis an den Hafen, hatte der alte Kaufmeister gesagt, aber wie man dort hinkam, wo sie waren und wo genau sie hinführten, hatte er nicht erzählt, wohl um die Kinder davon abzuhalten, danach zu suchen. Als alles wieder seinen preußischen Gang ging, waren sie in Vergessenheit geraten. Dies hier musste einer der Eingänge sein.

Die Leiter sah nicht vertrauenerweckend aus. Und Lina hatte auch noch nie versucht, eine Leiter hinab- oder hinaufzusteigen. *Du bist wahnsinnig, Lina*, sagte sie sich. Sie blies die Kerze aus und steckte sie zu den Zündhölzern in ihre Rocktasche. Dann setzte sie sich mit einiger Mühe auf den Boden und steckte ihre Beine durch die Falltür. Die Röcke stopfte sie hinterher. Vorsichtig fühlte sie mit ihrem gesunden Bein nach einer Sprosse und fand sie. Sie rutschte weiter vor und tastete nach der nächsten Sprosse. Dann versuchte sie, sich umzudrehen. Abgestützt auf den Rand der Öffnung gelang es ihr. Sprosse für Sprosse glitt sie hinunter, bis sie den Rand loslassen und sich stattdessen an den oberen Sprossen festhalten musste. Beim ersten Versuch, weiter hinunterzukommen, wackelte die Leiter bedenklich. Doch dann ging es besser. Der Raum unter dem Keller war sehr niedrig, die Leiter nicht sehr hoch. Doch als sie beinahe unten angekommen war, hörte sie plötzlich eine Stimme: «Du solltest nicht hier sein.»

Lina stürzte fast, doch eine kleine Hand hielt sie. Es war

Anno. Ihr wurde klar, dass er die ganze Zeit über die Leiter gehalten haben musste.

«Und du?», flüsterte Lina.

«Ich sollte es auch nicht.» Dann drehte er sich um und war wieder verschwunden.

Sie sah sich um. Vor ihr lag ein enger Gang, dessen Wände grob vermauert waren. Alle paar Meter beleuchtete eine Fackel den Weg. Der Gang schien endlos. Lina tastete nach der Kerze und den Zündhölzern in der Tasche, für den Fall, dass die Beleuchtung irgendwo endete.

Jetzt war wieder das Gemurmel aus der Ferne zu hören. Langsam ging sie den Gang entlang. Schließlich kam sie zu einer Stelle, wo sich der Gang verzweigte. Sie blieb stehen und horchte. Die Stimmen kamen von rechts, also wählte sie diese Seite. Dieser Gang war noch ein wenig enger, aber an seinem Ende sah sie einen hellen, warmen Schein. Schritt für Schritt tastete sie sich näher an das Licht heran. Als sie fast da war, zog sie jemand am Rock. Anno war wieder neben ihr.

«Komm mit», flüsterte er und führte sie in eine dunkle Nische. Von dieser ging ein weiterer Gang ab. Er war völlig finster, aber Anno führte sie sicher vorwärts. Dann öffnete sich der Gang zu einem kleinen Raum, der von einem einzigen Lichtschein erhellt wurde. Er fiel durch ein Loch, das ein fehlender Ziegel in einer Mauer hinterlassen hatte. «Hier bist du sicher. Und du siehst, was du sehen willst.» Er deutete auf eine kleine Kiste. «Stell dich da drauf.»

Sie tat es. Draußen vor der Mauer war ein großes und im Gegensatz zu den niedrigen Gängen höheres Gewölbe. Auch große Männer konnten hier aufrecht stehen. Die Wände, soweit sie diese mit ihrem durch das Loch und einige Säulen eingeschränkten Gesichtsfeld sehen konnte, waren mit vielen fremdartigen Symbolen geschmückt: Häufig waren es fünfzackige

Sterne, Pentagramme, wie sie sie schon einmal in einem Buch gesehen hatte, aber auch astrologische Zeichen, Sonnen, Sterne und völlig unbekannte Schriftzeichen und Runen.

Lina erfasste schnell, dass sie hier in einem ummauerten Raum mitten unter der Menge war, die sich dort versammelt hatte. Alles in allem schätzte sie sie auf bis zu hundert Personen. Schräg vor ihr, in vielleicht fünf Metern Entfernung, gab es ein Podest und so etwas wie einen Altar, aus drei groben Steinblöcken zusammengefügt, hinter dem ein kunstvolles Pentagramm auf die Wand gemalt war.

«Was ist das hier?», wollte sie Anno fragen, doch der war längst wieder fort. Also sah sie hinaus und entdeckte ihn weit hinten an der Seite. Blonder Schopf, weißes Nachthemd, das musste er sein.

Vorne auf dem Podest stand ein Mann in einer merkwürdigen dunklen Robe, die Kapuze tief ins Gesicht gezogen, und murmelte Unverständliches. Dann und wann erhob er die Stimme etwas, und die Menge antwortete. Auf einmal kam Bewegung in die Leute. Von irgendwo außerhalb Linas beengtem Blickfeld bahnte sich jemand einen Weg. Auch er trug eine Robe, sie war jedoch bunt bestickt. Es gab sogar kleine Edelsteine und Goldfäden, die im Schein der Kerzen und Öllampen funkelten. Lange Haare fielen ihm bis über die Schultern. Der Mann stieg auf das Podest und drehte sich um. Reppenhagen. Er hob die Arme. «Ruhe», sagte er laut, aber ohne zu schreien. Augenblicklich wurde es still.

«Ich bin zu euch gekommen in eure kleine aufstrebende Gemeinde, um eine Weile bei euch zu sein und euch anzuleiten und zu lehren. Viele sind hier, die *ihrer* Weisheit bedürfen.»

Er betonte das Wort «ihrer» so unnatürlich, dass Lina eine Gänsehaut bekam. Kein Wunder in diesem kalten Gewölbe, dachte sie. Draußen begannen die Menschen plötzlich, rhythmisch mit den Füßen zu stampfen. Von überall her drang großer Lärm. Lina fragte sich, wie tief unter der Stadt sie sich wohl befanden und ob man diesen Lärm vielleicht oben hören konnte.

Reppenhagen stand still da, die Augen geschlossen, die Arme leicht vom Körper weggestreckt, die Hände offen. Es schien, als badete er in den Geräuschen. Eine ganze Weile verstrich, dann hob er die Arme langsam nach oben, die Augen immer noch geschlossen, und die Menge verstummte. Die tiefe Stille war noch unheimlicher als das Gestampfe. Er nahm die Arme vor das Gesicht und ließ sie dann ganz langsam heruntergleiten.

Linas Herz klopfte bis zum Hals. Als die Hände das Gesicht freigaben, waren seine Augen geöffnet, aber sie schienen Lina ganz fremd. Auch das Gesicht schien ein anderes zu sein. Es waren noch Reppenhagens Züge, da waren auch noch seine Narben, aber es war ein fremdes, weicheres Gesicht. Ein weibliches Gesicht. «Ich bin da, meine Kinder», sagte eine Stimme, die sie nie aus Reppenhagens Mund vernommen hatte. Die Stimme einer Frau. Vor ihren Augen hatte sich der Maler in eine Frau verwandelt, deren strahlende Schönheit fast überirdisch schien.

Lina fühlte sich benommen. Sie sah zu, wie dieses fremde Wesen da vorn mit einer fremdartigen, düsteren Liturgie begann. Die Stimme hatte einen ausländischen Akzent, italienisch oder vielleicht spanisch. Lina war wie gebannt, sie konnte nicht aufhören, das Wesen anzustarren. Jede einzelne Narbe hatte sie schon im Gesicht des Malers gesehen, seine langen Haare, die Form seiner Augen. Und doch war das da drüben nicht Reppenhagen, und das ließ sie wieder und wieder schaudern. Und dann kam ein Moment, als sie plötzlich das Gefühl hatte, die Priesterin sähe ihr direkt in die Augen. Ihr Herz blieb fast stehen, sie wagte kaum zu atmen und zwang sich endlich, den Blick von der Frau zu nehmen. Die Angst vor Entdeckung in ihr wurde stärker. Hatte sie ihre Anwesenheit gespürt, hier hinter der Mauer?

Das fremdartige Ritual nahm seinen Fortgang, Lina verstand nur wenig, denn vieles war offensichtlich in lateinischer Sprache, die die Priesterin in der singenden Melodie der Italiener vortrug.

«Dies ist ein besonderer Abend», sagte die Priesterin auf Deutsch. «Heute wird eine unserer größten Hoffnungen zum ersten Mal ein Ritual durchführen. Liebes, komm zu mir. Komm zu Mariana.»

Hinten, wo Lina Anno gesehen hatte, löste sich eine kleine Gestalt aus der Menge. Ehrfurchtsvoll machten die Anwesenden ihr Platz.

Anno, dachte Lina. Aber es war nicht Anno, es war eindeutig Annette. Auch sie trug ein weißes Nachthemd. Langsam, fast wie betäubt, stieg sie zu der Priesterin hinauf. Auf dem Podest hatte Lina kurz den Eindruck, als würde die Kleine schwanken oder flüchten wollen.

«Sieh mich an», sagte Priesterin zu dem Kind. Das Kind sah zu ihr auf und nickte.

«Bringt das Opfer!», befahl die Priesterin.

Jemand in einer Robe brachte ein kleines, zappelndes Bündel. Die Priesterin reichte Annette einen kleinen Dolch, den sie zuvor in der Zeremonie geweiht hatte. Lina hielt den Atem an. So vieles wurde ihr auf einmal klar. War es das hier, was sie mit den Säuglingen machten?

Annette ging auf den Altar zu, das Messer in der Hand. Das Bündel zappelte immer noch. Der Mann in der Robe öffnete es. Für einen Moment schloss Lina die Augen. Sie wollte einfach nicht wissen, was da zappelte. Doch dann zwang sie sich, hinzusehen. Es war ein Hündchen, ein wenige Wochen alter Welpe.

«Töte es.» Die Stimme der Priesterin war beschwörend. «Töte es.»

Der Helfer griff das Hündchen am Kopf und bog ihn nach hinten. Aufmunternd nickte er Annette zu. Die durchtrennte mit einem schnellen Schnitt die Kehle und ließ das Blut in die Schale auf dem Altar laufen. Der Welpe zuckte noch ein paarmal, dann war er tot.

Als der Blutstrom nachließ, bot Annette die Schale der Priesterin an. Diese deutete eine Verbeugung an, nahm sie und gab sie dann Annette zurück. «Das Blut deines ersten Opfers gehört dir.» Und Annette trank einen tiefen Schluck, bevor sie die Schale der Priesterin zurückgab. Ein anderer Mann in einer Robe, dessen Gesicht ebenfalls unter einer Kapuze versteckt war, griff den Dolch und öffnete den Brustkorb des Tieres. Triumphierend hielt er das winzige Herz in der Hand und reichte es dem Mädchen. Annette schluckte es ohne mit der Wimper zu zucken im Ganzen hinunter.

Lina lehnte sich auf ihrer Kiste an die Wand. Was für schreckliche Dinge geschahen da?

Die Liturgie nahm ihren Verlauf. Wie in der Verhöhnung der katholischen Kommunion zogen die Mitglieder der grausigen Gemeinde an der Priesterin vorbei, jeder steckte seinen Finger kurz in die Schale mit dem Blut und leckte ihn dann ab.

Mit Erschrecken stellte Lina fest, wie viele von ihnen sie kannte oder doch zumindest schon einmal gesehen hatte. Da waren Arbeiter, an der Kleidung erkannte sie auch ein paar Wallonen. Aber dann entdeckte sie den einen oder anderen Handwerker, mit dem sie schon zu tun gehabt hatte, den Fleischer, bei dem sie schon einmal gekauft hatte, und den Wirt eines Altstadtlokals und seine Frau. Dann die gesamte Familie von Müller und – sie mochte es kaum glauben – die junge Frau Erbling. Ihren Mann, den Doktor, konnte sie nicht entdecken. Alle

Dienstboten der Wienholds waren da und noch ein paar andere, von denen einige Lina bekannt vorkamen, sie konnte sich jedoch nicht erinnern, woher.

Die gruselige Prozession hatte nun ein Ende, nacheinander gingen alle hinaus. Schließlich waren nur noch die Robenträger, Annette und ihre Mutter da.

«Ich bin ja so stolz auf dich», sagte Jutta und umarmte ihre Tochter. «Gehen wir hinauf?», fragte sie in die Runde.

«Ja, lass uns gehen. Ich könnte noch einen Schluck vertragen.»

Lina zuckte zusammen. Das war Reppenhagens Stimme. Die Stimme, die immer so unfreundlich zu ihr gewesen war. Die Priesterin war fort.

Lina wusste, solange auch nur ein Mensch hier unten war, hatte sie keine Chance, unentdeckt herauszukommen. Das Ganze schien sich nun schon Stunden hinzuziehen, oder kam es ihr nur so vor? Plötzlich fiel ihr Anno wieder ein. Wo war der Junge nur?

Der Raum hatte sich geleert. Lina war ganz elend von den schrecklichen Dingen, die sie gesehen hatte. Eine Weile hockte sie auf der Kiste, obwohl sie wusste, dass sie Schwierigkeiten haben würde, wieder aufzustehen. Schließlich rappelte sie sich auf. Langsam tastete sie sich vorwärts, bis ihr die Kerze in ihrer Rocktasche wieder einfiel. Sie zündete sie an.

Sie ging zunächst in die falsche Richtung und fand sich in dem Zeremonienraum wieder, drehte aber gleich um. Nun wusste sie, wie sie gehen musste. Dort, wo der ursprüngliche Gang sich verzweigte, fand sie zurück zu dem Raum unter der Falltür. Aber da gab es keine Leiter mehr, und die Falltür war zu.

Lina lehnte sich an die Wand und begann zu weinen, aus Verzweiflung, aber auch aus Wut über ihre Neugier. Die Dinge, die sie gesehen hatte, hätte sie gern wieder aus ihrem Gedächtnis getilgt. Und immer schoben sich die Bilder der beiden getöteten Mädchen davor. Hatten sie auf diesem Altar da unten gelegen? War das Kind der Älteren auf dieselbe Weise getötet worden wie der Welpe?

Nach einer Weile versiegten die Tränen. Sie musste hier heraus. *Denk nach, Lina, denk nach*, befahl sie sich. Immerhin war sie so klug gewesen, die Kerze auszublasen. Jetzt entzündete sie sie wieder. Dies waren die Schmugglergänge. Sie waren alt, doch dieser Teil hier war noch gut erhalten, wie sie gesehen hatte. Vielleicht waren es die anderen Teile auch.

Sie fand zurück zu der Gabelung und nahm den anderen Gang. Er verlief schnurgerade und fiel dann etwas ab. Ein paar Meter weiter zweigte ein weiterer Gang ab, aber Lina beschloss, zuerst die gerade Strecke zu versuchen. Sie schien endlos, doch schließlich gelangte sie zu einem verrosteten alten Eisentor, das mit dicken Schlössern gesichert war. Hier war kein Durchkommen. Sie rüttelte an den Schlössern, versuchte sogar mit einer Haarnadel, sie zu öffnen, aber es gelang ihr nicht. Dann entschied sie sich anders und ging zurück. Vorn nahm sie die andere Abzweigung.

Hatte sie bisher noch eine Ahnung gehabt, in welcher Richtung sie unterwegs war – der gerade Gang, der auf das Tor zugeführt hatte, da war sie sicher, das war der Ausgang an der Ruhrmündung –, jetzt verlor sie jegliche Orientierung. Denn dieser Weg hatte Knicke und Kurven. Zuletzt stieg er stetig an. Langsam machte sich die Verzweiflung wieder in ihr breit. Was, wenn sie auch dort nicht herauskam? Und ihre Kerze würde auch nicht mehr lange brennen.

Es dauerte eine Weile, bis sie vor sich plötzlich Licht bemerkte. Der enge Gang weitete sich zu einem kleinen Raum, an dessen Ende mehrere Stufen hinaufführten. Es musste schon nach Sonnenaufgang sein, denn das Licht waren Sonnenstrahlen, die durch ein Gestrüpp vor dem Gitter hindurchschienen.

Sie stieg die Stufen hinauf und sah verzweifelt auf das Gitter. Auch hier hing ein Schloss. Durch das Gestrüpp konnte sie nicht erkennen, wo sie war. Doch dann begann die Glocke von St. Maximilian, der katholischen Kirche, zu läuten – laut, sie musste ganz in der Nähe sein. Selten hatte sich Lina so gefreut, diese Glocke zu hören. Wenigstens gab es die Möglichkeit, dass sie hier jemand hören würde, wenn sie riefe. Sie wollte sich gegen das Gitter lehnen, doch da fiel sie beinahe hin: Ganz leicht ging das kleine Tor auf.

Lina konnte es gar nicht fassen. Sie war gerettet! Tränen liefen ihr über die Wangen, während sie unablässig lachte. Sie raffte ihre Röcke zusammen und zwängte sich durch das Gestrüpp. Die Sonne war gerade ganz aufgegangen, und auch der Vollmond stand noch blass am Himmel. Was bis dahin von ihrem Kleid noch heil geblieben war, hatte sie nun endgültig zerrissen. Doch das war ihr völlig egal. Sie hätte vor Freude springen können, wenn die Müdigkeit und ihre steife Hüfte das zugelassen hätten.

Als sie gerade die letzten Blätter und Dornen aus ihrem Rock gezupft hatte, hörte sie eine Stimme.

«Guten Morgen. Sind Sie nicht Fräulein Kaufmeister?»

Vor ihr stand der Pater, den sie seit der Silvesterfeier bei Baron von Sannberg nicht mehr gesehen hatte.

Lina wurde klar, welchen Anblick sie bieten musste: die Kleider zerrissen, die Haare halb gelöst, und ihr Gesicht war sicher schmutzig. «Ja. Pater …»

«Johannes. Geht es Ihnen gut?»

Sie sah verlegen auf den Boden. «Einerseits ja, denn ich habe mich gerade aus einer schlimmen Lage befreit. Andererseits …»

Sie sah auf und blickte in sein ernstes Gesicht. Plötzlich stieg alles wieder in ihr hoch, was sie in der Nacht erlebt hatte. Sie wankte, fühlte sich der Ohnmacht nah. Er griff ihren Arm. «Kommen Sie mit ins Haus.»

Langsam führte er Lina ins Pfarrhaus, direkt in die Küche. Er wartete, bis sie sich hingesetzt hatte und gab ihr dann ein Glas Wasser. Sie trank es gierig.

«Wollen Sie mir erzählen, was Sie erlebt haben?», fragte der Priester.

Schlagartig wurde Lina klar, wie ungeheuerlich ihre Erzählung auf jemanden wirken musste, der es nicht mit eigenen Augen gesehen hatte. Und noch dazu ein katholischer Priester! Aber vielleicht war ja ein katholischer Priester genau der Richtige, um über solche Dinge zu sprechen. Jedenfalls hätte sie nicht gewagt, Pfarrer Wortmann ihre Erlebnisse anzuvertrauen.

«Ich bin Protestantin», sagte sie leise.

Der sonst so düstere Pater wirkte für einen Moment amüsiert. «Und das bedeutet, dass Sie es mir nicht erzählen dürfen?»

«Was? Nein, so hatte ich das nicht gemeint. Ich weiß nicht sehr viel über die Katholiken, aber ich habe einiges über die Beichte gehört. Dass der Priester nicht über das sprechen darf, was ihm anvertraut wurde.» Sie sah ihm direkt in die Augen. «Würde das auch für mich gelten? Für eine Protestantin?»

«Ich könnte Ihnen mein Schweigen zusichern, falls es Ihnen genügt», sagte er vorsichtig.

«Ich würde lieber beichten, wenn ich darf.»

Er seufzte. «Ich kann ja einfach vergessen, dass Sie mir gesagt haben, nicht dem rechten Glauben anzugehören.» Er stand auf. «Dann lassen Sie uns hinüber in die Kirche gehen, dort sind wir ungestört. Gleich wird die Haushälterin des Pfarrers aufstehen und ihren morgendlichen Arbeiten nachgehen wollen.»

Sie gingen hinüber in die kleine Kirche. Zu Linas Erleichterung forderte er sie nicht auf, in den Beichtstuhl zu gehen, sondern setzte sich mit ihr in eine Kirchenbank.

Sie bestand auf den Formalitäten, von denen sie gelesen hatte. Sie wusste, dass die Übersetzung der lateinischen Formel, an die sich nicht erinnerte, «Segne mich, Vater, denn ich habe gesündigt» lautete.

«Haben Sie gesündigt, Fräulein Kaufmeister?», begann er das Gespräch.

«Wenn Neugierde eine Sünde ist, dann habe ich gesündigt.» Sie schwieg. Dann stellte sie die leise Frage: «Gibt es Besessenheit?»

Pater Johannes runzelte die Stirn. «Wie kommen Sie darauf?»

«Es ist doch eine einfache Frage. Treibt Ihre Kirche nicht seit Jahrhunderten Dämonen aus? Wie sind sie, diese Besessenen?»

«Wie denken Sie denn darüber?»

«Bisher dachte ich, dass es arme Irre sind und der Aberglaube fröhliche Urständ feiert.»

Pater Johannes schwieg.

«Aber seit heute Nacht», fuhr sie fort, «seit heute Nacht weiß ich nicht mehr, was ich glauben soll. Denn ich habe es gesehen. Vor meinen Augen hat sich ein Mensch in einen anderen verwandelt.» Sie lachte trocken auf. «Sie müssen *mich* für verrückt halten.»

«Stellen Sie mich auf die Probe», sagte Pater Johannes, und er war vollkommen ernst dabei. «Was genau haben Sie gesehen?»

Lina begann zu erzählen, von der Versammlung und der Verwandlung Reppenhagens in die Priesterin. «Verstehen Sie mich nicht falsch. Das war kein Theaterzauber, und nach der Verwandlung stand da auch kein völlig anderer Mensch. Die Kleidung war dieselbe, die Haare, die Narben – und trotzdem war das nicht mehr der Reppenhagen, den ich kennengelernt hatte. Es war eine Frau, daran besteht kein Zweifel.»

Pater Johannes hatte still dagesessen, und nun sah Lina, dass er die Augen geschlossen hatte und sein Gesicht einen stillen Schmerz ausdrückte. Er schüttelte ein paarmal den Kopf. «Welch eine Prüfung», flüsterte er, aber Lina verstand ihn.

«Ist Reppenhagen ein Besessener?», fragte Lina. «Nicht dass ich es dadurch besser verstehen könnte ... aber es wäre wenigstens eine Erklärung.»

Der Pater schlug die Augen auf und sah sie an, der kurze verzweifelte Moment war verschwunden. «Ich möchte nichts dazu sagen, Fräulein Kaufmeister. Je weniger Sie über diese Dinge wissen, desto besser, und Sie wissen bereits zu viel.»

«Aber ...»

«Ich weiß, Ihre Sünde ist die Neugier.» War da wirklich ein Lächeln? «Und Ihre Buße wird sein, nicht mehr darüber zu erfahren, als Sie bereits wissen. Vielleicht werde ich Sie irgendwann erlösen.»

Lina schwieg. Sie hatte auf Antworten gehofft.

«Haben Sie noch mehr gesehen, da unten in diesen Katakomben?», fragte er unvermittelt.

Sie schilderte ihm das Opfer des Hündchens und sprach auch ihre Vermutungen über die Verbindung zu den Morden aus. «Da waren viele Leute, die ich kenne. Und wahrscheinlich werden sie noch mehr werden. Deshalb ist die Priesterin bei ihnen. Ein Missionar.»

Pater Johannes nickte. «Und eigentlich sollten Sie dort im Hause sein und schneidern?»

«Ja. Aber ich kann doch jetzt nicht mehr zurück.»

«Im Gegenteil», sagte er eindringlich. «Sie müssen zurück, und Sie müssen so tun, als wäre nichts geschehen. Ansonsten schweben Sie in größter Gefahr.»

Lina schluckte. Der Gedanke, zurück in das Haus der Wienholds gehen zu müssen, jagte ihr Angst ein.

«Gehen Sie nach Hause und ziehen Sie sich um, Fräulein

Kaufmeister. Und dann gehen Sie zurück und erfinden eine Geschichte. Sagen Sie, Sie hätten Ihre Schwester besucht und der Abend wäre zu lang geworden, irgendetwas in der Art.»

Sie hörte ihm verblüfft zu, und urplötzlich meldete sich ihre spitze Zunge zurück. «Für einen Priester sind Sie recht gut im Lügen.»

«Das ist kein Spaß. Hier geht es um Leben und Tod.» Er musste ihre betroffene Miene wahrgenommen haben, denn er fügte, wieder mit diesem Anflug von Lächeln, hinzu: «Sie können es ja später beichten.»

Er stand auf und hielt ihr den Arm hin. «Kommen Sie, Sie sollten sich beeilen.»

«Haben Sie nicht etwas vergessen?», fragte sie.

«Ego te absolvo a peccatis tuis in nómine Patris et Fílii et Spíritus Sancti.» Pater Johannes schlug hastig ein Kreuzzeichen. «Sprechen Sie mit niemandem über das, was Sie gesehen haben, Fräulein Kaufmeister. Sie bringen sich sonst in große Gefahr.»

Sie tat, was Pater Johannes ihr geraten hatte, und eilte, so schnell sie es vermochte, zum Dahlmann'schen Haus. Antonie war bereits wach und öffnete ihr. «Ich bin in ein Dornengebüsch geraten», erklärte sie dem erstaunten Mädchen. «Ich ziehe mich nur rasch um und gehe dann zurück zu den Wienholds.»

«Ich bringe Ihnen frisches Wasser hinauf.»

Eine knappe halbe Stunde später verließ Lina ihre Wohnung frisch gewaschen in einem Kleid, das dem zerrissenen sehr ähnlich sah. Auf der Treppe stieß sie fast mit Commissar Borghoff zusammen. Einen Moment lang dachte sie daran, ihm zu erzählen, was passiert war, doch dann erinnerte sie sich an die Warnung des Paters. Aber etwas anderes fiel ihr ein. «Herr Commissar, darf ich Sie um Ihre Hilfe bitten?»

«Sicher.»

«Sie erinnern sich an das Hausmädchen im Hause meines Bruders, die Kleine mit den braunen Locken?»

Er lächelte. «Die es immer so eilig hatte? Natürlich, sie hieß ...»

«Finchen. Eigentlich Josephine Wangenmüller.» Lina blickte zu Boden und suchte nach Worten. «Sie ... sie hat sich in Schwierigkeiten gebracht. Und meine Schwägerin hat sie daraufhin hinausgeworfen.»

«Ein Kind?»

Lina nickte. «Ich fürchte, ja. Meine Schwester Guste wollte ihr ein wenig Geld zur Unterstützung anbieten, aber sie ist nicht zurück zu ihrer Familie gegangen. Wahrscheinlich ist sie noch irgendwo hier in Ruhrort. Und auch wenn der Schiffer gefasst ist ...»

Borghoff nickte. «Sie möchten, dass ich sie suche?»

«Ja, bitte. Ich weiß zwar noch nicht, wie ich ihr helfen kann, aber ich möchte nicht, dass sie Hafenhure wird – oder ein Opfer des Mörders.»

«Ich kümmere mich darum, Lina. Wenn sie noch hier ist, werde ich sie finden. Frühstücken Sie mit uns?»

«Nein. Ich musste hier nur etwas holen, das ich vergessen hatte. Ich bin auf dem Weg zurück zu den Wienholds und komme erst nächste Woche wieder her.» Der Gedanke, so viele Tage mit diesen unheimlichen Menschen unter einem Dach verbringen zu müssen, stimmte sie nicht gerade fröhlich.

«Dann bis bald. Sollte ich Ihr Finchen eher finden, schicke ich Ihnen eine Nachricht.»

«Vielen Dank!»

Jeder im Hause Wienhold, der ihre neuerliche Ankunft mitbekam, schien ihre Erklärung, die Schwester besucht und dann plötzlich so von der Müdigkeit überrascht worden zu sein, dass sie dort übernachtet hatte, zu akzeptieren. Trotzdem lebte Lina in ständiger Angst: Würde Anno sie verraten? Sie bekam ihn nicht zu sehen, obwohl sie am späten Nachmittag Jutta und Annette im Damensalon verließ und sein Zimmer aufsuchte, das sie wieder unverschlossen und leer vorfand. Sie glaubte nicht, dass er erneut entflohen war, denn Jutta machte keinen besorgten oder beunruhigten Eindruck.

Begegnungen mit Reppenhagen versuchte sie möglichst zu vermeiden. Einmal konnte sie ihm jedoch nicht ausweichen. Er hatte *Amor und Psyche* vollendet, und nun stand es im großen Salon.

«Es ist großartig geworden», sagte Lina, als der Maler es ihr zeigte. «Oder finden Sie wirklich, dass das Schund ist, den Sie gemalt haben?»

Reppenhagen sah sie erstaunt an. «Schund?», fragte er.

«Nun, Sie selbst haben es so bezeichnet.»

«Ich …» Er lächelte wieder dieses überaus gewinnende Lächeln. «Ich male, was in meinem Herzen ist, und ich hoffe, dass man das meinen Bildern ansieht.»

«Durchaus», sagte Lina leise.

Sie hatte kaum glauben wollen, dass sie es war, dort auf dem Bild. Das Gemälde anzusehen, war etwas anderes, als in den Spiegel zu blicken – es war sogar anders, als ihrer Zwillingsschwester ins Gesicht zu sehen. Zum ersten Mal konnte sie ihr Gesicht durch die Augen eines anderen wahrnehmen. *Ich bin wirklich eitel*, dachte sie. Doch so geschmeichelt sie auch war, rief sie sich doch immer wieder ins Gedächtnis, dass dieser liebenswürdige Mann möglicherweise ein Besessener war, dass irgendwo in ihm die unheimliche Priesterin lauerte.

Das Erschreckendste war für Lina, dass alles im Hause Wienhold so völlig unberührt schien von den Geschehnissen im Schmuggelkeller. Einzig Annette schien ihr noch ein wenig arroganter, wenn sie dieses Wort auf ein Kind anwenden wollte. War sie stolz darauf, dass sie das Hündchen getötet hatte?

Die Gäste, die Lina kaum kennengelernt hatte, waren wieder abgereist, es wurde langsam ruhiger im Haus. Lina war gut vorangekommen mit ihren Aufträgen, aber sie hatte sich mehrfach selbst ermahnen müssen, über ihrem Tempo die Sorgfalt nicht zu vernachlässigen. Doch sie wollte, sie musste das Haus so schnell wie möglich verlassen.

Einen Tag, bevor sie das letzte Kleid vollendete, das prächtige Ballkleid für Jutta, das zwar einer Pariser Vorlage nachempfunden war, dem aber Linas Änderungsvorschläge weit mehr Eleganz und Glanz verliehen, kam Jutta zu ihr. «Ich habe einen Gast für dich, meine Liebe», sagte sie mit einem verschwörerischen Lächeln. Dann öffnete sie die Tür des Damensalons ganz, und neben ihr stand – Mina.

«Ich fand euch beide so entzückend am Silvesterabend mit euren gleich frisierten Haaren und der unglaublichen Ähnlichkeit, dass ich mir dachte, ich lade Frau Bleibtreu auch einmal ein, um mich wieder daran zu erfreuen.»

Lina war so überrascht, dass sie die Nähnadel tief in den Finger trieb. «Autsch», rief sie, während schon das Blut tropfte. Sie zog ein Taschentuch aus ihrer Rocktasche und wickelte es um den Finger, stand dann endlich auf, um ihre Schwester zu begrüßen.

Die beiden hatten sich lange nicht gesehen, Mina hatte auch Besuche bei Guste ausgeschlagen, um den Bruder nicht zu verärgern.

Bald war ein reges Gespräch im Gange, bei dem Jutta meist zuhörte. Lina wusste, Jutta hatte ihr eine Freude machen wollen, da sie die schwierigen Umstände kannte. Und sie freute sich wirklich sehr, gleichzeitig war sie aber wenig glücklich darüber, dass Mina nun auch in dieses Haus kam.

Sie schüttelte diese Gedanken ab, begierig zu hören, was zu Hause passiert war, doch sie wagte nicht, vor Jutta über Finchen zu reden.

«Guste vermutet, Aaltje ist schwanger.»

«Damit hat sie recht. Sie hat es mir inzwischen gestanden. Sie sagt, es sei der dritte Monat.»

Lina seufzte. «Da haben sie sich wieder viel zu wenig Zeit gelassen.»

«Ach, lass uns nicht über Aaltje reden. Zeig mir lieber, was du genäht hast. Man erzählt ja wahre Wunderdinge über dich und dass du jetzt nach eigenen Entwürfen arbeitest.»

Sehnsüchtig sah Mina Juttas viele Kleider an – die, die Lina gemacht hatte, und die anderen. «Ich werde vieles aussortieren, liebe Mina.» Auch sie war mit Jutta jetzt per du. «Alles Kleider, die ich noch nie in Ruhrort getragen habe. Wie wäre es, möchtest du sie haben?»

Minas Augen begannen zu leuchten.

«Wir könnten sie zu Guste bringen, und ich ändere sie dir.» Mina war nur wenig kleiner als Jutta, aber um einiges dünner.

«Das ist so großzügig, das kann ich gar nicht annehmen», sagte Mina leise, aber Lina kannte den Blick in ihren Augen. Sie würde niemals auf dieses Geschenk verzichten wollen.

«Schnickschnack», sagte Jutta daraufhin auch nur. «Ich werde die Mädchen alles einpacken und es zu eurer Schwester bringen lassen. Wir sind ohnehin nächste Woche dort eingeladen, weil Ernst von Müller und vielleicht auch mein Mann in dieses Geschäft einsteigen wollen, das unser lieber Freund Cornelius ausgeschlagen hat.»

Linas Herz begann zu klopfen. Ihr Bruder und ihr Schwager wollten nun mit diesen Leute Geschäfte machen? In Gedanken sah sie auch sie an einer düsteren Zeremonie im Gewölbe teilnehmen. Sollte sie ihnen erzählen, was sie gesehen hatte? Wieder kam ihr Pater Johannes' Warnung in den Sinn. Nein, sie konnte nicht darüber reden. Aber vielleicht könnte sie Cornelius von Sannberg davon überzeugen, doch wieder mit den Brüdern zusammenzuarbeiten. Sie dachte an Gustes Bitte, mit ihm zu sprechen. Ja, sie würde es tun, sobald sie wieder zu Hause war.

Jutta gab vor, nach Annette sehen zu wollen, und verschaffte so den Schwestern Gelegenheit, noch ein vertrauliches Gespräch zu führen.

«Ich habe über Bekannte Nachricht von Justus bekommen», erzählte Mina ihr.

«Einen Brief?»

«Nein.» Mina sah weg, aber wie immer fühlte Lina genau, was in ihrem Zwilling vorging. «Sie haben ihn in London getroffen, es ging ihm nicht sehr gut. Er spart sich jeden Pfennig vom Mund ab.»

«Aber das ist doch gut. Dann hat er sicher bald das Geld zusammen, euch nach London zu holen.»

Mina schüttelte den Kopf, Tränen stiegen in ihre Augen. «Er ... er spart auf die Passage nach Neu York.»

«Was?»

«Ja», schluchzte Mina. «Und er war in Begleitung einer Frau. In der Kaschemme, wo sie waren, wurde sie mit Mrs. Bleibtreu angeredet. Unsere Bekannten dachten, wir seien geschieden, stell dir das vor!»

«Du musst ihm schreiben, Mina, Geheimpolizei hin oder her.» Sie hielt ihre Schwester im Arm und nahm das Taschentuch mit dem Blutfleck, um ihr die Tränen abzuwischen. «Wir sollten Jutta nichts merken lassen.»

«Aber sie ist doch sehr nett.»

«Ja. Aber das ist eine Familienangelegenheit. Ich werde Commissar Borghoff bitten, uns zu helfen mit dem Brief.»

«Glaubst du, dass er das tut?»

Lina fand zwar, dass sie Borghoff in letzter Zeit recht häufig um einen Gefallen bat, aber ihre Schwester war ihr wichtiger. «Er kann uns zumindest den besten Weg für einen Brief nennen. Wir werden uns bei Guste treffen.»

Sie wollte noch unbedingt etwas loswerden, bevor Jutta wiederkam. «Was ist mit Finchen geschehen?»

«Davon weißt du?», fragte Mina erstaunt. «Lotte hat sie oben in ihrem gemeinsamen Zimmer gesehen, wie sie versuchte, ihr Bäuchlein abzuschnüren. Sie ist erst im vierten Monat, viel ist ja nicht zu sehen, aber bei einer so zierlichen Person …»

«Und Lotte konnte den Mund nicht halten.»

Mina nickte. «Als es heraus war, konnte Aaltje doch gar nicht anders, als sie aus dem Haus zu werfen.»

Lina wusste, sie hatte recht. Wenn sie noch die Hausfrau in der Carlstraße gewesen wäre, hätte sie das machen müssen. «Aber sie hätte ihr noch etwas Zeit geben und sie noch ein oder zwei Monate Geld verdienen lassen können. Sie ist verschwunden, weißt du das?»

An Minas erstauntem Blick konnte Lina sehen, dass sie keinen weiteren Gedanken mehr an Finchen verschwendet hatte. «Warum sorgst du dich so um eine Dienstbotin?», fragte Mina.

In diesem Moment hätte Lina ihre Schwester, die sie eben noch getröstet hatte, am liebsten geschüttelt.

«Weil sie ein Mensch ist, Mina. Ein ganz entzückendes Mädchen, das mich mit seiner frischen Art oft zum Schmunzeln gebracht hat. Weil ich sie nicht in Not wissen möchte.»

«Du redest schon wie Justus», sagte Mina leise. «Der hatte auch immer für alles Verständnis, was die Arbeiter und die Armen betraf.»

«In Brüssel gehörtest du auch zu ihnen, vergiss das nicht, Mina.»

So endete Juttas wunderbare Überraschung im Streit. Lina verfluchte ihre spitze Zunge, aber auch Minas Snobismus, der sich nach ihrer Rückkehr ins reiche Elternhaus schnell wieder eingestellt hatte. Lina, die sich im Hause des Vaters ja selbst als eine halbe Dienstbotin gefühlt und aufgrund ihres Gebrechens die Nase nie so hoch wie ihre Zwillingsschwester getragen hatte, waren die Menschen in ihrer Nähe wichtig, gleich, ob sie Dienstboten oder Verwandte waren. Für sie gehörten sie zur Familie, auch wenn sie die nötige Distanz wahrte.

Die Schwestern waren beide erleichtert, als Jutta wieder zurück in den Salon kam und sich Mina dann bald verabschiedete.

Wie auch schon in den letzten Tagen, seit sie in das Haus der Wienholds zurückgekehrt war, verschmähte Lina den Schlaftrunk, den ihr das Hausmädchen gebracht hatte. Sie traute sich nicht, die helle Flüssigkeit in den Toiletteneimer zu gießen, schließlich hatte sie die Wienhold'schen Dienstboten alle bei der Zeremonie im Keller gesehen. Also mussten die armen Zimmerpflanzen daran glauben, die am Fenster des Damensalons standen und schon jetzt ein wenig kränklich aussahen.

Sie war sich inzwischen sicher, dass die Milch, obwohl sie immer recht gut geschmeckt hatte nach viel süßem Honig, der hineingerührt worden war, irgendein Schlafpulver enthielt, das sie so tief und lange hatte schlafen lassen.

Als sie sich in dieser letzten Nacht aus dem Damensalon schlich, hörte sie vom anderen Ende des Flures laute Stimmen. Dort lag das schönste der Gästezimmer, das sie bei ihrem ersten Aufenthalt bewohnt hatte und in dem nun Reppenhagen schlief.

Ihr war klar, dass es besser gewesen wäre, wenn sie kehrtgemacht und in ihr Zimmer gegangen wäre, aber die Neugier war stärker. So näherte sie sich vorsichtig der Tür.

Schon in einiger Entfernung verstand sie jedes Wort. So blieb sie an der Tür zu der kleinen Wäschekammer stehen, die sie öffnete, um jederzeit dort verschwinden zu können.

«Es geht nicht schnell genug voran, Werner! Die Städte hier wachsen in großem Tempo, und wir müssen noch schneller wachsen, um unsere Ziele zu erreichen.» Das war die Stimme Reppenhagens, hart, rau und unfreundlich.

«Aber das birgt Gefahren, Donatus. Wir müssen uns jedes Einzelnen sicher sein, bevor wir ihn einweihen. Deshalb begrüße ich es, wenn wir uns anderer, weltlicher Methoden bedienen, um unsere Macht auszudehnen. In gute Geschäfte investieren, Abhängigkeiten schaffen ...»

«Du vergisst, was das Wichtigste ist.»

Lina erschauderte. Das war die Stimme der Priesterin.

«Es gibt keine weltliche Macht ohne die Loge. Bedenke, woher deine Macht und dein Reichtum stammen.»

«Ich verstehe deinen Standpunkt. Aber die Loge ist ein geheimer Orden. Wir haben es dahin gebracht, wo wir stehen, weil wir wenige Eingeweihte sind, die um die wahre Macht wissen, und noch weniger, die um deine Macht wissen. Die Zeit, uns zu öffnen, ist noch lange nicht gekommen, und sie wird vielleicht nie kommen.»

«Ich spreche nicht davon, den neuen Mitgliedern unsere Mysterien zu enthüllen. Sie sollen ruhig mein Erscheinen vor ihnen als einen guten Theatertrick ansehen. Aber wir stehen jetzt vor einem neuen Zeitalter. Die alten Bindungen brechen, das einstmals fromme Landvolk wird von der Armut in die Städte getrieben, und die Kirche der Christusanbeter schafft es nicht, diesen Ansturm zu bewältigen. Wenn wir ihnen eine Heimat geben, dann werden sie uns sehr nützlich sein.»

«Es tut mir leid, aber ich werde im Rat gegen dich stimmen», sagte Werner Wienhold. «Du magst der geistige Mittelpunkt der Loge sein, aber meine Familie führt sie seit Generationen an. Mein Wort hat im Rat Gewicht und …» Er vollendete den Satz nicht mehr, weil er plötzlich einen Hustenanfall bekam, der fast nicht enden wollte.

Plötzlich öffnete sich die Tür, und Lina sprang geistesgegenwärtig in die Wäschekammer. Doch Wienhold hatte sie gar nicht bemerkt, denn er hustete immer noch und schien kaum Luft zu bekommen. Er schleppte sich die Treppe zum oberen Stockwerk hinauf, wo die Familie ihre Schlafzimmer hatte.

Lina wartete noch eine Weile, bis sie sicher war, dass sie sich unbemerkt in ihr Zimmer schleichen konnte. War dies ein gewöhnlicher Husten gewesen, oder was hatte die Priesterin getan, um dieses unliebsame Gespräch zu beenden?

Lina wünschte sich, mit jemandem darüber reden zu können, aber Pater Johannes' Warnung hielt sie immer noch davon ab. Der Einzige, mit dem sie darüber reden konnte, war der Pater selbst. Sie schlief nicht gut in dieser Nacht.

Um vierzig Thaler reicher verließ Lina am nächsten Nachmittag das Haus der Wienholds. Sie entschied, das Geld gleich zu Samuel Goldstein zu bringen, der die Einzahlung höchstpersönlich quittierte.

Es war ein schöner, sonniger Tag, und so beschloss sie, dem Baron einen Besuch abzustatten, so wie sie es Guste versprochen hatte. Nach dem, was sie erfahren hatte, besonders nach dem gestrigen Gespräch, das sie belauscht hatte, schien es ihr dringender denn je, zu erfahren, was den Baron so plötzlich umgestimmt hatte.

Auf ihr Klopfen hin bemerkte sie zunächst das Hausmädchen hinter dem Fenster der Tür, das aber rasch wieder verschwand.

Stattdessen öffnete ihr der Kutscher, der anscheinend auch den Hausdiener spielte.

«Ja, bitte?»

«Ich bin Lina Kaufmeister …», begann sie, aber der Mann unterbrach sie grob.

«Ich weiß, wer Sie sind, Fräulein.»

«Ich würde gern den Baron sprechen.»

«Der Herr Baron ist unpässlich.»

«Das tut mir aber leid.» Lina spürte, dass sie an dem Kutscher nicht vorbeikommen würde. «Wären Sie so nett und würden ihm von mir Genesungswünsche ausrichten?»

«Das werde ich selbstverständlich tun.» Der Mann verbeugte sich knapp und schloss dann die Tür.

Wie seltsam, dachte Lina. Bei all ihren Besuchen hatte Cornelius von Sannberg nie einen kränklichen Eindruck gemacht. Aber er war ja auch nicht mehr jung. Vielleicht machte sie sich umsonst Sorgen. Eines aber wunderte sie: dass er immer noch hier in Ruhrort blieb und nicht auf sein Gut zurückgekehrt war, das in dieser Jahreszeit doch sicher seiner Aufsicht bedurfte. Sie entschloss sich, es in den nächsten Tagen wieder zu versuchen.

6. Kapitel

Daheim im Dahlmann'schen Haus gingen die Dinge ihren Gang. Lina hatte erste Aufträge von Damen aus alteingesessenen Ruhrorter Familien bekommen, sodass zwei Nachmittagskleider nach Art des Entwurfs für Frau Erbling und mehrere kleine Änderungen in ihrem Zimmer lagen.

Borghoff konnte zu Finchen nicht viel berichten. Von Lotte hatte er inzwischen erfahren, dass sie versucht hatte, bei den Diakonissen in Kaiserswerth unterzukommen, die ein Asyl für ehemalige weibliche Gefängnisinsassen führten. Aber dort hatte man sie abgelehnt, das Asyl war voll, und schließlich hatte sie nicht im Gefängnis gesessen. So war sie nach Ruhrort zurückgekehrt, hatte wenige Tage bei einem Schankwirt gearbeitet, bis sich herumgesprochen hatte, dass sie bei den Kaufmeisters gearbeitet und weshalb man sie entlassen hatte.

«Von da verliert sich jede Spur. Tut mir leid.»

«Trotzdem danke, Sie haben ja Ihr Bestes gegeben.»

Er lächelte sein leicht schiefes Lächeln. «Wenn ich noch etwas höre, werde ich dem nachgehen.»

Auch mit dem Brief an Justus hatte er geholfen und führte an diesem Tag persönlich die Durchsuchung des Schiffes nach Rotterdam durch. Lina hoffte, dass Mina bald Gewissheit haben würde – entweder über die Trennung oder darüber, dass es sich um ein Missverständnis handelte.

Die Schafskälte war in diesem Jahr mit großer Heftigkeit über das nördliche Rheinland hereingebrochen. Am ersten Morgen hatte es sogar Frost gegeben, dann gab es immer dichtere Wolken. Lina war sogar gezwungen, das letzte vorrätige Feuerholz zu verbrauchen, denn abends wurde es empfindlich kühl in ihrem Wohnzimmer. Aber sie machte sich nicht mehr so viele Sorgen wegen des Holzes, seit sie sicher war, dass ihre Näherei sie durchbringen würde.

Trotz der Kälte machte sie sich am Nachmittag erneut auf den Weg zu Cornelius von Sannberg, um wiederum von seinem Kutscher abgewiesen zu werden. Als sie zurückkam, fand sie eine kleine Notiz vor: «Heute nach dem Abendläuten hinter der Kirche. J.» stand darauf. Pater Johannes wollte also mit ihr reden.

Gespannt wartete sie auf das Läuten der Tousenelde, jener Glocke, die der fromme Protestant Franz Haniel der katholischen Gemeinde gestiftet hatte und die nach seiner einzigen Tochter benannt war. «Ich gehe noch einmal aus!», rief Lina Antonie zu, die den Tisch für das Abendessen deckte. Sie hatte ihr warmes Cape aus der Truhe geholt.

Der Weg zur katholischen Kirche war nicht weit. Sie entdeckte den Pater auf einer kleinen Bank hinter einer Hecke. Hier hatte die Pfarrhaushälterin ein paar Küchenkräuter angepflanzt. Pfarrer Mancy war bekannt dafür, dass er gerne und gut aß.

«Sie müssen entschuldigen, liebes Fräulein Kaufmeister, dass ich bei unserer Begegnung neulich so verschlossen gewesen bin. Aber ich musste erst einmal Erkundigungen einholen», begann er, nachdem er sie begrüßt und sie ebenfalls auf der Bank Platz genommen hatte.

«Über mich?», fragte sie amüsiert.

«Nein.» Wie üblich blieb er ernst. «Ich habe einen Brief nach Rom geschrieben. Eigentlich habe ich auch jetzt nicht die Erlaubnis, über diese Dinge zu sprechen, aber ich halte es für wichtig, dass Sie es erfahren. Für den Fall ...» Er brach ab.

«Ich habe im Hause Wienhold auch noch etwas gehört, das mich sehr beunruhigt», sagte Lina. Sie schilderte ihm, was sie in Reppenhagens Zimmer belauscht hatte.

Er nickte. «Das passt.»

Eine Weile schwieg er. Dann sagte er, ohne Lina anzusehen: «Von unserem ersten Gespräch weiß ich, dass Sie gelesen haben, was ein Exorzist ist und was er tut.»

«Nun ja ...»

«Was Sie nicht wissen konnten und was überhaupt nur wenige wissen – ich *bin* ein Exorzist. Ich gehöre einer Bruderschaft innerhalb der Heiligen Kirche an, die sich mit nichts anderem als der Austreibung des Bösen beschäftigt. Das ist eine sehr belastende Aufgabe, und manchmal zerbricht ein Priester daran.»

«So wie Sie», sagte Lina leise in sein Schweigen hinein.

«Ja, wie ich. Ich habe es nur schwer ertragen, dass Menschen, die nach unserem modernen Verständnis in eine Irrenanstalt gehört hätten, durch den Ritus geängstigt und gequält wurden, manchmal bis zum Tod. Ich habe aber auch erlebt, dass bei manchen von ihnen eine erhebliche Besserung bis hin zur Heilung eingetreten ist.»

«Und deshalb haben Sie weitergemacht.»

Er schüttelte den Kopf. «Nein. Das war nichts, was ein guter Irrenarzt nicht genauso fertiggebracht hätte. Es ist so, Fräulein Kaufmeister: Es gibt das Böse. Es gibt das Wirken des Teufels unter den Menschen. Und wenn es nicht bekämpft wird, dann breitet es sich aus wie eine böse Seuche.»

Sie sah ihn zweifelnd an. «Ich bestreite nicht, dass es Böses in der Welt gibt. Ich selbst habe schon manches davon gesehen. Aber es ging immer von Menschen aus.»

«Das ist die neueste Täuschung des Feindes. Wir sind so

aufgeklärt, dass wir nicht mehr an ihn glauben und er leichtes Spiel hat.» Er lachte rau auf. «Mir selbst sind ja starke Zweifel an meinem Tun gekommen. So starke, dass ich nun hier bin, in der Obhut eines Provinzpfarrers.»

Er wurde wieder ernst und sah sie an. «Der Ritus wurde nicht geschaffen, um Irre zu heilen. Denn es gibt mehr Dinge zwischen Himmel und Erde, als unsere Schulweisheit sich träumen lassen mag.»

«Sie können also Shakespeare zitieren», sagte Lina spöttisch.

Seine Mundwinkel zogen sich kaum merklich nach oben. «Ich vergaß, dass ich es mit einer sehr gebildeten Frau zu tun habe. Aber ich meine das ganz ernst, Fräulein Kaufmeister. Es gibt wirksame Magie, und es gibt schwarze und böse Gemeinschaften, die sich ihrer bedienen.»

Lina schüttelte energisch den Kopf. «Wir leben doch nicht mehr im Mittelalter! Wir können Schiffe mit Dampf antreiben und fahren in der Eisenbahn ohne Pferde schneller als jede Kutsche ...»

«Und es können Leute herziehen, die innerhalb kürzester Zeit zur feinen Gesellschaft gehören und Rituale in einem Keller abhalten. Und ein Mann kann sich plötzlich so verschlucken, dass er kaum noch Luft bekommt, wenn ein Gespräch eine unliebsame Wendung nimmt. Oder haben Sie mir das nicht eben erzählt?»

«Das war sicher nur Zufall.» Lina ertappte sich, dass sich ihre Stimme wie die eines trotzigen Kindes anhörte.

«Während er mit der Priesterin gesprochen hat? Nie und nimmer.» Pater Johannes war einen kleinen Moment lang laut geworden, jetzt senkte er seine Stimme wieder. «Sie haben mich in der Kirche gefragt, ob es Besessene gibt. Ja, Fräulein Kaufmeister, es gibt sie. Oder zweifeln Sie an der Bibel, die Sie als Protestantin doch sicher gut kennen? Markus 5,9: *Jesus fragte ihn:*

Wie heißt du? Er antwortete: Mein Name ist Legion; denn wir sind viele.»

«Nehmen Sie denn die Bibel wörtlich, Pater Johannes?» Langsam kroch die Kälte in ihr hoch, aber sie konnte nicht sagen, ob es nur das kühle Wetter war oder ob die Dinge, die er erzählte, ihr diesen Schauder verursachten.

«Diese Stelle schon. Sie haben es doch mit eigenen Augen gesehen. Sie haben den Maler gesehen und die Priesterin. Und ohne es zu merken, sind Sie wahrscheinlich noch mehr von ihnen begegnet.»

Lina sah den Pater sprachlos an. Und während sich etwas in ihr noch gegen diese ungeheuerliche Erkenntnis wehrte, rief ihr Verstand all die Zusammentreffen mit Reppenhagen ab, in denen er unfreundlich oder charmant war, gleichgültig oder unsicher, ob er sie überhaupt kannte.

«Sie meinen, er ist von mehreren …» Es fiel ihr schwer, das auszusprechen. «Von mehreren unterschiedlichen Dämonen …»

«So sah man es zu Jesu Zeiten. Aber die Wahrheit ist, er *ist* diese Dämonen.» Er zuckte die Schultern. «Unsere Sprache ist dem leider nicht gewachsen. In diesem einen Körper leben mehrere Personen, und eine davon ist die Priesterin.»

«Woher … woher wissen Sie davon?»

Er blickte sie nicht an. «Die Bruderschaft weiß seit vielen Jahrhunderten davon. Jesus hat Wunder gewirkt und Dämonen ausgetrieben. Beides sieht die heutige Zeit als abergläubisch und gegen die Ratio an. Wenn wir aber das eine akzeptieren, die Wunder, die Auferstehung, dann müssen wir auch das andere anerkennen. Und wir müssen anerkennen, dass etwas, das wir als Magie bezeichnen, existieren könnte. Besessene wie Reppenhagen sind ein sehr mächtiges Instrument der Magie.» Er drehte sich wieder ganz zu Lina und sah ihr ins Gesicht. «Wir wissen nicht, was unser Geist zu tun vermag. Und die Kirche hat über die Jahrhunderte hinweg gut daran getan, ihre Schäfchen von diesen Dingen fernzuhalten. Wenn ein Einzelner mit einem magischen Ritual etwas erreicht – und nur dazu wird ein Ritual durchgeführt –, wie mächtig ist dann ein Wesen, das viele in sich vereint?»

«Aber das ist … es ist … Ich glaube nicht an Magie und irgendwelche Geisteskräfte, die über die Kraft des Verstandes hinausgehen. Ich glaube an Gott, der uns Menschen geschaffen hat, und ich glaube, dass wir Menschen Gott mit unserer Arbeit dienen und ihn in unseren Werken verherrlichen sollen.» Die Kälte ließ langsam ihre Finger steif werden.

«Gibt es eine bessere Erklärung für Reppenhagen und die Priesterin als die, die ich Ihnen gerade genannt habe?» Seine Stimme wurde wieder leiser. «Es ist nicht das erste Mal, dass ich einem solchen Wesen begegne. Einem Wesen mit vielen Stimmen und vielen Gesichtern, die man allerdings weniger sehen als erspüren kann. Ich habe es besiegt, aber mein Mitbruder, der mit mir kämpfte, hat sein Leben gelassen. Und ich selbst habe danach an allem gezweifelt, was mir heilig ist. Deshalb bin ich hier. Und nun verfolgt mich das Böse bis in diese kleine unbedeutende Stadt.»

Lina spürte, wie verzweifelt er war. Ein Mann, der um seinen Glauben und seine geistige Gesundheit rang. Und in ihr stritt das, was sie mit eigenen Augen gesehen und mit eigenen Ohren gehört hatte, mit allem, was sie in ihrem Leben gelernt hatte: dass der klare, gesunde Menschenverstand über alles triumphierte. «Warum haben Sie mir das erzählt?», fragte sie.

«Damit Sie sich in Acht nehmen, Fräulein Kaufmeister. Damit Sie diese Teufelsanbeter – denn das sind sie, auch wenn sie niemals über Satan sprechen oder ihn in ihren Ritualen anbeten – meiden und Ihre Lieben vor ihnen schützen.»

Er machte wieder eine kurze Pause und fuhr dann fort: «Vielleicht erhoffe ich mir auch, dass Sie mir glauben, nachdem Sie es schon gesehen haben. Ich habe einen Eid gebrochen, nur weil ich mir ein wenig Verständnis erhoffte.»

«Es ist schwer für mich. Das ist so weit weg von allem, was ich über das Leben gelernt habe. Was gedenken Sie zu tun?»

Er lachte bitter. «Ja, so ist das mit der Ratio. Erkenne und handle.» Er griff ihr an die Wange und zwang sie, ihn direkt anzusehen. «Ich bin ganz allein hier, nicht ein Priester könnte mir beistehen. Und ich weiß nicht, ob ich denen gewachsen bin.»

Lina ahnte, dass er allein Reppenhagen damit meinte.

«Aber ich werde es versuchen. Meine Order ist klar. Ich fürchte, die Bruderschaft hat mich bereits auf die Verlustliste gesetzt, sonst würde sie anders reagieren.»

«Das ... das tut mir leid.»

«Sie glauben doch ohnehin nicht daran, dann dürften Sie nicht denken, dass ich in Gefahr bin.» Er stand auf. «Ich wollte, dass Sie Bescheid wissen, falls ... falls mir etwas passiert. Und egal, was es ist, dringen Sie darauf, dass es mit allem untersucht wird, was der menschliche Verstand hergibt. Und da weiß ich mich bei Ihnen in guten Händen.»

Er verschwand im Hintereingang der Kirche, und Lina saß noch eine Weile wie betäubt auf der Bank, obwohl sie erbärmlich fror. Schließlich machte sie sich doch auf den Heimweg.

In der Tür kam ihr Borghoff entgegen. «Fräulein Lina, ich habe Sie schon gesucht!», rief er. Er schien in Eile zu sein. «Stellen Sie sich vor – vielleicht habe ich Ihr Finchen gefunden.»

«Was? Wirklich?»

«Ich weiß es nicht genau, ich will Ihnen keine allzu großen Hoffnungen machen. Aber Thade hat bei der Überprüfung einer Arbeiterunterkunft in der neuen Kolonie an der Straße von Laar nach Meiderich eine junge Frauensperson entdeckt, die offensichtlich zu keiner der dort ansässigen Familien gehörte. Sie nannte sich Anna Meier und hatte keine Papiere. Ich will sie aufsuchen, der Beschreibung nach könnte sie es sein.»

Er konnte Lina ansehen, dass sie drauf und dran war, ihn zu bitten, sie mitzunehmen, doch das gehörte sich ganz und gar nicht.

«Ich nehme den Einspänner des Bürgermeisters. In zwei Stunden bin ich wieder zurück, und vielleicht wissen wir dann mehr.»

Der kleine Wagen des Bürgermeisters hatte schon den Friedhof passiert, als Regen einsetzte. Zunächst tröpfelte es nur leicht, aber hinter dem Phoenix brach ein regelrechter Wolkenbruch los. Nach alter Militärsitte hatte sich Borghoff Ende April Sommer befohlen und trug nur seine dünne Uniformjacke, die rasch durchnässt war. Er zerrte eine Decke unter dem Sitz hervor, aber wirklichen Schutz bot sie nicht. Da er den größten Teil des Weges bereits hinter sich hatte, beschloss er weiterzufahren, und trieb das Pferd an.

Er war eine Weile nicht hier gewesen und war nun erstaunt, viele recht große Häuser auf dem ehemaligen Mühlenfeld vorzufinden. Ja, hier war wirklich so etwas wie eine Kolonie entstanden. Er hielt den Wagen an und stieg aus. Die Straße war menschenleer, alles hatte sich vor dem Regen nach drinnen geflüchtet. Am Ende des Weges gab es eine notdürftig zusammengezimmerte Bretterbude, aus der viele Stimmen schallten. Eine Kneipe, und es schien hoch herzugehen.

Thade hatte ihm das Haus genau beschrieben, das dritte von rechts, in der rechten Parterrewohnung. Wenn die Häuser normal genutzt worden wären, hätten sie sogar komfortabel sein können. Doch in jeder der Wohnungen hausten bis zu vier Familien, die sich eine Küche teilten.

Die Tür war unverschlossen, und zunächst bemerkte niemand

Borghoff, weil hier wohl ein ständiges Kommen und Gehen herrschte.

«Finchen?», rief er in den ersten Raum hinein. Bisher war hier laut Französisch gesprochen worden, aber die Leute verstummten augenblicklich. Es waren drei erwachsene Männer, zwei Frauen und ein paar Kinder, die bereits in dem einzigen Bett schliefen.

«Ich suche eine junge Frau, ihr Name ist Finchen», sagte Borghoff auf Französisch.

«Josephine?»

«Oui, Josephine.»

«Im nächsten Zimmer.»

Dort fand er sie tatsächlich. Sie lag in einem schmutzigen Bett, um sich herum die Kinder der Familie. «Sie ist krank», erklärte ihm die Frau. «Sie hustet immerzu.»

Kein Wunder, dachte Borghoff. Nicht nur, dass es erbärmlich kalt in dem zugigen Zimmer war, das Haus schien auch feucht zu sein. Um möglichst schnell die Arbeiter unterbringen zu können, hatte man nicht abgewartet, bis es ganz trocken war.

«Finchen …», er rüttelte sie wach. «Ich bin es, Commissar Borghoff.»

«Ich habe nichts gemacht», murmelte sie und wich ängstlich vor ihm zurück.

«Sicher nicht», sagte er sanft. Ihre sonst so hübschen Locken waren dreckverklebt. «Fräulein Lina schickt mich. Ich soll Sie hier herausholen.»

«Fräulein Lina.» Sie lächelte für einen Moment selig, dann begann sie zu weinen. «Sie wird mich auch wieder wegschicken. Ich … ich bin …»

«Du bist schwanger. Keine Angst, das weiß sie. Meinst du, dass du dich anziehen kannst?»

Mit Hilfe der wallonischen Frau gelang es, Finchen ihr Kleid anzuziehen, auch das starrte vor Dreck. Das kleine Bündel mit ihren Habseligkeiten hielt sie fest an sich gedrückt. Von Borghoff und der Frau gestützt, ging es durch den Regen zur Kutsche.

«Monsieur, einen Moment noch», sagte die Frau, als sie Finchen in den Wagen gesetzt hatten. «Sie schuldet mir noch die Miete.»

«Wie viel?», fragte er nur.

«Einen Silbergroschen. Sie hatte Ende letzten Monats nicht gezahlt.»

«Ein Silbergroschen für dieses dreckige Bett?», entfuhr es Borghoff.

«Wenn Sie mir eine Stelle nennen können, wo ich meine Wäsche waschen kann, werde ich gern alles sauber halten.» Die Frau hielt ihre Hand auf. Borghoff fischte in seiner Tasche nach Kleingeld und fand einen Groschen. «Hier.»

Ohne ein Wort des Dankes ging die Frau zurück in das Haus.

Der Regen hatte zwar etwas nachgelassen, doch er war immer noch sehr stark. Borghoff hatte Finchen, die sich an ihm festhielt, die Decke überlassen. Er selbst war nass bis auf die Knochen und fror.

Als die Kutsche vor dem Dahlmann'schen Haus hielt, lief Lina so rasch sie konnte die Treppe hinunter. Antonie war noch mit dem Aufräumen der Küche beschäftigt, was sie inzwischen immer sehr gewissenhaft tat.

«Antonie, ich brauche deine Hilfe», rief Lina.

Auch Clara wurde davon herbeigerufen. Sie staunte nicht schlecht, als Borghoff mit dem fiebernden Finchen hereinkam.

«Wer ist das?», fragte Clara.

«Das ist unser früheres Hausmädchen», sagte Lina knapp.

«Sie hat sich schwängern lassen», bemerkte Antonie. Wie alle Hausmädchen der Stadt war sie erstaunlich gut informiert.

«Sie kann aber nicht hierbleiben.» Clara baute sich vor Borghoff auf.

«Das soll sie auch nicht, Frau Dahlmann. Aber jetzt ist sie krank und braucht ein Bett und Pflege.»

Doch Clara war misstrauisch. «Versprechen Sie mir, dass sie geht, wenn sie wieder auf den Beinen ist.»

«Das wird sie», sagte Borghoff. Lina sah ihn erstaunt an. «Ich weiß, wo wir sie unterbringen können. Bitte lassen Sie mich vorbei. Kann sie in das Zimmer unter dem Dach?»

Clara nickte. «Antonie soll das Bett beziehen.»

Gemeinsam brachten sie Finchen hinauf. Dann schickte Lina Antonie in die Küche, um Tee zu kochen und die Suppe aufzuwärmen. Wie im Hause Kaufmeister gab es jetzt auch hier fast immer eine gute Suppe auf Vorrat.

«Sie müssen auch raus aus den nassen Sachen», sagte Lina zu Borghoff, aus dessen Haaren und Uniform es auf den Boden tropfte.

«Leider muss ich zuerst dem Bürgermeister den Wagen zurückbringen und das Pferd abreiben.»

«Dann beeilen Sie sich, sonst werden Sie auch noch krank.»

Als Borghoff verschwunden war, sagte Clara: «So dreckig, wie die Kleine ist, können wir sie nicht ins Bett legen.»

Lina nickte, und Clara schickte Wilhelm, mehrere Kannen Wasser zu holen.

Trotz des Fiebers zitterte Finchen, als sie sie mit dem kalten Wasser wuschen. Lina betrachtete ihren leicht vorgewölbten Bauch. «Wer ist der Vater?», fragte sie.

Finchen, die noch kein Wort gesprochen hatte, presste ihre Lippen fest aufeinander.

«Wer ist der Vater, Finchen?» Sie rubbelte das Mädchen mit einem rauen Tuch ab. Clara, die beim Waschen geholfen hatte, ging leise aus dem Raum.

Finchen sah auf den Boden. «Simon», sagte sie leise.

«Simon Weber, der Hausknecht der Frau Brand?»

Finchen nickte. «Damals … als Sie die toten Mädchen gefunden hatten … Er kam dann immer zu mir, wenn ich Besorgungen machte.»

«Der Junge hat wohl nicht genug zu tun», knurrte Lina. Sie zog Finchen eines ihrer Nachthemden über.

«Er hat mich mitgenommen am Karneval auf einen Tanz. Und dann …» Hätte sie nicht bereits ein vom Fieber gerötetes Gesicht gehabt, hätte sie sicher noch stärker die Farbe gewechselt.

«Wie konntet ihr nur so dumm sein, beide noch Kinder.»

«Simon spart all sein Geld, damit wir heiraten können.»

«Und wann soll das sein?», fragte Lina wütend. «In zwanzig Jahren?»

«Er sorgt für mich», sagte Finchen trotzig und zuckte zusammen, weil Lina begonnen hatte, vorsichtig die verfilzten Locken zu kämmen. «Er hat mir das Geld gegeben, damit ich ein Dach über dem Kopf habe.»

«Ja.» Lina zerrte an einem besonders hartnäckigen Knoten, und Finchen biss die Zähne zusammen. «Dann dauert es mit dem Heiraten eben noch ein paar Jahre länger. Und dann? Es ist sehr schwierig für Ehepaare, eine gemeinsame Anstellung zu finden, die meisten Herrschaften mögen das nicht.»

«Ich weiß.» Finchen schluckte. «Ich weiß das ja.» Und dann begann sie zu weinen.

Lina hörte auf zu kämmen und setzte sich zu ihr auf das Bett. Sie nahm sie in die Arme und wiegte sie sanft. «Wir werden eine Lösung finden, Finchen. Eine vernünftige Lösung, kein Hirngespinst.»

Dann kämmte sie vorsichtig weiter und flocht Finchen zwei dicke Zöpfe für die Nacht.

Es waren noch ein paar Tränen geflossen, aber dann war Finchen eingeschlafen. Das war seit langem ihre erste Nacht in einem sauberen, frischen Bett. Ihre Kleidung ließ Lina oben vor der Tür liegen. Wenn sie getrocknet war, würde Antonie sie ins Herdfeuer werfen.

Als Lina herunterkam, saß Borghoff in trockenen Sachen unten in der Küche und schlürfte Hühnersuppe. Er sah immer noch verfroren aus.

«Danke», sagte Lina, nahm sich auch einen Becher Suppe und setzte sich zu ihm.

«Es war ein unbeschreibliches Loch, in dem ich sie vorgefunden habe. Eigentlich sollte man so etwas polizeilich verbieten. Die neuen Häuser sind für vier bis sechs Familien gebaut, aber in jedem leben an die hundert Menschen. Es gibt kein Wasser in der Nähe, sie müssen bis zum Brunnen des Bauern, keinen Waschplatz und nur ein Bett pro Zimmer für an die zwanzig Personen. Sie haben Finchen einen Silbergroschen im Monat abgenommen, aber ich glaube, in dem Bett hat sie nur gelegen, weil sie krank war – zusammen mit den Kindern.»

«Gut, dass sie jetzt hier ist. Sie sagten, Sie wüssten, wo sie hingehen kann?»

Er nickte. «Ich dachte an das Heim in Duisburg, ich hatte Ihnen davon erzählt. Es ist nicht sehr schön dort, und die Frauen müssen hart arbeiten, aber es ist sauber, jede hat ein Bett, und für das Kind wäre auch gesorgt.»

«Im Waisenhaus?», fragte Lina skeptisch.

«Wissen Sie eine bessere Lösung? Wenn sie vom Kindbett genesen ist und ihre Schuld abgearbeitet hat, kann sie woanders ganz neu anfangen.»

Lina war nicht wohl bei dem Gedanken, Finchen beibringen zu müssen, ihr Kind wegzugeben, aber auch ihr war klar, dass dies die einzige Möglichkeit war, Finchens junges Leben wieder auf die rechte Bahn zu bringen. Die Träume von einer Heirat mit Simon waren ohnehin nicht zu verwirklichen.

Borghoff nieste heftig.

«Gesundheit», wünschte sie ihm. «Hoffentlich haben Sie sich nicht erkältet, so nass, wie Sie waren.»

«Und dabei haben wir Juni. Ich weiß, es ist die Schafskälte, aber ich kann mich nicht erinnern, je einen so kalten Juni erlebt zu haben.»

Lina hätte ihm gern einen Cognac gegeben, aber es war keiner im Haus, und an Claras Liqueurvorräten wollte sie sich nicht vergreifen. Vermutlich hatte Borghoff einen Schnaps auf seinem Zimmer.

«Gehen Sie bald zu Bett», sagte Lina. Sie hatte ihre Suppe getrunken und stand auf. «Ich weiß zwar nicht, ob ich nach den Aufregungen heute schlafen kann, aber ich werde es jetzt versuchen.»

«Gute Nacht. Ich nehme noch etwas Suppe, vielleicht wird mir dann wieder warm.»

Unter Linas guter Pflege erholte sich Finchen rasch. Die Aussicht aber, dass ihre Genesung bedeutete, sie in das Frauenheim nach Duisburg bringen zu müssen, bedrückte Lina sehr. Commissar Borghoff nutzte einen Termin mit dem Staatsanwalt in der Nachbarstadt dazu, ihn zu bitten, seine Verbindungen spielen zu lassen und Finchen einen Platz in dem Heim zu verschaffen. Schon am nächsten Tag bekam er die Zusage, dass Finchen jederzeit dort aufgenommen werden würde.

Es war Linas Aufgabe, Finchen zu erklären, was nun mit ihr geschehen würde. Schweren Herzens bat sie sie zu sich in die Wohnung. Zunächst hörte das Mädchen schweigend zu, wie Lina ihr die Vorteile dieser Lösung schilderte, aber es war auch ihr klar, dass das Frauenheim nicht annähernd so angenehm war wie das karge Zimmerchen unter dem Dahlmann'schen Dach. Noch während Lina redete, stiegen die Tränen in Finchens große braune Augen, und es zerriss Lina fast das Herz, als das Mädchen tränenüberströmt darum bettelte, bei ihr bleiben zu dürfen. «Bitte, Fräulein Lina. Ich bin wieder gesund und kann arbeiten. Sie brauchen mir auch nichts zu zahlen, ich werde hart arbeiten nur für das Essen und das Bett …»

«Finchen, ich bin hier nicht die Hausherrin.» Lina machte eine Handbewegung, die den Raum einschloss. «Dies hier ist alles, was ich habe. Clara Dahlmann will kein zweites Mädchen, selbst wenn es umsonst arbeiten würde. Und vor allem kann sie es sich als Geschäftsfrau nicht leisten, dass in ihrem Haus ein Bastard geboren wird.»

Finchen zuckte bei dem bösen Wort fast zusammen, aber Lina, so schwer es ihr auch fiel, blieb hart. «Du hast dein Unglück selbst verschuldet, Kind, und das Frauenheim ist die beste Möglichkeit, sich so gut wie möglich aus der Misere zu befreien.»

«Und mein Kind?», fragte Finchen schluchzend. «Die nehmen es mir doch weg …»

«Ja. Aber so habt ihr beide die Möglichkeit zu überleben, während dir mit dem Kind nur die Gosse bliebe. Niemand stellt ein Hausmädchen mit einem Kind ein, selbst wenn es ehrbar geboren wäre.»

«Aber Simon …»

«Simon kann euch nicht ernähren.»

Finchen weinte herzzerreißend. Lina nahm sie in die Arme. «Willst du mit Simon reden, Finchen? Bevor du morgen fortgehst?»

Sie nickte schluchzend.

Und so kam es, dass Simon Weber am selben Abend leise an die Tür des Dahlmann'schen Hauses klopfte. Lina hatte ihn in der Küche erwartet und blieb jetzt auch dort, als sie ihn zu Finchen schickte, die in ihrer Wohnung wartete.

«Ihr habt eine halbe Stunde», sagte Lina zu ihm. «Wie konntest du sie nur so ins Unglück stürzen!»

Simon wurde rot. «Ich ... ich hab sie halt so lieb.»

«Sei leise, wenn du hinaufgehst. Wenn jemand erfährt, dass ich euch zwei in meiner Wohnung allein lasse, bekomme ich Schwierigkeiten.»

«Ja, Fräulein Lina.»

«Und ihr werdet nur reden.»

«Ja, Fräulein Lina.»

Sie wusste, dass das eine glatte Lüge war.

Borghoff hatte tatsächlich eine schwere Erkältung bekommen und blieb sogar einen Tag zu Hause, doch es gab zu viel Arbeit in Ruhrort, als dass er sich wirklich auskurieren konnte.

Finchens Anwesenheit im Haus und die Sorge um sie hatten Lina eine Weile abgelenkt von den Geschehnissen im Schmuggelkeller. Jetzt, wo sie wieder die meiste Zeit allein in ihrem Wohnzimmer mit Nähen beschäftigt war, grübelte sie viel über das nach, was sie gesehen und was Pater Johannes ihr erzählt hatte. Im Rückblick wurde gerade dieses Gespräch immer unwirklicher.

Sie hatte die Versuche aufgegeben, Cornelius von Sannberg zu besuchen. Der Kutscher ließ sie nicht vor. Behutsam benutzte sie Antonie als Nachrichtenquelle. Die Hausmädchen kannten sich fast alle untereinander. Von Rose, dem Mädchen des Barons, hatte Antonie schließlich erfahren, dass es eigentlich nicht schlecht stand um die Gesundheit des Barons. Er sei lediglich sehr melancholisch und antriebslos, verlasse selten sein Bett und esse kaum. Zudem kümmere er sich weder um das Gut, noch lese er die Briefe, die ihn aus Berlin erreichten. Hans Brecht, der Kutscher und Hausdiener, sorgte dafür, dass niemand den Baron störte.

Umso erfreuter war Lina, nach Antonies Marktgang zu erfahren, dass die arme Rose heute alles alleine hatte schleppen müssen, weil der Kutscher auf das Gut in der Grafschaft Moers gefahren war, um dort nach dem Rechten zu sehen. Lina ließ ihre Näharbeiten liegen und machte sich sofort auf zum Haus des Barons.

Roses Widerstand war nur gering, offensichtlich war sie überfordert. In von Sannbergs Haushalt herrschten sonst die Mamsell und Köchin sowie ein älteres, erfahrenes Hausmädchen und ein Hausdiener, doch die waren auf dem Gut geblieben.

Immerhin ließ Rose Lina nicht gleich zum Baron vor, und es dauerte auch eine ganze Weile, bis er sie im Salon empfing. Er trug einen teuren Schlafrock, war unrasiert und erschreckend abgemagert. Seine sonst so blitzenden Augen schienen irgendwie trübe, und es war Lina, als sähen sie durch sie hindurch.

«Lieber Freund, ich hörte, Sie seien krank, und deshalb habe ich nicht geruht, bis ich Sie endlich sehen konnte.»

«Krank … Nun ja. Sagen wir, ich fühle mich krank.»

«Aus dem Mund Ihres Kutschers klang das aber viel ernster, wenn er mich abgewiesen hat. Sind Sie so melancholisch, dass Sie niemanden sehen wollten?»

Von Sannbergs Gesicht zeigte keine Regung. «Er hat es sicher nur gut gemeint.»

Im Gegensatz zu ihren früheren Begegnungen schleppte sich das Gespräch mühsam voran, es war hauptsächlich Lina, die redete. Da Mittagszeit war, überredete sie Rose, das Essen für beide im Salon zu servieren. «Vielleicht bekommen Sie ein wenig Appetit. In Gesellschaft isst es sich doch besser.»

Rose war eine passable Köchin und hatte einen schmackhaften kleinen Braten zubereitet. Erleichtert stellte Lina fest, dass von Sannberg tatsächlich mit Genuss aß. Es schien auch wieder ein wenig Farbe in sein Gesicht zu kommen.

«Wie ist es Ihnen ergangen, liebe Lina?», fragte er.

Lina erzählte von ihren Erfolgen und dass sie die Miete und noch einiges mehr bereits eingenommen hatte. «Das habe ich alles Ihnen zu verdanken. Wenn Sie mich nicht auf diesen Gedanken gebracht hätten und wenn Sie mich nicht Ihren Freunden empfohlen hätten, würde es jetzt ganz anders aussehen. Das hat mich gerettet. Jetzt im Moment habe ich zwar nur kleinere Aufträge, aber ich habe ständig etwas zu tun, und ständig kommt Geld herein.»

«Das habe ich gern getan», sagte von Sannberg. «Es mag eine unkonventionelle Lösung Ihrer Probleme sein, aber wenn sie glückt, wer schert sich noch um Konventionen?»

«Ihre Freunde tun sehr viel hier in Ruhrort.» Lina tastete sich langsam an ihr eigentliches Anliegen heran. «Herr von Müller will wohl in die geplante Gießerei meiner Familie investieren.»

«So, wird er das?» Von Sannberg schien überrascht.

«Ich habe mich gewundert, dass Sie sich zurückgezogen haben. Es war doch Ihre Idee und schien mir geschäftlich sehr reizvoll zu sein.»

«Das ist es auch, das ist es ohne Zweifel.»

Lina sah ihn prüfend an. «Und dann lassen Sie sich das Geschäft entgehen?»

Für einen Augenblick wirkte von Sannberg sehr müde. «Es schien mir mit einem Male so sinnlos, noch mehr Geld anzuhäufen. Ich habe so viel, ich brauche doch gar nicht noch mehr.» Er lächelte. «Aber ich bin froh, dass Ihr Bruder und Schwager das nun doch in die Tat umsetzen.»

«Und von Müller ist ein guter Partner?»

Für einen Moment glaubte Lina, er wolle auflachen, aber sein

Gesicht blieb reglos. «Er ist sicher nicht so amüsant wie ich. Und er wird ihnen mehr abverlangen. Aber verlässlich ist er.»

«Kennen Sie ihn und die Wienholds schon lange?»

«Ich kenne beide Männer aus meiner Studienzeit. Wir gehörten derselben Verbindung an. Allerdings hatte ich immer das Gefühl, dass sie es damit ernster nahmen als ich.»

«Was war denn das für eine Verbindung?»

«Ursprünglich eine landsmannschaftliche. Wir sind alle Mecklenburger. Unsere Väter haben alle mit Blücher bei Waterloo gekämpft. Später hat die Herkunft wohl keine Rolle mehr gespielt. Die Verbindung selbst ist aber älter als das heutige Verbindungswesen. Wienhold und von Müller wissen mehr darüber, ihre Familien waren seit mehreren Generationen Mitglieder, im Geheimen, natürlich, denn die Akademischen Orden waren ja verboten.»

«Sie meinen, das waren Freimaurer?»

«O nein. Mit den Freimaurern hatte das nichts zu tun, auch wenn sie vielleicht ähnliche Ursprünge hatten. Aber ehrlich gesagt, hat mich das damals nie sehr interessiert, mir war es schon zu viel, diese ganzen Geheimzeichen zu lernen. Ich glaube, ich war nur in diesen Kreisen geduldet, weil ich reich und spendabel war und aus Mecklenburg stammte.» Er lächelte plötzlich. «Ich hatte immer das Gefühl, es gäbe zwei Verbindungen und ich gehörte zu der, die Streiche machte, soff und über Demokratie redete.»

«Und die andere?»

Er zuckte die Schultern. «Was weiß ich. Geheime Treffen. Initiationen. Wienhold wollte mich dazu überreden, aber dann wurde ich nie wieder gefragt.» Er runzelte die Stirn. «Ich traf damals einen alten Freund wieder, der Freimaurer war, und wurde von ihm eingeführt.»

«Sie sind Freimaurer?», fragte Lina überrascht.

«Ja. Aber ich nehme nicht oft an der Arbeit teil.»

Sie tranken noch einen Kaffee nach dem Essen, und dann gab es für Lina keinen Grund mehr, länger dortzubleiben.

«Lieber Freund», sagte sie, kurz bevor sie sich verabschiedete. «Ich verstehe gut, dass eine Melancholie so groß sein kann, dass sie einen völlig lähmt. Aber ich finde, es wird Zeit für Sie, auf das Gut zurückzukehren, wo besser für Sie gesorgt werden kann und Arbeit getan werden muss.»

«Wahrscheinlich haben Sie recht, Lina. Ich werde es mir überlegen. Und ich werde Hans sagen, wenn er Sie noch einmal abweist, entlasse ich ihn.» Er lächelte, und für einen Moment blitzte ein wenig von dem alten Cornelius von Sannberg hervor. «Sie tun mir gut, meine Liebe. Mein Leben würde eindeutig sonniger sein, wenn mehr von Ihrem klaren Verstand und Ihrer nüchternen Betrachtungsweise darin wäre. Wie denken Sie darüber?»

Lina war überrascht. Sie wusste diese Äußerung nicht recht einzuordnen. Dass er ihre Klugheit schätzte, war ihr schon lange klar. Aber sie hatte nie so weit gedacht, dass er an ihr als Frau interessiert sein könnte, und sie schob diesen Gedanken auch rasch weit weg.

«Dann sollten Sie sich um diese Eigenschaften bemühen, lieber Cornelius», sagte sie mit einem ironischen Lächeln und ließ den verblüfften Baron zurück.

Das Gespräch mit dem Baron hatte Lina zu denken gegeben. Nicht nur dieser merkwürdige Satz am Ende ihres Besuchs, mehr noch die Dinge, die sie über Wienhold und von Müller erfahren hatte. Ein alter geheimer Orden, älter als die Freimaurer vielleicht, und die beiden gehörten ihm an. Sie überlegte, ob sie Pater Johannes aufsuchen sollte, aber sie war über ihre letzte Begegnung immer noch so beunruhigt, dass sie den Gedanken verwarf.

Außerdem würde in weniger als einer Stunde Hermine Willmuth, die Frau eines Metzgers, der seinen Laden in der Neustadt hatte, kommen, um ihre geänderten Kleider anzuprobieren.

Frau Willmuth war eine der wenigen Kundinnen, die gar kein neues Kleid, sondern nur Änderungen bei Lina bestellt hatten. Lina hatte den Eindruck, dass sie nur wenig Geld besaß, obwohl der Laden ihres Mannes einen sehr guten Ruf genoss.

Bei der Anprobe stellte sich heraus, dass die geänderten Kleider perfekt saßen. Lina hatte neue moderne Ärmel genäht und ein paar dezente Farbakzente gesetzt.

Den letzten Thaler zählte ihr Frau Willmuth in Silbergroschen und Pfennigen auf die Hand. «Ich hätte Ihnen gern noch etwas extra gegeben, Fräulein Kaufmeister. Aber leider kann ich das nicht. Unser Laden läuft gar nicht gut in den letzten Monaten.»

Als sie ging, hatte sie Tränen in den Augen.

«Die Ärmste!» Lina hatte ihre Kundin noch bis an die Haustür begleitet und steckte nun ihren Kopf in Claras leeren Laden. «Sie scheint in Geldschwierigkeiten zu sein.»

«Kein Wunder», sagte Clara. «Erinnern Sie sich? Im Frühjahr hatten zwei Schiffer eine Wurstvergiftung und wären beinahe gestorben. Es war Willmuths Wurst.»

«Davon habe ich gar nichts gehört.»

«Oh, das war ... als Ihr Bruder ...» Clara kam hinter der Theke vor. «Es sprach sich in Windeseile herum. Und dann sind die meisten nicht mehr zu Willmuth gegangen, sondern zu Metzger Jung.»

«Hat denn einer nachgeprüft, ob es wirklich Willmuths Wurst war?»

«Die Schiffer sagten, dass sie die Wurst dort gekauft hätten.» Clara zog Lina zu einem Regal. «Schauen Sie mal. Ist der nicht prächtig?»

Es war ein zartblauer Jacquard-Seidenstoff mit dünnen cremeweißen Streifen, auf die kleine Blüten, Vergissmeinnicht, aufgedruckt waren.

«Wunderschön!»

«Und zusammen mit diesen hier», Clara deutete auf weitere Seidenstoffe in verschiedenen Blau- und Weißtönen, «können Sie die schönsten Kleider der Stadt zaubern.»

Es war der erste Tag seit langem, an dem Lina nichts zu tun hatte. Dies war kein Grund zur Sorge, schon in der nächsten Woche hatte sie einen Termin bei den von Eickens. Sie hatte es kaum glauben wollen, als der Hausdiener die Note mit der Einladung vorbeibrachte. Die erste Familie der alteingesessenen guten Ruhrorter Gesellschaft bestellte etwas bei ihr.

So hatte sie bis zum Einbruch der Dunkelheit in ihrem Wohnzimmer gesessen und gelesen. Zufrieden genoss sie den freien Tag ganz ohne Arbeit. Nicht einmal an einem Sonntag in der Carlstraße hatte sie so wenig getan.

Sie hatte sich schon entkleidet und saß nun im Nachthemd vor dem Waschtisch und bürstete ihr Haar.

Schon die ganze Woche hatte sie Commissar Borghoff nicht zu Gesicht bekommen. Wenn er vom Dienst nach Hause kam, ging er immer rasch die Treppe hinauf in seine Räume. Seit ein paar Tagen hustete er wieder stark, auch am heutigen Abend. Lina konnte es bis in ihre Wohnung hören. Der arme Mann, dachte sie. Und wahrscheinlich war sie nicht unschuldig an diesem Husten, denn die Erkältung hatte er sich zugezogen, als er Finchen aus der Kolonie am Mühlenfeld holte.

Kurz entschlossen warf Lina sich ihren Hausmantel über und ging in die Küche hinunter. Sie fühlte sich zwar unsicher ohne ihre Schuhe, aber sie wollte Borghoff schnell helfen. Clara hatte gutsortierte Kräutervorräte, und Lina entdeckte Thymian,

Fenchel, Eibisch und etwas Süßholzwurzel. Daraus kochte sie einen Sud und seihte ihn in eine Teekanne ab. Sorgfältig achtete sie darauf, dass die Kanne nicht zu voll wurde, damit sie sie nach oben tragen konnte.

Borghoff war noch wach, denn ein weiterer nicht enden wollender Hustenanfall war durch die Tür zu hören.

«Herr Commissar?» Lina klopfte an die Tür. «Robert!»

Als Antwort kam wieder nur ein Husten, das in einem Röcheln endete.

Entschlossen öffnete Lina die Tür.

Er lag im Bett, sein Gesicht war hochrot, Schweiß stand ihm auf der Stirn. Wieder hustete er heftig, doch er schien zu matt, um sich dabei aufzurichten.

«Mein Gott, Robert», rief Lina entsetzt. Sie stellte die Teekanne auf dem Nachttischchen ab und fühlte Borghoffs Stirn, die erschreckend heiß war. Sein Puls raste, er bekam kaum Luft.

Lina lief über den Flur, um Antonie zu wecken. «Rasch, wach auf. Der Commissar ist sehr krank. Du musst Wilhelm wecken.»

«Das geht nicht», sagte Antonie schlaftrunken.

«Natürlich geht das.»

«Nein, es geht nicht. Weil …»

Lina sah sie ungeduldig an.

«Weil er nicht da schläft, wo er schlafen sollte.»

Es dauerte einen Moment, bis Lina verstand, was sie meinte. «Dann wecke Frau Dahlmann. Es ist ein Notfall. Der Commissar hat sehr hohes Fieber. Wilhelm muss den Doktor holen.»

Antonie legte ein Schultertuch um und wollte losgehen, aber Lina hatte noch mehr Anweisungen.

«Ich brauche hier Tücher und kaltes Wasser, mehrere Kannen, für Wadenwickel. Und auch etwas heißes Wasser. Große Tücher und mehrere kleine!»

Sie ging zurück zu Borghoff und hörte durch die geöffnete Tür, wie Leben ins Haus kam. Wenig später stand Clara mit einem Eimer Wasser und Tüchern neben ihr.

Lina war es gelungen, Borghoff aufzurichten und ihm ein weiteres Kissen von seinem Sofa in den Rücken zu stecken.

«Meine Güte», sagte Clara. «Da hat er aber etwas verschleppt.»

Entschlossen schlug Lina die Decke zurück und schob dann das Nachthemd des Commissars hoch, damit sie die Wickel anlegen konnte. Wieder wurde er von Hustenanfällen geschüttelt.

«Wo bleibt nur Antonie mit dem heißen Wasser», schimpfte Lina.

«Ich bin ja schon hier, Fräulein.»

Lina goss das verbrauchte Waschwasser in den Toiletteneimer und dann etwas heißes Wasser in die Waschschüssel. Sie nahm ein kleineres Tuch, tauchte es ins heiße Wasser, schlug es dann wie einen Schal um Borghoffs Hals und ein weiteres trockenes darum. Borghoff setzte noch einmal kurz zu einem Husten an, verstummte dann aber. «So ein feuchtwarmer Wickel stillt den Husten für eine Weile», erklärte sie. Dann flößte sie ihm den inzwischen leicht abgekühlten Sud ein.

«Antonie, hole bitte noch etwas Essig für die Wadenwickel», bat Lina.

Als das Mädchen zurückkam, mit einer weiteren Kanne kalten Wassers und der Essigflasche, bereiteten Clara und Lina gerade den nächsten Wickel vor. Sie gossen ordentlich Essig in das kalte Wasser und erneuerten dann die Wickel. Borghoff selber ließ alles ohne ein Wort über sich ergehen. Er war viel zu matt, um irgendetwas zu sagen oder zu tun. Nur einmal flüsterte er etwas, und Lina glaubte, «Engel» zu verstehen.

Drei Wickel später kam Wilhelm mit Dr. Erbling, da er Dr. Feldhoff nicht angetroffen hatte. Lina war erleichtert.

«Wadenwickel?», fragte der Arzt.

Sie nickte.

«Sehr gut. Das Fieber muss herunter.» Er drückte Lina ein Tütchen mit einem Pulver in die Hand. «Das ist zerstoßene Chinarinde. Brühen Sie sie mit einem Liter halb Wasser, halb Wein auf und bringen Sie einen großen Becher davon herauf, er muss das so schnell wie möglich trinken.»

«Ich mach das», sagte Clara und nahm Lina das Medikament aus der Hand.

Dr. Erbling horchte die Brust seines Patienten ab. «Das ist eine schwere Lungenentzündung.»

«Er hat eine Erkältung verschleppt», sagte Lina leise. Sie wusste, viel konnte der Arzt hier nicht tun, das Wichtigste war, das Fieber zu senken.

Als Clara mit dem Chinarindensud kam, flößte Lina ihn dem Commissar langsam Schluck für Schluck ein.

«Es dauert noch etwas, bis es wirkt. Alle zwei Stunden sollte er einen Becher trinken. Und dazwischen Wasser oder Tee. Das ist sehr wichtig.» Erbling packte sein Stethoskop in die Tasche. «Und machen Sie weiter mit den Wadenwickeln. Ich sehe ihn mir morgen früh noch einmal an, dann entscheiden wir, ob er zur Diakonie nach Duisburg gebracht werden muss.»

Lina blieb allein bei Borghoff. «Es bringt doch nichts, wenn wir alle morgen todmüde sind. In der Früh kann mich jemand ablösen.» Wilhelm hatte Borghoffs kleinen Ofen befeuert, sodass sie den Sud und den Tee warm halten konnte.

Borghoff hatte inzwischen Schüttelfrost bekommen, aber Lina wechselte immer noch regelmäßig die Wadenwickel, wenn auch in längeren Abständen. Es machte ihr Mühe, ihm die Flüssigkeiten einzuflößen, weil er kaum bei sich war. Aber Lina hatte bereits viel mit ihrem Vater durchgemacht und war eine versierte Pflegerin.

Es dämmerte schon, als sie das Gefühl bekam, dass das Fieber zurückging. Die Chinarinde schien endlich zu wirken. Sie nahm die Wadenwickel ab, zog das darunterliegende gefaltete Betttuch heraus. Das Laken darunter war fast trocken geblieben, das obere Laken wechselte sie.

Plötzlich schlug Borghoff die Augen auf. «Lina», sagte er, bevor er wieder hustete. «Was … was …», wieder hustete er.

Sie legte ihm den Finger auf die Lippen. «Sie sind sehr krank, Robert. Sie brauchen Ruhe.»

Sie goss heißes Wasser aus dem Kesselchen in die Waschschüssel und machte ihm erneut einen feuchtwarmen Halswickel. «Das unterdrückt eine Weile den Husten, damit Sie schlafen können.»

Matt ließ er sich in die Kissen zurücksinken. Sie hielt noch eine Weile seine Hand, bis er eingeschlafen war. Erschöpft ließ sich Lina in den Sessel fallen. Eine Weile wehrte sie sich noch, aber dann schlief auch sie ein.

Ein sanftes Rütteln weckte Lina auf. Es war Clara, die gekommen war, um sie abzulösen. «Gehen Sie zu Bett, Fräulein Lina.»

Lina streckte sich. Ihr tat jeder Knochen weh nach den paar Stunden Schlaf auf dem Sessel.

Borghoff schlief friedlich. Sein Atem rasselte zwar, war aber regelmäßig. Vorsichtig fühlte sie seine Stirn. «Er hat noch Fieber, aber es ist nicht mehr lebensbedrohlich.»

«Antonie hat schon Frühstück gemacht. Sie bringt es gleich in Ihr Zimmer. Essen Sie etwas und schlafen Sie dann noch ein paar Stunden.» Clara raffte die Tücher zusammen, die Lina in der Nacht einfach auf den Boden geworfen hatte. «Wir werden gleich das Bett frisch beziehen und den Commissar waschen, bevor der Arzt kommt.»

Gehorsam ging Lina in ihr Zimmer, kurz danach kam Antonie mit der heißen Hafergrütze und einem Tee. «Sie ist nicht angebrannt», strahlte sie. Trotz der Verbesserung ihrer Kochkünste war die Morgengrütze immer noch Glückssache.

«Sie schmeckt sehr gut», lobte Lina, auch wenn das eher von dem Honig kam, den Clara hatte hineinrühren lassen.

Unschlüssig stand Antonie mit dem Tablett in der Tür. «Fräulein Lina.»

«Ja?»

«Wegen gestern Nacht ...»

Lina sah sie fragend an.

«Ich meine, wegen Wilhelm ...»

«Ach das.» Lina hatte kaum Zeit gehabt, sich darüber Gedanken zu machen, wo Wilhelm geschlafen hatte, wenn nicht in seinem Zimmer.

«Sagen Sie Frau Dahlmann nicht, dass ich etwas gesagt habe. Ich ... ich darf das eigentlich auch nicht wissen, aber eines Morgens sah ich Wilhelm aus Frau Dahlmanns Zimmer schleichen.»

Lina lächelte. «Antonie, was innerhalb dieser Mauern geschieht, bleibt auch hinter diesen Mauern. Daran hältst du dich, und daran werde auch ich mich halten.»

Antonie nickte und ging.

So war das also. Clara und ihr Ladengehilfe und Hausdiener. Lina fragte sich, wie viele Jahre das schon so ging. Sie hatte die merkwürdige Vertrautheit zwischen Wilhelm und Clara zwar schon häufiger bemerkt. Tatsächlich, sie mussten kaum miteinander reden, um sich zu verstehen, eine Harmonie, die zwischen Dienstherrin und Gehilfe außergewöhnlich war. Doch Lina hatte das auf die fast dreißig Jahre zurückgeführt, die Wilhelm bereits in Claras Laden arbeitete, nie hätte sie vermutet, dass die beiden ein Paar waren. Vom moralischen Standpunkt aus war es sicher verwerflich, dass sie in wilder Ehe miteinander lebten, aber sie konnte Clara verstehen, die ihre wirtschaftliche Unabhängigkeit durch eine Heirat hätte aufgeben müssen. Wie hatte sie Antonie gesagt? Es blieb innerhalb der Mauern, und es ging niemanden etwas an.

Jutta Wienhold hatte begonnen, wöchentlich donnerstags ein Damenkränzchen in ihrem Hause abzuhalten, und Lina war dazu eingeladen. So verlegte sie die Treffen mit ihrer Freundin Luise Brand auf den Mittwoch.

Es wunderte sie nicht, dass zunächst hauptsächlich die Damen der neu hinzugezogenen Familien sich dort trafen, aber schon nach kurzer Zeit gehörten auch einige der Alteingesessenen dazu. Zu Linas Unbehagen war auch Mina inzwischen häufig zu Gast bei den Wienholds. Die Damen brachten auch immer ihre kleineren Kinder mit, die der Obhut der Gouvernante anvertraut wurden. Lina wunderte das, weil Kinder gewöhnlich zu Hause blieben, wenn die Mütter Besuche machten. Annette und ein oder zwei andere ältere Mädchen saßen hingegen meist bei ihren Müttern und lauschten artig den Gesprächen der Damen. Allerdings schien Annette zu kränkeln, denn es kam vor, dass Jutta sie entschuldigte.

Auch wenn Lina diesem Kränzchen am liebsten ferngeblieben wäre, es war für sie geschäftlich sehr wichtig. Die meisten Aufträge bekam sie aus diesem Kreis und wurde trotzdem wie eine Gleichgestellte behandelt.

Lina hatte immer gehofft, bei diesen Besuchen Anno zu begegnen, doch der Junge blieb unsichtbar. Sie vermutete, dass er wieder im oberen Stockwerk eingeschlossen war, traute sich aber nicht hinauf, weil sie nicht einmal – wie bei ihrem letzten Logierbesuch – irgendwelche Geräusche hätte vorschieben können.

Trotzdem ließ es ihr keine Ruhe. Sie musste erfahren, wie es dem Jungen ergangen war. Deshalb täuschte sie diesmal gleich bei ihrem Eintreffen ein leichtes Unwohlsein vor, was bei der plötzlich ausgebrochenen Julihitze nicht ungewöhnlich gewesen wäre. Jutta wies ihr den Weg in ein weiteres Gästezimmer im ersten Stock. «Hier hast du alles zu deiner Bequemlichkeit, liebe Lina.»

«Vielen Dank. Ich glaube, wenn ich eine Weile liege, geht es mir rasch besser.»

«Und ich soll nicht bei dir bleiben? Oder deine Schwester, wenn sie gleich kommt?»

«Nein, Jutta. Das geht wieder vorbei. Lass deine Gäste nicht so lange allein und sage Mina bitte nichts. Wenn ich mich erholt habe, können wir so tun, als sei ich gerade erst angekommen. Mina hat Sorgen genug.»

«Gut. Dann bis später. Wenn du etwas brauchst, klingele nach dem Hausmädchen.»

Kaum dass Jutta den Raum verlassen hatte, schlich sich Lina hinauf ins obere Stockwerk. Aber wie beim letzten Mal fand sie Annos Zimmer leer. Enttäuscht schlich sie sich wieder hinunter, zurück in das Gästezimmer, und setzte sich dort in einen Sessel.

Eine Weile saß sie dort und gerade, als sie sich entschlossen hatte, zu den anderen Frauen in den Salon zu gehen, sah sie, wie die Klinke der Zimmertür heruntergedrückt wurde. Es war Anno.

«Du bist also sicher aus dem Keller gekommen», sagte sie zu ihm.

Er schien einen Moment zu überlegen, dann nickte er. «Obwohl ich nicht mehr weiß, wie. Ich … ich habe geschlafen, denke ich. Und ich hatte einen Albtraum.»

«Willst du mir davon erzählen?», fragte Lina.

Der Junge schüttelte den Kopf. «Dazu ist keine Zeit.» Er wirkte aufgeregt, nicht so ruhig wie sonst. «Du musst etwas tun. Du musst den Kindern helfen.»

«Welchen Kindern?», fragte Lina verwirrt.

«Na, den Kindern, die sie hierherbringen.»

«Die bei der Gouvernante sind?»

Er schüttelte heftig den Kopf. «Sie sind nicht bei der Gouvernante. Sie sind bei ihm.»

«Bei wem?»

«Beim Instruktor.» Er sprach das Wort ganz langsam aus, als wäre es ihm nicht geläufig. «Ich habe gesehen, wie man sie zu ihm brachte», sprudelte es aus ihm heraus. «Sie zwingen sie, schlimme Dinge zu tun. Und sie ...» Er brach ab, und dann sprach er plötzlich wieder mit der Kinderstimme, wie damals, als Lina ihn in der Altstadt gefunden hatte.

«Ich bin immer ganz allein im Dunkeln, und dann kommt der böse Mann», sagte die Kinderstimme.

Lina setzte sich neben das nun zitternde Kind und wollte den Arm um es legen, aber es wich der Berührung aus.

«Anno, wer ist der böse Mann?» Der Junge reagierte nicht. «Anno?»

Sie fragte noch einmal. «Wer ist der böse Mann?»

«Vater.» Es klang wie ein Hilferuf.

Lina fragte sich, ob er seinen Vater beschuldigte oder nach ihm gerufen hatte in seiner offensichtlichen Angst.

«Ist etwas passiert?», fragte Annos Stimme neben ihr. «Ich war ... ich glaube, ich habe kurz geschlafen.»

«Du wolltest mir von den Kindern erzählen, Anno.»

Er schüttelte den Kopf. «Das war keine gute Idee. Das ist viel zu gefährlich für dich. Und für mich auch.»

«Wie ist es dir denn ergangen seit jener Nacht?», nahm Lina das Gespräch wieder auf. Was der Junge gesagt hatte, beunruhigte sie zwar, aber da er nicht ganz bei Verstand war, konnte es sich auch um Hirngespinste handeln.

«Ich habe fast nur geschlafen.»

«Und geträumt?»

Er nickte. «Verrückte Träume.»

«Willst du mir nicht davon erzählen?» Lina lauschte, ob vielleicht irgendjemand kam.

«Ich … ich träume immer, ich sei ein Mädchen.» Es war ihm offensichtlich sehr peinlich. «Ich habe sogar Kleider an. Ich schaue in den Spiegel, und da ist nichts mehr von mir. Nur ein Mädchen mit meinem Gesicht.»

Lina stellte es sich unwillkürlich vor, und dann entfuhr es ihr: «Annette!»

Der Junge zuckte zusammen. «Ja, ich glaube, so nennen sie mich im Traum. Aber ich weiß es nicht genau, es ist immer so verschwommen. Nur manchmal nicht. Und das macht mir wirklich Angst.» Er stockte.

«Was macht dir Angst?»

«Ich …», er blickte zu Boden und errötete. «Ich habe manchmal wirklich Mädchenkleider an. Ich … ich wache auf aus dem Traum, und ich trage Mädchenkleider und habe Schleifen im Haar. Sie bringen mich dann immer schnell weg.»

«Und du weißt nicht, wer dir die Kleider angezogen hat, Anno?»

Er schüttelte den Kopf. «Ich würde das nie tun. Ich bin doch kein Mädchen!»

«Aber du weißt, dass du eine Schwester hast, die Annette heißt, nicht wahr, Anno?»

Er runzelte die Stirn. «Nein, ich habe keine Schwester, ich bin immer allein gewesen.»

«Du hast eine Zwillingsschwester, Anno, sie heißt Annette, und ihr seht euch sehr ähnlich …» Lina brach plötzlich ab. Für einen Moment schien sich in ihrem Kopf alles zu drehen. Doch ihr Verstand arbeitete so zuverlässig wie ein Uhrwerk und pickte aus all den Gedanken, die auf sie einstürmten, die richtigen heraus. «Er ist viele», hörte sie Pater Johannes sagen. Hatte sie Anno und Annette je zusammen gesehen? Nein. Annos Zimmer war meist leer, Anno war verschwunden, wenn Annette da war. Die Kinderstimme eben. War das Anno gewesen? Nein, es war jemand völlig anderes.

«Anno, was hast du geträumt in der Nacht im Keller?», fragte sie, und ihre Stimme war heiser vor Aufregung.

«Das war nicht schön. Ich will nicht darüber reden.»

«Anno, bitte sage es mir. Es ... es könnte dir helfen.»

Er schluckte. «Ich ... ich ging zum Altar, da unten im Keller. Da war ein Hündchen auf dem Altar, und die große Frau stand da. Und dann hatte ich ein Messer in der Hand, und damit habe ich das Hündchen getötet.» Er stockte.

«Was geschah dann, Anno?», drängte Lina.

«Ich ...» Er schüttelte den Kopf. «Es war so eklig.»

«Bitte, Anno, sag mir, was dann geschah.»

«Ich habe das Blut getrunken. Und ich habe etwas Ekliges gegessen. Ich erinnere mich sogar, dass ich später, als ich kurz aufwachte, den Geschmack des Blutes im Mund hatte.» Er sah Lina fragend an. «Geht das? Wenn man nur träumt?»

Lina wusste, sie hatte nicht viel Zeit. Bald würden sie nach Anno suchen, oder jemand würde nach ihr sehen.

«Anno, hör mir zu. Du hast das nicht geträumt. Du hast es wirklich getan, auch wenn es dir wie ein Traum vorkam. Oder ...» Sie brach ab. Wie sollte sie das nur erklären und noch dazu einem Kind?

«Annette hat es getan. Deine Schwester.»

«Ich habe keine Schwester, das habe ich dir doch gesagt.»

«Ja, Anno, das stimmt, und ich glaube es dir ja auch. Und trotzdem ist sie da.» Lina deutete auf Anno. «Sie lebt in dir, in deinem Körper, in deinem Kopf. Und ich glaube, da ist auch noch ein kleines Kind.»

Anno sah sie verwirrt an. «In mir?»

Lina nickte. Sie konnte nicht hoffen, dass der Junge sie verstand, und bereute bereits, dass sie überhaupt davon gesprochen hatte. «Ich habe mit jedem von euch gesprochen, mit dir, mit Annette und mit dem Kind. Ihr ... ihr lebt alle in demselben Körper. Denk nach. Du hast dich selbst im Spiegel in Mädchenkleidern gesehen.»

Es folgte ein langes Schweigen. Lina wusste nicht, wie viel der Junge verstanden hatte. Aber wie sollte sie verlangen, dass er etwas verstand, was ihr selbst völlig unverständlich war?

«Ja», sagte Anno plötzlich. «Das ist eine Erklärung.»

Er stand auf. «Weißt du, ich höre oft Stimmen in meinem Kopf. Manchmal schlafe ich einfach und träume, aber manchmal unterhalten sich Stimmen in meinem Kopf. Meinst du, da könnten noch andere sein als meine Schwester und das Kind?»

Lina starrte ihn an. «Möglich. Der, der mir davon erzählt hat, hat nur wenig dazu gesagt.»

Es schien, als horche Anno in sich hinein. «Sie darf nichts davon wissen», sagte er plötzlich.

«Wer?»

«Annette. Sie ist gefährlich. Auch für dich!» Für einen Moment kam es Lina vor, als wäre Anno größer geworden. Es war immer noch sein Jungengesicht, aber es wirkte erschreckend erwachsen. Und die Stimme war eine Spur tiefer als die Annos.

«Wer bist du?», fragte Lina fast tonlos.

«Ich bin ...» Ihr Gegenüber stockte kurz, dann fuhr es fort: «Mein Name ist Adrian. Wir ... wir müssen gehen, bevor Annette aufwacht.»

«Was ist mit den Kindern?», fragte Lina.

Er sah sie verwirrt an. «Welche Kinder?»

«Du ... Anno sprach davon, dass die Kinder unsere Hilfe bräuchten.»

«Da kann niemand mehr helfen, es ist längst zu spät.» Das klang sehr bitter. «Du musst gehen. Annette darf dir hier nicht begegnen.»

«Du hast recht.» Lina stand schnell auf und ging hinaus. Auf dem Flur warf sie einen Blick in den Spiegel, weil sie fürchtete, dass die letzten Minuten Spuren auf ihrem Gesicht hinterlassen hätten. Doch da war nichts als eine leichte Röte, die wohl von ihrem Herzklopfen herrührte.

«Liebe Lina», begrüßte Jutta sie im Salon, kam ihr entgegen und flüsterte: «Du siehst viel besser aus, Liebes.»

«Ich fühle mich auch besser.» Lina war froh, dass auch sie flüstern musste, denn sie hatte Angst, dass ihre Stimme sonst versagt hätte.

Commissar Borghoffs Genesung ging dank Linas und Claras guter Pflege langsam, aber stetig voran. Diesmal wollte er sich auskurieren, bevor er wieder seinen Dienst antrat. Doch als etwa drei Wochen später der Umzug vom Rathaus im Hanessen'schen Haus zum Westphal'schen Haus an der Dammstraße anstand, beaufsichtigte er die Arbeiten wenigstens für ein paar Stunden.

Auch im Westphal'schen Haus hatte die Polizei nur zwei Räume, doch sie waren ungleich größer. Im Keller gab es ein kleines Gewahrsam, aber der Bürgermeister hatte ein Einsehen gehabt und ein Haus an der Kasteelstraße angemietet, das nun als Gefängnis genutzt werden konnte. Er selbst blieb im alten Rathaus wohnen.

«Überanstrengen Sie sich nicht, mein lieber Herr Commissar», sagte er, als Borghoff im neuen Rathaus eintraf, nachdem er den geordneten Abtransport der Polizeiakten organisiert hatte.

«Etwas frische Luft tut mir gut, Dr. Erbling hat das sogar angeordnet, seit ich wieder mehr bei Kräften bin.»

«Dann haben Sie nichts dagegen, wenn wir ein paar dienstliche Dinge besprechen?»

«Keineswegs, Herr Bürgermeister. Ehrlich gesagt, langweile ich mich schon ein wenig in meinem Zimmerchen.»

Sie holten Ebel dazu und setzten sich in das neue Büro des Bürgermeisters. Dort stand außer dem Schreibtisch eine große Tafel, an der der gesamte Gemeinderat Platz hatte.

Der Bürgermeister wühlte in einem großen Stapel und zog schließlich einen Aktendeckel hervor. Das erste Schriftstück gab er Borghoff. «Der Staatsanwalt wird noch diesen Monat Anklage erheben gegen den Mörder Drömmer. Verhandelt wird vor dem Schwurgericht in Wesel.»

«Rocholl hat den Fall noch in diese Sitzungsperiode bekommen? Mein Respekt», sagte Borghoff, doch wohl war ihm nicht bei der Sache. Er dachte an die Überlegungen, die er mit Lina zu dem Fall angestellt hatte, auch jetzt, in seiner Genesungszeit, wenn sie mit ihren Näharbeiten an seinem Bett gesessen hatte, um ihm die Langeweile zu vertreiben.

«Dann hat Ebel einen Vorschlag, wie wir die Fremdenmeldungen besser in den Griff bekommen», fuhr der Bürgermeister fort.

«Wir richten eine Zweigstelle beim Phoenix ein. Wenn der Wochenlohn ausgezahlt wird, kontrollieren wir die Meldepapiere», erklärte Ebel.

Borghoff nickte. «Das ist gut. Da wird bestimmt keiner fehlen. Aber wir müssen das mit der Bürgermeisterei Beeck-Holten absprechen. Ein Teil der Arbeiter wohnt schließlich auf ihrem Gebiet.»

«Vielleicht können wir das gemeinsam machen», sagte der Bürgermeister. «Die haben doch auch ein Interesse daran, die Leute zu erfassen.»

«Wir müssen uns allerdings noch etwas einfallen lassen, wie

wir auch die Familien kontrollieren. In den neugebauten Häusern auf dem Mühlenfeld wohnen sicher weit mehr Menschen, als wir bisher registriert haben.» Borghoff dachte an Finchen, die Miete für das pure Dach über dem Kopf bezahlt hatte. «Wir müssen die Häuser mindestens in monatlichen Abständen kontrollieren.»

«Sie werden das schon regeln, Borghoff. In der Zwischenzeit können Sie sich schon einmal Gedanken machen, wie wir die Sicherheit auf der Kirmes Ende August gewährleisten. Da wird sich bestimmt die gesamte Phoenix-Belegschaft tummeln, mal ganz abgesehen von den Meierk'schen Hähnen. Schlägereien werden nicht ausbleiben. Auf die Bürgerschützen können wir dann nicht zählen.»

Mit den «Meierk'schen Hähnen» meinte Weinhagen die streitlustigen Meidericher Bauern, mit denen es immer wieder Probleme gab.

«Ich werde mich darum kümmern», versprach Borghoff, bevor er einen heftigen Hustenanfall bekam.

«Ich denke, Sie haben für heute genug getan, mein Lieber. Jetzt halten Sie wieder Ruhe, bis Sie ganz gesund sind.»

7. Kapitel

Manchmal machte sich Lina schon Gedanken darüber, wie ihr Leben so einfach weiterlaufen konnte nach jener schrecklichen Nacht im Schmuggelkeller und der Begegnung mit jenem Wesen, das sich Anno nannte oder Adrian oder wie auch immer. Einerseits machte sie sich Sorgen um den Jungen, hatte aber andererseits auch nicht das Gefühl, dass ihm etwas passieren konnte, wenn er sich einen Körper mit Annette teilte, der Hoffnungsträgerin des Ordens. So viel glaubte sie inzwischen zu verstehen, dass man in Annette ein Wesen wie Reppenhagen heranziehen wollte, eine weitere Priesterin. Aber weder Anno noch Adrian schien nach dem Geschmack des Ordens zu sein.

Trotz dieser Sorgen arbeitete Lina viel und hart, genoss aber nach wie vor ihre bescheidene Freiheit in den eigenen vier Wänden. Nicht zuletzt durch Jutta Wienholds Damenkränzchen vergrößerte sich ihre Kundschaft, auch wenn sie selten solch große Aufträge bekam wie die aus dem Freundeskreis des Barons. Doch sie konnte schon feststellen, dass die ortsansässigen Kleidermacher sie schief ansahen.

Auf dem Rathaus hatte sie ihr Gewerbe registrieren lassen, nachdem sich abzeichnete, dass sie nicht nur die Miete zahlen, sondern sich auch die eine oder andere Annehmlichkeit leisten konnte – und Steuern natürlich. Borghoff hatte ihr gesagt, wann der Bürgermeister, der die Eintragung vielleicht verhindert hätte, nicht im Hause war.

Sie vermisste die Nachmittage mit Commissar Borghoff, obwohl sie stets ein schlechtes Gewissen hatte, dass sie ihm weder etwas über den Schmuggelkeller noch über ihre Gespräche mit Pater Johannes und Anno erzählt hatte. Drömmer wurde angeklagt, hatte er ihr erzählt. Seit seiner Festnahme war kein Mord mehr in Ruhrort geschehen – zumindest hatte man kein Opfer gefunden, und es wurde auch niemand vermisst. Vielleicht hatten sie doch den Richtigen verhaftet und die Rituale im Schmuggelkeller hatten nichts damit zu tun.

Cornelius von Sannberg war gleich nach ihrem Besuch tatsächlich auf sein Gut zurückgekehrt. Ihre Nichten, die mit seinen Töchtern in Briefkontakt standen, hatten ihr erzählt, dass beide auf die Nachricht hin, die Lina ihnen hatte zukommen lassen, in die Grafschaft zurückgekehrt waren, um ihrem Vater beizustehen, und nun berichteten, dass die Melancholie gewichen und er fast wieder der Alte sei. Er hatte sogar vorsichtig bei Georg und Bertram vorgefühlt, ob das Geschäft mit der Gießerei vielleicht doch noch zu machen sei, aber die beiden wollten ihren neuen Partner von Müller nicht vor den Kopf stoßen.

Lina kam nicht oft aus dem Haus, es sei denn, sie besuchte eine Kundin. So war ihr lange gar nicht aufgefallen, dass der Laden des Fleischers Willmuth leer stand.

«Sie sind fortgezogen», erzählte Clara. «Wenn sie jetzt nicht verkauft hätten, wäre der Laden zwangsversteigert worden.»

«Wer hat den Laden gekauft?»

«Na, der Metzger Jung. Er wird nächste Woche eröffnen. Das Ladenlokal am Markt ist sehr viel besser als sein altes.»

Lina dachte an die traurige Frau Willmuth und daran, wie gut deren Geschäft immer gelaufen war. Man hatte oft Schlange stehen müssen vor dem Laden. Jetzt standen die Schlangen beim Metzger Jung, und der hatte in der Schlange im Schmuggelkeller gestanden und seinen Finger in das Hundeblut getaucht.

«Antonie», fragte sie das Mädchen, als es mittags frisches Waschwasser in ihr Zimmer brachte. «Weißt du, wer als Erstes erzählt hat, dass die Vergiftung der Schiffer damals von Willmuths Wurst herrührte?»

«Ja, daran erinnere ich mich genau», sagte Antonie. «Das war eines der Mädchen der Wienholds. Und das von den von Müllers hatte es auch irgendwo gehört.» Sie dachte kurz nach. «Ich glaube, das Mädchen von Dr. Erbling sagte, der Doktor hätte es herausgefunden.»

Dass ich daran nicht gedacht habe, als ich die Geschichte hörte, dachte Lina, als Antonie gegangen war. Wienhold, von Müller, Frau Erbling und ihr Personal. Und der Fleischer Jung gehörte zu der heimlichen Gemeinde. Sie schüttelte den Gedanken wieder ab. Was hätten die feinen Herrschaften davon, einem Fleischer seinen Konkurrenten vom Hals zu schaffen?

Trotzdem nagte der Gedanke in ihr und spann sich weiter. Noch ein anderer war außer Gefecht gesetzt worden: Cornelius von Sannberg. An seiner Stelle war von Müller in das aussichtsreiche Geschäft eingestiegen. Was, wenn man von Sannbergs Melancholie etwas nachgeholfen hätte?

Lina hatte lange mit sich gerungen, bis sie sich entschloss, noch einmal mit Pater Johannes zu reden. Sie hoffte zunächst, ihn einmal zufällig hinter der Kirche zu treffen wie damals, und wann immer sie Besorgungen machte, führte sie ihr Weg an St. Maximilian vorbei, doch sie hatte nie Glück. Schließlich entschied sie sich für einen «offiziellen» Besuch. Dazu legte sie etwas tiefschwarzen Stoff in ihren Korb.

Pater Johannes wohnte im Pfarrhaus, und Lina ertappte sich dabei, wie sie sich umsah und hoffte, dass niemand die gute Protestantin Lina Kaufmeister den Hort des Papistentums in Ruhrort betreten sah.

«Ich würde gern Pater Johannes sprechen», sagte sie der Haushälterin. «Er hatte mich um eine kleine Näharbeit gebeten.»

Die Haushälterin missbilligte offensichtlich, dass Pater Johannes Näharbeiten von Ketzern ausführen ließ, und so stand Lina kurz darauf im Büro von Pfarrer Mancy höchstpersönlich.

«Ich ... ich sollte nur einen Riss in einer Soutane flicken», log sie. «Der Pater und ich haben uns auf der Silvesterfeier des Barons kennengelernt. Damals ist mein Vater gestorben, und manchmal tut es gut, mit einem ... einem Fremden darüber zu reden.» Lina war selbst ganz verwundert über ihre Dreistigkeit. «Auch wenn er ...»

«Ein Katholik ist?» Mancys Gesicht verzog sich zu einem Lächeln, und dann ließ er ein dröhnendes Lachen hören. «Nun, mein evangelischer Amtsbruder Wortmann wird es sicher nicht gern sehen, wenn eines seiner Schäfchen geistlichen Beistand beim Feind sucht.»

«Immerhin glauben wir an denselben Gott», stammelte Lina.

«Ja, das tun wir wohl», sagte Mancy. «Und das wissen auch Pfarrer Wortmann und ich, wenn wir dienstags gemeinsam Karten spielen.»

Er sah Linas verblüfftes Gesicht und lachte noch einmal los. «Sie müssen meine liebe Katharine verstehen, wenn sie so misstrauisch ist, aber Pater Johannes ist unserer Obhut anbefohlen, und in letzter Zeit ging es ihm nicht sehr gut.»

«Oh, das tut mir leid, davon wusste ich nichts.»

«Es ist eine Art ... eine Art fiebrige Geschäftigkeit, die mir doch etwas ungesund scheint. Er hat sich viele Bücher aus Rom kommen lassen und arbeitet unablässig, er korrespondiert mit vielen Leuten und verlässt kaum noch sein Zimmer. Uns erscheint das sehr von Übel, zumal er in unserer Gesellschaft oft sehr abwesend wirkt. Wir fürchten, er könnte wieder zusammenbrechen wie schon einmal.»

Jetzt war es an Lina zu lächeln. «Und Sie möchten mich vorwarnen?»

«Ja. Wenn es so weitergeht mit ihm, könnte das Schlimmste eintreten.» Er stand auf. «Aber eine harmlose Näharbeit, denke ich, kann ihm kaum schaden, eher im Gegenteil. Es bringt wieder ein wenig vom wahren, einfachen Leben in seine Welt.»

Der Pfarrer brachte sie selbst in den ersten Stock und klopfte an eine Zimmertür. Als er sie öffnete, saß Pater Johannes an einem Schreibtisch, auf dem sich Bücher und Schriftstücke türmten. Es schien ihr, als habe er auf das Klopfen hin schnell ein Papier, an dem er schrieb, umgedreht.

«Ich habe einen Gast für Sie. Vielleicht bringt Fräulein Kaufmeister Sie eine Weile auf andere Gedanken.»

Das nun gerade nicht, dachte Lina schuldbewusst, war Mancy aber für seine Vorbereitung dankbar, denn der Pater machte auf sie einen Eindruck, für den das Wort «irr» noch milde gewählt war. Er war sehr blass, wie nach einer langen Krankheit, bis auf hektische rote Flecken auf den Wangen. Die Augen waren blutunterlaufen, als habe er nächtelang bei schlechtem Licht gelesen, die Haare standen wirr vom Kopf, und er war unrasiert.

Als der Pfarrer sich verabschiedet hatte, fragte er: «Gibt es etwas Neues?»

«Zunächst», sagte Lina, «falls Sie jemand fragt, ich habe Ihnen eine Soutane ausgebessert.» Sie deutete auf den Stoff. «Ich sah keine andere Möglichkeit, Sie zu treffen.»

Dann begann sie zu erzählen, vor allem von Anno, aber auch von ihren Vermutungen bezüglich des Metzgers und Baron von Sannbergs.

Pater Johannes nickte. «Es war mir bekannt, dass der Baron häufig wechselnde Stimmungen hat. Mal ganz euphorisch und voller Ideen, so habe ich ihn in Rom kennengelernt. Ich hatte damals den Eindruck, der Mann schläft nie. Aber auch die andere Seite habe ich gesehen. Und ich werde nicht der Einzige sein, der davon wusste, wenn er von Müller und Wienhold schon so lange kennt.» Er stand auf, suchte in dem völlig überfüllten Bücherregal nach einem Buch und warf es auf den Tisch.

«Kräuterkunde?», fragte Lina.

«Ein bisschen mehr als das. Es gibt Kräuter, die bei Melancholie helfen, es gibt aber auch welche, die das Gegenteil tun. Sie haben vielleicht nachgeholfen, damit von Müller freie Bahn für das Geschäft mit Ihrer Familie bekommt. Es ist ganz leicht. Man mischt die Kräuter regelmäßig in sein Essen …»

… man schottet das Opfer ab, lässt niemanden zu ihm, spann Lina den Gedanken weiter. Hans Brecht, der Kutscher. Gehörte er zu ihnen? Im Keller hatte Lina ihn nicht gesehen – oder doch? Da waren Gesichter unter Kapuzen gewesen, die ihr bekannt vorgekommen waren, Brecht konnte durchaus einer von ihnen gewesen sein.

«Es ist auch gut möglich, dass sie den Metzger ruiniert haben, um dem anderen einen Vorteil zu verschaffen», fuhr Pater Johannes fort. «Und wie Sie sehen, brauchen sie dazu nicht einmal Magie. Fragen Sie doch den Arzt, der das angeblich festgestellt hat. Wenn Sie richtigliegen, gehört er nicht zu ihnen.»

«Aber seine Frau.» Lina stockte. «Und sein Kind …»

«Wenn sie sich weiter ausbreiten wollen, dann brauchen sie mehr Führer wie Reppenhagen», sagte der Pater leise. «Wir wissen noch nicht viel darüber, wie es passiert, wie aus einem viele werden. Ich korrespondiere mit meiner Bruderschaft darüber. Einige glauben, es geschieht, indem sie ihre eigenen Kinder quälen.»

«Ihnen … Gewalt antun?», fragte Lina zögernd.

«Das sind Dinge, von denen Sie gar nichts wissen dürften, als eine Dame der Gesellschaft.»

«Ich dürfte auch nicht in alten Kellern Ritualen zusehen»,

konterte Lina. «Ich kenne genug von der Welt, Pater, diese Dinge sind nicht neu für mich. Als ich mit Anno sprach, erwähnte er einen bösen Mann, der ihm weh getan hat. Und kurz darauf seinen Vater.»

«Sie haben sich in große Gefahr gebracht, als Sie dem Jungen sagten, was mit ihm sein könnte.»

«Was mit ihm *ist*. Denn ich habe es selbst erlebt.»

«Gut, was mit ihm ist», seufzte der Pater. «Wenn die vielen miteinander in Verbindung treten, und das werden sie ohne Zweifel jetzt tun, dann erfährt auch das Mädchen von der Begegnung mit Ihnen. Und sie wird nicht zögern, Sie zu verraten.»

«Anno sagte, dass Kinder in Gefahr seien.» Lina versuchte, sich von dem Gedanken abzulenken, dass die Mitglieder des Kultes vielleicht wirklich schon hinter ihr her waren. «Wie können wir ihnen helfen?»

«Vielleicht hatte der andere Junge …»

«Adrian.»

«… Adrian recht damit, dass es bereits zu spät ist», sagte der Pater. «Aber es steht ein großes Fest bevor, an dem etwas Bedeutendes geschehen könnte, und ich habe vor, das zu verhindern.»

«Ein Fest?» Lina sah ihn fragend an.

«Der erste August, vielmehr die Nacht zum 1. August. Ein alter Hexensabbat, das Schnitterfest. Aber vielleicht feiern sie schon am 29. Juli, denn da ist Vollmond.» Der Pater bemerkte Linas ungläubigen Blick. «Meine liebe Skeptikerin, das heidnische Wissen hat sich trotz aller Bemühungen von Mutter Kirche über Jahrtausende gehalten. Die Kirche hat sich mancher der alten Feiertage bedient, Lichtmess etwa, Allerheiligen oder auch Weihnachten und Ostern. Aber von den alten Riten ist immer etwas verblieben, und das machen sich die Kulte zunutze.»

«Aber ist das denn nicht alles teuflisch?», fragte Lina.

«Wenn Leute um ein Maifeuer tanzen und es mehr für sie ist

als ein alter Brauch? Nach der Lehre der Kirche werden sie dafür im Höllenfeuer schmoren, aber sie schaden nicht generell den Menschen. Ganz im Gegensatz zu unserem finsteren Orden.»

Er stand auf und ging zu seiner Kommode, auf der ein christlicher Altar aufgebaut war. Er griff das kleine silberne Standkruzifix und hielt es Lina entgegen. «Ich werde etwas gegen diesen Teufel unternehmen. Und wenn ich erfolgreich bin, werden sie auseinanderstieben wie ausgeräucherte Ratten.»

«Aber es sind so viele, Pater.» Lina wagte nur zögerlich, gegen diese fiebrige Gebärde anzureden. «Ich meine nicht Reppenhagen, auch Wienhold und von Müller. Wenn ich den Baron recht verstanden habe, führen ihre Familien den Orden schon seit Generationen an.»

«Ohne Reppenhagen sind sie nichts weiter als eine verbrecherische Vereinigung, die geschäftliche Macht erlangen will. Die Priesterin ist die Bienenkönigin. Töte sie, und der Schwarm stirbt.»

Lina erkannte, dass es sinnlos war, dem Pater sein Vorhaben auszureden. Offensichtlich war es für ihn eine heilige Mission.

«Passen Sie bitte auf sich auf, Pater.»

«Dasselbe kann ich Ihnen auch nur raten, Fräulein Lina. Und denken Sie an Ihr Versprechen. Sorgen Sie dafür, dass es eine Untersuchung gibt, falls mir etwas passiert.»

Unten verabschiedete sie sich noch von Pfarrer Mancy, dessen fröhlicher Optimismus ihr wohltuend erschien. «Und die Soutane ist geflickt?», fragte er.

Sie nickte. Es tat ihr leid, den Pfarrer belügen zu müssen. «Ich glaube, Sie haben recht mit Ihren Befürchtungen», sagte sie leise.

«Ich werde ein Auge auf ihn haben», versprach Mancy und geleitete sie an die Tür.

Mit großem Bangen beobachtete Lina, wie der Mond zunahm. Dann stellte sie mit Erschrecken fest, dass Juttas Kränzchen am 26. Juli schon einer größeren Feier glich, denn das Haus beherbergte wieder viele Gäste, manche sogar aus Cöln. Es war eine lustige große Runde, und Lina saß mitten unter ihnen und schauderte bei dem Gedanken, was am 29. im Keller unten geschehen würde.

Sie bekam weder Anno noch Annette zu Gesicht. Vorsichtig fragte sie Jutta nach ihnen. «Der Junge ist krank, und ich fürchte, er hat Annette angesteckt. Sie können derzeit das Bett nicht verlassen. Aber es ist nichts Ernstes.»

«Wünsche ihnen gute Besserung von mir», sagte Lina und schalt sich gleich darauf eine Närrin, denn vermutlich war es besser, zumindest Annette nicht an sie zu erinnern.

In der Nacht vom 29. Juli stand der Mond ungewöhnlich niedrig und glutrot über Ruhrort. In alten Zeiten hätte man darin sicher ein böses Omen gesehen, und Lina ertappte sich dabei, als sie genau das dachte. *So weit ist es also gekommen, Lina*, ging es ihr durch den Kopf. *Du wirfst alles, was du gelernt hast, weg und wirst abergläubisch.*

Sie konnte nicht schlafen, hatte aber die Lichter gelöscht und stand an ihrem geschlossenen Fenster, um die Straße im Auge zu behalten. Und wirklich, etwa eine halbe Stunde vor Mitternacht sah sie mehrere kleine Grüppchen, die Richtung Schulstraße gingen. Heute war also die Nacht.

Es dauerte Stunden, bis sie eingeschlafen war, aber schon kurz darauf war sie wieder wach. Die Sorge um Pater Johannes ließ sie nicht zur Ruhe kommen. Was tat er da unten in den Kellern? Würde er wirklich versuchen, Reppenhagen auf welche Art auch immer anzugreifen?

Die sonst so nüchterne Lina beschlich ein ungutes Gefühl. Der Pater war offensichtlich durch die Folgen seines Zusammenbruchs beeinträchtigt, und tief in ihrem Innern glaubte sie nicht, dass er einem Wesen wie Reppenhagen gewachsen war.

Endlich dämmerte es. Lina wusch sich nur oberflächlich und zog sich Schuhe und Kleider an. Wenn Pater Johannes noch seinen üblichen Gewohnheiten nachging, dann fand sie ihn vielleicht in dem Gärtchen hinter der Kirche.

Es war Montagmorgen, doch so früh regte sich nur verhalten etwas hinter den Mauern der Häuser. Ein einsames Fuhrwerk überholte Lina – es war der Wagen aus Dinslaken, der die «Tönnekes» mit den Hinterlassenschaften der Altstädter abholte.

Das Gärtchen war leer, der Pater war nirgends zu sehen. Mit klopfendem Herzen versuchte sie die kleine Hinterpforte der Kirche und fand sie offen. Sie ging in die Kirche, die einen sehr friedlichen Eindruck machte. Auch wenn ihr protestantisches Herz sich mehr Schlichtheit gewünscht hätte, kam es Lina vor, als könne sie sich hier sicher fühlen. Doch dann fiel ihr Blick nach hinten zur Orgelempore, und ihr stockte der Atem. Dort hing, an einem Seil, das irgendwo an der Empore befestigt war, Pater Johannes und schaukelte leicht im Luftzug der geöffneten Tür.

Augenblicklich floh Lina aus der Kirche. Sie rang nach Atem und eilte, so schnell sie konnte, zurück nach Hause. Erst als sie die Haustür hinter sich schloss, erlaubte sie sich, Luft zu holen, doch ihr wurde gleich schwarz vor Augen. Sie lehnte sich einen Moment an die Wand, bis es etwas besser wurde, dann stieg sie langsam die Treppe hinauf. An der Tür zu ihrer Wohnung schwanden ihr die Sinne wieder, und so fand sie Robert Borghoff, der auf dem Weg zum Dienst war.

Lina erwachte aus ihrer kurzen Ohnmacht und fand sich auf ihrem Sofa wieder, neben ihr auf einem Stuhl Robert Borghoff, der ein Glas Cognac in der Hand hielt.

«Trinken Sie das», sagte er leise.

Sie tat es gehorsam.

«Und nun erzählen Sie, Lina. Wo sind Sie gewesen, und was haben Sie erlebt, dass es Ihnen so zusetzt?»

«Ich … ich wollte gerade hinaus.»

Er schüttelte den Kopf. «Nein, das wollten Sie nicht. Ihre Schuhe sind ganz verschmutzt, so würden Sie nie das Haus verlassen. Ganz zu schweigen von den Dreckspritzern an Ihrem Rock. Sie waren unterwegs, und offensichtlich hatten Sie es sehr eilig.»

Fast war Lina froh, dass sie ihn nicht anlügen konnte. Sie waren so vertraut miteinander geworden, dass es sie sehr geschmerzt hatte, ihn nicht einweihen zu können in das, was sie erlebt hatte. Aber nun war Pater Johannes tot, und sie brauchte jemanden, mit dem sie über alles reden konnte. Sie setzte sich auf und fing an zu weinen. Die ganze Angst und der Schock über den Anblick des Erhängten entluden sich.

Borghoff setzte sich neben sie auf das Sofa. Zuerst achtete er auf Abstand, aber dann legte er vorsichtig seinen Arm um ihre Schulter. Das brachte sie nur noch mehr zum Weinen.

«Lina …», sagte er sanft. «Glauben Sie, ich habe nicht bemerkt, dass Sie etwas bedrückt in der letzten Zeit? Und dass Sie mir etwas verschweigen?»

«Das … das haben Sie?», schluchzte Lina.

«Ja. Und ich glaube, es wäre besser, wenn Sie es mir jetzt erzählen.»

Sie beruhigte sich etwas. «Sie werden gleich in die katholische Kirche gerufen werden», sagte sie zwischen zwei Schluchzern. «Pater Johannes, der Gast aus Rom, hat sich an der Empore erhängt. Ich habe ihn heute Morgen entdeckt.»

Borghoff runzelte die Stirn. Das hatte er offensichtlich nicht erwartet. «Darf ich fragen, warum Sie, eine Protestantin, so früh am Morgen in die katholische Kirche gehen?»

«Das ist eine sehr lange Geschichte. Denn ich habe Ihnen sehr viel verschwiegen, Robert.»

Lina begann zu erzählen. Sie versuchte, sich kurz zu fassen, denn sie bemerkte, dass das Morgenläuten ausgeblieben war. Bald würde Ebel oder ein Polizeidiener unten vor der Tür stehen.

Sie ließ nichts aus – den Schmuggelkeller, Anno, Pater Johannes' Ausführungen über Besessene, ihre Theorien über den Metzger Willmuth und Baron von Sannberg. Und das Versprechen, das der Pater ihr abgenommen hatte. «Er sagte, wenn ihm etwas passiert, dann sollte ich darauf dringen, dass es eine Untersuchung gibt.»

Borghoff hatte sie nicht unterbrochen, keine einzige Frage gestellt. Jetzt atmete er tief durch. «Ich bin ein wenig enttäuscht, Lina. Ich dachte, wir wären … Freunde, zumindest, dass Sie mir vertrauen.»

«Aber das tue ich. Das tue ich wirklich. Doch der Pater wollte die Leute wohl nicht aufscheuchen, um zu tun, was er auch immer vorhatte. Und er glaubte mich in Gefahr.»

«Das sind Sie auch, da bin ich sicher.» Borghoff wollte noch etwas sagen, als er unten vor der Tür Rufe hörte. Es war Schröder, der Polizeidiener. «Ich muss los. Versprechen Sie mir, dass Sie das Haus heute nicht verlassen, sagen Sie, Sie seien krank. Heute Abend reden wir weiter.»

Man hatte den Pater schon abgeschnitten, jetzt lag er auf dem Kirchenboden. Ebel wartete mit Pfarrer Mancy neben der Leiche. Schweigend sahen die beiden zu, wie Borghoff den Leichnam inspizierte. Mehrere Knöpfe der Soutane waren abgerissen.

«Es müssten dreiunddreißig Knöpfe sein», sagte Mancy, der Borghoffs Interesse bemerkte. «Außerdem fehlt das Zingulum.»

«Das was?», fragte Borghoff.

«Der Gürtel.» Er deutete auf den schwarzen, schärpenartigen Gürtel, den er selbst trug. «Pater Johannes war …», er suchte nach Worten, «… er war verwirrt, krank. Man hatte ihn deswegen aus Rom zurück in seine Heimat geschickt, in der Hoffnung, er würde sich erholen. Aber leider … leider scheint es hier eher schlimmer als besser geworden zu sein.»

«Was für ein Amt hatte er in Rom inne?», fragte Borghoff, ohne die Hoffnung, eine wahrheitsgemäße Antwort zu bekommen.

«Ein hohes. Er war ein Apostolischer Pronator, das ist ein besonderer Ehrentitel. Und er arbeitete im Vatikan.» Mancy sah bekümmert zu Boden. «Eigentlich hätte er mit Monsignore angeredet werden müssen, aber das hat er sich verbeten. Auch die Soutane mit den violetten Verzierungen hat er nie getragen. Und nun wird er nicht einmal in geweihter Erde bestattet werden können …»

Borghoff sah ihn fragend an.

«Nun, er hat sich selbst entleibt.»

«Vielleicht», sagte Borghoff. «Wir werden das untersuchen.»

Lina sagte tatsächlich einen Termin bei einer Kundin ab und wartete bis zum Abend auf Borghoffs Rückkehr. Er kam mit der üblichen Kanne Bier und klopfte leise an ihre Tür.

Lina holte zwei Gläser, und sie setzten sich an den Tisch, Lina auf das Sofa, er auf einen der Stühle.

«Und?», fragte sie. «War es Selbstmord?»

«Nein.» Er nahm einen tiefen Schluck. «Dr. Feldhoff war wütend, dass ich auf einer sofortigen Leichenschau bestand. Aber dann stellte er fest, dass die Seilmarken nicht übereinstimmten. Es gab nämlich zwei, und nur eine verlief aufwärts wie bei Erhängten üblich. Monsignore Jessen …»

«Wer?», fragte Lina verwirrt.

«Pater Johannes. Er stand ziemlich hoch in der römischen Hierarchie. Ein …» Er kramte in seiner Jackentasche und fand einen Zettel. «Ein Apostolischer Pronator ehrenhalber, Ehrenprälat des Papstes. Ein Monsignore eben.»

«Oh. Er sprach nur von einer Bruderschaft und dass er Exorzist sei.»

«Das wiederum hat Pfarrer Mancy mir nicht gesagt, aber vielleicht wusste er das gar nicht.» Er goss sich noch etwas Bier nach. «Monsignore Jessen wurde erdrosselt, und ich vermute, dass das mit dem fehlenden … Zingulum – das ist ein schärpenartiger Gürtel – geschah. Aufgehängt hat man ihn später, was auch Marken hinterlassen hat, aber nicht so starke, laut Dr. Feldhoff müssen sie nach dem Tod entstanden sein.»

«Das müssen Sie dem Pfarrer sagen», sagte Lina, der auf einmal klarwurde, warum dem Pater so viel daran lag, dass sein Tod untersucht würde. «Er wird sonst nicht in geweihter Erde bestattet.»

«Ich weiß. Aber ich muss ihn auch überreden, dass der Pater nicht hier beerdigt wird.»

Lina runzelte die Stirn. «Weil der Orden sonst wüsste, dass man es nicht für einen Selbstmord hält.»

Er nickte. «Es hat in der Nacht Beschwerden wegen Lärmens auf der Straße gegeben, direkt bei Wienholds Haus. Es sind mehrere Kutschen abgefahren, und es gab viel aufgeregtes Gemurmel.»

«Dann hat der Pater vielleicht doch etwas erreicht. Das hört sich sehr nach einem überstürzten Aufbruch an. Die Wienholds hatten viele auswärtige Gäste.»

«Es ist nicht strafbar, Gäste zu haben, Lina. Es ist nicht einmal gegen das Gesetz, merkwürdige Rituale zu feiern, solange dabei nur Hündchen zu Schaden kommen.»

«Aber wenn sie mit den Kindern …»

«Das hat Anno Ihnen erzählt. Und Anno existiert gar nicht. Gemeldet ist nur eine Tochter.»

Niedergeschlagen schob Lina das Glas beiseite. «Sie glauben mir also nicht.»

«Das habe ich nicht gesagt. Wenn ich Ihnen nicht glauben würde, dann hätte ich wohl kaum die Untersuchung des Leichnams heute angeordnet.» Er sah sie an. «Ich habe nichts in der Hand gegen diesen Orden. Alle sind brave Neubürger, die sich gerade zu Spitzen der Ruhrorter Gesellschaft aufschwingen. Ich kann nichts anderes tun, als sie im Auge zu behalten. Allerdings …» Er machte eine Pause. «Den Schmuggelkeller will ich mit eigenen Augen sehen. Vielleicht finde ich dort etwas, womit ich den Bürgermeister überzeugen könnte.»

Er sah Lina an. «Würden Sie mich begleiten, Lina? Sie kennen sich doch schon da unten aus.»

«Ist das Ihr Ernst?», fragte sie erstaunt.

Er nickte. «Morgen, gleich nach Sonnenaufgang. Ich will nichts Offizielles daraus machen, das Gerede würde nur schaden.»

Lina stand so früh auf wie am Tag zuvor und war gerade fertig angekleidet, als es leise an die Türe klopfte. Es war der Commissar, der in einem unauffälligen Sack eine Öllampe bei sich trug. Wie am Tag zuvor waren noch wenige Menschen unterwegs, sodass kaum jemand Lina und Robert begegnete. Sie kämpften sich durch das Gebüsch hinter der Kirche, und Robert half Lina, die steilen Stufen hinabzusteigen. Unten zündeten sie die Lampe an, und Lina ging voran.

Einmal bog sie falsch ab, doch sie merkte schnell, dass sie in diesem Gang noch nicht gewesen war, und so kehrten sie um. Schließlich fand sie den richtigen Abzweig, und plötzlich öffnete sich der Gang zu dem großen Gewölbe. Doch zu Linas Enttäuschung war da nichts, was sie Borghoff zeigen konnte. Im ganzen Raum hatte man Waren gestapelt: Kisten, Bündel, Fässer und Säcke. Die kahlen Wände rochen nach frischem Kalk. «Da waren überall Symbole auf den Wänden», stammelte sie. «Ich habe es doch gesehen!»

Aufgeregt ging sie zu einer flachen Nische. «Dort hat der Altar gestanden, dahinter war ein großes Pentagramm an die Wand gemalt.»

Borghoff ging hin und fuhr vorsichtig mit dem Finger über die Wand. Er hatte den Eindruck, dass die Farbe noch feucht war, aber das wäre hier unten ja auch kein Wunder gewesen. Dann fiel sein Blick auf den Boden, da gab es eine Schleifspur, die plötzlich abbrach. Er räumte ein paar Säcke beiseite. «Hier beginnt die Spur», sagte er leise.

Lina nickte. «Bis etwa dorthin reichte das Podest, auf dem der Altar gestanden hatte. Er war aus Stein.»

Sie untersuchten noch einige Räume. Alle, selbst die Nische, von der aus Lina die Zeremonie beobachtet hatte, schienen zur Lagerung von Waren benutzt zu werden. Lina schauderte, als sie sich an die Nacht erinnerte. Doch jetzt schien es ihr, als hätte sie das alles nur geträumt. Bis auf die Schleifspur, die von dem Altar stammen konnte, aber nicht musste, gab es nichts, was bewies, dass diese Nacht jemals stattgefunden hatte.

Borghoff bückte sich plötzlich und hob etwas vom Boden auf. Es war eine kleine, schlichte Goldbrosche.

«Erkennen Sie sie?», fragte er Lina.

Sie besah sie im Licht der Laterne. «Ja. Das ist meine Brosche. Ich hatte sie schon vermisst.» Lina nahm das Schmuckstück. «Dann habe ich mir doch nicht alles nur eingebildet.»

«Davon war auch nie die Rede», sagte Borghoff. «Ich fürchte, der Pater hat mit seinem Versuch, den Anführer zu stoppen, nur erreicht, dass sie noch vorsichtiger werden. Sie müssen hart gearbeitet haben, gestern und in der Nacht.»

«Und wie geht es jetzt weiter?» Linas Stimme klang entmutigt.

«Wir verhalten uns still, bis sie wieder aus ihren Löchern kommen. Und dann versuchen wir, sie auf frischer Tat zu ertappen.»

«Und das Opfer darf dann kein Hündchen sein.»

«Nein», antwortete Borghoff ernst.

Lina verließ die Nische wieder und ging weiter in Richtung des Eingangs zu Wienholds Haus. Kurz darauf standen sie in dem Raum unter der Falltür. Er war sorgfältig gefegt worden. An der Wand standen aufrecht mehrere Steinplatten, die Lina damals hier nicht gesehen hatte. Sie waren alt und verfleckt. Lina ging darauf zu und stockte plötzlich. «Hier ist der Altar, Robert.»

Er trat hinzu und leuchtete mit der Öllampe die Platte ab. «Fragt sich nur, was für Blut gestern darauf geflossen ist.»

Er zog Lina sanft weg. «Wir müssen zusehen, dass wir hier schnell wieder herauskommen. Möglicherweise haben sie ihr Werk hier unten ja noch nicht beendet.»

Aber Lina hatte noch etwas entdeckt. Mit dem Stock deutete sie auf etwas Kleines, Schwarzes auf dem Boden. Borghoff bückte sich danach. «Ein Knopf von der Soutane», sagte er. «Es waren mehrere abgerissen.»

«Und das reicht nicht für den Bürgermeister?»

Borghoff schüttelte nur den Kopf.

Schweigend machten sie sich auf den Weg zurück zum Ausgang bei der Kirche.

Dritter Teil

1. Oktober 1855

1. Kapitel

Der Oktober hatte kalt und regnerisch begonnen. Der Wind blies Lina feine Tropfen ins Gesicht, als sie auf dem Heimweg war. Sie hatte einen wichtigen Gang gemacht, zu Brendow, wo man Anzeigen für die *Rhein- und Ruhrzeitung* annahm. Sie atmete tief durch, bevor sie das Ladenlokal betrat, und zog dann den Zettel heraus, auf dem sie sich ihre Anzeige sorgfältig aufgeschrieben hatte.

ANZEIGE UND EMPFEHLUNG:

Einem verehrlichen Publikum die ergebenste Anzeige, daß ich alle vorkommenden Damenkleider nach der neuesten Mode sowohl in als außer dem Hause verfertige. Indem ich reelle und billige Bedienung verspreche, und um zahlreichen Zuspruch bitte, werde ich es mir bestens angelegen sein lassen, meine verehrlichen Kunden aufs prompteste zu befriedigen.

Carolina Kaufmeister
Harmoniestraße in Ruhrort,
im Hause der Witwe Dahlmann

Ihr Herz klopfte immer noch, als sie die anderthalb Thaler für die Anzeige bezahlte. Nun hatte sie es offiziell gemacht: Sie war eine Frau, die ihren eigenen Lebensunterhalt verdiente. Und

369

nun musste sie damit rechnen, dass Georg ihr wieder Ärger machen würde, aber das konnte ihre Freude im Moment nur wenig trüben.

Am Mittwoch war die Anzeige bereits erschienen. Wie immer am Mittwochnachmittag traf sich Lina mit ihrer Freundin Luise, allerdings kam es jetzt weit öfter vor, dass Luise sie in ihrer Wohnung besuchte, da Lina meist zu arbeiten hatte. Für diese Nachmittage ließ Lina die Nähmaschine stehen und machte sich an kleine Handnäharbeiten. So saßen sie meist gemütlich bei einem Tee zusammen, Lina die Näharbeiten auf ihrem Schoß, und unterhielten sich.

Lina freute sich auf Luise. Zur Feier des Tages hatte sie leichtsinnig viel Geld ausgegeben und Kuchen beim Bäcker gekauft und den besten Kaffee, den sie bekommen konnte. Doch Luise war entgegen ihrer sonstigen Gewohnheit unpünktlich. Lina wärmte die Kanne auf dem Ofen in der Hoffnung, dass der Kaffeegeschmack keinen Schaden nahm.

Als es endlich klopfte, lief sie freudig an die Tür, doch es war nur Antonie, die einen Brief in der Hand hielt. «Den hat der Schuldiener gebracht», sagte sie.

Lina bedankte sich und riss den Brief auf, sie hoffte, dass Luise gesund war und aus anderen Gründen verhindert. Sie begann zu lesen, stockte, und dann setzte sie sich.

«Liebe Lina» schrieb Luise. *«Wir beide sind einen langen Weg gemeinsam gegangen. Ich dachte immer, wir hätten dieselben Ansichten, was Anstand und Sitte betrifft. Ich habe Deinen Entschluss, das Haus Deiner Familie zu verlassen, bisher hingenommen, obwohl ich es nicht gebilligt habe. Ich habe sogar den Tadel der Schuldirektorin ertragen. Denn ich habe immer damit gerechnet, dass Du endlich zur Vernunft kommst und zurückkehrst in das Haus Deines Bruders, der für Dich sorgt und besser als eine Frau weiß, was für sie gut ist. Ich*

glaube an diese Ordnung der Dinge und dies lehre ich auch meinen Schülerinnen. Aber mit der heutigen Anzeige in der Zeitung hast Du Dein in jeder Hinsicht unschickliches Leben öffentlich gemacht und gezeigt, dass Du keine Absicht hegst, an den Dir von Gott zugeteilten Platz zurückzukehren. Es tut mir leid, aber ab heute sind wir geschiedene Leute. Ich kann nicht mit einer Frau verkehren, die alle Werte mit Füßen tritt. Lebe wohl! Luise Brand»

Lina merkte erst, als die Tränen auf den Brief fielen und die Tinte verwischten, dass sie weinte.

Als Robert Borghoff am Abend vom Dienst kam, trug er statt des üblichen Bierkruges eine Flasche Rheinwein unter dem Arm. Er klopfte an Linas Tür und wunderte sich, sie mit roten Augen vorzufinden.

«Was ist denn mit Ihnen, Lina? Ich dachte, es wäre ein Tag, um die offizielle Geschäftseröffnung zu feiern. Ihr Bruder hat doch nicht ...?»

Lina schüttelte den Kopf. «Er ist in Rotterdam. Vor ihm habe ich noch eine Weile Ruhe.»

Sie bat ihn herein und willigte auch ein, dass er die Flasche Wein öffnete. Dann gab sie ihm den Brief. «Ich ... ich verstehe das nicht. Wir kennen uns so lange, und sie ist doch auch eine arbeitende Frau. Wenn man mich gelassen hätte, wäre ich heute Lehrerin wie sie.»

«Es ist sicher schwierig, sich gegen ihre Schulleiterin zu stellen, Lina. Ich muss ja auch immer tun, was der Bürgermeister sagt.»

«Ich weiß das ja.» Lina spielte mit dem Korken der Weinflasche. «Aber das hat nichts mit der Direktorin zu tun. Bisher hat sie trotz deren Tadels an unserer Freundschaft festgehalten. Es ist Luises eigene Meinung. Ich kenne sie.»

Sie stand auf und holte zwei Weingläser.

Robert goss ein. «Wohl doch nicht gut genug … Ich denke, es wird immer Leute geben, denen diese Dinge wichtig sind, und welche, die es nicht wichtig nehmen.»

Er hob das Glas. «Auf Ihr Geschäft, Lina, ein gutes Gelingen.»

Sie stieß an. «Auf mein Geschäft.»

Eine Weile sprachen sie über Belangloses. Aber wie immer, wenn sie einen Abend miteinander verbrachten, bei Bier oder Tee, fragte Lina Robert nach seinem Tag, mit dem bangen Gedanken, wieder etwas zu hören, das mit dem Orden zusammenhing. Lange war es ruhig geblieben.

«Die kleine Tochter der Erblings ist tot. Ich wollte Ihnen heute gar nicht davon erzählen, um Ihre Stimmung nicht zu trüben … Aber das hat sich ja dank Ihrer Freundin erübrigt.»

Lina dachte an die Kleine, die sie sowohl im Haus der Erblings als auch an den Donnerstagen bei den Wienholds oft gesehen hatte. Sie war vielleicht vier Jahre alt gewesen und hatte immer einen gesunden Eindruck gemacht. «Woran ist sie gestorben?»

«Ehrlich gesagt, weiß man das nicht so genau. Das Kind hat ein paar blaue Flecken, von denen Frau Erbling sagte, dass sie sie sich bei einem Sturz zugezogen hat. Der Doktor möchte sie obduzieren lassen, aber seine Frau wehrt sich dagegen. Sie sind derart in Streit geraten, dass die Nachbarn die Polizei geholt haben. Der Doktor hat sich aber durchgesetzt. Die Kleine liegt jetzt im Rathauskeller, und Dr. Feldkamp wird sie morgen aufschneiden.»

Lina schwieg. Es ging ihr einiges durch den Kopf. «Frau Erbling ist eine von ihnen», sagte sie leise. «Und die Kleine hat sie immer zum Damenkränzchen begleitet.»

«Sie meinen, sie könnte zu den Kindern gehören, die Anno Sie bat zu retten?»

«Ja. Manchmal sind die Kinder vom Spielen dort so erschöpft, dass sie nach Hause getragen werden.» Sie sah ihm ins Gesicht. «Wer weiß, was dort mit ihnen geschieht. Vielleicht tun sie etwas, das sie … zerbrechen lässt. So wie Annette.»

Beide schwiegen. Robert war es unangenehm, dass er Linas kleinen Feiertag nicht hatte aufhellen können. Er hatte festgestellt, dass er sich immer sehr darauf freute, einen Abend mit ihr zu verbringen. Gewöhnlich klopfte er ein- bis zweimal in der Woche an ihre Tür, immer darauf bedacht, ihr nicht doch irgendwann lästig zu werden. Sie war eine Dame, die sicher angenehmere Gesellschaft als ihn gewöhnt war.

«Ich fahre übermorgen nach Duisburg, ich habe bei der Staatsanwaltschaft zu tun. Drömmer wird am 6. Dezember in Wesel hingerichtet, und ich muss noch ein paar Dokumente unterschreiben.»

Für das Schwurgericht in Wesel hatte außer Zweifel gestanden, dass Drömmer die Morde begangen hatte, und auch der Versuch seines Anwalts, den geringen Verstand des Schiffers zu dessen Gunsten anzuführen, war vergeblich. Drömmer war in der Lage, zwischen Gut und Böse zu unterscheiden, mehr war für die Verurteilung nicht nötig.

«Finchens Kind müsste doch jetzt bald zur Welt kommen, hätten Sie nicht Lust, sie in dem Heim zu besuchen?»

«Das würde ich sehr gern», sagte Lina, und Robert freute sich, dass er von dem düsteren Thema hatte ablenken können.

«Dann hole ich Sie um zehn mit dem Wagen des Bürgermeisters ab. Hoffen wir, dass sich das Wetter bis dahin bessert.»

Ein Bote brachte Lina am nächsten Tag die Nachricht, dass – so wörtlich – Herr Baron von Sannberg seinen Hofstaat wieder in die Stadt Ruhrort verlegt hatte. Lina musste schmunzeln und machte sich gleich auf den Weg, ihren Freund zu begrüßen. Inzwischen ging sie in so vielen Häusern ein und aus, dass sie es nicht mehr so genau nahm, ob sie mit einem Herrn allein war.

Aber sie war ja auch nicht allein mit dem Baron, denn sein Hofstaat, sprich seine Töchter, belegten sie als Erstes mit Beschlag. Im Herbst und Winter standen einige Bälle an, für die sie neue Kleider brauchten.

Lina war noch mit den jungen Damen beschäftigt, als plötzlich der Kutscher Hans Brecht in der Tür stand, um etwas mit seinem Herrn zu besprechen. Bildete Lina es sich nur ein, oder war sein Blick wirklich etwas feindselig?

Seit Lina im Sommer dafür gesorgt hatte, dass der Baron sein Krankenlager in Ruhrort verließ, wo er ganz in der Hand des Kutschers gewesen war, hatte sie Brecht zweimal kurz gesehen, sie vermutete, dass er das Haus versorgen sollte. Allerdings war immer Vollmond an diesen Tagen gewesen, und sie ahnte, weshalb er wirklich in Ruhrort war.

Lina wusste auch, dass der Baron inzwischen mit Georg und Bertram wieder im Gespräch war, auch wenn die beiden nichts davon wissen wollten, ihrem neuen Geschäftspartner von Müller den Vorschlag zu machen, den Baron als vierten Partner in das Geschäft zu nehmen.

«Die Gießerei wird gebaut, hörte ich?», fragte von Sannberg, als die Mädchen endlich Ruhe gaben und sich zurückzogen.

«Ja, Anfang Juli begannen die Arbeiten. Der Bürgermeister hat sich etwas gegrämt, als er hörte, dass das Grundstück in Hochfeld liegt und daher Ruhrort nicht davon profitieren wird.»

«Er hatte doch alle Möglichkeiten, auf die Grundstückseigner in Ruhrort einzuwirken, aber es wollte ja niemand verkaufen.» Von Sannberg ging zu dem Schrank, in dem er seine Spirituosen aufbewahrte.

«Wie wäre es mit einem Cognac, meine Liebe?»

«Ja, gern.» Lina hatte einmal von dem fünfundzwanzig Jahre alten Cognac kosten dürfen und wollte sich das trotz der frühen Tageszeit nicht entgehen lassen.

«Die Baukosten und auch die Maschinenkosten werden in der nächsten Zeit kräftig anziehen», erzählte der Baron. «Das sagen alle meine Gewährsleute.»

Lina nahm das Glas und wärmte den Cognac mit der Hand. Er duftete köstlich. «Dann könnte es für das Konsortium also schwierig werden.»

«Nicht für von Müller. Aber für Ihren Bruder und Schwager schon.» Er setzte sich in den Sessel ihr gegenüber. «Es wäre nicht das erste Mal, dass von Müller auf diese Art ein gutes Geschäft tätigt.»

«Sie meinen, er würde Bertram und Georg aus dem Geschäft drängen? Ist das eine Warnung?»

«Haben Sie einen Grund, Ihren Bruder zu warnen?», fragte von Sannberg zurück.

«Nun, es betrifft das Familiengeschäft, nicht nur meinen Bruder.»

«Es steht Ihnen frei, es zu sagen, wem immer Sie wollen, Lina.»

Lina nickte. Dann wechselte sie das Thema. «Ich hatte das Gefühl, Sie haben damals Ihrem Kutscher etwas zu sehr zugesetzt, weil er mich so oft abgewiesen hatte, lieber Cornelius. Er sah mich eben ein wenig giftig an.»

«Hans? Nun, er meinte es ja gut, und ich habe ihn weniger getadelt, als ihm klargemacht, dass Sie eine Freundin sind, die ich immer empfangen möchte.»

Lina spürte, wie sie errötete. Aber sie wollte mehr über den Kutscher erfahren, deshalb fragte sie: «Wenn er so loyal ist, ist er doch sicher schon lange bei Ihnen?»

Von Sannberg nickte. «Seit meiner Militärzeit. Er war damals mein Bursche. Sein Vater war der Bursche des alten Wienholds gewesen, und Werner Wienhold suchte damals eine Stellung für ihn, weil er selbst schon einen hatte.» Von Sannberg nahm einen Schluck Cognac, und Lina tat es ihm gleich.

«Sie wollen doch wohl hoffentlich nicht mit mir den ganzen Nachmittag über Hans sprechen, oder?» Der Baron sprang auf und ging zum Bücherregal. «Ich habe etwas für Sie!»

Er zog ein Buch heraus und gab es Lina. «Gustav Freytag: *Soll und Haben*. Davon habe ich schon gehört. Haben Sie es gelesen?»

Er nickte. «Der Adel kommt nicht gut darin weg, fürchte ich. Lesen Sie's, ich bin gespannt auf Ihr Urteil, Lina.» Er wandte sich wieder dem Bücherregal zu. «Und hier ist noch etwas – für meinen Geschmack zu sentimental, aber meine Töchter haben es verschlungen – Viktor von Scheffels *Ekkehard*.»

«Vielen Dank! Ich brauche inzwischen zwar nicht mehr so viel Lesestoff wie früher, weil mir die Arbeit dafür kaum Zeit lässt, aber ich habe lange kein gutes Buch mehr gelesen.»

«Das Geschäft läuft also?», fragte er.

«Ja, recht gut. Jedenfalls brauche ich mir keine Sorgen mehr um die Miete zu machen, auch wenn ich keine Reichtümer ansammle.»

«Das kommt noch. Jetzt, wo Sie die Anzeige in die Zeitung gesetzt haben.»

«Sie haben sie gesehen?»

Er nickte. «Es hat mich sehr gefreut. Weiß Ihr Bruder schon davon?»

«Er ist noch in Rotterdam. Ehrlich gesagt, habe ich etwas Angst vor der Rückkehr.»

«Möglicherweise hat er dann andere Sorgen», sagte der Baron.

Das Gespräch wanderte zu ihren Lieblingsthemen Literatur und Musik, und der Nachmittag verging wie im Fluge. Lina hatte mehr als einen Cognac getrunken, sodass ihre Wangen gerötet waren, als sie sich von der Familie von Sannberg verabschiedete, nicht ohne das Versprechen gegeben zu haben, bald wiederzukommen.

Tatsächlich fühlte sie sich etwas beschwipst, als sie den Heimweg antrat. So übersah sie, was selten vorkam, einen losen Stein im Pflaster und wäre fast gestürzt, doch jemand hielt sie an ihrem Arm.

«Danke», sagte sie, aber als sie sich zu dem Helfer umdrehte, durchfuhr sie ein Schreck. Es war Hans Brecht, und er hielt sie am Arm fest, obwohl sie längst wieder sicher stand.

«Stecken Sie Ihre Nase nicht in Dinge, die Sie nichts angehen», sagte er leise, denn sie waren nicht allein in der Straße. «Halten Sie sich fern vom Baron, sonst wird es unangenehm für Sie, mein Fräulein.»

Linas Herz klopfte ohnehin schon von dem Schrecken des Beinah-Sturzes, doch jetzt raste es. Was wusste Brecht? Trug er ihr immer noch nach, dass sie von Sannberg hatte fortbringen lassen, oder war ihm klar, welche Rolle sie im Hause Wienhold gespielt hatte? Hatte Annette sie inzwischen verraten?

«Lassen Sie mich los», sagte sie laut. Ein Passant drehte sich um, und augenblicklich nahm Brecht seine Hand weg. So schnell sie konnte, hinkte sie davon und wagte es nicht, sich umzudrehen, um zu sehen, ob er ihr folgte.

Am nächsten Morgen holte sie Borghoff wie versprochen mit dem Einspänner des Bürgermeisters ab. Diesmal lenkte er den Wagen nicht selbst, sondern hatte auch Weinhagens Kutscher in Anspruch genommen. Er half Lina in den Wagen und nahm dann neben ihr Platz.

Der Himmel war bedeckt, aber es sah nicht so aus, als ob es regnen würde. Lina hatte eine große Tasche bei sich, in der sie ein neues Kleid für Finchen verstaut hatte, das sie tragen konnte, wenn das Kind da war und sie das Heim wieder verließ.

«Hat die Obduktion schon stattgefunden?», fragte Lina Borghoff.

Der schüttelte den Kopf. «Das wird heute geschehen, während wir unterwegs sind.»

Lina erzählte Borghoff von der unangenehmen Begegnung mit Hans Brecht, aber irgendwie hatte sie den Eindruck, dass es ihn mehr interessierte, warum sie den Baron getroffen hatte. «Cornelius ist ein guter Freund. Ich mag ihn», sagte sie.

Den Rest der Fahrt war Borghoff eher einsilbig, aber Lina machte sich keine große Gedanken darüber. Es gab Tage, da war Borghoff schweigsam, und an anderen konnte man sich wunderbar mit ihm unterhalten. Dies musste einer der schweigsamen Tage sein.

Borghoff brachte sie hinaus zum Frauenheim und half ihr beim Aussteigen. «In ein bis zwei Stunden bin ich wieder hier», sagte er.

«Vielen Dank!», sagte Lina und klopfte an die Tür. Der alte Mann, der damals auch Borghoff und den Staatsanwalt begrüßt hatte, öffnete. Als er Borghoff erkannte, winkte er kurz.

«Ich bin Carolina Kaufmeister. Ich möchte eines der Mädchen hier besuchen, Josephine Wangenmüller.»

«Ah, Finchen!», rief er aus. «Kommen Sie ins Büro des Leiters.»

Lina folgte ihm langsam auf der Treppe in den ersten Stock. Kaspar Heinen empfing sie freundlich, schien aber trotzdem nicht sehr erbaut über den unangemeldeten Besuch. «Es wäre besser gewesen, Sie hätten sich angekündigt», sagte er. «Die Mädchen sind bei der Arbeit.»

«Aber ich darf sie doch sehen?», fragte Lina erschrocken. «Ich habe nicht viel Zeit, Commissar Borghoff holt mich nachher wieder ab.»

«Natürlich dürfen Sie sie sehen. Das ist schließlich kein Gefängnis hier.» Heinen brachte sie in einen anderen kargen Raum. Wenig später öffnete sich die Tür, und Finchen kam herein.

«Fräulein Lina!», rief Finchen aus, und es schien, als wolle sie zu Lina stürzen und sie umarmen, aber dann hielt sie inne und knickste artig. «Sie hatten mir nur gesagt, es wäre Besuch da, ich wusste ja nicht, dass Sie das sind.»

«Und – nicht enttäuscht?»

Ein Lächeln zog über Finchens Gesicht. «Nein, ganz sicher nicht.»

Finchen hatte einen sehr dicken Bauch und keuchte ein wenig.

Wahrscheinlich ist sie trotz der Schwangerschaft die Treppen hinaufgerannt, dachte Lina und lächelte.

Hinter dem Mädchen betrat eine ältere Frau das Zimmer, sie trug Nähzeug in der Hand und setzte sich auf einen Stuhl direkt neben der Tür. Lina sah sie fragend an. «Ich bin Frau Hartung. Die Mädchen hier lassen sich oft etwas Verbotenes hereinschmuggeln.» Sie sah Linas empörten Blick. «Finchen gehört sicher nicht zu der Sorte, auch wenn ein junger Mann da draußen manchmal nach ihr ruft. Wir müssen aufpassen, dass es hier gesittet zugeht. Die Regeln besagen, dass die Mädchen mit niemandem von außerhalb des Heimes allein sprechen dürfen.»

Lina zeigte auf die Bank am anderen Ende des Raumes, und sie und Finchen setzten sich.

«Geht es dir gut?», fragte Lina.

«Ja, sicher.»

«Mit dem Kind ist alles in Ordnung?»

Jetzt lächelte Finchen. «Ja, es ist kräftig und gesund und tritt mich dauernd.» Das Lächeln verschwand wieder. «Man hat mir schon gesagt, dass ein kräftiges Kind eher ein Unterkommen findet als ein schwächliches.»

«Das ist doch gut», sagte Lina, aber Finchens Augen füllten sich mit Tränen.

«Und, wie lebt es sich hier? Ist die Arbeit nicht zu hart?», fragte Lina.

Finchen blickte in die Ecke zu Frau Hartung, bevor sie antwortete. «Sie ist schon hart, aber zu schaffen. Man nimmt Rücksicht auf uns. Seit ein paar Wochen arbeite ich jetzt in der Näherei, das ist leichtere Arbeit als an den Webstühlen. Besser als in der Kolonie auf dem Mühlenfeld ist es allemal.»

Das Gespräch verlief ein wenig schleppend, immer wieder bemerkte Lina, dass Frau Hartung ihre Näharbeit sinken ließ, als wolle sie sich genau auf das Gesagte konzentrieren. Sie begriff, dass Finchen nicht offen reden konnte.

Schließlich griff Lina nach ihrer großen Tasche und holte einen Rock und eine Bluse aus schwarzer Baumwolle heraus, die sie genäht hatte. Beide waren einfach und ohne Verzierungen, doch dann zauberte sie noch einen kleinen weißen Spitzenkragen hervor. «Das ist für dich, für die Zeit nach dem Heim.»

«Oh, Fräulein Lina, wie schön!» Finchen senkte den Kopf. «Aber das kann ich nicht annehmen. Es ist viel zu gut für mich.»

«Finchen, ich habe das extra für dich genäht …»

«Bitte, Fräulein Lina, Sie haben schon genug für mich getan.» Finchen nahm die Kleidungsstücke ganz vorsichtig und schob sie mit einem sehnsüchtigen Blick wieder in die Tasche.

«Aber Finchen, du kannst das doch ruhig annehmen», mischte Frau Hartung sich ein, doch in diesem Moment rief jemand draußen auf dem Flur laut nach ihr. «Entschuldigen Sie mich bitte. Ich denke, ich kann Sie beide für einen Moment allein lassen.» Damit ging sie aus dem Raum.

«Ich kann die Kleider hier nicht aufbewahren. Sie … sie würden sie mir wegnehmen», flüsterte Finchen hastig.

«Wer? Die anderen Mädchen?»

Finchen schüttelte den Kopf. «Sie.»

«Frau Hartung?»

«Ja.» Finchen ließ die Tür nicht aus den Augen. «Sie und ein paar der anderen Frauen, die hier arbeiten. Ich … ich hatte einen Anhänger, ein kleines Kreuz, das Simon mir geschenkt hatte. Es war nicht wertvoll, aber sie haben es mir weggenommen.»

«Hast du mit Herrn Heinen darüber geredet?»

«Ja. Er hat behauptet, dass ich lüge. Diese zwei oder drei Frauen, die können alles tun, sie werden nie bestraft. Eher schon eine von uns.»

Finchen senkte die Stimme und sah sich ängstlich um. «Fräulein Lina, man kann hier ganz im Geheimen reden, aber die erfahren immer alles. Vielleicht horcht gerade jemand an der Tür.»

Das klang so gar nicht nach ihrem fröhlichen, offenen Finchen. Lina sprach ebenfalls leise. «Wovor hast du Angst, Kind?»

«Seit ich hier bin, ist ein Mädchen verschwunden. Sie hatte sich gegen die drei gewehrt, und dann war sie plötzlich weg. Und auch ihr Kind ist aus dem Waisenhaus verschwunden. Der Vorsteher behauptet, sie sei mit dem Kind weggegangen, aber dann habe ich ihre Kleider gesehen auf dem Lumpenhaufen, der für das Armenhaus hergerichtet wird. Sie trug eine wunderschöne himmelblaue Bluse an dem Tag, als sie herkam. Diese Bluse hätte sie niemals hiergelassen.»

Jetzt war Finchen nicht mehr zu halten. «Und die Änne, mit der habe ich mich angefreundet, hat mir erzählt, dass noch mehr Mädchen verschwunden sind und zwei Neugeborene. Änne hilft der Hebamme, und sie sagte, die beiden Kinder waren kräftig und gesund, aber der Vorsteher behauptete, sie seien gestorben.»

«Verschwanden sie zusammen?», fragte Lina.

«Nein, im Abstand von vier Wochen.»

Lina wagte nicht zu fragen, ob damals Vollmond gewesen war.

«Fräulein Lina, ich habe so große Angst um mein Kind. Die Hartung ruft mich dauernd zu sich und hat mich schon zweimal vom Arzt untersuchen lassen. Und Änne hat gesagt, so hätten sie das mit allen gemacht, die verschwunden sind, und auch mit den Müttern der verschwundenen Kinder. Bitte, nehmen Sie mich mit zurück nach Ruhrort, bitte.»

Lina sah ihr verzweifeltes Gesicht, schüttelte aber den Kopf. «Das geht nicht, und das weißt du. Clara Dahlmann wird dich nicht aufnehmen, und ich wüsste auch niemanden sonst.»

Sie hörte Schritte auf dem Flur. «Halte durch, Finchen. Ich werde die Sachen für dich aufbewahren.»

«Aber ...» Das Mädchen verstummte, denn Frau Hartung kam wieder herein.

«Bei einem der Mädchen haben die Wehen eingesetzt. Finchen muss jetzt wieder an die Arbeit, sonst werden wir nicht fertig.»

«Nun gut», sagte Lina und ließ Frau Hartung spüren, dass sie das abrupte Ende des Gesprächs missbilligte. «Ich werde dich schon bald wieder besuchen, meine Kleine. Commissar Borghoff kann mich mitnehmen, wenn er zur Staatsanwaltschaft fährt.»

Sie beobachtete genau Frau Hartungs Gesicht, aber diese verzog keine Miene, sondern legte nur eine Hand auf Finchens Schulter und schob sie aus dem Raum.

Während das Mädchen Lina noch einen flehenden Blick zuwarf und dann den Gang hinunter zur Treppe ging, sagte Frau Hartung: «Ich weiß, dass Sie es gut meinen mit ihr, Fräulein

Kaufmeister. Aber die Mädchen hier müssen sich daran gewöhnen, dass sie auf sich selbst gestellt sind. Wir sehen es also nicht gern, wenn Sie hierherkommen und ihr falsche Hoffnungen machen. Sie redet ohnehin schon viel zu viel von Ihnen und dem schönen Haus, in dem sie gearbeitet hat.»

«In dieses Haus können weder sie noch ich selbst zurückkehren, Frau Hartung. Und auch ich bin auf mich selbst gestellt. Aber so wie ich in meinem Leben meine eigenen Entscheidungen treffe, werde ich auch entscheiden, wann und wie oft ich Finchen besuchen werde.» Lina ließ sie stehen und ging zur Treppe. Dort drehte sie sich noch einmal um. «Herr Heinen versicherte mir eben, dass dies hier kein Gefängnis sei, auch wenn Ihre Gesellschaft bei unserem Gespräch eher etwas anderes vermuten lässt.» Damit nahm sie den Stock in die andere Hand und griff nach dem Geländer. «Und nächstes Mal werde ich Herrn Heinen persönlich bitten, dass ich mit Finchen unter vier Augen sprechen kann.» Damit ging sie hinunter und spürte genau den Blick, mit dem die Hartung ihr langsames Hinken verfolgte.

Eine Weile musste sie unten vor dem Heim noch warten, bis Commissar Borghoff wieder vorfuhr. Er merkte sofort, dass etwas nicht stimmte. «Geht es dem Mädchen nicht gut?», fragte er besorgt.

«Doch, doch.» Lina deutete unauffällig auf den Kutscher.

«Wir könnten noch einen Tee zusammen trinken, wenn ich vom Dienst komme», bemerkte er beiläufig.

Lina nickte. Dann flüsterte sie: «Ein Bier wäre mir lieber …»

«Verdammt», sagte Borghoff, als Lina ihm am Abend alles erzählt hatte, und entschuldigte sich gleich wieder für den Fluch. «Wir haben geglaubt, die Morde hätten aufgehört, stattdessen holen sie sich jetzt ihre Opfer aus dem Duisburger Heim. Glauben Sie, dass Heinen mit ihnen unter einer Decke steckt?»

«Ich weiß es nicht», sagte Lina. «Ich denke eher, dass diese Frau etwas damit zu tun hat. Sie scheint dort eine Menge zu sagen zu haben.»

«Haben Sie sie im Schmuggelkeller gesehen?»

«Ich kann mich nicht erinnern.» Lina zuckte die Schultern. «Dort unten waren so viele Leute, und ich konnte längst nicht alle sehen.»

Borghoff goss ihr das zweite Glas Bier ein. «Sie machen sich Sorgen um Finchen, nicht wahr?»

«Natürlich. Ich habe aufgeschrieben, was der Pater über die Hexensabbate gesagt hatte. Er sagte Allerheiligen wäre ein Fest gewesen, das die Kirche als einen ihrer Feiertage übernommen habe.»

Borghoff nickte. «Es ist der Abend vor Allerheiligen, also der 31. Oktober.»

«Der Reformationstag», sagte Lina trocken. «Ein evangelischer und ein katholischer Feiertag so kurz hintereinander, da werden die Wienholds viel Besuch haben.»

Borghoff überlegte einen Moment und runzelte die Stirn. «Sie haben dieser Frau gegenüber erwähnt, dass sie zusammen mit mir in Duisburg waren, nicht wahr?»

Lina nickte.

«Vielleicht können wir Finchen dadurch schützen. Wenn sie für die Polizei wichtig ist, dann tun sie ihr und dem Kind vielleicht nichts. Ich sollte sie selbst noch einmal aufsuchen.»

«Dazu müssen Sie doch die Erlaubnis des Staatsanwaltes haben, und der glaubt ja, dass der Mörder im Zuchthaus auf seine Hinrichtung wartet. Sie sagten doch, dass der Staatsanwalt durch seine Frau mit dem Verein verbunden ist …»

«Rocholl hat nichts mit denen zu tun, das müssen Sie mir glauben, Lina.»

«In dieser Sache traue ich niemandem mehr», sagte Lina leise.

Und sie würde sich auch weiterhin Sorgen um Finchen und ihr Kind machen.

«Es gibt noch mehr schlechte Nachrichten», sagte Borghoff. «Dr. Feldhoff war ganz erschüttert, als er die Leiche der kleinen Hedwig Erbling untersucht hat. Sie hatte am ganzen Körper blaue Flecken. Aber das Schlimmste ist wohl ...» Er zögerte. «Es ist sicher, dass sich jemand an der Kleinen vergangen hat.»

«An einer Vierjährigen?», fragte Lina entsetzt.

«Ja.» Er seufzte. «Dr. Feldhoff hat mir die Spuren gezeigt. Diese Verletzungen kann sie sich nicht anders zugezogen haben. Und er glaubt auch, dass es nicht das erste Mal war.»

Lina war blass. «Machen sie das mit allen Kindern?»

«Die Säuglinge trugen keine derartigen Spuren. Nur ...»

... *Bisswunden und herausgeschnittenes Fleisch*, dachte Lina den Satz zu Ende. «Ich glaube, es gibt einen Unterschied zwischen den Kindern, die bei den Ritualen getötet werden, und dem, was der kleinen Erbling passiert ist. Sie war eines von ihren eigenen Kindern. Und ihr Tod war sicher nicht beabsichtigt.»

Borghoff sah sie nicht an. «Sie glauben, das gehört dazu, wenn sie versuchen, sie ...»

«Sie zu *vielen* zu machen, ja.» Sie wartete, bis er sie wieder ansah. «Was wird die Polizei jetzt unternehmen?»

«Wir werden es untersuchen müssen, denn Dr. Erbling besteht darauf. Normalerweise würde man ihn als Ersten verdächtigen, aber ich denke, er ist über jeden Verdacht erhaben. Also werden wir uns den Hausdiener vornehmen und auch den einen oder anderen Patienten.» Borghoffs Miene sagte etwas anderes, als er fortfuhr: «Vielleicht ist ja Reppenhagen unter den Patienten.»

«Es ist nicht Reppenhagen, jedenfalls nicht er allein. Anno sprach von einem Instruktor. Ich glaube nicht, dass er Reppenhagen damit meinte.»

«Das Ganze wird ohnehin ins Leere laufen», sagte Borghoff und starrte in sein Bier.

Eine Woche später klopfte Guste in der Frühe an Clara Dahlmanns Tür. Lina saß noch am Frühstückstisch.

«Entschuldige bitte die frühe Störung», sagte Guste, ohne abzulegen. Sie hielt ihrer Schwester die neueste Zeitung unter die Nase. Es war der Anzeigenteil. Aufgeregt deutete sie auf die rechte Spalte. «Lies das!»

WARNUNG
Ich warne hiermit jeden, meiner Schwester Carolina Sophie Kaufmeister, weder auf meinen Namen etwas zu borgen oder zu verabfolgen zu lassen, in dem ich für nichts hafte.

Ruhrort, den 8. Oktober 1855
Georg Kaufmeister

Lina verschluckte sich fast an der Hafergrütze. Solche Anzeigen galten sonst durchgebrannten Ehemännern, die ihr gesamtes Geld verschleudert hatten. Und nun tat Georg das mit ihr, die nicht einen Pfennig von ihm bekommen hatte und der er im Gegenteil noch das Erbe schuldete.

«Wie kann er das nur tun», sagte sie entsetzt. «Ich baue mir meine Existenz doch gerade erst auf, und nun glaubt jeder, ich wäre verschuldet.»

Guste setzte sich. «Nun, dir war hoffentlich klar, dass er irgendetwas tun würde, wenn er von deiner Anzeige erfährt.»

«Ich dachte, er würde herkommen und herumtoben. Mich wieder schlagen oder vor ein Gericht ziehen. Aber das hier …» Sie schlug mit der Hand auf die Zeitung. «Das muss er offiziell zurücknehmen.»

386

«Das wird er niemals tun. Und schon gar nicht in der Stimmung, in der er zurzeit ist.» Guste nahm die Zeitung und faltete sie zusammen. «Er war bei der Bahndirection wegen der Eisenbahnobligationen, die Vater gezeichnet hatte. Aber sie haben ihm eine Auszahlung verweigert, weil er die Zertifikate nicht hat. Er hat sie überall gesucht, sie waren nicht aufzufinden.»

«Vater hatte sie immer in seinem Zimmer aufbewahrt, daran kann ich mich gut erinnern. Sie lagen in der untersten Schublade seines Schreibtisches.»

Guste nickte. «Ja, davon wusste ich auch. Er hat Vaters Zimmer bis in den letzten Winkel durchsucht, nichts. Sie sind verschwunden, und die Direction stellt sich stur. Sie sind ja im Recht, und die Obligationen verfallen am Jahresende.»

«Braucht er denn so dringend Geld?», fragte Lina.

«Ja, leider. Sie müssen Kapital nachschießen für die Gießerei. Herr von Müller hat ihnen angeboten, die Mehrkosten zu übernehmen, aber dann müssten sie ihm mehr Anteile überlassen.» Guste seufzte. «Bertram leidet sehr darunter, denn es sieht aus, als würde die Familie herausgedrängt. Wenn von Müller mehr als fünfzig Prozent der Anteile bekommt, dann hat er das Sagen.»

«Sie sollten Cornelius von Sannberg fragen.» Lina schob ihre Schüssel mit der Hafergrütze weg. «Er ist wieder sehr interessiert. Dann könnten sie wenigstens verhindern, dass von Müller zu groß wird.»

«Von Müller hat sich dagegen gewehrt, ihn mit in das Geschäft zu nehmen. Und Bertram und Georg halten ihn für einen zu unsicheren Kandidaten.»

Lina zuckte die Schultern. «Dann müssen die beiden sich das Geld eben leihen.» Sie stand auf. «Ich muss etwas gegen diese Anzeige unternehmen, Guste.»

«Was willst du denn tun, Lina? Georg zur Rede stellen? Der

lässt dich nicht einmal ins Haus oder ins Kontor.» Guste folgte Lina in den Flur.

«Mir fällt schon etwas ein», sagte Lina. «Und was, das kannst du dann in der Zeitung lesen.»

Häufig erschienen Anzeigen mehrmals in der Ruhr- und Rheinzeitung. Es hatte Lina einiges gekostet, dass ihre Erwiderung auf die Unverschämtheit ihres Bruders zwei Tage später direkt unter der seinen erschien:

ERWIDERUNG
Ich, Carolina Sophie Kaufmeister, erkläre öffentlich, keine Schulden zu haben, noch in Zukunft welche machen zu wollen.

Ruhrort, 11. Oktober 1855
Carolina Kaufmeister

Zufrieden legte Lina die Zeitung beiseite, die sie von Guste bekommen hatte. Sie nahm ihre Näharbeit zur Hand und heftete mit groben Stichen den Rocksaum eines Nachmittagskleides für die Schwägerin des Bürgermeisters. Ob es Weinhagen recht gewesen wäre, dass seine Familie zu Linas Kunden zählte? Seine eigene Frau jedenfalls war noch nicht zu ihr gekommen.

Borghoff hatte Wort gehalten und war in der vorherigen Woche nach Duisburg gefahren, um selbst mit Finchen zu sprechen, aber hauptsächlich, um mit seiner Anwesenheit zu zeigen, dass Finchen unter besonderem Schutz stand. Lina wusste, dass er auch heute hingefahren war, diesmal, weil er tatsächlich bei der Staatsanwaltschaft zu tun hatte. Sie würde beruhigter sein, wenn sie wusste, dass es Finchen gutging.

Das Wetter hatte sich sehr verschlechtert, für Oktober war es viel zu kalt. Es regnete, und manchmal schneite es sogar ein wenig, auch wenn natürlich kein Schnee liegen blieb. Lina war froh, an einem solchen Tag nicht aus dem Haus gehen zu müssen. Sie hatte feststellen müssen, dass sie, wenn sie ihre Arbeit ordentlich machen wollte, heizen musste. Deshalb hatte sie Wilhelm gebeten, ihr Brennholz zu besorgen, was er im Laufe des Morgens auch getan hatte. Jetzt, wo ihre Finger nicht mehr steif vor Kälte waren, ging das Nähen wieder leicht von der Hand, ihr Zimmer war wohlig warm, und es gab auch Tee.

Gerade hatte sie die lose Naht mit der Hand vollendet und wollte sich an ihre Nähmaschine setzen, als es an die Tür klopfte. Der Gast wartete nicht darauf, dass sie «Herein» rief, sondern trat gleich ein. Es war Robert Borghoff, noch in seinem tropfenden Macintosh-Mantel. «Sie ist verschwunden», sagte er. «Finchen ist irgendwann in der Nacht aus dem Heim verschwunden.»

«Mein Gott!» Lina ließ das Kleid sinken. «Sie haben sie.»

«Ich bin mir nicht sicher», sagte Borghoff und zog endlich den nassen Regenmantel aus. «Kaspar Heinen schien ehrlich besorgt. Anders als bei anderen verschwundenen Mädchen, die nicht viel taugten, glaubt er nicht, dass Finchen so kurz vor der Geburt wegläuft. Aber diese Frau Hartung, von der Sie mir erzählt hatten, war geradezu außer sich und drängte darauf, sie zu suchen.»

«Vielleicht spielt sie nur die Besorgte.»

«Das tut sie ganz sicher.» Borghoff deutete auf den Tee. «Kann ich eine Tasse haben? Es ist sehr kalt draußen.»

«Ja, natürlich.» Lina stand auf und gab ihm eine Tasse, den Tee goss er sich selber ein.

«Ich bin natürlich voreingenommen, nach dem, was Sie mir über diese Frau erzählt haben. Ihre Besorgnis scheint sich aber nicht auf Finchen an sich zu beziehen. Ich hatte den Eindruck, dass sie vielleicht mehr um ihre Pläne mit dem Mädchen und ihrem Kind fürchtet. Und mit ihrem Verschwinden nichts zu tun hat.»

«Sie meinen, Finchen könnte tatsächlich geflohen sein?» Lina wusste nicht, ob sie sich freuen sollte oder ob sie sich noch mehr sorgen musste, weil Finchen bei diesem Wetter allein irgendwo da draußen war und womöglich noch von den Mitgliedern des Ordens verfolgt wurde.

Borghoff rührte etwas Zucker in den Tee. «Ich bin mir natürlich nicht sicher. Aber ich denke, diese Frau Hartung ist sonst eher eine ruhige Person, und sie hätte sich nicht so aufgeführt, wenn sie wüsste, dass Finchen bereits in der Gefangenschaft des Ordens ist. Und ich ahne auch, warum sie so nervös ist – wie Heinen mir sagte, gibt es in der nächsten Zeit nur eine weitere Geburt, aber später als bei Finchen. Und anscheinend brauchen sie ja unbedingt ein neugeborenes Kind.»

«Können Sie Finchen finden?», fragte Lina. «Ich meine, wenn sie irgendwo da draußen ist …»

Borghoff schüttelte den Kopf. «Wir wissen nicht, welchen Weg sie nimmt. Und es gibt keinen Grund, heute nochmals nach Duisburg zu fahren. Sie ist ja nicht dumm. Sie weiß, dass sie hierherkommen kann.»

Konnte sie das? Clara wird sich schön bedanken, dachte Lina.

«Hoffen wir das Beste», sagte Borghoff und stellte die leere Tasse hin. «Vielleicht ist sie ja schon bald hier.»

Als Borghoff die Polizeiräume im Rathaus betrat, ahnte er bereits, dass Ärger bevorstand. Vor Ebels Schreibpult stand der äußerst aufgebrachte Dr. Erbling. Er hatte wohl erfahren, dass Borghoff den Hausdiener der Familie, der seit ein paar Tagen im neuen Gefängnis einsaß, wieder freilassen wollte.

«Ich weiß auch nicht genau, warum wir ihn laufenlassen sollen», sagte Ebel gerade.

«Weil er unschuldig ist, Sergeant», sagte Borghoff ruhig.

«Unschuldig? Er ist der Einzige, der meiner Tochter etwas angetan haben kann.» Erblings Stimme überschlug sich.

«Dr. Erbling, bitte beruhigen Sie sich und hören Sie mir einen Moment zu. Sie sind doch ein verständiger Mann. Hätten Sie dem Mann so etwas je zugetraut?»

Erbling hielt einen Moment inne. «Wenn ich es ihm zugetraut hätte, hätte ich ihn dann in mein Haus geholt? Glauben Sie das?» Seine Stimme wurde wieder lauter. «Deshalb bin ich doch so verzweifelt. Wie hätte ich mein Kind schützen können vor jemandem, dem ich vertraue?»

«Der Mann ist seit zehn Jahren bei Ihnen, er war gerade sechzehn, als Sie ihn eingestellt haben. In all der Zeit hat er sich nichts zuschulden kommen lassen.»

«Anscheinend hat das keine Bedeutung, Herr Commissar, denn mein Kind ist tot.»

Borghoff legte ihm die Hand auf die Schulter. «Halten Sie Ihren Kollegen Dr. Feldkamp für einen fähigen Arzt?»

Erbling nickte. «Natürlich.»

«Wenn Dr. Feldkamp sagt, dass Ihrer Tochter die Verletzungen … die besagten Verletzungen wahrscheinlich am Tag oder in der Nacht vor ihrem Tod zugefügt wurden, zweifeln Sie das dann an?»

«Nein.»

«Dann kann Ihr Diener es nicht gewesen sein. Denn Ihre Frau war mit der Kleinen am Nachmittag zu Besuch bei den Wienholds, und als sie zurückkam, war ihr Diener bereits unterwegs, um ein neues Kutschpferd abzuholen. Er hat in Cleve übernachtet, er war noch nicht wieder zurück, als man die Kleine tot vorfand. Er ist unschuldig, Dr. Erbling.»

Erbling sah ihn verwirrt an. «Aber ... aber wer war es dann?»

«Das müssen wir herausfinden.» Borghoff sagte dem Doktor nicht, dass alles darauf hindeutete, dass dem Mädchen die Verletzungen im Hause Wienhold beigebracht worden waren. Und er hatte noch keine Idee, wie er das dem Bürgermeister beibringen sollte.

Mit hängenden Schultern ging Erbling hinaus.

«Ich weiß nicht», sagte Ebel. «Ich hätte den Kerl nicht freigelassen ...»

«Haben Sie nicht zugehört, Ebel? Heute Morgen kam ein Brief der Clever Polizei, die den Pferdehändler vernommen hat. Der Diener brach erst bei Tagesanbruch mit dem neuen Pferd auf.»

«Und Sie glauben einem Pferdehändler?»

Ebel war unverbesserlich.

Finchen tauchte nicht auf. Den ganzen Nachmittag sah Lina immer wieder aus ihrem Fenster, in der Hoffnung, das Mädchen im Regen zu entdecken. Gegen Abend bemerkte sie plötzlich eine Gestalt, die sich rasch aus dem Licht der Laterne entfernte und sich in eine Häuserecke drückte. Sie hatte den Mann nur kurz gesehen, ihn aber gleich erkannt: Es war Hans Brecht.

Als Borghoff vom Dienst kam, war Brecht nirgends zu sehen, doch Lina war sich sicher, dass er noch da war. «Sie wissen von ihrer Flucht», sagte sie. «Brecht drückt sich da draußen herum, er wartet bestimmt auf sie.»

«Das ist doch gar keine so schlechte Nachricht», sagte Borghoff. «Es beweist, dass ich richtiglag. Die Kleine ist geflohen – und hoffentlich in dieser Nacht irgendwo in Sicherheit.»

Dann erzählte er von Erblings Erscheinen im Dienstquartier.

«Das lässt nur einen Schluss zu», sagte Lina. «Vielleicht kommen Sie nun endlich bei den Wienholds weiter.»

Borghoff schüttelte den Kopf. «Nicht wenn Frau Erbling schwört, dass das Kind wohlbehalten mit ihr nach Hause kam.»

«Haben Sie mit dem Bürgermeister darüber gesprochen?»

Er schüttelte den Kopf. «Ohne einen Beweis?»

«Den würden Sie ja vielleicht finden …»

«Lina, Sie haben selbst gesehen, wie schnell sie den Schmuggelkeller ausgeräumt hatten. Dort wird sich nichts finden, rein gar nichts.» Er bemerkte, dass Lina die Stirn runzelte. «Woran denken Sie?»

«Daran, dass nicht allein wir wissen, wo das Kind geschändet wurde. Auch Dr. Erbling weiß es jetzt. Wenn er in Ruhe über alles nachdenkt, kommt er darauf.»

Borghoff nickte. «Hoffentlich kann ich ihn davon abhalten, etwas Dummes zu tun.»

Lina sah ihn direkt an. «Aber vielleicht ist etwas Dummes genau das, was helfen könnte, den Orden in Unruhe zu versetzen, damit er Fehler macht.»

Lina schlief schlecht in dieser Nacht. Zwei-, dreimal wachte sie auf und stellte sich ans Fenster. Die Laternen waren längst gelöscht, der Nachtwächter hatte seine letzte Runde gedreht. Von Hans Brecht war nichts zu sehen.

Als sie am nächsten Morgen aufwachte, fühlte sie sich, als hätte sie gar nicht geschlafen. Wilde, böse Träume, in denen die Bilder aus dem Schmuggelkeller und der tote Pater Johannes auftauchten, gaben ihr das Gefühl, die ganze Nacht unterwegs gewesen zu sein.

Bevor sie in die Küche ging, warf sie einen vorsichtigen Blick vom Hinterzimmer des Ladens durch das Ladenfenster auf die Straße. Wenn Brecht noch da war, dann versteckte er sich.

So müde Lina auch war, sie hatte ein Kleid fertigzunähen und es heute noch auszuliefern. So saß sie wieder den ganzen Vormittag in ihrem Zimmer und nähte. Es war ein sehr gelungenes Stück, wieder eines «ihrer» begehrten Nachmittagskleider, diesmal nicht mehrfarbig, sondern Ton in Ton mit einer Baumwoll- und einer Jacquardseidenvariante. Es gefiel ihr eigentlich noch besser als die zweifarbigen Entwürfe, weil es ihrem eigenen Geschmack mehr entsprach. Aber heute konnte sie einfach keine Freude darüber empfinden. Immerzu musste sie an Finchen denken.

Am Nachmittag brachte sie das Kleid zur Schwägerin des Bürgermeisters und schlug gegen ihre sonstige Gewohnheit eine Einladung zum Kaffee aus. Sie entschuldigte sich bei der Hausherrin mit Arbeit, die auf sie wartete, und beeilte sich, wieder in die Harmoniestraße zu kommen.

Hans Brecht war nicht da. Schon als sie das Haus verlassen hatte, war er nicht zu sehen gewesen, vielleicht hatte er sich versteckt, vielleicht musste er auch arbeiten. Aber dann entdeckte sie einen anderen Mann, der sich vor den Auslagen des Eisenwarengeschäftes schräg gegenüber herumdrückte. War er einer von ihnen, oder sah sie schon Gespenster? Robert Borghoff erwartete, dass Finchen zu ihr kommen würde. Doch wie sollte sie das schaffen, wenn das Haus geradezu belagert wurde?

Als es dunkel wurde, stellte Lina sich wieder an ihr Fenster, doch dann dachte sie sich, dass sie Finchen nicht würde helfen können, wenn sie erst die Treppe hinunterlaufen musste. Deshalb schlich sie sich in den Laden, den Clara gerade geschlossen hatte, und spähte durch die Fenster auf die Straße.

Es war jetzt fast halb acht. Borghoff musste heute auf der Ratssitzung Bericht erstatten. Das lange Stehen bereitete Lina Mühe, aber sie wagte es nicht, sich wegzubewegen. Quälend langsam verging die Zeit, und draußen rührte sich nichts. Finchen war gestern nicht gekommen, und wahrscheinlich würde sie auch heute nicht kommen.

Plötzlich sah sie eine kleine Gestalt die Harmoniestraße heraufgehen. Sie bewegte sich rasch, doch Lina konnte gut erkennen, dass sie den breitbeinigen Gang einer Schwangeren hatte. Bevor Lina sich noch entschließen konnte, ihr entgegenzugehen, lösten sich zwei Schatten aus dem Dunkel der Straße und rannten auf die Gestalt zu.

Lina überlegte nicht lange. Sie lief aus dem Laden in den Hausflur und griff nach ihrem Stock, dann stürzte sie hinaus.

Finchen wehrte sich heftig, aber sie konnte nicht schreien, weil einer der Männer ihr den Mund zuhielt. Ohne zu zögern, hieb Lina einem der beiden ihren Stock über den Kopf. «Hilfe!», schrie sie, «Mörder!»

Der Mann ließ von Finchen ab und drehte sich zu ihr, während der andere das heftig strampelnde Mädchen immer noch festhielt. Keiner der beiden war der Kutscher Brecht.

Doch sie hatte keine Zeit, sich darüber Gedanken zu machen, denn der Mann, den sie geschlagen hatte, griff sie jetzt an. Wieder hieb sie mit dem Stock auf ihn ein, aber das zeigte wenig Wirkung. «Bring die Kleine weg», rief er dem anderen zu. «Ich erledige das hier schon.»

«Hilfe, Mörder!», schrie Lina wieder, so laut sie konnte. Inzwischen waren in einigen Häusern Lichter angezündet worden, und hier und dort wurde auch ein Fenster geöffnet. Aber noch kam niemand zur Hilfe, und der zweite Mann drohte mit Finchen zu verschwinden. Lina schrie immer weiter.

Als sie jetzt nochmals zuschlug, fing ihr Gegner den Stock ab und entwand ihn ihr. Jetzt holte er zum Schlag damit aus. Genau in diesem Moment kam Commissar Borghoff um die Ecke. Er hatte Linas Schreie bis zum Markt gehört.

«Robert, retten Sie Finchen!», schrie Lina und duckte sich

unter dem Schlag weg. Dabei verlor sie ihr Gleichgewicht und stürzte, aber immerhin hatte der Schurke sie nicht getroffen. Ein zweites Mal würde sie ihm aber nicht ausweichen können.

Plötzlich kam Leben in die Straße. Wilhelm war da und überwältigte den Mann, konnte aber nicht verhindern, dass er schließlich floh. Mehrere andere Männer halfen Lina auf, und der Commissar kam mit dem zitternden Finchen zurück. Auch er hatte seinen Gegner nicht festhalten können.

Finchen hatte Schweißperlen auf der Stirn und krümmte sich vor Schmerzen. Lina ging zu ihr.

«Sie sagt, ihr fehle nichts», sagte Borghoff.

Wieder krümmte sich Finchen.

«Ihr fehlt auch nichts. Das sind die Wehen. Es geht los.» Das war Clara, die plötzlich bei ihnen stand. Lina sah sie fragend an.

«Dann bringen wir sie mal hinein», sagte Clara. «Sie soll das Kind schließlich nicht auf der Straße bekommen.»

Es hatte einige Stunden gedauert, in denen die Frauen des Hauses Dahlmann geschäftig hin- und herliefen oder für längere Zeit in Clara Dahlmanns Schlafzimmer verschwanden, in das man Finchen gebracht hatte. Wilhelm hatte die Hebamme holen müssen, und dann blieb er zusammen mit Robert Borghoff im Flur vor der Tür sitzen, bis Lina den Kopf herausstreckte und ihnen anbot, ihr Wohnzimmer zu benutzen.

Borghoff, der auf Schlachtfeldern gewesen war und vieles gesehen und gehört hatte, zuckte bei jedem der lauten Schreie, die Finchen inzwischen ausstieß, zusammen. Auch Wilhelm hatte noch nie eine Geburt erlebt, und so saßen die beiden schweigend da und fürchteten das Schlimmste. Doch gegen zwei Uhr in der Nacht tönten ganz andere Schreie aus dem Zimmer – ganz unverwechselbar ein Säugling. Finchen hatte es geschafft.

Eine Weile noch waren die Frauen beschäftigt, dann riefen sie Borghoff und Wilhelm dazu. Finchen lag, die schweißnassen Haare gekämmt, erschöpft, aber lächelnd, in Claras Bett, im Arm das Kind, das gewaschen und gestillt worden war und nun in ein weißes Tuch gewickelt friedlich schlief.

«Es ist ein Junge», sagte Lina. So hatte Borghoff sie noch nie gesehen, ihre Schürze war blutig, ihre Frisur in Auflösung begriffen, aber ihre Wangen waren gerötet, und sie lächelte glücklich.

«Ich würde ihn gern Robert nennen», sagte Finchen. «Weil Sie mich gerettet haben, Herr Commissar.»

Einen Augenblick lang war Robert sprachlos. Dann sagte er: «Ich fühle mich geehrt, Finchen. Aber wenn du nichts dagegen hast, dann würde ich mir wünschen, dass du den Kleinen Oskar nennst. Das war mein älterer Bruder, der leider viel zu früh verstorben ist.»

«Gut», sagte Finchen. «Dann soll er Oskar heißen. Das ist ein sehr schöner Name.»

Oskar öffnete die Augen und gähnte.

«Die beiden brauchen jetzt Ruhe», sagte die Hebamme streng, die ihre Sachen zusammenpackte. Lina ging in ihr Zimmer, um sie zu bezahlen, aber Clara kam ihr zuvor.

«Das ist das erste Kind, das in diesem Hause geboren wurde.» Sie sah dabei Wilhelm an. «Es ist eine solche Freude, dass der Kleine gesund zur Welt gekommen ist, da will ich nicht kleinlich sein.»

«Ich habe einen guten Cognac», sagte Borghoff plötzlich. «Ich denke, wir sollten auf den kleinen Oskar anstoßen.»

Er ging hinauf und holte die Flasche, während Clara Gläser brachte. Antonie hatte leise das Schlafzimmer aufgeräumt und wollte hinauf in ihr Zimmer, aber Lina hielt sie zurück. «Du bekommst selbstverständlich auch ein Gläschen, Antonie. Du hast dich wacker geschlagen da drin.»

So wurde es noch eine fröhliche Gesellschaft. Nach dem Cognac kam eine Flasche roter Ahrwein an die Reihe, der schon lange in Claras Keller lag.

«Ich habe ihn für eine besondere Gelegenheit aufbewahrt», sagte sie. «Und wenn eine Geburt das nicht ist, was sonst?»

Es war fast fünf Uhr morgens, als endlich alle zu Bett gingen, Clara hinauf in das kleine Dachzimmer. Robert ging als Letzter.

«Das war sehr knapp heute Abend, beinah hätten wir Finchen verloren», sagte er leise. «Wir werden sehr auf sie aufpassen müssen.»

Lina nickte. «Sie sind sehr dreist geworden, sie sich mitten in der Stadt greifen zu wollen. Wo wird das nur hinführen?»

«Jetzt ist sie jedenfalls sicher, Lina, und das ist die Hauptsache. So ein wunderschönes kleines Kind!» Er lächelte dabei, und sein sonst so grimmig wirkendes Gesicht wurde einen Moment lang ganz weich.

«Lassen Sie uns morgen beratschlagen, was zu tun ist. Ich bin einfach zu müde», sagte Lina.

«Sicher.» Langsam stieg er die Treppe hinauf.

Die Nacht war kurz gewesen. Das Geschrei des Kindes im Zimmer gegenüber weckte Lina. Ansonsten war im Haus alles still, und draußen war es bereits hell. Sie zog sich ihren Morgenmantel an und hinkte barfuß die Treppe hinauf, um Antonie und Clara zu wecken.

Wenig später war Antonie in der Küche beschäftigt, und Lina kam fertig angezogen hinunter. Sie hatte kurz nach Finchen gesehen, die gut mit dem Stillen zurechtkam und ein zufriedenes Kerlchen im Arm hielt.

Nach und nach kamen auch Wilhelm, Clara und Robert Borghoff hinunter. Allen war die lange Nacht anzusehen. Sie saßen gemeinsam um den Küchentisch und waren immer noch vergnügt ob des kleinen, gesunden Bengelchens oben.

Etwas verlegen griff Borghoff in seine Tasche und holte eine Handvoll Münzen heraus. «Liebe Frau Dahlmann, ich habe gestern Nacht noch nachgedacht. Angesichts der Bösewichter, die Finchen verfolgt haben, ist sie hier zurzeit am sichersten, wegen des Ladens ist immer jemand im Haus. Aber es kann niemand von Ihnen verlangen, dass Sie sie hier umsonst beherbergen und verköstigen. Deshalb …» Er schob die Münzen zu Clara hinüber. «Ich hoffe, es reicht eine Weile. Und wenn sie vom Kindbett genesen ist, wird sie sich bestimmt auch hier nützlich machen.»

Clara sah auf die Münzen und nahm dann einen einzelnen Thaler. «Das wird für den Monat reichen, danke.»

Lina, die selbst darüber nachgedacht hatte, Clara Geld zu geben, wusste, dass das sehr großzügig von ihr war. «Dann bleibt sie erst einmal hier?»

Clara nickte. «Wir werden den Eisenofen aus dem Lager in das Dachzimmer stellen, sonst ist es für den Kleinen zu kalt dort. Und solange er klein genug ist, kann er in einem Wäschekorb schlafen. Windeln und Kleidung sind für uns ja kein Problem.»

2. Kapitel

Am 13. Oktober wurde die Tochter der Erblings zu Grabe getragen. Auch Lina nahm an der Beerdigung teil. Sie hatte zwar erwartet, die Wienholds als enge Freunde der Erblings bei der Beerdigung zu treffen, aber sie musste mit Schrecken erkennen, dass sich fast die gesamte geheime Gemeinde eingefunden hatte. Selbst Reppenhagen und Hans Brecht waren da und kondolierten den Eltern am offenen Grab.

Frau Erbling nahm die Beileidsbekundungen ohne große Gefühlsregungen entgegen. Ihr Mann hingegen schien um Jahre gealtert und musste immer wieder mit den Tränen kämpfen.

«Wenn ein Kind stirbt, stirbt auch immer ein Stück unserer Zukunft», sagte Werner Wienhold zu Erbling. Lina, die direkt hinter Wienhold stand, konnte das Gesicht des Doktors genau sehen und bemerkte plötzlich, wie der Schmerz einem anderen Ausdruck wich. Für einen Moment erschien blanker Hass auf seinen Zügen, aber als er sich Lina zuwandte, war Erbling wieder der trauernde Vater.

Robert Borghoff hatte weiter hinten gewartet und die Leute beobachtet. Lina stellte sich zu ihm. «Erbling weiß etwas – oder zumindest ahnt er etwas», sagte sie leise und beschrieb Borghoff, was sie gesehen hatte.

«Hoffentlich stellt er nichts Dummes an», sagte der Commissar.

Beim Leichenschmaus in der *Gesellschaft Erholung* schien Erbling völlig unbeteiligt. Kinderbeerdigungen waren ohnehin kein Anlass, in irgendeiner Weise lebhaft zu werden, wie sonst, wenn ein alter Mensch nach einem erfüllten Leben zu Grabe getragen wurde und die Hinterbliebenen danach Erinnerungen an den Verstorbenen austauschten. Hier kam man zusammen, um den Eltern zu zeigen, dass man mit ihnen fühlte.

Erbling schien sich in der Gesellschaft überhaupt nicht wohl zu fühlen. Irgendwann stand er auf und ging in den Hof hinaus. Borghoff, der gerade hatte gehen wollen, folgte ihm. «Noch eine halbe Stunde, und niemand wird es einem trauernden Vater übelnehmen, wenn er nach Hause geht», sagte er.

«Ja. Dann haben wir den Schein gewahrt vor all diesen … Fremden.»

Borghoff sah ihn nachdenklich an. «Aber Sie kennen doch Ihre Ruhrorter.»

«Das dachte ich.» Erbling sah auf den Boden. «Bis ich feststellte, dass ich nicht einmal meine eigene Frau kenne.» Er machte eine Pause und sah dann Borghoff wieder an. «Was gedenken Sie zu tun gegen diese …»

«Wen meinen Sie?»

«Die Wienholds zum Beispiel. Denn wenn es mein Hausdiener nicht gewesen sein kann, können meiner Kleinen die Verletzungen doch nur dort zugefügt worden sein, oder?»

Borghoff nahm ihn sanft beim Arm. «Bitte seien Sie vorsichtig, wen Sie beschuldigen, Herr Dr. Erbling. Wenn Sie etwas behaupten, dann müssen Sie es auch beweisen können.»

Erbling lachte bitter auf. «So läuft das Spiel also? Sie können es nicht beweisen, also tun Sie gar nichts?»

Borghoff hielt ihn immer noch am Arm. «Sie wissen doch selbst, wie das Spiel läuft. Denken Sie an Willmuths Wurst, die die beiden Schiffer im Sommer vergiftet hat.»

Erbling sah ihn erstaunt an. «Willmuths Wurst? Nein, die hatten sie auf irgendeinem Markt gekauft auf der Strecke zwischen Rotterdam und Ruhrort. Wer hat denn erzählt, sie sei von Willmuth?»

«Alle in Ruhrort erzählten das», sagte Borghoff.

Der Doktor schüttelte den Kopf. «Sagen Sie mir nicht, diese Gerüchte hätten etwas damit zu tun, dass die Willmuths bankrott sind.»

«Das haben sie ganz sicher. Keiner wollte mehr dort kaufen.»

«Aber das hätte ich doch ganz leicht aufklären können.» Dr. Erbling war sichtlich erschüttert. «Keiner hat mich danach gefragt.»

«Und doch war es vermutlich Ihr Dienstmädchen, das das Gerücht aufgebracht hat. Und des Doktors Dienstmädchen glaubt man.» Borghoff ließ den Arm los. «So geht dieses Spielchen, und ich fürchte, Sie könnten es verlieren. Seien Sie vorsichtig.»

Er trat noch näher an Erbling heran. «Ich werde nichts vergessen, was im Zusammenhang mit dem Tod Ihrer Tochter steht, Herr Dr. Erbling. Irgendwann werde ich den Mördern die Rechnung präsentieren, das verspreche ich.»

«Versprechen Sie nichts, was Sie nicht halten können, Herr Commissar», sagte Erbling und ging zurück in den Saal.

Finchen hatte sich rasch erholt von der Geburt. Lina hatte ihr schnell ein paar einfache Kleider genäht, und nun begann die junge Mutter, sich im Haus nützlich zu machen – sehr zum Ärger von Antonie, die rasch merkte, dass alles, was sie sich mühsam hatte erarbeiten müssen, Finchen, dank Linas guter Schule in der Carlstraße, ganz natürlich von der Hand ging.

Eifersüchtig wachte Antonie darüber, dass Finchen ihr nicht den Rang ablief. Erst als diese sich bereit erklärte, einige von

Antonies ungeliebten Arbeiten zu übernehmen, ließ die Spannung ein wenig nach. Es war Lina, die Finchen dazu geraten hatte.

Seitdem hatte das Mädchen jeden Abend den Laden ausgefegt, die Fingerspuren von den Auslagefenstern und Ladentischen gewischt und nach und nach auch die Ladenregale Fach für Fach abgestaubt.

Finchen hatte sich angewöhnt, den kleinen Oskar mit hinunterzunehmen, wenn sie ihre Arbeit tat. Im großen Wäschekorb aus Weidenruten hatte er ein gemütliches Bettchen, doch um diese Zeit schlief er selten. Jeder im Haus steckte kurz seinen Kopf in den Laden, um den Kleinen zu streicheln oder zu kitzeln. Meist nuckelte er an seinem Lutschbeutelchen.

Draußen im Flur hörte Lina, die in der Küche Tee zubereitete, Antonie laut schimpfen, weil Finchen das letzte frische Wasser zum Abwischen der arg vernachlässigten Regale im Hinterzimmer genommen hatte. «Nun kann ich wieder für sie Wasser schleppen!», rief Antonie ärgerlich. Lina und Clara erlaubten Finchen nicht, das Haus zu verlassen.

Also machte Antonie sich auf den Weg, und da Lina die Haustür nicht zufallen hörte, hatte sie sie wohl wie immer angelehnt, denn der Weg zum Brunnen war nicht weit.

Lina ging mit der halbgefüllten Teekanne die Treppe hinauf zu ihrem Zimmer. Oben angekommen, hörte sie plötzlich den kleinen Oskar schreien, doch die Schreie entfernten sich rasch, und die Haustür fiel plötzlich ins Schloss.

Im selben Moment schrie Finchen im Laden auf: «Oskar! Oskar ist weg!»

Lina stellte die Teekanne auf das Tischchen im Flur und kam, so schnell sie es vermochte, die Treppe hinunter. Finchens Schreie hatten auch Clara und Wilhelm alarmiert. «Jemand muss ihn mitgenommen haben», sagte Lina, und Wilhelm rannte sofort los. In der Tür stieß er mit Antonie zusammen, und das Wasser ergoss sich über seine Hose und ihren Rock.

«Hast du draußen jemanden mit Oskar gesehen?», fragte Lina sie.

Antonie sah sie nur groß an und schüttelte den Kopf.

«Dann ist er Richtung Dammstraße verschwunden», sagte Lina. «Los, Wilhelm, lauf!»

Clara, die das weinende Finchen in den Arm genommen hatte, griff nach ihrem Mantel. «Ich werde zur Polizei laufen. Antonie, zieh dir etwas Trockenes an.»

«Sie hat die Haustür offen gelassen», schluchzte Finchen.

Antonie sah schuldbewusst auf den Boden. «Ich konnte doch nicht wissen …»

«Geh schon und zieh dich um, Antonie. Es genügt, wenn Wilhelm sich eine Erkältung holt», sagte Lina knapp.

Wenig später kamen Commissar Borghoff, Sergeant Ebel und der Polizeidiener Schröder mit Clara zurück, und auch Wilhelm fand sich wieder ein. Er hatte den oder die Entführer nicht mehr einholen können, doch an der Einmündung zur Dammstraße den leeren Korb gefunden.

Lina sah Borghoff an, und beide wussten, dass sie hier vor den anderen nicht offen reden konnten.

Borghoff ließ sich von Finchen zeigen, wo der Korb mit dem Kind gestanden hatte. Alle waren überrascht, als er an der Tür, die vom Laden in den Flur führte, einen Stofffetzen fand – keiner von Claras Stoffen, sondern ein Stück braunen Kattuns von einem schon leicht abgewetzten Rocksaum. Der Entführer musste eine Frau gewesen sein, die mit ihrem Rock an der Kante des Ladentischs hängen geblieben war.

«Ebel, Sie werden die Bewohner der Harmoniestraße und auch der Dammstraße befragen. Fragen Sie nach einer Frau in einem braunen Kleid oder Rock mit einem kleinen Kind. Es ist noch nicht spät, vielleicht hat jemand etwas gesehen. Und Schröder, Sie unterrichten den Nachtwächter und sagen an den Fähren Bescheid.» Er wandte sich an Finchen. «Wir werden Oskar finden, das verspreche ich dir.»

Ebel räusperte sich. «Wäre es nicht gut, die Bürgerwehr zu alarmieren? Wenn wir die Stadt mit drei Polizisten durchkämmen, werden wir nicht weit kommen.»

Borghoff nickte. «Das übernehme ich.»

Ebel und Schröder liefen los, Clara kümmerte sich um Finchen, und Wilhelm konnte endlich die nassen Hosen loswerden. Lina sah Borghoff an. «Der Kleine ist vermutlich im Schmuggelkeller oder im Haus der Wienholds.»

Borghoff nickte. «Ich werde noch heute Nacht in die Keller hinabsteigen. Aber zuerst muss ich der Bürgerwehr Bescheid sagen.» Er strich Lina zaghaft über den Arm. «Wir haben den 22. Oktober. Zumindest bis zum Vollmond am 25. werden sie ihm nichts anhaben.»

Lina griff nach seiner Hand. «Bitte finden Sie den Kleinen.»

«Ich werde ihn finden.»

Borghoff hatte den Hauptmann der Bürgerwehr aus dem Haus geholt. Er und seine Leute würden die Stadt durchkämmen. Er selbst machte sich allein mit einer Laterne ausgerüstet und seiner alten Armeepistole auf den Weg zur katholischen Kirche, um dort in den Schmuggelkeller zu steigen. Doch er fand den Eingang verschlossen: Man hatte die Öffnung zugemauert. Enttäuscht ließ er sich auf die kleine Bank sinken, auf der Lina mit Pater Johannes gesessen hatte.

Er zuckte zusammen, als plötzlich eine schwarzgekleidete Gestalt um die Kirche bog, aber dann erkannte er Pfarrer Mancy, der das Licht bemerkt hatte.

«Ach, Sie sind es, Herr Commissar», rief der Pfarrer aus. «Wollten Sie hinunter in die Keller?»

«Sie kennen den Eingang?», fragte Borghoff verblüfft.

«Ja, natürlich.» Mancy setzte sich zu ihm. «Er lag zwar verborgen hinter den Sträuchern, aber ich hatte ihn gleich in meinem ersten Jahr hier entdeckt. Und es war nicht zu überhören, dass der Eingang zugemauert wurde in den letzten Tagen.»

«Haben Sie schon mal Geräusche von dort unten gehört?»

Mancy nickte. «Seit etwa einem Jahr. Und sie klangen …» Er lächelte. «Im ersten Moment habe ich gedacht, es würde ein Gottesdienst dort unten abgehalten. Aber ich glaube, es war etwas anderes, etwas … Böses. Pater Johannes hat davon gewusst, oder?»

Borghoff nickte bedächtig. «Ich weiß leider nichts Genaues. Als ich selbst dort unten war, nach seinem Tod, konnte ich nichts finden, außer einem seiner Knöpfe.»

«Aber Sie haben nichts unternommen.»

«Nein. Es handelt sich um ehrbare Bürger, und der Bürgermeister will nichts davon hören.»

Mancy lächelte, aber diesmal konnte man ihm selbst im Schein der Laterne den Spott ansehen. «Ich gehe davon aus, dass Sie mit ihm gar nicht darüber gesprochen haben.»

«Nein das habe ich nicht.» Borghoff seufzte. «Es ist sehr schwierig, jemandem in dieser aufgeklärten Zeit davon zu überzeugen, dass es in Ruhrort teuflische Riten und Besessenheit gibt.»

«Besessenheit?» Mancy hob die Brauen. «Nun verstehe ich einiges. Auch den Mord an Pater Johannes.»

«Sie haben mir damals nicht gesagt, dass er ein Exorzist war.»

«Ich ging davon aus, einen aufgeklärten Protestanten vor mir zu haben, dem ich mit katholischem Aberglauben nicht kommen durfte, sollte ich noch jemals von ihm ernst genommen werden wollen.» Der Pfarrer stand auf und rieb sich die Hände. «Es ist kalt geworden. Warum wollten Sie eigentlich in die Schmuggelkeller?»

«Sie haben einen Säugling entführt. Und der Sabbat findet entweder am 25. statt, wenn Vollmond ist, oder am 31.»

«Sie?»

«Der Orden, die Teufelssekte, wie immer Sie sie nennen wollen.» Auch Borghoff stand auf. «Ich muss mir etwas einfallen lassen, um das Kind rechtzeitig zu finden.»

«Vielleicht kann ich Ihnen helfen», sagte Mancy langsam. «Oder vielmehr mein protestantischer Amtsbruder Pfarrer Wortmann. Er hat einmal erzählt, dass es im Kirchenarchiv Pläne von den Kellern gibt. Der Schmuggel damals ließ sich am unauffälligsten über die Kirche abwickeln.»

«Pläne? Das wäre gut. Es muss ja noch mehr Eingänge geben.» Borghoff wollte gerade vorschlagen, gleich beim evangelischen Pfarrer vorbeizusehen, doch da kam Schröder auf sie zugelaufen.

«Gott sei Dank sind Sie hier, Herr Commissar, und nicht da unten in den Kellern, wie Fräulein Kaufmeister vermutet hatte.»

«Ist der Kleine gefunden worden?», fragte Borghoff.

«Nein.» Schröder nickte dem Pfarrer zu. «Aber das muss jetzt warten. Dr. Erbling hat seine Frau erschlagen.»

«Ich muss los», sagte Borghoff sichtlich erschüttert.

«Gehen Sie nur, Herr Commissar. Ich werde gleich morgen mit meinem Freund Wortmann sprechen.»

Nachbarn auf der Kleinen Straße hatten die Polizei geholt, weil Schreie und Lärm aus dem Haus des Doktors drangen. Sie hatte versucht, ins Haus zu kommen, aber die Türen waren verschlossen. Ebel hatte zwar gegen die Tür gehämmert, aber zu der Zeit war schon alles wieder still. Dann hatte das völlig verschreckte Hausmädchen die Tür geöffnet. Es zitterte am ganzen Leib, und kein klares Wort war aus ihm herauszubekommen.

Was Ebel vorgefunden hatte, bekam nun auch Borghoff zu Gesicht. Im Schlafzimmer, dessen Tür man ebenfalls hatte aufbrechen müssen, kauerte Dr. Erbling unbeweglich in einer Ecke, er war über und über mit Blut bedeckt, in der Hand hielt er eine kleine bronzene Statue, an der Blut und Haare klebten.

Auf dem Bett lag blutüberströmt und mit durch die Schläge fast unkenntlichem Gesicht seine Frau. Es hatte den Anschein, dass sie sich gerade begonnen hatte zu entkleiden, um ins Bett zu gehen.

«Er muss sie erst mit bloßen Händen und dann mit der Statuette geschlagen haben», sagte Borghoff erschüttert. Er ging auf Erbling zu.

«Der Doktor ist nicht ansprechbar», sagte Ebel. «Er ist verrückt geworden.»

Als das Wort «verrückt» fiel, regte sich der Doktor. «Ich bin bei klarem Verstand. Ich musste sie töten. Was sie getan hat, ist ein weit größeres Verbrechen als ein Mord.»

«Wir müssen Sie mitnehmen, Dr. Erbling», sagte Borghoff ruhig, nahm Erbling ohne Widerstand die Statuette aus der Hand und stellte sie auf die Kommode. Er ging zum Schrank und nahm einen Anzug heraus, auch ein Hemd aus der Kommode. «Sie werden sich im Gewahrsam waschen können. Kommen Sie.»

Gemeinsam gingen sie hinunter. Als das Hausmädchen den Doktor erblickte, wich es ängstlich vor ihm zurück. «Ebel, bringen Sie den Doktor ins Rathaus und veranlassen Sie die Abholung der Leiche.»

Er sah zu den Leuten, die vor der Tür eine Gasse bildeten. «Geht nach Hause. Hier kann niemand etwas tun.»

Dann wandte er sich an das Mädchen. «Meinen Sie, ich könnte einen Tee bekommen?»

Sie nickte und führte ihn in die Küche. Während sie das Wasser aufsetzte, hörte sie langsam auf zu zittern.

«Ich nehme an, die beiden haben gestritten …», begann Borghoff vorsichtig.

Sie nickte. «Das haben sie jeden Abend seit … seit die kleine Hedwig tot ist.» Sie setzte sich zu Borghoff an den Küchentisch, während sie darauf wartete, dass das Wasser kochte.

«Wie heißen Sie?»

«Adelheid.»

«Nun, Adelheid, ich nehme nicht an, dass Sie gelauscht haben, aber Sie haben doch sicher mitbekommen, worüber sie sich stritten?»

Sie zögerte, es war ihr unangenehm, das konnte Borghoff genau sehen. «Zuerst … als die Kleine tot war, meine ich … da stritten sie, weil der Doktor sie aufschneiden lassen wollte. Sie … sie wollte das auf keinen Fall. Ich habe mich immer gefragt, warum sie sich so sehr dagegen wehrte, weil es doch gut war zu wissen, warum ein kerngesundes Kind so plötzlich stirbt. Aber sie war wie … wie eine Furie, völlig außer sich.»

Das Wasser kochte, und sie ging zum Herd, um den Tee aufzugießen.

«Und als der Doktor sich durchgesetzt hatte?»

«Da war sie still und in sich gekehrt. Sie ging jeden Tag aus dem Haus. Sie könne nicht allein bleiben mit ihrer Trauer, sagte sie. Aber ich hatte fast den Eindruck, sie sei ängstlich.»

«Und dann kam heraus, dass dem Kind Gewalt angetan worden war.» Borghoff war sich nicht sicher, ob das Mädchen davon erfahren hatte, aber es nickte.

«Der Hans-Joseph, unser Hausknecht, wurde verhaftet. Aber der hätte so etwas nie getan. Der vergötterte die Kleine.»

Vorsichtig goss sie zwei Tassen ein und stellte Zucker und Milch auf den Tisch. Borghoff nahm sich eine ordentliche Portion Zucker.

«In der Zeit wurde es sehr still im Haus», fuhr sie fort. «Sie redeten nicht miteinander. Es war klar, dass er seiner Frau die Schuld gab, weil sie das Kind oft allein gelassen hatte. Und dann wurde der Hans-Joseph wieder freigelassen.» Auch sie rührte etwas Zucker in ihren Tee.

«Er war unschuldig. Zu der Zeit, als der Kleinen das angetan worden war, war er in Cleve», sagte Borghoff.

«Er kam zurück und packte nur stumm seine Sachen. Er könne hier nicht mehr arbeiten, sagte er. Er war über zehn Jahre hier.»

«Sie haben ihn gemocht.»

Sie nickte. «Jetzt werden wir uns beide eine neue Stellung suchen müssen.»

Borghoff nahm einen Schluck Tee. «Ich nehme an, danach gingen die Streitereien wieder los.» Erbling musste sich sicher gewesen sein, dass das Schicksal seiner Tochter mit den Besuchen bei den Wienholds zusammenhing.

«Ja. Er beschuldigte plötzlich seine Frau, der Kleinen etwas angetan zu haben. Immer wieder fragte er sie danach, was bei ihren Besuchen mit dem Kind passiert wäre.»

«Allen Besuchen?»

«Nein, er sagte immer wieder ‹bei den Wienholds›. Ich glaube, da fing er an, verrückt zu werden. Was soll denn da passiert sein …»

«Was geschah denn nach der Beerdigung?»

«Ich glaube, sie hatte Angst vor ihm. Sie blieb den ganzen Nachmittag, seit sie zurück war, im Schlafzimmer, und er brütete in der Stube vor sich hin. Er wollte nichts essen oder trinken, da ließ ich ihn in Ruhe. Und dann stand er plötzlich auf und ging ins Schlafzimmer. Sie schrien sich an.» Sie rührte immer noch in ihrer Teetasse, bemerkte es und nahm den Löffel heraus.

«Haben Sie gehört, um was es ging?»

«Ja. Aber verstanden habe ich es nicht. Sie sprach davon, dass sie ihrer Hedwig eine glänzende Zukunft hatte bereiten wollen. Dass sie gehofft hatte, sie würde zu den Auserwählten gehören. Dass besondere Kinder besonderer Schulung bedürften und es bei ihr selbst nie gereicht hatte.»

Das Mädchen lächelte. «Vielleicht war sie es auch, die verrückt war, nicht er.»

«Ja, vielleicht.» Borghoff trank seinen Tee aus. «Adelheid, Sie möchten sicher nicht hierbleiben heute Nacht.»

«Nein, bestimmt nicht.»

«Ich bringe Sie zu Heckmann, dort können Sie heute umsonst übernachten. Alles Weitere regeln wir morgen.»

Er wartete noch, bis sie ihren Tee getrunken, den Rest weggegossen und die Kanne gereinigt hatte. Dann gingen sie gemeinsam zu Heckmann.

Lina hatte besorgt auf Borghoff gewartet. Es war nach neun, als er endlich kam. Nachdem er Adelheid zu Heckmann gebracht hatte, war er noch ins Rathaus gegangen und hatte mit Dr. Erbling geredet, aber kaum etwas Neues erfahren. Zu dem, was er seiner Frau vorgeworfen hatte, schwieg er beharrlich. Nach und nach waren die Bürgerwehr und die Polizeidiener, die mit der Suche nach Oskar beschäftigt waren, gekommen und hatten sich abgemeldet. Jemand hatte tatsächlich eine Frau in einem braunen Kleid mit einem Kind auf der Dammstraße gesehen. Sie war in Begleitung eines Mannes gewesen, dessen Beschreibung auf Hans Brecht, von Sannbergs Kutscher, passte, aber genauso gut auf viele andere Ruhrorter. Der Kleine blieb verschwunden.

Lina sah es seinem Gesicht an, dass die Suche nichts ergeben hatte.

«Wie geht es Finchen?», fragte er.

«Simon ist jetzt bei ihr. Keiner von uns konnte sie trösten, da habe ich vorgeschlagen, ihn kommen zu lassen.»

«Nicht gerade schicklich.»

«Das ist mir egal. Finchen soll nur aufhören zu weinen. Ich sehe nachher nach den beiden und schicke ihn nach Hause. Was ist mit Erbling?»

«Er hat seine Frau erschlagen, weil er wohl dahintergekommen ist, was mit der Kleinen bei den Wienholds passiert ist.»

«Das habe ich mir schon gedacht», sagte Lina. «Vielleicht kommt so endlich etwas heraus.»

«Möglich.» Borghoff sah ins Leere. Lina wusste, er glaubte nicht daran. «Ich gehe in mein Zimmer, ich bin sehr müde.» Damit ging er die Treppe hinauf.

Lina ließ den jungen Eltern noch ein Stündchen Zeit, dann ging auch sie hinauf in das Dachzimmerchen.

Finchen schlief, Simon saß neben ihr auf dem Stuhl, die Kerze hatte er auf den Boden gestellt. Vor dem Bett stand der leere Wäschekorb.

«Du musst jetzt gehen, Simon», flüsterte Lina.

Der Junge stand auf und folgte ihr hinaus. «Sie hat nur geweint und ist dann vor Erschöpfung eingeschlafen», sagte er.

Lina schloss leise die Tür. «Du darfst morgen nach deiner Arbeit wieder herkommen.»

«Das ist sehr großzügig von Ihnen, Fräulein Lina. Danke.»

«Die Tür unten müsste unverschlossen sein.»

Lina sah ihm nach, wie er die Treppen hinunterlief, und horchte, bis er das Haus verlassen hatte. Dann klopfte sie leise an Borghoffs Tür.

Seit seiner Krankheit war sie nicht mehr in seinen Räumen gewesen. Sie fand ihn im Dunkeln auf seinem alten Sofa sitzen. «Lina!», rief er und zündete die Kerze an, die vor ihm auf dem Tisch stand.

«Entschuldigen Sie. Aber so bald werde ich nicht schlafen können. Es ist so viel passiert.»

«Der Junge?»

«Hat das Haus gerade verlassen. Finchen schläft. Aber wenn sie morgen früh aufwacht und den leeren Korb sieht, wird sie weiterweinen.»

Lina setzte sich zu ihm auf das Sofa, in einem schicklichen Abstand. Sie senkte den Kopf. «Ich bin die ganze Zeit stark geblieben», sagte sie leise. Aber dann konnte sie die Tränen nicht mehr zurückhalten. «Wenn dem Kleinen etwas geschieht, könnte ich es nicht ertragen.»

«Ich auch nicht, Lina, ich auch nicht.»

Er rückte näher zu ihr, und sie nahm das Taschentuch, das er ihr hinhielt, aber sie konnte nicht aufhören zu weinen. Die Aufregungen des Tages waren einfach zu viel gewesen.

«Ich bekomme die Pläne der Schmuggelkeller, die Pfarrer Wortmann hat. Pfarrer Mancy hat sie mir zugesagt. Der Eingang bei der Kirche war zugemauert. Ich konnte nichts ausrichten.»

Sie ließ es zu, dass er den Arm um sie legte, und eng an ihn geschmiegt, schluchzte sie hin und wieder, bis sie ruhiger wurde. Eine Weile saßen sie so, und plötzlich spürte Lina, wie er ihr Haar küsste. Sie wehrte sich nicht, selbst nicht, als er bei ihrem Gesicht angelangt war und sie schließlich auf den Mund küsste. Erst da versuchte sie, von ihm abzurücken. Sofort hielt er inne. «Entschuldigen Sie, Lina. Ich … ich hätte nicht so dreist sein dürfen.» Er ließ sie los und setzte sich ein Stück weg, während sie aufgestanden war.

413

«Es ist nur …», begann er zaghaft, «ich bin nie einer Frau wie Ihnen begegnet, Lina. Einer wirklichen Kameradin.»

«Kameradin», sagte Lina leise.

«Ja. Eine kluge Frau, mit der ich reden kann. Ich hätte durchaus heiraten können in all den Jahren, aber die Frauen leben doch in einer ganz anderen Welt.»

«Ja, zur Kameradin tauge ich wohl.» Lina versuchte, ihre Stimme nicht so bitter klingen zu lassen.

Robert begann zu verstehen. «Meine Güte, Lina, das habe ich doch nicht abwertend gemeint. Sie sind eine so schöne Frau, glauben Sie, eine steife Hüfte könnte daran etwas ändern? Als ich krank war, erschienen Sie mir im Fieberwahn wie ein Engel. Und immer unerreichbar. Ich glaubte, nie mehr haben zu können als unsere abendlichen Gespräche.» Er versuchte, in ihrem Gesicht zu lesen, aber die Kerze gab nicht genug Licht. «Ich weiß doch, dass jemand wie … wie der Baron von Sannberg viel besser zu einer Frau aus Ihren Kreisen passt. Es tut mir leid, Lina, ich hätte mich nicht so vergessen dürfen.»

«Haben Sie Dank für den Trost, Robert. Aber ich denke, ich gehe jetzt besser zu Bett.» Lina versuchte, sich ihre Verletztheit nicht anmerken zu lassen, ging zur Tür und verließ das Zimmer.

In ihrem Kopf drehte sich alles. Sie hatte sich so wohl gefühlt an seiner Schulter. Aber Kameradin? Ja, früher einmal hatte sie geglaubt, dass sie einem Mann wenigstens das sein könnte, doch niemand hatte um sie geworben. Männer wollten keine Kameradin. Die meisten wollten eine Hausfrau, und manche wollten eine Göttin, die sie auf ein Podest stellen konnten. *Als billige Haushälterin bin ich mir zu schade, und eine hinkende Frau taugt nicht zur Göttin*, dachte sie zornig.

Sie begann, sich zu entkleiden, wusch ihr Gesicht und löste ihr Haar. Wieder und wieder fühlte sie seinen Arm um ihre

Schultern und seine Lippen auf ihrer Haut und dann auf ihrem Mund. Sie dachte an die gemeinsamen Abende in ihrer Wohnstube. Könnte es je wieder so werden?

Plötzlich kamen die Tränen zurück. Robert Borghoff war ein wichtiger Mensch in ihrem Leben geworden, und der Gedanke, ihn vielleicht verloren zu haben, schmerzte sie mehr, als ihr lieb war. Sie bürstete ihr Haar und ging noch einmal das Gespräch mit ihm durch, Satz für Satz, wie sie sich daran erinnerte.

Ihr wurde immer deutlicher, dass er sich ihr nicht ebenbürtig zu fühlen schien, sonst hätte er sich ihr vielleicht längst erklärt. Und hatte er ihr nicht gesagt, wie schön sie war? Wenigstens, wie schön sie *ihm* erschien? Die Tränen versiegten. Eine Weile starrte sie in ihren Spiegel, dann regte sie sich wieder. «Lina, du bist eine dumme Gans», sagte sie zu ihrem Spiegelbild.

Die Haare offen, im Nachthemd, die Schuhe noch an den Füßen, schlich sie sich wieder hinauf zu seinem Zimmer und klopfte leise, aber entschlossen an.

«Wer ist da?», fragte er. Vermutlich lag er schon im Bett.

«Ich bin es, Lina.»

Sie wartete nicht auf eine Antwort, sondern öffnete die Tür. Er saß, nur mit der Militär-Unterhose bekleidet, auf seinem Bett.

Lina zitterte ein bisschen. «Hattest du mir eben versucht zu sagen, dass du mich begehrst?», fragte sie und war froh, dass sie den Satz klar und fest herausgebracht hatte.

Er sah sie verblüfft an. «Ja», sagte er langsam. «Ich begehre dich. Ich begehre dich schon sehr lange.»

Sie knöpfte das Nachthemd auf und ließ es über die Schultern zu Boden fallen. Sie wusste, das musste lächerlich aussehen, weil sie ja noch Schuhe und Strümpfe trug. Aber er lachte nicht. Er stand auf, und obwohl er nicht groß war, nahm er sie auf und trug sie zum Bett. Dann kniete er sich hin und öffnete ihre Schuhe.

Lina wollte protestieren, weil es ihr unangenehm war, aber er legte ihr nur den Finger auf den Mund. Sorgfältig rollte er die Strümpfe herunter und legte Lina auf das Bett.

«Ich … ich bin übrigens keine Jungfrau mehr», sagte sie und plapperte nervös weiter. «Eine alte Jungfer, aber keine …»

«Schhhhh», sagte er nur. «Du wirst noch viel Zeit haben, mir davon zu erzählen. Heute will ich keine Kameradin, heute will ich eine Geliebte.»

Er zog seine Hose aus und begann, ganz zart mit seinen Händen über ihren nackten Körper zu streichen, ihn danach mit Küssen zu bedecken. Zuerst blieb Lina ganz still, aber dann erwiderte sie die Zärtlichkeiten. Sie waren mal sanft, mal wild miteinander, und manchmal, wenn Linas Gedanken kurz durch die Leidenschaft blitzten, fragte sie sich, ob dieser vernarbte, geschundene Männerkörper tatsächlich der sein konnte, der ganz allein für sie geschaffen worden war. Roberts Zärtlichkeiten und sein Erfindungsreichtum waren unendlich, und sie ahnte nicht, wie sie ihn mit ihrer bisher verborgenen Leidenschaft entzückte. Für diese Nacht war alles vergessen – Oskar, der Orden, der bevorstehende Hexensabbat, alles. Es gab nur Robert und Lina, Lina und Robert.

Lina erwachte am nächsten Morgen neben Robert. Durch das Mansardenfenster fiel ein allererster Lichtschein der aufgehenden Sonne. Ein Blick auf seine Taschenuhr, die auf dem Nachttisch lag, zeigte ihr, dass es kurz nach acht Uhr war. Sie setzte sich leise auf, griff nach ihrem Nachthemd, doch gerade, als sie es sich überwerfen wollte, erwachte auch Robert. Hinter ihr auf dem Bett kniend, küsste er ihren Nacken, und wohlige Schauer durchliefen sie. «Ich muss hinunter», sagte sie und schüttelte ihn spielerisch ab. «Es ist schon acht Uhr durch, du musst zum Dienst.»

«Vernünftige Lina», sagte er. «Wie immer hast du recht.»

Sie zog das Nachthemd über und griff ihre Schuhe. Sie war schon fast an der Tür, als sie noch einmal zurückkam und ihm einen Kuss gab. «Ich werde dich unten wieder siezen», sagte sie, als sie vorsichtig die Tür öffnete.

«Und was innerhalb dieser Mauern geschieht, bleibt innerhalb dieser Mauern», ergänzte Robert. Das hatten sie noch in der Nacht beschlossen.

Lina hatte sich gerade angekleidet, als es an ihre Tür klopfte. Fast erwartete sie Robert, doch es war Finchen. Sie war blass, wirkte aber gefasst. «Ich habe mit Antonie besprochen, dass ich heute bei Ihnen saubermache.»

«So früh am Morgen?»

«Ich konnte nicht mehr schlafen. Und wenn ich arbeite, muss ich nicht so viel an Oskar denken.» Sie legte den Staubwedel und das Wischtuch beiseite. «Soll ich Ihnen bei den Schuhen helfen, so wie früher?»

«Gern.» Lina setzte sich auf einen Stuhl, und Finchen holte die Schuhe.

«Das waren schöne Zeiten in der Carlstraße», sagte sie plötzlich. «Wenn Sie dort gewesen wären …»

«Das hätte nicht viel geändert, Finchen. Auch ich hätte dich entlassen müssen.»

Finchen nickte nur. «Es wird keinen Sinn haben, wenn ich selber nach Oskar suche, nicht wahr?»

«Wenn der Commissar und seine Leute ihn nicht finden, dann keiner.»

Finchen war fertig mit den Schuhen. Seit sie wieder zurück war, war sie zum ersten Mal in Linas Räumen. Sie begann, den Tisch abzuwischen. «Ich kann nicht verstehen, warum Sie dies hier dem Leben an der Carlstraße vorziehen», sagte sie plötzlich. «Zumal … zumal ich weiß, dass Sie nur wenig Geld haben.»

«Oh, inzwischen verdiene ich ganz gut mit der Kleidermacherei.»

Nun begann das Mädchen, das alte Ladenregal abzustauben. Auf einmal entdeckte sie im untersten Fach den alten Atlas, den Linas Vater ihr vermacht hatte. «Da ist ja das Geheimversteck Ihres Vaters!», rief sie aus.

«Geheimversteck? Wie meinst du das?»

«Na, ich musste Ihrem Vater helfen, Blätter in den Einband einzukleben. Er zitterte ja so, deshalb musste ich den Inneneinband auftrennen und hinterher wieder alles zukleben. Und ich musste Ihrem Vater versprechen, niemandem etwas davon zu sagen.»

Lina holte den Atlas und legte ihn auf den Tisch. Sie klappte den Einband um, und nun, nachdem sie es wusste, konnte sie es klar erkennen: Das innere Einbandpapier wölbte sich stärker, als es durfte.

Lina nahm ihr kleines Trennmesser aus ihrem Nähzeug und fuhr damit vorsichtig unter dem Rand entlang. Das Papier löste sich, sie klappte es beiseite, und dann sah sie die großformatigen Wertpapiere: Es waren die langgesuchten Eisenbahnobligationen.

«Hinten haben wir auch etwas eingeklebt», sagte Finchen, die ihr interessiert über die Schulter sah.

Lina hatte keine Ahnung, wie viel die Papiere inzwischen wert waren, aber der Zeichenwert hatte damals bei tausend Thalern pro Anleihe gelegen, und es gab zehn Mantelbögen mit Kupons, die 1845 ausgegeben worden waren. Die Laufzeit war zehn Jahre bis zum Jahresende 1855 bei einer Verzinsung von sieben Prozent. «Finchen, du bist wirklich Gold wert», rief Lina. «Das ist eine Menge Geld!»

«Diese Papiere sind Geld wert?», fragte Finchen erstaunt.

«Ja. Mein Bruder sucht wie ein Verrückter danach.» Sie nahm alle Papiere heraus und steckte sie in ihre große Tasche. «Ich muss gleich damit zur Bank.»

Robert war inzwischen im Rathaus angekommen. Sein erster Weg führte hinunter ins Gewahrsam, wo er Heinrich Erbling sauber gewaschen und angezogen vorfand. Der Doktor machte einen ruhigen Eindruck. Borghoff fragte sich, ob er ahnte, dass nur einen Raum weiter die Leiche seiner Frau auf die Leichenschau wartete.

Borghoff ließ sich mit Erbling einschließen und nahm den Hocker des Wachhabenden mit in die Zelle.

«Doktor, was wissen Sie über die Gruppe, der Ihre Frau angehörte?»

«Nichts.»

«Hören Sie, Ihre Tochter ist nicht deren einziges Opfer. Es ist gut möglich, dass alle Morde, die seit Ende letzten Jahres hier in Ruhrort geschehen sind, auf das Konto dieser Teufelsanbeter gehen. Ich weiß aus sicherer Quelle, dass Ihre Frau zu ihnen gehört hat.»

Erbling sah ihn mit großen Augen an. «Sie wissen es und haben nichts getan, um meine Tochter zu retten? Was sind Sie nur für ein Mensch!»

«Ich habe Ihnen bereits gesagt, dass das Gesetz einem keine Handhabe gibt, wenn man nicht auch die entsprechenden Beweise vorzeigen kann. Aber mit einer Aussage können Sie mir diese Beweise liefern.» Borghoff rückte noch ein wenig näher. «Sie haben doch nichts mehr zu verlieren.»

Erbling seufzte. «Ich glaube nicht, dass ich Ihnen wirklich helfen kann, Herr Commissar. Denn ich kenne keine Einzelheiten.» Er schwieg einen Moment, dann begann er zu erzählen.

«Als mir klarwurde, dass meiner Hedwig bei dem Besuch bei Wienholds etwas angetan worden war, stellte ich meine Frau zur Rede. Sie leugnete alles, wurde aber immer nervöser und ängstlicher. Und dann suchte mich Wienhold mit diesem … diesem … Maler auf.»

«Donatus Reppenhagen?»

Erbling nickte. «Ich behandle in meiner Praxis alle möglichen Leute, nicht nur brave Bürger. Ich habe viele schlechte Kerle gesehen, aber keiner hat mir je Angst gemacht. Der schon. Er war … unheimlich. Nicht dass er mir direkt gedroht hätte, aber ich verstand ganz klar, dass es mir nicht guttun würde, weiter nach Hedwigs Mörder zu suchen.»

Erbling setzte sich auf die Pritsche. «Wienhold drohte mir dagegen offen. Niemand würde sich mehr bei mir behandeln lassen, ich würde bankrottgehen und die Praxis schließen müssen. Wenn ich so darüber nachdenke – fast so wie bei dem Metzger, über den wir sprachen.»

«Sagten sie denn etwas zu Hedwigs Tod?», fragte Borghoff.

«O ja. Der Unheimliche sagte, dass ihr Tod ein Unfall gewesen wäre, der leider unvermeidlich war. Meine Frau hätte ihnen das Kind überantwortet und so sei sie ebenso seine wie meine Tochter gewesen, weshalb ihr Tod ihn schmerze. Er sagte das aber mit einer solchen Kälte …»

Erbling schien noch bei der bloßen Erinnerung daran zu schaudern. «Dann bot Wienhold mir Geld an. Und er bot an, mich in ihre Gemeinschaft aufzunehmen, wovon ich allergrößten Nutzen haben würde – ‹denn wir haben Macht›, sagte er wortwörtlich. Meine Frau war bei dem Gespräch anwesend, und ihre Augen leuchteten vor Stolz und Glück. ‹Heinrich, dann ist unsere Kleine nicht umsonst gestorben›, sagte sie, und ich begriff plötzlich, dass es ihr nur darum gegangen war: durch unser Kind etwas in dieser Gemeinschaft zu gelten.»

«Was haben Sie ihnen geantwortet?»

«Ich habe Wienhold und Reppenhagen hinausgeworfen. Meine Frau war weiß vor Angst, sie flehte die beiden an, sie nicht an dem zu messen, was ich tat. Aber ich schrie, dass ich meine Tochter nie verkaufen würde, auch nicht nach ihrem Tod.» Erbling lächelte schwach. «Sehen Sie, ich weiß nichts über die.»

«Aber sie haben Ihnen gegenüber eingestanden, dass sie den Tod Ihrer Tochter zu verantworten haben. Das ist vielleicht ein Anfang.» Borghoff stand auf. «Danke, Doktor.»

«Sie sehen doch, warum ich meine Frau töten musste, nicht wahr? Sie hätte diesen Teufeln immer angehangen. In ihren Augen war alles richtig, was sie getan haben, und sie hatte ihnen Hedwigs Tod längst verziehen. Als ich ihr vorwarf, dass sie sich an unserer Tochter vergangen hätten, antwortete sie nur, dass jedes ihrer Kinder – sie meinte die Kinder der Ordensmitglieder – durch Schmerz und Angst gehen müsse, um wiedergeboren zu werden, und manche auserwählt seien, mehr zu leiden, um zu etwas Großem zu werden. Stellen Sie sich vor, sie hätte ein weiteres Kind gehabt und dem wäre das Gleiche angetan worden! Ich konnte sie nicht einfach wegjagen oder mich von ihr scheiden lassen, ich musste sie umbringen.»

Borghoff drehte sich noch einmal um. «Sie haben einen Mord begangen, Doktor. Und Sie haben keinem einzigen Kind damit geholfen.» Damit ging er hinaus.

3. Kapitel

Lina war fast schwindelig geworden im Büro des Bankiers Goldstein, als dieser ihr erklärt hatte, dass die Obligationen inzwischen mehr als das Doppelte wert waren und dass sie außerdem demjenigen gehörten, der die Papiere vorweisen konnte.

Die Frage des Bankiers klang noch in Linas Ohren, als sie wieder auf dem Heimweg war: «Die Obligationen müssen bald eingelöst werden. Was wollen Sie also damit tun?»

Ja, was wollte sie mit der unglaublichen Summe von rund einundzwanzigtausend Thalern machen? Ihr Vater hatte offensichtlich gewollt, dass sie das Geld bekam, und die Obligationen deshalb vor ihrem Bruder in dem Atlas versteckt. Ihr kam in Erinnerung, mit wie viel Nachdruck er ihr den Atlas übergeben hatte. Es war sein Wille gewesen, dass sie und nicht Georg oder die Firma dieses Geld bekam. Andererseits wäre diese hohe Summe für Georg Anlass genug, seine Vormundschaft über sie erneut nachdrücklich zu beanspruchen und ihre mühsam aufgebaute kleine Eigenständigkeit wieder zu zerstören.

Sie hätte die Angelegenheit gern mit Guste besprochen, aber dann besann sie sich anders. Immerhin war die Firma auch Gustes Existenz, und Lina war sich nicht sicher, ob die Schwester nicht das Wohlergehen der eigenen Familie über Linas gestellt hätte. Kurz entschlossen machte sie sich auf den Weg zu Cornelius von Sannberg.

Der Baron begrüßte sie mit einem Lächeln. «Irgendetwas ist mit Ihnen geschehen, Lina. Ich weiß, dass Sie sich Sorgen machen wegen des verschwundenen Kindes, aber Sie wirken auf mich gar nicht sorgenvoll, sondern sehr gelassen und ... entschuldigen Sie, wenn ich so direkt werde – schöner denn je.»

Augenblicklich wurde Lina rot, sie konnte spüren, wie ihre Wangen heiß wurden. Konnte man ihr wirklich ansehen, was letzte Nacht geschehen war? Und dann begann sie auch noch zu stottern. «Ich ... ich ... – etwas Unglaubliches ist passiert!» Lina war froh, dass ihr Verstand so schnell wieder das Ruder übernahm. Der Baron führte sie in den Salon, und sie erzählte ihm von Finchens Fund.

Aufmerksam hörte er ihr zu.

«Steigen Sie in das Geschäft ein», schlug er vor. «Sie bewahren Bruder und Schwager vor einem schweren Rückschlag und verhindern, dass von Müller zu viel Macht in die Hand bekommt.»

Lina schüttelte den Kopf. «Das ist keine Lösung. Georg betrachtet meinen gesamten Besitz als sein Eigentum. Ich hätte nichts davon, wenn er die möglichen Gewinne einbehielte, um sie in die Firma zu stecken. Und wenn die Gießerei kein Erfolg wird, bin ich mit gefangen.»

Von Sannberg zündete sich eine Pfeife an. «Wenn alles so gelaufen wäre, wie Sie es sich damals, als Sie das Haus verließen, vorgestellt hatten, dann hätten Sie heute Ihr Erbe und Ihre jährliche Rente, oder?»

Lina nickte. «Fünftausend Thaler, hundertfünfzig Thaler Rente und dann noch jährlich hundertfünfundsiebzig Thaler aus Mutters Vermögen.»

«Jetzt könnten Sie dagegen mehr als zwanzigtausend Thaler haben, wenn Sie das Geld für sich behalten. Und hier ist noch ein Vorschlag: Ihr Bruder und Ihr Schwager brauchen etwa

zehntausend, um bei der Kapitalaufstockung von Müllers mit-
zuziehen. Und sie brauchen das Geld dringend. Ich habe erfahren, dass sie jetzt mit Banken verhandeln, aber ein Kredit wäre
keine wirklich gute Lösung für sie. Sie könnten ihnen gegenüber behaupten, nur diese Summe an Obligationen gefunden
zu haben.»

Ein wenig reizte es Lina schon, ihren Bruder Georg auf diese
Weise zu übervorteilen. Aber andererseits widerstrebte es ihrem
gradlinigen Wesen. Was sie sich wirklich wünschte, war Frieden
in der Familie – ihr Vaterhaus wieder betreten zu dürfen und mit
dem Segen ihres Bruders ihrer Arbeit nachzugehen und für sich
selbst zu sorgen.

So schwieg sie, während sie nachdachte.

«Nein», sagte sie dann. «Ich denke, ich werde meinem Bruder
ein anderes Geschäft vorschlagen. Aber Sie haben mir trotzdem
sehr geholfen, lieber Freund.»

Der Baron wurde plötzlich ernst. «Eigentlich hatte ich gehofft, inzwischen mehr als ein Freund zu sein, Lina. Ich hätte
es Ihnen gern unter anderen Umständen gestanden, bei einem
festlichen Essen zum Beispiel, aber Sie haben mir noch nicht die
Gelegenheit gegeben, mich zu erklären.»

Für einen kurzen Moment stellte Linas Verstand sie vor die
Frage, was geschehen wäre, wenn der Baron ihr diese Eröffnung
vor der letzten Nacht gemacht hätte. Aber wie eine Welle kam
die Erinnerung an Roberts Zärtlichkeiten über sie.

«Lieber Baron – lieber Cornelius», sagte sie ebenso ernst.
«Was Sie dazu bringt zu glauben, in mich verliebt zu sein, ist
das, was unsere Freundschaft ausmacht und was auch ich unendlich schätze. Unsere Gespräche und dass wir füreinander da
sind, wenn es nötig ist. Aber letztlich bin ich nur eine kleine
hinkende Kleidermacherin. Und wenn es Sie eines wahrscheinlich nicht zu fernen Tages aus der Provinz wieder hinaus in die

große Welt treibt, wäre ich nur ein Klotz an Ihrem Bein. Sie mögen mich schön nennen, aber letztlich wäre ich nicht vorzeigbar.»

«Sie lieben mich nicht, Lina. Schieben Sie keine falschen Gründe vor.»

Er war enttäuscht.

«Ich liebe Sie wie einen Freund. Aber Sie haben recht, ich liebe Sie nicht, wie eine Frau ihren Mann lieben sollte. Wenn ich wirklich immer so vernünftig wäre, wie ich es mir selbst vormache, dann würde ich Sie mit Freuden heiraten, und diese Ehe wäre sicher nicht die schlechteste. Aber hier sollte nicht die Vernunft sprechen. Ich kann selbst für mich sorgen, und es wäre nicht richtig, auf Ihr Angebot einzugehen, nur weil mein Leben dann leichter wäre.» Lina sah auf den Boden.

«Sie machen es mir nicht leicht, Lina. Ich muss das wohl so hinnehmen.»

«Ja», sagte sie schlicht. «Aber ich hoffe sehr, dass unsere Freundschaft erhalten bleibt. Ich wäre sonst untröstlich.»

Mit diesen Worten erhob Lina sich. «Verzeihen Sie, aber ich muss jetzt nach Hause. Ich habe viel Arbeit, und vielleicht gibt es etwas Neues über den kleinen Oskar. Ich wünsche mir so sehr, dass er wohlbehalten gefunden wird.»

Er begleitete sie bis an die Tür. «Wir bleiben Freunde, Lina. Und wir werden nicht mehr über das Thema sprechen. Aber wenn Sie Ihre Meinung jemals ändern sollten, zögern Sie nicht, es mir zu sagen.»

«Das werde ich.»

Er nahm ihre Hand und küsste sie. «Treffen Sie eine kluge Entscheidung, Lina.»

Auf der Straße fragte sie sich, ob er das Geld oder seine Liebeserklärung gemeint hatte.

Etwa zur selben Zeit, als Lina das Haus des Barons verließ, kam Pfarrer Wortmann ins Rathaus, unter dem Arm mehrere recht verstaubte Papierrollen.

Borghoff kannte den Pfarrer flüchtig, ein eifriger Kirchgänger war er nicht. «Gehen wir ins Büro des Bürgermeisters», schlug er vor, nachdem sie einander begrüßt hatten.

Auf dem großen Tisch, an dem gewöhnlich die Gemeinderatssitzung tagte, breiteten sie die Pläne aus. Bürgermeister Weinhagen war am Morgen zur Bezirksregierung nach Düsseldorf gefahren, um dort Pläne zum Bau einer Brücke über die Ruhr vorzustellen, die die überlastete Fähre nach Duisburg ersetzen sollte.

«Ich habe sie mir schon lange nicht mehr angesehen.» Wortmann starrte auf die vier Papierbögen und versuchte herauszubekommen, wie sie aneinandergesetzt werden mussten. «Ah, hier ist der Marktplatz in der Altstadt. Dort stand die frühere Ruhrorter Kirche bis 1845. Hier hat es einen Eingang gegeben, sehen Sie? Er existiert nicht mehr.»

Es sah tatsächlich so aus, als wäre ganz Ruhrort unterhöhlt. Borghoff blickte auf das verzweigte Gangsystem und fragte sich, wie er etwas oder jemanden dort unten finden könnte. «Ich denke, interessanter ist der Teil, der unter der Neustadt liegt.»

Sie fanden das Stück und legten es an die anderen Teile. «Hier», sagte Wortmann. «Das müsste ein Eingang direkt am Wasser sein. Dort haben sie wohl die Schiffe beladen. Es ist nur die Frage, ob er derzeit noch zugänglich ist, wir stehen ja kurz vor dem ersten Hochwasser. Man könnte den einen oder anderen Bürger fragen, unter dessen Haus ein Eingang liegt.»

«Das möchte ich lieber nicht tun», sagte Borghoff.

Der Pfarrer sah ihn an. «Mein Freund Mancy hat mir sehr üble Dinge berichtet. Haben Sie mit dem Bürgermeister darüber gesprochen?»

«Nein, das habe ich nicht. Weinhagen legt großen Wert darauf, dass seine fleißigen Ruhrorter Bürger nicht in ihren Geschäften gestört werden. Ich glaube kaum, dass er sich von Geschichten, die auf Hörensagen beruhen, beeindrucken ließe.»

«Von wem haben Sie denn diese Geschichten?»

Borghoff lächelte. «Aus einer sehr zuverlässigen Quelle. Und Pfarrer Mancy hat unheimliche Geräusche aus den Schmuggelkellern gehört. Aber all das ist nichts, womit ich den Bürgermeister davon überzeugen könnte, auch nur das Haus einer der Familien zu durchsuchen. Im Augenblick habe ich auch nur eines im Sinn: den kleinen Oskar lebend zu finden und ihn zu seiner Mutter zurückzubringen.»

«Sie glauben, da unten das Kind zu finden?»

«Nicht heute. Aber vielleicht am 25., wenn Vollmond ist. Oder am 31., an einem ihrer höchsten Feiertage.»

Borghoff wandte sich wieder der Karte zu. Jetzt lagen alle vier Teile des zerfledderten Plans vor ihnen. «Ich könnte versuchen, von der Mühlenweide aus bis unter die Neustadt zu gelangen.» Er fuhr mit dem Finger den Weg entlang.

«Das sind die Kohlenlager», erklärte Wortmann. «Am besten sprechen Sie mit Franz Haniel, er hat dort mehrere Anlegestellen.»

«Gut, dann werde ich das tun. Darf ich den Plan vorerst behalten?»

«Natürlich.» Wortmann schien immer noch über das nachzudenken, was Borghoff ihm erzählt hatte, so dürftig es auch gewesen war. «Bitte, Herr Commissar, Sie müssen mir alles erzählen, was Sie bisher wissen. Es mag sich ja abstrus anhören, doch Pfarrer Mancy und ich sind uns einig, dass wir etwas dagegen unternehmen müssen. Wie viele Ruhrorter Bürger sind bereits darin verwickelt?»

«Sie meinen Alteingesessene? Nun, es können sechzig bis

achtzig Personen sein, von Arbeitern und Dienstpersonal über kleine Händler und Handwerker. Aber das war im Sommer, und sie breiten sich rasch aus. Die wirklich einflussreichen alteingesessenen Familien scheinen sie noch nicht erreicht zu haben, allerdings werden die Geschäftsbeziehungen enger.»

«Und was genau geschieht da unten?»

«Ich war nicht dabei», sagte Borghoff. «Ich bin nur sicher, dass sie Mörder sind und Tiere opfern. Und sie schänden ihre eigenen Kinder und tun vielleicht noch Schlimmeres.»

«Großer Gott!» Pfarrer Wortmann war bleich geworden.

«Verstehen Sie nun, Herr Pfarrer, warum ich ohne einen greifbaren Beweis nichts unternehmen kann?»

Wortmann nickte. «Wenn Sie von mir oder Mancy Hilfe benötigen, sagen Sie es. Ich denke, mein Amtsbruder und ich sollten den Bürgermeister trotzdem aufsuchen. Vielleicht wird er dann Ihren Erkenntnissen etwas zugänglicher sein.»

Gerade als sie sich zum Abschied die Hand schüttelten, drang ein Schrei nach oben. «Hilfe, Hilfe, er ist tot!»

«Erbling!», rief Borghoff und stürmte die Treppe hinunter ins Kellergewahrsam, der Pfarrer folgte ihm. Der Polizeidiener stand fassungslos vor der geöffneten Tür. «Ich habe mich nur kurz erleichtert, und als ich zurückkam, lag er so da.»

Borghoff betrat die Zelle und suchte Erblings Puls. Nichts. Der Mann war tot. Als er sich zu ihm hinunterbeugte, nahm er einen Bittermandel-Geruch wahr. «Zyankali», sagte er. «Das muss er bei sich gehabt haben.»

Auf dem Boden neben der Pritsche lag ein Papier, an dem noch einige Pulverreste hafteten, auch die dufteten schwach nach bitteren Mandeln. «Er war Arzt, an Gift zu kommen, war nicht schwierig für ihn.» Vorsichtig nahm er das Papier hoch.

«Hat er etwas behalten, als er die Kleidung wechseln musste?», fragte der Commissar den Polizeidiener.

«Ja, Kleinigkeiten. Ein Taschentuch und seine Uhr.»

«Wahrscheinlich hatte er das Papier mit dem Pulver in sein Taschentuch gewickelt. Verdammt!» Borghoff sah in das Gesicht des Pfarrers. «Er war meine einzige Hoffnung, legal in das Haus der Wienholds zu kommen.»

«Die Wienholds also», sagte Wortmann.

«Ja. Aber sie werden davonkommen, weil Erbling nicht gegen sie aussagen wird.»

Gegen seine sonstige Gewohnheit kam Robert Borghoff über Mittag nach Hause. Er und Lina saßen sich am Küchentisch gegenüber. Linas Herz klopfte die ganze Zeit, einmal, weil sie Angst hatte, sie könnten sich verraten, aber natürlich auch, weil es ihr schwerfiel, ihn nicht berühren zu dürfen. Außerdem brannte sie darauf, ihm von dem Fund der Obligationen zu berichten. Es kam ihr ungerecht vor, sich so glücklich zu fühlen, wenn mit ihnen Finchen am Tisch saß, still, schweigsam, blass. Sie fragte Borghoff nicht einmal nach ihrem Jungen.

Nach dem Essen ging Lina hinauf in ihr Zimmer, und auch Robert gab vor, in seine Wohnung gehen zu wollen. Stattdessen schlüpfte er in einem unbeobachteten Moment durch Linas Tür. Zuerst hielten sie einander in den Armen und küssten sich, aber dann machte Lina sich los. «Ich habe die Eisenbahnobligationen meines Vaters gefunden, und sie sind einundzwanzigtausend Thaler wert.» Lina erzählte Robert, was sie beim Bankier erfahren hatte, und auch, welchen Rat ihr von Sannberg gegeben hatte.

«Du warst beim Baron?», fragte Robert. Und erst jetzt registrierte Lina die Eifersucht, der in der Frage mitschwang.

«Ich habe dir schon einmal gesagt, er ist ein Freund, mehr nicht», sagte Lina und wusste, dass sie ihm nie erzählen würde, was sonst noch passiert war.

Er nickte etwas unwirsch. «Und was wirst du tun?»

«Ich habe nachgedacht. Es ist das Geld der Familie, Geld der Firma. Es zu behalten oder die wahre Höhe des Betrags zu verschweigen, wäre nicht recht.» Lina setzte sich auf ihr Sofa, und Robert nahm neben ihr Platz, nicht ohne seinen Arm um sie zu legen.

«Aber ich will mein Erbe und alles, was mir sonst noch zusteht. Allerdings habe ich Angst, dies von Georg zu fordern. Er hätte das Recht, mir alles wegzunehmen, wie er es schon einmal getan hat.»

«Wo sind die Obligationen jetzt?»

«Goldstein verwahrt sie.»

Robert dachte eine Weile nach. «Dein Bruder braucht das Geld dringend, damit sie das Gießerei-Geschäft nicht an von Müller verlieren, oder?»

Sie nickte.

«Dann gibt es ja schon genügend Druck. Mach ihm klar, dass er die Obligationen nur zu deinen Bedingungen bekommt oder gar nicht.»

«Und wie?», fragte Lina erstaunt.

«Du könntest damit drohen, die Papiere zu verbrennen. Dann hättest du zwar selber nichts davon, aber du bist ja auch bisher ohne das Geld ausgekommen. Sein Verlust wäre weitaus größer. Damit könntest du ihn zwingen, einen Vertrag zu unterschreiben.»

«Einen Vertrag ...» Lina seufzte. «Dann müsste ich zu einem Notar?»

«Das könnte dein Bankier doch sicher für dich erledigen. Und wenn du damit zu deinem Bruder gehst, könnte ich zu deinem Schutz mitkommen. Oder vielleicht auch dein Baron.»

«Er ist nicht ‹mein› Baron.» Lina runzelte die Stirn. Der Plan war gut, auch wenn es ihr davor graute, ihrem Bruder gegenüberzutreten zu müssen.

«Du bist ein kluger Mann, Robert», sagte sie und küsste ihn.

«Ich bin aber aus einem anderen Grund heute Mittag hergekommen», sagte er, ein wenig außer Atem.

«Nicht meinetwegen?», fragte sie lächelnd.

«Doch schon. Aber du musst mir einen Gefallen tun. Ich habe schon oft gehört, dass du den alten Herrn Haniel ‹Onkel Franz› nennst. Du kennst ihn gut?»

«Ja. Mein Vater und er waren befreundet. Unser Haus an der Dammstraße lag ganz in der Nähe von seinem, wir mussten nur um die Ecke laufen …»

Robert schilderte ihr seinen Plan, am 25. November in die Schmuggelkeller einzudringen, um Oskar zu retten. Auch von Dr. Erblings Tod erzählte er und dass sich nun jede Hoffnung, legal das Haus der Wienholds durchsuchen zu können, zerschlagen hatte. «Wir werden Franz Haniel einen guten Grund nennen müssen, weshalb wir durch sein Lager hindurch in die Keller müssen.»

Lina hob die Brauen. «Wie viel willst du ihm denn erzählen?»

«Ich dachte daran, dass du es ihm erzählst – alles, was du da unten gesehen hast.» Robert klang etwas zögerlich.

«Und wie soll ich ihm erklären, warum ich dort war?»

Er lächelte. «Wenn er dich gut kennt, wird ihn das vielleicht nicht wundern.»

Lina und Robert trafen Franz Haniel nicht in den Kontorräumen an, sondern in seiner Wohnung. Gemeinsam mit seiner Frau Friederike saßen sie in seiner kleinen guten Stube. Robert fragte sich, warum ein so reicher Mann sich nicht schon längst ein großzügigeres Wohnhaus gekauft hatte, wie es andere wohlhabende Familien getan hatten.

Lina fing das Gespräch geschickt an. Sie fragte Haniel danach, wie er die geschäftlichen Entwicklungen in letzter Zeit in Ruhrort beurteilte. Sie musste dabei seine Aufmerksamkeit gar nicht auf die zugezogenen Familien lenken, denn natürlich hatte er deren scheinbar unaufhaltsamen geschäftlichen Aufstieg aufmerksam beobachtet. Als sein Misstrauen gegen diese Leute offenkundig wurde, war es an der Zeit, zum eigentlichen Thema zu kommen.

«Onkel Franz, wissen Sie, dass alle der neu Zugezogenen einem alten Geheimorden angehören?»

Ein feines Lächeln spielte auf seinen Lippen. «Ja, das weiß ich in der Tat. Baron von Sannberg hat es mir erzählt, als er im Herbst wieder nach Ruhrort zurückkehrte. Er sprach davon, dass manche dieser Herrschaften wenig feine Geschäftssitten haben und einige ihrer Erfolge recht zweifelhaft zustande gekommen sind.»

«Sie haben das sicher nachgeprüft», warf Borghoff ein, der bisher geschwiegen hatte.

«Ja, das habe ich in der Tat. Ich habe nichts gefunden, was gegen das Gesetz oder auch nur unmoralisch gewesen wäre.» Haniel setzte sich ganz aufrecht hin. «Und trotzdem blieb da ein letzter Zweifel. Ein ungutes Gefühl.»

«Zu Recht», sagte Lina. «Denn es gibt Dinge, von denen Cornelius von Sannberg nichts weiß. Dinge, die so ungeheuerlich sind, dass Sie mich vielleicht für verrückt halten werden, wenn ich Ihnen davon erzähle. Trotzdem schwöre ich, Ihnen nur die reine Wahrheit zu sagen.»

Lina hatte einen Weg gefunden, nichts über Annette, Anno und die vielen, nichts über Pater Johannes, aber doch alles über die Vorgänge in den Schmuggelkellern zu erzählen – sie berichtete, wie sie nachts im Hause Wienhold heimlich der Prozession der Teufelsanbeter in den Kultraum gefolgt war.

Borghoff ergänzte dann die Einzelheiten von den Verstümmelungen an dem beim Hebeturm von Kätt gefundenen Säugling und das, was Dr. Erbling ihm vor seinem Tod erzählt hatte.

Lina wiederum erzählte, was dem Metzger Willmuth widerfahren war und ihre Vermutung, dass auch Baron von Sannberg Opfer der Sekte geworden war.

Franz und Friederike hatten ihnen schweigend zugehört. Beide waren blass geworden, als es um die Kinderopfer ging. «Warum kommen Sie damit zu mir?», fragte er schließlich.

«Zum einen, weil ich in einer Sache Ihre Hilfe brauche, Herr Haniel», sagte Borghoff. «Zum anderen, weil Sie ein einflussreicher Mann hier sind. Der Bürgermeister hat das geschäftliche Wohlergehen seiner Stadt im Sinn und hindert mich, diesen Familien zu nahe zu kommen. Er sieht nur den wirtschaftlichen Fortschritt.»

«Denken Sie etwa, William Weinhagen hätte etwas mit der Sache zu tun?»

«Aber nein», Robert schüttelte energisch den Kopf. «Das ganz gewiss nicht. Doch ich kann nichts von den Geschehnissen wirklich beweisen, selbst die Geschichte mit Dr. Erbling könnte darauf geschoben werden, dass er durch die Trauer um seine Tochter wahnsinnig geworden ist. Geschäfte sind ein Teil der Macht, die diese Leute ausüben. Aber Sie und ein paar Ihrer Freunde sind reicher und mächtiger als sie. Sie könnten sie vielleicht aufhalten.»

Haniel nickte. «Ich wusste nicht, was mich bisher zurückgehalten hat, mit diesen Leuten Geschäfte zu machen. Jetzt ahne ich, warum.»

«Sie glauben uns, Onkel Franz?», fragte Lina erstaunt.

«So verrückt es ist, ich glaube dir jedes Wort, Lina.» Er seufzte. «Und ich habe Grund zu der Annahme, dass dieses Übel bereits auf anderem Wege auch hier eingedrungen ist.»

«Wir haben letzte Woche einen Diener entlassen müssen.»

Zum ersten Mal sprach Friederike, die bisher schweigend zugehört hatte und nun ihre Stickarbeit auf den Schoß hatte sinken lassen. «Erst dachten wir, er sei buchstäblich über Nacht verrückt geworden. Er hat eine der Mägde … Er sprach von Macht, die er jetzt habe, und dass er sich alles nehmen könne, was er wolle. Einige vom Personal führten sein Verhalten auf die neuen Freunde zurück, die er seit kurzem hätte. Wir haben ihn davongejagt. Das arme Mädchen hat seitdem noch kein Wort gesprochen.»

«Womit also kann ich Ihnen helfen, Herr Commissar», wandte sich Haniel an Borghoff.

«Mit der Erlaubnis, durch eines Ihrer Kohlenlager an der Mühlenweide in die Schmuggelkeller einzudringen.»

Haniel nickte. «Ich weiß, welches Sie meinen. Sie werden ein Boot dazu brauchen, man kann den Eingang nur noch vom Wasser aus erreichen – oder über eine Strickleiter. Wann brauchen Sie das Boot?»

«Übermorgen, sobald es dunkel ist. Ich möchte möglichst wenig Aufsehen erregen.»

«Werden Sie andere Polizisten mitnehmen?»

Darüber hatte Robert noch gar nicht nachgedacht. «Ich … ich denke, es wird besser sein, so wenig öffentliches Aufsehen wie möglich zu erregen.»

«Würde es Ihnen helfen, wenn ich Ihnen zwei oder drei vertrauenswürdige Leute zur Verfügung stellen würde?», fragte Haniel mit einem kleinen Lächeln.

«Ja, Herr Haniel, das würde mir sehr helfen.»

«Seien Sie übermorgen gegen vier Uhr an meinem Kohlenmagazin 14 an der Mühlenweide. Dort wartet ein kleines Dampfschiff auf sie.»

Robert deutete eine Verbeugung an. «Ich danke Ihnen, Herr Haniel.»

Franz Haniel erhob sich, und auch Lina und Robert standen

auf. «Ich danke Ihnen, Herr Commissar für Ihre Offenheit. Ich weiß zwar noch nicht genau, was ich in dieser Angelegenheit unternehmen kann, doch nun bin ich gewarnt. Ich werde Sie in allem unterstützen – notfalls auch gegen den Bürgermeister.»

Zu Lina gewandt, sagte er: «Ich habe deinen Entschluss, deiner Familie den Rücken zu kehren, zuerst nicht gebilligt, Lina. Aber ich habe durchaus mit Wohlwollen gesehen, wie geschäftstüchtig du bist.»

«Vielleicht», ließ sich Friederike vernehmen, «vielleicht brauche ich demnächst ein paar neue Kleider, Lina.»

Als sie wieder auf der Straße waren, atmete Lina tief durch. «Ich hätte nicht gedacht, dass es so gutgehen wird», sagte sie zu Robert.

«Es ist nur so gut gelaufen, weil der alte Herr schon einen Verdacht hatte, und das macht mir, ehrlich gesagt, ein wenig Angst. Sie verstecken sich kaum noch, riskieren sogar, sich so schnell auszubreiten, dass sie nicht mehr alle unter Kontrolle haben, wie diesen Diener zum Beispiel.»

«Vielleicht solltest du versuchen, ihn zu finden.»

«Wenn er noch am Leben ist.»

An der nächsten Ecke verabschiedete er sich, um zum Rathaus zurückzukehren. Lina stand einen Moment unschlüssig da, dann machte sie sich auf den Weg zu ihrem Bankier.

Obwohl Commissar Borghoff seinen Plan, am 25. in die Tunnel einzudringen, verfolgte, war es ihm wichtig, dass nach außen hin alles danach aussah, als würde die Polizei verzweifelt nach dem kleinen Oskar suchen. Nichts sollte darauf hindeuten, dass er dem Orden so nah kommen wollte. Deshalb hatten alle Polizisten der Stadt den Auftrag, Frauen mit kleinen Kindern zu kontrollieren. Oskar hatte ein kleines Muttermal an der Schulter, an dem er leicht zu erkennen war.

Finchen war inzwischen richtig dünn geworden, sie aß kaum noch etwas. Alle im Hause Dahlmann machten sich Sorgen um sie, und es nützte auch nichts, dass Lina Simon bat, Finchen gut zuzureden.

Doch am Morgen des 24. Oktober hatte Lina andere Dinge im Kopf. Mit klopfendem Herzen hatte sie am Abend zuvor einen Vertrag in zweifacher Ausfertigung von ihrem Bankier übergeben bekommen, den dieser mit einem hiesigen Notar aufgesetzt hatte.

Obwohl Robert ihr geraten hatte, in Begleitung zu ihrem Bruder zu gehen, hatte sie sich letztlich dazu entschlossen, Georg allein gegenüberzutreten. Nur Schwager Bertram sollte als Teilhaber der Familienfirma mit anwesend sein. Sie hoffte, dass dies Georg von jähzornigen Ausbrüchen abhalten könnte.

Nun war sie auf dem Weg zum Kaufmeister'schen Kontor in der Dammstraße.

Den Schreiber, der ihr die Tür öffnete, kannte sie gut.

«Fräulein Lina … Fräulein Kaufmeister», verbesserte er sich. «Entschuldigen Sie, aber ich darf Sie nicht hereinlassen.»

«Sagen Sie meinem Bruder, ich komme wegen der vermissten Sachen. Und bitten Sie meinen Schwager auch gleich dazu.»

Der Schreiber sah unschlüssig an ihr vorbei. «Ihr Bruder hat ausdrücklich …»

«Sagen Sie es ihm so, wie ich es gesagt habe.»

Es dauerte nicht lange, da kam Georg selbst an die Tür. «Was willst du? Geld?»

Lina versuchte, ruhig zu bleiben. «Ich habe etwas, das du gerne hättest. Aber wenn du mich nicht einlässt, wie es die Höflichkeit gebietet, kann ich auch wieder gehen.»

«Was könntest du schon besitzen …»

«Ich fahre regelmäßig mit der Eisenbahn.»

Georg schien zu begreifen, und trat einen Schritt zurück.

«Ich möchte, dass Bertram dabei ist», sagte Lina knapp.

Georg nickte dem Schreiber zu und dirigierte Lina in sein Büro. «Du hast also die Obligationen», sagte er. «Sie gehören mir.»

In diesem Moment kam Bertram herein. «Du wolltest mich sprechen … Lina!», sagte er überrascht.

«Guten Morgen, Bertram.»

«Sie hat die Obligationen», sagte Georg. «Ich habe gewusst, dass sie sie gestohlen hat.»

«Von Stehlen kann keine Rede sein, Georg. Bis gestern hatte ich keine Ahnung, dass sie in meinem Besitz sind. Vater hatte sie in seinem Atlas versteckt. In dem Atlas, den er mir vor seinem Tod geschenkt hat.»

«Wie auch immer, sie gehören mir. Hast du sie dabei? Dann will ich sie sofort haben.»

Lina lächelte. «Nein, mein lieber Bruder. So dumm bin ich natürlich nicht. Im Übrigen sind sie nicht namentlich ausgestellt und gehören demjenigen, der die Papiere vorweisen kann. Und das bin ich.»

«Jetzt sind wir also wieder da angelangt», sagte Georg. «Ich glaube, ich muss dir endgültig beibringen, wer dein Vormund ist und wem alles gehört, was du hast.»

«Georg!», sagte Bertram scharf. «Noch einmal wirst du dich nicht vergessen!» Er wandte sich an Lina. «Da du das Geld einfach nehmen könntest, hast du sicher einen Vorschlag für uns.»

Lina nickte. «Den habe ich in der Tat.»

«Und ich brauche mir das nicht anzuhören.» Georgs Stimme wurde merklich lauter. «Bisher war bei ihr ja nichts zu holen, das einen Prozess gelohnt hätte, aber nun … Und mit deiner … Arbeit verdienst du ja auch ganz gut, Schwester, habe ich mir sagen lassen. Ein netter Zuverdienst.»

«Du kannst es natürlich versuchen, Georg. Aber meine Vertrauensperson hat die Anweisung, die Obligationen zu vernichten, sobald du versuchst, sie mir wegzunehmen.»

«Du würdest …» Georg war die Luft weggeblieben.

«Rund einundzwanzigtausend Thaler verbrennen, nur damit du sie nicht in die Finger bekommst, Georg. Mit Vergnügen würde ich das tun, denn ich bin darauf nicht angewiesen.»

«Was also ist dein Vorschlag, Lina?», fragte Bertram, bevor Georg wieder lospoltern konnte.

«Ich weiß, dass ihr das Geld dringend benötigt, weil von Müller die nötige Kapitalaufstockung für den Bau der Gießerei allein getragen hat und ihr die Mehrheit verlieren könntet. Deshalb solltest du dir gut überlegen, Georg, ob du mein Angebot ausschlagen kannst.» Lina holte den Vertrag aus der Tasche.

«In diesem Papier verpflichtest du dich, mir mein Erbe von fünftausend Thalern auszuzahlen, ebenso wie die Jahresrente und alle zukünftigen Jahresrenten. Natürlich auch die zurückgehaltene Rente aus Mutters Vermögen. Du wirst mir alle meine persönlichen Möbel wieder aushändigen. Außerdem verzichtest du schriftlich für alle Zeiten auf deine Vormundschaft über mich. Solltest du jemals dagegen verstoßen, geht das gesamte Geld aus den Obligationen zurück an meine Bank, die es wohltätigen Zwecken zuführen wird. Du wirst niemandem in der Familie mehr verbieten, mich zu sehen und mit mir zu sprechen und mich auch wieder in deinem Haus willkommen heißen, wie es sich für ein Familienmitglied gehört. Und du wirst dem Hausmädchen Josephine Wangenmüller zweihundert Thaler Finderlohn zahlen, denn sie war es, die die Papiere gefunden hat.»

Georg war zunächst sprachlos. «Das unterzeichne ich nicht», brüllte er dann. «Ich feilsche doch nicht um das, was mir rechtmäßig gehört!»

Bertram ging um den Schreibtisch herum und legte ihm die Hand auf den Arm. «Georg, du hast gar keine andere Wahl. Bis du einen Prozess angestrengt hast, sind die Obligationen verfallen, oder Lina hat sie verbrannt. Wir brauchen das Geld.» Er nahm die Feder und tauchte sie in das Tintenfass. «Unterschreib das!»

Georg verschränkte die Arme wie ein trotziges Kind.

«Niemand wird etwas hiervon erfahren», sagte Lina sanft. «Wenn du unterschreibst, darfst du gern den Großzügigen spielen, der um des lieben Friedens willen die Schwester wieder in die Familie aufgenommen hat.»

«Ich werde das nicht unterzeichnen. Bertram, von Müller sprach davon, uns in diesen Orden aufzunehmen, und meinte, das wäre sehr lukrativ für Geschäftsleute …»

Lina wurde plötzlich heiß und kalt. Was war, wenn Georg wirklich stur blieb und sie ihn und die Familienfirma damit dem Orden auslieferte? Aber Bertram kam ihr zur Hilfe.

«Wir sind beide nicht mehr sehr glücklich über die Partnerschaft mit von Müller. Und das, was er über diesen Orden erzählt hat, klang mehr als suspekt. Meine Güte, Georg, vergiss jetzt deinen Stolz und unterzeichne das Papier. Rund fünfzehntausend Thaler ohne jeden Kredit bringen uns die Mehrheit an der Gießerei zurück. Weder dein Vater noch du habt je Lina beherrschen können. Also bilde dir doch nicht ein, dass du es könntest, sei es mit Prügeln oder einem Prozess. Letztlich setzt sie ihren Kopf durch, und sie ist sturer als du.» Er stieß Georg an. «Los, mach schon.»

Georg rührte sich immer noch nicht. Lina konnte förmlich sehen, wie es hinter seiner Stirn arbeitete, um einen Ausweg aus dieser Niederlage zu finden. Eine Niederlage, die ihm immerhin das Geld einbrachte, das er brauchte. Schließlich riss er Bertram doch die Feder aus der Hand und tauchte sie noch einmal in die Tinte. Dann unterschrieb er das Blatt, das Lina ihm zu lesen gegeben hatte, und auch die Abschrift.

«Wann bekommen wir das Geld?», fragte Bertram.

«Ich werde meinen Bankier noch heute anweisen, die Obligationen einzulösen. In ein paar Tagen ist alles erledigt», sagte Lina.

«Wir brauchen das Geld schon morgen», sagte Bertram. «Wir wollten von Müller noch ein paar Tage hinhalten, aber eigentlich will er unser Geld morgen sehen.»

Lina sah ihn erstaunt an. «Ihr habt zwei Möglichkeiten», sagte sie dann. «Ihr überredet meinen Bankier, den Transfer schneller abzuwickeln – oder ihr geht doch zu Cornelius von Sannberg. Es ist ohnehin besser, wenn ihr euch wieder mit ihm zusammentut, denn von Müller könnte nochmals versuchen, euch aus dem Geschäft zu drängen. Das ist sein übliches Vorgehen.»

«Woher weißt du das?», fragte Georg.

«Ich weiß noch viel mehr über von Müller und diesen Orden. Dinge, die ihr mir nicht glauben würdet. Ich kann euch nur so viel sagen: Haltet euch fern davon, wenn euch etwas an der Familienfirma und eurem Seelenfrieden liegt.» Sie griff ein Exemplar des Vertrages und verstaute es wieder in ihrer Tasche, dann stand sie auf.

«Was weißt du schon.» Georg hatte immer noch die mürrische Stimme eines beleidigten kleinen Jungen.

Bertram brachte sie zur Tür. «Danke für den Rat!», sagte er. «Ich werde dafür sorgen, dass auch Georg ihn beherzigt.»

«Das wird er mir nie vergessen», seufzte Lina. «Ich fürchte, dass Aaltje seinen Zorn abbekommen wird.»

«Hoffen wir es nicht, Lina. Sie kann jetzt jederzeit niederkommen.»

«Ich habe es für die Familie getan.»

«Das weiß ich», sagte Bertram und lächelte. «Sag deinem Bankier, wir brauchen das Geld bis morgen Mittag. Und ich werde zu Cornelius von Sannberg gehen.»

Erst draußen auf der Straße wurde sich Lina klar darüber, dass sie sich Georg gegenüber tatsächlich durchgesetzt hatte. Sie würde zurückbekommen, was ihr gehörte, endlich ihr Erbe erhalten. Sie hatte Mühe, nach Hause zu kommen, so sehr zitterte sie.

4. Kapitel

In der Nacht hatten Robert und Lina beschlossen, dass sie wie gewohnt zu Jutta Wienholds Damenkränzchen gehen müsse. Nichts durfte den Orden aufschrecken.

«Mir ist nicht wohl bei dem Gedanken», hatte Robert gesagt und sie fest an sich gedrückt. Doch er wusste, dass sie keine andere Wahl hatten. So war Lina jetzt, gegen drei Uhr, auf dem Weg zu den Wienholds.

Sie wurde wie immer freundlich begrüßt. Wie erwartet war das Haus voller auswärtiger Gäste. Als der Kaffee serviert wurde, sammelte die Gouvernante die Kinder ein und brachte sie fort.

Etwa gegen vier Uhr stieß auch Mina zu der lebhaften Runde. Als sie Lina entdeckte, stürzte sie sich fast auf sie. «Lina, liebste Schwester, du weißt nicht, was passiert ist!»

Und dann schilderte sie, wie Georg am Morgen alle Familienmitglieder zusammengerufen hatte, um ihnen zu verkünden, dass Lina nun wieder im Hause gelitten war. «Ist das nicht wunderbar? Er sagte, es sei ja nicht mehr so lange hin bis Weihnachten und dass er Frieden in der Familie wolle. Ich habe ihn gefragt, ob er weiterhin verlange, dass du zurückkehrst, aber er verneinte das. Er hat akzeptiert, dass du auf eigenen Füßen stehst, Lina. Ich habe es fast nicht glauben können.»

«Wir haben gestern miteinander gesprochen», antwortete Lina nur.

«Gratuliere, liebe Lina», sagte Jutta Wienhold. «Nun wird dein Leben sicher um einiges leichter.»

Wenig später goss Lina sich ihren Kaffee über das Kleid. Sie hatte absichtlich ein helleres Kleid als gewöhnlich gewählt, doch es tat ihr in der Seele weh, das schöne Stück zu beflecken. Aber das war der beste Grund, eine Weile aus dem Salon verschwinden zu können.

Sie gab vor, den Fleck in der Küche auszuwaschen, doch stattdessen stieg sie in den zweiten Stock auf der Suche nach Anno. Außerdem hoffte sie, vielleicht Oskar zu finden. Doch Annos Zimmer war leer, und Lina machte sich langsam Sorgen. Sie hatte weder ihn noch Annette gesehen, seit sie ihm eröffnet hatte, was mit ihm war. Als sie die Treppe wieder hinunterging, sah sie die Tür zum Damensalon im ersten Stock einen Spalt breit offen stehen. Drinnen waren Männerstimmen zu hören. Ein paar Wortfetzen weckten Linas Interesse, und sie trat näher.

«Ich verstehe das nicht», sagte eine Stimme, und Lina erkannte von Müller. «Ich hatte sie so weit. Keine der Banken hier war bereit, ihnen Kredit zu geben, dafür hatte ich mit gezielten Gerüchten gesorgt. Und dann präsentieren sie mir heute eine Summe, die meine eigene zusätzliche Einlage übersteigt!»

«Haben sie gesagt, woher das Geld stammt?» Das war Reppenhagen.

«Eisenbahnobligationen. Aber für fünfzehntausend Thaler!» Von Müllers Empörung amüsierte Lina fast ein wenig.

«Unser Gewährsmann sagte, dass Kaufmeister tatsächlich solche Obligationen seines Vaters vermisste. Und jetzt scheinen sie wie aus dem Nichts aufgetaucht zu sein.» Werner Wienholds Stimme klang ruhig. «Es war kein so großes Geschäft, wir sollten uns keine Gedanken machen.»

«Du bist nicht auf dem Laufenden, Werner.» Reppenhagens Stimme hatte auf einmal etwas Lauerndes. «Fakt ist, dass gestern Morgen Kaufmeisters Schwester im Kontor aufgetaucht ist.» Die schneidende Kälte nahm zu. «Wann immer wir in letzter Zeit Probleme hatten, ist diese Frau in der Nähe. Denkt an das Kind, das uns beinah entgangen wäre. Es hat viel Mühe gekostet, alles wieder in Ordnung zu bringen. Auch wenn die Gießerei nur ein kleines Geschäft war, Werner, die Tatsache, dass die Dinge nicht so reibungslos ablaufen wie geplant, ist kein gutes Zeichen.»

Sie wechselten das Thema. Lina atmete tief durch, bevor sie, so leise sie es vermochte, die Treppe hinunterging. Vor dem Salon hatten die Mädchen bereits Wasserkaraffen aufgebaut, Lina nahm eine, schüttete sich etwas Wasser über den Fleck und rieb ein wenig herum. Das Kleid blieb ruiniert, aber das hatte sie nicht anders erwartet.

«Guten Tag, Fräulein Lina!», sprach sie plötzlich eine helle Stimme an. Sie drehte sich um und sah direkt in Annettes Gesicht. Sie hatte keine Ahnung, woher das Mädchen plötzlich gekommen war.

«Annette! Dich habe ich ja lange nicht mehr gesehen.»

«Ich war krank.»

Lina war sich sicher, das Mädchen und keine der anderen Personen vor sich zu haben. Sie wusste, sie musste vorsichtig sein. Trotzdem fragte sie: «Und dein Bruder Anno? War der auch krank?»

«Ach der!», sagte Annette verächtlich. Doch plötzlich schloss sie für einen Moment die Augen. Als sie sie wieder öffnete, sah sie sich verwirrt um.

«Anno?», fragte Lina.

«Ja … Fräulein Lina.» Er seufzte und sah an sich hinunter. «Sie hat es wohl wieder geschafft, uns zu überlisten. Wir dachten, sie schläft.»

«Wir haben nicht viel Zeit, Anno. Sie haben ein neugeborenes Kind entführt, ein Kind, das mir sehr wichtig ist. Ich muss es finden. Hast du eine Ahnung, wo es sein könnte?»

Der Junge, jetzt konnte sie sehr deutlich die Veränderung sehen, schüttelte den Kopf. «Wir ... wir haben uns nur um uns selbst gekümmert. Da sind viele, die sich kennenlernen müssen. Aber ich werde nach ihm suchen, das verspreche ich.»

«Gut. Bitte pass auf dich auf, Anno!»

Noch bevor der Junge antworten konnte, sah er erschreckt nach oben und rannte urplötzlich weg. Lina drehte sich langsam um und sah Reppenhagen, der sie von oben aus dem ersten Stock anstarrte. Er begann, die Treppe hinunterzulaufen, aber Lina schlüpfte geistesgegenwärtig zurück in den Salon.

«Schade, der Fleck ist nicht herausgegangen», sagte sie und setzte sich wieder zu den anderen Frauen.

Äußerlich war der Hebeturm fast fertiggestellt. Höher als die beiden Kirchtürme der nahen Stadt beherrschte er nun die Szenerie. Vor wenigen Wochen war Borghoff einmal mit dem Bürgermeister hinaufgestiegen. Die Aussicht hatte ihn beeindruckt. Man konnte auf einen Blick sehen, wie sehr sich alles verändert hatte, seit er Anfang des letzten Jahres nach Ruhrort gekommen war: Das Phoenix-Gelände dehnte sich weit in Richtung Laar und Meiderich aus, davor, ebenfalls Richtung Laar, stand das neue Gaskraftwerk. Direkt bei dem Hebeturm wurde ein neues Zollamt gebaut. Und in der Ferne auf der anderen Rheinseite grüßte das Homberger Gegenstück zum Ruhrorter Hebeturm. In den Türmen selbst wurde nun die komplizierte Hydraulik installiert, die von den Dampfmaschinen im Maschinenhaus daneben angetrieben wurde.

Waren schon für den Trajektbetrieb über die schiefe Ebene viele Schienen vom Bahnhof aus zum Eisenbahnbassin gelegt worden, so wurde ihre Zahl nun noch einmal vergrößert, denn der Turm sollte die tägliche Menge der trajektierten Waggons vervielfachen.

Commissar Borghoff hatte sich rechtzeitig bei den Kohlelagern an der Mühlenweide unterhalb des Turms eingefunden und suchte die Nummer 14. Dort herrschte jetzt am Nachmittag große Geschäftigkeit, denn bald würde es dunkel sein. Er fand das kleine Dampfboot und ging an Bord. Außer dem Steuermann und dem Heizer waren noch drei Schiffer an Deck, große Kerle, von denen jeder einen Holzprügel bei sich hatte.

«Wir müssen nur ein paar Meter weiterfahren», sagte der Kapitän. Die Männer waren schweigsam, das gefiel Borghoff. Als das Schiff ablegte und langsam Richtung Hafen fuhr, breitete er die Pläne aus und begann zu erklären.

«Wir sind dort unten, weil wir ein neugeborenes Kind retten wollen. Was Sie dort zu sehen bekommen werden, könnte sehr befremdlich sein. Aber ich will nicht eingreifen, solange wir den Kleinen nicht gefunden haben. Wenn er nicht dort unten ist, dürfen wir diese Leute nicht aufschrecken, das bringt ihn in Lebensgefahr.»

Einer der Männer, ein großer Blonder, der sich als Hinnerk Dehnen vorgestellt hatte, sagte: «Sie können sich auf uns verlassen. Herr Haniel hat befohlen, dass wir alles tun, was Sie anordnen.»

Den Liegeplatz, an dem der Einstieg in die Schmuggelkeller lag, hatte Haniel räumen lassen. Das Wasser stand inzwischen so hoch, dass sie bequem vom Schiff aus einsteigen konnten. Dehnen zog einen großen Schlüssel heraus und öffnete das Vorhängeschloss.

Direkt hinter dem Einstieg befand sich ein großzügiger Raum, in dem Waren gelagert wurden, allerdings hatte man wegen des drohenden Hochwassers schon vieles in die höher gelegenen Lagerhäuser gebracht. Borghoff konnte sich gut vorstellen, wie hier die an den Franzosen vorbeigeschmuggelten Waren gesammelt und dann heimlich verladen worden waren. Am anderen Ende des Raumes gab es eine kleine, niedrige Tür, für die Dehnen ebenfalls einen Schlüssel besaß.

Hinter dieser Tür begann ein langer schmaler Gang, der laut Plan Richtung Neustadt führte, allerdings gelangte man von ihm nicht direkt auf den Hauptweg zum Gewölbe. Einer der Schiffer entzündete die mitgebrachten Fackeln, und dann gingen alle vier los. Den Gängen hier sah man an, dass sie lange nicht benutzt worden waren, im Gegensatz zu denen, die die Ordensmitglieder nutzten. Die Luft war abgestanden, und manchmal mussten sie große Schleier von Spinnweben beiseitefegen. Dann und wann trat einer von ihnen nach einer Ratte, die hier sehr zahlreich waren.

Der Gang machte einen weiten Bogen und endete wieder vor einer Tür. Dehnen konnte sie mit demselben Schlüssel öffnen, der schon auf die erste gepasst hatte. «Wir sind jetzt direkt unterhalb des Packhauses», sagte er. «Der Gang wurde früher ausschließlich von der Familie Haniel benutzt.»

Durch eine weitere verschlossene Tür gelangten sie nun in das Gangsystem unter der Neustadt. Borghoff ging jetzt langsamer voran, hielt öfter inne und horchte. Je näher sie dem Gewölbe unter dem Haus der Wienholds kamen, desto öfter hielt er an.

Schließlich kamen sie zu den Gängen, die er bereits zusammen mit Lina gesehen hatte. Alles war ruhig. Systematisch begannen sie, die Gänge und Räume in der Nähe des Hauses zu durchsuchen, aber nirgendwo fand sich eine Spur des kleinen Oskars. Ein Blick in den Versammlungsraum ließ Borghoff zu dem Schluss kommen, dass diese Vollmondnacht doch nicht die Nacht des Sabbats werden würde. Er war jetzt leer, aber der Altar stand wieder an seinem Platz.

Er hatte vor, sich das Gewölbe noch einmal in Ruhe anzusehen, doch da hörten sie plötzlich Stimmen. Für einen Moment glaubten sie auch, ein Kind weinen zu hören, aber wenn dem so war, dann musste es ein älteres sein.

Borghoff fand die Kammer, von der Lina erzählt hatte. Für vier Männer war sie zwar sehr eng, doch sie konnten sich dort gut verbergen, und Borghoff war es möglich, zu sehen, was im Kultraum geschah. Rasch löschten sie das Licht.

Kurz darauf wurde der große Raum von Fackeln und Kerzen erleuchtet. Borghoff sah, dass hinter dem Altar jetzt ein Tuch hing, auf dem ein Pentagramm aufgemalt war.

Dort stand ein Mann mit einer Kapuze, vor dem Gesicht eine starre Maske. Mehrere Kinder kauerten auf dem Boden, man hatte sie bis auf die Hemdchen ausgezogen. Sie drängten sich aneinander, doch sie froren jämmerlich.

Zwei Erwachsene, die Borghoff nicht erkennen konnte, weil sie mit dem Rücken zu ihm standen, schienen die Kinder zu bewachen.

«Bringt ihn herein!», befahl der Maskierte.

Zwei weitere Erwachsene brachten ein breites Brett herein, auf dem ein recht großes blutiges Gebilde lag, das in der Kälte dampfte. Mit Schaudern erkannte Borghoff plötzlich, dass sich dieses Etwas bewegte, gedämpft hustete und schluchzte.

Der Maskierte begann, eine seltsame Litanei herunterzuleiern, in die Erwachsene wie Kinder dann und wann einfielen. Verstehen konnte Borghoff nichts, nur ab und an ein Wort, denn es waren so viele fremdartige Begriffe darin, dass es einer anderen Sprache glich.

Einer nach dem anderen hatten die Schiffer durch das Loch gespäht, und Borghoff konnte spüren, dass sie erbleichten.

Dehnen sah als Letzter hindurch. «Dammich!», sagte er gepresst, und gerade noch rechtzeitig bemerkte Borghoff, dass er im Begriff war, loszurennen und einzugreifen. Er hielt ihn fest und sah selbst, was geschah: Der Maskierte hielt ein Messer in der Hand und hatte begonnen, das Gebilde, diesen blutigen Sack, aufzuschlitzen. Sobald die Öffnung groß genug war, kam der Kopf eines Kindes zum Vorschein, Borghoff schätzte es auf etwa fünf. Es weinte und schrie jämmerlich, während der Maskierte den Schlitz noch erweiterte und es dann ganz herauszog.

Das Kind, ein Junge, war nackt und blutbeschmiert, und Borghoff begriff, dass das ekelhafte Ritual eine pervertierte Geburt darstellen sollte. Gemeinsam mit einem der anderen Männer nahm der Zeremonienmeister das Kind bei den Füßen und hob es hoch. Dann schlug der Maskierte dreimal kräftig auf das Hinterteil des Jungen, der daraufhin noch lauter schrie.

«Warum tun wir nichts?», fragte Dehnen hinter Borghoff aufgeregt. Es bestand keine Gefahr, dass man sie hätte hören können.

«Wenn wir sie jetzt stören, werden wir sie nie bekommen.» Borghoff fiel es selber schwer, untätig zu bleiben. Aber er war hier, um Oskar zu finden und zu verhindern, dass er getötet wurde. «Die Eltern dieses Jungen haben wahrscheinlich eingewilligt, dass dies mit ihrem Kind geschieht. Wir würden nichts erreichen.» Er schwieg, denn der Junge schien sich zu beruhigen. Es wurde in einen Zuber mit warmem Wasser gesetzt und gereinigt.

Borghoff erkannte plötzlich die Person, die dem Jungen vorsichtig das Blut abwusch: Es war Bertha Hartung, die ihm im Frauenheim in Duisburg begegnet war. Sie trug ein braunes Kleid, aber im Schein der Fackeln war nicht zu erkennen, ob ein Stück vom Rocksaum fehlte. Doch auch ohne diese letzte Gewissheit war sich Borghoff sicher, dass die Frau, die Oskar entführt hatte, die Hartung gewesen war.

Lina saß wieder mit den anderen beim Kaffee. Sie überlegte fieberhaft, wie sie es bewerkstelligen konnte, das Haus der Wienholds zu verlassen, ohne Reppenhagen oder einem seiner Diener in die Hände zu fallen.

Jutta, die viel über den Maler und seine Bilder sprach, forderte die Damen auf, das Familienporträt anzusehen, das er inzwischen vollendet hatte. Es hing in der Mitte der Galerie im ersten Stock.

Lina blieb etwas hinter den anderen zurück. Sie kannte das Bild bereits. Reppenhagen oder wer auch immer von den vielen, die in ihm waren, hatte die Familie so wirklichkeitsgetreu gemalt, dass man hätte meinen können, es blickten einen Personen aus einem Spiegel an.

Jutta saß in einem ihrer Nachmittagskleider auf einem Stuhl, ihr kostbarer Schmuck glänzte, als könne man ihn greifen. Zu ihrer Rechten stand Annette – und es war niemand anderes als Annette –, und Werner Wienhold stand hinter den beiden.

Die Damen ließen ihrer Bewunderung freien Lauf. Lina war inzwischen oben an der Treppe angekommen und zwängte sich an denen, die vor ihr standen, vorbei. Sie bemerkte, dass die Tür zum Damensalon gleich neben ihr immer noch einen Spalt offen stand, doch inzwischen hatten die Männer ihn wohl verlassen.

Während sie Juttas Erzählungen über die Entstehung des Bildes lauschte, merkte sie plötzlich, dass sich die Tür weiter öffnete. Sie machte einen Schritt zum Geländer hin, weil sie befürchtete, Reppenhagen könnte sie hineinziehen. Dann schalt sie sich eine Närrin, denn hier, inmitten der Gäste, würde ihr nichts passieren.

Die Tür öffnete sich weiter, und es war tatsächlich Reppenhagen, der allein im Damensalon zurückgeblieben war. Er hatte die Staffelei, auf der *Amor und Psyche* längst vollendet stand, so in den Raum gerückt, dass Lina es sehen musste. Sie mochte dieses

Bild, mochte, wie Reppenhagens besseres Ich sie dort gemalt hatte, ihr Gesicht auf Juttas nacktem Körper.

Seine durchdringenden Augen starrten sie an, und sie konnte nicht verhindern, dass sie schauderte. Plötzlich blitzte etwas in seiner Hand auf, und Lina unterdrückte einen kleinen Schrei, als sie erkannte, dass es ein Messer war. Schon sah sie sich verzweifelt nach einer Fluchtmöglichkeit um, da rammte er das Messer in das Bild, mitten hinein in ihren Kopf, und zog es langsam durch das Gesicht.

Lina war kurz davor, ohnmächtig zu werden, und klammerte sich an das Geländer, aber sie konnte ihre Augen nicht von Reppenhagen lassen. Das Bild war zerstört: Die Leinwand klaffte auseinander, und anstelle von Linas Gesicht gab es nur noch ein unschönes Loch. Mit einem abgründigen Lächeln trat er in den Türrahmen.

«Donatus!», rief Jutta. «Bitte komm doch einen Moment, die Damen wollen dich und deine Kunst ein wenig feiern.»

Er kam heraus und schloss die Tür hinter sich, ein liebenswürdiges Lächeln auf dem Gesicht. Nun war er der, den Lina insgeheim «den Maler» nannte, der, der *Amor und Psyche* gemalt und sich liebenswürdig mit ihr unterhalten hatte. Das Damenkränzchen umschwirrte ihn. Lina erholte sich langsam wieder, hielt sich aber von ihm fern. Angewidert und auch voller Angst beobachtete sie, wie Mina zu ihm trat. Es dauerte nur wenige Minuten, und dieser Mann begann, ihrer Schwester den Hof zu machen. Sie lachten und scherzten inmitten der schnatternden Gesellschaft, und Mina sah ihn an, mit leicht geröteten Wangen und glänzenden Augen. Lina kannte diesen Blick und begriff, dass die beiden einander nicht zum ersten Mal auf diese Art begegneten. Aber sie wagte es nicht, einzuschreiten. Sie wagte nicht einmal, ihren Platz am Geländer zu verlassen.

Die beiden umkreisten einander fast, und plötzlich konnte

Lina das Gesicht ihrer Schwester nicht mehr sehen, stattdessen seines, und dann sah sie, wie es sich wieder verwandelte, wie die Augen hart und kalt wurden. Er verabschiedete sich so schnell, wie er aufgetaucht war. Als er die Szenerie verließ, drängte er sich ganz dicht an Lina vorbei. «Du hast dich einmal zu oft eingemischt», zischte er, und einer seiner Finger malte, sodass nur Lina es sehen konnte, die Schnitte durch das Bild nach. Dann war er verschwunden.

Durch den Sehschlitz im Schmuggelkeller konnte Robert Borghoff beobachten, wie Bertha Hartung den Jungen sorgfältig abtrocknete und dann mit einem Öl, dessen Duft selbst durch den Sehschlitz wahrnehmbar war, einrieb. Danach wickelte sie ihn wie einen Säugling fest in weiße Tücher, und die Männer halfen ihr, ihn auf den Altar zu legen. Borghoff fürchtete, sie könnten doch noch versuchen, das Kind zu töten, doch alle Erwachsenen und auch die Kinder schienen schweigend zu warten. Der Maskierte sah sogar auf seine Taschenuhr.

«Sieh nach, wo sie bleibt!», sagte er dann zu einem der Männer. Als er hinausging, konnte Borghoff ihn erkennen – es war Hans Brecht.

Es dauerte noch eine Weile, doch schließlich konnte man Schritte hören. Borghoff war Reppenhagen noch nicht begegnet, aber dank Linas Beschreibung wusste er sofort, wen er vor sich hatte. Noch während Reppenhagen zum Altar ging, änderte sich sein Gang zu dem einer Frau. «Gib mir deinen Mantel», sagte er mit einer unnatürlich hohen Stimme, die den Commissar schaudern ließ.

Das Wesen warf den Mantel über. «Ich habe nicht viel Zeit», sagte es zu dem Maskierten. Dann drehte es sich um, und Borghoff konnte mit eigenen Augen sehen, was Lina gemeint hatte, als sie von «Verwandlung» gesprochen hatte. Das da war eine

Frau, eine herbe Schönheit mit narbigem Gesicht, auf das nun ein strahlendes Lächeln trat. «Mein Kind, mein neugeborenes Kind!», rief sie aus und nahm den Jungen in ihre Arme. Er schmiegte sich an sie, völlig beruhigt, und als sie ihn auf die Stirn küsste, zeigte er ein glückliches Lächeln. «Ja, schenke deiner Mutter ein Lächeln! Du bist nun mein, für immer. Mein liebes Kind, ich segne dich!»

Vorsichtig legte sie den Jungen wieder hin, um den sich jetzt die anderen wieder kümmerten. Jemand wickelte ihn aus und kleidete ihn in ein buntes Gewand. Dann brachte man ihn und die anderen Kinder fort.

Kaum waren die anderen verschwunden und nur noch die Priesterin und der Maskierte da, verwandelte sich Reppenhagen wieder.

«Ist etwas passiert?», fragte der Maskierte, warf die Kapuze zurück und nahm die Maske ab. Es war Werner Wienhold.

«Ich habe gerade herausgefunden, wer deine Tochter in diese fatale Verwirrung gestürzt hat. Es war die Näherin, diese kleine Missgeburt.»

«Lina Kaufmeister?»

Reppenhagen warf den Mantel weg. «Wir müssen verhindern, dass sie noch mehr Unheil anrichtet.»

«Donatus, wir können sie nicht verschwinden lassen. Lass uns bitte versuchen, eine andere Lösung zu finden.» Sie stiegen von dem Podest und verließen den Raum.

Entsetzt wich Borghoff von dem Sehschlitz zurück. Er keuchte fast vor Aufregung.

«Was ist passiert?», fragte Dehnen so leise er konnte, doch die Schritte draußen entfernten sich schon.

«Wir müssen so schnell wie möglich wieder hier heraus.» Doch dann hielt er einen Moment inne. «Ich will aber noch sehen, worin sie das Kind eingeschlossen hatten.»

Vorsichtig, immer auf der Hut, dass jemand kommen könnte, gingen sie mit ihren neuentzündeten Fackeln in den Versammlungsraum. Hinnerk Dehnen stocherte mit seinem Stock in den Überresten der Hülle herum, die einen üblen Geruch verbreitete.

«Das ist eine frische Schweinehaut», sagte er.

Borghoff deutete auf den Mantel. «Wickeln Sie es da hinein und nehmen Sie es mit.»

Ohne zu fragen, kam Dehnen seinem Wunsch nach, und dann hasteten sie, zunächst noch darauf bedacht, leise zu sein, den Gang zurück, Richtung Packhaus.

Als sie wieder im Keller unter dem Haus waren, sagte Dehnen: «Herr Haniel bot an, dass wir hier schon wieder ans Tageslicht kommen. Sein Hausdiener hat mir auch diesen Schlüssel gegeben.»

Borghoff folgte ihm durch eine Falltür hinauf in die Haniel'-schen Vorratskeller. Die beiden anderen Schiffer verabschiedeten sich und gingen unterirdisch weiter in Richtung Hafen. Dehnen stieg die Kellertreppe hinauf und klopfte dort laut an die Tür. Borghoff wunderte sich nicht, dass sofort geöffnet wurde. Der Hausdiener hatte sie offensichtlich erwartet.

«Herr Haniel ist im Kontor», sagte er, ließ Borghoff aber noch Zeit, sich den Staub von der Uniform zu klopfen.

Als er und Hinnerk Dehnen Franz Haniels Büro betraten, saßen zu ihrem Erstaunen Bürgermeister Weinhagen und die Pfarrer Mancy und Wortmann bei ihm, außerdem Haniels Sohn Hugo.

«Haben Sie den Jungen gefunden?», fragte Haniel.

«Nein. Aber das hier.» Borghoff nahm Dehnen den Mantel ab, warf ihn auf den Boden und faltete ihn auseinander. Die blutige Schweinehaut kam zum Vorschein. «Darin hatten sie ein Kind eingenäht, einen etwa fünfjährigen Jungen. Sie haben so etwas wie eine Geburt nachgestellt. Die Zeremonie wurde von Wienhold persönlich geleitet.»

«Das ist doch nicht Ihr Ernst!», sagte Weinhagen schockiert, während die Pfarrer vielsagend schwiegen.

«Ich war auch Zeuge.» Hinnerk Dehnen schien jetzt noch zu schaudern. «Das Kind hat jämmerlich geschrien. Es war grausam.»

«Du solltest endlich zugeben, dass sich eine teuflische Sekte in Ruhrort eingenistet hat, mein lieber William», sagte Pfarrer Wortmann. «Ich weiß, es ist schwer zu glauben, dass es so etwas zu unseren Zeiten gibt …»

«Und noch schwerer für wackere Protestanten», ergänzte Mancy mit einem Lächeln.

«… aber wir müssen beratschlagen, was wir tun sollen.» Wortmann blieb ernst.

Weinhagen sah stumm in die Runde.

«So, wie ich es bisher verstanden habe, Herr Bürgermeister», setzte Borghoff nach, «bedrohen diese Leute nicht nur die Seelen der Ruhrorter. Ihnen geht es um ganz weltliche Macht. Vom kleinen Handwerker bis hin zu respektablen Geschäftsleuten haben sie viele eingewickelt und sich in ihre Geschäfte gemischt. Die großen Familien sind wohl noch nicht betroffen.» Er sah Franz Haniel an. «Aber auch wenn ihre Macht unterhalb dieser großen Vermögen wächst, sind sie eine Bedrohung.»

Der Bürgermeister blickte ungläubig auf seinen Polizeichef. Dieser Blick sagte viel. Er hatte ihn durchaus für fähig gehalten, die Polizeiarbeit in Ruhrort zu organisieren. Aber darüber hinaus zu denken, das Wohl und die Wirtschaft von Ruhrort im Auge zu haben, hatte er ihm nicht zugetraut. Jetzt stellte sich heraus, dass Borghoff die Dinge besser erkannt hatte als er selbst.

«Wieso sind Sie damit nicht eher zu mir gekommen?», fragte er schwach.

Franz Haniel nahm Borghoff die Antwort ab. «Weil du, William, es ihm niemals geglaubt hättest. Du glaubst ja nicht einmal uns.»

«Meine Herren!», unterbrach ihn Borghoff, der ahnte, dass nun eine lange Diskussion folgen würde. «Auch wenn es wichtig ist, zu beratschlagen, was wir unternehmen werden, ich muss Sie jetzt verlassen. Fräulein Kaufmeister, von der viele meiner Erkenntnisse stammen, könnte in höchster Gefahr sein. Ich muss sie sicher aus dem Hause der Wienholds heimbringen.»

«Dann beeilen Sie sich, mein Lieber», sagte Franz Haniel. «Und kommen Sie sobald wie möglich zurück.» Ein einziges Nicken von ihm und Hinnerk Dehnen folgte dem Commissar.

Weinhagen saß zusammengesunken da.

Lina wagte es nicht, das Damenkränzchen allein zu verlassen. Nach und nach brachen die einheimischen Frauen auf, aber keine stand Lina so nah, dass sie sich einfach anschließen mochte. Sie entschied sich, mit Mina zusammen zu gehen, wenn nötig, auch bis zur Carlstraße.

Doch sie hatte unterschätzt, wie sehr ihre Schwester Gefallen an dem Maler gefunden hatte. Als sie den Salon verließen, lief er ihnen scheinbar zufällig über den Weg. Sie begannen ein scherzhaftes Geplänkel, Lina stand unbeteiligt dabei.

«Sie werden doch zur Versammlung kommen, meine Liebe», sagte Reppenhagen plötzlich.

Lina zuckte zusammen. Ja, es war Reppenhagen, nicht der Maler, und auch er konnte anscheinend liebenswürdig sein, wenn er wollte. Lina bemerkte, dass er sie und nicht ihre Schwester dabei ansah.

«Das werde ich ganz sicher, lieber Herr Reppenhagen. Es war sehr beeindruckend beim letzten Mal.»

Lina traute ihren Ohren nicht. Mina war bei einer Versammlung gewesen? Mina gehörte zu ihnen? Sie hatte seine Verwandlung gesehen und kokettierte trotzdem mit diesem Monstrum?

Um den Mund Reppenhagens spielte ein zufriedenes Lächeln.

«Ich wollte Ihnen doch meine neuesten Bilder zeigen ...»

«O ja, gern. Auf mich wartet niemand.» Mina schenkte ihm ein reizendes Lächeln. «Geh doch schon vor, Lina. Aaltje wird sich sicher freuen, dich zu sehen.»

Da war keine andere Dame mehr, der Lina sich hätte anschließen können. Und Mina war nicht zu überreden, doch mit ihr nach Hause zu gehen. Nun schickte sie sie allein auf die dunkle Straße. Mina gab ihr einen kleinen Kuss auf die Wange und folgte Reppenhagen dann in den ersten Stock.

Unschlüssig stand Lina an der Haustür. Dann atmete sie tief durch und ging hinaus.

Die wenigen Laternen gaben spärliches Licht. Lina nahm ihren Stock nicht wie sonst am Griff, sondern wie einen Prügel etwas tiefer, um für einen möglichen Überfall gewappnet zu sein. Der Weg von der Schulstraße zur Harmoniestraße war nicht weit, doch im Dunkeln, ohne die Hilfe ihres Stockes, musste sie noch langsamer gehen als gewöhnlich. Es dauerte nicht lange, da hörte sie schnelle Schritte hinter sich. Sie griff ihren Stock noch fester. Einen kurzen Moment überlegte sie, ob sie vielleicht zum Haus ihrer Schwester gehen sollte, da hatten sie die Schritte schon eingeholt. Es war Hans Brecht, der sich breit grinsend vor sie stellte.

«Du wirst nirgendwo hingehen, Hinkebein.»

Noch bevor Lina schreien konnte, hatte er sie gepackt, ihr den Stock entwunden und weggeworfen. Als er seine schwielige Hand auf ihren Mund legte, begann Lina sich zu wehren. Sie biss ihm so kräftig in die Hand, dass er sie wegzog. Lina schrie aus Leibeskräften, aber er hatte sie schnell wieder gepackt.

Im nächsten Moment bogen Borghoff und Hinnerk Dehnen in die Schulstraße ein. Brecht versuchte, Lina weiterzuziehen und kam dabei an einer Laterne vorbei. Borghoff erkannte ihn sofort. «Hans Brecht!», schrie er. «Lass sie sofort los.»

Brecht überlegte nur eine Sekunde, stieß Lina dann weg, sodass sie zu Boden ging, und begann dann zu rennen. Ohne sich lange verständigen zu müssen, folgte Hinnerk Dehnen dem Kutscher, während Borghoff sich um Lina kümmerte.

«Mir ist nichts passiert, Robert.»

«Gott sei Dank.» So, wie er sie ansah, hätte er sie am liebsten in den Arm genommen.

«Ich bringe Sie nach Hause, Fräulein Kaufmeister.»

Sie sah sich nach ihrem Stock um, dann gingen sie nebeneinander, aber in züchtigem Abstand in Richtung Harmoniestraße.

«Hast du den Jungen gefunden?», fragte sie.

«Nein. Aber mit Franz Haniel auf unserer Seite konnten wir den Bürgermeister endlich davon überzeugen, etwas zu unternehmen. Ich muss gleich zurück zu Haniels Haus.»

Sie waren vor Dahlmanns Laden angekommen. «Ich werde auf dich warten», flüsterte sie und sagte laut: «Danke, Herr Commissar.»

«Gern geschehen, Fräulein Kaufmeister.»

Erst spät, so etwa gegen zehn Uhr, kam Robert schließlich nach Hause. Er klopfte an Linas Tür. «Komm gleich zu mir hinauf», sagte er nur. Dann stieg er nach oben in seine Mansarde.

Dort war es bitterkalt. Während er den Ofen anheizte, dachte er an den Abend im Hause Haniel zurück. Als er nach dem Zwischenfall mit Lina zurückgekehrt war, hatte sich die Runde inzwischen darauf verständigt, dass den Mitgliedern des Ordens vor allem das Geschäftsleben so schwer wie möglich gemacht werden sollte. Franz Haniel wollte seinen ganzen Einfluss nutzen, um Wienhold, von Müller und ihren Freunden Steine in den Weg zu legen. Weinhagen war überredet worden, Borghoff endlich freie Hand zu lassen. «Ich gehe davon aus, dass der Orden seinen Sabbat in der Nacht zum 1. November abhalten wird. Ganz gleich, was der Staatsanwalt ihnen später vorhalten wird, ich bin sicher, dass genügend Verbrechen zusammenkommen werden. Ob wir ihnen jemals die Morde zur Last legen können, ist schwierig zu beantworten.»

Alle willigten ein, dass Borghoff mit der Bürgerwehr den Sabbat stören und beenden sollte. «Vielleicht genügen ja ein paar Signale, um sie dazu zu bringen, Ruhrort wieder zu verlassen», hatte Franz Haniel gesagt.

Borghoff wurde aus seinen Gedanken gerissen, weil nebenan aus Finchens kleinem Zimmer ein leises Schluchzen drang. *Wir dürfen das Wichtigste nicht vergessen*, dachte Robert. Wir müssen Oskar retten.

Es klopfte leise an die Tür. Robert öffnete Lina, und sie fielen sich in die Arme.

Lina hatte nicht gedacht, dass sie sich trotz der Geschehnisse an diesem Abend so leidenschaftlich lieben würden. Zufrieden lag sie in Roberts Armen, die Bettdecke ballte sich irgendwo am Fußende, denn der kleine Ofen hatte das Zimmer kräftig geheizt.

«Hast du eigentlich Brecht gestellt?», fragte sie plötzlich.

«Nein, Hinnerk Dehnen hat ihn bis zum Hause der Wienholds verfolgt und dann noch eine Weile gewartet, ob er wieder herauskommt, aber das tat er nicht. Dehnen ist ein kluger Bursche, er hat nicht versucht, ihn aus dem Haus zu holen.»

«Ich muss mit Cornelius von Sannberg darüber sprechen.»

«Ich will nicht, dass du zu ihm gehst», sagte er widerstrebend. «Er ist in dich verliebt.»

«Ja, das ist er. Aber er weiß, dass ich ihn nicht erhören werde.»

«Das weiß er?», fragte Robert erstaunt und bedeckte ihr Gesicht und dann ihren Busen wieder mit kleinen, leichten Küssen.

«Wo hast du das gelernt?» Sie räkelte sich wohlig. «Woher weißt du, wie du einer Frau solchen Genuss bereiten kannst?»

Er hielt inne. «Von einer zwanzig Jahre älteren Regimentshure. Sie lehrte mich, dass es schöner für beide ist, wenn der Mann dabei nicht nur an sich denkt. Meine Kameraden waren offenbar anderer Meinung, für sie war immer nur das eigene Vergnügen wichtig. Sie wussten nicht, was sie verpassen.»

«Es ist bestimmt entsetzlich sündhaft, was wir hier tun …»

«Ja, ganz sicher», bestätigte er. «Wo wir gerade über Sünde sprechen – du wolltest mir erzählen, wie du deine Unschuld verloren hast.»

«Das ist eine kurze und leider gar nicht so schöne Geschichte.» Sie setzte sich auf und stopfte sich das Kissen in den Rücken. «Ein Geschäftsfreund meines Vaters hatte seinen Sohn für ein paar Monate zu uns in die Lehre geschickt. Er malte, am Geschäft hatte er gar kein Interesse. Ich nahm Unterricht bei ihm. Mina war mit einer Tante auf Reisen, meine Mutter war schon krank und ich einsam. Ich verliebte mich sofort in ihn, Martin war so ein fröhlicher Hallodri.» Sie lächelte. «Ganz sicher einer, der nur an sein eigenes Vergnügen dachte.»

«Es war nicht schön für dich?» Robert spielte mit einer Strähne ihres Haares.

«Nein, das war es ganz und gar nicht. Und dann kam auch noch Mina nach Hause, und er erkannte, dass er die gleiche Ware ohne Sprung bekommen konnte.»

«Deine Schwester hat dir den Mann weggenommen?»

«Sie hat nur mit ihm gespielt. Ich glaube nicht, dass sie vor

Justus Bleibtreu mit einem Mann verkehrt hat. Sie wusste nichts von uns beiden – sie weiß es bis heute nicht. Ich habe nicht darunter gelitten, ich dachte, dieses eine Mal reicht auch.» Sie lachte. «Ich hatte unrecht, ich gebe es gerne zu.»

Als sie kurze Zeit darauf wieder engumschlungen dalagen, stieg in Lina wieder die Erinnerung an den Tag hoch. Robert spürte, wie sie zu zittern begann.

«Das Bild. Ich hatte solche Angst, als er mitten durch mein Gesicht geschnitten hat. Es macht mich auch traurig. Ich mochte das Bild sehr.»

«*Amor und Psyche*», sagte Robert nachdenklich. «Das war doch ein Aktbild, oder?»

«Ich habe ihm doch nicht nackt Modell gesessen», sagte Lina entrüstet. «Es war nur mein Gesicht auf Jutta Wienholds Körper.»

Robert fuhr vorsichtig mit dem Finger über die Linie vom Nacken zur Schulter und dann über ihren festen kleinen Busen. «Ich finde, er hätte auch deinen Körper malen sollen.»

«Mach dich nicht lustig über mich.» Ihr Körper versteifte sich. Aber Robert nahm sie in seine Arme und flüsterte: «Lina, du bist wunderschön. Und das denke nicht nur ich.»

Sie gab nach, schmiegte sich an ihn, die Decke von tiefrotem Haar hüllte ihn ein. Es dauerte noch eine Weile, bis sie sich entschlossen zu schlafen.

Am nächsten Morgen wurden sie durch ein unsanftes Klopfen geweckt. «Herr Commissar, wachen Sie auf!» Das war Wilhelms Stimme. «Sergeant Ebel ist hier. Es ist ein Mord geschehen.»

«O mein Gott», sagte Lina leise, und es war nicht klar, ob sie den Mord oder ihre Angst, in Roberts Bett erwischt zu werden, gemeint hatte.

«Ich komme sofort, ich ziehe mir nur etwas an!», rief Robert, der sich schon sein Hemd in die Uniformhose stopfte. Er küsste Lina. «Versuche, dich gleich hinunterzuschleichen», sagte er. Dann fuhr er sich mit den Händen durch die grauen Haare, zog die Jacke an und griff nach Mantel und Helm.

«Was ist passiert?», fragte er Ebel, der unten an der Treppe wartete.

«Das Hausmädchen des Barons von Sannberg hat heute Morgen in dessen Hof eine Frauenleiche gefunden. Aufgeschlitzt, ganz wie die anderen. Der Baron ist erst heute Morgen von seinem Gut wieder hierhergekommen, dafür hat er Zeugen. Aber sein Kutscher wird vermisst.»

Sie machten sich auf den Weg zum Haus des Barons. Dort herrschte helle Aufregung, denn nicht nur von Sannberg, auch seine Töchter waren zurückgekehrt.

«Wie lange vermissen Sie Ihren Kutscher, Herr Baron?», fragte Borghoff.

«Nun, wenn ich ehrlich bin, hatte ich in letzter Zeit das Gefühl, dass er macht, was er will. Dauernd ritt er von Moers hierher und war oft nicht da, wenn ich ihn brauchte. Eigentlich sollte er mich und meine Töchter gestern Abend abholen. Stattdessen habe ich die Kutsche heute selber gelenkt – und das bei dieser Kälte.»

Von Sannberg begleitete den Commissar zu der Leiche im Hinterhof, der im Sommer als Gärtchen diente. Die Frau war nackt, der Brustkorb aufgebrochen, aber auch ihr Bauch trug einen Schnitt. Borghoff dachte sofort an die verschwundene Frau aus dem Heim, von der Finchen geredet hatte.

«Sie hält da etwas in der Hand», sagte von Sannberg.

Borghoff hatte Mühe, es aus der Hand der Toten zu lösen – es war eine goldene Uhr. Er öffnete den Deckel. «In Dankbarkeit, Cornelius von Sannberg», las er.

«Sie gehörte Hans Brecht. Ich habe sie ihm für zwanzig Jahre treue Dienste geschenkt.»

«Was ist das denn?», fragte Borghoff plötzlich. Neben der Leiche lag etwas. Er hob es auf und erkannte es sofort: Es war der Lutschbeutel, den Finchen Oskar zur Beruhigung gegeben hatte.

«Wir müssen den Kutscher finden», sagte er zu Ebel. «Vielleicht hat er das Kind bei sich.»

«Ihr Kind?», fragte Ebel und zeigte auf die Frau. «Ich meine, man hat ihr doch …»

«Nein. Ich meine Oskar. Das ist sein Lutschbeutel.»

Er wandte sich an den Baron. «Herr Baron, wissen Sie, dass Hans Brecht zu der Gruppe von Teufelsanbetern gehört, die sich hier niedergelassen hat?»

Von Sannberg sah ihn erstaunt an. «Sie meinen den Orden?»

«Genau den.»

«Nein, das wusste ich nicht … Soweit ich weiß, nimmt der Orden keine Dienstboten auf. Das ist eine akademische Loge.»

«Das ist sie leider nicht mehr, Herr Baron.»

In diesem Moment ertönte aus dem Innern des Hauses ein Schrei. Borghoff, der Baron und Ebel stürzten hinein. Im Flur stand das Hausmädchen Rose, das die Leiche im Hof gefunden hatte, und deutete in die hintere Ecke des Ganges. Der Commissar begriff schnell: Hinter der Küchentür, die bisher offen gestanden hatte, war das Schlüsselbrett aus der Wand gerissen worden. Die weißgekälkten Wände waren verschmutzt, und es gab ein paar Dellen und Striemen, als hätte hier ein Kampf stattgefunden. An der Treppe zum ersten Stock standen Beatrice und Diotima mit kreideweißem Gesicht.

«Gehen Sie wieder nach oben, meine Damen», sagte Borghoff beruhigend. «Es ist nichts Schlimmes passiert, das Mädchen hat sich nur erschreckt.»

Die beiden gehorchten. Der Baron bat seinen Hausdiener, Rose auf das Sofa im Salon zu bringen und bei ihr zu bleiben. Er sollte ihr ein Glas Cognac geben, damit sie sich wieder beruhigte. Sie war nach dem Leichenfund bereits einmal ohnmächtig gewesen.

«Sie soll sich den Rest des Tages erholen», ordnete er an. Dann sammelte er alle Schlüssel ein, nahm das Brett auf und hängte sie einen nach dem anderen an ihre offensichtlich festen Plätze. Ein Haken blieb leer.

«Ein Schlüssel fehlt.» Der Baron bückte sich und lehnte das Brett an die Wand. «Es ist der von meiner Jagdhütte im Mülheimer Wald.»

«Würde Brecht dorthin gehen, wenn er auf der Flucht ist?»

Von Sannberg wurde blass und nickte. «Ja, das würde er ganz sicher. Ich habe dort etwas Geld deponiert, für den Fall, dass ich von dort aus nicht nach Hause, sondern woanders hinfahren möchte. Das ist eine alte Angewohnheit von mir.»

«Ist Ihr Wagen noch angespannt?», fragte Borghoff.

Der Baron nickte. «Wir können gleich losfahren.»

«Ebel, ich möchte, dass Sie und die anderen nach dem Abtransport der Leiche die Altstadt und den Hafen durchkämmen – nur für den Fall, dass er uns mit dem verschwundenen Schlüssel auf eine falsche Fährte locken wollte.»

«Und das Haus der Wienholds?», fragte Ebel. «Immerhin wurde er dort zuletzt gesehen.»

Borghoff überlegte einen Moment. «Das können wir uns später vornehmen. Da möchte ich dabei sein. Aber stellen Sie einen Posten in der Schulstraße auf – einen Uniformierten.»

Damit verließen er und von Sannberg das Haus und liefen zu dessen Kutsche, die wie gewöhnlich bei Heckmann untergestellt war.

Lina hatte es nicht vermeiden können, dass sie Clara über den Weg lief, gerade als sie die letzten Stufen der Mansardentreppe hinter sich gelassen hatte. Für einen Moment glaubte sie ein Lächeln auf Claras Gesicht zu entdecken, wusste aber nicht, ob ihr Schuldbewusstsein ihr das nicht nur vorgegaukelt hatte. «Ich habe nach Finchen gesehen», sagte sie, und das war nicht einmal gelogen. «Sie schläft noch.»

«Das ist gut.» Clara drehte wieder um. «Dann brauche ich ja nicht hinaufzugehen. Ich wundere mich, dass sie nach dem Lärm heute Morgen schlafen kann.»

Lina ging in ihr Zimmer, wusch sich und kleidete sich an. Es dauerte eine Weile, bis sie ihr Haar gebändigt hatte, aber bald sah ihr wieder die übliche Lina aus dem Spiegel entgegen. Fast war sie enttäuscht, dass man ihr die große Veränderung in ihrem Leben nicht ansehen konnte.

Gerade als sie zum Frühstück herunterkam, betrat Guste das Haus. Sie sah erschöpft und auch ein wenig derangiert aus.

«Aaltje ist letzte Nacht niedergekommen. Und weil Mina nicht da war, haben sie mich geholt.»

«Wie geht es dem Kind?»

«Es ist klein und schwach, aber es lebt. Ein Mädchen.»

Lina zog ihre Schwester in die Küche, wo sie noch einen Rest kalte Hafergrütze vorfand, immerhin nicht verbrannt. Sie setzte sie wieder auf den Herd, gab noch etwas Wasser dazu und rührte dann. «Wo war Mina denn?»

Guste zuckte die Schultern. «Seit sie bei diesen Wienholds verkehrt, ist kein Verlass mehr auf sie. Stell dir vor, sie hat sich sogar schon einmal mit diesem Maler allein getroffen.»

«Hat sie dir das erzählt?» Lina rührte eifriger.

«Ja. Ich fand das irgendwie schamlos. Aber nachdem Justus mit dieser Frau nach Amerika gegangen ist und sich geweigert hat, die Scheidungspapiere zu unterzeichnen, tut sie so, als wäre sie nie verheiratet gewesen.» Guste schnupperte. «Hast du auch etwas für mich? Ich war die ganze Nacht auf den Beinen und habe großen Hunger.»

Lina nickte. Sie zog die Grütze vom Herd und holte zwei Teller. «Sag mal, hat sie dir auch von einer Versammlung erzählt, an der sie teilgenommen hat?»

«Ja, das war vor etwa vier Wochen. Es war eine Vorführung von Mesmerismus durch diesen Maler. Er muss wohl viele Talente haben.»

«Mesmerismus? Guter Gott!» Lina schüttelte den Kopf. «Das ist doch wirklich ein alter Hut.» Einerseits beruhigte es Lina, dass ihre Zwillingsschwester nicht etwa an einem der Rituale in den Kellern teilgenommen hatte. Andererseits gab es über Mesmerismus und die Macht, die man über den Magnetisierten hatte, viele Geschichten, die sie Böses ahnen ließen.

«Hat sie sich auch behandeln lassen?»

«Ich weiß es nicht. Aber sie ist in letzter Zeit merkwürdig. So verträumt und fahrig.» Guste nahm einen Löffel von der Grütze und verzog das Gesicht.

«Da siehst du, wie ich jeden Morgen leide», sagte Lina spöttisch. Dann holte sie den Honigtopf und gab jeder einen dicken Löffel voll auf den Teller. Gustes Bemerkung über Mina war beunruhigend. Was hatte Reppenhagen mit Mina gemacht?

«Du solltest Aaltje besuchen.» Guste schien die Grütze jetzt besser zu munden. «Gestern hat Georg bekanntgegeben, dass du in seinem Haus wieder willkommen bist, da hat sie sich richtig gefreut.»

«Das werde ich heute noch tun.» Lina sagte Guste nicht, dass sie sich vor allem ihre Schwester vornehmen wollte.

Guste seufzte. «Ich habe dir noch gar nicht gedankt, Lina. Bertram sagte, du hättest die Obligationen auch für dich behalten können.»

466

«Das habe ich gern für die Familie getan. Ich bekomme jetzt das, was ich immer wollte, und es wird wieder Frieden sein.»

Guste hatte aufgegessen und schob den Teller weg. «Weißt du schon, was du mit deinem vielen Geld anfangen wirst?»

«Nein, darüber habe ich mir noch keine Gedanken gemacht.»

«Vielleicht könntest du dir ein kleines Haus kaufen, das hattest du doch immer vor.»

Ausziehen aus dem Hause Dahlmann, weg von Robert Borghoff? Lina lächelte. «Mal sehen.» Sie sah, dass Guste verstohlen gähnte. «Ich glaube, du solltest schnell nach Hause gehen und etwas schlafen, Guste.»

Als Guste gegangen war, stellte sie rasch die Teller zusammen. Sie musste mit Mina reden.

Weil die Straße an der Aakerfähre mit wartenden Kutschen verstopft war, hatten Borghoff und der Baron etwas mehr als eine Stunde gebraucht, bis sie den Rand des Mühlheimer Waldes erreichten.

Sie hatten sich über Hans Brecht unterhalten. Von Sannberg war erstaunt, als der Commissar den Verdacht äußerte, Brecht könne seine Melancholie im Sommer mit Kräutern verstärkt haben, um ihn von dem Geschäft mit Messmer und Kaufmeister fernzuhalten.

Borghoff konnte wegen seines verletzten Auges die Reaktion des anderen nicht sehen, doch er spürte, dass von Sannberg zu ahnen begann, woher Borghoff seine Informationen hatte und wie eng er mit Lina zu tun haben musste.

«Glauben Sie, dass wir Brecht in der Hütte finden?», fragte er Borghoff.

«Irgendetwas werden wir jedenfalls finden. Wer immer diese Frau getötet und in Ihrem Hof abgelegt hat, hat sehr viel Wert darauf gelegt, dass alle Spuren zu Brecht und hierher in die Hütte führen.»

«Dann glauben Sie nicht, dass er den Mord begangen hat?»

«Wir werden sehen. Wir sollten jedenfalls auf der Hut sein, denn es könnte auch eine Falle sein.»

Borghoff lenkte das Gefährt auf Geheiß des Barons in einen breiten Waldweg.

«Vielleicht ist es besser, vor der letzten Kurve zu halten», sagte von Sannberg. «Damit wir ihn überraschen können.»

Borghoff hielt, und beide stiegen ab. Zum Erstaunen des Commissars zog von Sannberg eine Waffe hervor, ein amerikanisches Modell mit vorgeladenen Kammern. Borghoff hingegen zog seinen Degen. Gemeinsam schlichen sie zu der Hütte.

Das kleine Jagdhaus sah verlassen aus, aus dem Schornstein stieg kein Rauch auf. Aber in dem kleinen Unterstand für die Pferde entdeckten sie Brechts Kaltblüter.

Vorsichtig umkreisten sie die Hütte und versuchten, in das einzige größere Fenster hineinzuschauen. Drinnen war es dunkel, man konnte nichts erkennen.

Plötzlich hörten sie von drinnen das Wimmern eines kleinen Kindes.

«Oskar ...», flüsterte Borghoff.

Von Sannberg nickte. «Hans!», rief er dann laut. «Hans, komm heraus. Die Flucht ist vorbei.»

Nichts rührte sich. «Gehen wir hinein», sagte von Sannberg.

Langsam öffnete Borghoff die Tür und hielt sich dabei von der Öffnung fern. Doch bis auf das leise Weinen des Kindes war alles still.

Sie betraten die Hütte, und in dem spärlichen Licht, das durch das kleine Fenster und die geöffnete Tür hineinfiel, sahen sie einen Körper auf dem Boden liegen. Borghoff vermutete, dass es Hans Brecht war, aber als er näher kam, erkannte er, dass es ein unbekannter Mann war, dem man die Kehle durchgeschnitten hatte. Da sich um ihn herum kein Blut auf dem Boden fand, war er wohl tot hergebracht worden.

Dann entdeckte er auf der Pritsche, die sowohl als Bett als auch als Bank diente, das kleine Bündel, das zunächst noch leise gewimmert hatte, nun aber aus Leibeskräften schrie. Er zog die warme Decke etwas herunter und schob das Hemdchen weg: Da war das Muttermal an der Schulter. Behutsam nahm er den Kleinen hoch und wiegte ihn ein wenig.

«Geht es ihm gut?», fragte von Sannberg, der inzwischen eine Lampe angezündet hatte.

«Er hat großen Hunger, aber sonst scheint ihm nichts zu fehlen.» Borghoff versuchte, Oskar zu beruhigen, aber dessen Hunger war wohl größer als der Wunsch nach menschlicher Wärme. «Wo ist Hans Brecht?»

Von Sannberg antwortete nicht, sondern öffnete, den Revolver immer im Anschlag, eine kleine Tür. «Hier bewahren wir das Wild bis zur Abreise auf.» Er nahm die Lampe vom Tisch, leuchtete in die kleine, zugige Kammer und wich dann zurück. «O Gott, er hängt da drin.»

Borghoff ging mit Oskar auf dem Arm hinein. Ein Seil war um einen der vielen Haken geschlungen worden, Hans Brecht hing daran, die Zunge quoll aus dem Hals. Diesmal hatten sie nicht den Fehler gemacht, ihn vorher zu töten wie bei Pater Johannes.

«Das ist eigentlich Sache der Mülheimer Landgendarmerie», sagte Borghoff. «Aber ich denke, es ist besser, wenn wir dafür sorgen, dass der Fall in Ruhrort bleibt.»

Oskar schrie wieder lauter, als Borghoff ihn zurück auf die Pritsche legte, aber immerhin wärmte ihn jetzt noch Borghoffs dicker Uniformmantel. Gemeinsam mit von Sannberg hob der Commissar die Toten in den geschlossenen Zweispänner.

Als sie losfuhren, beide wie zuvor auf dem Kutschbock, hatte von Sannberg das Kind unter seinem Mantel.

«Wer könnte der andere Mann sein?», fragte der Baron.

«Vermutlich ist es ein ehemaliger Diener der Haniels.»

«Wollen Sie mir nicht endlich erzählen, was Sie über den Orden wissen, dessen Mitglied ich heute wäre, wenn mir nicht die Freimaurer dazwischengekommen wären?»

Den Rest der Fahrt hörte von Sannberg Borghoff zu.

Es war um die Mittagszeit, und aus der Küche drang ein betörender Duft nach oben in Linas Räume. Das konnte sie jedoch nicht milde stimmen, denn sie hatte ihre Schwester in Georgs Haus aufgesucht und sie noch in Nachtkleidern vorgefunden.

Auf ihre Vorwürfe, Aaltje nicht bei der Geburt beigestanden zu haben, war Mina gar nicht eingegangen, ebenso wenig nahm sie sich davon an, dass Lina wusste, dass sie die Nacht bei Reppenhagen verbracht hatte. «Es geht dich nichts an», hatte sie gesagt. «Donatus sagt auch, dass du viel zu neugierig bist. Wenn er Ende des Jahres nach Amsterdam geht, werde ich ihn vielleicht begleiten.» Mina strahlte wie ein frischverliebtes junges Mädchen.

«Und deine Kinder? Was ist mit Emil und Josef?»

Mina hatte sie nur mit großen Augen angesehen. «Denen geht es doch gut hier. Ich habe so lange so viele Dinge entbehrt. Ich muss jetzt auch einmal an mich denken.»

Fassungslos hatte Lina ihre Schwester stehen lassen, und auch der Besuch bei der Schwägerin, die die Geburt sehr mitgenommen hatte, und dem kränklich und apathisch wirkenden Kind hatte ihre Stimmung nicht aufbessern können, obwohl sich Aaltje aufrichtig zu freuen schien.

Lina hatte pflichtgemäß das Kind bewundert, Aaltje hatte immer betont, dass die Kleine schon viel stärker geworden sei, und beide hatten gewusst, dass sie einander anlogen. Lina hatte noch nie so deutlich die Verzweiflung ihrer Schwägerin gespürt.

Jetzt saß sie in ihrem Wohnzimmer. Sie hatte ihre Arbeit in den letzten Tagen sehr vernachlässigt und hoffte, wenigstens etwas aufzuholen. Draußen hielt eine Kutsche, aber sie achtete nicht darauf. Doch als einen Augenblick später Antonies Rufe durch das Haus hallten, sprang sie auf und beeilte sich hinunterzukommen.

«Oskar ist wieder da! Oskar ist wieder da!»

Unten standen Robert, der Oskar trug, und Baron von Sannberg. Clara und Wilhelm waren beide aus dem Laden gelaufen. Nur eine war nicht da – Finchen war gerade zum Brunnen gegangen, um Wasser zu holen.

Lina war auf die Straße getreten, um zu sehen, wie es dem Kleinen ging. Er weinte.

Gerade wollte Lina ihn Robert abnehmen, als eine kleine Gestalt mit zwei schweren Wassereimern um die Ecke bog. Finchen hielt an. Sie sah die Versammlung vor dem Haus, hörte dann das Kind und ließ augenblicklich die Eimer fallen. Dann rannte sie los, schneller als Lina es je von ihr gesehen hatte, bis sie vor Borghoff stand, der ihr das Kind überreichte. Sie lachte und weinte gleichzeitig, und es brauchte einiges an Überredungskraft, sie mit dem Kind ins Haus zu bringen.

«Ihnen muss kalt sein», sagte Lina zu den beiden Männern. «Wie wäre es mit einem Tee?»

«Die beiden da drin laufen uns nicht weg, Herr Commissar», sagte von Sannberg.

Da der Ofen in Claras Salon noch nicht befeuert war, bat Lina alle in die Küche. Lina bereitete den Tee, während Borghoff berichtete, was sie in der Hütte vorgefunden hatten. Als Clara, Wilhelm und Antonie zu ihnen stießen, wechselten sie rasch das Thema. Schließlich kam auch Finchen wieder herunter, mit dem Korb, in dem Oskar schlief. «Ich lasse ihn nie wieder aus den Augen», sagte sie. Und dann fiel sie, alle guten Sitten außer Acht lassend, erst Borghoff und dann von Sannberg um den Hals.

«Entschuldigung», sagte sie mit hochrotem Kopf, denn sie hatte Linas tadelnden Blick bemerkt. «Ich weiß, dass es sich nicht gehört, fremde Herren zu küssen, aber ich habe keine andere Möglichkeit, mich zu bedanken.»

«Mir hat es gefallen», sagte von Sannberg trocken.

«Mir auch», bestätigte Borghoff und erntete einen bösen Seitenblick von Lina. Dann stand er auf. «Wir haben noch etwas abzuliefern.»

Auch der Baron verabschiedete sich mit Bedauern.

Bürgermeister Weinhagen schien immer noch unter dem Eindruck des Treffens bei Franz Haniel zu stehen, als Borghoff vor dem Rathaus vorfuhr und die Leichen ablieferte. «Ein Polizeidiener soll zum Hause Haniel gehen und bitten, dass sich jemand die zweite Leiche ansieht. Es könnte der entlassene Diener sein.»

Der Baron verabschiedete sich, Borghoff folgte dem Bürgermeister in sein Büro. «Ich hoffe, Sie hatten nichts dagegen, dass ich veranlasst habe, das Zimmer des Kutschers bei von Sannberg durchsuchen zu lassen.» Weinhagen deutete auf den Stuhl vor dem Schreibtisch, und Borghoff setzte sich.

«Nein, das war ganz richtig. Wurde etwas gefunden?»

Der Bürgermeister nickte. «Schmuckstücke oder Kleiderfetzen, die von einigen der Opfer stammen, auch von der Hure, die Neujahr ermordet wurde. Selbst einen Knopf von der Soutane des erhängten Priesters und das hier ...» Er hielt eine schwarze Schärpe hoch.

Borghoff runzelte die Stirn. «Sein Zingulum. Das ist alles ein wenig zu einfach, nicht wahr?»

«Wie meinen Sie das?»

«Nun, uns wird Hans Brecht als der Übeltäter tot in eine Jagdhütte gehängt, wir müssen ihn nur abschneiden, und alle Beweise deuten auf ihn als Täter. Und selbst der verschwundene Junge taucht wieder auf.»

«Sie glauben nicht, dass er der Mörder war?»

Borghoff lachte kurz auf. «Eigentlich glaube ich, dass er durchaus der Mörder sein könnte. Er war der Handlanger des Ordens, ihr willfährigstes Werkzeug. Aber ein solcher Mann würde nicht mit einem Kind in eine Waldhütte flüchten, seinen Komplizen ermorden und sich dann aufhängen.» Er dachte kurz nach. «Nein, ich bin sicher, dass man uns das alles hier präsentiert hat, damit wir glauben, den Täter zu haben, und den Orden in Ruhe lassen. Selbst damit, dass sie Oskar wieder herausgegeben haben, scheinen sie guten Willen zeigen zu wollen – obwohl ich denke, dass sie noch ein anderes Kind haben, das des Opfers von heute morgen. Noch sind sie nicht mächtig genug, noch brauchen sie Zeit, um zu wachsen.»

Weinhagen schüttelte zweifelnd den Kopf. «Irgendwie kann ich immer noch nicht glauben, dass diese Dinge, von denen Sie erzählt haben, wirklich passieren.» Dann sah er Borghoff fest an. «Aber ich muss es ja wohl, wenn selbst Franz Haniel davon überzeugt ist. Er wird ihnen heute offiziell den Krieg erklären.»

«Wie das?»

«Heute Abend ist eine Versammlung der wohlhabenden Bürger in der *Gesellschaft Erholung*. Und Haniel hat mit den anderen abgesprochen, dass den besagten Familien der Zutritt verweigert werden wird. Sie sollen merken, dass sie hier nicht mehr erwünscht sind.»

Borghoff fragte sich, ob der Bürgermeister wirklich glaubte, dass dies allein ausreichend sein könnte, um den Orden von hier zu vertreiben, aber vielleicht war es genau richtig, diese Leute jetzt so unter Druck zu setzen.

«Ich hoffe», fuhr der Bürgermeister fort, «dass Haniel, Liebrecht und Borgemeister genug tun werden, um den Schaden, der durch den möglichen Rückzug der neuen Familien in Ruhrort entsteht, wieder auszugleichen.»

«Wenn dieser Albtraum ein Ende hat, werden sich sicher auch andere finden, die ihr Geld hier investieren wollen, Herr Bürgermeister», beruhigte ihn Borghoff.

5. Kapitel

Finchen lachte und sang den ganzen Tag, den kleinen Oskar immer bei sich in seinem Korb, und selbst Antonie schien von ihrer Fröhlichkeit angesteckt.

Auch Lina war bester Laune, die nur ab und zu durch den Gedanken an die Nacht des morgigen 31. Oktober getrübt wurde. Sie hatte inzwischen ihr Geld bekommen, die fünftausend Thaler bei Goldstein deponiert und die Jahresrente für das noch laufende Jahr mit nach Hause genommen. Weder Georg noch Bertram hatte sie seit der Übergabe des Vertrags gesehen, doch Cornelius von Sannberg hatte sie wissen lassen, dass sie wieder ins Geschäft gekommen waren und nun planten, gemeinsam von Müllers Anteil aufzukaufen.

Er hatte ihr auch von dem Eklat in der *Gesellschaft Erholung* am vergangenen Freitag erzählt, als man Wienhold, von Müller und ihre Freunde nicht hereingelassen hatte. Daraufhin waren einige wenige der alteingesessenen Unternehmer im Saal aufgestanden und gegangen. Andere, von denen Lina wusste, dass auch sie zumindest Geschäfte mit dem Orden gemacht hatten, wenn nicht Schlimmeres, waren geblieben.

Die Sonntagspredigten in beiden Kirchen hatten sich erstaunlich geähnelt. Es war von Gotteslästerung und Höllenfeuer die Rede gewesen, aber auch von verlorenen Söhnen und Vergebung.

Lina selbst hatte mit klopfendem Herzen einen neuen Auftrag von Jutta Wienhold abgelehnt und die Nachricht mit einem schlichten «Ich habe keine Zeit» beantwortet. Trotzdem hatte sie deswegen ein schlechtes Gewissen, denn immerhin hatte Jutta maßgeblich zu ihrem Erfolg beigetragen. Wenn nicht die Gefahr bestanden hätte, dass Reppenhagen ihr etwas antun wollte, hätte sie Jutta vielleicht sogar besucht.

«Du bist verrückt», sagte Robert dazu. «Eine Frau, die diese Dinge mit ihrem Kind machen lässt, gehört bestraft. Du schuldest ihr gar nichts.»

Ihre Vertrautheit miteinander war noch größer geworden, und weil er darum wusste, dass Lina ihn immer sehnsüchtig erwartete, kam er jetzt immer auch mittags nach Hause, um gemeinsam mit allen zu essen. Manchmal war Lina das aber mehr Qual als Freude, denn sie wünschte sich, ihn berühren zu können und seine Küsse auf ihrer Haut zu spüren.

Gerade eben war er wieder zum Dienst gegangen, und sie saß an ihrer Nähmaschine und heftete einen Rock zusammen, als es an die Tür klopfte. Es war Finchen, und sie hatte Tränen in den Augen.

«Ist etwas mit Klein Oskar?», fragte Lina und ließ den Stoff sinken.

«Nein, nein. Lotte war hier, Ihre Schwester Mina schickt nach Ihnen. Das Kind Ihrer Schwägerin ist gestorben.» Dann liefen ihr wirklich die Tränen über das Gesicht. «Ich habe der Frau Aaltje so gewünscht, dass die Kleine gesund ist.»

«Das habe ich auch, Finchen, das habe ich auch.» Lina stand auf. «Ich werde mich gleich auf den Weg machen. Weine nicht, Kind. Die Kleine war so schwach, wir mussten damit rechnen.»

Aber es musste schwer für Aaltje sein, denn Georg war für ein paar Tage nach Rotterdam gefahren. Arme Aaltje!

Im ganzen Haus herrschte gedrückte Stimmung. An der Tür kam Lina Pfarrer Wortmann entgegen. «Ich fürchte, ich habe keinen Trost mehr für Ihre Schwägerin», sagte er traurig.

«Die Zeit muss es heilen, Herr Pfarrer.»

Lotte nahm ihr den Mantel ab. «Sie weint nur noch. Sie hat seit gestern nicht einen Bissen gegessen.»

Dann ist es wirklich schlimm, dachte Lina. Es war immer schlimmer, wenn das Kind geatmet und getrunken hatte und dann starb. «Ist eine Suppe auf dem Herd?», fragte sie.

Lotte nickte.

«Dann mach sie warm und bring sie hinauf.»

In Aaltjes Schlafzimmer war die Luft abgestanden, und es roch unangenehm. Lina vermutete, dass Aaltje das Bett seit der Geburt noch nicht verlassen hatte. Sie holte tief Luft und ging hinein. Als Erstes zog sie die Vorhänge weg und öffnete ein Fenster.

Aaltje hatte sie kaum wahrgenommen. Sie lag auf der Seite in ihrem Bett und starrte hinüber zu der Wiege. Dort lag das tote Kind, als würde es friedlich schlafen.

«Aaltje …» Lina ging zu Aaltje, und obwohl sie dick wie ein Berg war, schien die Holländerin in sich zusammengefallen zu sein. Die Augen waren rot geschwollen.

«Schwägerin …» Lina setzte sich auf das Bett. «Wir müssen die Kleine jetzt wegbringen.»

Erst jetzt kam Leben in Aaltje. «Nee! Laat haar bij mij!»

«Nur nach nebenan.» Lina wartete Aaltjes Protest nicht ab, sondern zog die Wiege in den Ankleideraum. Heinrich konnte sie später nach unten in den Salon zur Aufbahrung schaffen. Lina wusste nicht mehr, wie oft sie das schon hatten tun müssen in den letzten Jahren.

«Aaltje, sieh mich an.» Zunächst war es Lina gar nicht bewusst, dass sie ihre Schwägerin geduzt hatte. «Du musst aufstehen und dich waschen, das Bett muss neu bezogen werden. Du musst stark sein, für die Beerdigung.»

Aaltje schüttelte nur den Kopf und fing wieder an zu weinen. Der ganze mächtige Körper bebte. «Ich werde Georg nicht unter die Augen treten können», wimmerte sie. «Ik will niet meer leven.»

Lina war froh, dass Lotte mit der Suppe hereinkam. «Du musst etwas essen, Aaltje. Nur ein bisschen Suppe. Ich weiß, dass du keinen Appetit hast, aber du musst wieder zu Kräften kommen.»

Sie brachte Aaltje dazu, sich aufzusetzen, und dann fütterte sie sie wie ein kleines Kind. «Gut», sagte sie, als der Teller leer war. «Und jetzt solltest du dich waschen.»

In diesem Moment steckte Mina ihren Kopf ins Zimmer. «Du bist schon da, Lina!», sagte sie und lächelte. «Könnte ich dich einen Moment sprechen?»

Lina nickte, stellte den Teller beiseite und ging hinaus. «Was gibt es denn?», fragte sie, denn sie hatte das letzte Gespräch mit Mina nicht vergessen.

«Nicht hier, Lina», sagte Mina immer noch lächelnd und deutete auf Aaltjes kleinen Salon.

Lina drückte die Klinke herunter und öffnete die Tür. Sie merkte nur noch, wie Mina ihr einen kleinen Schubs gab, stolperte hinein und wurde aufgefangen von jemandem, den sie nicht sehen konnte. Was sie aber sah, war jemand anderes, und sie war so entsetzt, dass sie nicht einmal schreien konnte.

«Haben Sie wirklich geglaubt, Sie könnten mir entkommen?», sagte Reppenhagen, und auch er lächelte. Dann spürte sie einen Schlag auf ihrem Kopf, und alles wurde dunkel.

Robert Borghoff hatte den ganzen Tag über den Plänen für den Sturm der Schmuggelkeller gebrütet. Da er sicher war, dass die

Ordensmitglieder spätestens nach der Brüskierung durch Haniel und seine Freunde sehr wachsam sein würden und sicher auch das Rathaus unter Beobachtung hatten, fanden Besprechungen mit allen Beteiligten getrennt und an verschiedenen Orten statt. Robert war sehr dankbar, dass Franz Haniel ihm noch einmal Hinnerk Dehnen zur Seite gestellt hatte, denn nur mit Ebel und Thade hätte sich das Unternehmen sehr mühsam gestaltet.

Dehnen und ein paar andere sollten, sobald sich der Orden im Gewölbe versammelt hatte, in das Wohnhaus der Wienholds eindringen und die Falltür bewachen, um so mit möglichst wenig personellem Aufwand eine Flucht zu verhindern.

Sorgen machte Borghoff die Menge der Ein- und Ausgänge. Keiner konnte sagen, wie viele Häuser noch, so wie das Wienhold'sche, mit dem Gangsystem verbunden waren, und schon gar nicht, wie viele davon inzwischen Ordensmitgliedern gehörten. Sie waren unmöglich alle zu bewachen. Er entschied, dass nur die Hauptausgänge beim Hafen, der Ruhr und außerhalb von Häusern, ähnlich dem inzwischen zugemauerten Eingang an der katholischen Kirche, von der Bürgerwehr bewacht werden sollten.

Er selbst wollte mit den Polizeidienern und ein paar Bürgerwehrmännern in das Gewölbe eindringen. Die Pläne waren in den letzten Tagen für alle mehrfach abgezeichnet worden, nun hatte er für die einzelnen Gruppen ihre Standorte eingetragen. Es war jetzt nach acht, und Borghoff rollte die Karten zusammen, nicht ohne jede einzelne noch einmal von außen sorgfältig zu beschriften.

Er freute sich darauf, heimzukommen, er freute sich auf Lina. Es wunderte ihn, dass in ihren Fenstern kein Licht zu sehen war. Schlief sie schon? Leise klopfte er an ihre Tür. Nichts. Dann entschloss er sich, einfach einzutreten.

Der Raum war eiskalt, hier brannte bestimmt schon seit dem Morgen kein Feuer mehr. Er stellte die Kerze, die er sich unten genommen hatte, ab und erkannte, dass Lina ihre Nähmaschine mitten in der Arbeit verlassen hatte. Unruhe stieg in ihm hoch. Eine Hoffnung hatte er noch – vielleicht wartete sie oben auf ihn?

Doch auch seine Zimmer waren dunkel und leer. Ohne den Mantel auszuziehen, rannte er wieder nach unten. Durch die Tür zum Hinterzimmer des Ladens fiel Licht. Clara und Wilhelm waren noch mit Buchhaltungsarbeiten beschäftigt.

«Haben Sie Fräulein Kaufmeister gesehen?», fragte Robert, ohne auch nur einen Augenblick darüber nachzudenken, dass es sich nicht gehörte, wenn er abends nach einer alleinstehenden Dame suchte.

«Nein, sie war den ganzen Tag nicht hier», sagte Clara. «Finchen hat erzählt, sie wäre zu ihrer Schwägerin gegangen, weil deren Kind gestorben sei.»

Innerlich atmete Robert auf. Lina war bei ihrer Familie. Sie verbrachte wohl die Nacht bei ihrer trauernden Schwägerin. Er beschloss, bald zu Bett zu gehen. *Vielleicht ist es ganz gut, wenn sie heute nicht hier ist,* dachte er. *Dann komme ich nicht in Versuchung, sie die halbe Nacht über zu lieben und morgen Nacht todmüde in den Kampf zu ziehen.*

Lina erwachte in der Dunkelheit. Sie lag auf dem nackten Boden und fror. Vorsichtig tastete sie ihre Umgebung ab. Der Boden war harter Lehm, die Wände waren aus Stein. War sie in einem der vielen Räume der Schmuggelkeller?

Sie setzte sich auf. Ihr Kopf dröhnte. Vorsichtig fasste sie an die Stelle, an der der Schlag sie getroffen hatte, und spürte etwas verkrustetes Blut. Sie versuchte aufzustehen, aber ein sofort einsetzender Schwindel zwang sie zurück auf den Boden. *Sie haben mich hier eingesperrt,* dachte sie. *Egal, ob ich in der Dunkelheit eine Tür finde, sie wird verschlossen sein.*

Die Wände ihres Gefängnisses waren aus unregelmäßig gemauerten Steinen, sich daran zu lehnen, war kaum bequemer als der Boden. Trotzdem blieb sie so sitzen. Langsam kam die Erinnerung zurück. Die lächelnde Mina, Reppenhagens bösartiges Grinsen. Leise begann sie zu weinen. Sie wusste nicht, was sie mehr schmerzte, ihre Angst, hier im Dunkeln gefangen zu sein, oder der Verrat ihrer Schwester.

Sie musste weggedämmert sein. Als sie wieder erwachte, hatte sich nichts geändert, nur dass sie Übelkeit verspürte und zu ihrem Erstaunen gleichzeitig Hunger. Sie hatte keine Ahnung, wie lange sie schon hier war.

Robert kam ihr in den Sinn. Erst wie ein Trugbild, eine Vorstellung von seinen Lippen auf den ihren und seinen Berührungen auf ihrem Körper. Dann aber wurde alles klarer. Robert, der Polizeicommissar in seiner Uniform. Robert würde nach ihr suchen, wenn sie nicht nach Hause kam. Und er würde sie finden, er würde über die Teufel triumphieren. Und dann knurrte ihr Magen, und sie fragte sich, warum er nicht schon längst hier war.

Trotzdem hatte der Gedanke an ihn geholfen. Er würde sie nicht finden können, wenn sie hier hilflos herumlag. Ihr war klar, dass Schreien ihr jetzt nicht helfen könnte, aber sie musste bereit sein, wenn er kam, wenn er die Schmuggelkeller nach ihr durchsuchte.

Sie beschloss, ihr Gefängnis zu erforschen. Kriechen erlaubte ihre Hüfte nicht, sich bücken, um herauszufinden, was es in Bodennähe gab, konnte sie auch schlecht, deshalb rutschte sie im Sitzen rückwärts über den Boden und tastete ihn dabei ab.

Zunächst fand sie nichts. Der Raum schien nicht sehr breit

zu sein, aber recht lang. Dann stieß sie plötzlich gegen etwas, das sich wie eine Holzkiste anfühlte. Es gab mehrere davon, sie waren wohl an der Wand gestapelt. Auf die Kisten gestützt, gelang es ihr, aufzustehen. Jetzt ging sie den Raum noch einmal ab, er war fünf Schritte breit und etwa zwölf Schritte lang. Sie entdeckte auch eine Tür direkt neben den Kisten, aber natürlich war sie verschlossen.

Sie entschied sich, die Kisten zu untersuchen. Es war schwer, sie zu öffnen. Bei den ersten beiden gelang es ihr gar nicht, denn sie waren gut vernagelt. Eine dritte war jedoch bereits geöffnet, den Deckel hatte man lose aufgelegt. Sie fühlte den Inhalt. Holzwolle. Dann Flaschen. Das war Wein oder Branntwein. Sie befühlte die Verkorkung, versuchte, sie in die Flasche zu drücken, doch der Korken gab nicht nach. Sie hatte einfach zu wenig Kraft.

Erschöpft wollte sie sich wieder auf den Boden gleiten lassen, aber dann überlegte sie es sich anders. Sie griff nach dem Deckel der Kiste und hieb ihn mit voller Kraft gegen die Wand. Er brach.

Ganz vorsichtig befühlte sie die Bruchstücke. Da war ein größerer Splitter, er konnte dazu taugen, die Flasche zu öffnen. Sie tastete wieder nach dem Korken und befühlte das Holzstück. Es war schmal genug, um durch den Flaschenhals zu passen, aber sie fürchtete, sich die Hand damit zu verletzen. Sie riss sich ein Stück mit Rosshaarpolsterung aus einem ihrer Unterröcke und wickelte es um die Spitze. Mit aller Kraft versuchte sie, den Korken in die Flasche zu drücken. Sie musste ein paarmal neu ansetzen, aber schließlich gelang es, und ein süßlicher Geruch durchströmte den Raum.

«Cognac», flüsterte sie. Jetzt würde ihr wenigstens wieder warm werden.

Robert ging am nächsten Morgen früh zum Dienst. Es sollte den Anschein haben, dass die Polizei ihren ganz normalen Tagesgeschäften nachging. Ebel kontrollierte den Markt, die Polizeidiener registrierten Fremde, er selbst ging noch einmal alle Pläne durch. Ab dem späten Vormittag kamen die Hauptleute der Bürgerwehrgruppen einer nach dem anderen mit einem Anliegen ins Rathaus. Einer beschwerte sich über seinen Nachbarn, ein Zweiter wollte den Bürgermeister sprechen, der Dritte zeigte einen nicht registrierten Fremden an. Jeder von ihnen verließ das Rathaus mit einem genauen Plan der Schmuggelkeller und schriftlichen Anweisungen von Borghoff.

Am Nachmittag kam auch Hinnerk Dehnen, gerade als Sergeant Thade aus Meiderich zur Berichterstattung eingetroffen war. Mit beiden Männern, denen er besonders vertraute, wollte Borghoff noch ausführlich reden.

Sie hatten gerade begonnen, als Finchen plötzlich in den Dienstraum stürzte, hinter sich die völlig atemlose Lotte. «Herr Commissar, Fräulein Lina ist verschwunden!»

«Wie bitte? Ich dachte, sie sei bei ihrer Schwägerin.»

«Da ist sie nicht.» Lotte konnte kaum sprechen. «Sie ist gestern Vormittag schon wieder gegangen, sagt Frau Bleibtreu. Ich habe sie aber nicht weggehen sehen, ich hatte sehr viel Arbeit. Es hat mich nur gewundert, dass sie Frau Aaltje allein gelassen hat, das ist gar nicht ihre Art.»

«Und bei uns ist sie nie angekommen», ergänzte Finchen. «Ich habe Lotte auf dem Markt getroffen und sie nach Frau Aaltje gefragt. Und als ich meinte, es wäre gut, dass Fräulein Lina jetzt da ist …»

«Ich verstehe, Finchen», unterbrach sie Borghoff.

«Sie ist auch nicht bei ihrer Schwester und nicht beim Baron von Sannberg, denn dessen Töchter waren gerade bei Messmers zu Besuch.»

«Gut, danke, Finchen. Ich werde mich darum kümmern. Und jetzt möchte ich, dass ihr nach Hause geht und niemandem etwas davon sagt, habt ihr verstanden?»

«Aber ...», begann Finchen.

«Es ist sehr wichtig, dass alle im Hause Dahlmann denken, Fräulein Lina wäre bei ihrer Schwägerin, und dass dort alle denken, sie wäre zu Hause. Habt ihr verstanden?»

Die Mädchen nickten verwirrt.

«Geht nach Hause. Und kein Wort, zu niemandem.»

«Was könnte Fräulein Kaufmeister zugestoßen sein?», fragte Thade, der gewartet hatte, bis die beiden Mädchen das Rathaus verlassen hatten.

«Was schon», knurrte Dehnen. «Sie haben sie.»

«Ja.» Borghoff war blass geworden. «Das denke ich auch.»

«Sollen wir nach ihr suchen?», fragte Dehnen.

Borghoff schüttelte den Kopf. «Wir dürfen unseren Plan nicht gefährden. Deshalb dürfen wir auch nicht nach ihr suchen, und niemand außer den Mädchen darf wissen, dass sie vermisst wird», sagte er, obwohl er lieber gleich losgelaufen wäre. «Wenn sie ... noch ... lebt, dann werden wir sie vermutlich dort unten finden.» Er zwang sich, ruhig zu bleiben, und beendete die Besprechung.

Als Thade und Dehnen gegangen waren, barg er seinen Kopf in den Händen. *Lina, Lina, Lina,* er konnte nichts anderes mehr denken. In jeder Minute, die er allein war, betete er darum, dass sie noch lebte.

Lina war zu dem Schluss gekommen, dass sie sich nicht in den tiefen Schmuggelkellern befand, sondern in einem Hauskeller, und sie vermutete, dass es der Keller der Wienholds war. Bereits zweimal hatte sie Licht durch den Türspalt fallen sehen und jemanden draußen gehört, jemand, der etwas holte. Das machte ihr Sorgen. Bis Robert sich entschließen würde, das Haus der Wienholds zu durchsuchen, müsste viel passieren. Und es gab nicht einmal Klein Oskar als Vorwand, der strampelte sicher in seinem Körbchen bei seiner Mutter.

Nach ein paar Schlucken Cognac war ihr etwas wärmer geworden, aber sie achtete darauf, dass sie nicht betrunken wurde. Sie musste einen klaren Kopf bewahren. Wenn Reppenhagen vorhatte, sie zu töten, dann würde sie sich wenigstens wehren bis zum Tod, das hatte sie sich vorgenommen.

Im Keller roch es sehr nach Cognac, denn Lina hatte eine der Flaschen zerschlagen, um mit Hilfe der Scherben eine andere Kiste zu öffnen, die größer und schwerer war als die Cognackisten. Sie hatte es geschafft, diese zu öffnen, doch zu ihrer Enttäuschung waren hierin dicke Steingutflaschen, Mineralwasser. Sie öffnete eine, trank und merkte erst jetzt, wie durstig sie war.

Auch in der nächsten Kiste waren nur Getränke, Champagner nämlich. Sie erinnerte sich an den extra dicken Boden der Flaschen und entschied, dass dies die beste Waffe sein würde. Eine kleine spitze Scherbe einer zerbrochenen Cognacflasche umwickelte sie mit Stoff und schob sie in das Bustier ihres Korsetts, eine andere steckte sie in ihr Strumpfband.

Dann begann sie, sich aus verschlossenen Cognac- oder Weinkisten einen Sitz zu bauen, und verteilte Holzwolle darüber. Das war jedenfalls ein wärmerer Untergrund als der nackte Boden. Aber allzu lange konnte ihre Gefangenschaft hier nicht mehr dauern. Irgendwann war es Nacht, und sie würden kommen, um sie zu holen.

Immer, wenn sie draußen etwas hörte, stand sie, so schnell sie konnte, auf und stellte sich, die Champagnerflasche in der Hand, neben die Tür. Dieses Mal hörte sie erstmals Stimmen.

«Wie lange hältst du sie hier schon fest?» Das war Werner Wienhold.

«Seit gestern», schnarrte Reppenhagens unfreundliche Stimme. «Ihre Schwester hat sie mir direkt in die Arme laufen lassen.»

«Du verstehst gar nichts, Donatus. Wir machen uns Gedanken, liefern ihnen Brecht als Mörder, geben ihnen sogar dieses Kind zurück, damit sie uns in Ruhe lassen, und du? Entführst eine Freundin des Polizeichefs. Sie werden nach ihr suchen, und so wie es aussieht, werden sie das zuallererst hier tun.»

«Sie haben ja noch nicht einmal gemerkt, dass sie verschwunden ist. Niemand sucht nach ihr.»

Lina blieb fast das Herz stehen. Sie hatte gehofft, dass Robert bereits auf der Suche nach ihr war. Jetzt zu erfahren, dass sie offensichtlich niemand vermisste, ließ ihre Hoffnung, den Keller jemals lebend zu verlassen, weiter schwinden.

«Du musst den Tatsachen ins Auge sehen, Donatus. Alles steht auf Messers Schneide. Die wichtigen Geschäftsleute wenden sich gegen uns, und wir schaffen es vielleicht nicht mit denen, die wir zu uns gezogen haben.»

«Du denkst zu sehr an die Geschäfte, Werner.»

Lina fuhr ein Schauer über den Rücken. Das war die Priesterin.

«Du hast nachgelassen im Glauben. Unsere Macht kommt nicht vom Geld. Unsere Macht kommt aus dem Blut, das wir trinken werden, und den Opfern, die wir darbringen. Unsere Macht kommt aus unser aller Göttlichkeit.»

«Das war vielleicht so in den Zeiten, als die Menschen noch das Land bestellten und von seinen Früchten lebten. Heute sind die Maschinen die neuen Götter, und der größte Gott ist das Geld. Vergiss nicht, Mariana, dass du bei all deiner Macht unser Geschöpf bist. Mein Vater hat dich zu dem gemacht, was du bist. Du bist sicher das Größte, was er je geschaffen hat, aber trotzdem bist du ihm und seiner Familie verpflichtet. Du bist *mir* verpflichtet.» Es war kurz ruhig draußen, dann sagte Wienhold gepresst: «Versuche deine Taschenspielertricks nicht an mir.»

«Du solltest sie besser nicht so reizen.» Das war wieder Reppenhagens Stimme. «Die Hinkende wird jedenfalls heute Abend auf dem Altar liegen. Sie ist zwar nicht makellos, aber doch sehr schön. Ein solches Opfer hatten wir lange nicht mehr. Es ist so beschlossen, von Müller hat zugestimmt.»

«Das wird kein gutes Ende nehmen. Wir werden mehr als ein Jahr verlieren, wenn wir es nicht schaffen, die Polizei und die Honoratioren wieder zu beruhigen.»

«Werner, der Orden besteht schon weit mehr als hundert Jahre. Glaubst du, ein Rückschlag in diesem Nest könnte uns wirklich schaden?»

«In diesem Nest geschieht etwas Großes. Hier kannst du den Fortschritt greifen und die Zukunft Gestalt annehmen sehen.»

«Wir werden erleben, wer von uns Recht behält», sagte Reppenhagen in versöhnlichem Ton. «Die Idee, ihnen Hans Brecht auszuliefern, war jedenfalls nicht schlecht. Sein Übereifer hat uns weit mehr geschadet als genützt. Und die Hure, der er das Gesicht zerschnitten hatte, zu töten, war unglaublich dumm von ihm. Nimm den Bordeaux und dann lass uns wieder hinaufgehen.»

Lina hörte, wie sich ihre Schritte entfernten. Nun war sie sich sicher: Dies war der Weinkeller der Wienholds, und Wienhold und Reppenhagen hatten den Wein für das Abendessen ausgesucht. Es war gut zu hören, dass sich die Anführer des Ordens nicht einig waren. Aber ihr würde das wenig nützen, sie würde sich in wenigen Stunden auf dem Altar wiederfinden und getötet werden. Oder geschändet und getötet. Sie schloss die Augen und tastete nach der spitzen Scherbe in ihrem Bustier.

Die Kirchturmuhr hatte neun Uhr geschlagen, und immer noch konnte man den Eindruck haben, dass alles in Ruhrort seinen gewöhnlichen Gang ging an diesem Mittwochabend. Die Polizeidiener hatten Feierabend gemacht, wenig später auch Ebel und Borghoff selbst. Er war bei Lohbeck gewesen und hatte sich sein Bier geholt, es sogar nach Hause gebracht. Der Nachtwächter hatte die Anweisung, die Beleuchtung an der Hafenstraße bei Haniels Haus zu vergessen. Sie hatten beschlossen, diesen Eingang in die Keller zu nehmen, um die Wege zu verkürzen.

Ein Teil der Bürgerwehrmänner, die mit Borghoff hinuntergehen sollten, war schon seit dem frühen Abend zu Gast bei Haniel. Borghoff selbst schlug nun einen großen Bogen über die Altstadt und wieder zurück zum Haus der Haniels.

Haniels Sohn Hugo begrüßte ihn persönlich am Tor und begleitete ihn hinunter in den Hauskeller, wo die anderen bereits warteten, unter ihnen Sergeant Thade. «Hinnerk Dehnen beobachtet das Haus der Wienholds», berichtete Hugo Haniel. «Er hat jemanden geschickt, um mitzuteilen, dass es jetzt losgeht. Viele Leute kommen dorthin, es sieht aus, als würde ein großes Fest gefeiert.»

Borghoff sah auf seine Taschenuhr. Jetzt war es fast zehn. «Wir gehen runter», gab er den Befehl zum Aufbruch.

Einer nach dem anderen stieg durch die Falltür hinunter und folgte dann Borghoff in den engen Gang, der zum Hauptgang führte. Die Tür dorthin ließ sich lautlos öffnen – man hatte wohl Scharniere und Schloss geölt. Er spähte durch den Spalt, dann drehte er sich um und legte den Finger auf den Mund. Die Gemeinde kam nicht nur durch das Haus der Wienholds zum Versammlungsraum. So warteten sie schweigend hinter der Tür. Es kam Borghoff vor, als wolle der Zug kein Ende nehmen.

Lina war auf ihrem «Stuhl» aus Holzwolle und Weinkisten immer wieder eingenickt und hochgeschreckt. Sie war müde und erschöpft, aber die Übelkeit war dank des Cognacs, den sie als Heilmittel schon immer geschätzt hatte, vergangen.

Trotzdem gelang es ihr nicht, jetzt schnell aufzustehen, als sich ein Schlüssel in der Tür drehte. Die Champagnerflasche stand nutzlos in der Ecke.

Die Tür öffnete sich, und eine Laterne schien hinein. Dahinter sah Lina zwei Frauen und erkannte Jutta Wienhold und Bertha Hartung, die ein weites, sackartiges Gewand aus tiefblauer Seide trug. Jutta hingegen hatte ein ganz normales Nachmittagskleid an – eines, das Lina geschneidert hatte.

Noch bevor die beiden irgendetwas sagen konnten, hatte Lina sich hochgezogen.

Die Hartung stellte einen Wassereimer ab und warf einen ebenfalls tiefblauen Mantel auf die Kisten. «Machen wir sie schön.»

«Jutta», bat Lina. «Jutta, wir sind Freundinnen. Wie kannst du mir das antun?»

«Ja, wir sind Freundinnen. Aber schwerer wiegt, was du mir angetan hast: Mein Kind, meine Annette, die wir jahrelang auf diese Aufgabe vorbereitet haben, sollte heute Abend initiiert werden. Aber jemand hat diesen Bengeln eingeredet, dagegen zu rebellieren. Und diejenige warst du, Lina. Jetzt müssen wir sehen, wie wir das Kind wieder in den Griff bekommen, und vielleicht wird es nie das erreichen, wofür es geschaffen wurde.» Juttas Gesicht rückte in den Schein der Laterne, und es war voller Hass. «Am liebsten würde ich dich auf der Stelle töten, aber Donatus hat dich zum Opfer bestimmt.»

Die Hartung begann, Lina zu entkleiden, den Rock, die sechs Unterröcke. «Das kann ich selbst», sagte Lina, aber es war zu spät, sie hatten die Scherbe in ihrem Strumpfband entdeckt.

«Sieh an, sie ist auf Mord aus», sagte Bertha Hartung und warf die Scherbe weg.

Lina begann, ihr Korsett aufzuschnüren, und drehte sich schamhaft weg. Jutta und die Hartung rissen es ihr herunter, danach das Hemd und die Unterhose.

«Was ist mit den Schuhen?», fragte die Hartung und sah angeekelt auf Linas erhöhten Schuh.

«Ich kann nicht gehen ohne die Schuhe», log Lina.

«Lass sie an», sagte Jutta. «Donatus mag es, wenn eine Frau noch ihre Strümpfe trägt.»

Nackt und frierend, nur in Schuhen und Strümpfen, stand Lina da, während die beiden Frauen sie wuschen. Gesicht und Hände waren in dem staubigen Keller sicher schmutzig geworden, aber sie wuschen auch ihren Oberkörper und ihre Scham, was sie als zutiefst demütigend empfand.

Schließlich lösten sie ihr Haar und bürsteten es. «So schönes Haar», sagte die Hartung. «Wir sollten es nachher abschneiden, das gibt eine schöne Perücke.»

«Wenn es dir so gefällt, Bertha.»

Zu Linas Entsetzen begannen sie, ihr Gesicht abzupudern und Wangenrot aufzutragen. «Ich bin doch keine Hure», sagte sie.

«Heute Abend bist du eine», sagte Jutta kalt. Sie holte ein Tiegelchen hervor und schmierte rote Farbe auf Linas Lippen. «Schöne kleine Hure. Die Oberen werden viel Freude mit dir haben.»

«Und jetzt schauen wir nach, ob du noch Jungfrau bist», sagte die Hartung geschäftig.

«Das bin ich nicht», sagte Lina rasch.

Jutta lachte auf. «Deine Schwester hat es Donatus versichert. Und wer sollte dich schon wollen!»

Robert will mich, hätte Lina ihnen am liebsten entgegengeschleudert, doch sie wagte es nicht, ihre geheime Liebschaft zu offenbaren.

«Was weiß die Verräterin schon», sagte sie stattdessen. «Ich habe meine Unschuld lange vor ihr verloren.»

Die beiden ergriffen sie, aber Lina wehrte sich und klammerte sich an die Kisten, riss sogar eine herunter. Trotzdem zerrten die beiden sie in den hellerleuchteten Weinkeller und zwangen sie, sich dort auf einen Tisch zu setzen und die Beine anzuwinkeln. «Das kann ich nicht», sagte Lina und deutete auf ihre Hüfte.

«Es geht auch so.» Die Hartung drückte ihre Beine weiter auseinander, aber von weiter hinten im Keller tönte plötzlich eine Stimme. «Seid ihr bald so weit? Wir können nicht mehr warten.»

«Komm, lass sie», sagte Jutta. «Wer … wer fasst eine wie die schon an?»

«Aber ich bin keine Jungfrau mehr!», versuchte Lina es noch einmal vergeblich. Sie zogen ihr den mitgebrachten Mantel an. Er wärmte kaum, aber Lina war froh, dass sie sich wenigstens verhüllen konnte.

«Los, es wird Zeit», sagte Jutta und schubste Lina hinaus in den Keller, in dem sich die Falltür befand.

Der Versammlungsraum hatte sich bereits gut gefüllt. Seit Lina damals die Zeremonie beobachtet hatte, waren noch mehr Leute hinzugekommen, viele, die Lina kannte, nickten ihr zu, als Jutta Wienhold und Bertha Hartung sie durch die Menge schoben und sich schließlich seitlich des Altars mit ihr aufbauten. Zu ihrem Entsetzen bemerkte Lina ihre Schwester Mina gleich in der ersten Reihe.

Wie damals begann die Zeremonie mit den Beschwörungen eines Robenträgers. Beim ersten Mal hatte Lina den Mann mit der tief ins Gesicht gezogenen Kapuze nicht erkannt, doch jetzt sah sie, dass es damals wie heute Werner Wienhold war.

Ihre Hände verkrampften sich vor Angst, und erst jetzt nahm sie auf schmerzhafte Weise wahr, dass sie die kleine, spitze Scherbe in der Hand trug. Sie hatte sie beim Aufschnüren des Korsetts auf die Kisten gelegt und sie gerade noch greifen können, als die Frauen sie in den Weinkeller zerrten.

Jetzt hatte auch Mina sie in der Menge entdeckt und sah sie mit demselben Lächeln an, mit dem sie sie Reppenhagen ausgeliefert hatte. Und auch, wenn sie sich sagte, dass Mina unter seinem unheilvollen Einfluss stand, spürte sie doch, dass ihre Schwester und sie sich nie mehr so nah sein würden wie zuvor.

Borghoff und seine zwanzig Männer hatten die Prozession zum Gewölbekeller abgewartet und waren dann, so leise sie konnten, den Leuten gefolgt. Das Ritual hatte begonnen, man konnte die Antworten der Gemeinde auf die Beschwörungen des Zeremonienmeisters hören. Die Gesichter einiger der Männer wurden blass ob der unheimlichen Laute. Kurz vor dem Gewölbe entdeckte Borghoff einen beleuchteten Raum, der voller Kleidungsstücke war – Männerjacken und Hemden, Frauenkleider, Unterröcke, ja selbst Kinderkleidchen waren hier zu finden. In einer Ecke lag ein kleiner ordentlicher Stapel mit dunkelblauen Tüchern. Als er das oberste nahm, merkte er, dass es sich um die Kapuzenmäntel handelte, mit denen er die Erwachsenen bei dem Geburtsritual gesehen hatte. «Los!», rief er. «Anziehen!» Er selbst warf sich einen Mantel um und zog die Kapuze über den Kopf. Seine Pickelhaube ließ er zurück.

Die Verkleidung reichte nur für die Hälfte der Männer. «Alle, die einen Mantel haben, kommen mit hinein. Die anderen sichern die Ausgänge des Gewölbes.»

Wenig später standen sie ganz hinten im Versammlungsraum,

hatten aber den Altar wegen des erhöhten Podestes gut im Blick. Ein paar missbilligende Blicke wurden ihnen wegen ihrer Verspätung zugeworfen, aber niemand schien zu glauben, dass sie nicht hierhergehörten. Sie waren gerade noch rechtzeitig gekommen, um Reppenhagens Auftritt zu erleben.

Borghoff hatte unter seinem Mantel den Revolver des Barons gezogen, den dieser ihm überlassen hatte. Ein Warnschuss aus diesem Revolver war das Zeichen für die Männer, einzudringen und die teuflische Gemeinde festzusetzen.

Langsam bahnte er sich an der Wand entlang einen Weg, um näher an Reppenhagen und die Anführer heranzukommen. Schließlich blieb er seitlich vom Altar stehen, denn ein Raunen ging durch die Menge. Reppenhagen hatte sich gerade in die Priesterin verwandelt. Eine Frau reichte ihm ein zappelndes kleines Etwas, und für einen Moment glaubte Robert, dass Lina die Überbringerin sei, doch dann wurde ihm klar, dass es Mina war. Sie hatte der Priesterin ein Neugeborenes übergeben.

Geschützt durch die Kapuze schweifte sein Blick über die Gemeinde, in jedem Gesicht sah er freudige Erwartung. Der Säugling, den die Priesterin hoch über ihrem Kopf hielt, begann zu schreien. Und dann entdeckte Robert Lina. Sie stand ihm direkt gegenüber an der anderen Seite des Altars. Ihr blauer Mantel glich eher den Roben der Ordensführer und war reich verziert, die dunkelroten Haare fielen offen bis auf die Taille hinab, und ihr Gesicht hatte trotz aller Angst, die sich darin spiegelte, etwas Verklärtes, fast überirdisch Schönes. Es dauerte einen Moment, bis er begriff, dass man ihr Gesicht bemalt hatte.

Während die Priesterin den Säugling auf den Altar legte, hatte Robert nur Augen für Lina. Und dann sah sie ihn direkt an. Augenblicklich zog er die Kapuze ein Stück aus dem Gesicht, für einen Moment nur, und verbarg sich dann wieder.

Linas Herz machte einen Sprung. Er war da, Robert war gekommen, um sie zu retten. Natürlich sagte da auch etwas, dass er hier war, um dem Orden ein Ende zu bereiten, aber er hatte sie entdeckt und angesehen. Zum ersten Mal hatte sie wieder Hoffnung, doch nicht auf dem Altar zu landen.

Dort hatte die Priesterin begonnen, dem Kind fremdartige Ornamente mit einer rotbraunen Farbe aufzumalen. *Blut*, kam ihr in den Sinn.

Wie damals im Juli bildete die Gemeinde eine Gasse, und angeführt von Bertha Hartung wurden fünf Kinder hereingebracht, sehr kleine Kinder, Lina schätzte sie auf vier bis sechs Jahre.

Die Kinder gingen nur sehr zögerlich voran, man konnte ihnen ihre tiefe Angst ansehen. Bertha Hartung zerrte das erste nach vorn und befahl ihm, sich vor dem Altar aufzustellen. Das Kind, es war ein kleines Mädchen, begann bitterlich zu weinen, und die anderen fielen ein.

«Ich dachte, sie wären vorbereitet!», sagte die Priesterin mit einem ärgerlichen Ton in der Stimme.

«Angst gehört dazu, Ehrwürdige.» Die Hartung herrschte die Kinder an, die augenblicklich still wurden.

«Lasst uns das Opfer darbringen. Seine Kraft, die Kraft der Unschuld, gehe über auf jeden Einzelnen, der daran teilnimmt. Es mehre unsere Macht und unseren Einfluss.» Nach diesem klaren Beginn wurden die Worte der Priesterin wieder fremd. Ein Singsang folgte, die Gemeinde fiel an einigen Stellen wieder ein.

Tu etwas, Robert, betete Lina und schloss die Augen. *Bitte, tu endlich etwas.* Als sie die Augen wieder öffnete, hielt die Priesterin ein Messer in der Hand.

In diesem Moment sah sie eine rasche Bewegung bei Borghoff, unmittelbar darauf knallte ein Schuss. Von hinten drängten seine Männer die kreischende Menge zusammen, und er selbst rannte zum Altarpodest, um Reppenhagen das Messer zu entreißen.

Für ein paar Sekundenbruchteile stand die Priesterin regungslos da, worauf sie in einer blitzschnellen Bewegung vom Podest sprang, direkt zu Lina, und dann hatte Lina schon Reppenhagens Messer an der Kehle.

«Ruf deine Leute zurück, oder sie stirbt», schrie Reppenhagen. Von der Priesterin war keine Spur mehr zu sehen. «Los! Lass die Leute gehen.»

Borghoff stand auf dem Podest, hilflos. «Macht den Weg frei!», rief er.

Widerwillig machten die Bürgerwehrleute Platz, und die ersten Gemeindemitglieder strömten hinaus.

«Macht Platz!», rief Reppenhagen und stieß Lina vorwärts. «Lasst mich durch.» Und trotz ihrer Angst gehorchten die Leute und ließen ihn mit seiner Geisel durch.

Reppenhagen schlug einen anderen Weg ein als die meisten anderen, die zu Wienholds Haus oder in Richtung des Hauptganges zu ihren Häusern wollten. Erbarmungslos schleifte er Lina mit sich, das Messer immer an ihrer Kehle. Er hatte ihr eine Laterne zu halten gegeben. Schließlich stieß er sie in einen kleinen Raum. Er wartete und lauschte. Von ganz weit her waren Schreie zu hören.

«Sie werden nicht entkommen», sagte Lina trocken. «Jeder Eingang wird bewacht.»

«Halt den Mund. Denkst du, mich interessiert, was mit den anderen geschieht?»

«Dich vielleicht nicht. Aber sie.»

Reppenhagen lachte laut. «Mariana? Glaubst du, du kannst sie damit rufen? Wünsche dir das besser nicht, sie ist nicht so sanft, wie sie immer tut. Wir brauchen die anderen nicht. Keinen von ihnen. Sie dienen lediglich dazu, das Ritual zu verstärken, um uns mächtiger zu machen.»

Dann griff er sie sich wieder und zog sie zurück in den Gang. Lina hatte keine Ahnung, in welche Richtung es ging. Die Gänge schienen ihr endlos, und sie begegneten niemandem, weder einem Ordensanhänger noch einem Polizisten.

Manchmal hielt Reppenhagen inne, um zu lauschen, aber es war nichts mehr zu hören.

Schließlich wurde der Boden unter ihren Füßen weicher, und sie kamen schlechter voran, Lina mühte sich nach Leibeskräften, ihm den Weg schwerzumachen. Beim nächsten Raum, eigentlich nur eine Ausbuchtung, stieß er sie wieder weg.

«Ich werde dich jetzt töten, du bist zu nichts mehr nütze.»

Er machte einen Schritt auf sie zu, da schnellte ihm ihre Hand entgegen. Mit der Scherbe fuhr sie ihm quer über das Gesicht. Er schrie auf und fühlte mit der unbewaffneten Hand nach der Wunde. Als er sie herunternahm, war auch Lina erschrocken: ein klaffender, starkblutender Riss zog sich quer über seine Wange. Das Auge hatte sie knapp verfehlt.

Es war zu spät, zu versuchen, an ihm vorbei zurück in den Gang zu kommen, und Lina wusste, sie wäre nie schnell genug gewesen, um ihm zu entkommen. Zitternd wich sie, die Scherbe immer noch in der Hand, vor ihm zurück, bis sie die Wand im Rücken spürte. Er hatte das Messer gehoben, es senkte sich, und Lina wunderte sich, dass es ihr so langsam vorkam. Sie riss den Arm hoch, um sich zu schützen, und dann hörte sie sein Röcheln. Er hatte das Messer fallen gelassen und stand mit weitaufgerissenen Augen vor ihr. Dann brach er zusammen. Hinter ihm kam ein hasserfülltes Gesicht zum Vorschein. Es war Anno. Oder war es Adrian?

«Lass das Messer fallen. Er hat genug», sagte sie bestimmt zu dem Jungen.

Als er sie ansah, schien er von weit her zu kommen. «Fräulein Kaufmeister, geht es Ihnen gut?»

«Ja, Anno. Mir geht es gut. Wer war das eben?»

«Er hat keinen Namen. Noch nicht. Aber er ist stark.»

«Sag ihm vielen Dank.»

Reppenhagen rührte sich. «Wir sollten ihn töten», sagte Anno.

«Nein, ich glaube, die Verletzung ist schwer genug, das wird er nicht überleben.» Der Rücken von Reppenhagens dunklem Gewand sah ganz nass aus von dem Blut, das sich darauf ausgebreitet hatte.

«Komm mit.»

Sie folgte dem Jungen durch das Gewirr von Gängen und begriff erst spät, dass er sie zurück zu dem Gewölbe führte. Zunächst brachte er sie zu dem Raum, in dem Borghoff die Mäntel entdeckt hatte. Die meisten hatten ihre Kleidung hier zurückgelassen. «Da kannst du dir etwas anziehen», sagte er.

Lina suchte sich einen Rock, eine warme Bluse und Jacke und auch einen Mantel aus. Sie verzichtete auf Unterröcke, um sich besser bewegen zu können, und schlug die Oberkante des Rockes ein paarmal um, damit sie nicht darüber stolperte.

«Was wirst du nun tun?», fragte Lina Anno.

«Ich würde gern auf einem Schiff fahren. Vielleicht auch auf einem großen, über das Meer. Die brauchen doch Schiffsjungen?»

Lina sah ihn zweifelnd an. «Du bist ein Mädchen, Anno, fast dreizehn Jahre alt. Da wird man das bald sehen können.» Sie deutete auf ihren Busen.

«Aber bis dahin bin ich sicher weit weg», sagte er trotzig.

Lina nickte nur. Sie wusste auch keinen Ausweg.

«Ich muss dir noch etwas zeigen.» Er nahm sie bei der Hand und führte sie in den kleinen Raum, von dem sie das Ritual im

Juli beobachtet hatte. Er reichte ihr eine der Fackeln, die draußen die Gänge erleuchteten.

In der Ecke des Raumes lag ein Kleiderbündel, wie zufällig hingeworfen. Er kniete sich hin, und da sah Lina, dass es sich bewegte. Es war der Säugling vom Altar.

«In dem Tumult habe ich es weggebracht», sagte Anno und griff nach der kleinen Hand. «Du musst für es sorgen, versprich mir das.»

Lina nickte. «Das werde ich.» Das kleine Mädchen begann zu weinen, und Lina nahm es hoch, um es zu beruhigen. Wegen des Jungen fürchtete sie, hier unten könnten immer noch Polizisten sein, aber alles war ruhig.

«Lass uns hinausgehen», sagte sie, aber als sie sich umsah, war Anno verschwunden. Sie wickelte das Kind in ein paar Fetzen, nahm sich die Fackel und machte sich auf den Weg, um einen Ausgang zu finden.

Commissar Borghoff ließ sich erschöpft auf seinen Stuhl im Dienstraum fallen. Eine kurze Atempause nur, sagte er sich. Denn Lina wurde immer noch vermisst, und auch von Reppenhagen gab es keine Spur.

Manches Sektenmitglied war der Hatz entkommen, Borghoff vermutete, dass es unter vielen Häusern Einstiege in das Gangsystem gab. Und obwohl das Haus der Wienholds überwacht worden war und Hinnerk Dehnen niemanden herausgelassen hatte, waren die Wienholds und die von Müllers nicht unter denen, die sie schließlich in einem ungenutzten Lagerhaus der Haniels untergebracht hatten.

Von Anfang an waren sich alle einig gewesen, dass man so viele Menschen nicht einsperren, ja nicht einmal anklagen konnte. Die meisten von ihnen waren an den Verbrechen nicht beteiligt gewesen und hatten sich von den Versprechungen des

Ordens hinreißen lassen. Denen, die mit den Wienholds nach Ruhrort gekommen waren, wurde nahegelegt, die Stadt wieder zu verlassen.

Die Ruhrorter, die sich ihnen angeschlossen hatten, wurden vor die Wahl gestellt, wegzuziehen oder zu bereuen und zu bleiben. Für die Reue waren die beiden Pfarrer zuständig, die über ihre jeweiligen Schäfchen donnernde Strafpredigten niedergehen ließen.

Aber Lina, ihre Schwester Mina und Reppenhagen hatte niemand mehr gesehen, seit er mit Lina irgendwo in den Schmuggelgängen verschwunden war.

Wienhold, von Müller, ihren Familien und Dienern war die Flucht gelungen. Der Fährmann an der Duisburger Fähre hatte wie gewöhnlich auf seinem Schiff geschlafen und war unsanft geweckt und zum Übersetzen mehrerer Kutschen gezwungen worden. Offensichtlich hatte der misstrauische Wienhold die Flucht von langer Hand vorbereitet. In den Häusern waren Möbel, Hausrat und auch Kleider verblieben. Borghoff und der Bürgermeister waren sich aber sicher, dass sie den größten Teil ihrer Vermögen hatten retten können. Nun gab es niemanden, den sie zur Verantwortung ziehen konnten. Alle, denen man Verbrechen nachweisen konnte, waren geflüchtet oder verschwunden. «Nun, wir haben ja unseren Mörder», sagte der Bürgermeister.

Borghoff wusste, er meinte Hans Brecht, aber er war nicht zufrieden. «Wir müssen den Staatsanwalt benachrichtigen, damit er den armen Drömmer freilässt.»

Dann verabschiedete sich Borghoff vom Bürgermeister. Hinnerk Dehnen hatte sich bereiterklärt, noch einmal mit ihm hinunterzusteigen und die Gänge nach Lina abzusuchen. Er wusste, es war so gut wie aussichtslos, aber er wollte nicht einfach so aufgeben.

«Gehen wir, Herr Dehnen», sagte er zu dem Schiffer, der

draußen im Flur auf der Bank saß, und sein Herz war schwer dabei.

Lina hatte zuerst versucht, ins Haus der Wienholds zu gelangen, aber die Falltür war zu und die Leiter verschwunden. Sie war müde, erschöpft und unendlich hungrig, aber sie lief tapfer weiter. Kurz bevor sie die immer noch von Fackeln beleuchteten Teile des Tunnels verließ, überprüfte sie ihr Licht erneut, und es sah so aus, als würde es noch eine Weile brennen.

Mehr als einmal drohte sie in den wenig benutzten Gängen der Schmuggelkeller zu stolpern. Schließlich spürte sie, dass sie wieder auf weicheren Boden kam, wie an dem Ort, an den Reppenhagen sie verschleppt hatte. Fast fürchtete sie, wieder dorthinzukommen, wo sie ihn sterbend zurückgelassen hatte, aber dies war offensichtlich nicht derselbe Gang. Als ihr Ratten entgegenkamen, wollte sie im ersten Moment schreien, doch dann dachte sie daran, wie sehr es das Kind erschrecken würde. Es gab Schlimmeres als Ratten, und das meiste davon hatte sie gerade erlebt.

Einmal kam sie an einer Falltür vorbei, doch man konnte sehen, dass diese viele Jahre nicht benutzt worden war. Eine uralte schmutzige Kiste stand dort herum. Erschöpft ließ sie sich darauf nieder, um ein paar Minuten später wieder aufzustehen. Sie musste herausfinden aus diesem Albtraum.

Sie fragte sich, an welcher Stelle unter Ruhrort sie jetzt war, und schloss aus der großen Feuchtigkeit, dass sie sich möglicherweise unter der Altstadt befand. Aber sie hatte keine Ahnung, wo genau sie sein könnte und ob es hier, in den engen Gassen, überhaupt einen freien Ausstieg außerhalb eines Hauskellers geben würde. Resigniert hielt sie an. Man würde ja nach ihr suchen, da war sie sich sicher, aber niemand würde sie unter der Altstadt vermuten.

Gerade, als sie aufgeben und wieder zurückgehen wollte, spürte sie einen Luftzug. Sie schloss die Augen, um ganz genau zu spüren, woher er kam, und dann ging sie in diese Richtung. Ein wenig angenehmer Geruch schlug ihr entgegen, und sie erschreckte sich fast zu Tode, als sie den ersten Körper sah. Doch im nächsten Moment nahm sie das Schnarchen wahr. Hier schliefen Menschen, ein kleines Feuer brannte, um sie zu wärmen. Vorsichtig stieg sie über die Schlafenden hinweg, Bettler, Säufer, die man noch nicht ins Arbeitshaus gesteckt hatte.

Das Gitter am Ausgang ließ sich erwartungsgemäß leicht öffnen, und Lina fand sich in einem Hinterhof wieder, der einen Zugang zur Gasse hatte. Sie überlegte nicht lange, in welche Richtung sie gehen musste, kam zum Marktplatz und fand von dort wieder zurück in die Neustadt.

Auf der Höhe des ehemaligen Weidetores verlangsamte sie ihre Schritte. Sie hatte vorgehabt, das Kind, das in ihrem Arm schließlich erschöpft eingeschlafen war, mit nach Hause zu nehmen. Aber dann überlegte sie es sich anders.

In der Carlstraße war alles dunkel, als Lina laut an die Tür klopfte. Es dauerte eine Weile, bis Heinrich ihr öffnete. «Ich muss zu meiner Schwägerin», sagte sie, und er nickte nur, wahrscheinlich war er noch im Halbschlaf.

Aaltje schlief nicht. Als Lina die Kerze auf ihrem Nachttisch anzündete, starrte sie mit offenen Augen in die Dunkelheit. Die Wiege mit dem toten Kind hatte sie wieder in das Zimmer geschoben.

«Aaltje», sagte Lina. «Ich habe etwas für dich. Schau!»

Sie hielt ihrer Schwägerin das Kind hin, das gerade aufwachte und zu quengeln begann.

«Es hat Hunger.»

«Woher hast du es?», fragte Aaltje auf Holländisch.

«Das ist nicht wichtig. Wichtig ist, dass es keine Eltern hat. Es braucht jemanden, der sich um es kümmert.»

«Was ist es denn?»

«Ein Mädchen.»

«Een meisje? Und du bringst es zu mir?» Aaltje sah Lina ungläubig an. «Maar je kunt me niet uitstaan! Du magst mich überhaupt nicht.»

Lina lächelte. «Das mag schon stimmen. Aber ganz gleich, was ich von dir halte, Aaltje, ich weiß, dass du eine gute Mutter bist und dass du auch der Kleinen eine gute Mutter sein wirst.»

«Das glaubst du?»

«Ganz sicher.»

Aaltje setzte sich auf, knöpfte ihr Nachthemd auf, und Lina gab ihr das Kind. «Wat een mooi meisje!», sagte sie.

«Ja, das ist sie. Und sie hat viel durchgemacht, ich weiß, dass sie sehr stark ist. Sie wird überleben.»

Aaltje traten Tränen in die Augen, während sie die Kleine anlegte. Es dauerte nicht lange, da schmatzte das Kind zufrieden. «Wie werden wir das erklären?», fragte sie.

«Weiß außer dem Pfarrer jemand außerhalb des Hauses, dass dein Kind tot ist?»

Aaltje schüttelte den Kopf. «Niemand weet iets! Nicht einmal Guste habe ich benachrichtigt und auch Georg nicht.»

«Gut. Mit dem Hauspersonal rede ich. Und dem Pfarrer schreibe ich einen Brief.»

Eine Stunde später war Aaltje, das Kind im Arm, eingeschlafen. Lina hatte das tote Kind fest in mehrere Tücher gewickelt und in einen Korb gelegt. «Bring morgen früh diesen Korb zum Pfarrer und gib ihm diesen Brief von mir. Es ist sehr wichtig», sagte sie zu Heinrich.

Dann machte sie sich auf den Weg nach Hause. Sie dachte an den Brief, den sie dem Pfarrer geschickt hatte. Sie hatte ihn darin gebeten, ihre kleine Nichte in aller Stille zu bestatten und niemandem etwas zu sagen über die Herkunft des Kindes, das an ihrer Stelle im Hause Kaufmeister aufwachsen würde. Jetzt, wo sie sicher auf ihrem Heimweg war, kam alle Müdigkeit über sie, aller Hunger und Durst, alles, was sie in den letzten beiden Tagen erlitten hatte. Leise begann sie zu weinen.

Robert Borghoff und Hinnerk Dehnen waren auf der Suche nach Lina die meisten Gänge abgeschritten, die direkt vom Versammlungsraum wegführten. Schließlich hatten sie etwas gefunden: viel Blut auf dem Boden, eine spitze Glasscherbe und zwei Messer, von denen eines der kleine Dolch war, mit dem Reppenhagen das Kind hatte töten wollen. Aber keine Spur von Lina und auch nicht von Reppenhagen. Zwar führte eine Blutspur in den Gang, doch sie verlor sich bald. Im weicheren Untergrund unter der stets vom Hochwasser bedrohten Altstadt konnten sie verschiedene Fußspuren entdecken – auch die von Lina. Es sah so aus, als hätte man die beiden weggebracht. Robert stand fassungslos vor dem Blutfleck und fragte sich, wessen Blut das war.

Schließlich hatte Dehnen ihn überredet, die Suche für diese Nacht abzubrechen. Sie suchten den nächsten Ausgang, der am Rand der Altstadt lag. «Ich danke Ihnen, Herr Dehnen. Sie waren eine große Hilfe», sagte Borghoff, als er sich verabschiedete.

«Gern geschehen», antwortete der große blonde Mann nur, und dann ging er in Richtung Hafen davon.

Robert machte sich auf den Weg in die Neustadt. Die Kirchturmuhr schlug vier, ein paar Stunden Schlaf würde er vielleicht noch bekommen, obwohl er sich trotz seiner Erschöpfung nicht vorstellen konnte, schlafen zu können. Er machte sich heftigste Vorwürfe, dass er nicht gleich gestern versucht hatte, Lina zu finden, als sie aller Wahrscheinlichkeit nach irgendwo im Hause der Wienholds gefangen gehalten worden war.

Er dachte daran, wie wundervoll sie ausgesehen hatte, da unten im Versammlungsraum, trotz ihrer Angst. Und er wünschte sich, ihr Haar zu berühren.

Je näher er der Harmoniestraße kam, desto langsamer wurde er. Ohne Lina fürchtete er, das Haus nicht ertragen zu können. «Sie lebt ja vielleicht noch», hatte Dehnen ihm gesagt, als er auf das Blut starrte. Aber es hatte sich nicht angehört, als würde der Schiffer daran glauben.

Er bog um die Ecke der Harmoniestraße und sah von weitem unter der Laterne eine kleine Gestalt. Und im nächsten Moment erfasste er, dass diese Person hinkte, sehr müde und sehr langsam hinkte. In diesem Moment war das für ihn der schönste und anmutigste Gang auf der Welt. «Lina!», rief er, und es war ihm egal, ob er jemanden weckte.

Sie sah auf, blieb stehen. Er rannte auf sie zu, und sie fiel in seine Arme.

«Hast du sie geschnappt, Robert Borghoff?», fragte sie ihn ein wenig atemlos.

«Wie man's nimmt», antwortete er. «Aber – ja, ich habe sie geschnappt.» Gemeinsam gingen sie die letzten Meter zur Haustür. Lina sah ihm zu, wie er die Tür aufschloss. Seine Hand zitterte dabei. Sie zog ihn zu sich heran und küsste ihn. «Ich mache uns etwas zu essen.»

Epilog

Es war ein großer Tag für Ruhrort, denn Franz und Friederike Haniel feierten ihre Goldene Hochzeit. Am Morgen nach dem Kirchgang hatte sie bereits eine kleine Menge bejubelt, später hatte man bis in den Abend in der *Gesellschaft Erholung* gefeiert.

Bei Einbruch der Dunkelheit begrüßten die Gäste und die zahlreichen Ruhrorter, die sich eingefunden hatten, die Signale der Haniel'schen Dampfschiffe, die in einem illuminierten Schiffskorso an den Zuschauern vorbeifuhren. Dann begann ein wundervolles Feuerwerk.

«Nun, Frau Borghoff», sagte Robert zu Lina, und es bereitete ihm sichtlich Mühe, in der Öffentlichkeit die Hände von seiner Frau zu lassen. «Ist das ein angemessenes Spektakel zum Hochzeitstag?»

«Das hast du wunderbar gemacht!», antwortete sie und lachte.

Sie hatten sich am Morgen in aller Stille zuerst vom Bürgermeister und dann von Pfarrer Wortmann trauen lassen. Lina fürchtete ein wenig die Verärgerung ihrer Familie, weil sie sie um die Feier gebracht hatte. Sie trug ein helles Sommerkleid mit kleinen Blumen und hatte sich ein paar unauffällige weiße Blüten ins Haar gesteckt. Damit unterschied sie sich nicht von den anderen Damen unter den Zuschauern.

Das schönste Geschenk aber hatte ihr Robert gemacht. Als sie zurückkamen von der Kirche, prangte ein neues Schild an Clara Dahlmanns Laden: «Dahlmann und Borghoff – Stoffe und Damenkleider» stand darauf.

Im Hause Dahlmann hatten sie die Hochzeit natürlich nicht verheimlichen können. Es gab ein Festessen, bei dem sich Finchen und Antonie die größte Mühe gegeben hatten. Den Tisch hatten sie in Linas neuer Werkstatt aufgestellt. Sie hatte vor einigen Monaten das Nebenhaus gekauft, und seitdem war dort umgebaut worden. Zuletzt hatte es vom Laden aus einen Durchbruch gegeben, und nun würden Robert und Lina offiziell ihre Wohnung im ersten Stock beziehen.

Clara hatte mit Freuden eingewilligt, als Lina ihr den Vorschlag gemacht hatte, denn sie wollte sich in naher Zukunft zur Ruhe setzen. Und Lina würde dann ihre Kundschaft in den eigenen Räumen bedienen können.

Zwei Jungen rannten an ihnen vorbei, und Lina erkannte Emil und den kleinen Josef, die sich um diese Zeit nicht auf den Straßen herumtreiben sollten. Aber Aaltje und Georg verwöhnten die beiden sehr, seit ihre Mutter auf und davon war – mit Donatus Reppenhagen, wie Lina und Robert vermuteten, denn seine Leiche hatte man nie gefunden.

Plötzlich tauchten Finchen und Simon neben ihnen auf. Die beiden waren jetzt seit einem halben Jahr verheiratet und gemeinsam bei Lina und Robert angestellt.

«Ist das schön!», flüsterte Finchen. Ihre Wangen glühten.

Das Feuerwerk erreichte seinen Höhepunkt und tauchte auch immer wieder den Hebeturm in buntes Licht. Seit Mai war er in Betrieb und hob täglich mehr als zweihundert Waggons auf die Schiffe. Dahinter erstreckte sich das Phoenix-Werk, das auch bei Nacht nicht stillstand.

Für Ruhrort war die neue Zeit angebrochen.

Nachwort und Dank

Ich habe mich in Ruhrort verliebt von dem Moment an, als ich Anfang 2005 hierherzog. Ruhrort ist der interessante Stadtteil Duisburgs. Und bevor jetzt die Bewohner der anderen Stadtteile protestieren, möchte ich mich verteidigen: Wie alle Verliebten kann ich nicht anders, und das, obwohl ich Meiericherin bin (die alte Feindschaft zwischen den Meierk'schen Hähnen und den Ruhrorter Tönnekesdrietern ist legendär). Zwar hat man die pittoreske mittelalterliche Altstadt in den 60er Jahren komplett niedergerissen, doch die «Neustadt», die vom späten 18. Jahrhundert an entstand und der ein Gründerzeit-Ausbau folgte, ist noch so erhalten, dass man alte und neue Pläne übereinanderlegen kann. Der lebendige, laute, geschäftige Hafen; *Haniel*, eines der ältesten Großunternehmen Deutschlands; die alte Bausubstanz, die an vielen Stellen erhalten wurde – Ruhrort atmet Geschichte und hat sich trotzdem immer erneuert, eine manchmal etwas heikle Balance, die sich erst heute wieder als Vorteil erweist.

Eines Tages, als ich durch die Fabrikstraße lief, wo ein komplettes Ensemble klassizistischer Häuser unter Denkmalschutz gestellt wurde, kam mir Fräulein Lina in den Sinn, kam mir dort sozusagen in Krinoline entgegen, nistete sich in meinem Gedächtnis ein und erzählte mir ihre Geschichte.

Ich begann zu recherchieren, im Stadtarchiv, im *Haniel*-Museum, um die Zeit für mich lebendig werden zu lassen. Schnell wusste ich, wann die Geschichte spielen sollte: in den 1850ern. Die 48er Revolution war recht spurlos an Ruhrort vorübergegangen, noch war es ein beschauliches Städtchen von rund 5000 Einwohnern, doch das sollte sich nun ändern. Zwischen Ruhrort und Laar wurde von deutschen und französischen Investoren ein großes Hüttenwerk errichtet, fehlende Facharbeiter holte man sich aus dem wallonischen Belgien. Dort (aus *Phoenix* wurde *Thyssen* und seit einigen Jahren *Mittal*) haben mehr als hundert Jahre später Verwandte gearbeitet und ich als Schülerin gejobbt.

Es gab seit den 1840er Jahren einen Anschluss durch ein Nebengleis von Oberhausen an die Köln-Mindener Eisenbahn; eine Brücke über den Rhein, um die rechts- und linksrheinischen Eisenbahnen miteinander zu verbinden, durfte indes damals nicht gebaut werden. Sie war an dieser Stelle schwer zu realisieren, aber vor allem den Preußen strategisch ein Dorn im Auge. Und als das Umladen von Kohle- und Erzwaggons für den Fährbetrieb zur anderen Rheinseite die Steigerung der Kapazitäten blockierte, transportierte man eben beladene Waggons über den Rhein, zuerst über eine schiefe Ebene, dann hob man sie mit der «Trajektanstalt», einem Hebeturm mit Dampfhydraulik, auf die Pontons eines Dampfschiffes. Über dreißig Jahre, bis zum Bau der Hochfelder Eisenbahnbrücke, waren die Hebetürme in Betrieb. Der Ruhrorter Turm wurde Anfang der 70er Jahre abgerissen, sein Homberger Gegenstück steht heute noch.

Es war eine Zeit des Umbruchs und der eigentliche Beginn der Industrialisierung in dieser Region. Und genau hier sollte Lina leben, eine Frau, die der alten Zeit entwächst.

Als ich mich entschlossen hatte, einen historischen Krimi zu schreiben, der in dieser Zeit spielt, ahnte ich nicht, wie viel

Arbeit da auf mich zukam. Und ich hatte keine Ahnung, wie vielen interessanten, freundlichen und hilfsbereiten Menschen ich im Laufe dieser fast zweijährigen Recherche begegnen sollte, ganz zu schweigen von jenen Chronisten und Heimatforschern, die ihre Ergebnisse niedergeschrieben haben, angefangen bei Haarbeck 1873 über Stadtarchivar Günter von Roden in den 70er Jahren bis heute.

Ihnen allen verdanke ich Kenntnis über einige historische Persönlichkeiten, denen ich hoffentlich gerecht geworden bin, allen voran natürlich Franz Haniel, aber auch den Familien Borgemeister, von Eicken, Liebrecht und Stinnes. Die beiden Pfarrer Wortmann und Mancy sind ebenfalls authentisch. Größte Schwierigkeiten machte mir allerdings William Weinhagen, der über dreißig Jahre Bürgermeister war, nach dem auch eine Straße in Ruhrort benannt ist, von dem es aber absolut kein Material gibt, weder Bilder, noch Briefe. Aber vielleicht hätte er sich gefallen als Mann des Fortschritts, der das Aufblühen der Stadt fest im Blick hat.

Die Lektüre der *Rhein- und Ruhrzeitung*, der direkten Vorgängerin der heutigen NRZ, half mir, den Alltag der Menschen zu rekonstruieren, denn schon damals wurden fleißig Anzeigen geschaltet. Die Texte der Anzeigen in diesem Buch konnte ich weitgehend wortwörtlich übernehmen. Auch einige alte Schreibweisen habe ich beibehalten, etwa den Thaler.

Meine Quellen und Helfer waren:

die Mitarbeiter des Duisburger Stadtarchivs, stellvertretend für alle möchte ich die Ruhrort-Spezialistin Monika Nickel nennen, die extra für mich das Rätsel des Ruhrorter Rathauses zwischen 1853 und 1866 gelöst hat (weshalb die Polizei in diesem Buch umziehen muss …).

Dr. Bernhard Weber-Brosamer, Leiter des *Haniel*-Museums

und -Archivs, und seine Mitarbeiter, für die schönen kenntnisreichen Führungen durch das Museum und die Nutzung des Archivs.

Marlies Mismahl-Diepenbrock, Ruhrorter Heimatforscherin, für die vielen Tipps und Geschichten und die Kontakte sowie das Ruhrorter Platt, das ich aber leider für alle Nicht-Ruhrorter wieder etwas entschärfen musste.

Dr. Thomas Böni und Prof. Beat Rüttimann, Universität Zürich, für die Nachhilfe in Orthopädiegeschichte.

Martina Peters, für das mehrmalige Korrekturlesen des Manuskripts einschließlich des Zusammenzählens der verdienten Thaler und des Aufdeckens diverser Ungereimtheiten.

Hester Cham und Astrid Korten, die dafür gesorgt haben, dass Aaltje auch in ihrer Muttersprache Holländisch reden kann.

Dirk Meynecke, mein Agent, der das Unmögliche geschafft hat.

Ihnen allen gilt mein herzlicher Dank, ohne sie hätte das Buch nicht geschrieben werden können.

Ich hoffe, dass Lina für meine Leser so lebendig geworden ist wie für mich und sich nun mancher, der nach Ruhrort kommt, vorstellen kann, wie es zu ihren Zeiten hier ausgesehen hat.

Ruhrort, im Februar 2008
Silvia Kaffke

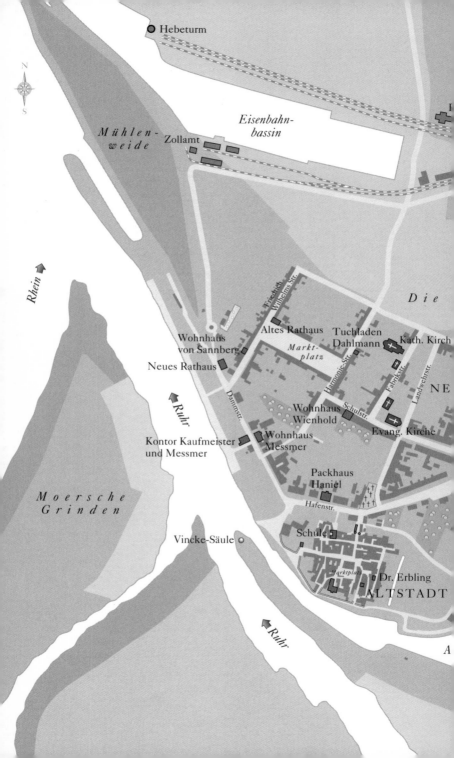

Hebeturm

Eisenbahn-
bassin

*Mühlen-
weide* Zollamt

Rhein

Ruhr

Friedrich-Wilhelm-Str.

Wohnhaus
von Sannberg

Altes Rathaus

*Markt-
platz*

Tuchladen
Dahlmann

Kath. Kirch

D i e

Neues Rathaus

Harmonie-Str.

Fabrikstr.

Landwehrstr.

NE

Dammstr.

Wohnhaus
Wienhold

Schulstr.

Kontor Kaufmeister
und Messmer

Wohnhaus
Messmer

Evang. Kirche

*Moersche
Grinde*

Packhaus
Haniel

Hafenstr.

Vincke-Säule

Schule

Marktplatz

Dr. Erbling

ALTSTADT

Ruhr

A